Knut Hamsun · Das letzte Kapitel

Knut Hamsun
Das letzte Kapitel

Roman

Originaltitel »Siste Kapitel«
Aus dem Norwegischen von Erwin Magnus
Umschlaggestaltung: Design Team, München

ISBN 3-471-77854-3

© 1958 Paul List Verlag, München
© 1981 Paul List Verlag GmbH + Co. KG., München
Alle Rechte vorbehalten · Printed in Germany
Gesamtherstellung: Ebner Ulm

I

Ja, wir sind Landstreicher auf Erden. Wir wandern Wege und Wüsten, zuweilen kriechen wir, zuweilen gehen wir aufrecht und zertreten einander. So auch Daniel, der zertrat und selbst zertreten ward.

Jetzt ist es nicht schwer, nach Torahus zu kommen, wo er wohnte, aber es gab ein Jahr, da es gefährlich war, da man eine Büchse mitnehmen und sich gut vorsehen mußte. Es dauerte nur ein paar Tage, aber damals herrschte er über den Berg und schoß auf die Leute. Das ist schon lange her, wir waren alle damals jünger.

Ursprünglich war Torahus eine Sennhütte; sie gehörte zum Hofe seines Vaters, war vernachlässigt, zuletzt aufgegeben worden und dann lange Zeit verlassen gewesen. Sein Vater vernachlässigte alles, was er hatte, auch den Hof und sich selber. Das ist leicht gesagt, aber es hatte seinen Grund. Das Elend begann, als seine Frau starb, und das Elend wuchs in zwanzig Jahren; dann starb er in Saus und Braus, und der Hof wurde verkauft. Daniel rettete die Sennhütte und ein paar Stück Vieh, zog hin und wohnte dort; es gefiel ihm, er war frisch und stark und einige zwanzig Jahre alt. Eine alte Dienstmagd vom Hofe folgte ihm aus Anhänglichkeit.

Es erzählt sich so schnell, aber es war ein langer und qualvoller Prozeß. Vor aller Augen mußte er das Kirchspiel verlassen und zur Sennhütte hinauf wandern, und es stand Daniel an der neuen Stätte schwere Arbeit bevor. Er packte zu wie ein Knecht, legte Gräben an, warf Deiche auf, rodete den Kiefernwald, leitete den Bach in ein neues Bett, und dabei enthielt der Boden eine unsagbare Menge von Steinen. Niemand hätte Daniel für ein solches Arbeitstier gehalten, denn auf dem Hofe hatte er nicht allzuviel getan, wohl weil es ihm doch hoffnungslos schien. Als er nun auf seinem eigenen Besitz arbeitete, zeigte er sich von einer ganz andern Seite, er wurde Tagelöhner, war

7

gewissermaßen sein eigener Bauer geworden und verrichtete sein Tagewerk, welch inneren Grund er auch dazu haben mochte. Aber er hatte wohl einen Grund.

Es vergingen ein paar Jahre, Daniel war genügsam und zuverlässig, vielleicht etwas ermüdend in seiner Rede und nachlässig in seiner Kleidung, aber ausdauernd. Krieg, Pest und Erdbeben draußen in der Welt gingen ihn nichts an, er las nichts, und er ›staubte keinen Stein ab, eh er sich draufgesetzt‹.

Nach ein paar Jahren hatte er mehr Land bekommen, und Torahus war ein Hof im kleinen geworden, Torahus: Donnerheim. Er verkam nicht hier oben, er lebte nach seinem Herzen. Hier war Einsamkeit, aber nicht Leere, die Aussicht war prachtvoll: meilenweit über die Berge und mit einer Fülle von Wald dazwischen. Er ging in seiner Arbeit auf; wurde er durstig, so schritt er mit seinem Blecheimer zum Bache, spülte ihn aus und nahm ihn gefüllt wieder mit. Hier war Stille, mit einem Hintergrund von Ewigkeitslauten, hier waren hübsche Sterne, nicht das goldene Ungeziefer, das man drunten auf dem nebeligen väterlichen Hofe sah, nein, blinkende Lichter, wirklich hübsch; Sterne haben etwas Süßes an sich, sie sind wie kleine Mädchen. Er fühlte sich nicht arm und verlassen, wie er es im Grunde war, schon allein alle die Steine, die er ausgegraben hatte, umgaben ihn geradezu wie eine Volksmenge; er stand in einem persönlichen Verhältnis zu jedem Stein, es waren lauter Bekannte; er hatte sie überwunden und aus der Erde hervorgezwungen.

Er pflegte nach dem Abendessen wieder auszugehen und umherzuschlendern, den schön wachsenden Wald und Moore anzusehen, die der Entwässerung warteten; hätte er ebensoviel Geld wie Lust dazu gehabt, so würde er sich ein Pferd gehalten haben, gewiß, aber das kam wohl noch; der Tag verging auch so, und es war schön hier.

Wenn sich die alte Magd in ihre Kammer und die wenigen Tiere in den Stall begeben hatten, ging er wieder hinein. Die Stube empfing ihn, wie sie jeden empfing, aber sie gehörte ihm und keinem andern, sie beherbergte ihn, sie hatte die Unparteilichkeit einer Höhle und beherbergte ihn, zugleich aber verbarg sie ihn, weil sie so dicht und klein war. Die Wände waren gezimmert, das Dach war niedrig; kam er von draußen, wo ihm kalt geworden, so brannte die Wärme zur Nacht auf dem

Herde, er kuschelte sich vor Wohlbefinden zusammen und konnte es tun, weil keiner ihn sah. Draußen war die Einsamkeit. Ein Bach murmelte einige Schritt vor dem Hause. Er legte sich in Frieden zu Bett.

So ging es ein paar Jahre, aber natürlich konnte es auf die Dauer nicht mit gleicher Selbstverständlichkeit so gehen.

Im dritten Jahre begann er öfter das Kirchspiel, Bekannte und kleine Gesellschaften aufzusuchen, in die Kirche und zu Auktionen zu gehen. Dort unten war ja auch sein Mädel. Er war noch ein junger Bursch, zu feurig, um sein Leben stets im Schritt zu leben, er sprang zu seinem Mädel. Die Entfernung war nicht gering, aber auch nicht unüberwindlich, schon als Kinder hatten sie den Weg zueinander gefunden, sie von ihrem Heim, er von dem seinen. Es wimmelte von kleinen Bächen im Walde, über die sie sprangen, hie und da gab es grüne Flecken, Haselsträucher mit Nüssen, Eichhörnchen, Ameisenhaufen und duftende Hecken. Jetzt, da er erwachsen war, ging er denselben Pfad wie früher, und er fühlte sich wohl und sang in seiner Freude über die bekannten Steine und Büsche und Brüche. Er war ganz wirr, es kam vor, daß er zu hüpfen und sich zu benehmen begann, als ob er nur noch wenige Schritte statt einer halben Meile vor sich hätte. Zuweilen traf er sie, ehe er hinkam, und dann schämten sich beide, weil sie sich entgegen gegangen waren, und suchten Erklärungen, die zu nichts zerrannen. Das war besonders in der Zeit nach den Schultagen und der Konfirmation, später wurde Ernst aus dem Spiel, es ging bergab mit dem Hofe seines Vaters, und ihr kam es wohl allmählich etwas unsicher vor, zu ihm zu halten. Nicht etwa, daß sie sich weniger gern gehabt hätten als früher, ein Liebespaar waren sie ja nie gewesen und waren es auch jetzt nicht.

Eines Tages kamen zwei Fremde nach Torahus. Sie jagten in den Bergen. Der eine sagte, er sei Rechtsanwalt, der andere Doktor. Sie schwatzten mit Daniel und sahen zu, wie er arbeitete.

Er hätte ja einen richtigen kleinen Hof, sagten sie zu ihm.

Daniel lachte ein bißchen; es wäre schon ein ganz hübscher Hof, wenn er nur noch Weide für ein paar weitere Kühe hätte.

Aber wenn er fortführe, wie er begonnen, so könnte er sich wohl bald ein paar Wiesen dazu leisten.

Ach ja, Daniel hielt das nicht für ganz unmöglich.

Sie wurden hineingebeten und bekamen Milch, sie tranken, bliesen darauf und tranken wieder. Die alte Dienstmagd bekam ein ganzes Zweikronenstück. Flotte Kerle, reiche Leute, sie gefielen Daniel. Er begleitete sie und trug ihnen die Rucksäcke ins Kirchspiel.

Unterwegs sprachen sie weiter über Torahus und fragten, ob Wald genug da wäre.

Ja, zu Brennholz? Viel mehr als genug!

Wieviel ihm von dem Berge gehörte?

Daniel zeigte: Eine gute halbe Meile auf dieser Seite und bis zur Nachbarsennhütte, dem zweiten Torahus, auf der andern Seite.

Als sie sich unten im Kirchspiel trennten, fragten die Herren:

Willst du dein Anwesen verkaufen?

Daniel entgegnete: Verkaufen? Die Herren scherzten wohl. Es waren liebenswürdige Leute, angenehme Leute –

Es ist nicht gerade Scherz, sagte der, welcher Doktor war.

Verkaufen? sagte Daniel. Ach nein, ich muß es doch behalten.

Sie gingen ihrer Wege, und Daniel machte sich auf den Heimweg. Er hatte ganze fünf Kronen von dem Rechtsanwalt für den Weg bekommen.

Nein, wie konnte er Torahus verkaufen, seinen winzigen Hof, er war ja alles, was er hatte! Aber es freute ihn, daß Torahus so schön war, daß auch andere es haben wollten. Er bastelte an den Gebäuden, war fleißig und setzte instand, legte eine neue Abflußröhre in den Bach, mauerte lange steinerne Einfriedigungen, es gab genug zu tun daheim. Und wenn er ins Kirchspiel hinunter kam, konnte er jedermann einladen, ihn in den Bergen zu besuchen, sie sollten dort schon nicht umkommen. Aber ein Kirchspiel geht unermeßlich langsam von einer alten, eingewurzelten Vorstellung zu einer neuen über: Daniel war das einzige Kind von einem großen Hof und war in einer Sennhütte gelandet. Das war sein Schicksal, von dem er sich nicht los machen konnte.

Das Mädchen hieß Helena. Eine Schönheit war sie nicht, weit entfernt, wie manche hatte sie Finnen im Gesicht und Blutmangel in der Haut. Aber sonst war sie recht ansehnlich, und sie lauschte so hübsch, wenn er mit ihr sprach. Es ist ein Unterschied, ob man mit Aufmerksamkeit oder mit Nachsicht lauscht. Sie war ein wenig lässig, etwas langsam und schien über das, was er sagte, nachzudenken; deshalb machte sie einen so guten Eindruck auf ihn. Und für ihn war sie reichlich hübsch genug. Er möchte sie gerne haben, sagte er.

Sie dachte darüber nach.

Denn jetzt hätte er seinen Besitz, und der wäre nicht schlecht. Mit der Zeit könnte er übrigens ein bißchen anbauen – eine Stube.

Ziehst du nicht bald wieder von der Sennhütte herunter? fragte sie.

Wie?

Und wohnst hier im Kirchspiel?

Nein. Was ich hab, das hab ich. Ist es dir nicht gut genug?

Doch, sagte sie nachdenklich.

Sie sprachen mehrmals auf diese Weise miteinander, und nichts wurde entschieden. Zuletzt bekam er doch so viel aus ihr heraus, daß sie ihn schon nehmen würde; aber sie rieb sich im geheimen die Augen, um Wasser hinein zu bekommen und sie tränen zu lassen.

Er faßte das nicht als Absage auf, dachte nicht daran, sich zurückzuziehen, auf ihrem Grabe zu sterben und dergleichen, im Gegenteil, er meinte, erreicht zu haben, was er wollte.

Einige Wochen später traf er Helena unten beim Kaufmann. Er begleitete sie nach Hause, fragte unterwegs, wann sie zu ihm heraufkommen wollte, und meinte damit die Zeit, wann sie heiraten würden.

Das wußte sie nicht. Es käme darauf an.

Nun ja. Aber wenn sie ihn nicht häßlicher und gefährlicher als manchen andern fände, so könnte sie ihn ja gern nehmen und sich entschließen.

Darüber lachte sie und scherzte nur, daß er häßlich und gefährlich sein sollte. Auf die Frage nach der Zeit ging sie nicht ein, sie wich aus, das war wohl ihre Form für eine sanfte Weigerung. Sie sagte es nicht mit reinen Worten, aber er mußte es wohl verstanden haben: sie ging nicht von einem Hof nach einer Sennhütte. Weshalb war er so zudringlich? Ihre ganze Haltung in der letzten Zeit mußte ihm doch gesagt haben, daß sie, wenn es ihm so einigermaßen einerlei war, am liebsten nichts von ihm wissen wollte. Konnte er das nie begreifen?!

Schön. Aber auch diesmal lauschte sie mit einer gewissen Zärtlichkeit seiner Rede, und als sie sich trennten, schien ihm, als blinzelte sie ihm ein wenig zu. Oder vielleicht blinzelte sie nicht gerade, sondern senkte langsam ihren Blick, als täte ihr die Trennung ein bißchen leid.

Auch schön – Daniel ging zufrieden nach Hause und begann ohne eigentliche Ursache leise vor sich hin zu singen.

Einige Wochen später, als der Frühling schon begonnen hatte und die jungen Gänse auf die Weide getrieben waren, hörte Daniel eine merkwürdige Neuigkeit:

Na, jetzt ist sie also am Gendarmen hängen geblieben.

Wer?

Wer? Weißt du nicht? Helena.

Daniel verstand nicht, glaubte es nicht. Helena?

Letzten Sonntag sind sie aufgeboten worden.

Helena? Letzten Sonntag, wirklich?

Er bewirbt sich um den Bevollmächtigtenposten, und dann wird er Lensmann. Dann wird Helena fein, sag ich dir!

Ich dachte fast, ich würde heute eine Neuigkeit zu hören bekommen, zwang Daniel sich, zu antworten. Die Drossel rief mir unterwegs etwas zu! Dann lachte er mit weißen Lippen.

Er machte sich mit den Waren, die er für seine Haushälterin eingekauft hatte, auf den Heimweg, und auf einmal kehrte er wieder nach dem Kirchspiel um. Er war noch nicht weit. Ja, was wollte er eigentlich wieder unten im Kirchspiel? Er wußte es selber nicht, er ging nur, lief, blieb einen Augenblick stehen und lief wieder. Hast du etwas vergessen? fragten sie, als er wiederkam. Ja, antwortete er. Er traf einen Nachbarn, der ihn einlud. Sie traten in ein Hinterzimmer des Kaufmanns und bestellten zu trinken. Es war ein guter Freund, Helmer hieß er, von Kindheit an benachbart, gleichaltrig, jung. Sie saßen einige Zeit, es kamen mehrere herein, sie wurden eine kleine Gesellschaft, die sich über allerlei unterhielt. Einer erzählte, daß er zum nächsten Termin seine Stellung wechseln sollte, ein anderer, daß er seinem Bruder, der in Kristiania wohnte, ein geschlachtetes Kalb geschickt hätte. Jawohl, dies und jenes aus dem Leben im kleinen.

Alle beobachteten Daniel ein wenig, sie wußten, was ihm widerfahren, es war eine bekannte Sache, daß er Helena haben sollte, und jetzt hatte er sie verloren. So etwas konnte vorkommen, denn das Leben war nun einmal nicht besser. Sie vermieden es, den Namen des Mädchens zu nennen, legten statt dessen ihr Mitgefühl an den Tag, indem sie ihm oft zutranken und über seine Wirtschaft, über Torahus mit ihm sprachen, das er ja zu einem richtigen kleinen Hof gemacht hatte. Er war ein tüchtiger Kerl!

Daniel selbst saß schweigend da und ließ sich wie ein Kranker behandeln. Dies Wohlwollen seitens der Bekannten war sehr angenehm, vielleicht stellte er sich auch ein wenig an und tat verwirrter, als er war. In der ersten Erregung war er nun zweimal hin und zurück auf den Berg gegangen, dazu kam, daß die guten Getränke zu wirken und ihn freier zu machen begannen. Schließlich konnte er sich nicht länger halten, sondern fragte:

War einer von euch letzten Sonntag in der Kirche?

Ja, viele von ihnen. Weshalb er fragte?

Nur so.

Es waren drei Kindstaufen und eine Beerdigung.

Ja, und der Gendarm wurde aufgeboten, sagte endlich einer.

Ein anderer wollte darüber hinweggehen, wandte sich zu Daniel und fiel ein: Ich hab gehört, daß du schon zwei Weiden auf Torahus dazu bekommen hast. Willst du dir auch noch ein Pferd halten?

Langes Schweigen. Sie begannen allmählich von anderen Dingen zu reden, da sagte Daniel: Ob ich mir ein Pferd halten will? Was soll ich damit? Was soll ich mit dem ganzen Torahus jetzt?

Er saß hier mit Kameraden und Gleichaltrigen aus dem Kirchspiel zusammen, vielleicht durfte er das Getue nicht zu weit treiben; diese jungen Burschen waren gewöhnliche Bauern, sie wünschten ihm alles Gute, aber sie verstanden nicht, daß Liebesgram eine Sennhütte, einen Berghof wertlos machen konnte. Er fing bald an, sie mit seiner Kopfhängerei zu langweilen, und Daniel mußte, um sich zu behaupten, ein wenig drauflos schwatzen: daß er den Teufel danach fragte, daß man sich aber vor ihm zu hüten hätte, daß gewisse Leute sich vor ihm in acht nehmen sollten!

Ja, sagten die Burschen gleichgültig, und Prosit! sagten sie und machten nicht mehr Wesens davon.

Dann gingen sie einer nach dem andern, da es langweilig zu werden begann, und der, welcher das geschlachtete Kalb mit der Bahn abschicken wollte, mußte zum Kaufmann, der ihm bei den Formalitäten helfen sollte. Daniel und Helmer blieben sitzen und rauchten.

Helmer, ich will ein Haus anstecken, sagt Daniel und raucht ruhig weiter.

Der andere gähnt. Nein! antwortete er endlich, lächelt und schüttelt den Kopf.

Ich tue es, sagt Daniel. Sie soll eine schöne Wärme von dürrem Holz unter sich spüren.

Aber nein, das ist doch Geschwätz!

Daniel nickt nur.

Dem Kamerad fällt etwas ein; er sagt: Es ist zu weit vom Lensmann.

Was?

Du mußt dich eine Stunde, nachdem du es getan hast, beim Lensmann melden.

Warum? fragt Daniel mit Interesse.

Sonst wirst du verfolgt und gefangen und zum Tode verurteilt.

Darauf laß ich's ankommen!

Nein, es ist gefährlich, so was zu weit vom Lensmann zu tun! schließt Helmer dann. Und um den andern noch mehr davon abzubringen, fügt er hinzu: Und außerdem, glaubst du, daß sie soviel wert ist? Komm, wir wollen gehen!

Sie gingen zusammen, bis die Wege sich trennten, dann verabschiedeten sie sich.

Du, Helmer, rief Daniel, ich tue es!

Unsinn! entgegnete Helmer.

Dann ging der eine heim, und der andere ging, um Feuer an ein Haus zu legen. Um neun Uhr abends kam er hin und setzte sich an den Rand des Gutes, um zu warten, bis es dunkel geworden wäre. Das Wetter war wie gewöhnlich zu Beginn des Frühlings, gegen Abend kühlte es sich ab, aber die Getränke hatten Daniel ja innerlich erwärmt, so daß ihn nicht fror. Es stieg noch Rauch aus einem Schornstein auf dem Hause vor ihm, aber kein Leben war auf dem Hofe zu sehen, alle Menschen hatten sich zur Ruhe begeben. Der Anblick des Hauses, eines bestimmten Kammerfensters, die Erinnerungen, die Nachwirkung des Rausches begannen Daniel weich zu stimmen, er weinte und wiegte hoffnungslos den Kopf. Zuletzt schlief er ein. Er erwachte frierend, verkannte das schwache Licht und glaubte, es sei das Morgengrauen. Es ist zu spät, um etwas zu tun! dachte er und machte sich auf den Heimweg. Er war ein gutes Stück gegangen, als er plötzlich stehen blieb:

Das war ja nicht der tagende Morgen, im Gegenteil, es war gegen Mitternacht, gerade die rechte Zeit! Wäre es die Morgendämmerung gewesen, so würden die Vögel schon ihren Gesang angestimmt haben. So dumm war er gewesen! Aber jetzt dies lange Stück Weges zurückgehen – er mochte nicht, er war schlaff und matt. Es mußte ein andermal sein.

Es wurde nichts aus der Brandstiftung, nein, nein, nichts als Geschwätz und Getue. Aber Daniel kam in Verruf durch sein Geschwätz; was er geäußert hatte, sickerte durch und ließ die Leute im Kirchspiel schaudern: daß es so weit mit Daniel kommen sollte, der von einem großen Hofe stammte!

Wenn er jetzt ins Kirchspiel hinunterkam, betrachtete man ihn ein wenig scheu; Daniel merkte wohl, daß das alte Wohlwollen bei seinen Bekannten geschwunden war. Der Nachbarbursch Helmer war zwar noch derselbe wie früher und arbeitete dem Klatsch, so gut er konnte, entgegen, aber ein Kirchspiel verändert nun einmal schwer seinen Standpunkt und glaubt am liebsten das Schlimmste. So hielt Daniel sich denn wieder mehr daheim auf Torahus, setzte instand und leistete Mannesarbeit. Es war jetzt Frühling, und da er alles allein schaffen mußte, hatte er genug zu tun. Und wer hätte glauben sollen, daß Daniel so schnell über seinen Liebesgram hinwegkam, daß er weder Schlaf noch Eßlust verlor! Nicht daß sein Kummer im Anfang nicht heftig gewesen wäre, aber das war etwas für sich. Daniel fing sich die Vernunft ein, kniff sich in den Arm und spürte, daß er war, der er war. Gepflückt, den Duft genossen und fortgeworfen, da hast du ihre Liebe! Und dazu ihre verlogene Art, ihn jahrelang mit ja und nein und oft mit Küssen und Streicheln hinzuziehen, ohne es fürs Leben zu meinen! Aber gleichviel. Er hatte einen Anbau an die Sennhütte geplant, und der sollte werden, weiß Gott, nichts sollte ihn aufhalten. Hatte er nicht Holz genug, einen Stamm hier und einen dort im Walde von Torahus! Er hatte diese Bäume des Abends gefällt, einen hier und einen dort, wenn er nach beendeter Arbeit draußen umherwanderte, Bergkiefer, wie lauteres Erz singend, wenn die Axt es traf; unvergängliches Holz. Ja, der Anbau mußte kommen. Es war vielleicht keine unsterbliche Tat, es war auf die Spitze gestellter Ehrgeiz. Man sollte meinen, er brauchte kein großes Haus mehr, nun, da Helena mit ihm gebrochen hatte – schon richtig, alles schön und gut, aber es sollte doch ein Haus werden.

Ein junger, starker Bursch konnte wohl nicht sehenden Auges wie ein Blinder leben. Sollte er hier in den Bergen vielleicht ohne Ziel und Zweck verfaulen? Seit Jahren hatte er dieses Haus vor sich gesehen: es sollte keinen verblüffen durch feine verzierte Unnützigkeit, sondern gerade so groß sein, wie nötig war: ein Stockwerk, drei Fenster nach dem Kirchspiel.

Im Herbst kamen die beiden Jäger wieder, der Anwalt und der Arzt. Sie trugen zum Schein Büchse und Rucksack, waren aber ohne Hund und hatten nichts geschossen.

Sie fragten Daniel, ob er seine Sennhütte, seinen Hof verkaufen wollte.

O nein, antwortete er wieder lächelnd.

Auch heuer nicht?

Nein.

Er könnte ja sagen, was er haben wollte, er könnte fordern.

Nein.

Nun ja, sagten sie.

Das ist der Bauer in ihm; er ist starrköpfig! mochten sie denken. Dann begannen sie ihn damit zu reizen, daß sie ja die Nachbarsennhütte, das andere Torahus, kaufen könnten.

Dagegen hatte Daniel nichts.

Dort war die Aussicht ebenso weit, es lag nur etwas höher, auf einer Ebene und nicht im Schutz des Berges, das war das einzige Unangenehme an ihr.

Wäre das nicht gleichgültig? fragte Daniel.

Nein, nicht zu dem Zweck, zu dem die Herren es haben wollten.

Schweigen.

Aber, sagten sie, es wäre ja ein und derselbe Berg, der Torahusberg überall, und auch Wald für Brennholz, Wasser, Aussicht, vierhundert Meter Höhe.

Ja, sagte Daniel.

Schweigen.

Dann würde es also nichts mit ihnen werden?

Ach nein. Es sollte bleiben, wie es war.

Ein paar Tage darauf kam ein Gerücht vom Kirchspiel herauf, daß die Nachbarsennhütte wirklich verkauft wäre, die beiden Herren hätten die Wahrheit gesprochen. Sie wollten ein Sanatorium dort oben anlegen, eine Anstalt für Kranke und Schwache, sie wären keine Spekulanten, sie wären Wohltäter und Menschenfreunde mit großen Plänen. Und als Daniel einige Wochen später einmal auf einer entlegenen Heuwiese Steine grub, hörte er in der Richtung der Nachbarsennhütte Axthiebe. Er ging dem Geräusch nach und stieß auf vier Männer, die einen Weg auf dem Berge anlegten. Es waren Leute aus dem Kirchspiel, Daniel kannte sie und begann sich mit ihnen zu unterhalten.

Ja, alles, was er gehört hatte, stimmte, jetzt würde es was zu sehen geben auf dem Torahusberge, Gott behüte! Sie zeigten über die Schulter: Dort schachtete man schon den Keller aus und mauerte den Grund zu dem ungeheuren Schloß.

Daniel kramte aus, daß die Herren zuerst bei ihm gewesen waren, daß er aber nicht hatte verkaufen wollen.

Da sei er schön dumm gewesen, meinten die Leute, die Herren hätten einen ordentlichen Batzen Geld für die Sennhütte bezahlt, und dabei wären große Strecken auf dem Berge noch ganz unbeschnitten geblieben.

Was die Herren denn gegeben hätten?

Die Männer nannten eine durchaus nicht lächerlich hohe Summe.

Na, der es bekam, konnte es auch brauchen, es war der Mann vom Nachbarhofe, Helmers Vater. Glück zu!

Daniel ging heim und dachte über die Sache nach: Jawohl, große Umwälzung, aber was weiter? Hätte er, der sich nicht den Wünschen Helenas gebeugt hatte, hätte er nun Torahus, seinen kleinen Hof, verkaufen und aufgeben und obdachlos ins Kirchspiel zurückkehren sollen? Er wollte es ihnen auch in Zukunft zeigen. Er hatte seine Pläne.

Da die Zimmerleute im Kirchspiel ihm ein ums andere Mal versprochen hatten, zu kommen und zu bauen, und nicht kamen, nahm Daniel zwei Leute aus dem Nachbarkirchspiel. Er hatte selbst die Stämme im voraus zugehauen und gehobelt, die beiden Zimmerleute legten sich tüchtig ins Zeug, und in ein paar Wochen entstanden eine neue Stube und eine neue Kammer, gut genug und ausreichend für sein ganzes Leben, hübsch und weiß. Die beiden Türen und drei Fenster sollten die Männer zu Hause machen und im Winter mit dem Schlitten heraufbringen. Alles ging nach Wunsch. Oh, jedes Ding hatte seinen Inhalt und Sinn, es ging gut, zum Sommer bekam die Kuh ein Kalb, und dann hatte er drei Stück Vieh. Das Pferd? Jawohl, wenn er vier Kühe hatte, wollte er anfangen,

17

an das Pferd zu denken, bis dahin war er selbst ein gutes
Pferd.

Einige Heumatten machten ihm viel Arbeit, aber sie ver-
sprachen viel; es waren Moore, furchtbar feucht, aber von besonders feinem Boden, und sie bedurften einer umständlichen
Entwässerungsanlage. Daniel arbeitete.

2

Last auf Last über die Berge, den ganzen Winter hindurch,
Karawanen mit Lasten, mit Transporten für den Bau des Sanatoriums. Alle Pferde des Kirchspiels waren im Gebrauch, ja,
viele kauften Pferde für die Arbeit und verkauften sie wieder,
als Winter und Transporte vorbei waren.

Manche Leute schüttelten den Kopf über diesen gewaltigen
Aufwand, aber das waren Leute, die nichts verstanden. Wußten die, was dazu gehörte, um ein Schloß zu bauen? Balken
und Bohlen, Zement, Nägel, alle Röhren, alle Farbe, alle Dach-
ziegel? Zweihundert Fenster hatte allein das Hauptgebäude,
und dazu gab es noch fünf kleinere und größere Häuser: wie
viele Lasten Fensterglas gehörten allein dazu! Zu alledem an
fünfzig Öfen; wie viele Lasten machten die aus? Und die Einrichtung! Da gab es alle Arten Möbel, Teppiche, Lampen, Bettzeug, Tapeten, Tischzeug, Glaswaren, tausend Dinge, viele
tausend Dinge. Zuletzt die Nahrungsmittel; die kamen mit
einer neuen Karawane, in Fässern und Kisten, es kamen le-
bende Tiere, ein ganzer Stall voll Kühe, Schafe und Federvieh.
Nun fehlten nur noch Gäste, Patienten, und nach den Eröff-
nungsfeierlichkeiten kamen auch die.

Was hatte es aber auch gekostet, bis alles fertig war, das
Schloß mit Inhalt, all die andern Häuser, die sogenannten
Dependancen, und die Wege und Terrassen rings! Man staunte
mit offenem Munde, wenn man an all die Kostbarkeit dachte.
Das schien jedoch keine Rolle zu spielen, das Unternehmen
war gut fundiert: tausend Aktien zu je zweihundert Kronen
voll eingezahltes Kapital mit Generalversammlung und Sat-
zungen. Nichts fehlte in dieser Vollkommenheit, und als die
ganze Dienerschaft da war, begannen auch die Gäste zu kommen, alle Räder fingen an zu laufen, sie liefen immer schneller,

oh, so schnell, daß sie blank, daß sie wie starrende Augen davon wurden, die Räder, so schnell liefen sie. Die Leute kamen sonntags aus dem Kirchspiel, sahen sich um und konnten vor Verwunderung nichts als still stehen und starren, sie verstanden nicht alles, ihr Maßstab war zu kurz. Noch nie hatten sie so gefährliche Drachen auf dem Dache eines menschlichen Hauses gesehen, noch nie so viele Säulen auf einmal, und die Säulen trugen eine Galerie über der andern bis zum Dachboden. Und oben auf dem höchsten Dachfirst zeigte eine kleine Flaggenstange gen Himmel mit ihrer schimmernden Kugel aus Silberglas. Alles in allem hatten diese Häuser, die für die Bauern eigentlich nur ein Traum waren, diese Galerien, die auf Säulen, auf Nadeln standen und sie an ein Streichhölzerspiel erinnerten, keine Schwere und zeigten keine Gesinnung, keinen Charakter. O diese Bauern! Sie legten sich auf den Bauch unten im Grase und meinten, alles, was sie sähen, wäre nur ein Traum: es war doch nicht möglich, daß diese Häuser so stehen bleiben sollten? War es möglich, daß Häuser so aus dem Boden herauswuchsen, fertig waren und nachher taten, als wäre nichts geschehen? Die gingen ja auf die Leute los. Der Stall hatte eine große Kuppel über dem Dach, aber keine Kirchenglocke darin, der Pfahlbau in nordischem Stil einen Turm, aber keine Mittagsglocke. Diese Glocken waren vielleicht vorgesehen und sollten später kommen? Ach, aber später sollte ja nichts mehr kommen, die Bausumme wäre bereits überschritten, hieß es, doch das schien wiederum keine größere Rolle zu spielen, das Torahus-Sanatorium war wohl gut für einige Rechnungen, die nachkamen.

Wie aber die Kirchspielleute unten im Grase auf dem Bauche lagen und guckten, bekamen sie halbwegs den Eindruck, als ob auch die Menschen, die sich um die Häuser und auf den Wegen herumtrieben, nur gedachte Menschen wären. Du lieber Gott, viele waren Schatten, fast keiner war gesund; da gab es Männer mit blauen Nasen, obgleich es nicht kalt war, und dafür wieder ein paar Kinder mit bloßen Knien, obschon es kühl war. Was bedeutete das alles? Da gab es Damen, die hysterisch kreischten, wenn ihnen eine Ameise auf den Ärmel gekrochen war.

Oh, aber Menschen gab es wirklich genug, es fehlte nicht daran. Sie gingen umher, sie sprachen, hatten Kleider an, einige husteten, daß man es weit fort hörte. Einige waren mager wie Gespenster und durften nicht körperlich arbeiten, sondern mußten still in der Sonne sitzen, andere quälten sich mit einer Art Maschine einen Berg hinan, eine sogenannte ›Kraftprobe‹, um das Fett los zu werden. Allen fehlte dieses oder jenes, aber Gott hatte es unter ihnen verteilt. Am schlimmsten waren die Nervenschwachen, die hatten alle Krankheiten zwischen Himmel und Erde auf einmal, und man mußte mit ihnen reden, als wären sie Kinder. Frau Ruben zum Beispiel, die so dick war, daß sie kaum durch die Tür in ihr Zimmer kommen konnte, es aber nicht übelnahm, wenn man ihre Korpulenz auf das gewöhnliche Maß reduzierte, ja, sie leugnete geradezu, daß sie besonders dick wäre – nein, sie lächelte nur freundlich darüber; wenn aber der Doktor an ihrer Schlaflosigkeit zweifelte, einen Scherz über ihre Nerven machte, dann wurde sie wütend, und ihre Augen glühten. Eines Tages sagte der Doktor im Vorübergehen: Es ist merkwürdig, wie Sie sich hier erholt haben, Frau Ruben. Ihnen fehlt nichts mehr! Frau Ruben antwortete nicht, spie aber hinter dem Doktor aus und ging ihres Weges.

Es gab übrigens mehrere, die hinter ihm ausspuckten, die den Mann verachteten, welchen Grund sie nun auch dazu haben mochten. Er war ein Windbeutel. Für so gut wie alles gab er Tropfen und Medikamente, obwohl er wissen mußte, daß sie nicht halfen. Er tat es wohl aus Hilfsbereitschaft und Liebenswürdigkeit, wollte gar zu gern den Wünschen seiner Patienten entgegenkommen. Da es ja dieser Mann war, der mit Rechtsanwalt Robertson zusammen das ganze Torahus-Sanatorium aus dem Boden gestampft hatte, hätte man Würde und Autorität in seinem Auftreten erwarten sollen; aber nein, er rief schon von weitem: Guten Morgen! und entblößte den Kopf so übertrieben, als wollte er die Gegend mit seiner wehenden Hutfeder fegen. Und man darf ja nicht glauben, daß er es aus Neckerei tat, nein, es war lauter Freundlichkeit und Familiarität. Viele wandten sich schon vorher ab, um dieser aufdringlichen Höflichkeit zu entgehen, aber es half nichts, der Doktor rief hinter ihnen her. Er wollte auch so gern witzig sein und fein und ehrbar spaßen, und dabei fiel es so unbeholfen aus: nein, er war ein braver Bauernjunge, der studiert hatte. Aber kein Zweifel, er meinte es gut, das zeigte er in seiner Sorge um die Patienten. Wer war ein so seelenguter Allerweltsfreund wie er! Oft übertrieb er und machte sich selber klein, um andern zu dienen, ja, andern zuliebe konnte er sogar die Bedeutung seiner Stellung als Arzt verwischen und etwa sagen: Dies oder jenes Übel können Sie, Herr Bertelsen, bei Ihrer Bildung und Intelligenz leichter durch Massage kurieren, als ich es mit meinen Tropfen kann. Konnte ein Arzt so etwas sagen, ohne dabei zu verlieren? Die Folge war, daß Herr Bertelsen, der an die Tropfen glaubte, aufhörte, an den Arzt zu glauben. Doktor Öyens Fehler war, daß er zuviel redete, er verhielt sich nicht schweigend und geheimnisvoll: Einen Doktor muß man mit Aberglauben betrachten, er soll verstehen lassen, daß er ein Teil mehr kann als sein Vaterunser, aber was ließ Doktor Öyen verstehen!

Eines Tages kamen ein Herr und eine Dame aus dem Walde zu Hause angelaufen, und der Herr war Herr Bertelsen, die Dame Fräulein Ellingsen, eine hübsche, hochgewachsene Dame, die sich nur ein wenig am Telegraphentisch überanstrengt hatte. Dieses Paar kam also angelaufen und suchte nach dem Doktor. Herr Bertelsen war etwas knurrig: Wenn man wirklich einmal den Doktor braucht, so ist er nicht zu finden! Herr Bertelsen schien Eile zu haben, er hielt das Taschentuch an die eine Backe, jammerte ein bißchen und war augenscheinlich ängstlich. Eine Ameise hat ihn gebissen! sagte jemand spöttisch. Als Herr Bertelsen endlich den Doktor fand, war es nicht eine Ameise, die ihn gebissen, sondern eine Hutnadel, die ihn in die Backe gestochen hatte, Fräulein Ellingsens Hutnadel! Es sah gefährlich, tödlich aus, die Backe war auf das Doppelte angeschwollen, das Fräulein verzweifelt. Ach, es ist Blutvergiftung! jammerte sie.

Lassen Sie mich sehen! sagte der Doktor. Mit der Hutnadel, sagen Sie? Ach was, dann ist es nichts!

Doch, es ist bestimmt Blutvergiftung, behauptete die Dame.

Statt nun eine mystische Arztmiene aufzustecken und um Säuren, Pinsel und Watte nach der Apotheke zu laufen, lachte der Doktor über die Geschichte und sagte zum Patienten: Gehen Sie zum Bach hinunter, Herr Bertelsen, und spülen Sie sich Ihre Backe mit kaltem Wasser. Sie können es aber auch ebensogut lassen, die Schwellung gibt sich in einem Tage von selbst.

Das hieß nun wirklich, die Sache recht leicht nehmen. Herr Bertelsen war enttäuscht und wollte ungern umsonst Angst verraten haben; er fragte: Ist es denn ganz ausgeschlossen, daß es Blutvergiftung sein kann? Wenn es angeschwollen ist? Ich meine, die Spitze der Nadel –?

Vollkommen ausgeschlossen! Und nun stach Doktor Öyen wieder der Hafer, er mußte sich produzieren und sagte: Ich glaube nicht, Fräulein Ellingsen, daß an Ihnen etwas Giftiges ist, Sie sehen nicht so aus.

Wäre er nun still gewesen, so würde vielleicht noch alles gut für ihn gegangen sein, aber er mußte seinen Geist verwässern und machte die Hutnadel zu einem von Fräulein Ellingsen abgeschossenen Amorpfeil. Es wurde immer unmöglicher, das mit anzuhören, und Herr Bertelsen wandte sich an seine Dame und sagte: Ich will doch Borwasser drauftun.

Nein, das ist nicht nötig, sagte der Doktor. Er begann den ganzen Fall zu erklären: Es wäre jedenfalls die Blutstauung, die die Schwellung verursachte, aber das Blut läge dicht unter der Haut. Wenn man das Loch ein klein wenig öffnete, käme das Blut wieder heraus, und die Schwellung wäre fort, wenn das Loch sich dann aber wieder schlösse, so würde sich das Blut von neuem ansammeln. Lassen Sie die Backe in Ruhe, sagte er, dann wird das Blut von selbst wieder zurückgehen.

Gewäsch, Gewäsch. Nichts als Gewäsch.

Gehen wir? fragte Herr Bertelsen seine Dame.

Und nun schwächte der Doktor seine Autorität noch mehr, indem er dem Paare nachrief: Sie können übrigens gern Borwasser nehmen, gern. Borwasserumschläge werden gut tun.

Hat man je so was gehört! sagte Herr Bertelsen zu seiner Dame und fauchte.

Herr Bertelsen war unzufrieden mit sich und der ganzen Geschichte. Er hatte gut gehört, wie die Spötter von einer Ameise sprachen, die ihn gebissen hätte, aber das hatten die Spötter aus reinem Neid gesagt, weil er der reiche junge Mann von der Holzhandlung Bertelsen & Sohn war, der erste Herr hier im Sanatorium, der Löwe, dem selbstverständlich die hübscheste Dame zufiel. Die Spötter vermochten nichts an diesem Verhältnis zu ändern, ihn konnte nichts erschüttern! In Wirklichkeit lebten die Spötter hier ja nur von seiner Gnade; ein Wink von ihm – und die ganze Gesellschaft flog. Er gab diesen Wink nicht, er übersah so etwas.

Herrn Bertelsens Verhältnis zum Sanatorium war kein Geheimnis, er machte selbst kein Hehl daraus, und an einem Ort, wo man nichts anderes zu tun hatte, als übereinander zu klatschen, wurde es gut verbreitet. Nun hätte man glauben sollen, daß die neidischen Spötter dankbar für sein korrektes, nachsichtiges Auftreten gegen sie gewesen wären, aber nein. Seht mal, krittelten sie, was hatte dieser Bertelsen so nahe an Fräulein Ellingsens Hutnadel zu suchen? Was wollte er da, zum Kuckuck? Mit der Hand, ja, das ließe sich denken, ihr Hut war vielleicht am Laube im Walde hängengeblieben; aber mit der Backe? Pfui Teufel, was für ein ekelhafter Kerl! Und was half es ihm, daß er sich mit scharfen Bügelfalten in den Hosen und weißen Gamaschen ausstaffiert hatte und das feinste Zimmer des Sanatoriums bewohnte, das kam ja alles nur daher, daß sein Vater ein großer Holzhändler war – er selbst dagegen war ja nichts als ein Laffe im Geschäft.

Na, er ist doch in die Firma aufgenommen, vermittelte einer.

Und wenn schon? fragten die andern und sahen ihn wütend an.

Ich meinte nur. Er ist also doch Mitinhaber des Geschäftes.

Ja, wenn schon? fragten sie wieder. Wenn der Alte stirbt, gehören ihm ja *alle* Bretter! Sie sahen nicht ein, was das mit der Frage zu tun hatte.

Der aber, der den Spöttern so widersprach, hatte vielleicht seine Meinung, seine eigenen Gedanken damit, Gott weiß. Es war ein junger Mann, der Klavier spielte, Eyde, mit Vornamen Selmer, also Selmer Eyde, ein wirklich netter Bursche, aber blauhäutig und fein, fast zum Fortblasen. Wenn er am Klavier saß und man nur seinen schmalen Rücken sah, machte er einen kränklichen Eindruck. Aber er war Feuer und Flamme am Klavier und war den Patienten unentbehrlich, wenn sie sich abends im Salon versammelten und Musik hören wollten. Frau Ruben bat um Tschaikowskij, und er spielte, Fräulein d'Espard bat um Sibelius, er spielte. Er war allen zu Diensten und wohnte dafür zum halben Preis im Sanatorium.

Dieses Fräulein d'Espard war erst kürzlich gekommen, sie hatte jetzt Ferien; sie war nicht Patientin, sondern eine lebhafte, lustige Dame mit Grübchen in den Backen und braunen Augen. Was wollte sie hier? Man erzählte, daß ihre Familie bessere Tage gesehen hätte, jetzt aber in Unbeachtetheit gesunken wäre. Das war vermutlich richtig. Ein Einwanderer war wohl eines Tages in dies Land gekommen, wo das Fremde feiner ist als das Nationale, er brauchte nichts als seinen Namen auf einer Visitenkarte, um hier etwas zu werden. Von dem mystischen Herrn d'Espard wußte man nichts, als daß er sich irgendwie heraufgearbeitet hatte, meistens als französischer Lehrer, wodurch er Zutritt zu guten Häusern bekam, Ansehen gewann, gut verdiente und alle in Respekt setzte, nur weil er Ausländer war. Dann verlobte er sich, alles hätte gut gehen, er hätte sich auch verheiraten können, aber hiergegen protestierte seine Frau in der Heimat, und da mußte er verschwinden.

Das war der Stammvater.

Aber seine norwegische Braut saß mit der Schande und ihren wachsenden Beschwerden da: sie sollte Mutter werden.

Das Kind wurde d'Espard Nummer zwei, ein Mädchen; sie erbte den unverlierbaren Namen und sonst nichts von ihrem prächtigen Vater, nur den Namen. Ihre Mutter mußte sich drei Stufen herunter bequemen, um überhaupt verheiratet zu werden, aber ach, die kleine Julie d'Espard trägt noch seinen Namen, der sie ein paar Stufen hinaufhebt. Sie sitzt in einem Kontor in Kristiania, weil sie d'Espard heißt, fort gewesen ist und Französisch gelernt hat. Sie weiß nichts Besonderes, spricht das nicht nuancierte Norwegisch der Mittelklasse, sie singt nicht besser als alle andern, hat keine Haushaltung gelernt, kann keine Alltagsarbeit verrichten, sich nicht einmal eine Bluse nähen, aber sie kann auf einer Schreibmaschine tippen und hat Französisch gelernt.

Arme Julie d'Espard!

Aber sie ist so hübsch, braunäugig und lebhaft, und vielleicht legt sie es auch ein wenig darauf an, feuriger zu sein, als sie ist; wie könnte sie sonst zeigen, welcher Rasse sie angehört! Sie ist Französin, und nicht Französin schlechthin, sondern Südfranzösin von Abstammung, und mochte es nun mit ihrem unregelmäßigen Ursprung sein, wie es wollte, so war sie doch jedenfalls ein Kind der Liebe. Glückliche Julie d'Espard! Und so wunderlich kann es zugehen. Von dem Tage an, als sie ins Sanatorium kam, erhielt sie ihre Bedeutung, Fräulein Ellingsen war nicht mehr die einzige Perle, das einzige Perlhuhn zu Torahus.

Fräulein d'Espard konnte Dinge, die andere nicht konnten, sie konnte sich gut über den Salat bei Tische äußern, daß er nicht wie in Frankreich sei, oh, es wäre ein großer Unterschied! Wenn die Damen dasaßen und Musik hörten, überließen sie es dem Pianisten selbst, zu wählen, was er spielen wollte, oder

24

sie sahen es Frau Ruben nach, wenn sie um Tschaikowskij bat, weil sie nervös und reich war. Fräulein d'Espard aber bat um Sibelius, obwohl sie gesund und arm war. Ein Teufelsmädel, aber was fand sie an Sibelius! Sollten wir Herrn Selmer Eyde nicht lieber bitten, zu spielen, was er will? fragte ein altes verschnupftes Fräulein. Ja, ja, sagten andere. Und dann schwatzten sie halblaut weiter darüber. Aber alle verstanden ja, weshalb Fräulein d'Espard um Sibelius gebeten hatte: weil sie auf dem Sofa zusammen mit ihrem Kavalier, einem Finnen, saß, einem Aristokraten mit einem alten Namen, Fleming: ihm wollte sie eine Aufmerksamkeit erweisen.

Teufelsmädel, die d'Espard! Nach der Musik war eigentlich Schlafenszeit, aber Fräulein d'Espard ging aus. Sie ging nicht einmal allein aus, sondern nahm den Finnen Fleming mit, dem es verboten war, sich mit seiner Brustkrankheit in der kalten Abendluft aufzuhalten. Sie gingen zu dem Wetteranzeiger, der in einem Kasten mit Glastür hing. Soweit sie in der Dämmerung sehen konnten, zeigte er ein Dreieck: Trockenes Wetter.

Ja, aber es ist kalt, sagte Herr Fleming und schlug den Rockkragen hoch.

Das Fräulein meinte, sie sollten nur etwas schneller gehen. Sie selbst hatte so lächerlich wenig an und um den Hals gar nichts.

Aber Herr Fleming fragte, ob im Gange nicht ein Plakat hinge, das die Gäste anwies, um zehn Uhr im Bett zu sein.

Ja, das stimmte schon, hier gäbe es ja Plakate über alles Mögliche.

Nun lachte Herr Fleming und sagte, sie ginge so schnell, daß sie ihn zu Tode jagte. Er atmete mühsam, drückte die Hand auf die Brust und hustete leise.

Sie setzten sich und ruhten aus.

Dies wäre auch eins von den verbotenen Dingen, erklärte er.

Dies auch?

Ja, sowohl so schnell zu gehen, daß er husten müßte, wie zu sitzen und auszuruhen.

Alles ist verboten, sagte sie wie für sich. Hinterher erklärte sie, das Plakat im Gange sei nur der schlaflosen Alten wegen hingehängt. Für sie, für die Jugend, hätte es keine Gültigkeit.

Sie erhob sich, und sie gingen weiter. Sie schritten in der Richtung der Torahus-Sennhütte und sahen Daniels kleinen

Hof mit den kleinen Häusern vor sich. Hier war es so still, kein Hund, kein Rauch aus dem Schornstein, die Leute schliefen wohl, und die Tiere im Stall wohl auch.

Daß auch hier Menschen leben! äußerte das Fräulein gedankenvoll.

Ja, und wer wüßte, ob die nicht sogar glücklich hier lebten, wunderte Herr Fleming sich.

Das Fräulein ging im Halbdunkel weiter, um genauer zu sehen: ungestrichene Balkenwände, keine Gardinen vor den Fenstern, jedes Haus mit Torf gedeckt. Weshalb hatten sie nicht einmal weiße Gardinen in der neuen Stube aufgehängt? Sonst sah sie doch hübsch aus mit ihren drei Fenstern. Diese Art Leute verstand es nicht, es sich gemütlich zu machen.

Die hätten es auf ihre Weise schon gemütlich, meinte Herr Fleming. Und Gott weiß, ob es nicht gerade die rechte Weise war: die Gemütlichkeit der geringen Bedürfnisse.

Sie sprachen auf dem Heimwege darüber. Herr Fleming war ruhig und mild, ohne Illusionen, wie Kranke im ersten Stadium; später erholen sie sich und kämpfen gegen das Sterben, aber im ersten Stadium sind sie mutlos und von ihrem Schicksal zerbrochen. Um ihn zu erheitern, bat das Fräulein ihn, von seinem Heim, dem großen Hof in Finnland, zu erzählen, einem Gut mit steinernem Schloß und Meilen von Wald und Feldern. Gegen Mitternacht kamen sie nach Hause, es war ein weiter Weg gewesen, und Herr Fleming hustete etwas. Die Tür war verschlossen, aber Herr Fleming klopfte leise mit seinem Diamantring an die Scheibe, und da wurde geöffnet.

Alles hätte gut gehen können, sie hätten nicht die schlaflosen Alten zu beunruhigen brauchen, aber Fräulein d'Espard mußte ein Buch haben, es lag gewiß im Salon oder anderswo. Sie begann durch knarrende Türen zu wandern, fand eines ihrer Bücher, aber es war nicht das, welches sie suchte, und sie ging weiter, fand noch eines, aber auch das war es nicht, und so mußte sie umkehren und sich mit dem ersten Buche begnügen.

Ach, die Bücher Fräulein d'Espards, sie blieben liegen, wo sie zuletzt gesessen und gelesen hatte, ausschließlich französische Bücher, Romane, gelbe Hefte mit billigem Papier. All diese literarische Mittelmäßigkeit war das Wichtigste vom Gepäck des Fräuleins, die Bücher waren es, die es schwer machten, die schuld daran waren, daß der Kutscher sich am Koffer verhob. In jedes Buch war der Name des Fräuleins, Julie d'Espard, geschrieben, damit niemand sich irrte, wer im Sanatorium Französisch konnte. Sie fragten sie spöttisch, ob sie mehrere Bücher auf einmal läse, weil so viele herumlagen. – Nein, das tat sie nicht. Und sie sagte in ihrem Norwegisch: Aber ich dachte, daß vielleicht jemand ein französisches Buch leihen wollte; es stände zu Diensten. – Ich habe noch nicht einmal ein Zwanzigstel von unseren norwegischen Büchern gelesen, lautete die Antwort. – Nein, norwegisch! sagte Fräulein d'Espard.

Es war dumm, aber mehrere waren verschnupft über das Fräulein; sie war so ausländisch und überlegen, setzte sich über die Verhältnisse hinweg. Alte Pfarrerstöchter meinten, es genügte, an Gott zu glauben und ehrbar gekleidet unter die Leute zu gehen, aber nein. Sie fuhren nachts nicht herum und knarrten mit den Türen, aber das tat Fräulein d'Espard. Am Morgen beklagten sie sich beim Inspektor, der Inspektor hatte eine Unterredung mit der Wirtschafterin, die Wirtschafterin ging zum Doktor. Ja, der Doktor war ganz ihrer Meinung, daß das Unwesen gedämpft werden müßte. Er nahm es wie gewöhnlich auf die leichte Achsel, scherzte mit den Alten und lobte sie, weil sie sich trotz allem so gut auf Torahus erholt hatten, Fräulein d'Espard drohte er mit dem Zeigefinger und brachte sie zum Lachen. Oh, mit ihr wurde er nicht fertig, sie wußte die Männer zu behandeln. Dann ging er zu Herrn Fleming, ein Brustkranker hätte nachts im Bett zu sein.

Sie sollten lieber am Tage ausgehen, sagte der Doktor zu Herrn Fleming.

Ja.

Am Tage in der Sonne.

Ach ja, aber wozu das alles, wozu läßt man mich so lange zappeln? fragte Herr Fleming, bleich vor Morgenkälte und Traurigkeit. Sehen Sie meine Nägel an, wie blau die geworden sind!

Die Nägel? Ach was! Sie sollten Forellen fischen gehen in den Teichen hier oben.

In der Sonne kann man nicht Forellen fischen.

O doch, mit der Fliege. Es gibt Leute, die mit der Fliege fischen, Daniel von der Sennhütte zum Beispiel. Wir finden schon einige gute Stellen. Ich werde mit Ihnen gehen.

Sehen Sie, Herr Doktor, ich habe heute nacht wieder meinen Brustkasten beobachtet: die linke Seite ist eingesunken.

Haha, lachte der Doktor. Es gibt niemanden, bei dem der Brustkasten auf beiden Seiten gleich ist, niemanden! Nein, kümmern Sie sich bloß nicht darum. Sie spucken doch nicht Blut?

Tief eingesunken, wiederholte Herr Fleming. Ich schwitze auch nachts.

Aber Sie spucken doch nicht Blut?

Ich huste aber. Ich hustete heute nacht, als ich draußen war.

Sehen Sie! rief der Doktor. Ist Fräulein d'Espard schuld daran?

Nein, nein, ich wollte es selber, ich suchte ihre Gesellschaft.

Schön, suchen Sie sie nach Herzenslust am Tage.

Da Sie Fräulein d'Espard erwähnen, sagte Herr Fleming, ich bin so dankbar, daß sie mir Gesellschaft leistet. Sie ist so munter und tapfer, ich habe einen Halt an ihr. Wir sprechen über so vieles, ich erzähle ihr von meinem Heim.

Hören Sie, sagte der Doktor, um das Gespräch zu beendigen, Sie werden sich um zehn Uhr abends hinlegen und wieder gesund werden.

Herr Fleming wiederholte mit einem zweifelhaften Lächeln: Wieder gesund?

Wieder gesund, sagte der Doktor bestimmt und nickte. Jetzt bekommen Sie Hustentropfen von mir.

Eine Hoffnung entzündete sich in Herrn Flemings Augen, sein Mund bebte, als er fragte: Sie glauben doch nicht, daß ich wieder gesund werde?

Der Doktor starrte ihn an: Sie nicht wieder gesund werden? Sind Sie verrückt?!

Das wäre zu schön – zu schön –

So, kommen Sie jetzt mit, dann sollen Sie Ihre Tropfen haben.

Unterwegs begann Herr Fleming der Meinung des Doktors zuzuneigen, daß er möglicherweise wieder gesund würde. Nein, ich spucke jetzt wirklich kein Blut mehr, sagte er, da haben Sie recht. Woher mag das nur kommen? Vor einem Monat spuckte ich Blut, nicht viel übrigens, einige Mundvoll, aber wir haben ja mehrere Liter Blut in uns, was ist da schon ein Mundvoll! Und seit ich hergekommen bin, habe ich nicht mehr gespuckt. Glauben Sie, daß es aufgehört hat?

Der Doktor hielt Herrn Fleming an, bat ihn, gerade zu stehen und ihm in die Augen zu sehen. Es war ein ärztlicher

Einfall, oder er wollte einen starken Eindruck machen. Plötzlich lachte er lustig und sagte: Sie mit Ihrer starken Konstitution, ein Riese, alte zähe Rasse! Ich kenne niemand, der von der Hand der Natur besser ausgestattet wäre. Wir müssen nur Ihre linke Lungenspitze übertünchen, dann sind Sie wieder gesund.

Herr Fleming lächelte vor Verwunderung und Dankbarkeit. Danke, danke, sagte er.

Aber keine nächtlichen Wanderungen in der rauhen Luft, denken Sie daran!

Dann holten sie die Tropfen.

Ja, das war schon richtig, Herr Fleming war von der Natur gut ausgestattet, aber die Natur schien ihr Wort, ihre ihm gemachten Versprechungen zurückgenommen zu haben. Es war ein Jammer, einen jungen Mann so hinwelken zu sehen. Der Trost des Doktors war ihm sehr willkommen, er brauchte ihn und war den ganzen Tag besserer Stimmung. Das wäre ein Streich, wenn er das Schicksal betröge, wirklich ein prachtvoller Streich! Er setzte sich hin und schrieb einen munteren Brief nach Hause: Ein merkwürdiger Platz, dieses Torahus in Norwegen, kranke Leute würden hier gesund, einer nach dem andern. Aber hier wäre auch ein Doktor, der seine Sache verstünde, welche Hustentropfen er gäbe, welch eine Sicherheit, welch ein Wissen in ihm steckte! schrieb er.

Als Herr Fleming sich am Abend niederlegte, schien sein Brustkasten deutlich noch mehr eingesunken zu sein; woher kam das? Sollte es doch etwas Ernstes mit der Brust sein? Er untersuchte sich im Spiegel, maß sich genau mit den Augen, drückte die rechte Seite hinunter, um sie der linken gleich zu machen, aber die linke war und blieb tiefer. Nicht nennenswert, nur ganz wenig, eine Senkung von der Lungenspitze abwärts, aber genug, um Herrn Fleming wieder mißtrauisch zu machen. Er legte sich nieder, konnte aber lange vor Gedanken nicht einschlafen. Er bekam die hübsche Idee, daß Fräulein d'Espard ihn schon kuriert haben würde, wenn sie Ärztin wäre; er hätte sie heiraten sollen, dann würde sie ihn schon kuriert haben! Seine Gedanken führten ihn weiter und wurden wie gewöhnlich, wenn er sich abends niedergelegt hatte, immer heißer, sie wurden gefährlich und unkeusch, unerträglich; er wand sich stundenlang, ehe er einschlief. Als er in der Nacht erwachte, war er naß von Schweiß.

Der Morgen kam. War er eines der Geschöpfe, die nicht die Augen aufschlagen konnten, ohne zu lachen und zu singen? Nein, nein, welchen Grund hatte er dazu! Er nahm seinen Platz am Frühstückstisch befangen und ohne den geringsten Appetit ein. Er sah auf Fräulein d'Espards Teller, sie hatte noch nicht gegessen. Was wollte er von ihr? Nichts, sie hörte ihn an und ging nicht achtlos an ihm vorüber, sie ließ ihn nicht allein mit seinen Gedanken, sie war hübsch und gesund, eine herrliche Frucht. Als sie kam, war er ihrer schon müde und grüßte widerwillig.

Gut geschlafen? fragte sie.

Er schüttelte nur den Kopf.

Wir wollen ein bißchen ausgehen, sagte sie.

3

Im Torahus-Sanatorium ging alles seinen Gang. Es ging vielleicht nicht alles, wie es sollte, mit Glanz und voller Musik und Verzinsung der Gelder, aber das war im Anfang auch nicht zu erwarten, das kam schon noch. Die Verwaltung hatte den besten Willen, einer guten Sache zu dienen, der Doktor war herzensgut und nahm Anteil am Wohlbefinden aller, die Wirtschafterin war eine Dame, die Erfahrung in Haushalt und Krankenpflege hatte, der Inspektor ein alter Seemann, ein ganzer Kerl, der bei jedem Kartenspiel mit dabei war und sogar ein Gläschen mit den Gästen trank, wenn sie einer Aufheiterung bedurften.

Und nun Rechtsanwalt Robertson, der neben dem Doktor der Mann fürs Ganze war: Ja, er pflegte nach Torahus heraufzukommen, das Etablissement zu besichtigen und die Bücher durchzugehen, denn er war der Oberleiter. Ein guter Kopf, ein hervorragender Mann, er grüßte die Dienerschaft zuerst, obwohl er doch der Herr war, machte sich den Gästen gegenüber nicht breit, sondern trat vor ihnen beiseite und hielt den Damen die Türen auf.

Das letztemal kam er in feiner Gesellschaft ins Sanatorium, nämlich mit der Gattin eines englischen Ministers und ihrem norwegischen Dienstmädchen. Rechtsanwalt Robertson verbeugte sich tief, ordnete Zimmer an, erteilte den Kellnern Befehle und tat alles Mögliche für die Ministersgattin. Sie nahm ihrerseits jede Aufmerksamkeit als eine Selbstverständlichkeit entgegen und dankte dann. Sie war eine Dame in reiferem Alter, von ihrem Manne geschieden, aber noch mit unverbrauchten Reserven, Puder im Gesicht, strammem Korsett und Lächeln. Der Rechtsanwalt war stolz auf diesen Gast und bat die Wirtschafterin, gut für sie zu sorgen, sie sollte nur das norwegische Mädchen, ihre Dolmetscherin, fragen, ob sie etwas wünschte. Nicht daß der Lady etwas fehlte, sie war nur eine feine Dame, die diesen Gebirgsaufenthalt in Norwegen ausfindig gemacht und, nach ihrem Gepäck und Schmuck zu urteilen, auch das Geld dazu gehabt hatte. Dem mochte nun sein, wie ihm wollte, Rechtsanwalt Robertson sprach jedenfalls auch mit dem Doktor über sie: er müßte sich um sie kümmern, sie wäre ein Magnet, der viele Gäste ins Sanatorium ziehen würde; ja, der Rechtsanwalt ging so weit, daß er sogar den Inspektor anwies, den Hut abzunehmen und barhaupt dazustehen, wenn die Ministersgattin in den Wagen stieg. Und Inspektor Svendsen, dieser Bursche, war Matrose gewesen und konnte ›Myladys‹ Sprache. *Very well!* sagte er.

Nun war Rechtsanwalt Robertson für diesmal fertig.

Da kam Selmer Eyde, der Pianist, und bat, vor seiner Abreise ein paar Worte mit ihm sprechen zu dürfen. Oh, der Herr Rechtsanwalt wußte gut, was Eyde wollte, aber er antwortete dennoch: Bitte sehr, Herr Eyde!

Sie traten beiseite, und der Pianist brachte sein Anliegen vor: Es war das alte Lied, daß es keinen Zweck für ihn hätte, hierzubleiben, er wollte und müßte hinaus, die Tage und Wochen verstrichen, und er käme nicht nach Paris. Wüßte der Herr Rechtsanwalt auch jetzt keinen Rat für ihn?

Nach Paris, ja. Ich wiederhole, daß ich das verstehe. Gibt es denn hier niemand, an den Sie sich wenden könnten? Aber im Laufe des Sommers kommt schon jemand, an solchen Ort wie hier kommen wohlhabende Leute, verlassen Sie sich drauf.

Ich habe schon an Herrn Bertelsen gedacht, sagt der Pianist.

Haben Sie mit ihm gesprochen?

Nein. Es war nur so ein Einfall.

Ja, doch. Warten Sie bis zum Herbst, es findet sich schon ein Ausweg, das weiß ich.

Und obwohl der Rechtsanwalt so aussieht, als wüßte er vieles und wollte es nur nicht sagen, unterbricht Herr Eyde ihn ungeduldig: Nein, es sind noch Monate bis zum Herbst, und ich muß jetzt fort, die Zeit läuft.

Jetzt? Nein, tun Sie das nicht. Wissen Sie, wer gerade angekommen ist? Eine englische Ministerlady. Sehen Sie, das ist ein Publikum, vor dem zu spielen sich lohnt! Sie ist imstande, sich für Sie zu interessieren.

Engländer machen sich nichts aus Musik, sagt Herr Eyde überlegen.

So? Na, es würde hübsch aussehen, wenn Sie gerade jetzt, da sie kommt, abreisen wollten. Vielleicht äußert sie direkt den Wunsch nach Musik, und dann sind Sie fort.

Es sind wohl noch ein paar Damen hier, die klimpern können.

Ja, aber soweit ich sie verstanden habe, will sie sicher gute Musik haben. Hören Sie, sagt der Rechtsanwalt plötzlich, es ist also abgemacht: Sie bleiben bis zum Herbst, dann gibt hier einer im Sanatorium ein Stipendium.

Wer? fragt der Pianist plötzlich belebt.

Der Rechtsanwalt antwortete: Ich sollte es Ihnen eigentlich nicht sagen. Aber sprechen Sie nur mit Herrn Bertelsen. Sie wissen, wer Herr Bertelsen ist, Firma Bertelsen & Sohn, ein sehr reicher und kunstliebender Mann. Grüßen Sie ihn und sagen Sie ihm, daß Sie mit mir gesprochen haben.

Wie konnte es sein, daß Rechtsanwalt Robertson mit diesem Klavierspieler verhandelte, als wäre er das unentbehrlichste Dienstmädchen? Der junge Mann mußte ja selbst den Eindruck bekommen, daß er etwas Ungewöhnliches, etwas einzig Dastehendes, etwas ohnegleichen auf dieser Erde war. Er war aufdringlich, sein Ton merkwürdig familiär, als wäre ihm mehrmals etwas versprochen, und er hätte es nicht erhalten. Und der Rechtsanwalt hatte es sich gefallen lassen. Wenn etwas dahinter steckte, so wurde es jedenfalls nicht aufgeklärt, denn jetzt reiste der Rechtsanwalt ab.

Es steckte wohl doch nichts dahinter, Rechtsanwalt Robertson machte wohl nur Redensarten und glitt darüber hinweg, um sich nicht zu streiten, nicht einmal mit dem Musiker des Sanatoriums. Er hatte dies unverschämte Bürschlein ausfindig gemacht und wollte sich die Unannehmlichkeit eines Wechsels ersparen. Der Rechtsanwalt war der geborene Wirt, ein glatter, wohlwollender Mitmensch.

Als er schon im Wagen saß, wurde er noch einmal heraus-

gerufen und mußte helfen, ein paar Sachen zu ordnen: es galt
die Post für die Gäste, sie mußten einen festen Briefträger mit
Mützenband haben, und die Kegelbahn, die sich auf dem feuch-
ten Boden schon geworfen hatte, mußte wieder in Ordnung
gebracht werden. Es war darüber geklagt worden.

Aber dann reiste der Rechtsanwalt ab.

Es waren erst zwölf bis fünfzehn Gäste auf Torahus, so daß
man noch keine Verwendung für den großen Speisesaal mit
langen Tischen für achtzig Personen hatte. Das kam später.
Die Mahlzeiten wurden im Damensalon eingenommen, einem
Raum, in dem die Damen sich doch nie aufhielten, weil sie
das Rauchzimmer der Herren vorzogen. Dort saßen sie lieber,
tranken ihren Kaffee, guckten in ein Blatt und hüstelten im
Rauch. Mylady, wie sie genannt wurde, hielt sich dagegen ganz
abseits, und da sie auch zu andern Zeiten als die übrigen aß,
sah man nur wenig von ihr. Sie aß Mittag, also ›mitten am
Tage‹, um acht Uhr abends, trank Tee zu allen Tageszeiten,
und ihre Kost bestand hauptsächlich aus Schinken und Eiern
mit geröstetem Brot.

So wimmelten denn diese zwölf bis fünfzehn Menschen
während ihres Aufenthaltes durcheinander, schwatzten das
Notwendigste und machten sich gegenseitig Mitteilungen über
ihre Krankheiten. Oh, umsonst versuchten sie es nicht mit der
Gebirgsluft, sie hatten keine andere Wahl, hatten vorher schon
alles Mögliche versucht. Einer litt am verdorbenen Magen und
nahm Pillen und Gesundheitssalz bei jeder Mahlzeit, ein anderer hatte Gicht, ein dritter Wunden im Gesicht, ein vierter
spuckte Blut. Wenn sie ins Freie gingen, staffierten sie sich
jeder auf seine Weise aus; einige sorgten für die Brust, andere
für den Rücken, wieder andere für die Füße, sie trugen Schär-
pen hier und Pelze da, einige hatten schwarze Frostfutterale
über den Ohren, andere blaue oder graue Brillen vor den
Augen. Alle wehrten sich, keiner wollte sterben.

Aber doch: einer wollte sterben. Man mußte ihn ein bißchen
im Auge behalten, denn er hatte eine gewisse Neigung zum
Selbstmord. Ein Bursche, der zuweilen lebhaft und schlagfertig, dann wieder in Schweigen und Grübeln versunken war;
der Doktor mußte ab und zu ernsthaft mit ihm reden. Eigentlich hätte er lieber in einer richtigen Anstalt sein sollen, aber

er hatte Geld und konnte bezahlen. Der Doktor glaubte übrigens nicht, daß er Hand an sich legen würde.

Es war nichts Hübsches an diesem Mann, er war unvollkommen: breit über den Schultern, aber mit schwächlichen Beinen, er sah aus, als wäre er das Produkt eines Schülers, eines Lehrlings im Fache, und eines Dienstmädchens. Sein Geld hatte er geerbt. Die Gäste nannten ihn nur den Selbstmörder.

Sprach der Doktor mit ihm, so blieb er die Antwort nicht schuldig. Anfangs meinte der Doktor, er könnte ihn wie die andern leicht und scherzhaft behandeln, aber das mußte er bald aufgeben.

Es wird gehen, sagte der Selbstmörder und nickte.

Was wird gehen? fragte der Doktor.

Ich denke nur an etwas. Es wird mir schon gelingen, wenn nicht heute, dann morgen.

Meinen Sie den Selbstmord?

Ja, natürlich. Davon sprechen wir ja. Es wird schon gehen.

Der Doktor lächelte und fragte: Sie meinen, Sie könnten sich daran gewöhnen?

Der Selbstmörder meinte ruhig, dies wäre etwas, wovon der Doktor nichts verstände. Ich suche nach einer gültigen Form dafür, sagte er. Ich gehe doch nicht einfach hin und nehme mir so ohne weiteres das Leben.

Da haben Sie ganz recht!

Der Selbstmörder blickte ihn wütend an: Hören Sie auf, Herr Doktor! Wollen Sie mit Ihrem Weiberverstand mitreden über geheime Dinge? Das ist kein Kunststück, sich einen Strick um den Hals zu legen; ist Ihnen aber je eingefallen, daß ein Selbstmord den Mord entehren kann?

Zu dieser verblüffenden Frage schwieg Doktor Öyen.

Sehen Sie, das verstehen Sie nicht, daß *der* Gedanke einen zurückhalten kann. Sich aufzuhängen, dazu gehört ja nichts, das kann man ganz alleine machen. Das könnten Sie sogar.

Nein, ich danke.

Sie könnten doch die Handgriffe machen. Sie brauchten nicht mal zu zielen.

Aber sagen Sie, meinte der Doktor und versuchte gewichtig zu sprechen, könnten Sie diesen Unsinn nicht ganz aufgeben, Herr Magnus? In dem bißchen Sterben steckt mehr, als Sie vielleicht glauben, wir Ärzte haben genug davon gesehen.

34

Der Selbstmörder behauptete augenblicklich: ›Wir Ärzte‹ haben nicht das geringste von dem gesehen, was ich meine.

Ja, was wissen Sie denn eigentlich davon, was Sterben heißt?

Nein, antwortete der Selbstmörder, aus eigener Erfahrung nichts.

Und er beendete das Gespräch mit einer Handbewegung.

Es sah aus, als amüsierte er sich über seine Antwort. Es ist auch gut möglich, daß sein Gerede, der Selbstmörder entehre den Mord, nur Bluff war, ein Vorwand, um das Aufhängen bleiben zu lassen. Überhaupt klang die Rede des Selbstmörders nicht ganz aufrichtig, sie war zu forsch. Aber er machte doch auch einen Eindruck von Zerquältheit, sein junges Gesicht war von Grübeln und Leiden verheert.

Die Patienten hatten nichts zu tun, sie waren darauf angewiesen, die Umgegend zu durchwandern und Plakate und Wegweiser zu studieren, zusammen bei einem Glase Selters mit Kognak zu sitzen oder auf einer der langen Veranden in der Sonne zu liegen und über ihre Leiden zu brüten. Sie waren stets auf der Jagd nach Sympathie bei anderen, und es pflegte nicht lange zu dauern, bis die richtigen Menschen sich fanden und wie alte Bekannte wurden. Au, konnte der eine sagen, wenn mich der liebe Gott doch von dieser Gicht befreien möchte! Ja, Gicht ist nicht schön, konnte ein anderer antworten, es ist eine der schlimmsten Plagen, die es gibt! Das half, das linderte, und nun kam der andere an die Reihe, um sich *sein* Mitleid zu holen.

Sie hatten nicht viele Eigentümlichkeiten an sich; Patienten sind immer gleich. Der Selbstmörder war vielleicht der seltsamste. Eine andere merkwürdige Gestalt war übrigens der mit den Wunden im Gesicht. Seine Wunden waren erst kürzlich aufgebrochen, es waren Löcher und harte Knoten auf der Haut, die näßten und zu Wunden wurden. Wenn diese Wunden an der einen Stelle heilten, brachen sie an einer andern wieder auf. Zuletzt hatten sie sich auf die Augen, sogar auf die Augäpfel selbst, geschlagen, es schien, als wäre sein ganzer Körper mit Gift infiziert. Der Mann war von gleichem Alter wie der Selbstmörder, auch er noch jung, unter dreißig, und die beiden hatten sich zusammengetan.

Der Mann mit den Wunden war auch kein Dummkopf, er konnte sich auch lustig machen, sowohl über die andern Gäste wie über sich selber und seine Wunden. Er war der Sohn eines

Auktionators, wie er sagte, und es ging ihm nicht besonders gut, aber er bezahlte im Sanatorium, so weit war alles in Ordnung, und nicht selten erhielt er von seinem Vater einen Brief mit einem Extra-Zehnkronenschein; das sollte Geld zum Kartenspielen sein. Da ging er nun wie die andern und hütete sein Leben mit Gebirgsluft und Doktoraufsicht, reichlich unelegant gekleidet, in einer braunen Joppe und einem Sporthemd, das über der Brust mit einem gelben Schuhband zusammengeschnürt war; das Schuhband hatte Zwingen an den Enden. Er hieß Anton Moß. Er beschuldigte den Selbstmörder, daß er zuviel trinke, obwohl er nie etwas trank als hin und wieder ein Glas Selters mit Kognak.

Wie können Sie glauben, Ihre fixe Idee loszuwerden, wenn Sie trinken? sagte Moß.

Der Selbstmörder war sehr reizbar, er antwortete ärgerlich, daß er erstens keine fixe Idee hätte, sie zweitens nicht loswerden wollte und drittens nicht tränke. Kümmern Sie sich nur um Ihre Räude und Unsauberkeit und schweigen Sie! sagte er.

Mein Ausschlag steckt nur in der Haut, aber Sie sind inwendig krank.

Mir fehlt nichts.

Nein? Weshalb sind Sie dann hier?

Schweigen Sie!

Es muß irgend was nicht in Ordnung sein mit Ihrem Kopf, Ihrem Gehirn.

Haben Sie keine Scham im Leibe? rief der Selbstmörder. Mit Ihrem eigenen Kopf ist etwas nicht in Ordnung. Sehen Sie nur in den Spiegel!

Moß wurde auf einmal ruhig, er senkte sein verbeultes Gesicht auf den Tisch und schwieg einen Augenblick, Einen Augenblick – dann war er wieder der alte. Ich habe sozusagen nur eine einzige Wunde, die nicht zuheilen will, und das ist die hier! sagte er und zeigte einen verbundenen Finger.

Der Selbstmörder betrachtete mit Widerwillen den Finger und trank aus seinem Glase.

Das ist gewissermaßen meine Fest- und Lieblingswunde.

Haha! lachte der Selbstmörder.

Es würde mir etwas fehlen, wenn ich diese lebenslängliche Bandage nicht um den Finger hätte. Soll ich sie abnehmen und es Ihnen zeigen?

Der Selbstmörder schielte nach dem entsetzlichen Verband und mußte schleunigst wieder trinken.

Moß fuhr fort: Sie wollen beachten, daß dies kein gewöhnlicher Lappen ist, ich habe ihn von meiner Mutter bekommen. Sie hat die größten Ausgaben nicht gescheut: er ist aus Seide, ursprünglich roter Seide. Jetzt ist er ein bißchen verblichen; jawohl, ich verbleiche, Sie verbleichen. Sie sehen übrigens heute glänzend aus, Sie müssen ausgezeichnet geschlafen haben!

Diese kleine Anerkennung schien eine gute Wirkung auszuüben, der Selbstmörder nickte; ja, er hätte ausgezeichnet geschlafen. Sie begannen vernünftig über diese ewigen Wunden zu reden, was konnte das für eine Art Hexerei sein? Es sah häßlich aus. Jetzt bluteten ja die Ohren.

Hier nickte Moß, daß die Ohren bluteten. Er hätte wohl heute nacht den Schorf abgerissen, meinte er.

Bekam er denn keine Salbe?

Doch, Moß bekam Salbe. Aber im übrigen war dies ein Fall, bei dem der Doktor die sogenannte expektative Methode anwenden wollte. Er wollte abwarten. Aber ja, Moß bekam Salbe, rein heraus: Vaseline.

Das war ja merkwürdig!

Ja, aber es zeigte, wie unschuldig die ganze Sache war. Es sollte ursprünglich daher kommen, daß er gegen den Wind genießt hatte.

Haha! lachte der Selbstmörder. Wollen Sie ein Selters mit Kognak?

Ja, ich danke.

So zankten sich diese beiden Männer oft und vertrugen sich wieder. Sie erzürnten sich nie im Ernst und konnten sich nie lange entbehren. Hin und wieder hatte Anton Moß sich, wenn er des Morgens aus seinem Zimmer herunterkam, das Gesicht in der Nacht besonders schlimm zugerichtet, aber er war doch gut gelaunt, und traf er dann den Selbstmörder, so konnte er sagen: Na, heute nacht haben Sie es auch nicht getan?

Schweigen Sie!

Nein, es ist nicht so leicht, sich aufzuhängen. Erst müssen Sie einen starken Haken finden.

Sie traten auf die Veranda. Dort waren schon einige, darunter die Dame, die immer etwas zwischen den Händen drehte. Sie drehte ihr Taschentuch und ihre Handschuhe, und alles, was sie in die Hand nahm, zwirnte sie zu einem Strick zu-

37

sammen. Es war Nervosität mit Methode. Sie dachte vielleicht gar nicht daran, wie lächerlich und unnütz ihre Mühe war, aber fleißig war sie, als gälte es eine wichtige Arbeit. Bekam sie nichts anderes zu fassen, so drehte sie ihre Finger, daß sie knackten.

Anton Moß sagte zum Selbstmörder: Sagen Sie der Dame, daß sie aufhören soll.

Ich? Nein.

Das würde ihr eine Weile helfen. Es tut mir leid um sie.

Gehen Sie selbst! sagte der Selbstmörder.

Frau Ruben trat auf die Veranda heraus, suchte sich den breitesten Korbstuhl aus, setzte sich hinein, ließ sich darin nieder. In Algier wäre sie die erste Schönheit gewesen, sie hatte einen herrlichen dunklen Blick und war so unmenschlich dick. Ihre fetten dunklen Finger mit den Brillantringen schienen knochenlos zu sein.

Wollen Sie gehen? fragte sie die Dame, die ihre Handschuhe drehte.

Ja, wenn ich Begleitung habe. Kommen Sie mit, Frau Ruben?

Ich kann leider so schlecht gehen.

Sie sind doch viel schlanker geworden, Frau Ruben.

Finden Sie? Ja, mir kam es selbst so vor, als ob ich abgenommen hätte, als ich mich jedoch gestern wog, war es genau dasselbe. Aber das könnte ja davon kommen, daß ich dicker angezogen war, schwerere Stiefel trug. So, Sie finden wirklich, daß ich dünner geworden bin, Fräulein?

Ganz bestimmt. Das kann jeder sehen. Ich finde, Sie sollten mitgehen, Frau Ruben.

Nein, wie würde das aussehen! So ein frisches junges Mädchen soll mich nicht schleppen. Herr Inspektor, kommen Sie doch mal her! rief sie.

Der Inspektor kam, nahm den Hut ab und fragte: Konnten gnädige Frau heute nacht schlafen?

Nein, antwortete Frau Ruben. Heute nacht so wenig wie sonst.

Ging es nicht besser?

Besser? Wie sollte es besser gehen? Und ich muß Ihnen sagen, ich vertrage auf keinen Fall diese haarsträubende Angst des Nachts. Das tue ich nicht.

Nein —

Nein. Aber heute nacht wirtschafteten die Dienstmädchen auf dem Boden über mir. Ich glaubte, es wären Wilde.

Nein, aber, gnädige Frau –

Wie, Sie sagen nein? Sie wollen also leugnen? Aber Sie sollen doch wissen, daß ich von dem Lärm auf dem Boden jederzeit sterben kann. Ja, und ich habe wieder nicht schlafen können vor dem Lärm auf dem Boden.

Nun hatten zwar keine Dienstmädchen auf dem Boden, von dem Frau Ruben sprach, geschlafen, dort wohnte überhaupt niemand; aber der Inspektor war schon durch Erfahrung klug geworden, und sobald er zu Worte kam, erklärte er nur kurz und gut, daß die Dienstmädchen jetzt umgezogen wären.

Sind sie wirklich umgezogen? fragte die gnädige Frau.

Gestern, sie wohnen in der Dependance, in dem Gebäude drüben.

Nun, und dann?

Der Inspektor schwieg.

Aber jetzt war Fräulein d'Espard hinzugekommen, das schändliche Fräulein d'Espard, das ein unsympathischer Mensch war und nur Anziehungskraft für Herren besaß; ja, sie war hinzugekommen und hörte den Wortwechsel mit an. Wie – wie –? sagte sie verwirrt.

Frau Ruben maß sie mit den Blicken: Was meinen Sie?

Ich meine nur – der Herr Inspektor versteht Sie wohl nicht. Daß Sie heute nacht nicht schliefen, wenn die Dienstmädchen gestern umgezogen sind –?

Frau Ruben dachte nach. Ja, dann war es gestern nacht, sagte sie. Aber geschlagen war sie nun doch. Eine andere würde vielleicht ihre Zuflucht zu Tränen genommen haben, das tat Frau Ruben nicht, aber sie wurde dunkelrot im Gesicht. Und nun geschah es, daß die Dame, die ihre Handschuhe drehte, sich erhob und ihr half. Entschuldigen Sie, sagte sie, aus Ihrem Stuhl guckt ein kleiner Nagel heraus, an dem ich mir heute meine Bluse zerrissen habe. Da ist er.

Danke, sagte Frau Ruben. Aber jetzt hatte sie sich erholt und rief dem Inspektor nach: Sie haben also wirklich die Mädchen umziehen lassen?

Sie sind umgezogen, antwortete er.

Das war auch höchste Zeit!

Jeder hatte also genug mit sich zu tun, mit seinen Zwangsvorstellungen, eingebildeten Leiden und wirklichen Krankheiten. Ach, alle Krankheiten waren echt genug, alles war Leiden und alles gleich unheilbar. Es war ein Jammer, diese Sammlung von Gebrechlichkeit in allen Variationen zu sehen.

Die Dame sitzt wieder da und dreht ihre Handschuhe. Sie scheint Anton Moß leid zu tun, und er sagt: In dem Augenblick, als sie mit Frau Ruben sprach, hörte sie auf, und jetzt dreht sie wieder. Nein, wie ich aussehe, kann ich nicht mit ihr reden. Aber Sie könnten es tun!

Das ist gleichgültig, antwortet der Selbstmörder kurz. Jetzt sitzt er da und brütet und brütet, er hat wieder eine seiner dumpfen Stunden, es ist lächerlich, sich etwas vorzunehmen, unnütz, etwas mit den Händen zu tun, sich zu erheben, zu sprechen. Schweigen Sie! sagt er zu Moß.

Moß sagt: Sehen Sie sich den Mann an, der dort kommt!

Der Selbstmörder blickt nicht auf.

Es ist Herr Fleming, der brustkranke Finne, der feingekleidet, hohlbrüstig, auf die Veranda heraustritt und Fräulein d'Espard und die andern grüßt. Er mag kaum eine gute Nacht gehabt haben, die Schatten unter seinen Augen sind sehr dunkel, aber er erträgt es mit Anstand, lächelt, ist höflich gegen den Pianisten und bietet ihm aus einem kostbaren Etui eine Zigarette an.

Jetzt kommt Fräulein d'Espard und reicht ihm die Hand, Herr Fleming nimmt sie, unterbricht aber nicht sein Gespräch. Guten Morgen, grüßt sie. Guten Morgen, antwortet er.

Herr Fleming ist brustkrank und leicht erregbar, er kennt Fräulein d'Espard jetzt gut und braucht sich ihr nicht erst besonders vorzustellen. Er rechnet mit ihrer Nachsicht, um die er sie übrigens gebeten hat. Oh, er wollte sie nicht verlieren, sie war ihm durchaus nicht etwa unnötig, sie war die einzige, für die er etwas übrig hatte, aber sie machte sich nicht rar, er brauchte sie nie aufzusuchen, und die Folge war, daß er ihr zuweilen – wie jetzt, wenn er eine schlaflose Nacht gehabt hatte – seine schlechte Laune zeigte. Nicht daß er sie sein Mißfallen nicht auch hätte fühlen lassen, wenn sie nicht auf der Veranda zu sehen gewesen wäre, als er heraustrat. Was sie auch tat, war verkehrt, denn er war brustkrank und reizbar. Ein prächtiger Mensch, dieses Fräulein d'Espard, das ihn zu jeder Zeit ertrug.

Sie schritten zusammen die Treppe hinab und verließen das Sanatorium.

Wo gingen sie hin? Wieder zu Daniel, wie fast jeden Tag? Was wollten sie dort?

Es war ein Einfall von Herrn Fleming. Er wollte zu Daniel und seiner Sennhütte, die so klein und übersichtlich war: man mußte sich bücken, wenn man zur Tür hereintrat, und drinnen waren ein Bett, ein Tisch, ein paar Stühle und eine Grube, über der gekocht wurde – Steinzeit. Bitte, wollten die Dame und der Herr nicht lieber in die neue Stube treten? Nein, danke, der brustkranke Gutsbesitzer zog diese alte Sennhütte vor. Hier setzte er sich auf den Holzstuhl und bekam Milch in einem dicken Glase oder saure Milch in einer Holzsatte; das schmeckte nach Kindheit und Ursprünglichkeit, das schmeckte sogar der Dame, die aus der Stadt war, Schreibmaschine schrieb und Französisch konnte. Sie sprachen zusammen, Daniel und seine Haushälterin einerseits und die beiden Gäste vom Sanatorium andererseits, dasselbe Geschwätz, eine gesegnete Harmlosigkeit bezüglich der Rätsel des Lebens. Es waren nicht viele Gedanken, die sich kreuzten, es war leicht, hier zu sitzen und das Nötige von Wind, Wetter und Wegen zu reden. Welch ein Unterschied gegen heute nacht, als man vor Grübeln nicht schlafen konnte: Wo läuft der Weg? Nirgends. Aber wo läuft denn der Rückweg? Nirgends.

Er bezahlt, bezahlt gut für die Milch und möchte auf saure Milch abonnieren. Herzlich gern! Er macht sich im Hause beliebt durch nettes Benehmen und Geldstücke. Dürfte er jeden Tag wiederkommen? Hier wäre es ihm gerade recht. Ich möchte euch nicht vertreiben, sagt er dann, aber laßt mich ein wenig allein hier drinnen. Ich möchte hier am Tische sitzen, über etwas nachdenken und vielleicht nach Hause schreiben. Gnädiges Fräulein, Sie erklären es ihnen wohl!

Er bleibt allein, und als hätte er es sich so ausgedacht, beginnt er sich zu entkleiden. Dabei weint er vor Sentimentalität und Verkommenheit, er ist krank und übernächtig. Ist *er* es, der hier steht? Dann hat ihn wohl der rechte Instinkt fortgeführt von den Menschen und den großen Gebäuden, zurück zum Versteck und zur Höhle wieder.

Da lächelt er, lächelt und weint, ach Gott, wie schwach und herunter er ist! Aber hier ist Heilung in der Stubenluft selbst, Bakterien von einer freundlichen Art sitzen vielleicht in den alten Wänden, Gott weiß, ein Schlafmittel, Gärpilze, rote Blutkörperchen, Gesundheit und Leben.

Es stört ihn nicht, daß das Fenster der Hütte keine Gardinen hat, er legt sich in seinem blauseidenen Unterzeug unter die Felldecke.

Und wirklich, Fräulein d'Espard erklärt den Leuten, was für ein Mann das ist: ein großer Graf aus einem Schlosse, er kann Französisch, ja sogar Russisch, er ist nur ein bißchen nervös geworden, aber das geht in einiger Zeit vorüber. Habt ihr den Ring an seinem Finger gesehen? Daniel, dann brauchtest du dein ganzes Leben nicht mehr zu arbeiten!

Was sollte ich denn tun? fragte Daniel verständnislos. Nein, das verstand er nicht.

Die junge Dame schlendert mit Daniel zur Arbeit hinaus und sieht zu, wie er eine Einfriedigung macht. Ja, erklärt er, die Zäune werden nie hoch und stark genug; sie sind sein ewiger Verdruß, die Ziege klettert drüber, die Kuh springt drüber, und das Schaf zwängt sich hindurch! Er gibt diese Erläuterungen in einem scherzhaften und etwas überlegenen Tone, auch er will zeigen, daß er etwas kann, nicht so feine Sachen wie sie, nein, nein, aber das, was er können muß, das kann er gründlich. Er läßt durchblicken, daß es keinen Mann unten im Kirchspiel gibt, der ihn betreffs des Betriebes dieser Senne etwas lehren kann. Er redet gern über seinen Besitz, die Torahus-Senne, Berg und Wald, wie er sagt: das alles rings ist sein. Alles? fragt sie überwältigt, und sie redet ihm nach dem Munde und sagt: Großer Gott! – Nun hat er Blut geleckt und schwatzt weiter. Der einsame Bursche hat ja nicht viele, mit denen er sich hier auf seinem Berge aussprechen kann, und er benutzt diese seltene Gelegenheit, um seine Zunge zu gebrauchen, antwortet willig auf all ihre freundlichen Fragen.

Es ergötzt die junge Dame, ihm zu lauschen, er redet so nett. Zudem ist er mutig, er hat sich die Hand verletzt und lacht darüber. Das Fräulein kann nichts Komisches an einer verletzten Hand finden, und da lacht er noch mehr. Da sie sich nun einmal für solche Kleinigkeiten interessiert, erzählt er ihr, wie die Hand zwischen zwei Steine in der Einfriedigung geriet und blau und blutig geklemmt wurde. Es hätte viel schlimmer kommen können, aber er verhütete das Unglück mit der andern Hand und dem Knie. Ach, so etwas geschah oft bei der Arbeit draußen.

Er wollte sich nicht überheben, Daniel, und vielleicht überhob er sich auch gar nicht, sondern war nur dankbar, daß er
einen Zuhörer hatte. Er hätte sich wohl auch geirrt, wenn er
glaubte, daß sie ihm um seinetwillen zuhörte, sie tat es natürlich nur, damit der Patient in der Hütte Frieden haben konnte.
Sie war ein paarmal ans Fenster gelaufen, hatte ihn aber nicht
gesehen; als sie schließlich das Gesicht an die Scheibe drückte,
entdeckte sie, daß er im Bett lag und schlief. Sie kehrte zu
Daniel zurück und schwatzte weiter mit ihm. Daniel ging in
Hemd und Hose, mit elenden Leinenträgern über den Achseln
und Holzpantoffeln ohne Strümpfe; das war alles, was er an-
hatte. Er war zäh bei der Arbeit, ein Stein war ein Stein, und
er gab es nicht auf, weil er ein bißchen schwer war. Plötzlich
riß einer seiner Hosenträger. Das machte auch nichts, er
knöpfte ihn nur ab und behalf sich mit dem andern Strang.
Fräulein d'Espard sah zu, und ihr gefiel seine Geistesgegen-
wart. Denk, wenn solch ein Bursche gut gewachsen war! Der
Mund war zu groß, aber er hatte schöne Zähne, das Haar auf
seinem Kopfe war dicht, wenn auch fettig und unsauber. Gott
weiß, in Frack und weißer Binde sah er wohl wie ein Affe aus.
    Die Haushälterin kommt mit allen Zeichen der Verwirrung.
Er hat sich in dein Bett gelegt! sagt sie.
    Daniel blickt auf.
    Ausgezogen und hineingelegt! sagt die alte Magd.
    Fräulein d'Espard tut auch verwundert: Oh, dann ist er
sicher sehr müde gewesen!
    Daniel fängt an zu lachen, aber die Haushälterin murrt
ein wenig: Kein Laken und nichts!
    Das macht nichts, sagt Fräulein d'Espard, laßt ihn nur lie-
gen, er muß todmüde gewesen sein.
    Die Haushälterin geht.
    Aber er hätte sich doch in der neuen Stube hinlegen und ein
Laken bekommen können, sagt Daniel auch. Ich habe doch
Laken auf dem Hofe, fügt er hinzu. Er ist nicht verwirrt,
ärgert sich nicht über das Geschehene, aber er will zeigen, daß
er mehr als ein Laken besitzt. Oh, Daniel ist nicht arm, er ist
zufrieden. Von früher her kennt er den ruinierten Hof seines
Vaters, jetzt weiß er, was er selbst hat, und das ist genug in
alle Ewigkeit. In der Gemeinde gibt es größere Höfe, ach,
große Höfe, aber sie sind mit Schulden belastet; Daniels Sennhütte, Berg und Wald sind schuldenfrei! Er schwatzt frei her-

aus und arbeitet wieder, während das Fräulein ihn mit seinen Fragen unterhält.

Ob er nicht ein Mädel in der Gemeinde hätte?

Haha! O ja, das könnte schon sein.

Ja, denn bei der neuen Stube hätte er sich wohl etwas gedacht?

Bei dieser Frage bekommt er Respekt vor dem Verstand der Dame und meint dann, daß er ebensogut erzählen kann, wie alles zusammenhängt. Ach nein, er hat kein Mädchen, aber es sickert doch durch, daß er seine Absicht mit der neuen Stube gehabt hat, denn er hatte einmal ein Mädchen, Helena, die Tochter eines Bauern, es wurde jedoch nichts daraus. Aber das hätte nichts zu sagen. Daniel hat einen roten Kopf, er arbeitet schwer und hastig, natürlich ist er zornig. Aber sogar in diesem Augenblick kann er es nicht lassen, seinem Nebenbuhler eins auszuwischen; es war der Gendarm, der wollte selbst Lensmann werden und Helena zur feinen Dame machen. Sie war doch etwas Besseres. Sonst würde er – Daniel – sich ja nie etwas aus ihr gemacht haben.

Nein, natürlich nicht.

Er trägt sein Schicksal wie ein Mann, denkt Fräulein d'Espard, und als sie ihn deswegen lobt, trägt er sein Schicksal noch mehr wie ein Mann und wird überlegen: Jawohl, Helena wurde nun bald Lensmannsfrau, während er – Daniel – sich hier auf Torahus jahrein, jahraus abrackerte. Was sonst? Sollte er sich zum Narren machen und einem Mädchen nachtrauern? Nie! In der Gemeinde hatte es einen Burschen gegeben, der verschmäht worden war und es nicht überwinden konnte. Er magerte immer mehr ab, und einige Jahre darauf lag er als Leiche da. Das hätte er schön bleiben lassen sollen! Er hätte heute noch leben können.

Starb er?

Ganz allmählich. Eines Tages war er fertig! Und Daniel wurde weise und überreif, er führte Kernsprüche an: Nein, man darf nicht zu zart besaitet sein, wenn man mit dem Leben fertig werden will!

Das gefiel Fräulein d'Espard, sie hielt es vielleicht für seine ureigene Lebensanschauung. Das war es zwar nicht, aber das schadete nichts. Sie hatte nicht mit Leuten im Kirchspiel unten gesprochen und wußte nicht, daß viele solcher weisen Sprüche unter ihnen im Schwange waren.

Da revanchiert Daniel sich und fragt seinerseits, ob der Graf drinnen ihr Bräutigam sei, und das leugnet das Fräulein nicht ganz. Aber nein, ihr Bräutigam ist er eigentlich nicht, sie haben sich nur im Sanatorium getroffen und vom ersten Tage an zusammengehalten. Sie haben soviel Gemeinsames.

Dann kommt es wohl noch! sagt Daniel und nickt aufmunternd.

Und Fräulein d'Espard erwidert: Was einmal werden kann, das weiß ich nicht, aber noch ist es nichts. Was sollte übrigens kommen? Nein, es kommt nichts.

Aber jetzt hat Daniel schon mehrmals gegähnt, und das ist ein Zeichen, daß er hungrig ist; er sieht nach der Sonne und gibt zu verstehen, daß Essenszeit ist. Als sie wieder nach dem Hause gehen, fragt Daniel, wie es im Sanatorium sei, wohl großartig?

Ach ja. Zwar nicht so wie im Ausland, aber . . .

Es ist ja eine englische Prinzessin gekommen, hab ich gehört?

Fräulein d'Espard hat nichts dagegen, mit einer Prinzessin unter einem Dach zu wohnen, und antwortet: Es heißt so.

Ja, daß aus der alten Sennhütte drüben mal ein Schloß und ein Königshof werden sollte! sagt Daniel und schüttelt den Kopf. Und er beginnt ihr wieder vorzutragen, daß er es war, dem sie das erste Angebot gemacht hatten, daß sie zuerst seine Sennhütte haben wollten. Er scheint nicht zu bereuen, daß er hartnäckig war und nicht verkauft hat, aber die Leute konnten gerne wissen, daß man zuerst die Torahus-Sennhütte, Berg und Wald zum Sanatorium ausersehen hatte. Natürlich. Denn hier war die rechte Stelle. Drüben in der Nachbarsenne gab es ja nur Bergfliegen und Nordwind.

Die Haushälterin kommt mit dem Bescheid, daß Daniel in der neuen Stube essen soll, es gäbe kalte Grütze, kalte Milch, kalte Kartoffeln und Brathering, sie hätte nichts kochen können, weil der Fremde noch in der Hütte schlief, wo der Herd war.

Schläft er noch immer?

Ob er noch schläft? Er hat sich noch nicht einmal umgedreht!

Daniel lacht gutmütig und geht hinein zu seinem kalten Mittagessen.

Und wahrlich, Fräulein d'Espard ist ein tadelloses Men-

schenkind; sie wartet geduldig während der ganzen Mittagszeit, und als sie vorbei ist, begleitet sie Daniel wieder zur
Arbeit. Wer anders als ein liebendes Weib könnte eine solche
Probe bestehen! Als Herr Fleming endlich am Nachmittag
aufsteht, strahlt ihm das frohe Antlitz des Fräuleins gerade
entgegen. Er schüttelt lächelnd den Kopf über sich selbst wie
als Entschuldigung, ja, als hätte er keine Worte dafür.

Haben Sie gut geschlafen? fragt sie.

Ja, antwortet er. Dann dankt er Daniel für die Unterkunft
und gibt ihm einen Geldschein; oh, er ist voll von Lob, seit
er Kind war hat er nicht so gut geschlafen. Können Sie das
verstehen, gnädiges Fräulein? Und darf ich wiederkommen,
Daniel? Nein, kein Laken, keine Umstände, nur alles so wie
heute. Vielen Dank.

Auf dem Heimwege sprechen sie weiter über diesen Schlaf.
Und wahrhaftig, er ist hungrig! Seit Jahr und Tag ist er zu
den Mahlzeiten nicht hungrig gewesen, und jetzt könnte er
trockenes Brot essen. Das kam vom Schlafen. Wie viele Stunden hatte er denn, in aller Welt, geschlafen? Und ohne zu
schwitzen, fast ohne feucht zu werden.

Fräulein d'Espard sieht natürlich die Streifen von der
Feuchtigkeit, die von seinen Schläfen geronnen und jetzt ein-
getrocknet ist, aber sie sagt ja und amen zu all seiner Aufge-
räumtheit und geht nur schneller, damit er nicht kalt wird.

Oh, ich erhole mich schon noch, gnädiges Fräulein, ich
fühle, daß ich schon kräftiger bin. Ja, es ist wahr, lassen Sie
uns eilen, Sie sind hungrig, wir sind beide hungrig.

Sie kommen zu spät zum Essen ins Sanatorium, aber Fräulein d'Espard ist nicht die Dame, die nicht zur Unzeit eine
Mahlzeit herbei schaffen könnte, und sie hilft selbst, sie aus
der Küche zu holen. Dann essen sie und trinken Wein dazu,
es ist eine Freude im Herzen des brustkranken Mannes, er taut
auf, seine Wangen bekommen Farbe, die Augen Leben.

Der Tag verstreicht. Es ist immer noch Freude in Herrn
Flemings Herzen, und am Nachmittag trinkt das Paar wieder
ein wenig guten Wein. Am Abend meint er wohl, es könne
nicht davon die Rede sein, daß sie sich trennen, obwohl das
Fräulein Anzeichen von Müdigkeit zeigt; nein, er ist selbst
zu frisch und ausgeschlafen, die Nacht wird lang werden, was
ist zu tun? Sie sitzen zusammen und erörtern es, selbst das
Entkleiden scheint unmöglich, das Lösen der Schuhbänder.

46

Darüber lacht sie. Sie sitzen so lange im Rauchzimmer, bis die letzten Gäste sie verlassen und zu Bett gehen, dann erheben sie sich endlich auch und steigen die Treppe hinauf; das Fräulein kann kaum noch die Augen aufhalten.

Dann nimmt er ihre Hand, und sie sagt: Gute Nacht, gute Nacht!

Nein, das nicht. Er wünscht, daß sie weiter mitkommt, in sein eigenes Zimmer.

Das will sie nicht.

Aber die Nacht wird so lang, so trostlos für ihn, schlaflos und öde. Und er hat Wein hineinstellen lassen, sie können noch weiter beim Wein sitzen.

Ja, danke sehr, aber nicht jetzt. Nein, danke.

Dürfte er sie denn in ihr Zimmer begleiten? Sie könnten dort sitzen. Die Nacht wird sonst so lang.

Nein. Gute Nacht! sagt sie, Sie werden schon schlafen. Aber ich kann Sie übrigens begleiten und Ihnen die Stiefel ausziehen.

Ja, vielen Dank! Sie sind zu lieb.

Als sie eintreten, flüstern sie aus Vorsicht beide, aber sie hindert ihn, die Tür abzuschließen.

Nur damit es dem Mädchen nicht einfällt, hereinzugucken, erklärt er.

Ja, aber ich muß gleich wieder gehen. Setzen Sie sich nun.

Sie knüpft ihm das Schuhband auf und hält einen Augenblick inne vor Überraschung – was vielleicht auch von ihm beabsichtigt war: der feine Mann trägt seidene Socken, und, soviel sie davon versteht, sehr kostbare seidene Socken. Um sich zu erholen, äußert sie gleichgültig: Sie tragen zu dünne Socken hier im Gebirge.

Finden Sie?

Ja. Hier muß man Wolle tragen. So, das übrige können Sie selbst besorgen!

Sie erhebt sich, geht zur Tür und verschwindet.

Wenn Rechtsanwalt Robertson nach dem Sanatorium kam, hatte er vielerlei im Betrieb zu ordnen, hier mußte er erheitern, dort raten, er hatte seine Geduld und sein Wohlwollen nötig, aber er war so liebenswürdig, daß er selten seine Autorität brauchte.

Die erste, nach der er fragte, war Mylady, und: danke, es ging ihr gut. Sie war vornehm und exklusiv, las Zeitschriften, badete, machte kleine Ausflüge mit ihrem Dolmetsch, dem norwegischen Mädchen, stand gegen Mittag auf und aß ihr eigenes Mittag um acht Uhr abends. Es schien ihr gut zu bekommen. Ach, Mylady hatte wohl auch ihr Päckchen zu tragen, sie war zwar nicht krank, aber ihr Mädchen konnte erzählen, daß sie zuweilen weinte und schwermütig war. So war wohl auch für Mylady etwas in Stücke gegangen.

Sie fing an, eine große Rechnung zu machen, sagte die Wirtschafterin.

So? Das wäre ja großartig! antwortete Rechtsanwalt Robertson. Je größer, desto besser! sagte er.

Diese Sache konnte er stehenden Fußes entscheiden. Andere waren verwickelter. Der Doktor sprach mit ihm über den Selbstmörder. Der verfluchte Selbstmörder hatte seine Perioden: warum sollte er noch aus dem Bett aufstehen, warum sollte er Kleider anziehen, warum essen, reden, seine Beine gebrauchen? Über kurz oder lang wäre er ja doch tot! Zu andern Zeiten war er ganz guter Laune und konnte sogar Kugeln auf der Kegelbahn rollen. Er war ein Mann der Ordnung und bezahlte seine Rechnung.

Ja, dann weiß ich nicht, was wir mehr für ihn tun könnten, sagt der Rechtsanwalt.

Der Doktor antwortet: nein, das könnten sie nicht. Andererseits drohte er ja zuweilen mit seinen dummen Streichen und wollte ein Ende mit sich machen. Man könnte nie wissen.

Ob er sich hier oder anderswo das Leben nimmt, kommt ja schließlich auf eins heraus. Das ist wenigstens meine Meinung. Aber es könnte dem Sanatorium schaden.

Eben! antwortete der Doktor. Macht er Ernst, so verursacht er Störung unter den Gästen, und der Ruf des ganzen Ortes leidet darunter.

Glauben Sie selber, daß er sich aufhängt?

Vielleicht nicht gerade, daß er sich aufhängt, das ist zweifelhaft. Es gibt ja andere Möglichkeiten. Er hat selbst die Idee, daß er eine außerordentliche, ganz ausgefallene Todesart erfinden muß.

Wieso?

Es ist nur Unsinn. Selbstmord scheint für ihn niedriger als Mord zu stehen, und daher gilt es, seine Todesart zu heben.

Sagt er das?

So ungefähr. Sie so zu heben, daß sie gleich mit Mord steht.

Sowohl der Doktor wie der Rechtsanwalt lachen, lachen natürlich und verständig. Ja, sagt der Rechtsanwalt, müßten wir nicht Ehrfurcht vor dem Morde haben, müßten wir uns nicht zum Mord *erheben!* Es ist köstlich!

Sie einigten sich, daß sie diese seltsame Gestalt noch eine Weile im Sanatorium behalten und abwarten wollten.

Dann kam Anton Moß, sein guter Kamerad mit dem Ausschlag, an die Reihe. Es war nicht gerade angenehm, ihn hier zu haben, sein Gesicht schmückte weder die Veranda noch das Speisezimmer, aber er tat auch keinen Schaden, und die anderen Gäste schienen auch seinetwegen nicht ausziehen zu wollen. Inspektor Svendsen hielt viel von ihm, er half gelegentlich abends bei der Buchführung und sprang auch, wenn die Gäste es verlangten, bei einem kleinen Kartenspiel ein.

Einer nach dem andern von den Patienten des Sanatoriums wurde durchgehechelt und erörtert, und der Rechtsanwalt landete wieder bei Mylady, der englischen Ministersgattin: ihr fehlt doch wie immer nichts?

Ach doch, der Doktor gab ihr Arsenpillen zur Kräftigung und Schlafpulver. Ihr Gemüt war nicht ganz in Ordnung. Der Doktor war mehrmals bei ihr vorgelassen worden und hatte gewisse Eindrücke von ihrem Zustand empfangen: Einmal war sie sehr erregt gewesen, weil der Briefträger vom Sanatorium mit der Mütze auf dem Kopfe vor ihr gestanden hatte, einmal hatte sie sich über etwas Wäsche geärgert, die zum Trocknen aufgehängt und von ihren Fenstern aus sichtbar war. Nun, keine dieser Bagatellen war weiter auffallend, und beides wurde geändert. Sonst war Mylady ein umgänglicher Gast, sie hielt sich für sich, ging und kam mit ihrem Mädchen und störte niemand. Wenn es Doktor Öyen Schwierigkeiten machte, mit ihr zu sprechen, so half die Dolmetscherin aus, und das ging wirklich gut, das norwegische Mädchen übersetzte seine Antworten haarscharf. Im übrigen war es ja meist Mylady, die das Wort führte. So sagte sie, daß sie von Dingen wie diesem Unterzeug und diesen Laken, die an der Leine hingen, graue Haare bekommen könnte. Bei einer späteren Gelegenheit erklärte sie, weshalb sie bis mittags im Bett lag. Ja, weil das Morgenlicht sie anschrie, sagte sie, sie ankreischte. Ach, es war grausam. Denken Sie sich, Herr Doktor, den Morgen nach einem Ball: Der Abend ist schön gewesen, die Nacht weich und wiegend – und dann morgens bei Tageslicht zu erwachen! – Was ihren allgemeinen Gesundheitszustand betraf, so war sie sich selbst klar darüber, daß er in Verfall geriet, sie war überanstrengt, glaubte aber keineswegs, daß sie dem Tode nahe wäre, sie lächelte und sagte: Sterben würde mir nicht ähnlich sehen!

Hat sie Musik verlangt? fragte der Rechtsanwalt.

Im Gegenteil, Musik hat sie sich verbeten. Nicht daß sie den andern Gästen das Musizieren verbot; als aber der Pianist Selmer Eyde fragen ließ, ob sie eine besondere Art Musik, zum Beispiel von dem Edelmann und Engländer Sullivan, wünschte, antwortete sie, daß sie überhaupt keine Musik wünschte. Insofern hätte Selmer Eyde hier ja eigentlich nichts mehr zu tun, schloß der Doktor. Besagter Eyde ginge auch herum und wäre sehr unzufrieden, obgleich er nur den halben Preis bezahlte.

Meiner Meinung nach, sagte der Rechtsanwalt, ist Eyde hier von großem Nutzen. Auch darin sind wir andern Sanatorien voraus, daß wir einen festen Musiker als Gast haben. Ist das nicht auch Ihre Meinung?

Ja! antwortete der Doktor zustimmend. Dazu wäre er ja da.

Rechtsanwalt Robertson streckte die Beine aus und sagte: Ich habe schon Reklame gemacht mit unserm festen Musiker. Es kommt dieser Tage in die Presse.

Der Doktor lächelte, schüttelte den Kopf und gab seine Bewunderung zu erkennen. Und der Rechtsanwalt schwoll noch mehr: Wir müssen Torahus zu einem vornehmen und guten Ort machen, es ist interessant, sich damit zu beschäftigen. Nicht wahr, es ist eine Befriedigung, wenn man sieht, wie eine Arbeit vorwärtskommt und aufwärtsgeht? Mir fällt die praktische, Ihnen die wissenschaftliche Betätigung zu. Es wird schon gehen!

Gewiß wird es gehen!

Um auf etwas anderes zu kommen: Ich kann Mylady nicht im Gothaischen Kalender finden.

Der Doktor fragt einfältig: Nun ja. Aber was tut das?

Da haben Sie recht, was tut das! Nicht die Spur! Der Rechtsanwalt entwickelt auch über diese Sache seine Ansicht: sie wäre jedenfalls Ministersgattin, er hätte ›Prinzessin‹ in die Zeitung gesetzt. Man müßte Myladys Aufenthalt auf Torahus ausnutzen, sie müßte sich unbedingt lohnen. Prinzessin Soundso mit Dienerschaft. Die Zeitungen wären sehr entgegenkommend. Wenn man nur etwas für sie tun könnte, etwas Besonderes. Könnte man nicht eine Bauernhochzeit für sie zustande bringen mit Hochzeitsbitter, Geigenspieler und Nationaltrachten?

Der Doktor zweifelte, daß das Mylady hinaus locken würde. Sie mache sich nichts aus Menschen von hier, aus unserm Land.

Ob sie nie mit jemandem spräche?

Doch, mit Frau Ruben. Merkwürdigerweise mit Frau Ruben. Sie hätte einmal sogar Frau Ruben auf ihrem Zimmer besucht.

Nun, meinte Rechtsanwalt Robertson, das ist nicht so seltsam. Es zieht sie dorthin, wo sowohl ihre Sprache wie sie selbst verstanden werden. Frau Ruben ist international.

Aber es gäbe ja auch andere hier. Warum spräche sie zum Beispiel nie mit Herrn Fleming?

Gott weiß. Apropos, wir haben Herrn Fleming vergessen. Erholt er sich?

Eigentlich nicht, antwortete der Doktor. Er flammt auf und erlischt gleich wieder, es ist keine anhaltende Besserung. Es wäre nicht gut, wenn dieser prominente Gast hier kränker würde, wenn die Luft vielleicht zu scharf für ihn wäre und er am Ende stürbe.

Sollte man ihm raten, abzureisen? Aber mit welcher Begründung? Daß die Lage nicht gut für ihn sei? Kein Erholungsheim in der Welt würde deswegen einen lieben Gast fortschikken. Machte Herr Fleming sich nichts aus dem Leben?

Der Doktor erklärte, daß Herr Fleming sich in den letzten Tagen gebessert hätte, er wäre bei guter Laune und berichte selbst, daß er besser schliefe. Auf seine Art auch ein Sonderling, dieser Herr Fleming, er ginge täglich zur Nachbarsenne und tränke saure Milch. Er schliefe wohl auch manchmal drüben. Kurz: die letzten Tage hätten ihm gutgetan. Die Wirtschafterin ließe sogar verlauten, daß er mit den Mädchen geschäkert hätte, na ja, aber doch nur mit Fräulein d'Espard.

Na, Donnerwetter, sagte der Rechtsanwalt, dann macht er sich schon was aus dem Leben!

Sie einigten sich, ihn so lange wie möglich im Sanatorium zu behalten. Hinterher sprach der Rechtsanwalt sogar mit ihm persönlich und bekam einen ausgezeichneten Eindruck von seiner Gemütsverfassung. So konnte Herr Fleming scherzen, daß er fester Abonnent auf saure Milch in der Nachbarsennhütte geworden sei. Sie täte ihm gut, sagte er, erfrische ihn. Das einzige, was er bei Daniel vermisse, sei eine junge, hübsche Haushälterin.

Nichts als Heiterkeit und Lebenslust.

Und das freute den Rechtsanwalt so, daß er auch das Verhältnis mit Selmer Eyde, dem Komponisten, ordnete. Es fiel ihm leicht, er verfuhr nur auf seine natürlichste Art und Weise.

Bertelsen kam; er war blaß vor Erbitterung oder Wut, was es nun sein mochte, beantwortete nicht den Gruß des Rechtsanwaltes und war grob dazu. Ich verbitte mir, daß Sie mir Bittsteller auf den Hals jagen! sagte er.

Die beiden Herren waren gute Bekannte von Kristiania her, und der Rechtsanwalt meinte daher, daß er nicht den Mund zu halten brauchte. Er fragte: Haben Sie Ihren Frühschoppen nicht bekommen?

Was geht das Sie an? antwortete Bertelsen. Aber Sie hetzen einen verhungerten Klavierspieler auf mich, der eine Auslandsreise von mir haben will.

Ach so, Eyde! sagte der Rechtsanwalt. Ich wußte nicht, wo Sie hinauswollten. Ist er bei Ihnen gewesen?

Ja. Und er sagte, er käme von Ihnen. Aber ich verbitte mir ganz einfach solche Bestellungen von Ihnen, damit Sie es wissen!

Der Rechtsanwalt gab ihm recht: Nein, das kann ich gut verstehen. Der junge Mann ist ein bißchen aufdringlich, ein hitziger Künstler, der nicht die Spur warten kann. Ich habe ihn Ihnen natürlich nicht geschickt, er erwähnte Sie selbst.

Der Kerl kommt einfach zu mir und fragt, wie es mit dem Stipendium stünde und wann er es bekommen könnte.

Hahaha! lachte der Rechtsanwalt, er ist in der Beziehung nicht ganz zurechnungsfähig. Ich habe übrigens Achtung vor diesem glühenden Drang, hinauszukommen. Und ich bin sicher, daß Sie das auch haben.

Ja, aber nicht auf meine Kosten, das weiß der Teufel! keucht Bertelsen erbittert. Ich glaube, ihr seid alle beide verrückt. Er sagte, er käme von Ihnen.

Jetzt sieht der Rechtsanwalt Fräulein Ellingsen auf sich zukommen und hinter ihr Fräulein d'Espard und Herrn Fleming. Der Rechtsanwalt sagt: Er kam natürlich nicht von mir. Als der Mann aber selbst sagte, daß er versuchen wollte, zu Ihnen zu gehen, antwortete ich wohl so etwas wie: Ja, tun Sie das nur! Es ist nicht das erstemal, daß man sich mit einem solchen Anliegen an Herrn Bertelsen wendet! Etwas Derartiges muß ich ihm geantwortet haben.

Bertelsen beruhigt sich ein wenig und sagt: Das ist doch eine unverschämte Art und Weise, mich so ohne weiteres anzurempeln.

Guten Tag, Fräulein Ellingsen! grüßt der Rechtsanwalt. Wir sprechen von Herrn Eyde.

Bertelsen dreht sich um, erblickt sie auch, grüßt aber nicht. Kurz darauf stoßen Fräulein d'Espard und Herr Fleming zu ihnen, so daß sie nun zu fünfen die Musikerfrage erörtern können. Der Rechtsanwalt tritt warm für ihn ein, welchen Grund er auch dazu haben mag, er lobt wieder den Eifer des jungen Mannes und sagt, daß er ihn achtet. Was meinen Sie, Fräulein Ellingsen?

Über den Eifer halte ich mich ja gar nicht auf, unterbricht ihn Bertelsen jetzt. Nur über seine Art und Weise. Was habe ich mit seinem Stipendium zu tun!

Na, na, machen Sie sich nicht schlimmer, als Sie sind, sagt der Rechtsanwalt fein und verschlagen. Sie wissen sehr gut, es ist nicht das erstemal, daß es jemand auf Sie abgesehen hat. Und soviel ich weiß, wäre es heute auch nicht das erstemal, daß Sie einem Talent helfen. Entschuldigen Sie bitte, daß ich diese Ihre Eigentümlichkeit der Gesellschaft hier offenbare.

Bertelsen ist nun sehr besänftigt, der verteufelte Rechtsanwalt hat ihn bei der rechten Stelle gepackt und ihn zu mehr als einem gewöhnlichen Holzhändler gemacht. Er blickt verstohlen die Anwesenden an und schlägt dann die Augen nieder

Er spielt großartig! sagt Fräulein d'Espard von Selmer Eyde. Sie versteht vielleicht am wenigsten davon, und deshalb redet sie am meisten. Nicht wahr? fragt sie und wendet sich an Fräulein Ellingsen.

Freilich.

Ja, wovon ist denn eigentlich die Rede?

Der Rechtsanwalt antwortet: Von einer Reise, gnädiges Fräulein, einem Studienaufenthalt in Paris.

Das ist keine Kleinigkeit, sagt Bertelsen.

Da fragt plötzlich Herr Fleming: Um wieviel handelt es sich?

Alle schweigen einen Augenblick, worauf der Rechtsanwalt halblaut überschlägt: ein Jahr Aufenthalt, die Reise hin und zurück, Unterricht, Verschiedenes –

Aber jetzt scheint Bertelsen Unrat zu ahnen, daß Herr Fleming eingreifen und ihm den Wind aus den Segeln nehmen will, und so sagt er fest und entscheidend: Gut, ich gebe ihm das Stipendium!

Alle sehen ihn an. Eine Röte steigt in Bertelsens Antlitz, und der Rechtsanwalt hilft ihm und murmelt: Das wußte ich, das wußte ich ja!

Aber unter der Bedingung, daß er sofort abreist, sagt Bertelsen. Daß er gleich von hier wegkommt.

Er will sicher nichts lieber als das, antwortet der Rechtsanwalt. Aber warum?

Warum? Ich wünsche nicht, daß der Bursche mir hier nachläuft. Nein. Ich will nicht, daß er mich täglich fragt, wann er dies Stipendium bekommen kann. Das ist gerade, als ob ich es nicht bezahlen könnte. Er kann das Stipendium gleich bekommen, ich werde einen Scheck ausschreiben.

Das ist großartig, außerordentlich! Ich erlaube mir, Ihnen in seinem Namen zu danken.

Reden wir nicht darüber! schließt Bertelsen. Sagen Sie mir nur, was er zu einem einjährigen Aufenthalt in Paris braucht.

Einer blickt den andern an, und alle schweigen. Fräulein d'Espard, die in Frankreich gewesen ist, will sprechen, aber der Rechtsanwalt schlägt vor, daß sie alle zusammen hineingehen und die Frage erörtern.

Das taten sie nun und gingen in Bertelsens Zimmer, welches das größte und teuerste im ganzen Hause war, ein kleiner Salon mit einem Alkoven. Gemälde in Goldrahmen an den Wänden, Vorhänge vor dem Alkoven, eine Kristallkrone aus Goldbronze über dem Tisch, faltenreiche Gardinen, die das

Licht zum größten Teil abhielten; Teppich auf dem Boden, Diwan, Plüschstühle.

Bitte, meine Damen und Herren, nehmen Sie Platz!

Bertelsen, der Besitzer des elegantesten Zimmers im Sanatorium, ließ Wein und Kuchen kommen, er zeigte sich auch freigebig gegen den Musiker und wollte ihm ein anständiges Stipendium geben. Das wußte ich, das wußte ich ja! sagte der Rechtsanwalt, der Schlauberger.

Als alles in Ordnung und der Scheck ausgestellt war, blieb die Gesellschaft noch beisammen, es war, als hätten diese fünf Menschen sich erst jetzt gefunden. Natürlich sprach man von den andern Gästen und Patienten, und zwar nicht nur Kleinigkeiten, unschuldige Dinge. Bertelsen war sehr freimütig in seinen Äußerungen sowohl über Mylady wie über Frau Ruben; diese beiden Damen waren ihm ein Dorn im Auge, die eine wegen ihrer Vornehmheit, die andere wegen ihrer Dicklichkeit. Lieber Gott, sagte er, ist das eine Art! Wir andern sind doch auch Menschen, was sollen da all die Vornehmheit und all das Fett? Fräulein d'Espard schien die einzige zu sein, die die Logik hierin verstand, sie lachte und rief: Das ist wahr, das ist wahr! Überhaupt kamen sich Bertelsen und Fräulein d'Espard in Geschmack und Sympathien immer näher, auch in bezug auf Theater, Sprache und Lebensart waren sie einig.

Es kam mehr Wein und Kuchen, Bertelsen hatte Gefallen an dieser kleinen Festlichkeit gefunden, und obwohl der Rechtsanwalt wie Herr Fleming nach der Uhr sahen, wurden sie zum Bleiben genötigt, alles unter dem Vorwand, daß Bertelsen es gemütlich fand, wie sie beieinander saßen.

Wir sitzen ja gut hier, sagte Fräulein d'Espard auch und war wieder mit ihm einig.

Das arme Fräulein Ellingsen wurde in all dieser Einigkeit etwas überflüssig, Gott weiß, vielleicht war zwischen ihr und Bertelsen etwas vorgefallen, sonst hätte er sie wohl nicht übersehen können. Es fiel allen auf, daß er es vermied, auf ihre Worte zu hören; er übertönte sie, machte sie zunichte, und es schien ihm nicht einmal nötig, ihr zu widersprechen. Nicht daß Fräulein Ellingsen etwas dabei verloren hätte. Herr Fleming übernahm es, mit ihr zu sprechen, und bei seinem Taktgefühl ging alles fein und natürlich zu. Ach, aber Fräulein Ellingsen war unruhig und lange nicht so wie sonst; Fräulein d'Espard ging in Französisch über und begann sich mit dem Holzhändler zu unterhalten, und da mochte Gott wissen, was sie sagte, Fräulein Ellingsen verstand es jedenfalls nicht.

Was sagen Sie da? fragte sie und lächelte gleichgültig. Was sind das für Geheimnisse?

Herr Fleming lächelte gleichgültig zurück und erwiderte: Sie üben sich nur.

Aber der Teufel mußte seine Hand im Spiele haben, auch zwischen Herrn Fleming und seine Dame schien etwas zu kommen, es mußte ein schlechter Tag für Liebende sein, Gekränkt- und Beleidigtsein lagen in der Luft. Herr Fleming verstand zu tun, als wäre nichts geschehen, konnte aber nicht ganz verbergen, daß Fräulein d'Espards Benehmen ihn interessierte. Dieses arme Fräulein d'Espard, oh, sie hatte Temperament, sie wußte den Herren zu gefallen! Sie konnte sich zu einem Sprechenden hinüberbeugen, daß er etwas dabei fühlte, sie konnte Bertelsens Hut, der auf einer Stuhllehne hing, nehmen, ihn in Gedanken ansehen und wieder hinhängen, und damit hatte sie etwas mit Bertelsen gemacht, sich zärtlich gegen ihn erwiesen. Das war ihre Anziehungskraft.

Ich kann etwas Französisch lesen, sagte Fräulein Ellingsen, um nicht zurückzustehen. Aber ich kann es leider nicht sprechen.

Natürlich können Sie Französisch, sagte der Rechtsanwalt. Sonst wären Sie ja nicht Telegraphistin geworden.

Jetzt lachten Bertelsen und Fräulein d'Espard unter sich, und Fräulein Ellingsen empfand das wie einen Schlag. Sie fragte sie direkt, warum sie lachten, weil sie gern mitlachen möchte, erhielt aber keine Antwort. Da wandte sich Fräulein Ellingsen in ihrer Verzweiflung an Herrn Fleming und flüsterte, daß sie allmählich anfinge, sich nach der Arbeit am Telegraphentisch zurückzusehnen. Er müßte nicht glauben, daß es uninteressant wäre, nein, nein, sie zöge es diesem Faulenzerleben vor, der Telegraph sei das Leben im Extrakt, sie sei täglich genötigt, Mitwisserin von Wohl und Wehe vieler Menschen zu werden, oh, der Telegraphentisch wäre ein Brunnen von Geheimnissen.

Ich hoffe, daß Sie nicht zuviel Schlechtes von mir wissen, gnädiges Fräulein, scherzte Herr Fleming. Aber gleichzeitig stieg ein wenig Farbe in sein welkes Gesicht.

Von mir hoffentlich auch nicht, scherzte Rechtsanwalt Robertson.

Sie ging darüber hinweg: nein, sie wüßte nichts Schlechtes von den Herren! Aber sie dürften ihr glauben, daß sie viel wisse. Staatsgeheimnisse? Natürlich keine Staatsgeheimnisse, aber nicht wahr, es konnten trotzdem ernste Dinge sein? Es wäre vorgekommen, daß es sie gegruselt hätte, wenn sie die Vermittlerin, das Werkzeug zwischen einem unserer Gesandten und dem Ministerium des Äußeren darstellte.

Beide Herren lauschten.

Aber, fuhr Fräulein Ellingsen fort, das Interessanteste wären vielleicht die Telegramme zwischen der Polizei in allen Ländern, das Aufspüren von Mördern, Fälschern, Schwindlern, Diebesbanden. Es wären Damen von Welt dabei, Adelige, französische Politiker, Banken, Gift, Politik –

Jetzt lauschten die Herren verwundert. Dieses Fräulein Ellingsen, das so schlank und hübsch im Sanatorium umhergegangen war und fast nichts gesprochen hatte, schien plötzlich von einer Aureole, einem Nimbus umgeben, sie wußte darzustellen, ihre Hände wirkten diskret mit, und ihre Augen blickten nieder, als holte sie ihre Worte aus der Tiefe. Ja, sagte sie, das Leben geht seinen Gang, und Gott ist wohl mit dabei. Manche Menschen machen eine lange Reise mit einer Eisenbahnfahrkarte, andere sogar eine noch längere mit einer Revolverkugel! Sie erzählte Liebestragödien, rekonstruierte ganze Schicksale, bei denen der Telegraph Vermittler und Mitwisser gewesen war. Zum Beispiel die Geschichte von den beiden Ausländern mit dem Jagdwagen:

Ja, also zwei Ausländer kamen nach Norwegen, ein Herr und sein Diener. Sie wollten im Lande jagen, hatten ihren eigenen Jagdwagen mit und wollten auf eigene Faust Täler und Wälder bereisen. Einige Tage darauf alarmierte der Telegraph: Beobachten Sie Herrn und Diener! Sie befanden sich nun in irgendeinem Tale. Die Ausländer glauben, daß sie sich in unsern Tälern verstecken können, daß unser ganzes Land verborgen, jedes Tal unauffindbar sei. Schön. Aber Herr, Diener und Wagen befanden sich in Hallingtal. Eine Woche später traf ein anderer Herr aus dem Auslande ein, der hinter den beiden her war. Er erhielt durch den Telegraphen aus seinem Lande folgende Mitteilung: Lassen Sie Herrn und Diener laufen, aber verhaften Sie den Jagdwagen! Unsere Polizei half ihm, und sie fanden die Personen, aber der Jagdwagen war weg. Nun telegraphierte der Abgesandte heim: Jagdwagen verschwunden, wie behauptet von Ungarn, Zigeunern, gestohlen. Jetzt Nachforschung nach den Zigeunern, man findet sie beim Übergang nach Valdres, und der Wagen ist auch da. Ja, ganz richtig, der Jagdwagen ist da, aber die Zigeuner behaupten, ihn von dem Herrn und dem Diener bekommen zu haben. Der Abgesandte kauft nun den Wagen zurück und berichtet nach Hause, daß der Wagen beiseite gefahren und geöffnet, ganz auseinandergenommen wurde, aber – leer war. Der Wagen war ausgeräumt worden, ehe die Zigeuner ihn bekommen hatten! Aus dem Bericht ging hervor, daß der Wagen durchaus nicht etwa Gold oder Edelsteine enthalten hätte, sondern Papiere, ach, nur Papiere, denken Sie, kleine Wörter schwarz auf weiß, aber teurer als alle Kostbarkeiten, unermeßlich wichtig, ein großes Schicksal, Leben und Tod. Und jetzt waren die Papiere fort!

Hier bricht Fräulein Ellingsen ab und fragt: Wollen Sie weiter hören?

Was sie damit meinte? Selbstverständlich wollten sie weiter hören, die Spannung wäre ja gerade am höchsten.

Nun ja, aber es gibt nicht viel mehr, sagt sie. Der Abgesandte und die Polizei mußten wieder nach Hallingtal zurück, Felder und Wälder wurden durchsucht, aber vergebens, und schließlich mußten sie sich an den Herrn und den Diener wenden, damit sie ihnen das Versteck verrieten. Dann *kauften* sie die Papiere zurück.

Die Zuhörer sagten ein bißchen verlegen: So, dann kauften sie die Papiere zurück?

Ja.

Eine merkwürdige Veränderung war mit dem Fräulein vorgegangen, sie hatte gleichsam den Faden verloren, es war nichts mehr mit ihr los. Woher mochte das kommen?

Da fragt Herr Fleming schonend: Aber warum verhaftete man nicht gleich den Herrn und seinen Diener?

Das weiß ich nicht, antwortet das Fräulein unsicher. Vielleicht waren sie nahe Verwandte der Bestohlenen.

Schweigen.

Aber der Diener? fragt Herr Fleming.

Das Fräulein ist wie zusammengebrochen, rafft sich aber zu einem letzten großen Schlage auf und antwortet: Der Diener – ja, das war doch eine Dame.

Das half etwas, und die Herren rufen unwillkürlich aus: Ach! Aber gleich darauf können sie wieder das Ganze nicht verstehen, und jeder stellt seine Frage: Aber die ganze Geschichte? Welchen Sinn hatte sie? Ein Jagdwagen? Und warum hat man die Leute nicht verhaftet?

Fräulein Ellingsen weiß es nicht; sie sagt, sie weiß es nicht. Sie scheint ratlos zu sein. Plötzlich ist es, als fände sie einen Ausweg, und sie sagt geheimnisvoll: Warum sie nicht verhaftet wurden? Es könnte ja sein, daß ihre Regierung ihnen Gelegenheit geben wollte, sich mit ihren eigenen Jagdflinten zu erschießen.

So. Ja, das konnte sein. Und die Herren ließen sich damit genügen. Da sitzt das Fräulein, sie tut ihnen leid, sie wollen sie nicht quälen. Um ihr zu helfen, beginnen sie von etwas anderem zu sprechen. Der Rechtsanwalt bringt die Rede auf Mylady und fragt Herrn Fleming, ob er als Edelmann ein Exemplar vom Gothaischen Kalender habe.

Diese Frage scheint Herrn Fleming etwas zu verwirren, und er fragt zurück: Wie? Warum?

Ob Sie den Gothaischen Kalender haben. Ich möchte Sie bitten, so freundlich zu sein und nachzusehen, ob Mylady darin steht. *Ich* kann sie nicht finden.

Herr Fleming lacht erleichtert und antwortet: Ich weiß nicht einmal, ob ich selber drin stehe. Nein, ich habe den Gotha nicht.

Aber das Fräulein sitzt immer noch da, als wäre nichts geschehen, und Herr Fleming erzählt ihr nun von dem Ochsen von der Nachbarsennhütte, Daniels Ochsen. Ob sie ihn je auf ihren Wanderungen getroffen hätte?

Nein.

Das wäre auch besser, er wäre gefährlich, jedenfalls nicht ungefährlich, und es sei am besten, ihm aus dem Wege zu gehen! Ja, Daniel hätte nun einmal diesen Ochsen, er sei ein wahrer Riese, fräße für drei, hätte lange Hörner, ein blankes, braunes Fell und einen unnatürlich häßlichen Blick. Daniel sagte selbst, daß er bösartig wäre und daß nicht mit ihm zu spaßen sei.

Nein, das Fräulein war Gott sei Dank nicht auf ihn gestoßen, hu – sie schauderte!

Wenn das Tier eine Gefahr für die Gäste im Sanatorium sei, dann müßte Daniel ihn weggeben, sagte der Rechtsanwalt.

Er will den Ochsen bis zum Herbst behalten und ihn dann an den Schlachter verkaufen, erklärte Herr Fleming.

Ich werde unsern Schweizer hinüberschicken und ihn gleich

kaufen, beschließt der Rechtsanwalt. Es soll kein Gast Angst
vor dem Tier ausstehen. Das wäre sinnlos.

Jetzt fühlte Rechtsanwalt Robertson sich auch als eine Art
Mäzen, als Wohltäter eines ganzen Sanatoriums, und als Fräulein Ellingsen ihm mit ein paar Worten dankte, meinte er wohl,
eine Anerkennung sei der andern wert. Deshalb sagte er zum
Fräulein: Was Sie erzählt haben – die seltsame Geschichte mit
dem Jagdwagen – merkwürdig, daß Sie das nicht geschrieben
haben.

Ich? Nein.

Sie sollten es aufschreiben. Es war spannend und gut erzählt. Nicht wahr? fragt er Herrn Fleming.

Ja, Herr Fleming nickt dazu.

Das Fräulein erholt sich, die Erzählung hat sie wohl nur ein
bißchen angestrengt, und nun erholt sie sich. Nein, nein, sie
könnte nicht schreiben, lächelt sie entschuldigend; sie könnte
nur am Telegraphentisch sitzen und hören. Zu etwas anderem
taugte sie nicht. Über das, was sie hörte, dachte sie dann, wenn
sie allein war, nach. Es wäre nicht ohne Bedeutung für sie, nicht
ohne Nahrung für ihr Gemüt.

Na, dann schrieb sie es doch wohl nieder?

Ja, das wäre nicht ganz ausgeschlossen, gab sie zu. Natürlich hätte sie es versucht, und sie hätte auch manches liegen,
das sie geschrieben hätte, das wollte sie nicht länger leugnen.
Aber wie könnten die Herren das wissen?

Das wäre nicht schwer zu erraten. So gut erzählt.

Nun saß Fräulein Ellingsen plötzlich glücklich da über die
Anerkennung und über diesen Scharfsinn, der sie ergründet
hatte. Sie vergaß für eine Weile die beiden, die Französisch
sprachen, ja, brachte es sogar gleich darauf so weit, daß sie ihr
zuhörten. Sie rief mit unerwarteter Überzeugung aus, als gälte
es etwas: Nein, was beim Telegraph interessiert, das sind
nicht die kleinen, gewöhnlichen Verbrechen, so wenn einer den
andern bei einer Partie Holz betrügt, das sind nur dumme
Streiche und Geschäftskniffe. Aber dann tickt es auf dem Tische
eines Tages von etwas anderem: Aus dem Wege, England will
vor, die Herzogin von Somewhere ist fort, durchgebrannt oder
verführt –

Wieder eine lange Erzählung. Sie endete erst, als das Fräulein wieder versagte und nicht weiter konnte.

Alle hatten gelauscht, Bertelsen und Fräulein d'Espard

sprachen nicht mehr Französisch, auch sie lauschten. Der Holzhändler, Herr Bertelsen, unterbrach sie einmal im Anfang und
erklärte es für ausgeschlossen, dumme Streiche zu machen und
bei einer Partie Holz zu betrügen. Nein, antwortete das Fräulein auch und entschuldigte sich, sie hätte es nur so gesagt,
ebenso hätte sie ein anderes Geschäft, Pferdehandel zum Beispiel, nehmen können. Im Laufe der Erzählung fragte Bertelsen: Aber haben Sie denn keinen Eid abgelegt?

Eid? Doch.

Schweigepflicht?

Die Frage verwirrte sie etwas, sie stammelte: Wie? Ja, sie
hätte eine Erklärung unterschrieben. Nicht um alles in der
Welt wollte sie ihren Eid verletzen. Hätte sie das denn getan?

Nein, antwortete Herr Fleming.

Im übrigen, fuhr Bertelsen, immer noch agressiv, fort, verstehe ich die ganze Geschichte nicht. War die Herzogin hier
im Lande?

Hier?

Mir scheint, ich hätte etwas Ähnliches in einem Detektiv-
roman gelesen. Vielleicht fällt Ihnen der jetzt ein?

Hier protestiert Fräulein Ellingsen heftig, wobei ihr eine
tiefe Röte ins Gesicht steigt: Durchaus nicht, sie hätte nur
ganz wenige Detektivromane in ihrem Leben gelesen. Aber
die lägen ja in der Luft, sickerten ins tägliche Leben hinein,
der Telegraph wäre voll von ihnen. Und was ihren Eid be-
träfe, so hätte sie weder Namen noch Orte genannt, die Herzogin könnte Gott weiß wo sein. Man hätte wohl bemerkt,
daß sie plötzlich abbrach und nicht weitererzählte? Das hätte
sie absichtlich getan, weil sie ihres Eides wegen nicht weitergehen konnte.

Bertelsen war unbarmherzig. Merkwürdig! sagte er, in der
Geschichte von dem Jagdwagen nannten Sie ohne weiteres
Ortsnamen: Kristiania, Hallingtal –

Da wird es Fräulein Ellingsen zuviel, und sie bricht in Tränen aus. Sie erhebt sich nicht und geht, sie sinkt nur wie sprachlos und wie gebrochen unter Bertelsens Worten zusammen. Sie
zittert hysterisch.

Du lieber Gott! ruft Bertelsen und eilt zu ihr, was heißt das,
ist das ein Grund zum Weinen! Ich wollte nicht – aber es war
natürlich dumm von mir. Teufel auch! Was weiß ich von Ihrem
Eid, das müssen Sie selber wissen und nicht ich. Ich wollte,

Sie machten sich nichts daraus, das wünschte ich aufrichtig. So, lassen Sie es nun gut sein!

Das macht nichts! schluchzt sie. Nein, setzen Sie sich, hören Sie, es macht nichts! Sie sollen mich nicht trösten, Sie haben recht in etwas, im meisten, vielleicht in allem, von Ihrem Standpunkt aus. Mir wurde nur schwarz vor den Augen. Ich möchte nicht stören, nur einen Augenblick, dann ist es wieder gut. Mir wurde nur ein bißchen schwarz vor den Augen ...

Die Herren machen es nun so, daß das Fräulein Zeit hat, sich zu beruhigen. Der Rechtsanwalt drückt seine Bewunderung aus für Herrn Flemings gutes, gesundes Aussehen, wie er sich erholt, wie er zugenommen hätte! Und Herr Fleming antwortete: Ja, Gott sei Dank, ihm fehlte nun bald nichts mehr, nur eine Liebste, hehe!

Fräulein d'Espard hat der unglücklichen Szene mit Fräulein Ellingsen in einiger Entfernung mit halb verwundertem, halb höhnischem Ausdruck beigewohnt. Jetzt erhebt sie sich, tritt zu der gepeinigten Dame, spricht ihr flüsternd zu und streicht ihr übers Haar. Die Herren trinken aus ihren Gläsern und sprechen lauter als nötig, um die Stimmung wiederherzustellen. Das glückt auch, die Damen schließen sich allmählich an, das Fest geht weiter, es kommen mehr Getränke und Speisen. Ja, es geht gut, die Verstimmung zwischen Bertelsen und seiner Dame ist verflogen, er ist dicht an sie herangerückt und unterhält sie. Er ergreift das Wort und hält eine Rede auf das Torahus-Sanatorium, und der Rechtsanwalt dankt dem Wirt. Herr Fleming wird immer lebhafter, er lehnt sich auf dem Stuhl zurück, zieht die Weste über den eingefallenen Bauch und schlägt sich auf die Brust: Sehen Sie, was er jetzt tun kann, das konnte er nicht vor einigen Wochen, hier wohnte die Gesundheit! Er bat die Gesellschaft, ein frohes Telegramm an seine Mutter mit ihm aufzusetzen.

Immer dachte er an sein Heim und seine Mutter, es kam starke Bewegung in sein Gesicht, Begeisterung, er hatte seine gute Mutter, niemand ahnte, was für eine großartige Dame sie war, sie sollten es nur wissen! Mit wogender Brust setzte er sich hin, um das Telegramm aufzusetzen, und die Gesellschaft unterschrieb. Danke! sagte er, sie sollten bezeugen, daß seine Mutter seinetwegen unbesorgt sein könnte!

Jetzt wagte er sogar wieder mit Fräulein Ellingsen zu sprechen, als wäre nichts geschehen, ja, er ging direkt auf die Herzogin von Somewhere los und machte dem Fräulein Komplimente für ihre Erzählung. Er tat es so nett, ohne Übertreibung.

Ach, ich weiß viel mehr, antwortete sie, ich könnte sagen, wie es ihr schließlich erging, wenn ich nur dürfte. Aber ich habe ja Schweigepflicht. Haben Sie nicht bemerkt, daß ich aufhören mußte?

Doch. Und ich bewundere Ihre Selbstverleugnung, daß Sie eine gute Geschichte so abbrachen.

Man hörte Wagengerassel unten im Hofe, und Bertelsen sagte im Spaß: Jetzt müssen Sie hinunter zum Empfang, Herr Rechtsanwalt! Da aber keine Gäste erwartet wurden, lachte der Rechtsanwalt nur und blieb sitzen. Scherzen Sie nicht darüber, sagte er, ich habe es in die Presse gebracht, daß wir einen Grafen und eine Prinzessin hier haben, das wird schon wirken!

Da geschieht etwas: Der Graf macht eine nickende Bewegung, als hätte er etwas in den Hals bekommen, reißt sein Taschentuch heraus und hält es vor den Mund, dann betrachtet er es, und es ist, als glaube er nicht, was er sieht. Er erhebt sich, geht ans Fenster und sieht es sich weiter an.

Was ist? fragt Fräulein d'Espard ängstlich.

Herr Fleming antwortet nicht.

Was ist? wiederholt sie und springt auf.

Herr Fleming wischt sich den Mund ab und steckt das Taschentuch ein. Nichts! antwortet er und setzt sich wieder auf seinen Platz.

Aber alle sahen, daß es etwas war, er konnte es nicht verbergen. Herr Fleming hob sein Glas und leerte es; sein Gesicht war grau geworden.

Sie haben da einen kleinen Streifen, sagt Fräulein d'Espard und zeigt darauf.

Wo?

Dort, am Mundwinkel. Wenn Sie mir Ihr Taschentuch geben wollen –

Danke, ich kann selber! Er erhebt sich, geht zum Spiegel und bringt sich wieder in Ordnung. Fräulein d'Espard folgt ihm mit den Augen, auch die andern werden aufmerksamer.

Er ertrug es mit Anstand, seine Worte und Bewegungen waren ohne Hast, aber sein Gesicht war schlaff geworden und eingefallen. Die übrigen in der Gesellschaft ließen sich nicht merken, daß sie das Schlimmste ahnten, aber Fräulein d'Espard starrte mit entsetzten Augen auf den kranken Mann und legte in zärtlicher Gedankenlosigkeit sogar ihre Hand auf die seine. Ihre Blicke trafen sich. Danke! flüsterte er. Wäre in dem Faden zwischen ihnen ein Knoten gewesen, so war er jetzt gelöst.

Ich laufe und hole den Doktor, sagte sie.

Den Doktor? fragte er und versuchte, verwundert auszusehen. Aber nein, es ist nichts. Aber da Sie es sagen, höchstens etwas Eis –

Sind Sie nicht wohl? fragt der Rechtsanwalt. Der Doktor soll sofort kommen! Er erhebt sich und beauftragt das Mädchen, den Doktor zu suchen.

Während sie warten, versuchen alle, ruhig und hoffnungsvoll zu sein. Herr Fleming will die Gesellschaft nicht verlassen und zu Bett gehen: warum sollte er zuerst aufbrechen! Er mußte noch einmal sein Taschentuch gebrauchen und sich vor dem Spiegel abwischen, und er tat es auf dieselbe ruhige, selbstverständliche Weise wie das vorige Mal, er störte nicht; aber die Munterkeit in Bertelsens Zimmer war erloschen, das Fest war aus.

Inspektor Svendsen klopft an, kommt herein und meldet, daß der Konsul jetzt unten säße, ob der Rechtsanwalt ihn begrüßen wollte.

Wer?

Der Konsul Ruben, Frau Rubens Mann, er ist gekommen.

Der Rechtsanwalt hat nichts davon gewußt, daß Konsul Ruben kommen wollte, aber er erhebt sich sofort und bittet die Gesellschaft, ihn zu entschuldigen. Er wendet sich zu Bertelsen und wiederholt, was er früher schon prophezeit hat: Machen Sie sich nicht darüber lustig, daß wir neue Gäste erhalten; jetzt kommen schon die Konsuln.

Als der Inspektor gehen will, ruft Herr Fleming ihn zurück. Ach, Herr Fleming sieht aus wie der Tod selber, aber er lebt noch, denkt und fühlt noch. Er blinzelt mit den Augen, atmet mit dem Munde, bestimmt mit dem Kopfe. Er öffnet und schließt seine Hände, wie er will, er ist nicht tot. Jetzt übergibt er dem Inspektor das Telegramm an seine Mutter in Finnland und legt ihm ans Herz, es heute noch, sofort zur Bahn zu schicken.

Es war wohl jetzt nicht mehr ganz wahr, dieses Telegramm.

Herr Fleming konnte nicht mehr mit gutem Gewissen mit seiner wiedergewonnenen Gesundheit prahlen. Und doch – er schickte seiner Mutter dieses Telegramm. Sein Gewissen schien ihn geradezu dazu anzuspornen.

5

Verschiedene Dinge ereigneten sich nun. Die Menschen wimmelten durcheinander. Und dann begann der Tod zu hausen. Er schlug willkürlich zu, ohne zu achten, wohin er traf.

Herr Fleming lag im Bett – anfangs mit Eis im Munde und auf der Brust wegen seines Blutspuckens, als das aber aufhörte, erholte er sich wieder, saß aufrecht im Bett und vertrieb sich die Zeit, indem er Patiencen legte. Fräulein d'Espard war drüben bei Daniel gewesen, hatte von Herrn Fleming gegrüßt und bestellt, daß er erkältet wäre und vorläufig nicht kommen könnte, um seine saure Milch zu essen. Sobald es ihm aber besser ginge, würde er wiederkommen.

Auf diesem Wege wurde Fräulein d'Espard von dem Ochsen angefallen. Er rannte schnaufend hinter ihr her, und Fräulein d'Espard kam ganz atemlos wieder im Sanatorium an.

Ja, der Ochse lief immer noch frei herum. Das Sanatorium hatte ihn gleich kaufen wollen, aber Daniel wollte nichts von einem Verkauf wissen, ehe er die Sommerweide hinter sich hatte und schwer und wertvoll geworden war. So ging ein Tag nach dem andern, ohne daß etwas entschieden wurde. Rechtsanwalt Robertson war jetzt auch wieder nach seinem Büro in Kristiania zurückgereist. Auch daß Fräulein d'Espard von dem Ochsen verfolgt wurde, erregte nicht sonderliches Aufsehen. Das Fräulein war nicht so allgemein beliebt, daß jemand ihre Partei ergriffen hätte, im Gegenteil: die andern Damen fanden, daß Fräulein d'Espard gut von der Weide des Ochsen hätte fern bleiben können, was wollte sie da!

Es kamen Gäste. Konsul Ruben war gekommen, ihm folgten am selben Tage noch ein paar Gäste, und schließlich kam Ende der Woche eine Schar von einem halben Dutzend Menschen über Dorve und ließ sich auf Torahus nieder. Es schien zu gehen, wie Rechtsanwalt Robertson prophezeit hatte: die Reklame mit dem festen Pianisten und den vornehmen Gästen, einer Prinzessin und einem Grafen, wirkte und zog Leute ins Haus. Wo ist der Graf? fragten die Damen. Und wo ist die Prinzessin? fragten sowohl Damen wie Herren. Das Sanatorium hier in den Bergen wurde mondän, das Schloß drohte, voll zu werden, und was dann?

Es zeigte sich, daß im Herbst mehrere weitere Räume eingerichtet werden mußten, damit das Sanatorium zum nächsten Frühjahr gerüstet war. Es gab zwar Zimmer genug, aber sie waren noch nicht alle fertig, es fehlten noch Möbel und sonstige Ausstattung, und manche Zimmer besaßen keinen Ofen. Jetzt ging es noch, denn einige Gäste hatten keine Zeit, andere kein Geld zu längerem Aufenthalt auf Torahus, und so reisten sie nach einigen Tagen oder einer Woche wieder ab und machten neuem Zustrom Platz. Die Betten wechselten noch warm ihre Besitzer.

Konsul Ruben kam, um seine Frau zu besuchen. Er gehörte zu denen, die keine Zeit hatten und nicht lange bleiben konnten. Schon am ersten Abend saß er im Zimmer seiner Frau und zeigte Spuren von Ungeduld. Er fragte seine Frau nach der Dame – wo ist denn die Dame? sagte er.

Frau Ruben erhob sich, unsagbar dick und asthmatisch, und ging zur Tür. Ach, sie war so stark, daß sie wie eine Gans watschelte; wenn sie eine Treppe herunter kam, schnaufte sie wie im Hinaufsteigen. Sie öffnete die Tür, guckte auf den Gang hinaus und schloß die Tür wieder. Alles war ruhig.

Man hört hier jedes Wort, warnte sie, sprich leise! Die Dame? Es ist keine gewöhnliche Dame, sie kommt, wann sie selbst will, oder sie kommt gar nicht, sie läßt sich nicht rufen.

Der Konsul, verdrießlich über diese Tuerei und die ganze Geschichte: Warum hast du dir ein zweites Bett hereinstellen lassen? Hätte ich nicht mein eigenes Zimmer haben können?

Die gnädige Frau, ausweichend: Die Mädchen haben es getan. Ich wußte nicht – das Haus ist vielleicht voll –

Unsinn. Man kann ja keine Luft kriegen in dieser Bude. Ich frage, was die Dame will.

Was sie will? Frau Ruben sprach und erklärte die Situation der Dame: Sie war in große Verlegenheit geraten, sie schlief nicht des Nachts, sie war heimatlos, ein unglücklicher Mensch, von ihrem Manne geschieden, wurzellos überall –

Das ist ja schrecklich! sagte der Konsul.

Die Dame war mehrmals hier drinnen gewesen, hatte hier

66

angeklopft, hatte gelächelt und um Entschuldigung gebeten, sonst sprach sie mit niemand. Als die Dame das erstemal kam, war Frau Ruben so erstaunt gewesen, daß sie vergessen hatte, aufzustehen und sich zu verbeugen.

Woher ist sie? fragte der Konsul.

Aus England. Wußte er das nicht? Sie war Lady, ihr Mann Lord, Minister, er saß in der Regierung.

Ach so, sagte der Konsul, dann hab ich von ihr gelesen! Aber der Konsul legte weiter keinen Wert darauf und zeigte kein großes Interesse.

Seine Frau mußte ihn reizen. Sie ging direkt darauf los und sagte: Was sie will? Sie ist in Verlegenheit geraten, sie will Geld haben.

Das wollen wir alle! antwortete der Konsul.

Es ist schrecklich, sie sitzt völlig auf dem trockenen, kann nirgends Hilfe bekommen.

Der Konsul beugte sich vor und sah auf die Hand seiner Frau: Ein neuer Ring. Zeig mal!

Ach, die gnädige Frau hatte sich gerade mit der Hand übers Haar gestrichen, ihr Mann mußte unbedingt auf das feine Juwel aufmerksam werden. Ist er nicht prachtvoll? sagte sie. Ich wollte ihn nicht annehmen, weiß Gott, ich wollte nicht, aber sie hat ihn mir aufgedrängt. Hast du je ein solches Feuer gesehen?

Der Konsul nickte nur und sagte: Sie will also noch einige Ringe verkaufen?

Die gnädige Frau antwortete gekränkt: Das ist wohl nicht dein Ernst! Natürlich will sie keine Ringe verkaufen, damit kommt sie uns nicht. Sie wendet sich an dich als Konsul, das ist wohl etwas anderes. Da sie zu ihrem eigenen Konsul weder gehen kann noch will, so kommt sie zu dir. Nein, sie kann nicht zu ihrem eigenen Konsul gehen, er würde doch nur auf seiten ihres Mannes und des Ministeriums stehen, das ist doch klar.

Sie muß doch Familie haben. Hat ihr Mann sich ganz von ihr zurückgezogen?

Ich weiß nicht, ob das der rechte Ausdruck ist, sie sprach sehr nett von ihrem Mann.

Na ja, so geht es gewöhnlich!

Wie?

Daß die Worte nach der Scheidung immer netter werden – wenn man anfängt, die Geschichte zu bereuen.

Wieder ist Frau Ruben gekränkt. Es wäre durchaus keine gewöhnliche Dame, von der die Rede sei, sondern eine Lady; der Konsul ginge zu sehr davon aus, daß alle Damen so wären wie die Schreibmaschinendamen in seinem Kontor. Sie spräche also nur nett von ihrem Mann, fuhr Frau Ruben fort, daß er auf gewisse Weise seine Pflicht getan hätte, daß er ihr eigentlich auch jetzt nicht entgegenarbeite, sondern nur verstockt sei und ihr nie antworte. Was sei das für eine Art! Und die Familie? Bei der Familie des Mannes schien sie alle Sympathie eingebüßt zu haben, und sie selbst hätte keine Verwandten, die ihr helfen könnten.

Sie ist also ganz von unten gekommen?

Frau Ruben verteidigte sie: Was heißt von unten in England, wo jeder sich mit jedem verheiraten kann! Kann der König, wenn er will, eine Bürgerliche heiraten, so kann ein Lord wohl eine Schauspielerin nehmen.

Das war sie also?

So etwas Ähnliches, wie es schien. Vielleicht Tänzerin.

Immer besser! Also – und jetzt soll ich als Konsul intervenieren? Das kann ich natürlich nicht, das ist ausgeschlossen, steht nicht in meiner Macht. Du und sie, ihr seid beide gleich dumm, wenn ihr das glaubt.

Frau Ruben gab es auf, sich an die Eitelkeit ihres Mannes zu wenden. Er hätte einsehen müssen, daß es eine große Auszeichnung für ihn war, wenn eine Lady sich an ihn wandte, so und nicht anders war es aufzufassen. Sie machte sie fast zu ihrer Vertrauten, fragte sie freundlich nach diesem und jenem, stellte sich eine Weile auf gleichen Fuß mit ihnen. Wenn Konsul Ruben bei dieser Aufmerksamkeit nichts in seiner Seele fühlte, so mußte seine Frau einen andern Weg einschlagen. Darum muß sie also Geld haben, fuhr sie ruhig fort und überhörte die Einwände ihres Mannes. Und sie bekommt Geld, das ist sicher. Sie hat Werte in riesiger Höhe.

In welcher Höhe?

Das kommt darauf an, wie du einen englischen Minister veranschlagst. Es kann die Rede von Wohl und Wehe, Leben und Tod sein.

Donnerwetter! Was für Werte hat sie denn?

Papiere, Briefe!

Hatte die gnädige Frau Großes von dieser Auskunft erwartet, so wurde sie enttäuscht. Der Konsul wurde nicht Feuer und Flamme, er schnitt nur eine Grimasse. Das brachte sie nicht aus der Fassung. Merkwürdigerweise hatte sie sich vorgenommen, der fremden Dame zur Seite zu stehen, und das wollte sie nun auch durchführen. Woher kam diese Standhaftigkeit? Diese Frau Ruben wurde ununterbrochen von chronischer Nervosität geplagt, sie erstickte in ihrem Fett, ihr Leibesgewicht legte ihr Untätigkeit nicht als Genuß, sondern als furchtbare Last auf, das mochte alles sein. Aber Frau Ruben konnte also dennoch Güte und Hilfsbereitschaft gegen andere zeigen. Was ging die englische Lady sie an? Rassensympathie? Vielleicht. Aber in diesem Fall war der Lord ja von derselben Rasse, und ihm arbeitete sie gerade entgegen!

Der Konsul sagte: Ich kann hier nicht eingreifen, nur weil du einen Ring bekommen hast.

Nein, sagte die gnädige Frau auch und schnitt ihrerseits eine Grimasse. Der Ring wäre eine Bagatelle, er hätte sie den ersten Tag erfreut, länger nicht. Aber hätte sie sich mehr weigern können, ihn anzunehmen, als sie getan, ohne ungezogen zu sein? Und pflegte man das Geschenk einer hochgestellten Persönlichkeit im Ernst auszuschlagen? Frau Ruben hätte andere Ringe, mehr als genug, die quälten sie nur, wären ihr im Wege. Wie er selbst, so hätte auch sie alle auf die kleinen Finger setzen müssen.

Ja, nachdem die andern Finger zu lauter Daumen geworden waren.

Die gnädige Frau senkte den Kopf und antwortete: Als ich achtzehn Jahre alt war –

Jawohl, ich kenne den Text, unterbrach sie der Konsul. Aber du bist nicht achtzehn Jahre, du bist doppelt so alt! Du hast dich verdoppelt, in mehr als einer Beziehung, vervielfältigt.

Als ich achtzehn Jahre alt war, beharrte die gnädige Frau eigensinnig, hatte ich ebenso schlanke Finger wie deine Schreibmaschinendamen! Zum zweitenmal erwähnte sie die Schreibmaschinendamen, nicht nur so nebenher, sondern auf eine bestimmte Weise, als wäre es etwas Bedeutungsvolles. Und zum zweitenmal hörte der Konsul es gleichgültig an und zuckte die Achseln.

Diese Papiere, sagte er, Privatbriefe – ich bin Konsul, die Briefe bedeuten Skandal, Erpressung –, nein, ich rühre sie nicht an!

Die gnädige Frau behauptete, der Skandal würde kleiner, wenn ein großer Konsul diskreten Gebrauch von den Papieren machte, als wenn die Lady selbst handelte und unzweifelhaft den Mann stürzte.

Ob es nun die Schmeichelei mit dem ›großen Konsul‹ oder das Verständnis in dem letzten Argument der gnädigen Frau war – kurz, der Konsul fragte, wie um der Sache ein Ende zu machen: Wo sind die Papiere? –

Er las bis spät in die Nacht hinein. Beim Lesen schüttelte er zuweilen den Kopf, streckte plötzlich wie in großer Spannung die Beine aus, schlug sich mit der Hand auf den Schenkel, zog die Augenbrauen hoch: er hatte Unterhaltung. Ja, dieser blutreiche Mann mit dem kurzen Hals fand hier alles, was er sich an unsauberen Gedanken und Intimitäten wünschen konnte. Warum so wenig Delikatesse, warum so viel direkte Roheit in diesen Briefen? Es war ein Pfuhl, in den der Konsul tauchte, die frühere Tänzerin mußte sogar ungewöhnliche Voraussetzungen gehabt haben, daß sie die Leichtfertigkeiten ihres Mannes duldete, ohne sich die Nase zuzuhalten. Da waren Briefe aus Indien und andern Ländern, über Politik, ägyptische Orgien, persönliche Streitigkeiten mit der Verwaltung, Privathandel mit zweifelhaften Waren, Kauf des Lordtitels, Heereslieferungen – alles auf einmal, und überall ein durchdringender übler Geruch.

Frau Ruben beobachtete schweigend ihren Mann. Die Briefe wurden immer kürzer. Es schien, als hätte der Schreiber nicht mehr das volle Vertrauen zu seiner Frau gehabt, als hätte er einen andern Vertrauten gefunden, und die letzten Briefe enthielten Andeutungen auf Myladys Rückfall zur Tanzerei, auf eine Reise nach Schottland mit dem obskuren Direktor einer Vergnügungsbude. Mylady schien geleugnet zu haben, aber der nächste Brief ihres Mannes erhielt die Bezichtigung aufrecht und endete mit dem Bruch. Die beiden letzten Briefe waren schließlich entscheidend. Fertig!

Frau Ruben merkte, wie sich das Interesse des Konsuls abkühlte, je mehr er sich dem Ende näherte. Hier war nichts mehr für ihn, aber, wie es schien, gerade etwas für sie. Der gute Lord war mit Hilfe der Mitgift seiner Frau, der Tänzerin, emporgekommen, sie hatte ihm den Weg gebahnt mit dem kleinen Vermögen, das sie durch ihren Tanz, mit ihren Beinen gesammelt hatte, und dadurch waren sie beide hochgekommen. Aber

was nützte das nun! Frau Ruben saß da wie in eigenen Gedanken und Erinnerungen. Befand sie sich in einer ähnlichen
Situation wie Mylady, abgemustert, aussortiert vom Manne?
Was sonst? Es war zu unwahrscheinlich, daß sie sich aus reiner
Uneigennützigkeit so für das Schicksal einer fremden Person
hätte interessieren sollen, selbst wenn es einer Rassengenossin
galt. Der Konsul witterte offenbar keinen Unrat. Hätte er auf-
gesehen, so würde er wohl Verdacht geschöpft haben wegen der
sich immer mehr entzündenden Augen seiner Frau. Sie saß da
und beobachtete ihn von der Seite, ihre mandelförmigen Augen
wurden weich und schleichend, was auf innere Tätigkeit in
ihrem fetten Kopfe deutete.

Puh! schnaufte der Konsul, das ist ein Sumpf! Wie alt ist sie?

Ja, es ist ein Sumpf, antwortete seine Frau.

Ich will nichts damit zu tun haben.

Die gnädige Frau schwieg.

Wie alt ist sie?

Doch, du könntest etwas tun, wenn du wolltest.

Der Konsul plötzlich heftig: Ich frage, wie alt sie ist! Das
ist doch eine verdammte Geheimnistuerei.

Die gnädige Frau lächelte schief: Wie alt sie ist? Ich habe
sie nicht gefragt. Ich weiß auch nicht, ob sie gut aussieht, nach
deinem Geschmack. Das ist ja wohl auch gleichgültig, das interessiert dich doch nicht.

Der Konsul sehr gereizt: Nein, das interessiert mich nicht.
Weder die Dame noch ihre Skandale interessieren mich. Nun
sag nur mal, das war doch eine äußerst merkwürdige Idee von
dir, hier noch ein Bett in dies Loch stellen zu lassen! Gut, daß
es nur für eine Nacht ist. Ich verstehe überhaupt nicht, warum
du wolltest, daß ich hierher in die Berge käme.

Kein Zweifel: die Dame verfolgte ein bestimmtes Ziel und
arbeitete auf eigene Rechnung, sonst hätte sie nicht so gesprochen, wie sie tat. Oh, sie schien sich in den Kopf gesetzt zu
haben, etwas durchzusetzen, mitten in einer großen Hoffnungslosigkeit war ihre Haltung fest, komme was da wolle!

Habe ich dich zu Hause gestört? fragte sie. Du störest mich
nicht mit deinem Kommen.

Kannst du nicht nachdenken? Hast du hier ein Geschäft,
Post, Kontor, ein großes Personal?

Nein, ich habe nichts, nur mich selber, immer nur mich selber! Sie fuhr jammernd fort: An einem Donnerstag kam ich

hier an und schrieb gleich, ein Donnerstag nach dem andern verging, aber ich hörte nichts von dir. Ich schrieb immer wieder. Nein. Da telegraphierte ich.

Du verstehst das nicht, antwortete er, aber ich hatte keine Zeit. Gerade jetzt ist viel zu tun, das Personal hat nacheinander Ferien, die Arbeit muß getan werden, ich muß selber Zeit zum Essen haben, ich muß auch ein bißchen schlafen.

Schweigen.

Aber das verstehst du nicht, wiederholt er und beginnt sich auszuziehen.

Wenn du es sagst, muß es wohl richtig sein, antwortet sie.

Es ist richtig. Und jetzt ist es spät, laß uns zu Bett gehen! Nein, in die Geschichte mit der Tänzerin will ich mich nicht hineinmischen. Das siehst du wohl ein?

Schweigen.

Endlich sagt die gnädige Frau: Sie muß Antwort von ihrem Manne bekommen, es ist noch nicht alles entschieden, sie ist zu stark geworden, um wieder zu tanzen, und kann nicht von vorne anfangen. Sie erhält keine Nachricht über ein kleines Anwesen für Hühner- und Kaninchenzucht; warum antwortet er ihr nicht? Der Lord ist jetzt ein mächtiger Mann, aber er schweigt einfach, und ihr eigener Rechtsanwalt ist schlaff geworden und scheint zur Gegenpartei übergegangen zu sein. An wen soll sie sich wenden?

Es fiel mir auf, sagt der Konsul – sind das die Originalbriefe?

Das sind sie wohl. Warum nicht? Weshalb fragst du? Du glaubst doch nicht, daß die Briefe gefälscht sind?

Nein. Leg dich jetzt auch nieder.

Die gnädige Frau sitzt noch eine gute Weile da, dann geht sie zu ihrem Bett und beschäftigt sich auch dort eine gute Weile. Unterdessen liegt der Konsul da, schnauft und wälzt sich.

Willst du heute nacht nicht zu Bett gehen? fragt er.

Keine Antwort.

Vielleicht erkennt er jetzt, daß er unfreundlich gewesen ist, und er sagt: Leg dich doch jetzt hin und lösch die Lampe aus, damit wir endlich Ruhe haben.

Ja, dann hast du Ruhe! antwortet sie plötzlich scharf und unerwartet.

Jetzt kommt ein Auftritt: Der Konsul muß unruhig geworden sein, er ahnt etwas Böses. Die Antwort der gnädigen Frau war auffallend, er wirft sich auf die andere Seite und sieht seiner Frau zum erstenmal voll ins Gesicht. Was, zum Teufel, hat sie vor? Sie hat an ihrem Bett gestanden, jetzt macht sie plötzlich ein paar hastige Schritte auf ihn zu. Vielleicht will sie ihm ein paar wütende Worte sagen, die sie sich von der Seele schreien muß, und sie vergißt, daß sie ein Kopfkissen zwischen den Händen hält. Was muß er davon denken – ein großes Kopfkissen zwischen ihren Händen! Sie zeigt im Lampenlicht ein verzerrtes Gesicht, sie schielt wie in Hysterie, wie in Tollheit, natürlich ist sie ganz außer sich, denn sie kann nichts sagen, nicht ein einziges Wort hervorbringen. Jetzt setzt der Konsul sich mit einem Ruck im Bette auf, wohl kaum, um besser zu sehen, eher, um sich zu wehren; aber im selben Augenblick geht eine seltsame Veränderung mit ihm vor, das Gesicht erblaßt auf einmal und sinkt zusammen, die Hände sind gelähmt, er fällt schwer und tot hintenüber und stößt mit dem Nacken gegen das Bettende. So bleibt er liegen.

Wie, eine Veränderung, ein Krach? Die gnädige Frau hält inne und bleibt stehen, sie braucht Zeit, um sich zu sammeln und zu Verstand zu kommen, sie sucht nicht nach einem Stuhl, um niederzusinken, sondern ist immer noch in Kampfstimmung, als wollte sie sagen: Ja, siehst du! Sie hatte nichts Böses getan, das Geschehene war gut, war gerecht. Sie versteht wohl schon, daß es keinen Sinn mehr hat, sagt aber gerade heraus zu ihrem Manne: So, laß es nun genug sein! Als er sich nicht regt und kein Lebenszeichen von sich gibt, beharrt sie nur in ihrem Benehmen. Aus seinem einen Ohr fließt Blut, vielleicht auch aus dem andern, das sie nicht sieht. Da denkt sie an den Doktor und sieht sich im Zimmer um, ob es ordentlich genug ist, daß der Doktor kommen kann. Antworte jetzt, hörst du! sagt sie laut zum Manne. Sie sieht, daß sein Kopf schlecht liegt, gegen das Bettende, das Kinn auf die Brust gedrückt, aber sie läßt ihn liegen, trägt dagegen ihr Kopfkissen an seinen Platz zurück, legt Myladys Briefe, die auf dem Tische liegen, weg und watschelt zur Tür hinaus, um den Doktor zu holen.

Der erste Todesfall im Torahus-Sanatorium.
Welch ein Zufall: Ein Mann kommt mit einer kleinen Handtasche mit Zahnbürste und Nachtzeug in der Hand, um seine

Frau, die im Sanatorium wohnt, zu besuchen, hält sich einige Stunden dort auf und wird vom Tod ereilt!

Kein Wunder, wenn es der Frau ausgefallen, fast als erdichtet vorkommen konnte. Der Mann hätte wohl behaupten können, daß er Grund zum Sterben hatte: Er war bis tief in die Nacht mit einer englischen Skandalgeschichte geplagt worden, bis er so weit war, daß er seine Frau mit dem Kopfkissen in den Händen mißverstehen mußte. Das mochte gefährlich für ihn ausgesehen haben, er hatte sich wohl etwas von Ersticken vorgestellt, der hysterische Blick seiner Frau hatte sein gesundes Urteil getrübt – oh, der Mann hätte beweisen können, daß er nicht aus einer natürlichen Ursache gestorben war.

Andererseits konnte die Frau geltend machen, daß es nicht so gemeint war; die Katastrophe war ein unverhältnismäßig schwerer Schlag. Wenn sie daran dachte, wie sie mit dem unschuldigen Kopfkissen in den Händen dastand, konnte sie nicht feierlich sein, der Fall war komisch, sie mußte lachen, haha! Und ebenso mußte man sagen, daß es ein bißchen komisch war, welche Eile der Mann hatte, wieder nach Hause zu kommen, ho, schon am Tage darauf, am nächsten Morgen, und wie er dann statt dessen starb. Ja, das Leben war nicht ohne Komik, und der Tod auch nicht.

Doktor Öyen und die andern Leute vom Sanatorium versuchten ja, den unwahrscheinlichen Todesfall zu vertuschen, aber das glückte ganz und gar nicht, es huschte von einem Zimmer ins andere und erreichte sogar den kranken Herrn Fleming. Wie hatte das zugehen können? Fräulein d'Espard saß mehrere Stunden täglich bei ihm und paßte auf, aber er mußte es durch die Wand zum Nebenzimmer gehört haben, wo eine Dame herumging und ihr Taschentuch, ihre Handschuhe, ihre Finger drehte und laut und verzweifelt vor sich hin sprach.

Herr Fleming sagte zu Fräulein d'Espard: Ich kann Ihnen eine Neuigkeit erzählen: vor ein paar Tagen ist hier ein Gast gestorben. – Er sagte es ruhig und mit Haltung, wie etwas ganz Unwichtiges.

Fräulein d'Espard erhob sich plötzlich, nahm den Hut vom Kopfe und hängte ihn auf. Gegen die Wand gekehrt, antwortete sie: So, ein Gast? Gestorben? Vielleicht eine Dame?

Eine Dame? Nein, war es nicht ein Fremder, ein Konsul aus Kristiania? Ich weiß nicht. Haben Sie es nicht gehört? Der, welcher ankam, als wir vor einigen Tagen in Herrn Bertelsens Zimmer saßen.

Nein, ich habe nichts davon gehört.

So. Ja, nehmen Sie Platz, gnädiges Fräulein, heute denke ich unüberwindlich zu sein!

Und sie setzten sich zu ihrem üblichen Bézigue. Als Tisch gebrauchten sie einen Pappdeckel, den sie quer über Herrn Flemings Bett legten.

Er paßte gut auf, zählte die Summen genau und schob die Zeiger auf seiner Tafel, nichts deutete auf Geistesabwesenheit, nein, denn Herrn Fleming ging es seit ein paar Tagen außerordentlich viel besser, er war fast wieder gesund, hatte neuen Mut geschöpft, und der Todesfall ging ihn nichts an.

War Fräulein d'Espard enttäuscht, daß ihn der Tod des Konsuls so kalt ließ? Fürchtete sie nicht, daß er ihre Besorgtheit und ihr Feingefühl nicht beachtet hatte, als sie den Hut aufhängte und gegen die Wand sprach? Oh, die menschliche Verschlagenheit! Sie sagte fragend: Es scheint solche Unruhe in den letzten Tagen im Sanatorium zu herrschen!

Herr Fleming murmelte gleichgültig: Das kommt wohl von diesem Todesfall.

Das tut es wohl. Und da Sie es sagen – ich glaube, ich habe schon davon gehört. Nun, unterbrach sie sich, einerlei! Haben Sie heute nacht gut geschlafen?

Ja, ich danke, ich schlafe jetzt jede Nacht gut.

Schweigen.

Ja, vielleicht war er Konsul, äußert das Fräulein. Aber er starb am Schlage, nicht an einer Krankheit.

Das kommt auf eines heraus. Warten Sie – vier Buben!

Denken Sie, er kam einen Tag und starb in der Nacht! Ich würde es nicht erwähnt haben, da Sie es aber doch schon wissen –

Was wissen? Na ja. Ich kannte den Mann nicht, haben Sie ihn gekannt?

Nein. Ja, ich weiß, wer er war, ein großer Mann in Kristiania, mächtiges Geschäft, ich kenne einige Damen, die bei ihm sind. Ja, ein furchtbares Geschick!

Spielen Sie wirklich das As aus? fragt Herr Fleming.

Nein, Verzeihung! Konsul Ruben war ja der Mann von Frau Ruben, Sie wissen, von der dicken Dame, die hier gewohnt hat. Jetzt ist sie mit der Leiche abgereist.

Jawohl.

Und Mylady hat sie begleitet. Mylady mit ihrem Mädchen. Jetzt ist es also vorbei mit dem ewigen Tee und dem ewigen Lunch hier im Sanatorium. Und jetzt können wir wieder Klavier spielen . . .

Und ja, sie spielten Klavier, sangen auf den Treppen und versuchten bei Tisch sorglos zu lachen, aber es wurde nichts Rechtes. Sogar eine Woche, nachdem die Damen mit dem Sarg abgereist waren, sprachen die Gäste noch immer von dem großen Unglück. Es war eine Bombe, die mitten in einer Schar von Schwächlingen platzte. Der erste Todesfall! sagte der Selbstmörder und nickte, gerade als hätte er noch verschiedene in der Hinterhand. Dieser unheimliche Mensch war nun auch nicht gerade dazu angetan, die Stimmung im Kurhause zu erhöhen.

Keiner der Gäste trauerte eigentlich darüber, daß die drei Damen fort waren, aber der Zusammenhang war doch gelockert, sie hinterließen eine Leere. Was nun? Sie waren ganz korrekt, bezahlten und reisten ab, keine brannte durch, von der Sorte waren sie nicht. Selbst Mylady beglich ihre Rechnung und gab verschwenderische Trinkgelder, das reine Lösegeld. Die Sache war die, daß Konsul Ruben sich mit einer gesegnet dicken Brieftasche versehen hatte, ehe er von Hause abgereist war. Man fand sie inwendig in seiner Weste, auf der linken Seite, wo sie, als er noch am Leben war, sein Herz umschlossen hatte. Jetzt kam die Brieftasche den Damen zugute, als sie abrechneten. Frau Ruben bezahlte für alle. Nichts ist so schlimm, daß es nicht doch noch für etwas gut wäre.

Und als eine Woche vergangen war, kam wieder eine Reihe neuer Gäste. Sie füllten die leeren Zimmer, überschwemmten das Sanatorium und schufen Wohnungsnot. Es ging so weit, daß der Doktor, die Wirtschafterin und der Inspektor sich die Köpfe zerbrechen mußten, um einen Ausweg zu finden.

Der Inspektor wurde auf die Runde geschickt. Er kam ins Zimmer Nummer 7, und das Fräulein war daheim. Er sollte fragen, ob das gnädige Fräulein so liebenswürdig sein und für kurze Zeit das Zimmer wechseln wollte.

Wie?

Ein anderes Zimmer. Es hätte keinen Ofen, wäre aber sonst ebenso hell und freundlich wie dieses. Man würde ein Feldbett für sie hineinstellen. Ob er ihr das neue Zimmer zeigen dürfte?

Das Fräulein begann die Finger zu drehen und fragte, warum sie ausziehen sollte.

Ja, das Sanatorium wäre heute nachmittag überfüllt worden, es wäre Mangel an Zimmern, sie wüßten nicht, was sie machen sollten.

Das Fräulein nahm seine Handschuhe vom Tisch und drehte sie auch. Sie wurde ein wenig blau und schmal im Gesicht und sah den Inspektor verwirrt an.

Man würde nicht darum gebeten haben, sagte er, es wäre ihnen nicht eingefallen. Aber gerade, als das Haus voll war, wären noch einige Leute dazugekommen, darunter ein Pastor mit seinen beiden Söhnen. Die frören, und sie bäten um ein Zimmer mit Ofen.

Ja, sagte das Fräulein, jaja, sagte sie und wiegte den Kopf. Sie war nicht unzugänglich, sie gab nach. Das ging ja nicht, daß jemand fror.

Nein, nicht wahr? sagte der Inspektor auch. Und sie sollte sich nur aufhalten, wo es warm war, zum Beispiel im Salon. Der Tausch gälte übrigens nur für kurze Zeit, versprach der Inspektor und dankte dem Fräulein herzlich. Darauf zeigte er ihr das neue Zimmer.

Durch sein Glück ermutigt, ging der Inspektor weiter und traf den Selbstmörder. Er saß zusammen mit Moß, dem Mann mit dem Ausschlag, auf der Veranda und plauderte mit ihm. Der Inspektor hatte mit den beiden Kameraden Karten gespielt und konnte frei von der Leber weg sprechen. Er käme mit einer Trauerbotschaft, sagte er scherzend. Als er aber merkte, daß der Selbstmörder nicht bei guter Laune war, schlug er um und fragte, ob die Herren ihm und dem Sanatorium einen großen Gefallen tun würden.

Beide Herren sahen auf.

Ob sie etwas dagegen hätten, für kurze Zeit das Zimmer zu wechseln?

Was? Wieso?

Als sie die Erklärung erhalten hatten, schlug der Selbstmörder jedes Entgegenkommen glatt ab; es könnte ihm nicht einfallen, eine solche Idee, eine derartige Unverschämtheit hätte er noch nicht erlebt! Moß erbat sich nähere Auskunft, und diesmal führte der Inspektor drei Damen ins Treffen, drei Lehrerinnen, die heut nachmittag zugereist wären, als das Haus schon voll war. Was sollte man mit ihnen machen? Denken Sie sich, drei hübsche junge Damen, die über die Berge gekommen, durchgeweht und ausgehungert sind und flehentlich um ein paar heizbare Zimmer bitten.

Heißt das etwa, daß ich in ein Zimmer ohne Ofen soll? fragte der Selbstmörder mit blassem Munde.

Nur für kurze Zeit, vielleicht nur für ein paar Tage, es reiste wohl bald jemand ab, ein Pastor wäre mit seinen beiden Söhnen gekommen, die reisten vielleicht schon in einer Woche wieder.

Der Selbstmörder war wütend: War das ein Benehmen? War er in eine Räuberhöhle geraten? Solch eine Frechheit, solche Zügellosigkeit! Oh, der Selbstmörder zeigte, daß er ein junger Mann war, der sich seines Daseins freute. Nein, halten Sie nicht die Nase so hoch, Herr Inspektor! sagte er. Seien Sie kein Hans Guckindieluft, sondern schnüffeln Sie lieber am Boden!

Na, na! antwortete der Inspektor, gutmütig lachend.

Es ist unerhört! behauptete der Selbstmörder: ein Kurhaus, ein Erholungsheim, das ihn blau frieren lassen und ganz menschenunähnlich machen wollte!

Auch Moß lachte über die Erbitterung und merkwürdige Wortwahl des Selbstmörders. Mein Zimmer steht zur Verfügung! sagte er zu dem Inspektor.

Ja, nicht wahr? rief der Selbstmörder. Oh, ich schäme mich über Sie, Sie sind eine haltlose Laus! Sehen Sie, Herr Inspektor, sein Zimmer steht zur Verfügung! Aber verträgt sein Ausschlag ein eiskaltes Zimmer?

Ich heize doch nicht, wandte Moß ein.

Nein, darum sehen Sie wohl auch so aus. Das haben Sie vielleicht vor Frost bekommen. Nein, heizen tue ich auch nicht. Aber wenn die Kälte nun morgen oder übermorgen einsetzt?

Hahaha!

Ja, hahaha! äffte der Selbstmörder nach. Pfui Teufel, ein Frauenzimmer kann Dinge sagen, daß ein Mann die Augen niederschlägt. Sie Schlappschwanz, Sie sind ein Frauenzimmer!

Geben Sie den Damen mein Zimmer, wiederholte Moß.

Der Inspektor dankte und ging.

Schweigen.

Nein, ich kann es nicht vergessen! rief der Selbstmörder aus. Ich sollte warten, bis ein Pastor und seine Bengel abreisen, um mein Zimmer wieder zu kriegen! Nicht Ihr Zimmer, nicht das vom Pastor, mein eigenes Zimmer!

Sie vergessen die drei Lehrerinnen.

Na, und?

Denken Sie doch, drei hübsche junge Damen am Rande der Not! Sind Sie nicht Kavalier und Ritter?

Nein! schrie der Selbstmörder.

Hahaha! Nicht daß Sie ein Zimmer mit Ofen nicht ehrlich verdient hätten, was wissen diese Sanatoriumsleute davon! Die haben noch nicht einmal gemerkt, daß Sie eigentlich hergekommen sind, um sich das Leben zu nehmen.

Das geht Sie nichts an, mischen Sie sich nicht hinein! warnte der Selbstmörder väterlich. Wenn Sie meinen, daß Ihr Zustand Ihnen erlaubt, Kavalier zu sein, bitte!

Moß war einen Augenblick betäubt, dann sagte er: Die Sache ist wohl die, daß Sie es aufgegeben haben. Sie wollen leben, Sie haben angefangen, an die reiche Witwe zu denken.

Was für eine reiche Witwe?

Frau Ruben natürlich.

Ach so, Frau Ruben! Der Selbstmörder gähnte und wurde es müde, den andern zu reizen. Der Erregung folgte die Reaktion, und er versank in Grübeln.

Ja, sie wäre vielleicht etwas für Sie, fuhr Moß fort: in den besten Jahren, Umfang für zwei, reich, glänzendes Geschäft –

Sie wäre eher etwas für Sie. Was wissen Sie von ihrem Reichtum? Schweigen Sie!

Die Art ist immer reich.

Schweigen Sie!

Moß saß noch eine Weile da, dann erhob er sich und ging. Der Selbstmörder sah ihm nach und folgte ihm gleich darauf; sie konnten sich nicht lange entbehren. Sie legten sich an einem sonnigen Hang auf den Rücken und sprachen nicht mehr. Oh, wie das gemeinsame Unglück diese beiden Menschen, zwei Schiffbrüchige am selben Strande, aneinandergekittet hatte! Moß schlief. Er hatte sich den Hut übers Gesicht gelegt, um seine Wunden vor den Fliegen zu schützen.

Als er aufwachte, lag der Selbstmörder immer noch mit offenen Augen da, ohne zu schlafen. Er sagte: Sie haben geschlafen?

Ja, die Sonne hat mich schläfrig gemacht.

Das ist Mattigkeit. Wir bekommen hier einen elenden Fraß, nur Konserven. Wir schlafen auf Schritt und Tritt ein.

79

Darauf bin ich gar nicht gekommen, antwortete Moß. Bekommen wir Konserven?

Warum kriegen wir nicht endlich den Ochsen? fragte der Selbstmörder plötzlich. Das möchte ich doch gern wissen. Hat man uns nicht einen Ochsen versprochen?

Fragen Sie den Inspektor!

Der Selbstmörder schnaufte höhnisch: Den Inspektor! Nein, kommen Sie, wir gehen direkt zum Doktor!

Aber Moß wollte nicht, mochte nicht, konnte nicht –

Ja, das ist wieder Schwäche und schlechte Pflege, ich werde mit jedem Tage elender. Kein Mensch sollte hierher kommen.

Denken Sie daran, abzureisen?

Abzureisen? Ja, das könnte sein. Warum fragen Sie? Ich reise nicht ab, glauben Sie nur das nicht. Der Inspektor soll schwarz werden, ehe er mich wegkriegt, und wenn er mit zwei Pastoren kommt! Ich werde es ihnen zeigen! – Er hegte einen merkwürdig eingefleischten Groll gegen diesen Pastor, der ihm sein Zimmer streitig machen wollte.

Es wurde auch nicht besser, als sie am Abend zu Tische gingen und der Pastor mit seinen beiden Jungen durch eine Ironie des Schicksals oder vielleicht aus Bosheit des Inspektors neben den Selbstmörder gesetzt wurde. Der Pastor machte seinem Nebenmann eine Verbeugung, und der Selbstmörder nickte auch ein wenig, nickte ungeheuer sparsam und ökonomisch. Man ist selber früher dagewesen, und man muß es einem Neuangekommenen ungemütlich machen und nicht zu verschwenderisch nicken.

Der Fremde sagte ein paar Worte, der Selbstmörder antwortete nicht, aber Moß, der auf der andern Seite saß, quittierte laut und liebenswürdig.

Jetzt nannte der Fremde seinen Namen: Oliver. Der Selbstmörder kümmerte sich nicht darum, sondern nannte ihn Jensen.

Jensen? fragte der Fremde.

Ja, es muß vielleicht Nikolaisen ausgesprochen werden?

Das Gesicht des Fremden wurde leer vor Verständnislosigkeit, dann machte er sich ans Essen.

Es ist gut, daß wir Hilfe bekommen haben, um die Konserven hier zu essen, sagte der Selbstmörder zu ihm.

Darüber ging der Fremde hinweg und bediente sich tapfer mit den eingemachten Fleischklößen, er war hungrig.

Der Selbstmörder fragte: Kommen Sie über die Berge, Herr Pastor?

Der Fremde sah auf: Meinen Sie mich? Ich bin nicht Pastor, ich bin Schuldirektor.

Der Selbstmörder verwirrt: Schuldirektor?

Der Fremde suchte seine Karte hervor und lieferte sie ab, der Selbstmörder las: Frank Oliver, Dr. phil., Schuldirektor.

Entschuldigen Sie! sagte der Selbstmörder betroffen. Der blödsinnige Inspektor hat Sie zum Pastor gemacht.

Nicht daß das etwas geändert hätte; der Selbstmörder hatte nun einmal einen Groll gegen diesen Fremden gefaßt und übertrug ihn nun von dem Pastor auf den Schuldirektor. Es war immerhin derselbe Mensch, der ihn hatte obdachlos machen wollen, und in der Zeit, die der Schuldirektor sich auf Torahus aufhielt, fand der Selbstmörder mehr als eine gute Gelegenheit, ihm sein Mißfallen zu zeigen. Der arme Direktor Oliver tat sonst nichts Böses. War nicht viel über ihn zu sagen, so auch nicht viel gegen ihn. Gelehrsamkeit und dürftige Verhältnisse hatten ihn ausgemergelt, der Mantel hing auf seinen Schultern wie an einem Kleiderständer, er hatte wenig Haar und wenig Bart, und das wenige, was er hatte, war grau – das mochte alles sein. Aber damit war er nicht abgetan. Es war wohl sein innerer Wert, der es machte, daß er den Kopf so hoch trug. Er versteckte sich nicht, es war etwas Treuherziges in seinem soliden Dünkel, er hatte Eile, seinen Namen und seine Titel zu sagen, um sich gleich Respekt zu verschaffen. Natürlich hatte Direktor Oliver das höchste Ziel im Leben nicht erreicht; aber wer hat das! Er hatte erreicht, wonach unendlich viele völlig vergebens streben, und auch das ist ein Ziel. Er nahm eine bedeutende Stellung in der Lehrerschaft ein und hatte selbst eine unerschrockene Achtung vor dieser Stellung; das hatten alle andern Menschen auch, ohne Ausnahme. Was bedeutete sein Beruf, seine Tätigkeit? Verschafften sie nicht dem Volke Bildung? Schön. Wenn die Jugend nicht mehr unwissend war, so verdankte man es ihm, er verbreitete sein Licht, er rottete Analphabeten aus, und Norwegen war aufgeklärt.

Wenn Direktor Oliver sich jetzt im Leben bewegt, so geschieht es weder, um dem Schicksal zu entrinnen, noch um ihm nachzulaufen. Er ist, der er ist, sein Schicksal ist abgeschlossen, sein Boot im Hafen. Von nun an lebt er unversehrt jahrein, jahraus; er ist unveränderlich und haltbar derselbe, die

Landesgesetze erlauben ihm, sein Brot zu verdienen, wie er es tut, er ist das Oberhaupt der Schule; wenn der Herr Direktor etwas sagt, hat der Herr Direktor es gesagt!

Es war ihm wohl ein wenig ungewohnt, in ein Haus mit fünfzig fremden Menschen zu kommen, aber es dauerte nur wenige Stunden, so war er bekannt, man bot ihm guten Morgen, man lauschte aufmerksam auf das, was er sagte, man erhob sich und bot ihm seinen Stuhl an; um sich bei dem Herrn Direktor beliebt zu machen, gab man sich auch mit seinen Jungen ab und unterhielt sich stundenlang mit ihnen.

Aber der Selbstmörder sah ihn scheel an. Wissen Sie, sagte er zu Moß, der Pastor – der Schuldirektor – gab sich natürlich für einen Pastor aus, um ein Zimmer zu bekommen. Das war gemein. Aber mich kann man nicht anführen.

Endlich war wieder die Rede davon, daß das Sanatorium Daniels Ochsen kaufen wollte. Warum jetzt? mischte der Selbstmörder sich hinein, warum nicht früher? Gerade haben wir Leute bekommen, die von eingemachten Fleischklößen leben können – und da kriegen wir den Ochsen!

Er war ganz anderer Meinung geworden: mit dem Ochsen hatte es Zeit. Er agitierte unter den Gästen wie unter dem Personal für Hinausschieben des Kaufes, das hätte Zeit, bis der Schuldirektor wieder abgereist war, wie lange würde der Ochse sonst reichen! Welch eine Habgier und Ungastfreundlichkeit bei diesem Selbstmörder! Es kümmerte sich denn auch keiner um sein Gerede. Sie wollen ja doch sterben, nicht wahr? fragte der Inspektor ihn lachend, warum machen Sie sich da so viel aus dem Essen?

Der Ochse wurde gekauft.

Man würde es nicht getan haben, hätte man die Folgen vorausgesehen, das mag zur Entschuldigung dienen. Man hätte eine große Schuld und eine schwere Verantwortung weniger gehabt, wenn man es hätte bleiben lassen. Hinterher konnten sie räsonieren, sich streiten, konnte einer die Schuld auf den andern schieben – das Geschehene war nicht ungeschehen zu machen. Aber man konnte die Hände ringen und jammern.

Ja, jetzt wollte Daniel den großen Ochsen verkaufen, einige hundert Kronen waren Geld für den Mann in der Torahus-Sennhütte, er konnte sie gut gebrauchen. Von seinem Standpunkt aus sprach viel dafür, daß der Handel gleich abgeschlossen wurde. Der Sommer ging zur Neige, die Heuernte war nicht gut ausgefallen, der Preis war hoch, und dazu kam, daß Daniels kleiner Ochse im Laufe des Sommers gut gewachsen war und jetzt an die Stelle des großen treten konnte.

So gingen zwei Mann zu Daniel hinüber, um den Ochsen nach dem Sanatorium zu holen: der Schweizer und der Briefträger. Sie hatten einen Strick mit, den der Schweizer dem Ochsen kunstgerecht um Hals und Maul band.

Der Strick ist ein bißchen dünn, sagte Daniel.

Dick genug, antwortete der Schweizer.

Doch ehe sie die Wanderung begannen, hegte Daniel Zweifel und sagte: Wenn ihr den Ochsen nur hinbringen könnt!

Der Schweizer blies sich auf und meinte, das sei nicht der erste Ochse, mit dem er in seinem Leben zu tun hätte.

Es ging auch gut, bis sie schon halbwegs zu Hause waren, aber plötzlich wurde der Ochse unwillig, setzte das Maul auf den Boden und schüttelte den Kopf. Er sah wohl, daß er auf ein fremdes Feld gekommen war, die Männer waren ihm auch fremd, und der Teufel mochte sich länger an einer Wäscheleine, einem Bindfaden ziehen lassen. Freundliche Worte und Streicheln hatten keine Wirkung, ebensowenig der Stock, den der Briefträger gebrauchte, darüber schnaufte der Ochse nur so. Aber sie konnten nicht hier stehen bleiben, und der Schweizer fluchte schon, was das Zeug hielt. Stoß ihn mal auf den Hintern, verordnete er; aber warte, bis ich ihn gut halte. So, jetzt!

Aber es half nichts. Der Ochse blieb stehen, wo er stand.

Der Schweizer schrie erregt: Tüchtig draufstoßen!

O ja, der Briefträger stieß ordentlich.

Nun mußte Gott im Himmel den Schweizer behüten, denn es erfolgte eine Explosion. Der Briefträger blieb wie in einem leeren Raum stehen und sah, wie der Ochse mit dem Schweizer davonsprengte, immer geradeaus, ohne sich um den Weg zu kümmern, in Büsche und Gestein. Anfänglich fand der Briefträger, dies sei das Komischste, was er je erlebt hätte. Der Schweizer folgte dem Ochsen wie einem Köder, jetzt in der Luft, jetzt wieder auf der Erde, und im Morast spritzte der Dreck um sie beide herum. Der Briefträger meckerte inwendig vor Lachen. Plötzlich hört er einen Ruck, einen Klagelaut, und nun läuft er auch hinterher; der Ochse steht, ein Baum hat ihn aufgehalten, und neben dem Baum steht der Schweizer, die eine Hand festgeklemmt, der Strick fest herumgewickelt. Warte, ich schneide ihn durch! sagt der Briefträger erschrocken und greift nach dem Messer. Nein! faucht der Schweizer. Der Mann ist mutig und teuflisch vor Wut, er knirscht mit den Zähnen. Du mußt aufbinden; hier durchziehen, aber laß den Ochsen nicht los!

Als er endlich freikommt, zittert er an allen Gliedern, seine Hand ist blau und geschwollen, ein paar Finger sind blutig. Er schwingt die Hand ein paarmal und sagt wütend: Hab ich dich gebeten, ihn seitwärts in den Hintern zu stoßen?

Der Briefträger murmelt nur: Wie, seitwärts? Nein.

Du Esel!

Du hättest den Strick loslassen sollen, antwortet der Briefträger.

Ich laß ihn nicht los! schreit der Schweizer.

Halt den Mund! Siehst du nicht, daß du das Tier scheu machst, wenn du so schreist?

Obwohl der Schweizer jetzt gezwungen war, seine Stimme zu mäßigen, so brachte ihn das doch nicht in bessere Laune, und er schalt seinen Kameraden tüchtig aus.

Es zeigten sich Leute auf dem Wege, Gäste aus dem Sanatorium, die gehört hatten, was vorgehen sollte, und jetzt dem Transport entgegenkamen. Es waren eine ganze Menge Leute, auch Damen, auch Bertelsen, sogar Herr Fleming war zum erstenmal nach seinem Krankenlager wieder draußen. Oh, es war vielleicht nicht nur persönlicher Mut, wenn der Schweizer den Strick nicht losließ, er besaß wohl auch seine Eitelkeit: ein ganzer Kerl zu sein vor den Augen aller dieser Gäste und Zuschauer.

Laß uns noch mal versuchen! sagte er laut und schallend.

Der Briefträger murmelte warnend.

Du bist ein Waschlappen! rief der Schweizer. Ist das nicht ein Ochse, ein Stück Schlachtvieh? Mit dem werden wir doch wohl noch fertig! Haha!

Der Ochse wollte nicht.

Sieh die Augen, sagte der Briefträger, die sind ganz rot.

Das schiert mich den Teufel! antwortete der Schweizer. So, treib an!

Aber der Ochse wollte nicht.

Komm her, kommandierte der Schweizer, faß auch den Strick hier fest am Maul – nein, auf der andern Seite natürlich! Laß uns machen, daß wir weiterkommen mit dem Vieh und nicht hier stehen bleiben.

Sie machen sich bereit. Unterdessen steht der Ochse, das Maul auf dem Boden, da, als warte er, schielt mit den blutunterlaufenen Augen und schnauft ab und zu.

Die Vorbereitungen sind beendet, beide halten den Strick, der Schweizer mit der einen Hand, während er mit der andern dem Ochsen einen Stich in den Hintern gibt – ein einigermaßen unschuldiges Mittel, ihn anzutreiben, einen Stecknadelstich.

Wieder Explosion, ho! Jetzt lachte der Briefträger nicht, meckerte nicht, der Boden wurde ihm unter den Füßen weggezogen, und sowohl er wie sein Kamerad flogen durch die Luft. Ach, was waren zwei Menschenkräfte gegen die Übermacht des Ochsen! Auf einmal lagen sie beide auf der Erde, abgeschüttelt, beiseite geschleudert. Der Schweizer hielt noch den Strick in der Hand, hatte wieder nicht losgelassen – ein tapferer Kerl, aber der Strick war gerissen.

Jawohl, und der Ochse war los.

Da steht nun ein Tier in Freiheit, einfarbig braun und blank, das Zentnergewicht auf den kurzen Beinen ruhend. Der mächtige Hals hat fast die Dicke des ganzen Tieres und die Stärke einer Lokomotive. Das ist ein Anblick!

Ein Anblick, aber die Menschen ertragen ihn nicht. Die Menschen sind Gäste vom Sanatorium, sie stoßen ein Stöhnen aus, sinken fast ins Knie, sie sind bange. Es entsteht Ratlosigkeit unter ihnen; obwohl das Tier braun und blank ist, strömt es Kälte und Gefahr aus, den Menschen ist schlecht zumute. In diesem ersten Augenblick sind zwei Knaben die einzigen, die sich rühren, sie können ihre Spannung nicht äußern, kriechen aber auf einen Felsblock, um besser sehen zu können. Und als wäre das ein Signal, kriechen ihnen nun auch andere nach auf den Felsblock. Hier verschnaufen sie sich, die Menschen werden wieder kühner, sie sind im Zirkus, sind Zuschauer im Zirkus.

Der Briefträger steht langsam auf und betastet seine Gliedmaßen, um zu prüfen, ob sie heil sind. Der Schweizer untersucht, obgleich halb betäubt und ein wenig wankend, schon den Strick, knüpft in wieder zusammen und geht dem Ochsen nach. Der Mann ist noch ebenso wütend und tut, als sei er noch ebenso unerschrocken. Eine Dame dreht ihre Handschuhe aus voller Kraft und bittet ihn, den Ochsen in Ruhe zu lassen, doch er hört nicht darauf; als aber Bertelsen – Holzhändler Bertelsen, der so viel im Sanatorium gilt –, als auch er mit ihm

85

spricht und ihn bittet, zu warten, bleibt der Schweizer stehen und fragt: Warum soll ich warten?

Ja, wart ein bißchen, antwortet Bertelsen, Fräulein d'Espard ist zur Sennhütte gegangen und holt Daniel.

Nein, als der Schweizer das hört, will er durchaus nicht warten, er pfeift auf Daniel, pfeift auf den ganzen Ochsen, er *soll* nach dem Sanatorium! Er sieht sich nach dem Briefträger um und ruft ihn, der Briefträger ist ein weites Stück zurückgegangen, um seine Mütze zu suchen, die er beim Laufen verloren hat, diese Mütze mit der goldenen Schnur, die das Zeichen seiner Stellung ist. Der Schweizer wartet und ruft wieder: Bist du bange vor einem Ochsen, vor einem Kalb? Er hat ja nicht mal ordentliche Hörner, nur ein paar Warzen auf dem Kopf! Pfui!

Ein Mastochse ist kein Kalb, antwortete der Briefträger erbittert, ich will nichts mehr mit ihm zu tun haben. Merk dir das!

Die Zeit vergeht mit dem Streiten, der Ochse fängt an, wütend zu werden, er wühlt mit dem Kopf in Baumstümpfen und Sträuchern und beschmutzt sich furchteinflößend, er scharrt mit den Vorderfüßen und brummt wie Donnergrollen. Plötzlich erblickt er den Schweizer und läuft auf ihn los; oh, er ist gewaltig, wenn er angelaufen kommt, und seine Weichen schaukeln und wiegen sich. Der Schweizer rettet sich schleunigst auf den Felsen und sagt: Wenn der da nicht mitmacht, so muß ich es aufgeben! Setzt ihm 'ne Schnur auf die Mütze, dann wagt er's vielleicht! – Er schiebt alle Schuld auf den Briefträger.

Daniel kommt. Dies Fräulein d'Espard ist zwar unangenehm und wenig beliebt, aber doch ein verteufeltes Mädchen, dem der Kopf auf dem rechten Fleck sitzt. Da hat sie nun wieder mal das einzig Richtige getan und Daniel geholt. Er kommt mit einem ordentlichen Strick in der Hand und nähert sich dem Ochsen freundschaftlich und einschmeichelnd. Mit ausgestreckter Hand und zärtlichen Kosenamen läßt er ihn verstehen, daß er es auch jetzt wie gewöhnlich mit Güte versuchen will, aber der Ochse ziert sich und scharrt nur den Boden mit den Vorderfüßen. Nein, ihr habt das Tier scheu gemacht! sagt Daniel ärgerlich.

Wir sind Leute genug, um ihn am Spannriemen zu nehmen, schlägt der Schweizer vor. Ja, sie waren Leute genug, daran lag es nicht, aber ... Und der Schweizer hatte vielleicht auch

86

den Mut dazu. Aber es war nicht zu machen. Nimm einen wütenden Ochsen am Spannriemen! Als sie ihn umzingelt hatten, war noch das Schwerste übrig.

Und da stehen sie und kommen nicht weiter.

Ich glaube, es muß jemand gehen und Marta holen, sagt Daniel, die kennt er am besten. – Marta war Daniels alte Magd.

Schön, einer holt Marta. Da kein anderer Lust hat und alle vorschützen, daß sie den Weg nicht kennen, so geht Fräulein d'Espard wieder; sie hängt nur ihren Hut an einen Baum und steigt vom Felsen hinunter. Das tut Fräulein d'Espard. Während die andern dastehen, zusehen und bange sind.

Unterdessen triumphierte der Schweizer ein bißchen darüber, daß auch Daniel nicht mit dem Ochsen fertig werden kann; nun seht mal an, er kann es auch nicht! Aber keiner würde den Mut des Schweizers angezweifelt haben, selbst wenn er geschwiegen hätte; betrachtete man die Sache unbefangen, so war er es schließlich auch, der ihnen die Geschichte eingebrockt hatte. Schweig still, Schweizer!

Bertelsen sagt: Ich denke, ob ich nicht meine Büchse holen und das Vieh totschießen soll.

Ja, tun Sie das! ruft die Dame aus, die immer ihre Handschuhe und ihre Hände dreht.

Bertelsen sieht sich nach einem Wege um, auf dem er sicher hinunter gelangen kann, scheint ihn aber nicht zu finden, man kann ja überall auf das rasende Tier stoßen. Fräulein Ellingsen nimmt Bertelsen am Arm und bittet ihn, es zu lassen, bald käme Marta wohl, Gott sei Dank!

Daniel versucht, den Ochsen zu greifen, als es aber immer wieder fehlschlägt, steigt auch er auf den Felsen. Jetzt sind sie alle dort versammelt. Der Ochse scharrt, blickt auf, donnert und scharrt wieder. Es ist, als ginge es ihn nichts an, daß eine ganze Schar von Menschen seinetwegen in der Nähe ist. Was nun? Rufe aus dem Gehölz. Es sind neue Gäste und Zuschauer aus dem Sanatorium, die fragen, ob sie näher kommen können. Nein, nein, der Ochse ist los! antworten alle auf dem Felsen. Gehen Sie schnell nach Hause, augenblicklich! schreit Bertelsen ihnen entgegen und jagt sie zurück. Dies Geschrei scheint den Ochsen zu verwirren, er steht einen Augenblick da und zittert – und jetzt geschieht es!

Der Ochse schnauft kurz und unnatürlich, ein häßliches Ge-

räusch, das wie irrsinnig klingt, und plötzlich wirft er sich
herum, als hätte er wieder einen Stich erhalten, und galoppiert
den Felsen hinauf. Ein einziges vielstimmiges Geheul von den
Menschen, wilde Flucht nach allen Seiten, und der Felsen ist
verlassen, ist rasiert. Nur eine Dame steht noch da, sie dreht
jetzt nicht ihre Handschuhe, sie ist gelähmt, und nun wankt
sie, sinkt in die Knie und fällt. Der Ochse nimmt sie auf den
Nacken und schleudert sie wie ein Bündel den Felsen hinunter.
Fertig!

Aber da ist der Schweizer. Der Schweizer wollte nun doch
nicht fliehen wie die andern, er war ganz wie ein Affe auf
einen Baum geklettert. Der Teufelskerl, der Schweizer, hatte
sich diese Rettung sicher im voraus ausgedacht, sonst hätte er
nicht so entschlossen und vorausschauend sein können. Da
sitzt er nun auf seinem Ast und ist nicht bange. Nicht einmal,
als der Ochse ihn erblickt, wird er ängstlich, keine Spur, aber
es dauert eine Minute, dann geht der Ochse auf den Baum los.
In diesem Augenblick sieht er aus, als würde er es mit jedem
aufnehmen.

Jetzt nützt es dem Schweizer nichts, daß er für tapfer gelten
kann, der Baum knirscht, der Stamm zittert. Er schreit das
Tier an, flucht, schilt es aus, als er aber einsieht, daß er in
Lebensgefahr ist, hält er inne, kommt nach einem langen Umweg zum Nachdenken und bittet Gott, ihm zu helfen.

Die Flüchtlinge sehen aus der Ferne seine Lage und rufen
ihm zu, daß er kommen soll, sie verstehen nicht, daß es unmöglich ist, daß er keinen Ausweg hat. Ab und zu rollt ein
Donner aus dem Rachen des Ochsen, das Tier kämpft hart mit
dem Baumstamm und beugt ihn; Fräulein d'Espards Hut fällt
von dem Zweig herunter, der Ochse zerstampft ihn, stampft
immer mehr, wird von dem Stampfen ganz in Anspruch genommen. Der Hut rettet den Menschen. Im selben Augenblick,
als der Ochse seine ganze Aufmerksamkeit auf den Hut gelenkt hat, gleitet der Schweizer wieder wie ein Affe zu Boden
und läuft und läuft –

Ein Wunder hat ihn gerettet.

Er holt die andern ein und ruft gleich, was der Ochse getan
hat: einen Menschen getötet, die Dame, sie liegt auf dem Hange,
eben auf der andern Seite, sie ist vielleicht tot, aber man muß
sehen, man muß versuchen –! Oh, der Schweizer ist wieder
obenauf, der Kerl hat den Kopf wieder auf dem rechten Fleck,

er verlangt Hilfe, um die Dame zu retten. Er erklärt, daß er wahrhaftig nur gekommen sei, um das zu sagen, nur deswegen, sonst hätte er in aller Ruhe auf dem Baum sitzen bleiben können! Daniel eilt mit ihm zurück. Bertelsen will ihnen mit edler Unvorsichtigkeit folgen, aber Fräulein Ellingsen bringt ihn davon ab. Bleiben Sie stehen, warten Sie hier! sagt sie. Ich komme gleich! Damit läuft sie den beiden nach. Gut gemacht! Vielleicht schwebt ihr vor, daß sie mit ihrer roten Bluse den Ochsen von der Leiche fortlocken kann.

Es war auch höchste Zeit. Dem Ochsen ist sein Opfer, die Tote, eingefallen, und er hat sie wiedergefunden. Er ist mitten in seinem Zerstörungswerk, als die Retter kommen. Sie stoßen einen Schrei aus, sie lärmen, aber jetzt arbeitet das Tier verzweifelt und beachtet nichts. Bis eine Stimme vom Wege herübertönt, ein Lockruf, den der Ochse kennt: Marta kommt. Sie trägt einen Eimer, geht gerade auf das erregte Tier zu und reicht ihn ihm. Es glückt. Und Daniel ist mit dem Strick da.

6

Eine Zeit voller Unruhe und Unfrieden.

Es war unvermeidlich, ein so trauriges Ereignis mußte wochenlang Tag und Nacht erörtert werden. Wie war das alles zugegangen? Der Doktor wurde beinahe umgebracht wegen stärkender Tropfen, der Schweizer und der Briefträger konnten sich nicht zeigen, ohne angefahren zu werden, bei Daniel wurde feierlich angefragt, ob er noch mehrere wütende Ochsen, vielleicht noch einen oder zwei dazu hätte. War das ein Zustand, sollte die Leiche nicht geschmückt und begraben, der Ochse nicht geschlachtet werden? Geschah das nicht je früher desto besser?

Rechtsanwalt Robertson mußte sein Büro und seine Geschäfte in der Stadt im Stich lassen und als erster Mann an der Spitze wieder nach Torahus kommen. Er hatte schwere Mühe, die Unzufriedenheit zu dämpfen, die Patienten waren ganz außer sich, welche Sicherheit hatten sie hier für Leben und Glieder! Der Schweizer war ein Mörder, jawohl, aber Daniel hatte nun doch einen wütenden Ochsen gehabt, war er ganz ohne Schuld? Und der Rechtsanwalt selbst und der Doktor, die ein Sanatorium direkt in der Nähe eines wütenden Ochsen erbaut hatten! Wie war es übrigens zu verstehen, daß das Ungeheuer immer noch am Leben war, im Stall des Sanatoriums stand und Heu fraß?

Der Selbstmörder nickte und sagte prophetisch: Der zweite Todesfall!

Sonst ging es einigermaßen nach dem Wunsch des Selbstmörders: je länger das Schlachten hinausgeschoben wurde, desto weniger frisches Rindfleisch kam auf den Schuldirektor, nach menschlicher Berechnung war bald der ganze Ochse gespart!

Aber der Rechtsanwalt störte diese Berechnung.

Er sprach mit dem Doktor und erörterte die Lage. Der Doktor war in der letzten Zeit etwas unruhig geworden: zwei Todesfälle nacheinander, und der eine davon ein großer Konsul – schön, es waren unglückliche Zufälle, aber es war keine Reklame für das Sanatorium.

Gegen den Tod ist kein Kraut gewachsen! antwortete der Rechtsanwalt.

Der neue Schub Gäste hätte nach dem festen Musiker gefragt, erzählte der Doktor. Es hätte in der Zeitung gestanden, sagten sie, daß das Sanatorium einen festen Pianisten habe, und wo wäre er?

Der Rechtsanwalt antwortete: er solle es nur in der Zeitung stehen lassen, man könne nicht auf alles schwören, was in der Zeitung stände. Unser Musiker ist auf Urlaub, sagte er, wir haben ihn ins Ausland geschickt, um ihn noch größer zu machen. Das ist sehr einfach. Wenn er zurückkommt, hat er ausgelernt, ist ein Meister. Ich habe übrigens die ganze Zeit gesagt, daß ich diese Wanderlust bei dem jungen Manne achte. Das ist bekannt.

Dann fragten die Gäste nach der Prinzessin. Sie hätte auch in der Zeitung gestanden. Wo wäre sie?

Ja, wo die ist, mag der Teufel wissen. Vielleicht ist sie auch tot oder durchgebrannt oder verhaftet, was weiß ich? Sie hat jedenfalls hier gewohnt und ihre Rechnung bezahlt.

Die beiden Herren denken nach. Jedenfalls haben wir aber den Grafen, fährt der Rechtsanwalt fort.

Den Grafen! sagt der Doktor und schüttelt den Kopf. Er ist krank gewesen. Er ist keine Sehenswürdigkeit.

Der Rechtsanwalt ist nicht ratlos: Und nun haben wir ja Direktor Oliver bekommen!

Ja, allerdings.

Ein bekannter Mann, ein Gelehrter. Ich will ihn begrüßen.
Er bleibt kaum länger als eine Woche.

Ich werde mit ihm reden, antwortet der Rechtsanwalt, ihn
willkommen heißen, hoffen, daß es ihm hier gut gehen möge,
fragen, ob er etwas dagegen hat, daß ich ihn in die Zeitung
setze. Das wird schon wirken.

Der Mut des Doktors hebt sich, und er lacht darüber, daß
der Rechtsanwalt so schnell Rat weiß. Sie zerbrechen sich ja
die Köpfe in aller Unschuld, es schadet keinem, geschieht nur
zum Vorteil der Torahus-Heilstätte.

Ich denke darüber nach, ob der Schuldirektor und ich nicht
das Abitur zusammen gemacht haben, sagt der Rechtsanwalt.
Es kommt mir so vor, als wären wir gute Freunde.

Der Doktor lacht noch mehr.

Der Rechtsanwalt runzelt die Stirn und sagt ernsthaft: Wir
halten ihn jedenfalls fest, bis wir einen andern haben. Da er
nicht viel Geld hat, kann er umsonst hier bleiben ...

Und Schuldirektor Oliver blieb mit seinen Jungen zwei
Wochen, und er blieb drei Wochen. Der Ochse wurde nun gleich
geschlachtet und zu Essen verwandelt, die Konserven wurden
von delikaten Braten und Beefsteaks abgelöst, und das allgemeine Wohlbefinden stieg. Ja, der Schuldirektor gedieh und
nahm zu, er faulenzte, las Fräulein d'Espards französische
Bücher und ging dann den Inhalt mit ihr durch, es war ein Erlebnis für ihn, eine so gebildete Dame zu treffen, in seiner
eigenen Stadt gab es so gut wie gar keinen ebenbürtigen Umgang.

Aber der Selbstmörder knirschte mit den Zähnen.

Der Selbstmörder wußte sehr gut, daß man den Schuldirektor nicht hinauswerfen konnte. Die Dame, die seinetwegen das
Zimmer geräumt hatte, war jetzt tot, und der Direktor ver-
drängte keinen Menschen mehr. Aber damit hörten Unwillen
und Ärger des Selbstmörders über diesen Mann nicht auf, der
hergekommen war und ein heizbares Zimmer verlangt hatte.
Wer hatte nach ihm geschickt? Welchen Grund gab es, soviel
Wesens von ihm zu machen? Und hatte man je einen Appetit
gesehen wie den dieses Schullehrers? Der Selbstmörder sagte
zu seinem Kameraden Anton Moß: Ich tue alles, um diesem
Menschen aus dem Wege zu gehen, aber ich vermeide einen Zu-
sammenstoß nicht!

Es begann damit, daß sich der Selbstmörder eines Tages ins Rauchzimmer setzte und wartete. Er wartete auf die Zeitungen, die mit der Post kommen sollten. Jawohl, die Zeitungen kamen. Nun war es die Regel geworden, daß der Schuldirektor als der am meisten belesene und interessierte Geist die Blätter zuerst zur Durchsicht erhielt, alle Gäste fanden das natürlich, aber den Selbstmörder ärgerte es. Als die Zeitungen kamen, sorgte er in Eile dafür, daß sie über den Tisch verstreut und mit verschiedenen älteren, längst gelesenen Blättern vermischt wurden, dann setzte er sich selbst mit einer englischen Zeitung hin, die Myladys wegen abonniert worden war. Jetzt war alles vorbereitet.

Der Schuldirektor kam.

Auf einmal wurden die beiden Herren uneinig: Der Schuldirektor mußte, um die neuen Blätter herauszufinden, erst die Nummern und Daten mit den alten vergleichen, und er fragte den Selbstmörder: Welche Nummer haben Sie?

Der Selbstmörder antwortete, als ob er nicht verstände: Ich? Welche Nummer ich habe? Ich habe keine Nummer, ich habe Buchstaben, mein Name ist Magnus.

Der Schuldirektor suchte weiter zwischen den Zeitungen und sagte immer wieder: So etwas habe ich noch nicht erlebt!

Was gibt es? fragte der Selbstmörder.

Was es gibt? bricht der Schuldirektor erbittert aus. Warum haben Sie die Zeitungen durcheinandergeworfen?

Jetzt stellt der Selbstmörder folgende verblüffende Frage: Ist Ihnen das von selber eingefallen?

Der Schuldirektor schweigt. Es muß ihm klar geworden sein, daß er es mit einem Verrückten zu tun hat. Er setzt sich und beginnt in die Blätter zu gucken, die er schon herausgefunden hat.

Aber der Verrückte scheint sitzen bleiben zu wollen, der Schuldirektor guckt die Zeitungen zwei-, dreimal durch, aber es hat kein Ende, der Verrückte hält immer noch die englische Zeitung fest zwischen den Händen, gerade als hätte er erraten, daß der Schuldirektor just auf dieses Blatt wartete. Ja, denn heute wollte Direktor Oliver doch die ausländischen Zeitungen lesen, das war seine höchste Lust, das war sein Steckenpferd von Jugend auf.

Würden Sie nicht so freundlich sein, die Zeitung mit mir zu tauschen? fragt er verzweifelt.

Keine Antwort.

Ich bemerke nämlich, daß Sie nicht lesen, daß Sie nicht umblättern.

Das ist deutlich, aber auch das macht keinen Eindruck auf den Verrückten.

Fräulein d'Espard kommt ins Zimmer und grüßt ehrerbietig: Guten Morgen, Herr Direktor!

Der Schuldirektor macht gleich Andeutungen, daß die Blätter in die schrecklichste Unordnung geraten seien, daß er sich nicht hindurchfinden könne.

Das Fräulein macht sich sofort daran, sie zu ordnen. Sie braucht nur ein paar Minuten, sie kann alles, ist zu allem zu gebrauchen. Dann tritt sie zum Selbstmörder und sagt leise und bittend: Wollen Sie mir Ihre Zeitung nicht ein Weilchen leihen? – Das verteufelte Mädchen, sie war so unbeliebt bei den Damen, aber sie revanchierte sich, sie hatte Anziehungskraft für die Herren. Da steht sie, ganz Süße, sie kommt dem Selbstmörder nahe, atmet ihn an. Aber Sie haben sie vielleicht noch nicht gelesen? sagt sie.

Nein, antwortete er und reicht ihr das Blatt, ich lese es auch nicht. Ich kann es gar nicht lesen.

Aber jetzt wurde es dem Schuldirektor zu bunt – obgleich er das Blatt bekam: Sie können es gar nicht lesen? Dann können Sie wohl kein Englisch? Aber warum haben Sie denn die Zeitung so lange behalten? Das verstehe ich nicht.

Der Selbstmörder antwortete: Wenn ich nun sagte, daß ich schlecht sähe und die Zeitung deshalb nicht lesen könnte, dann wäre es nicht wahr. Ich sehe recht gut, aber mein Kamerad Anton Moß sieht leider schlecht.

Ja, was denn? fragt der Schuldirektor verwirrt.

Ja, weiter nichts. Er hat Ausschlag im Gesicht bekommen, und der beginnt jetzt die Augen anzugreifen.

Der Schuldirektor gab es auf. Er sah einen Augenblick Fräulein d'Espard fragend an. Sie sagte: Er kann doch wohl Englisch!

Nein, das kann ich nicht, entschied er.

Der Schuldirektor und das Fräulein beginnen zu lesen. Aber jetzt war der gelehrte Mann in seinen täglichen Gewohnheiten gestört und aus dem Konzept gekommen, und er konnte seinen Ärger nicht verbergen: Denken Sie, daß jemand nicht Englisch kann! sagte er zum Fräulein. Da kann er wohl überhaupt keine Sprachen. Meine Knaben haben schon allerlei Sprachkenntnisse.

Und das Fräulein antwortet: Die haben ja auch den Vorzug, daß sie die Söhne von Direktor Oliver sind.

Heutzutage rechnet es wahrhaftig nicht jeder als Vorzug, ein gebildeter Mensch zu sein und Sprachen zu können.

Sie lesen wieder. Der Schuldirektor ist übrigens durch die Worte des Fräuleins milder gestimmt worden, und als er jetzt den unkundigen Mann einsam ohne Zeitung in der Ecke sitzen sieht, überkommt ihn etwas wie Mitleid mit ihm. Er ist Schuldirektor, er ist Lehrer und muß danach handeln. Natürlich sind nicht alle von Natur aus gleich glücklich gestellt, seine Kinder haben es besser als andere! Er sagt ein paar Worte in dieser Richtung und liest weiter. Das Fräulein schreibt etwas, notiert etwas auf einen Zettel und reicht ihn dem Schuldirektor. Es ist vielleicht Französisch. Ach so, sagt der Schuldirektor und nickt, jawohl, sagt er. Und nun ist es, als hätte er eine Aufklärung erhalten und verstünde mehr als zuvor: etwas ist ihm aufgegangen. Er erhebt sich, setzt sich neben den Selbstmörder und beginnt freundschaftlich mit ihm zu reden: Ich habe einen Gedanken gehabt – ich bin ja Schullehrer, wie Sie wissen –, wenn Sie wollen, will ich Ihnen gern etwas Sprachunterricht geben, während ich hier bin. Was meinen Sie dazu?

Der Selbstmörder sieht ihn an.

Sie dürfen mir glauben: ein Schuldirektor ist kein unmöglicher Mensch. Lebten Sie in meiner Heimat, so würde ich Sie umsonst privat unterrichten.

Der Selbstmörder ist nicht überwältigt. Das meinen Sie wohl nicht buchstäblich, sagt er, es steckt wohl ein höherer Sinn dahinter.

Nein, durchaus nicht! antwortet der Schuldirektor lächelnd. Ich habe keinen Hintergedanken dabei; ich will Sie gerne lehren, was Sie nicht können.

Die Zeitungen, von denen Sie soviel Wesens machten, sagt der Selbstmörder plötzlich und grob – so durcheinandergeworfen wie heute finden wir sie jeden Tag, wenn Sie sie gehabt haben.

Der Schuldirektor geschlagen: Das ist nicht möglich! Er sieht hilflos zu Fräulein d'Espard hinüber und fragt: Ist das möglich, hinterlasse ich die Blätter so unordentlich? Wenn ich das tue, so ist es sehr unrecht von mir.

Fräulein d'Espard entschuldigt ihn bei dem Selbstmörder: Der Herr Direktor ist doch ein Gelehrter, wissen Sie, da kann er nicht so genau sein wie wir andern.

O doch, protestiert der Schuldirektor, ich werde wirklich – es wird nicht wieder vorkommen –

Die Dame, die gestorben ist, fährt der Selbstmörder stahlhart fort – wissen Sie, daß Sie sie aus ihrem Zimmer verdrängten und es hier unerträglich für sie machten? Sie hat sich mehr als einmal den Tod gewünscht.

Auch das verstehe ich nicht. Was für eine Dame?

Das Fräulein. Sie bekam ein Zimmer ohne Ofen und wünschte sich den Tod. Da hat der Ochse sie aufgespießt.

Da lacht Fräulein d'Espard laut über die Rede des Selbstmörders und nimmt sie nicht buchstäblich; nein, jetzt ist er zu spaßhaft, zu erfinderisch geworden! Er selbst sitzt noch ebenso ernst und unbarmherzig da und scheint seine Angriffe noch nicht aufgeben zu wollen. Was meint er mit seiner unliebenswürdigen Haltung? Er hat doch nichts davon, seine Zuhörer werden nur immer nachsichtiger mit ihm, lächeln und geben ihm recht. Zuletzt erhebt er sich und geht.

Ach so, er ist ein bißchen seltsam, närrisch? Es ist gut, daß Sie es mir sagten. Denken Sie, *suicidant!* sagt der Schuldirektor und liest wieder den Zettel des Fräuleins. Da sieht man!

Ja, aber vielleicht ist es nur Unsinn von ihm. Der Doktor glaubt nicht daran.

Ich bin doch nett zu ihm gewesen, nicht wahr?

Sie haben wirklich liebenswürdig mit ihm gesprochen, Herr Direktor, haben ihm Unterricht angeboten und überhaupt ...

Ja, aber haben Sie gehört: er hat es nicht angenommen, hat sich nicht bedankt. Nein, das kenne ich. Aber was ich sagen wollte: Sehen Sie jetzt, wie gut Sprachkenntnisse sind? Hätten Sie es auf norwegisch geschrieben, so hätte er es noch selbst gelesen.

Ja, sagt das Fräulein auch, ich habe mehr als einmal Nutzen und Freude von meinem Französisch gehabt.

Aber Sie haben gehört, fährt der Schuldirektor niedergeschlagen fort, er macht sich nichts aus dem Unterricht. Mit solchen Leuten kommt man nicht weiter, ich habe es versucht, sie wollen nichts lernen, sie sind undankbar.

So ist es! nickt das Fräulein übertrieben, als hätte der Schuldirektor gerade ins Schwarze getroffen.

Oh, Sie können mir's glauben, ich habe es versucht, sogar bei meinen Nächsten! Ich habe zum Beispiel einen Bruder in meiner Stadt. Er ist Schmied. Ein tüchtiger Schmied und auf seine Art ein guter Kopf, aber ganz unwissend und ungebildet. Wir haben nichts miteinander gemein, Sie verstehen: unsere Interessen sind ganz verschieden, wir kommen fast nie zusammen. Ich will ihn nicht tadeln, weit gefehlt, er macht mir keine Schande, er verdient gut, hat Vermögen und ist geachtet, aber wir verkehren nicht miteinander. Als er Stadtverordneter wurde, schickte ich ihm eine Karte, aber er bedankte sich nicht. Wir haben ein paarmal ein wenig miteinander gesprochen, als er mir helfen und Geld leihen sollte. Ja, er tat es, aber auf dieselbe Weise, wie er jedem andern auch geholfen hätte. Keine größere Bereitwilligkeit, fast das Gegenteil: er bedachte sich. Er hatte seine Kinder aus der Schule genommen, als sie konfirmiert wurden, obwohl sie begabt waren, und ich wollte, daß sie weiter lernen sollten, um sich eine Stellung in der Gesellschaft zu erringen. Nein. Und jetzt begann mein guter Bruder Abel mit mir zu sprechen, mir ganz einfach eine Rede zu halten. Eine Stellung zu erringen! höhnte er. Womit ich gearbeitet hätte? Mit etwas Kaltem und Totem, Mausetotem: die Kinder Sprachen und Fremdwörter und alles, was fein und unnatürlich war, lernen zu lassen. Was kostete es diese Kinder nicht an Zeit und Geisteskräften in ihrer Jugend! Also genau, als wäre es fortgeworfen, verstehen Sie. Und glauben Sie ja nicht, daß es Scherz gewesen wäre, nein, es war sein Ernst. Ich arbeitete in einem wilden, sinnlosen System, wie es schiene, und ich und meine Kollegen wären zwar gelehrt, aber blind; wir wunderten uns nicht einmal selber über die Leere und geistige Finsternis, in der wir hausten. Wonach ich jagte? fragte er. Nach einem Straßennamen in unserer Stadt, Oliverstraße? Oh, ich wäre dazu bestimmt, mein ganzes Leben in Armut an Leib und Seele zu leben. An Seele auch, sagte er!

Das Fräulein schlägt die Hände zusammen.

Ja, sagt der Schuldirektor lächelnd. Glauben Sie mir, ich habe mein Päckchen zu tragen. Und das ist ein Stadtverordneter, den die Leute anhören; in der Gemeindeverwaltung hat er sich auszudrücken gelernt, und die Leute finden, daß gesunder Menschenverstand in dem ist, was er sagt. Nun, das nächste Mal, als ich mit ihm sprach, war, als ich meinen Doktor machen sollte und wieder ein wenig Hilfe brauchte. Er wußte wieder

nicht das geringste. Doktor, was ist das? fragte er, das ist wohl
wieder so was Totes, was du vorhast. Nein, antwortete ich, es
ist lebendig genug, es ist Forschung, Wissenschaft, etwas, das
nie stirbt! Ja, was es denn wäre, ob etwas, das man früher
nicht gewußt hätte? Und dann begann er aufzuzählen: wäre
es etwas von Fleisch und Blut, Kunstdünger, Sternenkunde,
Tiefseefische, Musik, ein Mittel gegen Blattläuse – er freut sich
an Blumen und hat einen Garten –, kurz, wäre es irgend etwas
mit Liebe und roten Wangen? – die Art Sprache hatte er zu
gebrauchen gelernt. Nein, sagte ich vollkommen hilflos und
stand wie ein Schuljunge vor meinem Bruder, dem Schmied,
nein, so etwas wäre es nicht, sondern eine philosophische Ab-
handlung über die *Batrachomyomachie*, das wäre Sprachfor-
schung, Entdeckung, etwas von beidem, *Margites, Homony-
mie* und so weiter. Aber warum? sagte er. Warum? sagte ich,
wer kann auf so etwas antworten? Aber meinst du nicht, wenn
Homer diese alte Schrift nicht verfaßt hat, so könnte es gut
Pigres von Karien sein? Nein, das meinte er nicht. Du machst
dir wieder mit etwas zu schaffen, das mausetot ist, sagte er.
Ach, für ihn war alles der lächerlichste Unsinn, fortgeworfenes
Geld, sagte er, als er es mir gab. Ja, darauf gab ich ihm keine
Antwort, ich habe es mir zur Regel gemacht, nicht mit ihm zu
diskutieren, es ist doch hoffnungslos. Er kam sogar nochmals
darauf zurück, daß eine Straße in der Stadt nach mir genannt
werden sollte, aber da antwortete ich ihm, das wäre nicht nötig, ich bekäme vielleicht noch einmal ein Denkmal in Kristiania selbst.

Ja, das bekommen Sie sicher! rief Fräulein d'Espard.

Nun, das muß die Zukunft zeigen, von der Gegenwart er-
hoffe ich nicht viel. Aber das waren die beiden Male, die ich
mit meinem Bruder Abel gesprochen habe. Dann war einmal
ein Türschloß bei uns zu Hause in Unordnung geraten, und ich
telephonierte meinem Bruder, er möchte kommen und es in
Ordnung bringen. Ich erklärte ihm, daß es sicher ein schwieri-
ger Fall sei, der Schlüssel ginge nicht hinein. Glauben Sie, er
wäre selbst gekommen? Er schickte einen von seinen Jungen,
und nicht einmal den ältesten! Nun, der Junge wurde damit
fertig, er schraubte das Schloß los, nahm es auseinander und
setzte es instand; ihre Hände zu gebrauchen, das lernen diese
Jungen, ja. Aber da sollten meine eigenen Jungen, die Sprachen
und Mathematik gelernt haben, dabeistehen und zugucken!

97

Nein, auf Feingefühl darf man nicht rechnen. Es ist in diesem Fall zu beachten, daß die ganze Stadt auf seiten meines Bruders steht, auf der Seite des Schmieds gegen den Schuldirektor! Wenn die Leute von uns sprechen, so heißt es: Was für ein Unterschied zwischen den beiden Brüdern! Der eine ist verständig, der andere gelehrt! Und Gelehrtsein ist natürlich das Geringere! fügt der Schuldirektor hinzu und lächelt.

Ja, das ist klar! sagt Fräulein d'Espard auch und lächelt.

Ach ja, viel Verständnis findet man nicht zu Hause in seiner guten Stadt, es ist manchmal niederschlagend! Plötzlich nickt der Schuldirektor mehrmals und sagt: Er soll sein Geld natürlich so bald wie möglich wiederbekommen.

Natürlich.

Das soll er wirklich. Es muß den hohen Herrn von der Wissenschaft wohl endlich aufgehen, daß ich ein Stipendium verdiene.

Der arme Schuldirektor Oliver, er war auch nicht auf Rosen gebettet, ihm war viel Unrecht geschehen und übel mitgespielt worden. Es war ja sonnenklar, daß er recht hatte, aber sein Recht wurde von dem ungebildeten Pöbel mit Füßen getreten. Sollte er kapitulieren? Er war darauf angewiesen, den Kopf hochzuhalten und für sich und seine Sache einzustehen, es war sogar entschuldbar, wenn er übertrieb, was seine Jungen in Sprachen und Mathematik konnten, in Wirklichkeit war es sehr wenig, sie wollten nicht lernen, sondern gingen zum Onkel in die Schmiede oder waren auf Abenteuer aus. Das war nicht gut für den Schuldirektor, seine Mühe trug nicht die rechten Früchte.

Herr Fleming trat ein, müde und hohlbrüstig, aber lächelnd und grüßend, ein Lungenkranker, ein Patient, als Kavalier gekleidet: Guten Morgen, gnädiges Fräulein! Er verbeugte sich auch vor dem Schuldirektor.

Wir unterhalten uns ein bißchen, sagt das Fräulein. Der Herr Direktor war so liebenswürdig, mir von den Verhältnissen seiner Vaterstadt zu erzählen.

Herr Fleming setzt sich und fragt mit einem Blick auf den Tisch: Etwas Neues in den Zeitungen heute?

Der Schuldirektor antwortet: Nichts Neues, glaube ich. Ich habe übrigens noch nicht alles gelesen.

Der Herr Direktor ist nämlich heute von unserem Selbstmörder gestört worden, erklärt das Fräulein. Er saß hier und beschuldigte den Herrn Direktor, gemeinsam mit dem Ochsen die Dame ermordet zu haben.

Sie lächeln und reden weiter darüber, kommen auf das große Unglück selbst zu sprechen, und der Schuldirektor wundert sich, daß der Ochse, ein vierbeiniges Tier, den Felsblock stürmen konnte. Herr Fleming versteht so viel wie ein Bauer und erklärt es: Das Tier hat Hornklauen, es konnte sich sozusagen einhaken, und da es wild und in so rasender Fahrt war, enterte es den Felsen in ein paar Sekunden.

Waren Sie auch auf dem Felsen?

Nein, antwortete Herr Fleming, Fräulein d'Espard hatte mich schon vorher nach Hause gejagt.

Sie waren damals ja noch nicht gesund, murmelte das Fräulein.

Ich ängstigte mich so um meine Jungen, sagte der Schuldirektor, aber was konnte ich machen? Hinterher haben Sie zwar die verdiente Strafe erhalten, aber ... Ich hoffe nur, daß sie von jetzt an Gefahren aus dem Wege gehen werden, sich so viel wie möglich von ihnen fernhalten.

Es sind tüchtige Jungen, antwortete das Fräulein, sie kletterten zuerst auf den Felsen und zeigten uns andern den Weg. Sonst hätte es noch schlimmer kommen können. Jetzt gingen ja nur ein Menschenleben und ein Damenhut verloren.

Ein Schatten zieht über Herrn Flemings Gesicht bei der Frivolität des Fräuleins, und er fragt:

Wollen wir jetzt gehen?

Das Fräulein sagt im Aufstehen: Denken Sie sich, Herr Fleming hat mir einen neuen Hut versprochen! Ich bin sehr gespannt darauf. Jawohl, lassen Sie uns gehen! Und sie erklärt dem Schuldirektor: Wir wollen wieder nach Daniels Sennhütte hinüber. Herr Fleming will seine saure Milch trinken.

Dann gehen sie.

Sie hatten die Umgebung des Sanatoriums noch nicht überschritten, als sie auch schon den Ton wechselten. Der neue Ton war, daß sie schwiegen. Die Menschen können nicht stets auf derselben Saite spielen, manche Saiten reißen, zuweilen spielt man auf der letzten. Fräulein d'Espard hatte stets über alles mögliche zu reden gepflegt, warum sagte sie jetzt nichts? Das mußte Herrn Fleming wundern. Er selbst war nie sehr gesprächig, kein Wasserfall, kein Sturzbad, aber er ließ sich gern

99

unterhalten. Hin und wieder konnte er mit einigen feinen, treffenden Worten einfallen und dann den andern den Rest überlassen, das war nun mal seine Art. Aber Fräulein d'Espard!

Endlich sagte sie denn auch etwas, das nicht länger ungesagt bleiben kann: Ja, nun begleitete sie ihn wohl das letztemal nach der Sennhütte!

Das traf. So? Wie? sagte Herr Fleming. Welche Überraschung! Er war ganz unvorbereitet. Reisen Sie ab? fragte er.

Ja, sie wäre zum zweitenmal vom Kontor zurückgerufen.

So. Herr Fleming wurde sehr nachdenklich. Ich habe nicht einmal von einem ersten Mal gewußt, sagte er.

Nein, warum sollte ich – Sie waren damals noch nicht wieder gesund – wozu es Ihnen auch sagen –

Herr Fleming wurde noch nachdenklicher, beide schwiegen.

So gehen sie im schönsten Wetter, im Altweibersommer, mit der Aussicht auf ein weites Tal tief unter ihnen, beide sind jung, beide lieben das Leben, und beide schweigen. Fräulein d'Espard hat eine ernste Schickung mit Gemütsruhe ertragen, sie war ja schon vor vierzehn Tagen benachrichtigt worden, daß sie zurückkehren und ihren Posten wieder übernehmen müßte, aber sie reiste nicht, sie konnte doch einen Kranken, der ihre Unterhaltung brauchte, nicht verlassen. Und vor ein paar Tagen hatte sie ihre Entlassung erhalten. Ihre Entlassung. Sie hatte es mit Haltung getragen, hatte aus irgendeinem mystischen Grunde Herrn Fleming nichts gesagt, und sogar heute morgen hatte sie ihre Verdrießlichkeiten vergessen und Schuldirektor Oliver aufmerksam zugehört, als er ihr von seinen berichtete. Sie war ein tüchtiges Mädchen, sie jammerte nicht! Aber jetzt begann ihr das Geld auszugehen, und so mußte sie schließlich mit der Sprache heraus.

Wie oft? fragt Herr Fleming. Er hofft vielleicht auf einen Aufschub und rät: Dreimal, drei Briefe?

Nein, antwortet sie lächelnd, nichts mehr zu machen. Sofort.

Na, dann hilft es nichts. Reisen Sie morgen?

Ja, morgen.

Sie schweigen wieder. Herr Fleming bleibt stehen, ihm scheint, als hätte es jetzt keinen Wert mehr für ihn, weiterzugehen.

Das Fräulein kommt ihm zu Hilfe. Was ist das für ein Haus? sagt sie. Das Haus hat früher nicht hier gestanden. Lassen Sie uns sehen.

Sie kommen an eine kleine Hütte auf dem Felde, einen Schober, den Daniel sich gerade für das Heu von seinen Bergwiesen gezimmert hat, und da er so neu und voll von frischem Heu ist, gehen sie hinein, um sich auszuruhen. Das Haus hat keine Tür, die Sonne scheint durch die breite Öffnung zu ihnen herein, kleine Sperlinge fliegen auf der Mückenjagt ein und aus. In Herrn Flemings Geist tauchen vielleicht Erinnerungen auf, er wird weich und traurig und beginnt von seinem Heim zu sprechen. Es ist nicht groß, kein eigentliches Gut, kein Schloß im Grunde, nein, nur ein kleines Landhaus, also kein Reichtum, weit entfernt –

Jetzt sehen Sie es sicher zu schwarz an, tröstet sie.

Nun, vielleicht sähe er etwas zu schwarz, jedenfalls gäbe es Bäume und Wald, es duftete nach Heu, ein Bach rieselte, über den Bach wäre eine Planke gelegt, und auf der Planke hätte er mehr als einmal gelegen und mit einer Stecknadel als Angelhaken gefischt. Kindheitserinnerungen und Wehmut, Trauer und Poesie bei einem jungen Manne, der mit wunden Lungen von einem Lande nach dem andern gereist war. Er läßt verlauten, daß er heim reisen müßte, aber erst eine Zeitlang hier in den Bergen bleiben und versuchen wollte, gesund zu werden. Zuweilen ist er niedergeschlagen gewesen und hat an seiner Heilung gezweifelt, aber da hat Fräulein d'Espard ihn ermutigt und Hoffnung in ihm entzündet. Doch, sie soll nicht widersprechen, soll es nicht verkleinern, er ist ihr dankbar für alles, was sie getan hat, und weiß nicht, wie er die Zeit ohne sie totschlagen soll.

Darüber spricht er.

Sie hört ihn mit Freude an, der Ton zwischen ihnen wird intim und zärtlich, sie eröffnen sich einander, lächeln und nicken zu allem, was sie sagen. Als er wieder daran denkt, daß sie morgen scheiden sollen, erblaßt er und läßt die Mundwinkel hängen; da sagt sie: Wollen wir nicht zur sauren Milch?

Nein. Offen gestanden: jetzt ist alles einerlei.

Ach, was für ein Unsinn! Ich kenne Sie ja nicht wieder!

Ja, jetzt wäre alles einerlei, wiederholt er.

Schweigen. Jeder hängt seinen Gedanken nach – vielleicht denken sie dasselbe. Plötzlich sagt Fräulein d'Espard hilfreich: Machen Sie sich meinetwegen Sorgen? Kümmern Sie sich nicht darum. Ich habe Geld genug, um von hier wegzukommen.

Er antwortet verblüfft: Herrgott, so stände es! Aber was dann? Nein, Geld? Das könnte sie von ihm bekommen. Aber wie sollte es ihm allein ergehen?

Schweigen. Sie sitzt da und betrachtet seine dünnen Finger, der Ring scheint von ihnen gleiten zu wollen. Diese Finger sind zu nichts zu gebrauchen, denkt sie vielleicht, sie können keinen Schlag schlagen, keinen Griff tun, nein, sie sind ganz hilflos und brauchen eher Streicheln und Liebkosungen. Sie sieht wieder die Seidenstrümpfe an seinen Füßen und erinnert sich von seinem Krankenlager her des feinen Nachthemdes, das er am nächsten Tage gewechselt hat, wenn ein Kaffeefleck so groß wie ein Stecknadelkopf darauf gekommen ist. So waren die Grafen wohl. Er war zweimal ein bißchen zudringlich gewesen und hatte angefangen, ihr mehr Freundlichkeiten zu erweisen, als sie annehmen konnte, jawohl, und seine Augen hatten dabei einen saugenden Schimmer bekommen. Sehr richtig. Aber das war die Krankheit, sie konnte es jetzt eher entschuldigen, und überhaupt hatte sie sich seitdem immer mehr zu ihm hingezogen gefühlt.

Ich weiß nicht, was wir tun sollen, sagt sie. Ich könnte vielleicht hier bleiben –

Das war hübsch und vertraulich gesagt. Er fragt rein heraus: Könnten Sie Ihren Posten in der Stadt verlassen?

Ja, antwortet sie.

Dann tun Sie es! Ich werde alles andere ordnen.

Diese Entscheidung belebt sie beide, er schiebt alle Rücksicht beiseite und wird sehr freundlich, pflückt ihr die Strohhalme von der Brust, streicht ihr das Heu von den Knien, streichelt sie, legt die Arme um sie. Manche nennen es freien Willen –

Hinterher gehen sie zu Daniel. Merkwürdig, wie still ihre Freude geworden ist, sie sprechen gedämpft, scherzen nicht miteinander, sondern sehen zu Boden. Es wird besser, als sie nach der Sennhütte kommen, willkommen geheißen werden und saure Milch erhalten. Die alte Haushälterin lehnt die reiche Bezahlung ab, nimmt sie aber schließlich doch an und gibt ihnen zum Dank die Hand. Herrn Flemings Gesicht drückt Zufriedenheit aus.

Auf dem Heimwege kommen sie wieder an den kleinen Heuschober auf dem Felde, und Herr Fleming sagt: Wir wollen hineingehen und uns ausruhen! Das Fräulein blickt zu Boden und folgt ihm ...

Und von jetzt an gehen sie wieder täglich zur Sennhütte und erhalten saure Milch und Heilung für kranke Lungen. Alles ist wieder gut. Mit Herrn Fleming geht es so offensichtlich vorwärts, daß er anfängt, seine gute Laune und natürliche Gesichtsfarbe wiederzubekommen. Gleichzeitig äußert er mehr Interesse für seine ganze Umgebung, fragt begierig nach Neuigkeiten in den Zeitungen und stürzt sich selbst über die Telegramme. Der Doktor tritt jetzt wieder mit neugewonnener Autorität ihm gegenüber auf, grüßt von weitem und fegt die Erde mit seiner Hutfeder. Da der Doktor auch nichts dagegen hat, daß der Kranke mit Maßen Wein trinkt, so trinkt er also fleißig und manchmal ein wenig übers Maß. Das tut übrigens nichts, er lärmt nicht, sondern benimmt sich gut, nur sein Blick wird starr, als folge er einem Kreidestrich. Fräulein d'Espard leistet ihm Gesellschaft.

Aber jetzt ereignet sich das Merkwürdige, daß Herr Fleming plötzlich eines Tages um Fräulein d'Espards Ruf besorgt wird. Er bittet sie, Fräulein Ellingsen mitzunehmen, so daß sie drei werden und die alten säuerlichen Pfarrerstöchter nichts zu reden haben.

Das war vielleicht klug ausgedacht von Herrn Fleming, vielleicht war es gar nicht ausgedacht, sondern nur augenblicklicher Abwechslungsdrang. Dies Zusammenleben, diese Unzertrennlichkeit begann ihn wohl zu bedrücken, je mehr er sich erholte und je weniger er der Pflege des Fräuleins bedurfte. Zuletzt schien ihm das Fräulein auch lästig zu werden mit ihrem Französisch. Natürlich konnte er die Sprache und verstand alles, was sie sagte, etwas anderes wäre undenkbar gewesen; aber es kam vor, daß er gereizt wurde, wenn sie im besten Sprechen war, und besonders, wenn sie ihn etwas in gehobener Sprache fragte und auf Antwort wartete. Dann unterließ er es ganz, auf die Frage zu antworten, unter dem Vorwand, daß er kein Französisch verstände – worüber alle als über einen Scherz lächelten.

Fräulein d'Espard hatte sich immer mehr daran gewöhnt, sich zu fügen, und faßte auch den Vorwand mit dem Dritten danach auf. Sie stutzte zwar ein wenig, das tat sie, grübelte darüber nach, was es zu bedeuten hätte – warum gerade Fräulein Ellingsen? Sie war groß und hübsch, nun ja, hatte aber schief liegende Augen, und war das so niedlich? Und überhaupt ein Dritter, warum das? Fräulein d'Espard erhob keinen

Einwand, sie holte die andere, machte sich aber ihre Gedanken darüber: Sie war ja nicht flatterhaft, sie war dem einen treu, flirtete nicht, trank nicht, sondern saß fast die ganze Zeit bei einem Manne und sah zu, wie er trank – welches Ärgernis konnte er wohl daran nehmen? Aber das mußte ein Graf wohl wissen. Fräulein Ellingsen wollte jetzt auch nicht mehr lange im Sanatorium bleiben, vielleicht nur noch die Woche zu Ende. Also, Fräulein Ellingsen wurde in die Gesellschaft aufgenommen, bitte sehr! Ein Glas Wein? Konfekt? Gern. Aber daß du eine Schönheit wärst, auch nur die Spur hübscher als ich selbst – nein. Außerdem weinst du alle Augenblicke, wenn du dasitzt, machst dich interessant, erzählst Geschichten und lügst dich fest.

So wurden sie drei, und da Fräulein Ellingsens Kavalier Bertelsen sich ihnen anschloß, wurden sie vier. Es war eine Béziguepartie. Jetzt konnte die Gesellschaft, ohne Unwillen von irgendeiner Seite zu erregen, eine Ecke des Rauchsalons einnehmen.

Es ging gut. Sie ärgerten sich alle darüber, daß sie den Einfall nicht früher gehabt hatten, stießen miteinander an und fühlten sich wohl. Bertelsen, der Holzhändler, war zwar nicht gerade adlig, das nicht, aber er war ein reicher Mann, im Auslande, sowohl in Southampton wie in Le Havre, ausgebildet, und dazu gehörte ihm ja fast das ganze Torahus-Sanatorium, und er konnte sich, wenn er wollte, geltend machen. Und wie war das: hatte er nicht auch einen Stipendiaten, einen Musiker, der in Paris war! Bertelsen machte der Gesellschaft keine Schande. Er verlangte auch, daß er den Wein bezahlte, wenn er an der Reihe war.

Zuweilen beehrte Schuldirektor Oliver die Gesellschaft mit seiner Anwesenheit und trank ein Glas Wein, obwohl er der vollkommene Mann der Ordnung war. Dann wurden die Karten hingelegt, der Schuldirektor nahm sich einen Stuhl, setzte sich und erhielt das Wort. Oh, Schuldirektor Oliver war kein gewöhnlicher Philologe, er war Spezialist, er wußte seltene Dinge. Dieser durch und durch studierte Mann lachte nie, er besaß etwas, das manche Unnatur genannt haben würden, und er war blind geworden für die Welt, die das Gemüt erheitert und das Auge erfreut. Aber er hatte seine Verdienste, war sein ganzes Leben lang fleißig und anspruchslos gewesen, hatte sich nie Ausschweifungen ergeben, nie getrunken oder gespielt.

Seine Kinder erzog er in derselben Genügsamkeit: am Morgen schnitt er mit seinem Taschenmesser eine Zeitung in vier gleich große Stücke, zu einem gewissen Gebrauch. Die Kinder hatten ihn einmal gefragt, warum es gerade vier sein müßten, und der Vater antwortete: Ich brauche nicht mehr, vier sind genug, macht euch das auch zur Regel!

Nein, ausschweifend und verschwenderisch war er nicht, sondern immer zufrieden mit seinem billigen Tabak, mit der Hausmannskost, die seine Frau ihm gab, und mit blankgeschlissenen Kleidern auf dem Leibe. Er hatte genug an dem Respekt, in dem sein Name stand. Neidische Kollegen waren mit Beredsamkeit über seine Doktordissertation hergefallen, und als der gewissenhafte Mann, der er war, hatte er damals seine ganzen Verhältnisse einer genauen Untersuchung unterzogen. Er wankte, blieb aber stehen, er konnte sich sagen: Ich war im Zweifel, ob ich gelehrt bin, aber meine vielen Bücher deuten darauf, daß ich es bin. Seht auch meine Doktordissertation, die hat zwei ganze Seiten Quellenangaben! Sein Zweifel wurde überwunden.

Kam Schuldirektor Oliver in eine Gesellschaft, so war er anfangs vor Sicherheit und Besserwissen zugeknöpft. Er konnte sich fast mit jedem messen, und wenn er den Mund öffnete, mußten die andern schweigen. Er machte sich gleich verständlich, kannte die Erklärung der Worte durch das Lexikon auswendig und sprach nie verkehrt, gebrauchte nie ein Fremdwort unrichtig. Schon das war viel, unter zufällig zusammengewürfelten Sanatoriengästen war das viel, aber es war nicht alles. In zweifelhaften Fällen konnte man zu ihm gehen und eine autoritative Entscheidung erhalten, das war der Gipfel. Und er antwortete so gern, er war so glücklich, wenn er Unterricht in ›Sprachen‹ erteilen konnte, er glänzte vor Zufriedenheit. Dabei bekam er auch Gelegenheit, von sich zu sprechen, immer aber auf eine unschuldige, anziehende Art und Weise; anspruchsvoll war er nur in bezug auf Wahrheitsliebe.

Nun hatte er seine Zweifel bezüglich des Selbstmörders gefaßt: Der Mann dürfte doch wohl Englisch können. Der Schuldirektor hatte ihn ganz allein drinnen beim Inspektor mit einer alten Nummer der englischen Zeitung gefunden, und welchen Grund hatte er dazu?

Es war etwas Mystisches an dem Selbstmörder, das konnte jeder merken. Ja, sagte Fräulein d'Espard, der Mann ist zu

vielem fähig! Und da alle hierin mit ihr einig waren, mußte
Bertelsen sie ja überbieten und übertreiben: Er kann sicher
mehr, als wir glauben, er ist nur ein bißchen seltsam. Ich
zweifle nicht, daß er auch Französisch und andere Sprachen
kann!

Dem Schuldirektor wird bange, es tut ihm leid, daß er dem
Selbstmörder Unterricht angeboten hat, und er weiß nicht, wie
er es wieder gutmachen soll. Der Schuldirektor ist ganz nervös,
die andern müssen ihn beruhigen und ihn überzeugen, daß er
nichts Böses getan hat. Sie wollen ihn davon abbringen, und
es entsteht eine allgemeine Unterhaltung über Tagesneuigkei-
ten, Bücher, Bildung, ausländische Mädcheninstitute. Der
Schuldirektor ist wieder in seinem Element, er spricht sich aus:
Ob wir vorwärtsgehen? Gewiß gehen wir vorwärts! Kein Vergleich mit früher! Was hatten wir in meiner Kindheit für Sanatorien und Gasthäuser auf dem Lande? Jetzt steht fast auf
jedem Berge eines. Ich habe das Gefühl, daß wir ein ganzes
Jahrhundert weiter gekommen sind, daß wir anfangen, uns
der Schweiz zu nähern. Was hatten wir an Schulen, an Aufklärung? Was haben wir jetzt? Kein Wunder, daß wir für eines
der fortgeschrittensten Völker der Erde gelten. Wir haben
Ärzte, Geistliche, Juristen und Professoren, nach denen manch
anderes Land seufzen muß, unsere Wissenschaft macht sich
sofort alles, was bei den großen Nationen herauskommt, zu-
nutze, wir kommen gut mit. Ja, wir gehen vorwärts. Hier sitzen zum Beispiel zwei junge Damen, die beide von der allgemeinen Steigerung im literarischen Unterricht profitiert haben.
Mit das Erfreulichste an unserer Entwicklung ist wohl die
Verbesserung der Verhältnisse der Frau. Sie kann sich jetzt in
der Gesellschaft ebenbürtig mit dem Manne behaupten und sich
ihren Lebensweg ebenso gut wählen wie er. Es ist nicht richtig,
daß ich ein Mann von unfreier Denkart, ein Pedant bin, der
sich nur mit der Vergangenheit beschäftigt, wie ein paar Nei-
der behauptet haben. Ja, Sie lachen, aber das haben sie wirklich getan. Besonders ein gewisser Reinert, der Sohn des Küsters
unserer Stadt, der mir meinen Doktortitel nicht verzeihen
konnte. Er und ich, wir waren Schulkameraden und Kommi-
litonen auf der Universität gewesen, aber ich war ihm ja immer
etwas überlegen, und das kränkte ihn. Er war ein teurer
Bursche, ruinierte seinen Vater, und zuletzt mußte der alte
Küster eine Anleihe auf das künftige Weihnachtsgeld machen,

damit dem flotten Sohne nichts abginge. Um es kurz zu machen: Der Bursche arbeitete nicht, wie er sollte, er brauchte zwei Jahre länger als ich, um sein Examen zu machen, obgleich er doch mein Beispiel als Ansporn hatte. Jetzt sitzt er als Hilfslehrer in einer kleinen Stadt im Westen und wird es wohl nie weiter bringen. Aber er besaß doch Neid und Galle genug, um mich zu überfallen. Er schrieb, daß ich in meiner Doktordissertation zwei Seiten Quellenangaben einzig und allein deshalb angeführt hätte, um gelehrt zu erscheinen, daß aber die meisten Quellen gar nichts mit dem Stoff zu tun hätten. Ich antwortete ruhig und sachlich und fügte hinzu, daß er von persönlichem Groll gegen mich verblendet sei. Da kam ihm ein Kollege zu Hilfe. Mit dem war auch nicht viel Staat zu machen, er war ein Radikaler und Bruder Lustig, und dieser neue Mann beschuldigte mich nun veralteter Stöberei in der Wissenschaft und unzeitgemäßen Denkens. Mich! Der nichts anderes tut, als all und jedem die höhere Entwicklung leichter zugänglich zu machen. Ich darf wohl sagen, daß ich in dieser Beziehung das reinste Gewissen habe. Ich fing sogar an, für meine Mitbürger Vorträge zu halten. Es ging zwar nicht, aber das war nicht meine Schuld. Stellen Sie sich vor: Ich rede über einen Gegenstand aus der Geschichte der Hellenen und erwähne Thukydides. Da unterbricht mich ein verrückter Kerl unten auf einer Bank mit Lachen und fragt, ob ich den dicken Dides meine! Ach – da war nichts mehr für mich zu machen, das ganze Auditorium fing zu lachen an, ich stieg vom Katheder und gab es auf, weitere Vorträge zu halten. Es war ja doch hoffnungslos. Aber nicht wahr, das hätte vermieden werden können, wenn meine Zuhörer mehr in der Schule gelernt hätten. Mehr Schule, mehr Schule! Darum habe ich die ganze Zeit, ja mein ganzes Leben für Volksaufklärung geeifert. Ich würde es jedem Dienstmädchen gönnen, das Abiturium zu machen und ein gebildeter Mensch zu werden. Ich huldige den fortschrittlichsten Ansichten. Zum Beispiel auf dem Gebiet der Frau: Laßt sie sich entwickeln, laßt sie ihren Anteil an den Rechten im Leben erhalten, das heißt, wie ein großer Engländer sagt, die Menschheit verdoppeln! Und so müßte es überall sein: Schulen und Kurse für groß und klein, für Mann und Frau, Schulen, Lehranstalten aller Art. Und so wird es werden. Die Frau kann jetzt alles werden, was sie will, es wimmelt von weiblichen Studenten, sie können Richterinnen,

Ärztinnen und Lehrerinnen werden; wir haben Schulen für alles, Industrieschulen, Zeichenschulen, Handelsschulen, Sprachkurse, Seminarien, Schulen für geistig Anormale, in denen sogar Blödsinnige buchstabieren lernen, Anstalten, in denen Krüppel ohne Hände ein Handwerk mit den Zehen erlernen können, Schulen, Schulen –

Aber gerade, als der Schuldirektor so gut im Gange ist, wird er durch einen Zufall unterbrochen: Vor dem Fenster sieht man die beiden Kameraden, den Selbstmörder und Anton Moß. Sie setzen sich jeder auf einen Korbstuhl und scheinen zu frieren. Der Schuldirektor wird zuerst auf sie aufmerksam, er lehnt sich zurück und sagt: Ja, da sind die beiden! Bertelsen schlägt vor, sie hereinzurufen und ihnen ein Glas Wein zu geben, und Fräulein d'Espard holt sie. Seht ihr, Fräulein d'Espard setzt es durch! Die Gesellschaft sieht deutlich durch die Scheiben die Verwunderung der beiden Freunde über die Einladung, sieht, wie sie miteinander sprechen, als ob der eine den andern fragt, was er meine; unterdessen steht Fräulein d'Espard mit geneigtem Kopfe da und lächelt. Endlich kommen sie alle drei.

Man macht den Fremden Platz, und sie bekommen ihren Wein, man bietet ihnen Zigarren, Aschenbecher werden ihnen hingeschoben; aber die Gäste tun nichts, gar nichts. Bertelsen hat von dem Selbstmörder wohl ein bißchen Unterhaltung, eine nette kleine Plauderei, eine seiner Schrullen erwartet, aber nein. Sein Kamerad Anton Moß scheint sich in der feinen Gesellschaft höchst unbehaglich zu fühlen, er versucht, die Lappen um seine Finger zu verbergen, er sieht schlecht und wirft sein Glas um. Das tut nichts! sagt Fräulein d'Espard. Alle sind wohlwollend, nicht am wenigsten der Schuldirektor. Er will ein Gespräch einleiten und fragt: Die Herren kommen ja von draußen; Sie haben wohl nicht meine Knaben gesehen?

Doch, antwortet der Selbstmörder, sie sind zum Fischen gegangen.

Natürlich! Oh, die Gebirgswässer sind so tückisch und gefährlich, habe ich immer gehört. Ich habe den Jungen verboten, hinzugehen, aber . . . Waren sie allein?

Nein, sie gingen mit einem Mann, der sagte, daß er der Lensmann wäre. Ein junger Mann.

Natürlich, sie schließen sich jedem Menschen an.

Bertelsen sagt im Spaß: Der Lensmann – was will die hohe Polizei hier?

Er fragte uns, wer hier wohnte, und mein Kamerad und ich haben alle aufgezählt.

Herr Fleming schnappt plötzlich nach Luft. Als alle ihn ansehen, beugt er sich vor und beschäftigt sich unter dem Tisch mit seinen Schuhen. Nein, diesmal ist es nichts! äußert er zu Fräulein d'Espard, die wohl eine neue Blutung befürchtet hatte. Und es war doch wohl etwas: Herr Fleming hatte Schmerzen bekommen, sein Lächeln war ein verlorenes Lächeln, und er versank von nun an in vollständiges Schweigen. Fräulein d'Espard sagt in munterm Ton, um ihn zu erheitern: Nun, Herr Direktor, wenn Ihre Jungen die Polizei mithaben, dann können Sie sicher ganz ruhig sein!

Ich bin nicht ruhig! antwortet der Schuldirektor eigensinnig. Er erhebt sich, dankt und wiederholt, daß er es verboten, streng verboten hat!

Wie böse er auf seine Jungen war! äußerte Bertelsen, als der Schuldirektor gegangen war.

Das wundert mich nicht, entgegnete Fräulein d'Espard. Er ist sicher ein musterhafter Vater.

Ein großer Mann! erklärte Bertelsen und überbot sie. Was er alles gelernt hat und weiß!

Herr Fleming stand auf. Die beiden Kameraden nahmen das wohl für einen Wink, erhoben sich auch, dankten und gingen. Nein, im gesellschaftlichen Leben war kein Staat mit den beiden zu machen. Der Selbstmörder? Brachte er etwas Abwechslung, ein bißchen Tollheit, einen Wirbel von Feurigkeit? Oder saß er versunken da, wie ein ungewöhnlich ansprechender Singvogel? Der Kamerad war viel sympathischer, aber es war eine Schande, wie der Mann vor Wunden und Beulen aussah. Bertelsen sagte, er wagte gar nicht, verlauten zu lassen, was für eine Krankheit Anton Moß hätte. Die Augen wachsen ihm zu, der Mund wird schief.

Guten Morgen, grüßte Herr Fleming und ging.

Fräulein d'Espard ging ihm nach. Sie fand Herrn Fleming auf sie wartend, sie war ihm wieder notwendig, ganz unentbehrlich geworden, er brauchte ihre Pflege. Gewiß war es etwas: Herr Fleming war offensichtlich unruhig; er, der sonst die gute Haltung hatte und Graf war, machte jetzt eine ganz andere Figur, bedurfte sehr einer Ermunterung.

Sie stiegen die Treppe hinauf und traten in Herrn Flemings Zimmer. Er sagte: Es ist nichts, nur wieder mal ein schlechter Tag.

Sie sind noch nicht wieder ganz zu Kräften gekommen, entschuldigte sie ihn.

Nein. Und Herr Fleming greift nervös nach der Brusttasche und sagt: Sehen Sie, für den Fall, daß mir etwas zustoßen sollte, irgend etwas, man kann nie wissen –

Sie sollen nur wieder gesund werden.

Es ist nicht, daß ich sterben muß. Doch, das auch. Können Sie sich denken, wie wenig Lust ich zum Sterben habe? Ich könnte mich als Sklave verdingen, um am Leben zu bleiben, ich könnte morden, um zu leben. Aber das ist es jetzt nicht. Das heißt: Ja, das ist es doch. Ich spreche unzusammenhängend, aber das ist es doch. Wenn ich plötzlich eingesperrt werde, so sterbe ich.

Sie ist ein wenig verwirrt und antwortet: Aber Sie werden doch nicht eingesperrt. Was ist das für ein Unsinn!

Ich habe unten eine Warnung erhalten. Ja, die Sache ist die, daß ich nicht nur Freunde habe, einige Feinde von daheim sind hinter mir her. Kann ich offen mit Ihnen reden?

Ja! antwortet sie himmelhoch und lacht.

Herr Fleming hätte nie einem Besseren sein Vertrauen schenken können, Fräulein d'Espard war kein kleines Mädchen, das sich in einem großen Walde verlaufen hatte und nicht wieder herausfinden konnte, nein, nein. Und da saß sie.

Ich bin kein unschuldiger Mensch, sagt er und lächelt kläglich.

Fräulein d'Espard antwortet hilfreich: Das bin ich auch nicht. Das ist keiner.

Es ist alles ganz klar:

Es war kein Fehltritt, durchaus nicht, es war eine ganz überlegte Handlung, und er würde dasselbe noch einmal tun. Es begann damit, daß der Tod es auf ihn abgesehen hatte. Das war so unerwartet und seltsam böse, es war geradezu unrichtig, er spuckte Blut und verfiel! Er hatte keine Aussicht zu leben, wenn er nicht einen raschen Griff tat. Ob sie das verstand?

Sie verstand es.

Er tat den Griff, und zwar so schlau, daß nur eine sehr mißtrauische Revision an einer Stelle einen unschuldigen Schreibfehler finden konnte, eine Null, ein Nichts, gar nichts. Dann reiste er ab und kam hierher ins Sanatorium. War dies der rechte Ort, sollte er hier finden, was er suchte? Es war auf und ab mit ihm gegangen, wieder auf und ab, Gott weiß, vielleicht war er am falschen Ort. Und die ganze Zeit hing ja etwas über ihm, ein Druck, eine Pein. Es hatte etwas zu bedeuten, wenn er nach Neuigkeiten in den Zeitungen fragte und in den Telegrammen herumschnüffelte. Er durfte nicht zu stark schnüffeln, damit keiner es auffallend fand, keiner sein Geheimnis merkte. Er lebte auf schwankendem Boden.

Nein, Fräulein d'Espard war nicht niedergeschlagen, die tapfere kleine Seele, sie sah die Sache nicht schwarz an, im Gegenteil, sie betrachtete sie in gewissem Grade mit Sachverständnis und lachte entschuldigend. Und schon diese muntere Art, wie sie es aufnahm, belebte den Ärmsten, er fühlte sich nicht mehr verkauft und verraten, denn sie schirmte ihn ja.

Und er erklärte es näher: Wäre seine Brust erst geheilt und er wieder zu Kräften gekommen, so wollte er sich selbst melden und seine Strafe auf sich nehmen, bei Gott, unendlich gern, mit Freude im Herzen. Laßt mir nur Zeit! brach er aus, setzt mich instand, zu leiden, schlagt mich nicht tot, ehe ich diese Kur versucht habe!

Dies und jenes war dem Fräulein ja noch nicht ganz klar, und er bekannte frischweg: Nein, gewiß, er war kein Edelmann aus Finnland, er war Einheimischer, vom Lande, von einem kleinen Hof mit Pferd und vier Kühen. Wieviel bedeutete es doch für ihn, daß er in frischer Luft war! Aber er war sechs Jahre in einer Bank gewesen, hatte nicht einen einzigen frohen Tag dort gehabt. Er war ein Bauernbursch und wußte genau, daß ein Ochse ein Tier mit Hornklauen war, seine Wurzeln hatten ihn wieder heraus aufs Land gezogen. Nicht umsonst hatte er Daniels Sennhütte aufgesucht, die kleinen Stuben, die Milchsatten, das Fellager, das war es ja, was ihn wieder gesund machen sollte, nicht wahr?

Ja.

Was ihn wieder gesund machen sollte, zum Kuckuck! Aber das konnten die Idioten nicht begreifen, die würden ihn nur bei der ersten Gelegenheit festnehmen. Nein, er hatte wirklich keine Großmannssucht, er war nicht nach einem großen Hotel in Paris gereist, hatte sich dort niedergelassen und seine Beute vergeudet, er hatte frische Luft, Gebirge und Himmel aufgesucht. Warum er dann als Graf aufgetreten sei? Das sollte nicht

schwer zu verstehen sein: natürlich, weil es einen Schutz bedeutete. Man würde nicht so leicht einen Fleming wie einen
Axelson beschuldigen. Er sagte: Daheim gehen wir am Morgen
und am Nachmittag in den Kuhstall, zweimal am Tage, mein
Vater ist tot, meine Mutter heißt Lisa. Ihre innigste Freude ist
es, wenn sie hört, wie gut es ihrem Sohn hier in den Bergen
geht, sie ist den andern Frauen gegenüber hoffärtig meinetwegen und war immer stolz, daß ich in eine Bank gekommen
war. Wenn sie nur früh genug stürbe, daß ihr die Katastrophe
erspart bliebe.

Nun wurde es Fräulein d'Espard wahrhaftig auch reichlich
bunt, aber sie sagte dennoch: Na, na, nehmen Sie es nicht so!

Doch, er wäre sich ganz klar darüber, daß er eines Tages
festgenommen würde, es sei nur eine Frage der Zeit, in der
Gesellschaft wäre ein Wort wie ein Funken in ihn gefallen.

Herr Fleming holt jetzt im Ernst seine Brieftasche heraus
und legt ein briefartiges dickes Paket hin. Ich will vorbereitet
sein, sagt er. Das ist das Geld, was soll ich damit tun? Es verbrennen?

Das ist doch nicht Ihr Ernst!

Das ist es auch nicht. Aber es ist keine Zeit, es beiseite zu
bringen, in diesem Augenblick geht dort draußen vielleicht
ein Mann, der mich im Verdacht hat, Sie verstehen, wen ich
meine.

Ich will es aufbewahren, sagt das Fräulein.

Ja, wollen Sie das? Wagen Sie es?

Sie wirft nur freimütig den Kopf zurück und lächelt.

Ja, die Sache ist nur, daß Sie auch nicht ganz sicher sein
können, das erkannte ich vor ein paar Tagen. Wir sind so viel
zusammen gewesen, daß auch auf Sie ein Verdacht fallen kann.
Das war es im Grunde, warum ich Sie veranlaßte Fräulein
Ellingsen, und durch sie Herrn Bertelsen mit zu uns heranzu-
ziehen.

Fräulein d'Espard ergriff den dicken Brief auf dem Tische
und verbarg ihn tief an ihrer bloßen Brust.

Vorläufig! sagte sie.

Gut! Ja natürlich könnte er das Geld verbrennen, fuhr er
fort. Aber es könnte ja sein, daß er nicht stürbe, daß er im
Gegenteil die Strafe überlebte, sein Leiden sei eine launische
Krankheit, sie hätte schon die merkwürdigsten Wendungen
genommen. Wenn er das Einsperren überstände –

Fräulein d'Espard nickte, es sei nicht nötig, mehr zu sagen, sie würde selbst froh sein, wenn sie nach einer Gefängnisstrafe ein Stück Geld vorfände.

Etwas anderes möchte ich gern erwähnen, sagte er. Damit Sie hier im Sanatorium durch Ihre Bekanntschaft mit mir nicht allzu viel zusetzen, leugne ich natürlich alles. Verstehen Sie? Ich leugne jedes Tüttelchen. Ich werde verurteilt, aber ich leugne von A bis Z. Kann ich anders? In Wirklichkeit habe ich auch gar kein Verbrechen begangen, ich wollte mir nur eine Lebensmöglichkeit schaffen.

Jawohl.

Sie waren so einig in der Sache, so völlig eins; das Geld wurde nicht gezählt, keine Summe genannt. Als das Fräulein zum Zimmer hinausging, hatte sie Herrn Fleming die Hälfte der Last von seinem Herzen genommen. Das war ganz natürlich zugegangen.

Gleich darauf klopfte sie wieder an Herrn Flemings Tür, trat ein und sagte: Es ist nicht der Lensmann, nur der Gendarm ist hier.

Herrn Fleming wurde zwar etwas bange, daß sie unten bei der Dienerschaft gewesen sei und unvorsichtige Fragen gestellt habe, aber sie beruhigte ihn mit einem schlauen Lächeln. Ich fragte nach den Jungen vom Schuldirektor, sagte sie.

Ach so, der Gendarm – nun und?

Es ist der, welcher mit Daniels Liebster davonlief.

Herr Fleming dachte nach: Der Lensmann oder den Gendarm – gleichviel, es ist nur eine Frage der Zeit. Heute haben wir Mittwoch, ich muß fort.

Herr Fleming hätte für heute ruhig sein können: Der Gendarm war vom Fischfang zurückgekehrt, hatte schon das Sanatorium verlassen und war nach Hause gegangen; Fräulein d'Espard hatte ihn selbst gehen sehen. Was er nun auch im Sinne haben mochte, so hatte der Zufall es jedenfalls zuschanden gemacht. Unter den Gästen war großes Gerede über den Gendarm: Er war im Wasser gewesen, kam von Kopf bis zu Fuß triefend an, sogar seine Mütze mit dem Goldband und dem goldenen Löwen war wie ein Waschlappen. Was ist Ihnen zugestoßen? fragten ihn einige, darunter Fräulein d'Espard. – Nicht der Rede wert, antwortete er, ein Unfall, ein Fehltritt auf einem schlüpfrigen Felsblock, ich rutschte aus, fiel hinein! Er konnte nicht verheimlichen, daß die Knaben ihn gerettet hatten.

Diese merkwürdigen Jungen! Erst hatten sie einen Stock hineingeworfen, damit er sich daran hielte, als aber der Gendarm immer noch im Bodenschlamm lag und nicht wieder hoch kam, waren sie hineingesprungen und hatten ihn wieder ans Tageslicht geholt. Oh, die verteufelten Schuldirektorsjungen, unglaubliche Bengel, Abenteurer, aber die reinen Männer! Jetzt waren sie zu Bett gegangen, während ihre Kleider trockneten.

Herr Fleming und Fräulein d'Espard konnten Luft schöpfen, und das taten sie auch, tranken Wein, wurden munter, streckten die Beine von sich und zappelten. Es war Galgenhumor.

Sie machte sich über seine Furcht vor dem Gendarmen lustig, einem Fischer, der kopfüber ins Wasser gefallen war, Gott steh uns bei!

Herr Fleming wurde für eine Weile von ihrer Sorglosigkeit angesteckt und stimmte übermütig ein: Für diesmal mußte er die Nase heimwärts kehren!

Mußte sich nach Hause schleichen wie ein nasser Hund. Ich sah ihn!

Im Grunde, sagte er, lag in seinem Auftreten etwas Wohlerzogenes, Korrektes. Die nassen Handeisen hätten mir ja, wenn sie gebraucht worden wären, die Manschetten verdorben.

Hahaha! lachte das Fräulein und machte so viel wie möglich aus der Munterkeit des todkranken Mannes. Und als sie sich erschöpft hatte, griff sie zu dem gewöhnlichen Scherz, wenn sie jemanden amüsieren wollte, falsches Französisch zu sprechen: Kaffee mit avec, Lit-de-parade-Bett.

Sie dürfen nicht französisch mit mir sprechen! sagte er lächelnd und machte noch mehr reinen Tisch. Aus gewissen Gründen! sagte er.

Später am Tage, in der Dämmerung, bat er sie, ihm etwas von dem Geld wiederzugeben, er brauchte es. Bei dieser Gelegenheit mußte er ihr die Bluse auf dem Rücken aufhaken. Im selben Augenblick gab es eine heiße Umarmung, einen Rausch von Zärtlichkeit, mit Küssen, Tränen und halber Hysterie. Die Spannung hatte sie beide weich gemacht. Spürte sie auch vielleicht eine kleine Enttäuschung darüber, daß er weder Gutsbesitzer noch Graf war, so war sie doch klug genug, es zu verbergen. Er war ihr auch näher gekommen durch seine Enthüllungen und war immer noch ein Mann von feinem, nettem Benehmen, das war ihm angeboren, und jedenfalls hatte er einen kostbaren Ring und einen Briefumschlag mit Geld.

Bezüglich des Geldes schärfte er ihr nochmals ein, daß sie vorsichtig sein und es im Notfall verbrennen müßte.

Nie in aller Welt! antwortete sie.

Sie nahmen Abschied voneinander, feierlicher als gewöhnlich, er wollte es so. Sie liebten sich, küßten sich und gaben sich Versprechen fürs Leben. Gute Nacht! Apropos, diesen Ring hätte sie haben können, aber er würde sie kompromittieren. Neue Küsse, wieder: gute Nacht! Und sie schieden, ohne daß er das Geldpaket geöffnet und etwas herausgenommen hätte. Es war vielleicht nur ein Vorwand gewesen.

Am Morgen ging sie an seine Tür und lauschte. Seine Stiefel standen davor, sie klopfte hübsch an und wartete wie gewöhnlich, bis er geöffnet und sich wieder hingelegt hätte. Nein. Sie klopfte wieder. Nein. Da faßte sie die Tür, sie war unverschlossen, und Fräulein d'Espard trat ein. Niemand da. Sonst alles in Ordnung, das Bett unberührt. An der Wand hingen Kleidungsstücke, auf dem Fußboden standen zwei Koffer, die Schlüssel in den Schlössern, eine Handtasche war fort.

Fräulein d'Espard ließ ihren Blick umherschweifen und verstand den Zusammenhang, sie hatte ihn vielleicht sogar erwartet. Das erste, was sie tat, war, daß sie die Tür absperrte, sich selbst einschloß, das hatte sie so oft getan, wenn Herr Fleming unpäßlich war und im Bett lag. Als das Mädchen im Laufe des Vormittags anklopfte, erklärte das Fräulein durch die Türspalte, daß Herr Fleming sich wieder erkältet hätte und daß das Essen ihnen wie gewöhnlich gebracht werden sollte. Und als das Essen kam, nahm sie das Teebrett an der Tür in Empfang. Nun brauchte sie nur ein bißchen von je zwei Tellern zu essen.

Drei Tage trieb sie es so, sperrte nachts ab, um in ihrem eigenen Zimmer zu schlafen, und nahm am Tage wieder ihren Platz in Herrn Flemings Zimmer ein. Und seine Stiefel blieben vor der Tür stehen.

So sitzt sie in tausend Gedanken da, was wird das Ende sein? Sie ist nicht verzagt und genießt im Grunde das Übermaß ihres Zwanges und ihrer Furcht; merkwürdigerweise fühlt sie auch die heimliche Sicherheit des Wohlhabenden bei dem Gedanken an ein gewisses Geldscheinpaket, das sie in Verwahrung hat. Sie hat es vorläufig, bis sie ins Freie kommt, in einer gepolsterten Stuhllehne versteckt.

Wenn jetzt nur Herr Fleming mit dem Zuge fortkäme! Wenn er nur erst mal mit dem Zug wegkäme und nicht erschöpft auf der Strecke blieb! Er war noch nicht sehr kräftig, geriet leicht in Schweiß, das einzige war, daß sein Wille zum Leben, die aufflammende Energie vor der Gefahr ihn aufrecht erhielt. Gott weiß.

Eines Tages sah sie durch das Fenster wieder den Gendarm auf dem Gelände des Sanatoriums. Sein Zeug war jetzt trocken und seine Mütze wieder aufgebügelt. Kam er diesmal im Ernst von Amts wegen? Er mußte einen gegenteiligen Bescheid erhalten haben, jedenfalls verließ er, als er zu Mittag gegessen hatte, wieder das Sanatorium. Ja, mochte Fräulein d'Espard denken, einen erkälteten, bettlägerigen Mann läßt man in Frieden!

Am dritten Tage geschah zweierlei: erstens, daß der Briefträger mit einer großen runden Schachtel für das Fräulein kam; es war ein Hut. Oh, es war der ihr von Herrn Fleming versprochene Hut, er hatte ihn nicht vergessen! Sie atmete tief und wurde ruhig, jetzt hatte sie den Beweis, daß er gut nach Kristiania gekommen war; daß er an eine solche Bagatelle wie einen Damenhut gedacht hatte, deutete auch darauf hin, daß seine Lage im Augenblick nicht ernst war. Und so erleichtert und sorglos fühlte sich das Fräulein, daß sie sogar auf der Stelle in diesem Zimmer, wo sie die Wacht hielt, die Schachtel öffnete und gespannt den neuen Hut vor dem Spiegel aufprobierte. Ein herrliches Geschenk, ein Kleinod, nur allzu kostbar.

Die andere wichtige Sache, die geschah, war, daß Rechtsanwalt Robertson sich auf Torahus einfand, was zur Folge hatte, daß Fräulein d'Espard von ihrer Wache abgelöst wurde. Etwas war wohl gleich von der Dienerschaft zum Rechtsanwalt durchgesickert von den wiederholten Besuchen des Gendarmen und wem sie gegolten hatten, und so stieg der Rechtsanwalt die Treppe hinauf und klopfte an Herrn Flemings Zimmer an. Schon vor der verschlossenen Tür rief er freundlich hinein, wer darum bäte, den Patienten begrüßen zu dürfen.

Fräulein d'Espard öffnete die Tür. Sie hatte ihren Entschluß gefaßt, war dreist, war frech und sehr gewandt.

Der Rechtsanwalt sah sich um, vielleicht war seine Verwunderung etwas geheuchelt. Er fragte mit gerunzelter Stirn: Aber – wo ist denn der Patient?

Das weiß ich nicht, antwortete das Fräulein und sah ihm ins Gesicht.

So. Ja, aber wer weiß es dann?

Er selbst vielleicht, antwortete sie. Bitte, wollen Sie sich nicht setzen?

Was soll das heißen, ist der Graf durchgebrannt?

Das Fräulein konnte es nicht sagen. Alles, was sie wußte, war, daß Herr Fleming, als sie heute morgen das Zimmer betreten hatte, nicht dagewesen war.

Der Rechtsanwalt fragt: Wissen Sie, was er Schlimmes getan hat?

Nein, das weiß ich nicht! Hat er etwas Schlimmes getan?

Nicht daß ich wüßte. Er hat seine Rechnung bezahlt und ist nicht im Sanatorium. Wo ist er? Hat er sich mit Ihnen gezankt und ist nach Daniels Sennhütte hinübergegangen?

Wir haben uns nie gezankt, antwortete sie kurz. Und er ist sicher nicht bei Daniel.

Nehmen Sie mir meinen Scherz nicht übel, sagt Rechtsanwalt Robertson plötzlich, ich meinte nur eine kleine Unstimmigkeit.

Es gab auch keine Unstimmigkeit zwischen uns. So gut waren wir nicht bekannt, wir sprachen nur gelegentlich zusammen.

Ich bin sehr unglücklich über das Geschehene, erklärt der Rechtsanwalt. Falls er nicht etwa nur einen Ausflug macht und wiederkommt. Ein Ort wie dieser leidet durch alle Unregelmäßigkeiten, die in die Zeitung und in den Volksmund kommen, unser Ruf wird nicht besser dadurch.

Nein.

Nicht wahr, gnädiges Fräulein, Sie verstehen das?

Gewiß. Ich dachte genau ebenso, deshalb saß ich hier hinter verschlossener Tür, bis Sie kamen.

Der Rechtsanwalt wirft einen Blick auf sie. Nun, direkt unter einer Decke konnte er auch nicht mit der Dame stecken, und so sagte er denn: Es ist nicht unwahrscheinlich, daß der Lensmann herkommt und Sie verhört. Das brauchen Sie in-

117

dessen nicht tragisch zu nehmen. Übrigens kehrt Herr Fleming vielleicht zurück, es ist ein gutes Zeichen, daß sein Gepäck dageblieben ist.

Ja.

Wir wollen unterdessen die Koffer abschließen und warten. Wenn etwas mit ihm nicht in Ordnung ist – ich sage nicht, daß es so ist, ich glaube es nicht einmal. Du lieber Gott, wenn ich glaubte, daß Graf Fleming auf gespanntem Fuße mit der Polizei stünde, so wäre ich der erste, der ihn anzeigte. Aber er ist in meinen Augen ein Edelmann von echtem Schrot und Korn. Andererseits kann man ja gut hinter ihm her sein, weil ein ganz unbegründeter Verdacht auf ihm ruht, und auch in diesem Falle ist das Sanatorium der leidtragende Teil. Ich möchte nicht gern, daß er hier in unserer Nähe gefaßt würde. Wir wollen abwarten.

Der Rechtsanwalt hatte Grund zur Vorsicht. Das Torahus-Sanatorium, diese funkelnagelneue Gründung, hatte schon mehrmals Pech gehabt, erst mit ein paar kompromittierenden Todesfällen, dann mit einer gewissen englischen Prinzessin und Ministersgattin, die niemand mehr kennen zu wollen schien. Das Sanatorium sehnte sich nicht nach einer neuen Erschütterung, diesmal durch einen finnischen Grafen. Der Rechtsanwalt ging nicht ins Gericht mit Fräulein d'Espard wegen des Anteils, den sie möglicherweise an Herrn Flemings Flucht hatte, eine derartige Abrechnung lag seiner Natur fern. Er war hier der Wirt, eine Art Vormund für alle, für ihn galt es nur, Wege aus der Wirrnis zu finden.

Er grübelte eine Weile darüber nach und sagte: Sie haben ihn heute morgen nicht hier gefunden, er kann also einen Vorsprung von acht Stunden haben. Das ist wenig genug, und ich möchte ihn nicht gern hierher zurückgebracht sehen – das heißt, wenn er nicht von selber kommt. Aber acht Stunden also; der Frühzug ging um 6 Uhr 15. Ich warte – alles unter der Voraussetzung, daß Herr Fleming nicht im Laufe des Tages hier auftaucht – ich warte bis morgen.

Ja, sagte das Fräulein auch.

Jawohl, ich warte bis morgen. Aber wissen Sie, gnädiges Fräulein, was ich dann tue? fragte er mit entschlossener Miene. Dann gehe ich selbst mit dem, was ich weiß, zum Lensmann. Das erspart uns, ihn hier zu sehen, und ist wirklich viel angenehmer für uns. Wenn man alles bedenkt, dürfte es nicht im

Interesse des Lensmannes oder des Kirchspiels liegen, uns zu
schädigen; wir sind große Steuerzahler, wir verschaffen den
Bauern Arbeit, wir kaufen ihre Erzeugnisse und ihr Vieh, wir
werfen Glanz über die ganze Gegend.

7

Der Schuldirektor ist mit seinen beiden Jungen abgereist,
Holzhändler Bertelsen ist abgereist, Fräulein Ellingsen ist abgereist: ja, es wird Herbst, die Ferien für die Sommerfrischler
in den Bergen sind zu Ende.

Nicht, daß nicht noch viele Gäste da waren, kleine Rent-
ner, Pastorenwitwen, die Frauen kleiner Kaufleute, die immer
noch nervös waren und sich gar nicht erholen konnten, einige
junge Sportsleute, die bei Ausübung ihres Berufes zu Schaden
gekommen waren und sich nun auskurieren sollten – es gab
also noch Menschen genug. Außerdem kamen noch ab und zu
neue Gäste als Ersatz für die, welche das Sanatorium verließen. Das waren allerdings meistens Leute auf der Durchreise,
die von Berg zu Berg wanderten, und sie blieben in der Regel
nur die Nacht über und eigneten sich nicht für den Rechtsanwalt zur Reklame in den Zeitungen, aber sie waren willkommene Kunden, an denen das Sanatorium besser verdiente als
an den Monatspatienten.

Von den ursprünglichen Gästen waren zwei, der Selbstmörder und sein Kamerad mit dem Ausschlag, nicht wegzubringen.
Sie waren wohl am wenigsten beliebt, der eine wegen seines
inneren, der andere wegen seines äußeren Zustandes, aber sie
blieben da, aus Treue oder aus Trotz.

Sie taten auch weiter nichts Schlimmes, lärmten nicht, machten sich nicht bemerkbar, sie waren unbedeutende Herren,
elende Herren. Tag für Tag formte sich das Leben einigermaßen traurig und dumm für die beiden: sie lasen die weißen
Plakate an den Pfählen, studierten die Wegweiser, spielten des
Abends Karten mit dem Inspektor und dem Schweizer, saßen
während der Mahlzeiten unter den Nervenpatienten, die Pillen und Gesundheitssalz nach dem Glockenschlage nahmen. So
verging ihr Tag.

Aber zuletzt war der Selbstmörder zur Abwechslung auf

die frische Luft und das Klettern in den Bergen verfallen, um sich gesund zu erhalten. Der merkwürdige Mensch! Seit er ein Dreikäsehoch war, schien er für nichts anderes als für seinen Selbstmord gelebt zu haben, und jetzt begann er seine Meinung zu ändern. Hatte er es nicht ausdrücklich hinausgeschoben, sich das Leben zu nehmen, bis er eine Form gefunden hatte, die den Mord nicht entehrte? Er hatte gegessen, hatte sich doch auch gekleidet, jawohl, und er hatte gehandelt und gewandelt; aber damals war er selbst ein klar sehender Zeuge der Unvernunft dieses ganzen Benehmens gewesen, oh, er hatte auf sich heruntergesehen und sich angespien. Jetzt war es anders geworden. Hatte die Luft im Torahus-Sanatorium das bewirkt, oder war er von neuer Weisheit durchdrungen? Er war umgänglicher sowohl gegen sich wie gegen andere geworden, er trat beiseite, wenn ihm jemand mitten in einer Türe entgegenkam, und begann von seinem Selbstmord mit einer gewissen Ungläubigkeit zu sprechen. Wenn Anton Moß, sein Kamerad, ihn deswegen verspottete, behauptete der Selbstmörder, daß jeder Standpunkt, den der Mensch einnähme, zeitweilig und jede Meinung vorübergehend sei.

Ausgezeichnet! Ein Mensch sich und den anderen gerettet! Wie lebendig, ja, wie unsterblich man sein konnte! Wenn man auch nicht gerade Sänger war, so konnte man doch in die Berge gehen und laut und froh singen. Es kam nur darauf an, wie lange dieser helle Zustand dauern würde!

Sind Sie verheiratet? fragte ihn sein Kamerad mißtrauisch.

Verheiratet? Nein.

Sind Sie verheiratet gewesen?

Was geht Sie das an! antwortete der Selbstmörder scharf. Ich frage Sie ja auch nicht, ob Sie eine Krankheit haben, die ich nicht nennen will.

Moß duckte sich. Hinterher fuhr er fort: Jedenfalls sind Sie doch jetzt darüber hinweggekommen, meine ich. Der Teufel mag sich auch einer Frau wegen erschießen!

Der Selbstmörder schien überrumpelt zu sein und sagte: Ich habe Sie nicht gefragt, was ich tun mag.

Schweigen. Von den zitternden Lippen des Selbstmörders schien ein Bekenntnis springen zu wollen, er war wie gefangen. Woher haben Sie das? brach er aus. Lauschen Sie, haben Sie von den Mädchen gehört, daß ich im Schlaf spreche? Ja, man ist vielem ausgesetzt!

Demnach war der Selbstmörder ja ein tüchtiger Kerl. Hatte er ein Geheimnis, so wollte er es auch hüten. Wahrlich, er wollte nicht als ein Mann mit einem tragischen Geschick gelten, als einer, den das Börsenspiel ruiniert oder die Frau betrogen hatte. Aber warum hielt er denn nicht aus? War wirklich eine Saite in ihm angeschlagen? Er fing wieder zu reden an, überklug und philosophisch, ein wenig gemacht keck: Aber im übrigen haben Sie recht, daß der Teufel sich einer Frau wegen erschießen mag. Wer sich erschießt, um sich an einer Frau zu rächen, straft ja nur sich selber. Es mag vielleicht im Augenblick einen kleinen Ruck in der Dame geben, aber kurz darauf ist es ihr gleichgültig, sie ißt und trinkt, denkt daran, ob ihr Haar wuschelig ist, denkt an ihren Putz. Und nach einiger Zeit wird sie sogar ein Gefühl von Stolz haben, weil man sie eines Revolverschusses für wert befunden hat, sie kommt sich selber interessant vor, weil sich jemand ihretwegen erschossen hat, sie prahlt damit. Ja, verstehen Sie mich nicht falsch, ich spreche nicht von einer bestimmten Frau, sondern von Frauen im allgemeinen.

Natürlich! antwortete Moß. Aber er mußte diesmal wohl etwas Fremdes in der Stimme des Kameraden gehört haben. Moß hatte schlechte Augen, aber gute Ohren, er fürchtete vielleicht ein Geständnis und Sentimentalität und griff daher wie gewöhnlich zu einem Scherz, einem Spott: Na, man sollte den Selbstmord doch nicht ganz verwerfen, er hat seinen Wert als Tat wie als Sport –

Sie sind ein Affe! antwortete der Selbstmörder und sah ihn scheel an.

Und es wehte wieder frische Luft zwischen ihnen, sie gaben es sich gegenseitig nach Verdienst und waren aus Herzenslust boshaft. Aber bei solchem Geplänkel pflegte Anton Moß auf die Dauer nicht gut abzuschneiden, er war dem andern nicht gewachsen.

Sie haben heute abend wieder ein hübsches Sümmchen verloren, sagte er.

Ja, und Sie haben für mich bezahlt!

Nein, aber ich habe mich darüber geärgert, daß Sie so schlecht spielten. An den Briefträger zu verlieren – das muß schon daher kommen, daß er eine blanke Schnur um die Mütze trägt. Sie verlieren namentlich an den Briefträger.

Das sollte Ihnen nicht leid tun. Der Briefträger kann sich einen Verlust nicht leisten.

Ach, deshalb?

Nein, Sie sind wieder unglaublich beschränkt. Durchaus nicht deshalb.

Beschränkt? Ja, wenn es nach Ihnen ginge, sollte ich mich vielleicht schämen, daß ich übergangen wurde, als Sie Ihre fixe Idee bekamen?

Ihr ganzes Gesicht ist zerfressen! ruft der Selbstmörder mit Ekel aus. Nein, und Sie sprechen nicht einmal mehr deutlich, Ihre Lippen sind ganz zerrissen.

Hahaha! sagte Moß. Er lachte es nicht, er sprach es, und: Was für ein Unsinn! sagte er auch. Aber er wurde gut geduckt, bekam nur eine weitere elende Antwort: Ich gedeihe und nehme zu, aber Sie werden immer hohläugiger und windiger. Es ist merkwürdig, daß Sie keinen Strohhut tragen.

Und dazu sind Sie immer unrasiert, fuhr der Selbstmörder fort.

Hierauf konnte Moß nichts erwidern, denn er sah nicht rein und nett aus. Außer seinen Wunden hatte er Bartstoppeln und fühlte sich deshalb bedrückt, ja, er vermied es, den Leuten in die Augen zu sehen. Er antwortete: Sie haben eine Laune und einen Charakter, die mich schaudern machen. Sie könnten ebenso gut einen Viehhandel anfangen. Ich kann mich nicht mehr rasieren, ich bekomme Löcher in die Haut. Aber ich schere mich oft, was auf dasselbe herauskommt, ganz kurz mit einer Stickschere. Jeder andere würde das verstehen.

Und jetzt war der Selbstmörder an der Reihe und mußte auf der Hut vor Gewinsel sein. Er sagte: Ja, schweigen Sie, nur keine Tränen!

Hahaha! sagte Moß wieder.

Sie versanken beide in Schweigen, beide saßen da, blinzelten und waren mit ihren Gedanken beschäftigt, warfen ab und zu den Kopf hoch und bemühten sich krampfhaft, männlich zu sein.

Es ist kühl heute, sagte der Selbstmörder, bald bekommen wir Schnee. Nein, was ich sagen wollte – es ist übrigens einerlei, aber Sie tun fast so, als verständen Sie die Rätsel des Lebens. Verstehen Sie sich selbst?

Moß antwortete: Mich selbst? Nein. Ich bin bald blind, das verstehe ich.

Der Teufel mag sich wegen einer Frau erschießen! sagen Sie. Jawohl! Aber wenn Sie ein unparteiischer Mensch wären, so verstünden Sie, wie oberflächlich Sie schwatzen. Gilt es beispielsweise nur den Mann und die Frau? Nicht das Kind? Verstehen Sie mich recht: das Kind im allgemeinen.

Moß warf den Kopf zurück und antwortete: Ich weiß nicht, wovon Sie sprechen. Alles, was Sie sagen, geht mich gar nichts an. Ich will mich nicht zwingen lassen, mit Ihnen zu diskutieren.

Wie Sie wollen! Aber der Selbstmörder fuhr fort, als wäre es ihm eine Notwendigkeit: Ein Kind also, Junge oder Mädchen, sagen wir ein Mädchen. Wenn es zum Beispiel drei Monate alt ist, so können Sie mir nicht einreden, daß Sie es gesehen hätten, ohne es wunderbar zu finden. Was tut die Mutter? Was tut die Mutter drei Monate später? Nun! Aber das Kind liegt da und hält Ihren Finger, hält ihn fest und läßt nicht los. Glauben Sie, daß Sie selber loslassen? Ich spreche ganz allgemein ...

Sie wurden unterbrochen, jemand kam und erzählt etwas, einen Vorfall, der heute nacht einem Manne mit einem Schlitten passiert war: der Tod. Er war kein großes Unglück, kein Verlust für die Welt, nein, und es veranlaßte den Selbstmörder nicht, seine gesunde Bergkraxelei aufzugeben, aber es genügte doch, um ihn nicken zu lassen, das wäre nun wieder ein neuer Todesfall! Es verbreitete auch neues Unbehagen über das Sanatorium. –

Merkwürdig, daß es so schwere Folgen haben konnte, wenn eines der Stubenmädchen vom Sanatorium sich ganz allein in eines der leeren Zimmer im zweiten Stock setzte und nun dasaß.

Die Wirtschafterin fand sie dort, von Nacht und Finsternis verschlungen. Die Wirtschafterin fuhr pflichttreu im ganzen Haus herum und sah nach, ob alle Leute sich hingelegt hatten, strich ein Zündholz an, leuchtete und ging weiter. Nun, und da hatte sie das Stubenmädchen bei unverschlossener Türe sitzen gefunden, als ob sie etwas hier zu tun hätte. Sie weinte nicht, wiegte sich weder, noch summte sie vor sich hin, im Gegenteil, sie rührte sich nicht, saß nur da und lauschte, kaum daß man sie atmen hören konnte.

Die Wirtschafterin ist so überrascht, daß sie von der Tür aus nur haucht: Aber – du sitzt hier?

Das Mädchen winkt die Wirtschafterin herein. Sie lauschen beide, lauschen auf einige Unruhe bei dem Gast im Nebenzimmer: Weinen, flüsterndes Klagen, hörbarer Kummer. Das ist Fräulein d'Espard, denkt die Wirtschafterin, ob ihr etwas fehlt? Macht sie das schon lange? flüstert sie dem Mädchen zu.

O ja, eine Weile heute abend. Das tut sie schon eine ganze Woche jeden Abend. Sie ißt auch nicht mehr und bricht alles gewöhnliche Essen aus.

Die Wirtschafterin geht auf den Gang hinaus, klopft bei Fräulein d'Espard an und fragt: Fehlt Ihnen etwas, Fräulein d'Espard?

Mir? antwortet das Fräulein mit kecker Stimme. Nein, ich las nur laut in einem französischen Buch.

Die Wirtschafterin, sicher mit etwas langem Gesicht im Dunkeln: Dann entschuldigen Sie! Dem Mädchen befahl sie, sich gleich ins Bett zu legen, sofort!

Die nächste Nacht kam das Mädchen wieder. Oh, sie hatte doch etwas zu deutlich gehört, wie aus dem französischen Buch norwegische Wehklagen vorgelesen wurden, ihre neugierige Nase witterte, daß etwas dahintersteckte, und so setzte sie sich wieder in das leere Zimmer und ließ sich vom Dunkel verschlingen. Da geschieht es: Fräulein d'Espard steht in der Tür, weißgekleidet, leuchtet mit einem Zündholz –

Das Mädchen stößt einen leisen Jammerlaut aus, schlägt die Hände vors Gesicht und wankt an dem Fräulein in der Tür vorbei, wankt weiter durch den Gang, immer weiter. Auf der Hintertreppe hört man einen Fall und einen Schrei, dann ist nichts mehr in der Dunkelheit zu hören ...

Aber dieser Todesfall – so zufällig und wenig wichtig er war – schien Fräulein d'Espard Schrecken eingeflößt zu haben. Das junge Mädchen vom Kontor und der Schreibmaschine ertrug gerade jetzt keine Erschütterungen mehr, sie hatte schon genug, mehr als genug gehabt. Das waren keine Ferien, keine angenehmen Tage mehr für sie im Torahus-Sanatorium, sie hatte die Mädchen im Verdacht, daß sie sich über ihre Kränklichkeit aufhielten, darüber, daß sie kein gewöhnliches Essen vertrug, sondern statt dessen ganz unerhörte Gerichte, etwa Brathering auf Keks oder einen Teller rohe Erbsen, verlangte. Jetzt zeigte es sich auch, daß die Mädchen sogar in Gängen und Nebenzimmern lauerten und sie ausspionierten. War das zum Aushalten?

Sie war geradezu verlassen, zurückgelassen, ihr Freund war abgereist, und sie mußte ihre Bürde allein tragen. Ihre Bürde –

was für eine Bürde? Daß ein Stubenmädchen sich den Hals gebrochen hatte? Keine Spur. Da niemand eine Frage über diesen nichtssagenden Vorfall an sie richtete, verschwieg auch sie
ihren Anteil daran. Ja, sie hatte wohl einen Schrei gehört,
während sie dalag und in einem französischen Buche las, aber
das war auch alles.

Sie ging auf die Matten, um ein gewisses Geldpaket an einer
sicheren Stelle zu vergraben. Bis jetzt hatte sie treulich eine gewisse Stuhllehne bewacht, die voller Geld war, und sie hatte
sich nicht das geringste daraus angeeignet. Das war Ehrlichkeit
gegen Herrn Fleming, Edelmut gegen ihren kranken Freund,
vielleicht auch etwas anderes, vielleicht Liebe, Hoffnung auf
Wiedersehen, es konnte so vielerlei zusammen sein.

Es war ihrer Aufmerksamkeit nicht entgangen, daß der
Selbstmörder in der letzten Zeit angefangen hatte, über Berg
und Steg zu wandern, und sie wollte ihn weit fort wissen,
wenn sie auf ihren heimlichen Ausflügen war. Sie fand die
rechte Stelle, oh, es gab genug sichere Stellen auf den Matten,
besonders auf Daniels Seite, in der Nähe der kleinen Scheune,
die sie so gut kannte –

Jawohl.

Als sie aber den dicken Umschlag in der Hand wog, kam ihr
der Einfall, ihn zu öffnen und hineinzugucken, ehe sie ihn unter
den Stein legte. Es war das erstemal, daß ihr dies einfiel, die
Spannung nach der Flucht des Freundes und dann gewisse
eigene geheime Qualen hatten ihr früher nicht Zeit zu dieser
Neugier gelassen. Sie fand in dem Umschlag einen Brief, der
an sie gerichtet war, eine Schenkungsurkunde: die inliegenden
Scheine gehörten ihr, er hätte ihr seine Unterstützung versprochen als Ersatz dafür, daß sie ihre Stellung seinetwegen verloren hatte; er hätte selbst Geld genug. Sie müßte nur die
größte Vorsicht gebrauchen und im Notfall das Geld verbrennen – Fräulein d'Espard faßt sich an die Stirn, an die Augen,
ein Unwetter rast durch ihr Köpfchen, in den folgenden Minuten sind alle Qualen merkwürdigerweise fort. Wie fein, wie
delikat war das, so ganz einem Grafen ähnlich, oder was er
nun war! Für Fräulein d'Espard ist das keine Diebesbeute
mehr, was sie auf der Brust getragen hat, es ist ein Abschieds-
geschenk, ein Andenken an einen Edelmann. Sie zählt die
Scheine, nein, sie zählt nicht, schätzt nur, nimmt einen Über-
blick. Es sind gute Scheine, große Scheine, einige Tausend,

nicht solche Summen, wie sie sie zuweilen im Kontor auf der Maschine geschrieben hat, aber immerhin einige Tausend, mehrere Tausend, Reichtum. Und da sind auch einige kleinere Scheine und ganz kleine – gerade, als hätte er sie eine Zeitlang vor dem Wechseln verschonen wollen. An alles hatte er gedacht.

Dann setzt sie sich hin und überlegt. Hatte sie jetzt Grund, die Hände zu ringen und nachts zu jammern? Gewiß, noch denselben Grund, das war das Schlimme. Aber Geld ist nun einmal Geld, und plötzlich ist es, als hätte sie eine gute Eingebung. Sie erhebt sich, fast explosiv, steckt das Geldpaket wieder in den Busen, und nach einiger Mühe mit ein paar Haken im Rücken verläßt sie den Ort.

Sie wäre am liebsten sofort ungestört ins Sanatorium gegangen, aber da taucht Daniel auf, und er sieht sie. Er trägt einen Strick in der Hand und einen Unterrock, einen von Martas Unterröcken, in dem er Heu von dem kleinen Schober nach Hause tragen will, ja, und er grüßt von weitem, und das Fräulein muß mit ihm sprechen. Es wird so etwas wie ein richtiges Wiedersehen, Daniel zeigt sich froh darüber, daß er sie trifft.

Es sei so lange her, daß er sie zuletzt gesehen habe, sagt er. Er glaubte, sie wäre abgereist.

Nein.

Nun, aber der Graf, wo der Graf wäre?

Der Graf wäre abgereist. Vielleicht käme er wieder, aber gerade jetzt wäre es ihm in den Bergen zu kalt für seine kranke Brust geworden.

Versteh ich! nickt Daniel verständig. Und da liefe sie nun allein hier herum, ganz allein? Jaja, wohl nur eine Weile.

Sie hat ohne weiteres die Arme zurückgebogen und die paar Haken wieder aufgerissen. Als sie das Geldscheinpaket hervorholt, werden Daniels Augen groß und ungläubig, sie nimmt gerade vor seinen Augen einen Zehnkronenschein heraus und übergibt ihn mit den Worten: Das ist für Sie; er hat mich darum gebeten. Es ist wirklich gut, daß ich Sie getroffen habe.

Nein, nein, nein! sagt Daniel und macht ein paar Schritte rückwärts. Das ist doch nicht möglich? Vom Grafen?

Vom Grafen. Oh, er hat an alle gedacht!

Es kommt zu einem längeren Gespräch über den Grafen: Ein ausgezeichneter Mensch, Marta dächte jeden Tag an ihn. Ein Jammer, daß einem solchen Mann etwas fehlen mußte –

Das Fräulein sagt: Könnten Sie mir vielleicht mein Kleid im Rücken zuhaken? Ich lange nicht hin.

Er wirft Strick und Unterrock hin und antwortet: Ich weiß nicht, ob ich so etwas kann – etwas so Feines –

Es geht, sie fühlt seine Hände im Rücken und hört, daß die Haken einspringen. Ja, es geht, sie spürt, wie er sich in seiner Treuherzigkeit fürchtet, zu hart zuzufassen.

Sie gehen zusammen den Weg nach dem Schober, Fräulein d'Espard guckt hinein und hat wohl ihre eigenen Gedanken. Dort drinnen hatte sie sich ja manches liebe Mal mit ihrem Freunde aufgehalten, er hatte sie geküßt und umarmt. Oh, sie hatten beide Angst vor den Folgen gehabt, jawohl, und dieser Angst hatten sie immer wieder neuen Stoff gegeben. Nein, es waren nicht Sport und Wette, es war das Murren im Blute, notwendige Dummheit und Torheit nach den ältesten Mustern der Welt, vielleicht auch etwas Goldenes, vielleicht Liebe, es konnte so vieles zusammen sein.

Auf Wiedersehen! sagte das Fräulein und überließ Daniel seinem Heu.

Als sie wieder ins Sanatorium kam, packte sie ihr Zeug, las ihre französischen Romane zusammen und verschloß sie in ihrem Koffer, dann verlangte sie ihre Rechnung und bezahlte sie mit einigen Scheinen, die sie zu diesem Zweck herausgenommen hatte. Sie fühlte sich ordentlich, und als die Rechnung auf einen Tag zu wenig lautete, schickte sie sie zurück und ließ sie richtigstellen, gab auch anständige Trinkgelder. Das Gefühl, ein Geldpaket auf der Brust zu haben, verlieh ihr eine mystische, allmächtige Stütze.

Der Doktor kam. Verstand er etwas mehr von ihrer plötzlichen Abreise, als er sollte, so war er diesmal doch klug genug, sich unwissend zu stellen; übrigens verstand Doktor Öyen gewiß nichts. Auch Sie, Brutussa! sagte er scherzend, und aus irgendeinem Grunde war er mit diesen Worten zufrieden und lachte über sie. Es wunderte ihn auch nicht, daß sie abreiste, denn es begann kühl in den Bergen zu werden, und er wäre selbst gern ihrem Beispiel gefolgt. Hätte sie nun auch nichts vergessen, irgendein Buch?

Das würde nichts machen, sie käme bald wieder, wollte nur einen Ausflug nach Kristiania machen und ließe ihren Koffer stehen.

Der Doktor froh überrascht: Das ist recht, gnädiges Fräulein, Sie sind uns herzlich willkommen, wenn Sie wiederkehren! Sie sind uns doppelt lieb als eine der Getreuen, einer der ältesten Gäste.

Die Wirtschafterin kam. Dieselben Versicherungen, dieselbe Höflichkeit.

Als Fräulein d'Espard mit ihrem kleinen Handkoffer in der Hand ging, machte sie einen Umweg durch den Salon. Sie tat es absichtlich. Sie wußte sehr gut, daß sie bei den andern weiblichen Gästen nie beliebt gewesen war, und wollte ihnen jetzt noch einmal ihre Gleichgültigkeit zeigen. Sie sollten nichts Böses von ihr denken, man durfte sie gerne sehen, bitte sehr! Sie durchschritt den Salon, als wäre sie eine Prozession mit Zuschauern auf beiden Seiten, ja, und dabei bohrte sie sich sogar mit dem kleinen Finger ein bißchen im Ohr. Überlegener konnte niemand sein.

Im Zuge war sie allen unbekannt.

Schon am ersten Tage in Kristiania traf sie die Kavaliere aus ihrem alten Kontor. Das gab Wiedersehen und Liebenswürdigkeit und Einladungen in die bekannten Junggesellenwohnungen, in denen sie früher schon gewesen war. Ja, vielen Dank, sie würde kommen, aber zuerst müßte sie in die Stadt gehen.

Sie richtete es so ein, daß sie auf Bertelsen, den Holzhändler, stieß. Dieser Herr hatte sie im Sanatorium durchaus nicht schief angesehen, im Gegenteil, er hatte sie wohl zu würdigen gewußt. In einer weinfrohen Stunde hatte er sie sogar ein wenig unter dem Tische auf den Fuß getreten.

Sie fragte nach Fräulein Ellingsen.

Ja, er sähe sie häufig, es ginge ihr gut. Er fragte seinerseits nach Herrn Fleming. Sollten sie nicht übrigens lieber in ein Café gehen als hier auf offener Straße stehen?

Ja gern, wenn er Fräulein Ellingsen telephonieren wollte, daß sie auch käme.

Das versprach er, und sie gingen ins Café und bestellten zu essen und zu trinken. Bertelsen erzählte von Frau Ruben, daß sie viel dünner geworden sei, jetzt könnte sie gehen; erinnern Sie sich an Frau Ruben? Ja, jetzt sei sie nicht wiederzuerkennen, aus Trauer über den Mann oder was es nun sein mochte. Aber erinnern Sie sich auch Myladys, der englischen Ministersgattin? Ach, alles Lüge, eine gefährliche Schwindlerin, wie ich

jetzt aus Schweden gehört habe! Aber sagen Sie, gnädiges
Fräulein, wollen wir nicht lieber eine Autofahrt machen, zu
mir? Da können wir gemütlicher sitzen und uns unterhalten.

Ja, wenn Sie Fräulein Ellingsen telephonieren wollen.

Fräulein Ellingsen – ja, nein, sie hat Dienst, sie kann nicht
loskommen –

Und nun geschieht das Merkwürdige: Fräulein d'Espard
wird zornig. Sie macht sich keineswegs so viel aus Fräulein
Ellingsen, aber sie wird plötzlich weiß vor Wut, weil Bertelsen sie betrogen, sie angeführt hat. Oh, sie war so reizbar geworden, es gehörte wenig oder nichts dazu, sie zu erregen, sie
befand sich wohl in einer ungewöhnlichen Gemütsverfassung.
Wie – verstand Fräulein d'Espard nicht, was er ihr bot? Sie
war kein Schulmädchen. Aber dazu war sie ja jetzt am aller-
wenigsten imstande, sie pfiff auf seine Autofahrt. Natürlich
besänftigte sie sich wieder und dankte ihm für seine Einladung,
aber sie trennten sich vor dem Café und gingen jeder seines
Weges.

Am Nachmittag suchte sie Fräulein Ellingsen auf und fand
sie unverändert, voll von Romantik, Räubergeschichten und
Poesie, im Kopfe ein Gespinst von einem Dutzend spannender
Geschichten, die sie schreiben wollte, an denen sie schrieb. Es
würde sicher etwas, das sagten alle. Das Dumme wäre nur ihre
Schweigepflicht, ihr Eid.

Fräulein d'Espard hätte diese Dame, die so viel vom Telegraphentisch wußte, gern nach einem gewissen Flüchtling,
einem kranken Edelmann, gefragt, wagte es aber nicht. Gott
sei Dank, er war wohl noch nicht gefaßt, er kam vielleicht fort
mit einer der überseeischen Linien nach Australien, nach Süd-
amerika –

Ob Fräulein Ellingsen heute abend mitkommen wollte in
die Junggesellenbude des Bürochefs?

Ja, gern. Ob Bertelsen da wäre?

Bertelsen – ja, sie könnten ihm telephonieren. –

Fräulein d'Espard holte sie abends ab, und sie fuhren zum
Bürochef. Aber nein, es war auch kein Vergnügen: die alten
Kameraden, die sich hier versammelt hatten, waren allzusehr
dieselben wie früher, und Fräulein d'Espard hatte sich verändert. Du lieber Gott, was interessierte es sie, zu hören, wie das
Geschäft ging oder wie der Disponent selbst der neuen Schreib-
maschinendame den Hof machte!

Kann sie Französisch? fragte Fräulein d'Espard.

Französisch und Französisch ist zweierlei. Es ist nicht so, wie wenn Sie loslegen, aber –

Ja, Fräulein d'Espard lächelte, aber im Grunde war es ihr gleichgültig.

Sie wurde nach einer Photographie angestellt, sagte einer der Herren.

Auch das war ihr gleichgültig.

Sie hat schon Zulage bekommen.

Gleichgültig, gleichgültig. Fräulein d'Espard hatte anderes im Kopf. Sie mußte sich schonen, das war der reine Selbsterhaltungstrieb. Fräulein Ellingsen, die hat es gut, aber mit ihr steht es auch nicht so, daß sie Eile hat, daß sie ums Leben kämpft. Da sitzt sie groß und hübsch, ein Prachtmensch, aber sie macht nichts aus sich, weil sie es nicht nötig hat. Die Herren sind anfangs begeistert von ihrer Erscheinung, diesem Blick, der aus einem Paar Augen kommt, die ein wenig schräg liegen und sie eigentümlich machen, sie hat den herrlichsten großen Mund, prachtvolles braunes Haar – und dennoch, sie spielt nicht mit, nimmt an nichts Anteil, ist nicht lebendig. Sie ist zu lauter Mechanismus geworden: zieht sie auf, und sie wird erzählen und fabeln, wird ihre gefesselte Phantasie loslassen, bis sie stehen bleibt. Aber sie konnte doch faseln und dichten, daß ihre Augen glänzten und ihre Wangen rot wurden? Ganz recht. Der Mechanismus lief sich warm. Dann begann es in ihr zu schnarren, und dann stockte sie. Hinterher gab es Tränen.

Stockfisch! denkt Fräulein d'Espard und sagt: Prosit Fräulein Ellingsen!

Prosit!

Fräulein d'Espard ist mit sich beschäftigt; sie zerteilt sich und streckt die Fühler unter den Kameraden aus. Die sind mehr oder weniger kahlköpfig, verbraucht vom Stehen und Schreiben am Pult, verdorrt in diesem Handwerk ohne Arbeit, der Bürochef am schlimmsten. Dieser ältliche Kavalier macht sich selbst über seine Glatze lustig, streicht mit der flachen Hand darüber und zeigt auf sie: Eine Familienschwäche, sagt er. Flotter Bursche, Siegelring am Zeigefinger, gilt unter seinesgleichen für einen Lebemann von Rang, einen Wüstling, und noch längst nicht abgedankt. Seinen Verhältnissen entsprechend ist es zudem standesgemäß bei ihm: zwei Zimmer mit einer

Portiere dazwischen. Aber für Fräulein d'Espard ist er nicht
der richtige Mann, er ist zu leichtfertig, ohne Halt, ohne Fundament, sie gibt ihn auf.

Wollten wir nicht telephonieren? flüstert Fräulein Ellingsen.

Telephonieren? Ach so, Bertelsen – ja. Aber Fräulein
d'Espard ist mit sich beschäftigt, alles andere muß warten. Sie
heftet sich an einen der Kontoristen, einen der jüngeren in der
Gesellschaft, einen Mann von gewöhnlichem Aussehen, der noch
all sein Haar hat. Er ist vom Lande, Bauer, ist seit sieben Jahren im Geschäft, sein Gehalt ist jetzt reichlich, aber nur langsam gelingt es ihm, sich etwas auf die hohe Kante zu legen.
Fräulein d'Espard weiß, daß er nebenher ein bißchen spekuliert: ein kluger Streber, Bauer bis zu den Nagelspitzen. Er ist
erkenntlich, weil der Bürochef auch ihn heute abend eingeladen hat, und trinkt vorsichtig, zeigt die ganze Zeit Respekt.

Die Stunden vergehen. Es gibt Butterbrot, Schnaps, Bier,
Geplauder und Kognak mit Selters, Pfeife und Zigaretten –
nein, unter andern Umständen würde Fräulein d'Espard sich
nicht gelangweilt haben, aber jetzt hatte sie anderes zu denken. Als Kaffee mit Likör kommt, kann sie die Gesellschaft
auch mit ihrem ›Kaffee mit avec‹ belustigen.

Fräulein Ellingsen flüstert wieder: Können wir nicht telephonieren?

Telephonieren? Ja. Aber ich weiß nicht, ob Bertelsen diese
Herren kennt.

Fräulein Ellingsen entmutigt: Bertelsen liebt es nicht, daß
ich ohne ihn ausgehe.

Oh, da ist Fräulein d'Espard aber hilfsbereit und fragt laut:
Dürfen wir Bertelsen telephonieren, daß er kommt?

Bertelsen?

Bertelsen & Sohn, Sie wissen. Der Sohn.

Alle kennen ihn, der Bürochef kennt ihn. Bitte, das Telephon ist nebenan!

Die Damen gehen hinter die Portiere und rufen an. Bertelsen ist nicht im Kontor und nicht zu Hause, er ist in irgendeinem Café, und Fräulein Ellingsen wird immer verzagter.
Gehen Sie nur hinein und setzen Sie sich, sagt Fräulein
d'Espard da, ich werde ihn schon finden! Sie schiebt Fräulein
Ellingsen hinaus und ruft den Kontoristen, den Bauer: Kommen Sie und helfen Sie mir. Ich weiß doch, wie tüchtig Sie am
Telephon zu sein pflegen.

Die beiden telephonieren nun in dem halbdunklen Schlaf-zimmer hierhin und dorthin, und als sie fertig sind und den Mann gefunden haben, beginnt Fräulein d'Espard sich auf eigene Rechnung zu entfalten, schlingt die Arme um den Bauer und streicht ihm über all sein Haar. Da soll doch der Teufel, er hätte ja nie gedacht – nie erwartet –

Doch, sie hätte die ganze Zeit an ihn gedacht.

Er ist verwirrt und halb erschrocken, das Fremde in diesem Erlebnis macht ihn zurückhaltend. Gewiß, er küßt sie, aber nicht ohne Mißtrauen. Wie in aller Welt, Fräulein d'Espard, um die sich der Bürochef selbst bemüht hat! Nein, wir müssen zu den andern hineingehen, sagt er.

Ja! Aber nun wüßte er also, daß sie an ihn dächte, daß sie ihn, offen gestanden, nicht vergessen könnte. Was sagte er dazu?

Hm, ja! Das hätte er sich nie träumen lassen, nicht im ge-ringsten. Und er sei ihrer so ganz unwürdig, ein geringer Mann – eine armselige Stellung – keine Zukunft –

Oh, sie hätte selbst etwas. Mehr wollte sie nicht sagen, aber ein kleines Vermögen, ein Erbteil von ihren Angehörigen in Frankreich, ein Geschenk des Himmels also! Aber wie um sich eine Hintertür offen zu halten, sagt sie zum Schluß: Sie hätten mich nicht küssen sollen, wenn Sie mich nicht mögen. Uff, ich habe solche Kopfschmerzen!

Als sie wieder in das Zimmer zu den andern treten, ist der Bauer ziemlich aus der Fassung. Fräulein d'Espard beherrscht sich besser, vielleicht, weil sie dazu gezwungen ist, sie hält die Hand vor die Augen und ruft: Oh, dies viele Licht! Ja, wir haben Bertelsen gefunden, Fräulein Ellingsen, er kommt gleich!

Und Bertelsen kam, verließ, wie er sagte, seine Gesellschaft und kam. Er war aufgeräumt und gesprächig, ziemlich wirr, seit Mittag mußte er wohl in einem Café nach dem andern gewesen sein. Er hatte es augenblicklich auf Fräulein d'Espard abgesehen und nützte aus, was er vom Sanatorium her von ihr wußte. Der Graf sei wirklich nichts für sie, ein Mann am Rande des Grabes und vielleicht nicht einmal von Adel.

Fräulein d'Espard wieder gereizt: Vielleicht nicht vom Bal-kenadel, nein!

Diese Grobheit nahm der Holzhändler nun sehr nett auf und entwaffnete sie: Man sollte die Balken, das Geld, einen guten Rat nicht verachten. Er hätte seinerseits seinen Freunden zuweilen geholfen, er hätte auch – er sagte es nicht gern – einen Stipendiaten in Paris, einen Musiker –

Ja, das wissen wir ja! ruft Fräulein d'Espard reuevoll aus. Sie waren wirklich großartig.

Na, wir wollen nicht übertreiben, erwiderte Bertelsen, Sie machen zuviel daraus.

Durchaus nicht! Und in dem Bedürfnis, wieder gut und freundlich zu sein, macht sie sogar noch mehr daraus: Ich weiß, es war nicht das erstemal, daß Sie sich als Wohltäter erwiesen haben.

Bertelsen sieht sich mit verstellter Verwunderung in der Gesellschaft um und sagt: Sie ist nicht bei Trost! Nun, im übrigen will ich nichts Unvorteilhaftes über Ihren Grafen gesagt haben, Fräulein d'Espard, er war ein angenehmer Herr, wir spielten Karten und tranken Wein zusammen, er war zweifellos ein Gentleman. Nur schade, daß er so todkrank war. Sind Sie mit ihm verlobt?

Ich? Nein. Sie schwatzen Unsinn!

Unsinn, jawohl. Aber Sie können es nun drehen und wenden, wie Sie wollen – ich bin es, der Sie liebt.

Darüber lachten nun alle und nahmen es im höchsten Grade ernst, nur Fräulein Ellingsen saß düster, verlassen und freudlos da.

Bertelsen schwatzte drauflos – wieder über Frau Ruben; hätte sie kürzlich getroffen, müßte eine Kur durchgemacht haben, sei mächtig verändert. Eine reiche Dame, kolossal, in ihrer Art auch hübsch, prachtvolle Augen, Mandelaugen. Haben Sie von Rechtsanwalt Robertson gehört? Ja, er heißt jetzt Rupprecht, hat beim König darum nachgesucht, sich Rupprecht nennen zu dürfen. Ein Narr! Sollte ich darum nachsuchen, mich Bertillon nennen zu dürfen? Jamais!

Bertelsen trank immer mehr, und da er ein starker Kerl war, vertrug er eine Menge und fiel nicht unter den Tisch, sondern spielte sich als der reiche Mann auf und war nicht gerade angenehm. Fräulein d'Espard schämte sich nicht, sein Gerede zu überhören, sie wollte seine Aufmerksamkeit etwas auf Fräulein Ellingsen lenken, aber darauf reagierte Bertelsen nicht. So nahm er zum Beispiel seinen Hausschlüssel vom Ring und wollte ihn in seinem Rausch Fräulein d'Espard geben – er war unzurechnungsfähig.

Soll ich den haben? fragte sie.

Sie sollen ihn *kriegen*.

Nein, warum denn? Ich will ihn nicht haben.

Der Bürochef kam ihr zu Hilfe: Warten Sie, geben Sie mir den Schlüssel. Herr Bertelsen hat sicher verschiedenes Silberzeug zu Hause.

Hahaha! lachten alle. Aber Fräulein Ellingsen saß groß und hübsch da und schwieg dazu. Besaß sie kein Schamgefühl, ließ sie sich alles gefallen? Unveränderlich. Ging durchs Leben, den Kopf in der Luft, sah nicht, war unbeweglich und unberührt, langweilig und hübsch. Sicher konnte sie auch häkeln und Klavier spielen. Ihre Leidenschaft war in der Literatur und in dem, was die Telegraphenlinie schwatzte, in Träumen und Einbildungen aufgegangen. Stockfisch! denkt Fräulein d'Espard.

Prosit, Fräulein Ellingsen! Sie sind so schweigsam.

Prosit!

Bertelsen läßt nicht nach, er hat es immer noch auf Fräulein d'Espard abgesehen, wird familiär und nennt sie Julie, Schüli.

Fräulein d'Espard rückt plötzlich vom Tisch ab und sagt unbarmherzig: Sie treten immer wieder auf den falschen Fuß, Herr Bertelsen!

Nichts hilft, nichts macht Eindruck auf ihn.

Fräulein d'Espard erhebt sich und sagt zu dem Bauern mit dem Haar: Es ist spät. Kommen Sie und helfen Sie mir, ein Auto zu bekommen.

Der Bauer sieht den Bürochef, seinen Vorgesetzten, an und geht wieder hinter die Portiere.

Fräulein d'Espard befindet sich in einer Art Hysterie, sie strahlt vor Hoffnungslosigkeit und Sehnsucht nach der Ehe, sie rückt ihm auf den Leib und fragt ihn gerade heraus. Er wird ärgerlich auf sie, sie stört ihn im Telephonieren, und er muß wieder anrufen. Im übrigen erwehrt er sich ihrer etwas und sagt, er hätte ja nichts gegen sie, weder in bezug auf ihr Äußeres noch sonst. Alles in allem wollte sie ihn wohl auch gar nicht haben, das würde sie schon sehen –

Sie sieht ein, daß es ihr nichts nützt, und fragt kurz: Haben Sie ein Auto bekommen?

Es kommt gleich! Und nun scheint er ihr ein wenig auf den Zahn fühlen zu wollen: Ich weiß nicht, was ich sagen soll, aber es war doch jedenfalls ein Glück für Sie, daß Sie das Geld, das Erbteil bekamen. Ich wünsche Ihnen von Herzen Glück!

Danke, sagt sie. Sie glauben mir gewiß nicht, das ist ja auch einerlei, aber fühlen Sie hier!

Sie läßt ihn ihre Bluse fühlen, und er ruft aus: Herrgott! Und das tragen Sie alles bei sich? Sie müssen es gleich bei einer Bank einzahlen, sofort. Wieviel ist es?

Oh, jetzt war der Augenblick gekommen. Sie schweigt nicht zu allem, läßt sich nicht alles gefallen. Das sollten Sie nur wissen! antwortet sie. Und plötzlich hat sie gleichsam einen Anfall, es überkommt sie, und sie zischt ihm ins Gesicht: Das möchten Sie gern wissen, wie? Lecken Sie sich den Mund danach! Glauben Sie vielleicht, daß ich Sie geküßt hätte, wenn ich nicht betrunken gewesen wäre? Scheren Sie sich zum Teufel!

Hält sie nun inne? Oh, sie wird noch toller, da sie aber schnell denkt und klug ist, beharrt sie nun dabei, um ihre Niederlage zu verdecken. Es ist, als lese sie, sie duckt ihn mit einem Schwall von Französisch, das er nicht versteht, parliert, gestikuliert. Er kann es für Scherz oder Ernst nehmen, aber sie spricht Französisch, und sie tut es noch, als sie die Portiere beiseite geschlagen hat und zu den andern gegangen ist.

Die Gesellschaft blickt sie verwundert an, und der Bürochef sagt scherzend zu dem Bauern: Antworten Sie ihr doch, warum antworten Sie ihr nicht?

Fräulein d'Espard erklärt: Ich habe ihm einen Heiratsantrag gemacht, aber er wollte mich nicht haben. Kommen Sie mit, Fräulein Ellingsen? – Sie geht zum Wirt, dem Bürochef, und bedankt sich, verabschiedet sich auch von den andern, auch vom Bauern, reicht ihm die Hand und sagt: Auf Wiedersehen! Nun, kommen Sie mit, Fräulein Ellingsen?

Ja – ich weiß nicht –

Sie sehen ja, daß Bertelsen eingeschlafen ist.

Ja, aber –

Da heult das Auto! Also Ihnen allen herzlichen Dank für den schönen Abend!

Aber unten im Auto konnte sie sich nicht länger aufrecht halten, sie begann zu weinen. Sie fuhr in ihr Hotel, gab Auftrag, daß sie zu einer bestimmten Zeit geweckt würde, und ging dann zu Bett. Natürlich konnte lange keine Rede von Einschlafen sein, sie war aufgerieben und wurde von der Furcht vor der Zukunft gepeinigt. Ihre Reise nach Kristiania schien vergebens zu sein, nichts war ausgerichtet, nichts erreicht, sie lag hier mit Dornen im Gemüt und weinte wieder. In was für einer Gesellschaft war sie gewesen! Es konnte gut sein, daß sie dem Bauern mit der Haartolle Unrecht tat, aber sie hatte den Eindruck bekommen, daß er gierig war, daß er es auf ihr Geld abgesehen hatte, daß er wissen wollte, wieviel sie ihm bieten konnte. Jawohl! Aber hinterher, wenn das Kind da und das Geld in irgendein Geschäft gesteckt war – was dann? Würde er dann nicht andere Seiten herauskehren?

Sie war sehr unglücklich, sie weinte, krümmte die Finger wie Klauen und kratzte die Decke, durchging immer wieder die Reihe ihrer männlichen Bekannten, ohne bei einem von ihnen stehen zu bleiben. Sie hätte mit Herrn Fleming getraut werden können – richtig, aber dann wäre sie in seine Geschichten eingemischt worden, er hatte sie offenbar vor einem Schicksal schützen wollen, dem sie entgehen konnte. Oh, aber er sollte nur wissen, wovor er sie nicht geschützt hatte! Zu allem andern kam nun auch noch, daß ihr Aussehen gelitten hatte – sie sprang aus dem Bett und betrachtete sich im Spiegel –, daß sie in den letzten Tagen häßlicher geworden, daß ihr Gesicht grau und aufgedunsen war. Am besten war es, in aller Eile von hier fort zu kommen. Hier gab es nicht einmal einen Wald, ein sicheres Versteck für ihr Geld, hier wimmelte es von Leuten, die sie beobachten konnten, wenn sie es vergrub.

Am Morgen nach einer fast schlaflosen Nacht setzte sie sich mit einer gewissen Erleichterung wieder in den Zug. Sie handelte ohne Überlegung, ihre Reise war ganz planlos, aber sie wollte wieder fort von Kristiania und meinte, es wäre vielleicht am besten, noch einmal nach dem Torahus-Sanatorium zu kommen. Warum? Gott weiß. Dort war jedenfalls ein Wald. Sie ließ sich von ihrer eigenen Willenlosigkeit, von einer Vernunft in den Dingen, einer latenten Weisheit treiben.

Als sie ankam, war sie nicht in der Stimmung, wieder über jemand zu triumphieren, kehrte sie doch unverrichteter Sache von ihrem Ausfluge zurück. Die weiblichen Gäste mochten wieder freies Spiel haben. Es waren ihrer übrigens in diesen paar Tagen weniger geworden. Was sie früher nicht beachtet hatte, fiel ihr jetzt auf: es waren nicht mehr viele Gäste übrig, das Ganze begann einen leeren Eindruck zu machen. Neuschnee und Kälte waren gekommen, hier war kein Leben, kein Schilauf, nicht ein Kind. Hin und wieder sah man auf den Wegen Fußspuren von Leuten, die bei einem Pfahl gewesen waren und den Wetterbericht oder einen neuen Anschlag gelesen hatten.

Sie bekam ihr altes Zimmer wieder und packte ihre billigen französischen Bücher in gelbem Umschlag, ihr Gepäck, ihren früheren Stolz, aus. Jetzt waren sie ihr gleichgültiger geworden, belebten sie nicht, halfen ihr nicht.

Und nun begannen wieder die Tage und Nächte mit derselben Qual –

8

Der Doktor hatte sich mit dem Inspektor beratschlagt, um irgend etwas Anregendes für die Gäste zu veranstalten, etwas, das zog. Schilaufen in den Bergen, Schlittschuhlaufen auf einem der Gebirgsseen. Jawohl, ja, es sollte geschehen. Aber Inspektor Svendsen, der alte Matrose, verstand sich ja nur wenig auf Sport zu Lande und mußte daher beim Briefträger und Schweizer Hilfe suchen. Die drei machten sich nun daran, einen geeigneten Schihügel auszusuchen, und als das Eis stark genug war, fegten sie Schnee fort, daß es eine blanke Eisbahn gab. Und hier zeigte Rechtsanwalt Robertson nun wieder seine Liebenswürdigkeit und seine Begabung zum Wirt. Er schickte dem Sanatorium mehrere Paare Schier und Schlittschuhe zur freien Benutzung für die Gäste. In einem Schreiben, das mitfolgte und an einem Pfahl angeschlagen wurde, riet er scherzend, lieber die Schier als den Hals zu brechen. Das Schreiben war ›Rupprecht‹ unterzeichnet.

Die kränklichen Gäste und Patienten, die nichts vornehmen konnten, fingen an, sich für die getroffenen Anstalten zu interessieren, die jüngsten und kühnsten beteiligten sich auch hin und wieder an ihnen; nur die ältesten Damen konnten nicht mitmachen, sie konnten zur Not rodeln, da sie aber keine Kinder mehr waren, mußten ihre Rodel schon lieber richtige Schlitten sein. Well, wir werden einen passenden Schlitten anschaffen! sagte Inspektor Svendsen.

Vorläufig reichte der Schnee noch nicht zum Schilaufen, aber es gab Eis zum Schlittschuhlaufen, Stahleis, fünf Frostnächte alt, nur an einer Stelle gefährlich: an dem Bache, der zu Daniels Sennhütte hinabfloß.

Die Gäste mußten sich Überzeug für einen scharfen Winter verschaffen, einige zogen es vor, abzureisen. So wurde es noch öder im Schlosse und in den beiden Dependancen. Der Selbstmörder hatte als der wohlhabende Mann, der er war, sowohl Mantel wie Ulster geschickt bekommen, da er aber nicht beide Kleidungsstücke brauchte, überließ er den Ulster Moß, der keinen Überzieher hatte.

Warum reisen Sie denn nicht ab? fragte der Selbstmörder.

Ich reise bald, antwortete Moß.

Keiner von ihnen reiste ab, und sie hatten vielleicht ihre Gründe: Der Selbstmörder war wohl gekommen, um jedenfalls nicht zu Hause sein zu müssen, was sonst? Und konnte er da zurückkehren?

Sie gehen, um den Schlittschuhläufern zuzusehen, das ist jetzt ihre Beschäftigung. Seit Moß schwache Augen bekommen hat, geht er am Stock und tappt ein bißchen damit, begleitet aber treulich seinen Kameraden überall hin, selbst auf die Berge, ja sogar, wie jetzt, auf die Eisbahn.

Dort waren der Schweizer und der Briefträger tätig. Zuweilen nahmen sie eine Dame zwischen sich und segelten mit ihr los, später versuchten auch andere ihr Heil, eine jüngere Pastorenwitwe oder ein Kleinkaufmann schraubte sich die Schlittschuhe an und wankte auf eigene Rechnung und Gefahr davon. Das Eis war erfüllt von kleinen Ausrufen, Kreischen, Fallen und Knallen.

Als der Selbstmörder und Anton Moß am Abend heimkehrten, begegneten sie Fräulein d'Espard. Sie hatte sich in alles Zeug, das sie besaß, eingemummt, trug ein Kleidungsstück über dem andern, aber die Beine kamen dabei zu kurz.

Die beiden Kameraden grüßten. Sie hatten etwas für diese Dame übrig seit dem Tage, als sie sie vor einigen Wochen in vornehme Gesellschaft zu Wein und Kuchen geladen hatte.

Es ist kalt auf dem Eise, sagt der Selbstmörder mit einem Blick auf ihre Ausrüstung.

Ja, antwortet sie, ich habe gar keine Kleider, aber –

Moß knöpft den Ulster auf und beginnt sich herauszuschälen.

Was machen Sie? schreit sie.

Wollen Sie ihn nicht haben?

Nein. Was in aller Welt –! Nein, danke.

Ich gehe ja nach Hause, wendet er ein.

Das ist einerlei. Übrigens gehe ich selbst auch wieder nach Hause. Das tue ich gerade. Nein, es war dumm, ich hätte Win-

138

terzeug mitnehmen können, als ich in Kristiania war, aber ich dachte nicht daran. Jetzt habe ich um Mantel und lange Schneestrümpfe geschrieben.

Sie machen sich gemeinsam auf den Heimweg. Das Fräulein bekennt offen, daß sie mürrisch und schlechter Laune ist, es ist einsam, schwermütig in den Bergen geworden. Würden die Herren nicht abreisen?

Ach ja, sie wollten abreisen. Aber es sei nicht sicher, daß es anderswo besser wäre.

Nein, sagt sie auch und ist mit ihnen einig. Und aus eigener Erfahrung fügt sie hinzu, daß es auch nichts helfe, schlechter Laune zu sein, deshalb würde es nicht lustiger. Nicht wahr?

Die Kameraden gehen davon aus, daß sie Herrn Fleming, den Grafen vermißt, und verstehen, daß es schlimm für sie ist. Moß schlägt die Augen nieder und sagt, um sie zu erheitern: Der Teufel soll schlechter Laune sein!

Er sah aus, als hätte er die geringste Ursache, zufrieden zu sein. Fräulein d'Espard tat er leid, und sie stimmte ihm ihrer inneren Überzeugung zum Trotz bei: Da haben Sie wahrlich recht. Es hat keinen Zweck, zu grübeln, in seinem Zimmer zu sitzen und seinen Gedanken nachzuhängen. Was für einen Sinn hat das?

Der Selbstmörder ist kritischer. Das kommt alles darauf an, entgegnete er. Durch lange und eingehende Überlegung kann man vielleicht einen freundlichen Abschluß finden. Ich weiß nicht.

Sie kamen heim. Die beiden waren nicht zu verachten, sie gaben sich nicht mit Biergeschwätz und Kurschneiderei ab, und es war etwas an ihnen. In den folgenden Tagen sah man Fräulein d'Espard häufiger mit ihnen zusammen. Gleich und gleich gesellt sich gern. Als sie ins Unglück gekommen war, bedeuteten die beiden Kameraden ihr keine zu geringe Gesellschaft, eine gewisse Überlegenheit in ihrer Denkweise und ihr munteres Plaudern erheiterten sie, so daß sie zuweilen über sie lachen mußte. Solche Starrköpfe, obwohl doch auch sie, jeder auf seine Weise, vom Schicksal geschlagen waren! Der Selbstmörder war übrigens nicht mehr verrückt, eher alles andere. Er und verrückt? Keine Spur. Er konnte eine Frage gut durchdringen und mit aller logischen Vernunft darauf antworten. Anton Moß war stiller, er war verlegen, sympathisch, würde gut ausgesehen haben, wären die Wunden im Gesicht und seine zu-

139

nehmende Blindheit nicht gewesen. Sonst fehlte ihm nichts. Teufelskerle, brave Burschen; sie spreizten sich ein bißchen mit ihren Witzen, ihrem Galgenhumor, aber das hielt sie oben. Nicht, daß sie sich über jedes Mißgeschick so einfach hinwegsetzen konnten – Gott behüte! Besaßen sie Kühnheit, konnten sie die Sorgen mit einem Säbel zerhauen? Konnten sie etwas kaufen, mieten oder stehlen, wenn sie es sich wünschten? Nein. Waren sie ganze Kerle, waren sie ihren Verhältnissen gewachsen? Freuten sie sich auf eine gespannte Situation, griffen sie ein und schlugen zu? Nein.

Nein, sie waren verkommene Burschen, jeder auf seine Weise, ja, sogar nächtlichen Schlaf und Essenslust mußten sie heucheln. Aber sie hatten gesegnete harte Schädel, und das gab ihnen die Kraft, ihr Schicksal still zu tragen.

Ein Zufall sollte das Fräulein sogar noch enger an die beiden Kameraden knüpfen.

Der Lensmann kam, das heißt eigentlich der Gendarm, aber man nannte ihn überall den Lensmann. Es war der junge, der sich jetzt mit Daniels Mädchen verheiratet hatte, und er kam wiederum ins Torahus-Sanatorium. Er trug ein Protokoll zum Einschreiben unter dem Arm, sprach mit der Wirtschafterin und dem Inspektor und wollte Näheres über Herrn Fleming wissen.

Die Wirtschafterin wußte nichts, der Inspektor wußte nichts, und was war übrigens mit Herrn Fleming los?

Es schien etwas mit ihm nicht in Ordnung zu sein, er war verhaftet.

Gott steh uns bei!

Und jetzt hatte der Lensmann den Auftrag, dies und jenes von seinem letzten Aufenthalt – und das war das Torahus-Sanatorium – zu erforschen. Rechtsanwalt Robertson hatte seinerzeit mitgeteilt, daß hier noch zwei Koffer ständen, die Herrn Fleming gehörten, wo waren die?

Der Inspektor ging mit ihm auf den Boden und durchsuchte die Koffer. Es waren Kleidungsstücke, teure zum Teil, Seide, aber sonst nichts. Der Lensmann schloß wieder ab, setzte sogar Siegel auf die Schlüssel, ließ sie aber daran hängen. Dann schrieb er ins Protokoll.

Indessen waren aber zwei Koffer mit Kleidungsstücken nichts gegen eine größere Geldsumme, die Herr Fleming in einer Bank in Finnland geliehen oder genommen haben sollte. Wo war das Geld?

140

Das wußten Wirtschafterin und Inspektor nicht. Der Doktor wurde geholt und wußte es auch nicht.

Hätte Herr Fleming nichts deponiert, einige fette Tausender in den Geldschrank des Sanatoriums gelegt?

Nein.

Der Lensmann schrieb.

Der Doktor wurde als Arzt des zelebren Patienten näher ausgefragt. Nichts, gar nichts konnte der Doktor sagen, außer daß der brustkranke Herr Fleming sich hin und wieder in der Besserung befand, aber unvorsichtig war, sich erkältete, Rückfälle hatte und sich mühselig neue Besserung erarbeiten mußte. Er war zu Zeiten hypochondrisch, zu andern Zeiten wieder übermäßig hoffnungsvoll, beides; er trank ein bißchen Wein, aber diese Verschwendung machte in Geld nicht viel aus, was die Bücher des Sanatoriums beweisen konnten. Übrigens hatte der Doktor den Kranken während der letzten Erkältung nicht einmal gesprochen, Fräulein d'Espard hatte wie gewöhnlich bei ihm gesessen und ihn zuletzt gesehen.

Der Lensmann schrieb. Als er fertig war, galt seine Frage Fräulein d'Espard.

Soll ich sie holen? fragte die Wirtschafterin.

Wohnt sie hier? Warten Sie! Dann ziehe ich es vor, direkt in ihr Zimmer gewiesen zu werden.

Fräulein d'Espard war offensichtlich überrascht, als ein Mann anklopfte und mit dem Protokoll unter dem Arm und dem Goldband um die Mütze eintrat; er nahm die Mütze auch erst ab, als sie ihre Wirkung getan hatte. Es dauerte einen Augenblick, dann erkannte sie ihn.

Entschuldigen Sie, Fräulein, ich komme, um zu erfahren, was Sie über Herrn Fleming wissen, der kürzlich hier wohnte. Ich bin von Amts wegen hier.

Herr Fleming – oh – ist er gestorben?

Nein, nein. Was täte das übrigens? Nein, es ist etwas anderes.

Fräulein d'Espard hat sich nicht immer in ganz sicheren Lagen befunden, sie ist mit der Zeit entschlossen und gewandt geworden und weiß sich wie ein Held zu fassen. Sie sagt: Es ist immer unangenehm, wenn man von einem Todesfall hört, das meinte ich.

Sie haben den Mann ja gekannt, waren die letzte, die ihn sah, ehe er durchbrannte?

Ist er durchgebrannt?

Ehe er abreiste also. Wollen Sie meine Fragen beantworten?

Was heißt gekannt? sagt sie. Herr Fleming war ja oft krank, und dann saß ich bei ihm, insofern kannte ich ihn.

Mehr nicht, sonst nichts? Der Amtmann schlägt im Protokoll nach und tut, als finde er etwas: Ich habe den Eindruck, daß Sie sozusagen immer mit ihm zusammen waren, ist es so? Das hat man mir gesagt.

Jetzt lächelt das Fräulein, sie ist ein wenig blaß, aber sie lächelt und sagt: Wie oft und wieviel ich mit ihm zusammen war? Ich glaube wohl, ich kann sagen: täglich, aber nicht den ganzen Tag, wir waren beide Kurgäste hier im Sanatorium, und wir sprachen miteinander.

Sie besaßen sein Vertrauen?

Wir sprachen miteinander. Ich bin ja mehr Französin als Norwegerin, und als gebildeter Mann sprach Herr Fleming französisch mit mir, erklärt sie.

So? sagt der Lensmann. Das läßt ihn ein wenig stocken, imponiert ihm etwas. Französisch?

Das Fräulein zeigt rings auf ihre Bücher: Ich lese so gut wie ausschließlich französisch. Herr Fleming und ich sprachen miteinander über die Bücher, die wir lasen. Meinen Sie das mit Vertrauen?

Der Lensmann, verletzt: Ich bin es, der fragt, Fräulein. Ich bin hier, um einen Rapport aufzunehmen.

Das Fräulein: Ich werde antworten.

Danke. Die Sache ist also die, daß Herr Fleming verhaftet ist —

Was hat er denn getan?

Ja — Fälschung, Unterschlagung in einer Bank, oder was nun daraus wird. Es handelt sich um eine größere Summe. So steht es. Und nun möchte ich gerne fragen: Sie wissen wohl nicht, wo er dies Geld vergraben hat?

Ich? lacht das Fräulein laut und schallend. Haben Sie in seinen Taschen nachgesehen?

Der Lensmann errötend und ärgerlich: Sie tun am besten, wenn Sie meine Fragen beantworten!

Das Fräulein lacht immer noch, ohne Angst zu zeigen, ja, sie sagt lachend: Entschuldigen Sie, ich *muß* lachen. Das ist so komisch.

Aber jetzt muß ihre Lustigkeit in seinen Ohren unecht geklungen haben, er sammelt sich zu einem Vorstoß, einem Schlag, fragt plötzlich kurz und scharf: Wo ist das Geld?

Oh, sie trägt es ja auf der bloßen Brust, und die Tür ist verschlossen! Jawohl, sie hat das Geldpaket bei sich, es ist fast eins mit ihr geworden, hat sich ihrem Körper angeschmiegt, sich nach ihm geformt, hat dort mehrere Wochen warm gelegen. Fräulein d'Espard ist mutig wie ein Held, sie merkt wohl, daß sie sich auf Glatteis bewegt, aber sie räumt ihre Stellung nicht, nein, die Grobheit in der Frage des Lensmanns hilft ihr, sie ist aufs tiefste gekränkt, und darüber darf er sich nicht wundern. So schleudert sie mit einer schnellen Wendung ihren Kofferschlüssel vor ihm auf den Tisch, springt auf und bricht aus: Bitte, durchsuchen Sie mein Zimmer und meinen Koffer, ich werde Sie nicht stören!

Und damit reißt sie die Tür auf und stürmt hinaus!

Sie stürmt den Gang hinunter, rettet sich die Treppe hinab, stürmt auf die Veranda hinaus. Dort sitzen der Selbstmörder und Anton Moß. Unterwegs hat sie die Haken im Rücken aufgerissen und das große Kuvert hervorgeholt, jetzt streckt sie es ihnen in höchster Erregung entgegen und sagt: Der Gendarm ist hier, will das nehmen! Verstecken Sie's; es sind Briefe vom Grafen, von Herrn Fleming, nur Briefe –

Moß sitzt am nächsten und greift das Paket. Wenig sieht er zwar, aber er sieht doch, daß sie gejagt wird, die Bluse aufgerissen hat. Er hört die Angst in ihrer Stimme, überlegt nicht, sondern knöpft Ulster und Hemd auf, verbirgt das Paket und knöpft wieder zu.

Ah! haucht sie und wirft sich in den Korbsessel.

Was ist los? fragt der Selbstmörder.

Weiß ich? Ja, es ist wegen Herrn Fleming, er soll Geld schuldig sein, hat Geld, das ihm nicht gehört, was weiß ich! Und jetzt verlangt er, der Gendarm, daß ich wissen soll, wo er dies Geld versteckt hat.

Hat er Sie visitiert? fragt der Selbstmörder ungläubig.

Ja. Das heißt, er wollte. Aber er bekommt das Paket, die Briefe nicht. Nicht wahr?

Nein! sagt Moß ungeheuer ruhig.

Auch der Selbstmörder fängt Feuer, er nimmt eine unüberwindliche Miene an und wendet sich an seinen Kameraden: Leihen Sie mir Ihren Stock, Moß! Ich will ihn für alle Fälle haben!

Kann ihn nicht entbehren, antwortet Moß. Zuerst ich.

Oh, danke, danke! weint und lacht das Fräulein. Ich will alles tun, was Sie von mir wollen. Ihr war wohl schließlich vor ihrer eigenen Courage bange geworden; wohl ist man tüchtig, aber man hält nicht so lange aus, namentlich, wenn man schon im Voraus durch Sorgen und Mißgeschick geschwächt ist. Nein, im Grunde ist man ein Vögelchen, das sich im Gebüsch versteckt.

Und jetzt hat sie Schutz gefunden bei zwei Patienten, zwei Armen, die selbst verkommen genug sind. Sie sitzen hier, weil es einerlei ist, was sie machen, sie leben ungefragt Tag und Nacht.

Der Selbstmörder ist einen Augenblick kriegerisch.

Wo ist der Kerl? fragt er.

Das Fräulein weint und lacht wieder aus Dankbarkeit für diese unbändige Kraft, die die Polizei einen Kerl nennt, und sie erklärt: Er ist in meinem Zimmer. Ich bat ihn, nur ruhig das Zimmer und meinen Koffer zu untersuchen, ich gab ihm den Schlüssel.

Die Kameraden finden sie großartig, famos, so geschehe es dem Kerl recht! Sie sprechen es nicht aus, aber sie nicken. Als der Selbstmörder das Wort ergreift, tut er es, um sein Bedenken dagegen auszudrücken, daß man einen wildfremden Menschen allein in ihrem Zimmer mit dem unverschlossenen Koffer läßt. Ich glaube, ich gehe hinauf! sagt er und erhebt sich.

Das Fräulein faßt ihn am Arm und bittet ihn, es zu lassen: Er findet nichts, es ist nichts da. Nein, um Gottes willen! Aber sie kann es nicht lassen, sie muß wieder lachen, wieder ein wenig schluchzen vor Entzücken über den prachtvollen Einfall des Selbstmörders, die Polizei, die Polizei selbst zu verdächtigen. Allmählich legt sich ihre Erregung, und ihre Nerven kommen zur Ruhe. Sie lehnt sich in das Kissen zurück, um ihren offenen Blusenschlitz zu verdecken. Die Kameraden meinen, daß sie schrecklich friert, sie sollte hineingehen, aber nein, nein, sagt sie, jetzt will sie sitzen bleiben, bis der Mann kommt, sie will wissen, daß er fort ist, sie friert nicht! Wieder famos, sie hatte ein reines Gewissen, sie floh nicht.

Der Lensmann kam. Er war friedlich und zahm, sein Schlag war ins Wasser gefallen. Sie haben mich mißverstanden, Sie hätten nicht gehen sollen, Fräulein, sagt er.

Das Fräulein sieht ihn an und schweigt.

Ich habe natürlich nicht nachgesucht bei Ihnen, Ihr Kofferschlüssel liegt noch da, wo Sie ihn hingelegt haben. Ich habe nur Ihre Erklärung in mein Protokoll eingetragen.

Das Fräulein schweigt. Aber ihr ist sehr bange, daß ihre Freunde sprechen, daß Anton Moß sich auf die Brusttasche schlagen und sagen könnte: Hier sind die Briefe des Grafen an das Fräulein, kommen Sie nur und holen Sie sich's!

Der Selbstmörder bricht das Schweigen, er sagt: Es scheint gefährlich zu sein, mit Graf Fleming unter einem Dache gewohnt und mit ihm gesprochen zu haben.

Der Lensmann, aus der Fassung gebracht: So? Wie?

Ich bin einer von denen, die mit ihm gesprochen haben.

Ich auch, sagt Moß, ohne aufzublicken.

Das Fräulein ängstlich: Nein, nicht! Lassen Sie's!

Der Lensmann fragt: Sie sagen Graf, war er Graf?

Wissen Sie das nicht mal? fragt der Selbstmörder seinerseits und scheint noch nie einer solchen Unwissenheit begegnet zu sein.

Ob nun der Lensmann an den Grafen glaubt oder nicht, jedenfalls merkt er, daß er vor einer feindlich gesinnten Gesellschaft steht, und so sagt er abschließend: Nun, ich habe meinen Auftrag hier erledigt! Worauf er sich verbeugt und die Hand an die goldbebänderte Mütze legt. Dann geht er.

Sein Abgang war hübsch, und das versöhnte die Gesellschaft sehr mit ihm. Dazu kam, daß der Mann sich seine Sporen verdienen sollte – das wußte Fräulein d'Espard von Daniel. Er sollte selbst versuchen, ein Amt zu bekommen, Lensmann zu werden und seine Frau Helena zu etwas Feinem zu machen. Alles hatte seinen Zusammenhang.

Als Moß das dicke Paket wieder ablieferte, sagte er scherzend mit zu Boden geschlagenen Augen: Kommen Sie jederzeit wieder damit; ich habe nichts dagegen, es zu tragen, dann habe ich das Gefühl, etwas in der Tasche zu haben, etwas zu besitzen! Und dabei lächelte er mit seinem traurigen Munde.

Dies Lächeln – es wirkte auf Fräulein d'Espard durch seine außerordentliche Verkommenheit. Sie war von den vielen vorausgegangenen Gemütsbewegungen ganz aufgelöst und hätte sich in diesem Augenblick dem hautkranken Manne an die Brust werfen und ihn streicheln können. Was kann ich für die Herren nun zum Dank tun? fragte sie. Aber da sie nicht gerade Kavaliere waren, verstanden sie nicht, so ungeheuer fein darauf zu antworten, sondern wiesen es nur von sich als ein Nichts, ja, Moß murmelte sogar in seiner Unbeholfenheit: Wir sind es, die zu danken haben!

Später trafen sich das Fräulein und die Kameraden zu mancher guten Unterhaltung. Anziehungskraft für Herren besaß sie ja, und die Herren ihrerseits erheiterten sie, ohne es zu wissen. Sie wollte ein wenig über Anton Moß' Wunden im Gesicht hören, aber er ging nicht darauf ein, schob es von sich. Sie hätte alle möglichen Heilmittel an ihm versuchen mögen, aber er wich aus.

Tag auf Tag vergeht, die Kameraden erheitern sie, jawohl, aber die Tage verstreichen eben, fliegen, und sie hat jetzt nicht Zeit genug. Sie findet sich rat- und ruhelos in Gesellschaft der beiden Patienten im Rauchzimmer ein und hört zu, wie sie sich streiten und gegenseitig des Unmöglichsten beschuldigen. Sie hatten Übung bekommen, waren unglaublich anzüglich gegeneinander, und nie hatte das Fräulein schlimmeren Zank im Scherz gehört. War es Scherz?

So kann Moß den Selbstmörder ohne weiteres laut verspotten, weil er noch lebendig herumläuft. Sie wagen es natürlich nicht, sagt er.

Warten Sie nur, bis ich meinen Geist angestrengt habe, antwortet der Selbstmörder. Ich werde versuchen, Ihnen alles zu erklären.

Fräulein d'Espard sitzt rot vor Verlegenheit da. Was wird nun kommen?

Moß fährt unbeirrt fort: Die Sache ist die, daß Sie noch nicht einmal entdeckt haben, wie unnötig und überflüssig Sie auf Erden sind.

Das hat sicher gesessen; der Selbstmörder sagt: Glauben Sie ihm nicht, gnädiges Fräulein, das ist es nicht. Es ist etwas anderes. Ich kann plötzlich nicht einsehen, warum ich aus reinem Eigensinn das Leben verlassen soll.

Nein, sagt das Fräulein auch. Und sie versteht nicht, warum Moß so grob ist.

Ach so, Sie wollen nur nicht eigensinnig sein. Nein, Sie wagen es nicht!

Schweigen.

Moß foppt ihn noch weiter und stellt es als verlockend und hübsch dar: Wenn er es heute nacht täte, so würde er morgen mit einer Harfe zwischen den Knien im Himmel erwachen.

146

Daß man so etwas sagen konnte, war Fräulein d'Espard ein Rätsel. Aus was für Stoff war dieser Selbstmörder gemacht, daß er nicht wiederschlug? Er saß ganz ruhig da und lachte leicht, seine Geduld erschien ihr denn doch zu groß.

Aber dies war nur der erste Akt, und jetzt kam der Selbstmörder an die Reihe. Ach, der klägliche Anton Moß, er ladet ja nur allzu sehr zu Bosheiten ein.

Sollte man glauben, daß ein Blinder soviel Galle in sich hätte? sagt der Selbstmörder.

Ich bin nicht blind, protestiert Moß.

Sie können nicht lesen.

Nicht lesen? Moß steht auf und will eine Zeitung vom Tisch holen, um seine guten Augen zu zeigen, stößt aber gegen einen Stuhl, der umfällt.

Der Selbstmörder hebt den Stuhl auf und sagt: Ich schlage Ihnen vor, daß wir auf den Hof hinausgehen, damit wir die Möbel hier schonen.

Das Fräulein greift wieder ein: Der Ärmste, er hat den Stuhl wohl nicht gesehen!

Nein, aber lesen kann ich, behauptet Moß. Was ist das für ein Unsinn!

Sehen Sie! ruft der Selbstmörder aus, jetzt haben Sie sich den gräßlichen Lappen vom Finger gerissen. Da liegt er. Nein, setzen Sie sich, Mann, ich werde ihn aufheben, Sie sehen nicht. So, wickeln Sie ihn sich wieder um den Finger! Alles muß man Ihnen sagen, Sie sind wie ein Kind, ich ekele mich vor Ihnen. Und dann gehen Sie mit dem Finger an der Hand, gerade als wäre er Ihre Liebste. Schneiden Sie ihn sich mit einer Schere ab!

Hahaha! sagt Moß.

Alles in allem war das Verhältnis zwischen diesen beiden Männern wohl recht verzwickt. Sie schienen sich zu streiten, um nicht zusammenzubrechen. Das war allmählich wie auf Verabredung so gekommen. Der eine hatte seelische Leiden, dem andern stak die Krankheit im Körper, eine Hautkrankheit. Sie hatten beide nichts von ihrer Jugend. Und wie sie sich streiten konnten! Der Selbstmörder schalt den andern seines Aussehens wegen und begann mit der Kleidung: Ihr Hemd ist gelb und rot auf dem Rücken geworden, es ist nicht mehr einfarbig zu nennen. Mit Ihrem scharfen Blick müßten Sie das doch entdeckt haben.

Sie können nichts als schimpfen, antwortet Moß. Sie stecken

voll von Lebensüberdruß, nichts ist Ihnen recht. Es gehört große Selbstüberhebung dazu, um alle andern zu beschimpfen.

Der Selbstmörder mit blutigem Hohn: Ja, aber lieber Freund, Sie sind doch gefährlich anzusehen! Finden Sie nicht auch, Fräulein d'Espard?

Das Fräulein entsetzt: Nein, aber hören Sie – alle beide –

Der Selbstmörder direkt zu Moß: Wie wäre es, wenn Sie versuchten, sich zu pudern? Aber dazu sind Sie vielleicht zu religiös?

Hahaha! sagt Moß.

Jetzt muß das Fräulein auch lächeln, aber sie schlägt gleichzeitig die Hände zusammen und ruft aus: Lieber Gott, sind Sie verrückt –?

Sie zankten sich immer weiter, hörten eine Weile auf und begannen wieder. Natürlich waren sie unglücklich, waren schwer und tief vom Schicksal getroffen, es kam nicht ein einziger milder Scherz aus ihrem Munde, sie lächelten nicht einmal ehrlich. Sie klammerten sich wohl an ihre Bitterkeit, um nicht zu jammern, knirschten mit den Zähnen, um nicht in Tränen auszubrechen.

Eigentümlich war, daß der Selbstmörder sich oft direkt an das Fräulein wandte und sie in die Unterhaltung zu ziehen versuchte, während Moß sich diese Freiheit nie erlaubte. Er saß da, sah vor sich nieder und ließ das fürchterliche Gesicht tief hängen.

Zuweilen konnten die drei jedoch miteinander reden, als wäre alles in schönster Ordnung, jeder vergaß sein Mißgeschick für eine Weile und antwortete ohne Bosheit. Diese Augenblicke waren nicht ohne Bedeutung für Fräulein d'Espard; auch sie hatte sich ja verändert. Die Schickungen hatten sie wortkarger gemacht, sie hatte begonnen, ernster zu denken. Wie schnell war alles doch gekommen: zum Beispiel mit Herrn Fleming. Noch vor kurzem hier mit der Achtung aller anderen, Brillantring, seidenem Unterzeug, ein Graf, ein freier Mann – jetzt im Gefängnis! Und sie selbst, Julie d'Espard: einen Augenblick aus ihrer Armut gehoben, um im nächsten in einen weit tieferen Abgrund gestürzt zu werden! Was sollte sie tun? Ihrer Schenkungsurkunde und ihres Reichtums wegen wie auf Kohlen gehen und gleichzeitig von einem heimlichen Weh gepeinigt werden, das sie kaum sich selber anzuvertrauen wagte? Als ihre eigene Bedrängnis so ernst wurde, dachte sie

148

nur noch hin und wieder an Herrn Fleming, er entglitt ihr immer mehr. Er tat ihr leid; sie wünschte ihm, daß er der Strafe entrann oder die Kräfte hätte, sie zu überstehen, aber sie opferte ihm keine Treue und Zärtlichkeit mehr. Das konnte keinen wundern. Sie war durchaus nicht herzlos, aber ebenso wenig war sie in dieser Zeit zur Liebe aufgelegt. Der Selbstmörder und sein Freund waren gute Gesellschaft für sie.

Sie konnten zusammensitzen und über Schule und Unterricht sprechen, und das Fräulein erwähnte Schuldirektor Oliver. Der Selbstmörder schnitt eine Grimasse.

Anton Moß sagte: Er hatte zwei prächtige Jungen.

Ja, aber der Direktor selbst? fragte sie.

Den Mann hat Gott im Zorn erschaffen, warf der Selbstmörder ein.

Und von jetzt an sprachen sie fast nur über ihn. Jetzt hätte nur Holzhändler Bertelsen dabei sein müssen, der so versessen darauf gewesen war, den Anfall eines Verrückten zu sehen. Er hätte allerlei zwischen Himmel und Erde zu hören bekommen, vielleicht ganz einleuchtende Dinge, vielleicht auch ungewohnte und zweifelhafte, etwas von allem, Tollheit und Vernunft. Schuldirektor Oliver war ein Mann, der ganze Wörterbücher im Kopfe hatte, und aus diesem Chaos war ein hilfloser Mensch geboren; wo ist seine Amme, wo seine Milchflasche? Ein Verirrter, der glaubte, sich durch Bücher zum Menschen entwickeln zu können – was wird aus dem Charakter, was aus der Persönlichkeit? Wie kann man doch einen Papagei abrichten, was kann ein Mensch sich nicht aus Büchern eintrichtern! Aber er wird nur ein Kastenmensch, wie Schuldirektor Oliver einer von der Kaste der Philologen. Er kann ›Sprachen‹ und sonst nichts.

Hierdurch fühlte sich das Fräulein nun ein wenig persönlich getroffen, und sie wandte vom allgemeinen Gymnasialstandpunkt aus ein: Aber Sprachen sind doch nicht das Schlechteste, ich wünschte nur, ich könnte mehr.

Warum? Wozu? fragte er.

Warum? Ja, wozu lernt man Sprachen? Doch wohl, um seinen Geist zu entwickeln, um die Literatur des Auslandes zu verfolgen, um ein gebildeter Mensch zu werden.

Ich komme nicht einmal dazu, unsere eigene Literatur zu verfolgen, sagt er.

Nun ja, unsere eigene! antwortet sie wie gewöhnlich.

149

Er wird plötzlich eifrig und unangenehm, streitbar, als wäre seine Sache zu gut, um sie zu vertändeln: Sprachen, Bücher fremder Völker – was in aller Welt! Wir haben in den nordischen Sprachen eine Million Bände, die wir überspringen, um zu den ›ausländischen‹ zu kommen. Ob unsere nicht ebenso gut sind? Wie, wenn sie nun doch ein bißchen besser wären? Vor allem könnte man sie sich doch leichter aneignen. Und die intellektuelle Entwicklung, die das Ergebnis des Sprachstudiums sein sollte – sehen Sie sich den Philologen, den Schuldirektor an: ganz gewöhnlicher Typ, nicht im geringsten verschieden von den meisten andern, also nicht gerade schlimmer, was ja auch eigentlich nicht der Sinn ist; aber inwiefern ist er besser? Höherer Flug, zarteres Innenleben? Ist er stiller im Unglück, glücklicher, sternäugiger? Ach, was kann man von ihm erwarten? Sein Inneres ist ja nur von Gerümpel erfüllt, von Worten, Worten und nichts als Worten.

Aber was sagen Sie da!

Es ist nicht zu fassen, nein, wenn man hört, wie die große Menge ihn schätzt. Die Menschen werden ja auf diese unglaubliche Gestalt aufmerksam. Er hat sich den Kopf mit Wörterbüchern vollgepfropft, hat seine Blödheit konsolidiert. Da rufen die Menschen ihm ihren Beifall zu: Versuche, noch ein paar Wörterbücher mehr zu verdauen, nur noch zwei oder drei, so, bravo, wir bezahlen dafür! Und alles das geschieht, damit er einen Laden, eine Schule aufmachen kann und die Schüler, Kinder von Menschen, mit seinem Trödelkram versorgt.

Was ist denn Ihre Meinung? Soll es keine Sprachlehrer geben? Sollen keine Sprachen in den Schulen gelehrt werden?

Vielleicht nicht, vielleicht gar nicht, was meinen Sie? Wie, wenn man bei den ›Sprachen‹ mehr zusetzte als gewönne? Das Leben ist so kurz, daß man keine Zeit zum Papageigetue hat. Sprachen lernen sollen nur die besonders Berufenen, die es nicht weiter bringen können, als sich zu Spezialisten, zu Übersetzern, Dolmetschern, Dragomanen auszubilden, nicht aber die gewöhnlichen Sterblichen, weder Sie noch er, noch ich. Natürlich muß man die großen Sprachgenies, die Entdecker, ausnehmen. Die Rede ist von uns, den nickenden Automaten. Wir haben ja schon angefangen, an dem Nutzen zu zweifeln, daß jedermann Klavierspielen lernen muß, aber wir unterschätzen deshalb doch nicht den Musiker von Gottes besonderen Gnaden. Nicht wahr?

Aber was wird aus den Schulen, wenn man ihnen die Sprachen nimmt?

Ja, da haben Sie recht: was wird dann aus der Sklaverei? Einige gleichgültige Jahreszahlen von Königen und Kriegen, einige Erfindungen in der Gymnastik statt nützlicher Arbeit, ein Narrenspiel mit Mathematik für zwölfjährige Kinderhirne – es bleibt noch genug. Was ist Schule? Schule ist der tägliche Unterricht einer Mutter, die tägliche Lehre eines Vaters; Bücherschule dagegen ist etwas Ausgeklügeltes, eine Einrichtung, die das Leben absichtlich kompliziert und dem Menschen das Leben vom sechsten Jahre bis zum Tode erschwert. Das Buch, das gedruckte Wort für all und jeden erfüllt ja die Welt mit Unzufriedenheit und Unglück, mit quantitativer Bildung, Zivilisation.

Ist es nicht doch ganz hübsch, daß alle Menschen sonst – ich meine, daß alle zu dem aufsehen, der etwas gelernt hat, und namentlich zu dem, der am meisten gelernt hat, dem Gelehrten –?

Sie meinen, ob mich das nicht mißtrauisch macht? O nein. Wir sehen ja auf zu Gott weiß was, zum Sieger im Wettrennen, zum König des Tages im Schilauf – in beiden Fällen mischt sich in meine Achtung das Mitleid mit dem Tiere. Wir stehen auf und geben unsern Stuhl einem Lahmen, wir lauschen geduldig, bis ein Stotterer seine Nichtigkeiten herausgehackt hat, wir öffnen einer Dame die Tür, als ob sie selbst keine Hände hätte –

Er hält inne.

Ja, und? fragt das Fräulein.

Ich meine nur, antwortet er. Es war einmal ein Flötenspieler, ein Virtuose. Er endete damit, daß er die Noten unters Pult warf und mit seiner Flöte Seifenblasen machte. Auch das meine ich nur.

Dann ist sein Mechanismus abgelaufen. Beide schweigen.

Moß bricht die Stille. Sie sind in Ekstase! sagte er.

Der Selbstmörder sieht ihn an und blinzelt gedankenvoll mit den Augen.

Es war einfach ergreifend, Ihnen zuzuhören, zuweilen klang es direkt wie Verse, sagte Moß.

Das Fräulein lächelt wieder ein wenig, aber da der Selbstmörder auch jetzt nicht zu hören schien, versuchte Moß nicht mehr, mit ihm zu sprechen. Er erhob sich, sah eine Weile zum Fenster hinaus, dann ging er.

Die zwei blieben sitzen. Es begann zu dämmern. Es war, als wäre jetzt, da sie allein geblieben waren, eine Veränderung eingetreten. Die Dame mit der Anziehungskraft für Herren legte den Kopf schief und begann über das, was er gesagt hatte, nachzudenken, jedenfals tat sie, als ob sie überlegte. Geradezu verrückt war dieser Mann nicht, und das war doch schon etwas. Aus verschiedenen Anzeichen hatte sie auch den Schluß gezogen, daß er sich notwendige Dinge nicht versagte, sondern kaufte, was er brauchte – was konnte also mit ihm sein? Hatte er ein Geschäft in der Stadt oder lebte er von seinen Zinsen? Vor allem aber: was war ihm in Stücke gegangen? Sie hatte selbst Interesse daran, zu erfahren, wie ein Unglücklicher den Gedanken an Selbstmord aufgeben konnte.

Sie ließ sich so weit herab, daß sie ihn um Verzeihung bat, weil sie ihn mit ihren dummen Einwänden gequält hatte, sie verstände nichts davon, hätte wirklich nicht gemeint –

Nein, nein, nein, er müsse sich entschuldigen! Du lieber Gott, wollte sie sich über ihn lustig machen?

Ich habe so oft darüber nachgedacht, weshalb Sie eigentlich hier sind, sagt sie resolut in ihrem nachlässigen Ton.

Weshalb ich hier bin – wie?

Jedenfalls, warum Sie so lange hier sind. Sie sind nicht krank, Ihnen fehlt nichts, die Ferien sind längst vorbei. Entschuldigen Sie, ich will nicht neugierig sein.

Ich könnte wohl meine Gründe haben.

Ja, natürlich.

Warum sind Sie selbst hier?

Sie wirft sich plötzlich auf dem Stuhl vornüber und läßt den ganzen Oberkörper hängen: Ach Gott, ach Gott – ja, Sie haben recht, ich hätte nicht fragen sollen!

Doch, doch, das täte nichts, sagt er erschrocken. Das heißt, *ich* hätte nicht fragen sollen. Kümmern Sie sich nicht darum!

Ich dachte nämlich – ich hoffte, daß Sie, tüchtig und kraftvoll wie Sie sind, daß Sie mir einen Weg zeigen könnten. Ja. Daß Sie Rat wüßten. Ich kann es nicht sagen. Sie haben mir schon einmal geholfen.

Er merkte, daß sie einen Besuch des Lensmanns und ein gewisses Briefpaket meinte, und zog weiter den Schluß, daß es Liebeskummer und nichts anderes wäre, was sie quälte.

Wir dürfen wirklich nicht den Mut verlieren, Fräulein d'Espard! sagte er tröstend. Das dürfen wir nicht. Begegnen wir unserm Schicksal, so können wir nichts tun, als beiseite zu treten.

Nein. Aber es ist so schlimm.

Ja, wir treten mehr oder weniger höflich beiseite, aber beiseite müssen wir. Es kommt übrigens darauf an, ob das Ganze wert ist, daß man es so schwer nimmt. Für manchen wird es schnell wieder gut.

Für mich nicht, für mich wird es nur immer schlimmer.

Aber nein! – Und um sie aufzuheitern, fühlt er sich genötigt, sich selbst ein wenig zu entschleiern: da sollte sie erst etwas sehen, das war ein Schicksal, das es in sich hatte! Was bedeutete es, wenn ein Graf wegreiste, und vielleicht nur für kurze Zeit, ja, und daß er sich in irgendwelche Geldsachen hineingerudert und ein paar kleine Rechnungen nicht genau auf den Tag beglichen hatte! War nicht sein bloßer Name gut genug, würde die steinreiche Familie nicht einschreiten und mußten sich die Gläubiger dann nicht schämen? ... Oh, anderen ging es schlimmer!

Geht es Ihnen auch schlecht?

O ja – nicht gerade allzu gut, aber ...

Und diese unglückliche kleine Dame bringt es dahin, daß der Selbstmörder über sein eigenes Elend gerührt wird und daß seine Lippen beben. Er macht Andeutungen, die unter andern Umständen seinem Munde nicht entschlüpft wären, seine Teilnahme spielt ihm einen Streich: sie macht ihn weich, und er hat Mühe, seine Tränen zurückzuhalten. Dies Teufelsmädchen, es erschüttert die Festigkeit, die er sich mühsam im Zusammensein mit Moß erarbeitet hat.

Hatte Fräulein d'Espard ihrerseits irgendeine geheime Absicht damit, daß sie hier sitzen blieb und ihn anhörte? Gott weiß, aber sie war sehr bedrückt, sehr ratlos, so daß vieles zu ihrer Entschuldigung sprach.

Als sie ihn fragt, ob er kein Heim, nicht Frau und Kinder hat, leugnet er brüsk und antwortet, das wäre eine merkwürdige Vorstellung, was sie eigentlich dächte, wie ihr so etwas einfallen könnte?

Nein, sie fragte nur, es sei dumm.

Er reagierte: Nein, nicht gerade dumm, das wollte er nicht sagen, durchaus nicht –

153

Doch, sie müßte ja begreifen, daß ein Mann, der sich so lange hier in den Bergen aufhielt, dort, wo er herkam, keine Lieben hinterlassen hätte.

Aber nein, hören Sie – was sollte dem eigentlich im Wege stehen? protestiert er auf einmal heftig. Was wissen wir Menschen voneinander, könnte er nicht Frau und Kinder zu Hause gelassen haben? Er wollte sogar so weit gehen und sagen, daß gerade das vielleicht der Grund sein könnte, wenn ein armer Kerl in die Berge floh. Ja, ich spreche nicht von mir, beeilte er sich zu sagen, sondern von irgend jemand. Ich setze nur den Fall.

Wirklich: sie machte ihn immer offenherziger. Er achtete ja die ganze Zeit darauf, daß er von allen andern, nur nicht von sich selber sprach, und meinte wohl, daß er sich gut versteckte, aber er setzte ihr auseinander, warum ein Mensch in die Berge fliehen konnte: Es mochte ihm geschehen – das heißt natürlich irgend jemandem sonst –, daß der Teufel ins Haus kam und meinetwegen in eine verheiratete Frau fuhr, und was geschah dann? Das Kind liegt vergessen da, das ganze Haus ist von Gott verlassen, die Frau kommt überhaupt nicht mehr heim. Man kann es ihr vielleicht nicht zur Last legen, sie könnte ja auch ihre Gründe haben. Vielleicht wäre sie eine unlenkbare Natur zum Beispiel, oder sie wäre unrettbar verliebt, so etwas hätte man ja schon gehört; aber das Kind liegt da und kann dazu hübsch und reizend sein. Ist es ein kleines Mädchen, so hat es vielleicht schon Haar und alles mögliche, das ist nichts Ungewöhnliches. Nun, so etwas kann einem oft geschehen, es geht einen Winter meinetwegen, dann kann der Mann nicht mehr, dann läuft er davon. Sehen Sie! Geht zu Schiff nach Australien – in die Berge flieht niemand deswegen. Na ja, wenn der Mann nun ein beschränkter, einfacher und nicht sehr aufgeweckter Mensch ist, dann kann er das Gleichgewicht verlieren, es kann ihm einfallen, die Sache selbst in die Hand zu nehmen, um die Qual kurz zu machen. Das beschäftigt ihn vielleicht, wenn er nach Australien geht. Schön, mag er sich die Pistole kaufen! Die Pistole? Die kann längst gekauft sein, kann geölt, geputzt und geladen in ihrem Gewahrsam ruhen. Warum er sie nicht braucht? Sehen Sie, Fräulein d'Espard, der Mann kann Mensch sein, wir sind alle Menschen, der Mann kann sogar noch irgendwie im Leben wurzeln, er kann auch verliebt sein, trotz allem, und die Angst, daß das Kind umkommt, kann ihn zerfleischt haben, muß er da nicht leben, um es zu retten? Da wimmert er . . .

Der Selbstmörder sagt, um sich zu decken: Von alledem habe ich gehört, ich selbst kann mich kaum da hinein versetzen. Das Kind jedenfalls – was in aller Welt kann es bedeuten! Ich habe nie gehört, daß ein Mann sich etwas aus neugeborenen kleinen Mädchen gemacht hätte. Und hätte ich solch ein Wesen, wie sollte ich es nennen, welchen Namen sollte ich ihm geben? Nein, ich bedanke mich! sagt er mit unnötiger Härte –

Moß steht in der Tür.

Moß sieht nicht, aber er hat ein feines Gehör und Gefühl. Der klägliche Selbstmörder, er mochte lange nach Teilnahme geschmachtet haben, und als er ihr begegnete, geriet er in Auflösung. Darauf nimmt Moß keine Rücksicht, er sagt: Entschuldigen Sie, wenn ich die schönen Tränen störe!

Tränen? antwortet der Selbstmörder und beginnt zu lachen. Sie haben wirklich besonders scharfe Augen! Oh, aber der Selbstmörder war nicht sehr sicher, er mußte, wenn er sich mit seinem Kameraden unter vier Augen befand, auf besonderen Hohn gefaßt sein, und deshalb sagt er: Wenn ich jetzt klingele und Ihnen ein volles Glas vorsetzen lasse, dann soll es mich wundern, was geschehen wird! Darf ich Ihnen nichts anbieten, gnädiges Fräulein?

Nein, ich danke. Vielen Dank!

Nein, Fräulein d'Espard hat wirklich keinen Sinn für die Sorgen anderer Leute, sie hat ihre eigenen. Sie landet wieder in ihrem Zimmer, liegt ein bißchen auf dem Bett, liest ein wenig in einem Buche, findet keine Ruhe, brütet, seufzt und fühlt sich schlecht. Der Selbstmörder war auch nichts für sie gewesen, er war verheiratet, verliebt, der Glückliche! Sie denkt daran, eine neue hoffnungslose Reise nach Kristiania zu machen. Weshalb, wußte sie nicht, aber was sollte sie hier herumlaufen! Einen Trost hat sie noch in ihrer Verlassenheit: das Geldpaket, das sie auf der Brust trägt. Das festigt sie, macht es ihr möglich, sich zu erheben, wenn die Glocke zum Essen läutet, hinunterzugehen und zu speisen, den Abend zu überstehen – und dann kommt die Nacht.

Ein Mädchen hakt ihr immer die Bluse auf dem Rücken zu, sie kommt morgens und macht die kleine Arbeit in aller Eile. Ihre Finger sind kalt, sie zieht und zerrt an der Bluse, als wüßte sie etwas von dem Fräulein: sie äße gewiß zuviel, daß

sie so stark würde. Das ist nun durchaus nicht wahr, aber das
Mädchen hat es schmunzelnd ein paarmal angedeutet: wäre
es wirklich möglich, daß man stark würde von rohen Erbsen
und Brathering auf Keks?

Der vorlaute Fratz! Das Fräulein kann noch auf mehr von
ihr gefaßt sein, und um ihr zuvorzukommen, sagt sie: Uff, ich
habe so gräßliche Träume nachts!

Das kann ich merken, antwortet das Mädchen, Sie jammern
ja und reden laut.

Das hat nichts zu sagen.

Das Mädchen schweigt.

Man sagt so viel Unsinn, wenn man schlecht träumt, man
kann Namen und Zahlen und Geldsummen und alles mögliche
sagen. Aber wissen Sie, es hat nichts zu bedeuten.

Das Mädchen schwieg. Was will sie, erwartet sie Bezahlung,
um ihr zuzustimmen?

Als das Mädchen gegangen ist, reißt das Fräulein das Fenster auf und sieht hinaus: Es schneit in der Welt, auf dem
Felde häuft es sich, der Wald wird überpudert, ein Berg gerade an der Grenze des Sanatoriums sinkt immer mehr in sich
zusammen, es ist der ›Fels‹. Aber es ist nicht überall eine stille,
verlorene Welt aus Schnee, man hört Klatschen in der tragen-
den Luft, jemand schießt auf den Matten. Erst ein Schuß, dann
noch einer, es ist wohl Daniel, der Schneehühner fürs Sanatorium schießt. Daniel ist auf der Jagd, Daniel ist frisch und gesund und hat seinen Liebesgram überstanden. Ihr fallen zwei
Büchsen an seiner Wand ein.

Das Fräulein geht hinunter – hinunter zu den andern Gästen
und zu einem neuen Tage. Es ist schlimm, in ihrer Haut zu
stecken.

Oh, aber heute kommt ihr nun doch plötzlich der einfache,
naheliegende Gedanke, und es ist ihr ein Rätsel, daß sie nicht
früher darauf verfallen ist: Nach einer Anzeige in einem Blatt,
das hier vor ihren Augen liegt, will sie an einen stillen Ort zu
einer freundlichen Dame, einer kundigen Dame, drei Stunden
von der Hauptstadt, reisen. Was haben ihre Schwierigkeiten
zu sagen? Jetzt ist ihr geholfen, ja, sie ist vollkommen gerettet!
Sie hat die Mittel zu diesem Ausflug, sie hat auch Zeit genug,
hat keine Eile mehr, sie kann vor oder nach Weihnachten reisen. Vollkommen gerettet!

Nach der langen Zeit in Finsternis und Verzweiflung durchfahren sie Freudenschauer, sie ist wieder jung und kann wieder lachen. Vor dem Schicksal beiseite treten? Was für eine dumme, haltlose Lehre! Sie packt das Schicksal am Kragen und beugt es!

Geben Sie mir eine Tube Vaselin, sagt sie zum Doktor.

Was wollen Sie damit? fragt er, um sie ein bißchen zu nekken. Das ist gefährlich, sagt er.

Und sie antwortet schlagfertig: Ich will sie mir aufs Brot streichen.

Das bringen Sie schon fertig, sagt er, Sie essen ja Brathering auf Keks.

Und morgen will ich Tomaten auf Baumrinde haben.

Sie lachen beide unbändig über diesen verteufelten Einfall. Der Doktor hat jetzt tagsüber wenig zu tun, es sind nur noch wenig Patienten da, er ist dankbar für eine gute Unterhaltung und sagt: Nehmen Sie Platz, Fräulein d'Espard!

Hab keine Zeit. Gleich darauf: Was hat Herr Moß eigentlich im Gesicht?

Moß? Ja, er reist bald ab.

Aber was fehlt ihm? frage ich.

Der Doktor beginnt unter einigen Papieren auf dem Tische zu kramen und antwortet: Hautatrophie. Nein, gehen Sie schon?

Können Sie ihn nicht heilen?

Warum fragen Sie? Moß reist bald ab.

Fräulein d'Espard geht in ihr Zimmer und gebraucht Vaselin. Sie schmiert es sich ins Gesicht und beginnt sich zu massieren. Es ist eine Schande, wie sie ihr Gesicht in den letzten Wochen vernachlässigt hat, es ist schlaff von ausgestandenen Leiden und voll von unbekannten kleinen Furchen. Ein solcher Verfall? Das muß jetzt anders werden. Nach der Reise zu der freundlichen Dame in der Anzeige muß sie wieder gut aussehen, um mitspielen zu können. Von jetzt an gedenkt sie täglich ihr Gesicht zu bearbeiten. – Herein!

Es ist wieder das Mädchen.

Das Fräulein sieht sie verwundert an und sagt: Sie haben mir ja schon die Bluse zugehakt!

Das Mädchen: Ja, ich will nur sagen, daß ich fort gehe. Ich wollte es heute morgen nicht sagen, aber ich bleibe nicht länger hier.

Nein?

Ich dachte, Ihnen würde mit meiner Hilfe gedient sein. Sie kennen mich jetzt, und ich habe weder über Sie noch über sonst etwas je gesprochen.

War das Mädchen verrückt! Fräulein d'Espard ist nicht mehr bedrückt, sie verabschiedet das Mädchen zitternd vor Zorn und macht sich wieder an ihre Massage. Also das hatte der Fratz mit seinen vorlauten Redensarten heute morgen gemeint; das Fräulein zu demütigen und eine Extravergütung zu erhalten, nicht wahr? Hatte das Fräulein nicht jeden Monat Trinkgelder an die Dienerschaftskasse gegeben? Man konnte viel erleben! Oh, es galt, sich nicht unterkriegen zu lassen; das einzige, was wirkte, war Überlegenheit. Jetzt gedachte sie gewisse Forderungen zu stellen; es konnte sein, daß sie sich über dies oder jenes beschwerte: die Kost und die Bedienung hier im Sanatorium, die skandalöse Wäsche, die auf der Rechnung mit einem hohen Preise angeführt wurde, die Luft im Salon, die die ältlichen Beamtenwitwen mit ihrem Armutsduft vermischten. Das Fräulein wollte sich jetzt nicht mehr alles gefallen lassen, das brauchte sie nicht, denn es hatte sich ihr ein lichter Ausweg geöffnet, und jetzt hatte sie das Schicksal am Kragen gepackt und es gebeugt. Es sollte ihr gut und gedeihlich ergehen. Kaffee ans Bett? Mehr als das: Kaffee und Frühstück ans Bett. So stand es in ihren französischen Büchern. Nach allem, was sie ausgestanden hatte, wollte sie sich wahrhaftig etwas pflegen, das war sie sich schuldig.

Und dazu wollte sie wieder fein und schön werden. Kein Zweifel, die Massage half.

Hört, Freunde, sagt sie zu Moß und dem Selbstmörder, ich habe in der letzten Zeit so gut geträumt, ich bin nicht mehr mürrisch, es gibt Auswege für alles, nicht wahr?

Ja? antworten die Kameraden verwundert.

Auswege für alles. Jetzt gehen wir aus und rodeln im Schneewetter!

Moß ist bereit, Moß mit seinem großen Gebrechen ist bereit, der Selbstmörder dagegen erhebt sich ein wenig zögernd und sagt: Wir bekommen nasse Füße.

Wenn schon! Die trocknen wieder.

Und wir haben keine ordentlichen Schlitten.

Moß antwortet, ja, ein hübscher kleiner Schlitten wäre instand gesetzt, gerade in der richtigen Größe, daran fehlte es also nicht.

Sie sind ja auch ein blühender Freiluftmensch! murmelt der Selbstmörder und mißt ihn ärgerlich mit den Augen.

Dann kleiden sie sich an und gehen. Die Luft ist dick von Schnee, selbst der ›Fels‹ ist fast nicht zu sehen.

Alle drei ziehen sie den kleinen Schlitten die Bahn hinan, immer höher, ganz den Berg hinauf, und rodeln dann hinunter. Es geht mächtig, gewaltsam, der Selbstmörder hält das Steuer, die Dame sitzt in der Mitte, der Schnee wirbelt sie in ein weißes Dunkel ein, sie können nur mit fast geschlossenen Augen sehen – o Gott, wie gut und tollkühn!

Wieder hinauf, der Schlitten ist schwer, aber sie sind zu dritt. Der Teufel soll mürrisch sein! sagt das Fräulein und flucht aus Entzücken. Wieder hinunter, dieselbe Luftfahrt. Das Fräulein hat die Arme um Moß geschlungen und sitzt geborgen hinter ihm, es ist Tollheit, so zu fahren, so zu fliegen, aber es tut so gut.

Nach einigen Reisen hinauf und hinunter will der Selbstmörder aufhören.

Nein, warum? fragt sie.

Ich kann nicht mehr. Sie können ja weitermachen! Ist der Selbstmörder müde oder ist er neidisch auf Moß, der vorne sitzt und umarmt wird? Wir sind alle Menschen. Ich kann nicht mehr! wiederholt er.

Nun ja, das ist nett und ruhig gesagt, räumt Moß ein. Es ist keine Prahlerei darin. Sie sind also müde?

Der Selbstmörder, ungewöhnlich heftig: Sie können mir den Buckel runterrutschen, Moß. Wenn ich nach Hause gehen will, so gehe ich. Ich habe keine Lust mehr. Adieu!

Da half kein Reden mehr, der Selbstmörder verließ sie, und das Fräulein und Moß blieben allein mit dem Schlitten. Sie zogen und mühten sich ab.

Sie stehen auf dem Gipfel, und er fragt unsicher: Wollen Sie steuern?

Nein, sie konnte nicht steuern, wollte nicht steuern.

Und er ist sehr unschlüssig.

Sehen Sie nicht? Sind Sie zu blind? fragt sie ängstlich.

Er nimmt sich zusammen: Blind? Keine Spur. Ich bin nur schneeblind.

Ich werde Ausguck halten und kommandieren, beruhigt sie ihn.

Dann stoßen sie ab.

Aber jetzt, da das Fräulein vorne ist, kann sie ihre Augen in dem stiebenden Schnee nicht öffnen, und die von Moß sind zu schlecht, als das er die Gefahren von ferne sieht, es geht über Stock und Stein, so gut es will. Mitten auf der Bahn werden sie hochgehoben, das Fräulein schreit, in der schrecklichen Fahrt prallen sie gegeneinander, etwas an dem Schlitten bricht, und sie werden hinausgeschleudert.

Moß kommt wieder auf die Beine, reibt sich den Schnee aus den Augen und sieht sich um. Er steht da wie im Seegang. Der Schlitten entzwei, jawohl, das Fräulein liegt da, steht nicht auf, rührt sich nicht, was kann mit ihr sein? Er untersucht sie und richtet sie auf, sie fällt wieder zurück. Sie ist blutig, das Gesicht, das Kinn blutet. Er ruft sie. Nein.

Er trägt sie nach Hause, aber ehe sie hinkommen, ist sie schon wieder zu sich gekommen. Sie geht selbst die Treppe hinauf, muß aber gestützt werden, sie hat eine Wunde, eine häßliche Wunde, das Kinn ist ihr schräg gespalten.

Der Doktor wird alarmiert.

9

So bekam der Doktor etwas mehr zu tun und nähte das Fräulein zusammen.

Er hatte auch Antwort vom Krankenhaus erhalten, daß Moß kommen könnte. Der Doktor fühlte sich daher unentbehrlich und hatte wichtige Geschäfte.

Er war im übrigen kein harter Mensch, Moß tat ihm leid, und er hatte ihn länger behalten, als er eigentlich sollte. Mochte es nun gut oder schlecht sein, jedenfalls wies Doktor Öyen keinen fort, er war ein netter Mensch, dem es schwer fiel, scharf aufzutreten und jemand unglücklich zu machen. Außerdem brauchte das Sanatorium ja alle die Gäste, die es hatte.

Er bemächtigte sich des Mannes und bereitete ihn vor: Mein lieber Moß, nun habe ich endlich eine gute Nachricht für Sie.

Moß' wundes Gesicht erblaßt und beugt sich: So. Jaja.

Ja, es ist in Ordnung. Meine letzte Eingabe war sehr dringend.

Moß scheint die Neuigkeit wie einen Schlag zu spüren, er sagt: Jaja, ich danke Ihnen! Aber er ist ganz gebrochen.

Der Doktor, um ihn zu erfreuen: Es ist das allerbeste für Sie, Sie bekommen gutes Essen und Trinken, Pflege, Kameraden ganz wie hier. Und über lang oder kurz sind Sie wieder gesund, man findet ein Mittel, ein Serum, die Wissenschaft schreitet heutzutage im Sturmschritt .

Wann muß ich fort? fragt der Unglückliche.

Wenn Sie fertig sind. Lieber Freund, es kommt nicht auf Stunden an, lassen Sie sich nur Zeit. Und wie gesagt: die Wissenschaft verrichtet Wunderdinge in unseren Tagen, sie entdeckt ein Serum, und Sie werden dem Leben wiedergegeben!

Moß sucht seinen Kameraden, den Selbstmörder, auf, setzt sich zu ihm und tut, als wäre nichts geschehen. Sie haben sich jeden Tag, jede Stunde seit dem Unglück auf der Rodelbahn gezankt und gestritten, sie fangen auch jetzt wieder an, und merkwürdigerweise ist es Moß, der den Unfrieden einleitet. Es war, als brauche er ihn.

Haben Sie nasse Füße bekommen? fragt er.

Wie meinen Sie das?

Damals auf der Rodelbahn.

Schweigen Sie! antwortet der Selbstmörder.

Sie müssen einräumen, daß es feige von Ihnen war, uns allein mit dem Schlitten zu lassen.

Der Selbstmörder beißt an: Ich ging, weil Sie kosen wollten. Es war widerlich anzusehen!

Hahaha! sagt Moß. Und gestern meinten Sie, ich hätte das Fräulein totrodeln wollen.

Ja, wollen Sie mir sagen, wie es in Wirklichkeit war? Sie kam halbtot nach Hause. Sie trugen sie. Sie liegt noch.

Nein, jetzt ist sie wieder auf und bald wieder ganz in Ordnung, tröstet Moß.

Sie haben sie jedenfalls fürs ganze Leben entstellt, jetzt läuft sie mit diesem roten Strich im Gesicht herum. Nicht allen ist das Aussehen ihres Gesichtes so gleichgültig wie gewissen Leuten.

Moß schweigt.

Es ist nicht einmal ein gerader Strich, es ist ein häßlicher schiefer Strich, weil Sie nicht sehen und aufpassen konnten. Das ist alles so jämmerlich.

Kindereien und Gewäsch. Die Kameraden waren schlaff,

Moß konnte sich heute nicht zu dem kleinsten Gefecht auf-
schwingen, er sagte nur – er bat: Machen Sie nur weiter, ich
komme auch schon daran!

So ging es bis in den Nachmittag hinein, und an diesen kurzen Tagen begann es ja gegen vier zu dämmern. Der Selbstmörder wollte, daß Moß die gewohnte Wanderung in den
Bergen mitmachte, sie hatten durch ihre vielen Ausgänge einen
Weg im Schnee geschaffen, und jetzt war er gefroren und gut
zu gehen.

Sie schreiten einer hinter dem andern, der Selbstmörder voran, Moß mit dem Stock hinterher, er scheint nichts zu sehen.
Es ist ein klarer Nachmittag, der Vollmond liegt oben auf
seiner blauen Seide, wie ein goldenes Hundertkronenstück,
aber im Westen sind einige Wolken. Unsicher! meldet der
Wetteranzeiger, Dreieck über Viereck.

Es ist kein Kunststück für den Selbstmörder, den ›Fels‹ zu
ersteigen, er hat sich täglich durch mäßige Übung gekräftigt
und gestählt, fängt an, sinnlos gesund zu werden. Er ver-
höhnt Moß, der mit dem Stock tastet und zurückbleibt. Und
dabei gehen Sie heute mit einer Pelzmütze, sagte er.

Der andere unterrichtet ihn, daß er die Pelzmütze vom Inspektor gekauft hat, weil sie die Ohren wärmer hält als der
Hut. Was geht Sie das übrigens an? fragte er.

Was haben Sie dafür gegeben?

Nichts. Ich bekam sie für sechzig Öre. Sie ist gut genug für
mich.

Ich würde nicht damit gehen.

Nein, antwortet Moß, Sie wollen sich wohl mit bloßem
Kopf aufhängen – um den Mord nicht zu entehren.

Galle haben Sie noch, obgleich Ihr Gesicht schon halb aufgefressen ist!

Moß bleibt zurück, und der Selbstmörder ist schon weit
voraus, ehe er merkt, daß er allein ist. Er sieht, daß Moß mit
dem Stock tappt, und ruft ihm deshalb zu: Es ist nichts, nur
der kleine Spalt, setzen Sie herüber!

Ich bin schneeblind, antwortet Moß. Wo sind Sie?

Der Selbstmörder muß umkehren und ruft ungeduldig: Was
ist das nun wieder für ein Einfall? Sie sind doch jeden Tag
über den kleinen Spalt gegangen.

Helfen Sie mir ein bißchen, reichen Sie mir die Hand!

Der Selbstmörder antwortet: Es ist nicht angenehm, sie anzufassen, das müssen Sie einräumen. Sie sind überall wund! – Mit großem Widerwillen hilft er seinem Kameraden über den Spalt.

Ich verstehe es nicht, sagt Moß, es ist, als ob kein Gegenstand mehr klar ist, es wird alles so undeutlich um mich her. Ist dies nicht ein Stein? fragt er und schlägt mit dem Stock darauf.

Natürlich.

Und er scheint mir von grauer Farbe zu sein. Soviel sehe ich doch.

Der Selbstmörder mag ungern das Schlimmste glauben, er sagt: Sie sind also blind auf irgendeine spaßige Art. Kommen Sie nun und lassen Sie uns weitergehen!

Sie klettern höher. Aber der Selbstmörder sieht, daß sein Kamerad nicht die Richtung finden kann, er tritt oft neben den Weg und fällt, erhebt sich wieder und tappt weiter.

Es ist merkwürdig, sagt Moß, ich blieb unten zurück, weil ich gleichsam nicht sehen konnte.

Sehen Sie jetzt besser?

Viel besser, bedeutend besser, ich war ein wenig schneeblind. – Aber Moß tritt so oft fehl, und jetzt fällt er der Länge nach hin. Er entschuldigt sich gleich: Ich bin nur über etwas gestolpert. Natürlich sehe ich ebenso gut wie zuvor, daran fehlt es nicht. Dieser Busch, ist das nicht eine Birke, eine kleine Birke? Das sehe ich doch.

Das heißt, es ist eine Erle, ein Erlenbusch.

Hahaha! sagt Moß verlegen, ich meinte auch eine Erle.

Sie waren nun so hoch auf dem ›Fels‹, wie sie zu kommen pflegten, setzten sich jeder auf einen Stein und verschnauften sich. Es ging eine Wolke über den Mond.

Ich weiß nicht, wozu ich diese Ausflüge mache, sagt Moß.

Wohl aus demselben Grunde wie ich, antwortet der Selbstmörder. Aus gesundheitlichen Gründen. Gesundheitlichen – ich bin gesund genug für meinen Bedarf.

Man sagt das Gegenteil: daß es nicht schön mit Ihnen steht, daß Sie etwas Gefährliches mit sich herumtragen.

Moß setzt sich mit einem lauten Hohngelächter und antwortet: Unsinn, Doktorengeschwätz!

Er hielt sich noch gut, als aber eine Weile vergangen war, lachte er nicht mehr so tollkühn. Aus der Art, wie Moß jetzt umhertastet, um seinen Stock, den er beiseite gestellt hatte, wiederzufinden, schöpfte der Selbstmörder Verdacht.

Es ist am besten, daß wir nach Hause kommen, sagt er und erhebt sich.

Moß bleibt sitzen und antwortet: Es ist ja heller Mondschein.

Augenblicklich ist der Mond fort.

Ja, das sehe ich wohl. Gehen Sie voraus, ich will ein bißchen warten.

Nein, dann warte ich auch.

Sie sitzen noch eine Weile, und der Selbstmörder sagt: Kommen Sie nun!

Was wollen Sie? fragt Moß.

Was ich will? Heimgehen natürlich.

Gehen Sie voraus, hören Sie! Daß Sie ein solcher Narr sein können! Sie meinen wohl, ich könnte nicht gehen.

Der Selbstmörder überlegt: Jaja, jetzt gehe ich. Aber Sie sollen mitkommen.

Moß antwortet: Ihre Phantasie ist stärker als die meine, wie ich höre.

Schweigen Sie! ruft der Selbstmörder und faßt ihn an der Schulter. Ich muß Sie mitnehmen, ich bin gezwungen dazu.

Das brauchen Sie nicht. Wenn Sie Lust haben, gehen Sie. Jetzt ist es einfach rabenschwarz für mich.

Unsinn! unterbricht ihn der Selbstmörder. Das heißt, für mich ist es auch dunkel, auch rabenschwarz für mich.

Das glaube ich nicht.

Das glauben Sie nicht? Wenn wir jetzt gehen, will ich es Ihnen genau erklären.

Er kriegt den Kameraden auf die Beine, faßt ihn unten am Ärmel, und so beginnen sie die Heimwanderung. Es geht langsam, endlich sind sie wieder am Spalt, und da tritt Moß fehl und versinkt ganz. Es dauert eine gute Weile, ihn wieder heraufzuholen. Hierauf setzen sie sich und schöpfen Luft.

Sagen Sie jetzt nicht, daß ich Ihnen allzu sehr mißfalle und daß Sie sich vor mir ekeln, spricht Moß, aber ich sage ganz offen, daß ich nichts sehe. Es muß Nacht sein.

Nein, dann müssen Sie wohl blind sein, sagt der Selbstmörder.

Gerade, was ich selber dachte! stimmt Moß zu und nickt. Es zeigt sich, daß ich recht habe.

Der Selbstmörder: Das ist nun wirklich nichts, womit man prahlt.

Ja, antwortet Moß, ich hatte völlig recht, und da gibt es auch nichts zu leugnen, Recht muß Recht bleiben.

Weiß der Doktor, was Ihnen fehlt?

Natürlich. Er hat längst gesagt, daß ich abreisen muß. Er hat einen Platz im Spital für mich.

Längst? Warum sind Sie denn nicht abgereist?

Moß schweigt.

Ich verstehe nicht, daß Sie nicht abgereist sind.

Moß, allmählich erbittert: Sie sind unglaublich lächerlich! Warum reisen Sie nicht selbst ab? Was fehlt Ihnen. Sie müssen ja selbst in eine Anstalt, Sie sind geisteskrank.

Durchaus nicht!

Doch. Und was geht meine Krankheit Sie an, was schnüffeln Sie?

Ich bin nicht geisteskrank, es ist nichts als Depression, seelischer Kummer.

Hahaha, sagen Sie das noch einmal! Als ob Kummer körperlich wäre! Sie wollen sich aufhängen, Sie müssen in die Anstalt. Der Unterschied zwischen Ihnen und mir ist nur, daß Sie eine Aufnahmeprüfung ablegen müssen, und das brauche ich nicht. Sie müssen zeigen, daß Sie verrückt genug sind.

Schweigen.

Ich bin es müde, Sie zu ziehen, aber ich muß Sie mit nach Hause nehmen, sagt der Selbstmörder unbarmherzig und zerrt den Kameraden mit. Sie kommen hinunter ins flache Gelände und bleiben wieder stehen. Moß trocknet sich den Schweiß mit dem Rockärmel von der Stirn, er ist sehr herunter. Der Selbstmörder teilt ihm mit: Es ist das letzte Mal, daß ich mich mit Ihnen abschleppe, damit Sie es wissen!

Moß antwortet: Ja, denn ich reise morgen ab.

Das ist gut!

Dann gehen sie weiter. Und im Gehen fragt der Selbstmörder plötzlich: Morgen schon? Reisen Sie morgen ab?

Ja, morgen.

Da haben Sie ja mächtige Eile. Aber mir ist es gleichgültig.

Moß antwortet nicht.

Haben Sie übrigens daran gedacht, wie es mir gehen soll? Wohl nicht.

Ihnen? Was geht das mich an?

Jaja, da lernt man Ihre Religion kennen!

Sie werden jeden Tag hier herumlaufen und zeigen, daß Sie

nicht lebensfähig sind. Sie halten es für wichtig, daß Sie irgendwo sitzen, blinzeln, rauchen und weder Böses noch Gutes tun, aber, lieber Gott, nein, Sie schaffen damit nichts Notwendiges, keine Verkündigung, keinen allgemeinen Wert, tägliches Brot für einen Spatzen oder ein Stückchen Märchen für ein Kind –

Schweigen Sie! Das ist ja Wort für Wort etwas, das ich gesagt habe und das Sie auswendig gelernt haben.

Ja, das stimmt. Sie haben es von mir gesagt.

Sie haben etwas Kleinliches und Jämmerliches an sich, sagt der Selbstmörder. Dinge, die Sie hören und die ein anderer fortwirft, heben Sie auf; Sie schnappen ein paar Worte auf und nörgeln an ihnen herum. Selbstmord entehrt den Mord, schwatzen Sie. Es ist gut, daß Sie abreisen, denn ich bin Ihrer längst müde. Natürlich kann man wohl einmal an Mord statt an Selbstmord denken. Ich habe von einem Manne gehört, der seine Frau erschießen wollte – in die er übrigens verliebt war, aber das hat Zeit bis ein andermal. Nun, und hinterher wollte er sich auch selbst erschießen.

Da war die Geschichte aus.

Nein, es war ein Kind da. Sie hatten ein Kind, wie ich hörte.

Die Kameraden gehen jetzt eine Weile schweigend weiter. Dann sagt Moß: Ja, die Menschen haben es nicht gut.

Dies kleine Entgegenkommen übermannt den Selbstmörder, aber er räuspert sich, nimmt sich zusammen und antwortet abweisend: Was wissen Sie davon! Schweigen Sie, Sie können ja nicht einmal deutlich sprechen.

Wieder schwiegen sie eine Weile. Moß fällt der Länge nach hin und bekommt sogar das Gesicht voll Schnee.

Sehen Sie gar nichts mehr? fragt der Selbstmörder.

Doch, etwas. Aber ich bin sehr schneeblind.

Sind Sie unheilbar?

Ich? jammert Moß und bleibt stehen. Und auf einmal ist es, als ob seine Festigkeit bricht, er beugt sich tief vornüber, als wollte sein ganzer Körper ja sagen. Im nächsten Augenblick richtet er sich wieder auf und antwortet: Glauben Sie, daß wir heute abend noch nach Hause kommen? Ehe sie das Sanatorium erreichen, fragt Moß stöhnend: Ist es noch weit?

Nein. Können Sie nicht einmal die Lichter sehen?

Doch, natürlich sehe ich die Lichter. Ich fragte nur.

Jetzt bleibt der Selbstmörder stehen und fragt mit fremder Stimme: Wenn Sie könnten – ich sage nur, wenn Sie das könnten – nämlich –

Was denn?

Was denn? äfft der Selbstmörder kurz und böse. Das könnten Sie von selber wissen. Ich will nur sagen, daß ich es nicht weiß. Es ist möglich, daß es Ihnen helfen wird, mir hat es nie geholfen, zu Gott zu beten. Ich rate weder ab noch zu.

Zu Gott zu beten? fragt Moß verwirrt.

Der Selbstmörder wütend: Was denn? Sind Sie vielleicht darüber erhaben?

Moß hört wohl, daß die Kühnheit des Kameraden zugenommen hat, daß der Kamerad der Verzweiflung nahe ist. Er wird selbst von der Bewegung angesteckt und kann nicht antworten.

Der Selbstmörder fährt fort: Ich habe von Menschen gehört, die glücklicher dadurch geworden sind. Die ruhiger gestorben sind.

Halten Sie Ihren Mund! jammert Moß.

Und jetzt gilt es für den Selbstmörder, seine Schwäche zu verdecken und wieder ein ganzer Kerl zu werden. Er greift zu dem ersten besten Scherz: Er hätte Gott nie dazu bringen können, ein paar Minuten bei ihm zu sein, nein, er käme nicht durch ein Loch im Dache zu ihm herab –

Am Morgen geht das Gerücht, daß Moß abreist, selbst Fräulein d'Espard hört es und schickt nach ihm – was sie nun auch von ihm wollen mag. Fräulein d'Espard ist selber herunter und entstellt, jawohl, aber sie hat aufrichtiges Mitleid mit dem unglücklichen Moß und will ihm alles Gute tun, das in ihrer Macht steht. Moß scheint schlimme Ahnungen zu haben, er tastet sich in das Zimmer des Fräuleins und steht da als der Schuldige an ihrem Unglück auf der Rodelbahn. Ihre Augen werden feucht, als sie ihn sieht, diese Monate haben sein Gesicht bis zur Unkenntlichkeit entstellt, sie nimmt seine Hand und führt ihn zu einem Stuhl. Nein, er hätte keine Schuld, wie könnte er etwas so Dummes denken! Im Gegenteil, sie gedächte dankbar ihres Beisammenseins im Sanatorium, und dann sagte sie: Ich habe oft an Sie gedacht, es tut mir so leid, daß Sie soviel erdulden müssen. Aber irgendwo in der Welt

wird sich wohl Rat für Sie finden, glauben Sie nicht? Sie sind
so jung und tapfer, Sie kommen schon darüber hinweg.

Ich hörte, Sie hätten eine schlimme Wunde bekommen, antwortete Moß.

Durchaus nicht schlimm, sehen Sie selbst!

Ja, ich sehe. Schräg übers Kinn. Ja, das ist ein großes Unglück.

Das Fräulein mochte nichts dagegen haben, daß Moß von
Schuld bedrückt dasaß, und gerade deshalb machte es ihr Vergnügen, ihn zu trösten und aufzurichten: Still! Sie dürfen an
nichts denken, als wieder gesund zu werden. Die kleine rosen-
rote Narbe tut nichts! – Hören Sie, das müssen Sie nehmen!
Stecken Sie es in die Tasche! Danken Sie nicht!

Was ist das? fragt Moß. Ist es Geld?

Nein, nicht der Rede wert! ruft sie exaltiert. Sie machen
mir eine große Freude –

Danke, sagt er, ich brauche kein Geld.

Es könnte Ihnen doch von Nutzen sein. Sehen Sie, es ist
nicht viel –

Aber ich kann es nicht brauchen, Fräulein d'Espard!

Ich verstehe Sie nicht, sagt sie enttäuscht.

Moß mit dumpfer Stimme: Ich gehöre zu denen, die ein
öffentliches Heim bekommen. Ich erhalte einen Platz in der
Anstalt.

So? fragt sie treuherzig. Was für einen Platz? Eine Stellung?

Ja, eine leichte Stellung. Ich brauche nur mit einer Rassel
herumzulaufen und Unrein–unrein! zu rufen.

Das Fräulein starrt ihn entsetzt an und flüstert: Sind Sie –?
Sie hält inne.

Moß nickt, erhebt sich und tappt zum Zimmer hinaus . . .

Wer aber am schwersten über den Abschied von Moß hinwegkam, war sicher der Selbstmörder. Auch er wollte dem
Blinden heimlich Geld in die Tasche stecken, als es aber nicht
glückte, schalt er ihn eine ganze Weile aus. Es waren keine
Kleinigkeiten, was er an Beschuldigungen und Schimpfnamen
über ihn ausschüttete: Ich verstehe nicht, was der liebe Gott
mit einem solchen Menschen hier auf Erden wollte. Und wenn
ich Sie einen Menschen nenne, so tue ich das nur, um nicht zu
weit zu gehen, aber es drückt meine innere Meinung nicht aus.

Weiter! sagt Moß.

Nein, ich mag nicht, antwortet der Selbstmörder, fährt aber dennoch fort. Oh, er war aufgeräumt und redete drauflos, er kannte kein Maß mehr, wurde heiser und übertrieb: Wie ich die ganze Zeit gesagt habe, Galle haben Sie, Galle und Bosheit und Eigensinn. Es sollte mich nicht wundern, wenn Sie sich darüber freuten, eine Welt zu verlassen, die Sie nicht mehr sehen können, während wir dazu verdammt sind, hier in der Naturschönheit zurückzubleiben. Das würde Ihnen ähnlich sehen. Wo fahren Sie jetzt hin? Das kommt darauf an, was Sie getan haben; Gott weiß, ob Sie nicht geradeswegs ins Gefängnis fahren.

Moß streng: Liegt hierin eine schwache Andeutung, daß Sie etwas Unvorteilhaftes über mich wissen?

Wie Sie wollen – ganz wie Sie wollen!

Ja, dann müssen wir uns schlagen! erklärt Moß und streckt die mit vielen Lappen umwundenen Fäuste empor.

Narrenpossen! Ich will überhaupt kein Wort mehr mit Ihnen reden. An Ihnen ist ein großer Affe verloren gegangen. Aber glauben Sie nur nicht, daß ich Sie nicht verstände, Sie sind so lächerlich einfach wie ein Kind, und Ihre ganze Ziererei ist nur gemacht. Was kann ich Ihnen schaden, wenn Sie beim Weggehen einen kleinen Zehrpfennig in der Tasche haben?

Ich habe alles, was ich brauche, in der Tasche.

Ja, und dann kaufen Sie sich eine verschlissene Pelzmütze für sechszig Öre –

Sie mißgönnen mir nur ein warmes Kleidungsstück, das ist die Sache!

Unsinn! Ihre Kaltblütigkeit ist erzwungen, Sie beruhigen sich selbst mit solchem eigensinnigen Quatsch, na ja, Sie sind ein großer Mann in Ihren Augen. Ich möchte Sie eher einen armen Schlucker nennen, Sie sind voll von Eitelkeit, Sie. Woher ich das weiß? Weil Sie so verwirrt, so kindisch sind, daß Sie dastehen und eifrig Ihre eigene Frechheit unterstreichen. Glauben Sie, ich verstände Sie nicht? Das ist alles Verstellung und Großsprecherei . . .

Der Briefträger, der ihn hinunter fahren soll, ruft vor dem Fenster, und Moß tappt hinaus; der Selbstmörder hilft ihm. Im letzten Augenblick reicht der Selbstmörder ihm sogar die Hand, aber Moß sieht sie nicht und sagt nur: Auf Wiedersehen! in die Luft. Oh, ihm fällt nichts Besseres und Kräftigeres

ein, er sagt: Auf Wiedersehen, Selbstmörder Magnus! – War
das nun etwas? Da war der Selbstmörder wirklich tüchtiger
gewesen, als er dem Kameraden mit seinem Schimpfen so großartig über die Abschiedsstunde hinweghalf. Auf der Treppe
steht die Wirtschafterin und wünscht glückliche Reise und gute
Besserung. Der Doktor ist am Schlitten, er spricht leise mit
Moß und hilft, ihn einpacken. Zum Abschied sagt er laut:
Frischen Mut, Antonius, denken Sie an das, was ich gesagt
habe! Ja, danke! antwortet Moß. Und da es etwas schneit,
sind es wohl nur ein paar elende kleine Schneeflocken, die er
sich aus den Augen wischt.

Dann fährt Moß ab, in der Pelzmütze des Inspektors und
dem Ulster des Selbstmörders – fährt zu seinem Lebendig-
begrabenwerden. Kein Wunder, daß er sich so lange gesträubt
hatte, Torahus und das Leben zu verlassen . . .

Und dann ist gewissermaßen alles wieder in Ordnung.

Aber jetzt kommt Fräulein d'Espard an die Reihe. Sie ist
wieder gesund, sie steht auf, ja, sie ist wieder auf den Beinen,
ißt ein bißchen, schläft ein bißchen und spricht ab und zu mit
dem Doktor. Aber sie ist durchaus nicht guter Laune, der Strich
übers Kinn ziert sie nicht. Sie fragt den Doktor, ob er nicht
glaubt, daß die Narbe in einiger Zeit verschwindet. Der Doktor antwortet: Gewiß, das werde sie. Unterdessen massiert das
Fräulein ihr Gesicht mit Vaselin und Fingerspitzen.

Aber eines Tages –

Es beginnt damit, daß sie ausgeschlafen aufwacht und sich,
da es Sonntag ist, nett ankleidet. Es ist ein klarer Tag, und
gleich nach dem Frühstück wandert sie wieder auf den Wegen
im Schnee hinaus und bekommt rote Backen. Später liest sie die
Zeitungen und geht dann hinauf in ihr Zimmer. Alles erscheint
dem jungen Mädchen lichter als seit langem.

Zum Essen geht sie hinunter, da Sonntag ist und es also
etwas besseres Essen als gewöhnlich gibt: Schneehuhn und rote
Grütze. Es sind jetzt nur noch ganz wenige Gäste da, so daß
alle am selben Tisch sitzen, der Doktor als Wirt zuoberst, dann
alle Pfarrerswitwen und die Kleinkaufleute mit Damen und
ganz unten die Wirtschafterin.

Plötzlich springt Fräulein d'Espard von ihrem Stuhl auf.

Was gibt es? fragt der Doktor und wendet sich an die Gäste.

170

Keine Antwort. Was gibt es, Fräulein d'Espard? Nein. Der Doktor steht auf und will zu ihr gehen, aber sie eilt an ihm vorbei, schlägt die Türen zu, läuft, hält sich die Hand vor den Mund.

Zahnschmerzen! lächelt der Doktor und veranlaßt die Gäste, sich wieder ihrem Schneehuhn zuzuwenden.

Fräulein d'Espard stürmt hinauf in ihr Zimmer. Ihre Hand zittert, findet aber das Schrotkorn in ihrem Munde und findet den Zahn, jawohl, einen abgebrochenen Zahn, einen Schneidezahn, Schönheit – ach Gott, und sie rennt zum Spiegel und sieht die schwarze Lücke, die entsetzliche Lücke. Im ersten Augenblick unternimmt sie nichts, als sie aber dann vor dem Spiegel auf verschiedene Art zu lächeln, den Mund zu öffnen und zu lachen versucht, steigt eine zügellose Wut in ihr auf, und sie bricht in eine Flut von Flüchen aus. Ihre kleinen Hände werden krallenartig, und sie fährt mit ihnen durch die Luft. Lieber Gott, was konnte sie Besseres erwarten? Welchen Nutzen hatte Fräulein d'Espard jetzt von ihrer Gesichtsmassage und ihrer Mühe mit der rosenroten Narbe am Kinn? Welchen Nutzen hatte sie überhaupt von ihrem ganzen Plan, von der Dame in der Anzeige und von der Aussicht auf eine anständige Heirat hinterher? Alles hin!

Sie wollte ja das Schicksal am Kragen packen und beugen! War das aber nicht auch eine teuflische Art und Weise, daß sie immer wieder gerade ins Gesicht getroffen werden mußte! Mit ihrem verdorbenen Aussehen war sie jetzt vollkommen hoffnungslos, und was sollte sie machen? Als sie ruhiger wird, findet sie gleichsam einigen Trost in dem dicken Geldpaket, das sie auf der Brust trägt, das gibt ihr etwas Halt. Solange sie es hat, braucht sie weder zu hungern noch obdachlos zu sein. Sie untersucht den Zahn in ihrer Hand und sieht, daß er schon vorher halb zerfressen war; es war nur eine Frage der Zeit gewesen, wann er brechen mußte, und ein Schrotkorn aus Daniels Büchse war hier an die Stelle einer harten Brotrinde oder eines Knochens getreten. Als ihre hysterische Wut vorbei ist, probiert sie nachdenklich und besonnen aus, wie sie in Zukunft mit ihrem verunzierten Mund lächeln und lachen muß. Ein trostloser Versuch.

Im Laufe des Tages durchdachte sie alle Möglichkeiten: eine neue Reise nach Kristiania oder alles aufgeben oder eine Reise nach Finnland. Nichts brachte ihr Ruhe, alle Auswege schienen ihr versperrt, sie war der Finsternis und der Verzweiflung überlassen. Sie durchwachte eine Nacht, der Morgen aber fand sie mit zusammengebissenem, festem Gesichtsausdruck. Es waren keine großen Pläne, die sie geschmiedet hatte, oh, jetzt konnte sie weder einen Grafen noch einen reichen Mann brauchen, aber sie hatte einen Entschluß gefaßt, wußte, was sie mit sich beginnen wollte.

Sie geht ins Rauchzimmer, sammelt einige alte Zeitungen zusammen und steckt sie unter den Arm, dann schlägt sie den Weg nach dem Walde ein.

Es war vielleicht nicht so ganz richtig und angebracht, daß sie gerade jetzt nach Daniels Sennhütte hinüber zu gehen gedachte, um über Zahnschmerzen und ihre vielen Sorgen zu jammern, aber sie hatte ihre Entschuldigung und hatte wohl auch ihre Absicht dabei. Es war sicher nicht verrückter als manches andere, das ihr hätte einfallen können. Daniel war ein Mann, der sich auf allerlei verstand, er hatte schon manches erlebt, hatte sowohl seinen väterlichen Hof wie seine Liebste verloren, er wußte, was gute Pflege, saure Milch und guter Mut bedeuteten. Es ist Montag heute und Daniel wohl mitten in irgendeiner Arbeit.

Ganz richtig, sie trifft Daniel auf halbem Wege bei dem kleinen Schober im Walde. Er will wieder Heu einholen, und jetzt, wo gute Fahrbahn ist, zieht er das Heu auf dem Schlitten. Ein Glück vielleicht, ein merkwürdiger Fingerzeig des Schicksals, daß sie ihn schon hier, auf halbem Wege trifft.

Sie grüßen und freuen sich wie gewöhnlich über die Begegnung, es wäre so lange her, seit sie sich zuletzt gesehen, das Fräulein sei wie weggeblasen gewesen.

Sie macht sich mit den Zeitungen zu schaffen und reicht sie ihm, er könnte vielleicht des Abends ein bißchen hineingucken.

Er dankt und tut geradezu glücklich. Lesen sei die schönste Erholung, die er kenne, er wollte selbst eine Zeitung halten, aber es wäre noch nichts daraus geworden, sagt der Heuchler, und dabei kann er kaum lesen.

Er könnte täglich Zeitungen vom Sanatorium bekommen. Sie wollte sie ihm gern bringen. Wenn die Gäste sie gelesen hätten, würden sie doch immer verbrannt.

Verbrannt?

Verbrannt, nickt sie. Zeitungen in allen Sprachen!

So was hatte er noch nicht gehört! Aber sie hatten ja viel

172

Geld drüben im Schlosse, sie waren so reich. Wie Sie mich hier sehen, bin ich immer noch mein eigenes Pferd.

Jaja, das ist wohl nicht gerade schön, antwortet sie.

O doch, er könnte nicht klagen. Ein Pferd könnte er leicht haben, er hätte Kredit und einen guten Ruf bei den Leuten, wenn er ins Kirchspiel ginge, könnte er noch in dieser Stunde ein Pferd haben.

Das ist ja großartig!

Noch in dieser Stunde. Aber er wollte bis zum Frühjahr warten.

Das ist das Gute, Daniel, daß Sie eine so prachtvolle Laune haben.

Gott segne Sie, bricht er hingerissen aus, ich habe meine Hände, ich habe Haus und Heim und Kühe. Hin und wieder verkaufe ich einen Ochsen, schieße Hasen und Schneehühner. Zum Frühjahr habe ich ein Pferd, dann pflüge ich die Matten hier und säe.

Da ergreift sie die gute Gelegenheit, ihren Mund zu zeigen: Eines von seinen Schrotkörnern hat einen von ihren Zähnen abgebrochen, das wäre reizend, ob er sich nicht schämte!

Er hebt die Arme vor Schreck und Verzweiflung, da sie sich aber so gut damit abfindet und weder weint noch ihm Vorwürfe macht, faßt er Mut: Wirklich, es wäre fast gar nicht zu sehen, es täte im Grunde nichts, sie wäre ebenso hübsch und lieb deswegen –

Ach Gott, hübsch? Sehen Sie! Das hab ich auch bekommen, seit wir uns zuletzt sahen. Eine schöne Narbe, nicht wahr?

Sie muß den ganzen Vorgang auf der Rodelbahn erzählen, und Daniel nickt plötzlich und sagt: Da hätte ich steuern sollen!

Ja, das stimmte.

Das nächste Mal brauchen Sie nur nach mir zu schicken, ich komme mit meinem Schlitten.

Schon jetzt muß sie über seine Entschlossenheit und muntere Sprache lächeln und sieht getröstet aus, sie faßt vertraulich seinen Arm und fragt: Sieht es nicht furchtbar aus, wenn ich lächele?

Was? Die kleine Lücke? Ich wette, daß ich es nicht gesehen haben würde, wenn Sie es nicht selbst gesagt hätten. Da ist ja gar keine Lücke.

Hahaha!

173

Und außerdem bin ich sicher, daß man Sie deshalb ebenso gut küssen kann, sagt er übermütig.

Oh, Sie! sagt sie und schlägt nach ihm.

Sie setzen sich in den Schober, und da ist Sonne, und da ist eine ganze Wand von Staub, die sie wie ein Vorhang verbirgt, alles ist, als wäre es gerade so für sie gemacht. Als er sie küßt, schreit sie ja ein bißchen und sagt hinterher: Nein, wie schlimm Sie sind!

Ja, mit Worten konnte ich es nicht ausdrücken! antwortet er.

Sie erhebt sich und sieht nach ihm zurück; wenn er gut gewaschen wäre, so würde er ein hübscher Bursche sein, der große Mund war nicht das Schlechteste. Jetzt müssen Sie mir die Halme abbürsten! sagt sie.

Ja, wenn ich noch einen Kuß bekomme.

Sie lächelt einladend und antwortet: Nachher vielleicht.

Aber er bürstet sie nicht ab, er faßt nach ihrem Arm und will sie wieder zu sich herunterziehen. Es glückt nicht, nein, er übertreibt, sie muß ein wenig Zeit haben. Der Bursche ist ja ein ganz gerissener Hund, ein Teufelskerl, man muß ihn ein wenig im Zaum halten. Obwohl ihr Aussehen so viel verloren hatte, mußte sie es doch riskieren, sich ein bißchen kostbar zu machen und ihn zu zügeln.

Sie steigt aus dem Schober herunter und schüttelt ihr Kleid, und um seinen Lohn zu erhalten, steigt er auch herunter und bürstet sie ab. Dann hört er plötzlich auf.

Nein, nein, Sie dürfen ihn sich nicht nehmen! ruft sie. So! Ja, aber das durften Sie nicht. Ich hatte ihn Ihnen versprochen, aber sie hätten ihn sich nicht nehmen sollen, ich hätte ihn Ihnen von selber gegeben.

Es ist noch nicht zu spät, daß Sie ihn mir von selber geben.

Sie sind aber auch zu gefräßig, bitte! Aber ich komme morgen mit mehr Zeitungen wieder. O Gott, ich habe solche Zahnschmerzen, und mir ist so schlecht, Daniel!

Ja, Zahnschmerzen sind nicht schön, sagt er auch, ich habe zweimal welche gehabt. Marta hat oft Zahnschmerzen, sie kann wochenlang damit herumlaufen, ohne etwas zu sagen. Ich für meinen Teil habe mich nie an Zahnschmerzen gewöhnen können.

Ja, und dann hätte es Ihnen dazu so schlimm gehen sollen wie mir.

Ach zum Donnerwetter, für alles andere gibt es Rat. Aber Zahnschmerzen –!

Das ist das Schlimmste, was Sie kennen?

Ja, das ist es.

Sie zählt andere Übel auf, Kummer, Schlaflosigkeit, Schikkungen überhaupt. Darauf beißt er nicht an. Aus was für einem Stoff er gemacht wäre, ob er sich nie unglücklich fühle? Doch, vor einem Jahre. Aber das Leben, der ganze Kampf, die Qualen? Nein, solche fernliegenden Dinge verstünde er nicht.

Er versuchte sie wieder in den Schober zu bekommen, aber das überhört sie. Ja, gewiß, er ist ein Teufelskerl, das sieht sie ihm an. Er starrt sie an und zuckt nicht mit der Wimper, sie schlägt die Augen nieder, und als sie wieder aufsieht, hält er seinen Blick noch auf sie geheftet. Er weiß in diesem Augenblick nur eins: daß sie lieb und sanft, daß sie voller Reiz ist und einen schmiegsamen Körper hat. Er genießt sie im voraus, ist erhitzt wie ein Ofen. Diese Stärke in seinem Verlangen ist im Grunde die Tugend seines Fehlers.

Sie macht ein paar Schritte und zieht sich halb ängstlich von ihm zurück. Es liegt jetzt über ihm etwas Menschenfresserhaftes, er hat so höfliche Gebärden, aber die Nüstern bewegen sich heftig, die weißen Zähne leuchten, sein Bauch tritt ein wenig zurück.

So, jetzt muß ich gehen, sagt sie.

Nein! protestiert er. Oh, aber es nützt nichts, das Fräulein ist schon ein gutes Stück weg, und er sieht ein, daß sie jetzt im Ernst geht. Gehen Sie nicht, gehen Sie nicht! ruft er.

Sie winkt mit der Hand zurück.

Kommen Sie nie wieder?

Doch, morgen. Ich habe Ihnen ja mehr Zeitungen versprochen . . .

Am nächsten Morgen.

Es war vielleicht wieder nicht richtig, nach dem Schober zurückzugehen, aber es lag ein Sinn darin. Warum sollte sie sonst wohl gestern vorgefühlt haben? Fräulein d'Espard hat nicht die Wahl zwischen vielen Auswegen.

Da geht sie, ein Mensch auf Erden auch sie, ein Wanderer, ein kleines Mädchen, Herrgott, ein verirrtes Leben, ein Keim. Sie ist gar nicht niedergedrückt, achtet darauf, daß sie nicht neben den Weg tritt und Schnee in die Stiefel bekommt. Es ist übrigens heute ebenso schönes sonniges Wetter wie gestern, das Zeitungspaket hält sie unterm Arm, sie weiß, was ihrer beim Schober harrt, und da geht sie nun. Manche nennen es freien Willen. Er hat heute seinen Schlitten gar nicht mitgebracht; vielleicht, weil er den Schober nicht ganz von Heu leeren wollte oder weil er sonst irgendeinen Hintergedanken dabei hatte. Er ist ein wenig besser gekleidet und hat sich besonders gut gewaschen.

Da er nicht wie gestern einen Fehlschlag riskieren will, geht er vorsichtig zu Werke. Oh, er ist so behutsam und hält sich ganz am Rande, sie sogar, und nicht er, geht zuerst in den Schober und setzt sich. Aber er könne nachkommen, sagt sie, wenn er artig sein wolle! Ja, sagt er nachdrücklich, das will er!

Sie sprechen über die Zeitungen, sie zeigt auf ein oder das andere Stück, das sie ihm empfiehlt, und ja, das wird ihm Vergnügen machen! Wirklich, er beherrscht sich gut, sie hat ihm eine Lehre gegeben. Es geht so weit, daß sie davon murmelt, nach Hause zu gehen, und noch legt er den Arm nicht um sie. Er war nicht so recht er selber, er schwatzte und redete zuviel, zeigte sich und scherzte. So macht sie denn der Sache ein Ende und stammelt: Sie taten mir leid gestern – weil ich fortging. Ich würde es jetzt tun – wenn Sie mich darum bäten, meine ich –

Küssen?

Ja – wenn Sie wollten. Ich habe Mitleid mit Ihnen . . .

Hinterher ist alle Spannung ausgelöst, sie sinkt zusammen und weint. Sie kann es nicht ertragen, nein, das kleine Mädchen wurde seit vielen Wochen von einem heimlichen Unglück gequält, ihre Kräfte sind geschwunden. Sie bricht in Schluchzen aus, sie erhebt sich, steht in der Tür und zittert.

Er versteht es nicht und ist erschrocken, er weiß nichts von Hysterie und fragt, was ihr fehlt. Er streichelt sie und ist lieb: So, so, warum weinen Sie?

Da stehe ich nun und heule! schluchzt sie. Es endet mit einem halben Gelächter, zwischen Weinen und Lachen.

Er zieht sie wieder ins Heu, und so lange sitzen und girren sie, bis seine Tollheit noch einmal erwacht und sie wiederum nachgibt.

So ein Kerl! Er redet von ihr, spricht sich über sie aus: Sie wäre großartig, Herrgott, tadellos! Er sei, offen gestanden, etwas anspruchsvoll in bezug auf Leibesschönheit, aber so etwas wie sie –!

Können Sie nicht schweigen! ruft sie und verbirgt das Antlitz.

Nein, er schwieg nicht, dies unerwartete Abenteuer mit einer Städterin, einer feinen Dame, hatte ihm den Kopf verdreht, der Mund ging ihm durch, und er prahlte weiter über sie. Nicht daß er nicht auch mit sich selber zufrieden gewesen wäre; er schwoll vor Stolz.

Meinen Sie nicht, daß das schlimm werden kann? fragt sie.

Schlimm? Ja natürlich, aber nein, daran sollte sie nicht denken. Warum sollte es gerade schief gehen?

Die Folgen! sagt sie wie überwältigt. Die Folgen!

Er ist lauter Leichtsinn und will nicht recht darauf eingehen. Jetzt seien Sie lieb und beunruhigen sich nicht! tröstet er. Ich versichere Ihnen, daß es keinen Sinn hat. Behüte, wenn Ihnen etwas zustoßen sollte! Da nützen meine beiden starken Hände nichts. Aber ich will Ihnen eines sagen: Wir sind genau wie Flaumfedern, die durch die Luft fliegen, wie Gott es bestimmt hat. Dabei ist nichts zu machen. Ich will lieber meinen ganzen Hof verlieren, als daß Sie meinetwegen zu Schaden kommen sollten, und deshalb sollten Sie nicht für nichts und wieder nichts dasitzen und grübeln, darum bitte ich Sie –

Torheiten und unzusammenhängendes Geschwätz. Sie hätte wohl auch selbst am liebsten nicht davon geredet, aber sie fand es doch klug, es jetzt schon zu erwähnen, es auszusprechen, dann kam es später nicht unerwartet. Sie war wieder voller Umsicht. Auch war sein leichtes Geschwätz nicht ohne einen gewissen Trost, das Fräulein brauchte seine Freundlichkeit, das Helle in seiner Anschauungsweise wirkte gesund, seine Schultern waren gut und breit. Er hätte sie sicher wie ein Kind auf die Arme nehmen und heim in seine Sennhütte tragen können. Auf jeden Fall war Festigkeit in ihm.

Jaja, dann will ich ruhig sein, wenn Sie es sagen! erklärt sie. Wenn Sie mir helfen wollen, sagt sie.

Oh, ich –! Aber ich will alles tun, was Sie wollen, verlassen Sie sich darauf! Es soll Ihnen nichts zustoßen, dafür stehe ich ein!

Ja, das müssen Sie auch, Daniel! Ich habe nur Sie –

Sehen Sie! Sie kommen zu mir und zu keiner lebenden Seele sonst, ob sie nun rodeln wollen oder etwas anderes.

Nein, das ging schief, er dachte sozusagen zu gedankenlos, und so brach sie für heute ab und verabschiedete sich. Vorläufig mußte sie sich Ruhe gönnen, sie war ein Stück weiter gekommen, und nun wollte sie schlafen – essen und schlafen. Was war geschehen? Die völlige Eroberung vollzogen und entschieden geglückt. In einer Woche oder in zweien einen neuen Schritt vorwärts.

Mit leichterem Sinn, als sie gekommen war, ging sie heim, von einem Druck befreit, den sie so lange getragen hatte. Das kleine Mädchen, es hatte sich nicht ergeben, sondern sein Bestes getan, Pläne geschmiedet, geordnet, eingegriffen trotz des Schicksals. Was sie durch dieses Manöver erreichen würde, war nicht unverdient ...

Tag auf Tag verging, die Ruhe, die sie sich selber schuf, tat ihr gut; sie bekam wieder bessere Farbe, und ehe sie am Abend einschlief, lag sie da und sah ins Dunkel, die Seele im Lichte ruhend. Für ihre Schamhaftigkeit hatte Daniel keine Augen, davon konnte sie absehen. Jedesmal, wenn er sie traf wurde er entzückter von dem, was von Julie d'Espard übrig war. Übrigens war sie auch keine Ruine, durchaus nicht, ihr Körper war noch ebenso tadellos, und was den elenden Schneidezahn betraf, so konnte sie sich einen Stiftzahn machen lassen, das hatten viele tun müssen.

Rechtsanwalt Rupprecht wurde im Sanatorium erwartet. Der Inspektor und die Wirtschafterin wollten sich gern ein wenig vorbereiten, wollten in- und auswendig schmücken, Wege ebnen und vor allem Essen schaffen, frisches Essen – ein Komplott mit dem Selbstmörder an der Spitze begann wieder über die Konserven zu klagen.

Die Wirtschafterin verlangte Fisch, frische Forellen. Der Inspektor war kein Fischer, er war alter Matrose, jetzt war er außerdem Inspektor, Vorgesetzter, und so wandte er sich deshalb an Daniel. Daniel schlug ein Loch ins Eis des Bergsees und stand den ganzen Tag mit seiner Angel da, und hier traf Fräulein d'Espard ihn und brachte ihm ihre unheimliche Nachricht: Jetzt wäre es leider schief gegangen, sie sei sicher, hätte es übrigens vom ersten Augenblick an gewußt. Wüßte er nicht mehr, daß sie es gesagt hätte?

Was sollte Daniel antworten? Hm. Jawohl. So.

Jedesmal, wenn Daniel in diesen Tagen die Schnur hochgezogen hatte, war Wasser mit heraufgekommen, und dieses

Wasser war zu Eis geworden und hatte es glatt und gefährlich um das Loch gemacht. Er bat sie, nicht zu nahe zu kommen.

Ach Gott, was tut das! sagte sie. Es wäre am besten, wenn du mich gleich nimmst und ins Loch stopfst!

Er legte das Angelgerät beiseite, kam zu ihr herüber, nahm sie in seine Arme und setzte sie ein Stück weiter fort nieder. Gleichzeitig küßte er sie gründlich.

Gott segne dich! flüsterte sie unter Lächeln und Tränen und fiel ihm um den Hals.

Er war selbst glücklich, auf diesen Streich verfallen zu sein, der so herrlich auf sie wirkte. Er überhob sich kräftig und sagte: So machen wir's damit!

Ja, das sagst du wohl, aber . . . Aber was soll ich tun!

Weine nicht, weine nicht! Wir bringen es schon in Ordnung!

Ich danke dir! Ich freue mich so, daß du mir helfen willst!

Dir helfen? Hab ich nicht gesagt: Komm zu mir! Wir müssen wohl Rat finden, wenn wir zu zweit sind. Hier stehe ich auf dem Eise und verdiene Tag für Tag Geld, und nicht so knapp –

Geld, sagt sie, das hab ich selbst auch ein wenig.

Er stutzt. Jawohl, er hat es ja gesehen, hat vor einigen Wochen ein dickes Geldpaket bei ihr gesehen, und jetzt, da er sich dessen entsinnt, hatte er es sogar an seiner Brust gespürt, wenn er sie in seinen Armen hielt. Was hat es also zu sagen! meint er laut.

Jaja, stimmt sie ihm zu und fügt sich.

Hüte deine Gesundheit! ruft er ihr nach, als sie geht. Paß auf, daß du keinen Schnee in die Stiefel bekommst!

Das war wirklich gut gegangen. Daniel war ein Staatskerl, er war genau wie so ein feiner französischer Herr in ihren Büchern, ein Monsieur ohne Furcht und Tadel, selbst seine Sorglosigkeit war ansprechend. Sie ging oft zu ihm aufs Eis und unterhielt sich mit ihm, zuweilen fand sie ihn an einem neuen Loch, das er hatte schlagen müssen, und zuletzt zog er ganz hinauf zum höchsten Gebirgssee und fischte fleißig. Lieber Gott, er fing nicht sehr viel, aber für Daniel, der so genügsam war, machte es schon etwas aus. Seine gute Laune schwand nicht. Das sei für Kaffee für Marta, sagte er, und es wäre ein guter Verdienst für einen Wintertag! Das Fräulein fragte, wieviel er für jeden Fisch erhielte, aber das konnte er nicht sagen, denn es war nicht immer gleich, es kam auf die Größe und das

179

Gewicht an. Jeder Fisch reichte zu einem guten Schluck Kaffee mit Zucker, und er konnte sogar noch etwas zurücklegen. Überhaupt prahlte er scherzhaft: es käme für ihn darauf an, daß die Ausgaben einigermaßen die Einnahmen deckten und nicht umgekehrt!

In dieser Zeit hatten die weiblichen Gäste im Sanatorium etwas vor, sie kamen zusammen wie zu einer Krähenversammlung und diskutierten; eine der Damen saß mit einem Bleistift da und notierte etwas auf ein Stück Papier. Jedesmal, wenn Fräulein d'Espard kam, wurde es still.

Das war Fräulein Julie d'Espard gleichgültig, oh, so vollkommen gleichgültig, sie war die rechte Dame, um zu tun, als sähe sie die ganze Krähenversammlung gar nicht! Aber auf die Dauer wurde es langweilig, so ausgeschlossen zu sein. Sie machte Annäherungsversuche, bot jedem, der sie leihen wollte, französische Bücher an, kam aber damit nicht weit. Der Aufenthalt hier wurde langweilig, wurde einsam, der Mensch hält das Alleinsein so wenig aus wie die Krähe. Sie hatte zwar Daniel auf dem Eise, aber es war ein langer, kalter Weg bis zu ihm am höchsten See, der Selbstmörder war weniger unterhaltend, seit sein Kamerad abgereist war, der unglückliche Selbstmörder hatte wieder angefangen, seinen Gedanken nachzuhängen, und hatte sein Klettern in den Bergen eingestellt. Er rührte auch keine Kugel auf der Kegelbahn mehr an.

Es verbesserte daher die Laune des Fräuleins, daß der Rechtsanwalt kam. Er war so glatt und wohlwollend, so hilfsbereit, und da Fräulein d'Espard einer der ältesten Gäste war, nahm er besondere Rücksicht auf sie, zum Neid und Ärger der andern.

Der Rechtsanwalt konnte ein wenig von Herrn Fleming erzählen, und davon war dies und jenes dem Fräulein neu: daß er schon in Kristiania festgenommen worden war und wegen seiner Krankheit im Krankenhaus liegen und sich erholen konnte, während die Frage seiner Auslieferung geordnet wurde. Er bezahlte übrigens selbst für sich und war ganz Edelmann. Das merkwürdigste war, daß die finnischen Behörden gleichsam nicht ernsthaft gegen den Fälscher vorgingen und selbst baten, dem Patienten gute Pflege angedeihen zu lassen. Gott weiß, wer er überhaupt ist und was er Böses getan hat!

sagte der Rechtsanwalt. Vielleicht gar nichts, vielleicht ist es nur ein Mißverständnis, das wieder gutgemacht werden kann. Sie und ich, Fräulein d'Espard, wissen es nicht.

Nein.

Nein. Was sollen wir in einem Sanatorium von unsern Gästen wissen? Wir fragen sie nicht aus, wir nehmen sie für das, als was sie sich ausgeben. Hierher wimmeln sie aus Osten und Westen, von hier ziehen sie wieder fort, wohin, wissen wir nicht; die meisten verschwinden für uns, wenn sie ihres Weges gereist sind, das Leben schlägt über ihnen zusammen. In einem Sanatorium kommen und gehen sie, ein Aufenthalt ist hier kein Lebenslauf, wir verschaffen ihnen Ruhe und Zerstreuung, manchen verschaffen wir Gesundheit und Leben, aber sie sind alle nur eine begrenzte Zeit hier. Wir haben vielleicht ein paarmal Abenteurer beherbergt, nun ja. Wir sind keine Polizei. Zuweilen erreicht uns eine Nachricht, eine Zeitungsnotiz erinnert uns an irgendeine Person, die wir hier gesehen haben. Erinnern Sie sich an die Prinzessin?

Ja.

Die englische Ministersgattin! Ja, jetzt heißt es, sie sei weder Lady noch Prinzessin. Sie soll entschleiert sein. Das geht uns nichts an. Sie war soundso lange mit Dolmetsch und Kammerjungfer hier, wir haben keinen Schaden durch sie erlitten, unsere Rechnungen wurden bezahlt. Daß in Wirklichkeit Frau Ruben für sie bezahlen mußte, das ist ihre Sache und nicht unsere. Wenn Frau Ruben für sie bezahlte, so hatte sie wohl ihre Gründe dafür. Apropos, Frau Ruben ist viel dünner geworden.

Das habe ich gehört.

Viel dünner, viel beweglicher, bedeutend hübscher, es ist ein Vergnügen, wenn man es sieht. Es sollte mich nicht wundern, wenn das die Nachwirkung ihres Aufenthaltes auf Torahus wäre. Ich werde selbst wie neugeboren, wenn ich herauf komme. Nicht wahr, Sie finden es auch gesund hier?

Gewiß.

Obwohl Sie eigentlich nicht abgenommen haben, das kann ich nicht sagen, Sie sind eher stärker geworden.

Fräulein d'Espard wird puterrot: Ich bin genau, wie ich war.

Aber vielleicht doch ein wenig stärker, nur eine Idee stärker natürlich. Und gerade so soll es sein: Abmagerung für die Dicken und vermehrtes Gewicht und etwas Wohlbeleibtheit für

die Mageren. Das macht gewiß das Wasser hier, ich muß es
wirklich einmal analysieren lassen. Oh, es gibt so vieles, das
ich tun müßte. Vor allem die Flagge. Denken Sie, wir haben
die ganze Zeit keine Flagge gehabt, ich habe sie auch diesmal
vergessen. Wir haben zwei Flaggenstangen, eine auf dem
Dach und eine drüben auf der Wiese, aber keine Flagge. Aber
zu Weihnachten müssen wir unbedingt eine Flagge haben.
Apropos, ich habe Schuldirektor Oliver zu Weihnachten eingeladen. Sie haben sich ja gut mit Direktor Oliver gestanden,
nicht wahr?

Ja.

Ich habe ihn zum Weihnachtsfest eingeladen. Ich möchte ihn
gern hier halten, er ist ein bekannter Mann, ein großer Name.
Als er jetzt im Herbst nach Hause kam, schrieb er sehr lobend
über unsern Ort, diese Heilstätte in den Bergen, und über
unsere Leistungen hier. Es stand in einer lokalen Zeitung, aber
jetzt möchte ich gern, daß er in einem großen Blatte darüber
schreibt, ich glaube, das wird ihn auch persönlich mehr befrie-
digen.

Das Fräulein sagt: Wir hatten vor einiger Zeit Besuch vom
Gendarmen. Er kam, um uns zu verhören.

Über Herrn Fleming, ja. Das erfuhr ich hinterher, ich war
leider nicht anwesend, sonst hätte ich es verhindert. Ich hoffe,
daß er rücksichtsvoll auftrat! Das fehlte nur! Ich will übrigens
wieder mal beim Lensmann vorsprechen, ich verlange Frieden
für unsere Gäste.

Da Sie Herrn Fleming erwähnen – er ist doch wohl nicht
gestorben – er lebt doch noch?

Das hoffe ich, antwortet der Rechtsanwalt, immer mit gleichem Wohlwollen und gleicher Glätte allen, auch dem abwesenden Fälscher gegenüber. Ich habe nichts gehört, aber ich
hoffe wirklich, daß Herr Fleming Nutzen von seinem Aufenthalt hier gehabt hat und daß es ihm besser geht. Herr Fleming
war ein äußerst liebenswürdiger und ansprechender junger
Mann, adlig und fein, mit musterhaften Manieren, kommt er
wieder, so soll ihm das Torahus-Sanatorium offenstehen. Wir
haben überhaupt Glück mit allen unsern Gästen gehabt, lauter
nette Leute, deren Wiederkehr eine Freude für uns sein würde.
Was die Prinzessin betrifft, so war sie gar keine schlechte Reklame für uns, auch sie soll gegebenenfalls wieder willkommen sein. Ein Auftreten, ein Air! Ich weiß nicht, ob so etwas

Bedeutung für Sie hat, aber ich muß sagen, daß es auf mich wirkt; nennen Sie mich einen Narren, soviel Sie wollen!

Es hat auch für mich Bedeutung, sagt das Fräulein.

Natürlich. Sie sind ja Französin. Ja, die Prinzessin war schon gut. Sie sprach mit dem Doktor und mir und uns allen, als wären wir ihr Gesinde. Es schadet nichts, einmal eine kleine Lektion im Prinzessinnenwesen zu erhalten. Doktor Öyen fragte, ob er seine Besuche bei ihr mit Handschuhen machen müsse, aber das hielt ich für eine Übertreibung, er hätte ihr vielleicht den Puls fühlen müssen, und dann wären sie hinderlich gewesen. Nein, man soll nicht servil sein, wir haben unsere Achtung vor uns selber. Aber ich bereue heute noch, daß wir keine Flagge hatten, als sie kam.

Jawohl, aus Rechtsanwalt Rupprecht sprach hin und wieder ein etwas kindischer Mensch, er hatte einige Narrenpossen, etwas Snobismus, naive Feinheiten von seinem Milieu gelernt; aber was er von früher her hatte, war von größerem Wert: seine Gutmütigkeit, seine Dienstbereitschaft, die ausgezeichneten Wirtseigenschaften. Er war auch nicht ohne natürlichen Takt, der war ihm angeboren, und so tat er, als sähe er Fräulein d'Espards entstelltes Gesicht gar nicht. Als sie ihn schließlich darauf aufmerksam machte, beugte Rechtsanwalt Rupprecht sich vor, um besser zu sehen, und sagte: Jetzt, da Sie es sagen –!

Oh, sagte sie und lachte, welche Delikatesse!

Ja, da Sie es sagen! Ich sehe nicht ganz so gut wie früher, aber wenn Sie mich darauf aufmerksam machen, so merke ich es natürlich. Die Narbe macht nichts, nicht die Spur, Sie haben jetzt den Vorteil, daß Sie sich keine Schönheitspflästerchen mehr aufzukleben brauchen.

Ja, sagte sie lächelnd, mit Schönheitspflästerchen muß ich jetzt wohl aufhören.

Ein Strich wie der ist keineswegs entstellend. Wie haben Sie ihn bekommen?

Als er den ganzen Vorgang auf der Rodelbahn zu hören bekam, beschäftigte er sich gleich damit, wie er Wiederholungen vorbauen könnte. Die Bahn sollte im Sommer von Baumstümpfen und Steinen gereinigt werden, schon jetzt zu Weihnachten wollte er mehr Schnee aufschütten, auf jeder Seite der Bahn Stangen setzen lassen, alles sollte getan werden. Ja, jetzt ist es nicht mehr lange bis Weihnachten, sagte er. Sie bleiben doch hier, Fräulein d'Espard?

Ich glaube.

Aber ich hoffe es! Sie sind einer unserer liebsten Gäste. Ich komme selbst her, auch andere kommen, ich habe mit vielen gesprochen. Jetzt wollen wir auch den See vom Schnee reinigen und eine feine Eisbahn für die kommenden Gäste machen. Ich glaube, sie werden sich gut unterhalten. Überhaupt: wir wollen Torahus zu etwas Großem und einzig Dastehenden machen, solange ich Direktor des Unternehmens bin, werden wir keine Mühe sparen. Das nächste ist elektrisches Licht. Das kommt. Zum Frühjahr werden wir alle unfertigen Räume einrichten und möblieren. Sind wir dann fertig? Nein, dann müssen wir bauen. Es hat sich gezeigt, daß das Sanatorium zu klein ist, wir müssen erweitern. Man hat hier nur einer kleinen Welt vorzustehen ...

10

Es kam ein großes Paket für den Selbstmörder – Anton Moß schickte den Ulster zurück. Ein Brief lag bei, daß er ohne Gefahr wieder benutzt werden könnte, da er desinfiziert wäre. Mit vielem Dank zurück!

Diesen Brief hatte Moß zwar nicht selbst geschrieben, aber er hatte ihn sicher diktiert, seine Ausdrucksweise war unverkennbar. Der Brief war merkwürdig und voller Spott, er riet dem Selbstmörder, wieder zu heiraten oder zur Mission zu gehen.

Er ist verrückt geworden! sagte der Selbstmörder.

Merkwürdigerweise war der Selbstmörder recht gekränkt über die Anzüglichkeiten seines alten Kameraden, sie reizten ihn zu unbeherrschten Redensarten und Gegenstößen, ganz wie damals, als sie im schönsten Streiten waren. Er erwischte Fräulein d'Espard und bat sie, Punkt für Punkt zu hören, was er auf diesen unverschämten Brief zu antworten denke. Es waren keine Kleinigkeiten, die er diesem Blinden, diesem Kadaver versetzen wollte. Übrigens würde er es wirklich schreiben, sagte der Selbstmörder, schwarz auf weiß, sagte er, bei Gott, er wollte diesem Hundsfott einen Brief schreiben, der sich gewaschen hätte, er sollte nicht das letzte Wort behalten. Fräulein d'Espard bat ihn, wenn möglich diese und jene Wendung zu mäßigen, aber er wollte nichts davon wissen, ihm fielen sogar noch ärgere Benennungen für diese Blindekuh, diese Beulenpest ein, und er lachte verbissen. Der Selbstmörder brachte es wirklich ein paar Tage lang fertig, sich hinzusetzen und zu schreiben, und als er schließlich einen prächtigen Entwurf zustande gebracht hatte, war er sogar so gekränkt, daß er aus reinem Trotz seine Bergkraxelei wieder aufnahm. Die Redensart, daß er wieder heiraten sollte, schien ihn am meisten verletzt zu haben. Was weiß dieses Häufchen Elend davon, ob ich verheiratet bin oder nicht! rief er. Ich habe ihm auch nicht ein Tüttelchen erzählt! Gehen Sie aus, Fräulein d'Espard? Wenn Sie nichts dagegen haben, begleite ich Sie ein Stück, ich will auf den ›Fels‹.

Ja, das Fräulein wollte wieder zu Daniel, der beim Angeln war. Sie hatte einige Tage lang ihre Besuche eingestellt, um nicht zu oft zu kommen, aber die andern Damen im Sanatorium schnitten sie immer noch, und so mußte sie wieder aufs Eis hinauswandern.

Oh, die schändlichen andern Damen! Es kam an den Tag, daß sie mit einer Näharbeit, einer vielfarbigen Stickerei auf grünem Filz, beschäftigt waren. Fräulein d'Espard erblickte sie eines Tages unversehens im Zimmer einer der Damen: das Mädchen, das reinmachen sollte, hatte sie vor sich ausgebreitet und bewunderte sie vor offener Tür. Die schnellen Augen Fräulein d'Espards umfaßten alles mit einem Blick: die eine Dame hatte mit Krähenfüßen etwas von einer Tischdecke notiert, soundso viel für grünen Filz, soundso viel für Seide, Satinfutter, Fransen. Deshalb saßen sie also in der letzten Zeit abwechselnd in ihren Zimmern, nähten bei Extrakaffee und Vorlesen, daß die Fäden rauchten.

Fräulein d'Espard war ja darüber erhaben, sie lächelte über die Krähenversammlung: das also war das große Vergnügen, von dem die anderen Damen sie ausgeschlossen hatten! Allerdings: Fräulein d'Espard konnte nicht sticken, sie konnte nicht eine Nadel richtig anfassen, das hatte sie wirklich nicht gelernt. Sie hatte anderes gelernt, Schreibmaschine, Französisch, sie hatte ihren Geist entwickelt. Ach, aber in dieser Umgebung, in einer so zusammengewürfelten Gesellschaft hatte sie ja keine Verwendung für ihre Fertigkeiten, hier stand ja weibliche Handarbeit in höherem Ansehen als in ihren Augen. Sie war eine moderne Dame.

185

Als der Rechtsanwalt abreiste, war das Fräulein wieder auf die Unterhaltung Daniels angewiesen, und die mußte sie ja auch in dieser Zeit am meisten interessieren. Was wurde daraus? Wo kam Land in Sicht? Keine direkte Frage und keine Antwort, keine Entscheidung. Würde er sie nehmen? Was wußte sie – ja, natürlich war es wohl ihre Absicht, was sonst nach allem, was zwischen ihnen vorgefallen war! Sie war sogar ein bißchen in ihn verliebt, es war gut möglich, daß sie ihn einmal richtig gern haben würde, hatte er doch ansprechende Eigenschaften und sah nicht schlecht aus. Hatte sie zudem eine Wahl? Eine Sennhütte war jetzt gut genug für sie.

Das Fräulein passiert den ersten See, wo gerade die Männer vom Sanatorium und aus dem Kirchspiel dabei sind, den Schnee in einem unermeßlichen Ring zusammenzufegen, so daß der ganze See zur Eisbahn wird. Die Männer aus dem Kirchspiel sind übrigens etwas unerzogen; es sind meist junge Leute, die kichernd und flüsternd die Köpfe zusammenstecken, als sie vorbeigeht. Das ist nicht gerade ergötzlich, als sie aber zu Daniel kommt, ist sie geborgen. Er ist immer derselbe, immer hilfsbereit: Als er hört, daß die Burschen aus dem Kirchspiel zudringlich gewesen sind, will er augenblicklich mit Fischen aufhören und zu ihnen gehen. Das ist alles dies Pack, das sich um den Handelsplatz angesammelt hat, sagt er, ich möchte darauf schwören. Du willst also nicht, daß ich mit ihnen rede? Na ja. Nein, ich kann übrigens Helmer darum bitten.

Helmer – wer das wäre?

Helmer wäre sein Nachbarbursch aus der Kindheit, ein durch und durch braver Kerl, sein bester Freund. Daniel erzählt lächelnd, daß Helmer ihn sogar davon abgehalten hätte, ein Haus anzuzünden: Ja, das war doch, als ich vor ein paar Jahren so schändlich angeführt worden war und sie einen andern genommen hatte, den Gendarmen. Das wäre Daniel ja ein bißchen in den Kopf gestiegen, er hätte Vergeltung üben und sie verbrennen wollen. Und wäre Helmer damals nicht gewesen, dann weiß Gott –

Hättest du es tun können? fragt das Fräulein.

Ja, sagt Daniel. Vielleicht ist es nur Prahlerei, aber er sagt ja. Und er fragt: Denk daran, was sie getan hatte, warum mußte sie mich anführen? War ich nicht von einem Hofe gerade wie sie? Aber jetzt ist es einerlei, sagt Daniel und nickt, ich mache mir nichts mehr aus ihr!

Das ergab ein ganzes Gespräch: Er entwickelte es halb im Scherz, halb im Ernst, und das Fräulein faßte es so auf, als ob seine Worte einen doppelten Boden hätten: daß er sich von jetzt an nur noch aus ihr und aus keiner andern mehr etwas machte. Schön. Sie fragte so ins Blaue hinein, was er tun würde, wenn sie heute in das Loch fiele. Er warf wieder die Angelgeräte fort, ergriff sie, trug sie fort und küßte sie gefährlich heiß. Ja, er war wirklich ein ganzer Mann, sie ruhte sicher an diesem Brustkasten, der so breit wie eine Tür war. Aber Daniel, sagte sie kläglich lächelnd, wenn eine Spur von Liebe in dir wäre, so würdest du jetzt um mich anhalten!

Was –?

Als sie seine Überraschung merkte, trat sie gleich zurück, bange, daß sie alles verdürbe, und auch ein wenig beleidigt. Hahaha! lachte sie, ich habe es nur so gesagt. Du lieber Gott, meintest du, es wäre Ernst? Es war nur *en l'air*. I nein, du verstehst ja kein Französisch! Wie soll ich es sagen?

Wenn ich es täte, wenn ich um dich anhielte? fragt Daniel. Ja, was würdest du darauf antworten?

Das – ja, das käme wohl darauf an. Ich weiß nicht.

Ich meine nur so und überhaupt.

Das Fräulein antwortet: Ich würde wohl sagen, daß wir beide darüber nachdenken müßten.

Schweigen.

Ich könnte mir nicht denken, daß du wolltest, sagt Daniel freundlich. Und ich glaub es auch nicht.

Warum nicht? Was wir beide miteinander gehabt haben, kann jetzt nicht mehr ungeschehen gemacht werden.

Jetzt wird er im Ernst aufmerksam und fragt gerade heraus:

Ja, was meinst du? Willst du mich haben? Aber so steht es wohl nicht?

Schweigen.

Nein, siehst du! sagt er und schüttelt verlegen lachend den Kopf.

Da schlägt sie zu: Doch, ich will dich haben. Wir können jetzt nichts anderes tun, weißt du. Ich will dich haben. Und da mußt du auch etwas tun, du mußt mich nehmen. Das mußt du wirklich Daniel, wie du mich jetzt zugerichtet hast.

Nun, im Grunde meinte er nicht darüber gegrübelt, sich nicht die Möglichkeit gedacht zu haben, und nun stand er da! Es äußerte sich wieder in einer wortreichen Lustigkeit, er

wurde, wie schon früher einmal, verwirrt und schwatzte
Dummheiten: Sie war der Gipfel einer Dame, das großartigste
Fräulein, das in zwei Schuhen ging. Das hätte er nie erwartet,
darauf hätte er unmöglich verfallen können, das war zuviel –

Scht! sagt sie. Ich kann dir wohl nichts sein, ich kann nicht
melken.

Das tue ich.

Aber ich kann mitkommen und den Tieren Heu geben.

Nein, das tue ich. Gott behüte, solltest du vielleicht Magd
bei mir werden?

Oh, mich nur zum Staat zu haben, dessen würdest du bald
überdrüssig sein.

Ja, aber wozu hab ich denn Marta? Im Winter rühre ich
nicht einen Finger, alle Arbeit auf dem Hofe besorgt Marta.
Aber ich muß dich übrigens eines fragen: Hast du wirklich
daran gedacht, ist es dein Ernst?

Sie erklärte wieder, daß ihnen nichts anderes übrig bliebe.

Er sinnt, das Kinn auf der Brust, denkt, lächelt und schüttelt
überwältigt den Kopf: Ja, wenn das zustande käme, dann
würde sich das Kirchspiel wundern, meint er, Helena und die
andern, sagt er. Das scheint ihn am meisten zu beschäftigen,
der Triumph über das Kirchspiel. Und jetzt findet er, daß er
noch längst nicht genug über Helena gesprochen hat, und beginnt wieder mit Nachdruck und netten Worten: Er wäre doch
auch von einem Hofe und von ebenso guten Eltern wie sie –
alles Gute wünscht er ihr jetzt! Hätten sie nicht von Kindes-
beinen an Freundschaft füreinander gefühlt? Er sollte meinen,
gerade wie Ehe und geschworene Liebe. Es hätte auch nicht an
Küssen und angenehmer Behandlung von seiner Seite gefehlt,
das könnte das Fräulein glauben, das einzige war: er konnte
nicht ertragen, daß sie einen andern nahm. Und wenn es nach
Recht und Verdienst gegangen wäre, so hätte Daniel sie damals verbrannt und kein Haar auf ihrem Kopf am Leben gelassen. Ja. Es hätte nicht Asche genug zu dem kleinsten Laugen-
topf von ihr übrig bleiben sollen. Nein.

Scht! sagt das Fräulein und dämpft seine Heftigkeit, jetzt
dürften sie an nichts als an sich selber denken.

Ja, aber würde das nicht eine Neuigkeit fast wie das größte
Wunder sein? Daniel lachte und schlug die geballten Fäuste in
der Luft zusammen.

Das Fräulein wurde nicht immer gleich klug aus ihm, er

kam ihr gedankenlos und leicht vor, aber andererseits war er
ja unerschütterlich in seinem Willen und seiner Arbeit, eine
Mischung von böse und gut wie andere Menschen. Als er sich
erbot, mit dem Fischen für heute aufzuhören, sie nach der
Sennhütte heim zu tragen und gleich da zu behalten, war er ja
ein Monsieur nach ihrem Herzen. Wir müssen vernünftig sein,
warnte sie, aber es ist schon richtig, was du sagst!

Sie könnte die neue Stube bekommen, fuhr er überredend
fort, die ganze neue Stube, er und Marta würden sie nicht mehr
mit einem Fuß betreten, und sie sollte saure Milch und Fleisch
und Kartoffeln und Eier haben –

Auf dem Heimwege ins Sanatorium schien ihr wieder, daß
alles gut gegangen sei, und wenn sie auch nicht gerade übermäßig glücklich war, so war sie doch zufrieden, guter Laune,
aus dem Schlimmsten heraus, wieder obenauf. Als sie ging,
hatte er ihr nachgerufen: Aber – du, Fräulein – was ich sagen
wollte, sag mir nur eines: Ist es wirklich dein Ernst? Es war
wohl das drittemal, daß er diese Frage getan und ihre Versicherung erhalten hatte. Was hätte sie sonst antworten sollen?
Sie war vernünftig genug, den Vorteil einzusehen, wenn sie in
der Torahus-Sennhütte landete, sie war umhergetappt und war
verblichen, und jetzt bot ihr ein junger Mann Heim und Familienleben, wie er es vermochte. Das war alles, was sie zur
Zeit erreichen konnte. Aber natürlich war es in erster Reihe die
Notwendigkeit, die sie einschlagen ließ ...

Weihnachten kam, und am Weihnachtsabend waren alle
Gäste des Sanatoriums beisammen. Es gab keinen Weihnachts-
baum, da es keine Kinder gab und Weihnachtsgeschenke in dieser zusammengewürfelten Gesellschaft ausgeschlossen waren.
Indessen hatten die männlichen Gäste zu einer Brustnadel für
die Wirtschafterin zusammengelegt; sie war hübsch, farbig
emailliert und mit vergoldetem Rand. Der Doktor erhob sich
am Ende des Abendbrottisches und hielt eine Rede, er dankte
im Namen der Wirtschafterin für den kostbaren Schmuck, den
die Herren – verheiratete und unverheiratete Bewunderer
oder vielleicht Bewerber – an ihrer Brust befestigt hätten. Hierauf ging er dazu über, den Damen im eigenen Namen für ein
Geschenk zu danken, das so groß und unerwartet war, daß er
keine Worte dafür finden konnte! – Der Doktor war wirklich

189

gerührt, es dauerte etwas, ehe er fortfahren konnte, und er hatte feuchte Augen. – Ein so außerordentlicher Beweis freundlicher Gesinnung seitens der Damen könnte nicht anders, als ihn mit Stolz und Dankbarkeit erfüllen – während er natürlich gleichzeitig gelben Neid bei allen hier sitzenden Herren hervorriefe. Dieses mit Kunst und Geschmack, mit unendlichem Fleiß von süßen kleinen Händchen erzeugte Geschenk leuchtete jetzt in seinem Dasein, es war eine unvergleichliche Decke, die seinen Tisch zu einem Altar, sein Zimmer zu einem Heiligtum machte. Meine Damen, mein überwältigtes Herz dankt Ihnen! – Hierauf sprach er auf Weihnachten und auf alle die Gäste, die den Mut und die seelische Gesundheit gehabt hatten, hier in den Bergen zu überwintern. Mochte es ihnen allen zu Freude und Nutzen sein!

Also hier landete die Tischdecke, der Doktor wurde ihr Besitzer. Fräulein d'Espard konnte wieder lächelnd dasitzen, ja, sie konnte den herzzerreißenden Dank des Doktors für das Geschenk entbehren. Ihr schien das Ganze etwas gesucht und an den Haaren herbeigezogen; Doktor Öyen war ja im allgemeinen nicht so sehr beliebt bei den Gästen, er war nett und geschäftig und wohlmeinend, aber er war nicht sehr geachtet. Den Pfarrerswitwen war sicher Weihnachten aufs Gehirn geschlagen, und sie wollten durchaus ein Weihnachtsgeschenk machen, selbst wenn der Doktor es bekam. Es war ja ausgezeichnet, wenn er sich darüber freute und gerührt wurde, wirklich, er hatte Tränen in den Augen, als er für die Altardecke in seinem Heiligtum dankte. Nach Tisch wurde die Post verteilt: eine Überschwemmung von Weihnachtskarten, einige Weihnachtshefte, ein vereinzeltes Buch. Unter den Sendungen befand sich eine runde Papphülse mit französischer Briefmarke, in Paris abgestempelt: Es war ein Geschenk an das Sanatorium, ein ›Torahus-Marsch‹, komponiert von dem Pianisten und Stipendiaten Selmer Eyde. Großartig! Inmitten der Herrlichkeit der Weltstadt hatte der junge Künstler Torahus nicht vergessen! Eine Klavierlehrerin wurde ans Instrument geführt, um den Marsch zu spielen, mußte es aber bald aufgeben und bitten, ihn erst ein bißchen üben zu dürfen. Dagegen spielte sie zwei Weihnachtschoräle, die die ganze Gesellschaft mitsang. Als man später Kaffee und Kuchen, Wein und Konfekt reichte, wurde es immer mehr Weihnachtsabend, und der Doktor hielt wieder eine Rede, diesmal für jedes Heim im Lande, für die schimmernden Scheiben in Hütte und Haus, die frohen Augen der Kinder, die Mütter – die Mütter, meine Damen und Herren, die in dieser wunderbaren Weihnachtszeit von morgens bis abends und vielleicht manchmal vom Abend bis in den lichten Morgen hinein gearbeitet haben. Ein Hoch für die Heime und die Mütter!

Jawohl, es wurde getrunken und an zarte Saiten gerührt, und die Mütter nickten und dankten.

Und eine Stunde später war die Feier aus und Weihnachtsabend vorbei, der Doktor hielt streng darauf, daß die nervösen Gäste rechtzeitig zu Bett kamen und daß die andern, die Nachtschwärmer, sich gemäß dem Anschlage im Korridor benahmen. Der Selbstmörder, der Inspektor und ein Kleinhändler wollten daher in die Dependance hinüber, um Karten zu spielen.

Als der Selbstmörder vorbeigeht, sagt Fräulein d'Espard: Nun, Herr Magnus, fröhliche Weihnachten! Es war zwar nur ein hingeworfenes Wort, aber der Selbstmörder antwortete kurz: Warum sagen Sie das?

Sie hatte offenbar etwas gesagt, was ihm nicht recht war, und wagte sich nun weiter vor: Haben Sie viele Weihnachtskarten bekommen?

Fräulein d'Espard – haben Sie selbst viele bekommen?

Nein, nur zwei.

Von wem sollte ich Weihnachtskarten bekommen? fragte der Selbstmörder. Ich wüßte niemanden.

Da müssen Sie entschuldigen!

Der Selbstmörder reuevoll: Nein, liebe –! Übrigens können wir später darüber reden. Gehen Sie voraus, sagte er zu seinen Mitspielern, ich komme gleich! Nein, ich habe keine Weihnachtskarte bekommen, aber das hatte ich auch nicht erwartet. Das ist Unsinn. Es tut mir nur leid, daß ich selbst so einen blöden Gruß abgeschickt habe, das war das Dümmste, was mir einfallen konnte; denken Sie nur, an Moß, an ein solches Stinktier!

So, an Moß.

Das wundert Sie. Aber hatte er mir nicht den Ulster und einen schändlichen Brief geschickt?

Und da haben Sie ihm auf den Brief geantwortet?

Nein, ich schickte eine Karte. Ich kaufte sie unten im Orte. Es hätte ein ausgeblasenes Licht oder ein Mann mit einer lan-

191

gen Nase darauf sein können, das hätte gut gepaßt, aber es war etwas ganz Lächerliches darauf: ein Eichhörnchen. Ich habe die Karte nicht ausgesucht; ich nahm, was mir vorgelegt wurde. Aber denken Sie: ein Eichhörnchen, etwas so unsagbar Sinnloses! Sie wissen ja, wie ein Eichhörnchen sitzt, den Schwanz über den Rücken gebogen, wie zusammengerollt. Es wäre nicht schlimmer gewesen, wenn ich ihm ein rot angestrichenes Haus im Schnee oder ein Christkind geschickt hätte. Ein Eichhörnchen – Ist Ihnen je solche Unschuld vorgekommen?

Glauben Sie nicht, sagt das Fräulein, daß er über das Eichhörnchen nachdenken wird? Dann vergeht ihm die Zeit. Er ist ja blind und verlassen.

Wie? Ja, Sie werden sehen, daß er sich seine Gedanken macht. Das ist nicht so schlimm, er kann eine Aufgabe für seinen verfaulten Kopf brauchen. Ein Eichhörnchen, sagt er, was ist damit gemeint? – Sagen Sie, Fräulein d'Espard, wollen wir uns nicht etwas anziehen und im Mondschein ausgehen?

Aber Sie werden ja in der Dependance erwartet?

Nein. Die können sich den Briefträger und den Schweizer holen.

Sie gehen im Mondschein aus.

Je länger ich darüber nachdenke, desto mehr finde ich, daß das Eichhörnchen ihm gut tun wird, sagt der Selbstmörder. Ich danke Ihnen, Fräulein d'Espard, Sie haben mich darauf gebracht. Sie haben gleich gemerkt, daß etwas Verzweifeltes darin war. Er wird ja jemanden mit Augen im Kopfe fragen, was auf der Karte steht. Ein Eichhörnchen, sagt man. Da schwillt es vor Finsternis und Unverstand in ihm, ich kann sein Gesicht sehen –

Der Selbstmörder redet weiter. Das Fräulein bemerkt: Es ist schon im voraus soviel Finsternis in ihm. Gut, daß Sie ihm nicht auf den Brief geantwortet haben.

Wer hat gesagt, daß ich ihm keine Antwort schicke? fragt der Selbstmörder scharf. Er bekommt sie schon noch, dafür werde ich sorgen. So, ich sollte sie nicht schicken? Wollen Sie mir sagen, warum er das letzte Wort behalten soll?

Sie schlenderten weiter im Mondschein, es waren jetzt gute Wege geschaufelt, und sie konnten Seite an Seite spazieren. Das Fräulein erinnerte ein paarmal daran, daß sie zu Bett gehen müßten, aber der Selbstmörder antwortete, daß er zwölf oder zwei Uhr nicht für zu spät hielte, es könnte oft vier oder fünf werden, ehe es ihm zu spät würde, er schliefe wieder schlechter in der letzten Zeit. Oh, die Verbissenheit und Streitsucht des Selbstmörders waren überhaupt etwas gedämpft, er war dankbar dafür, daß das Fräulein mit ihm gehen und ihm das Leben eine Stunde verkürzen wollte, desto näher käme er dem Tode, wie es schiene. Er unterhielt sie mit traurigen Betrachtungen über die Tage und das Dasein, es sei Zeitvergeudung, daß er hier ginge, er wäre auf der Nordseite des Lebens angelangt, sagte er, sein Herz tanzte nicht, nein, und nicht einmal seine Kleider hielten mehr. Plötzlich wandte er sich zum Fräulein und fragte ein wenig unverständlich: Sie auch?

Wie bitte –?

Ja, ob Sie auch finden, daß Sie Ihre Zeit hier vergeuden?

Ja, das ist möglich. Ich ziehe übrigens nach Weihnachten fort.

Nein – nach Weihnachten, jetzt? rief er aus. Das war, als sollte er allein hier bleiben; es ging ihm nahe. Und der Selbstmörder, der sich seit der Abreise von Moß abgewöhnt hatte, zu reden und zu räsonieren, flammte auf und wurde gesprächig: Das wäre eine unerwartete Neuigkeit, eine unangenehme Neuigkeit. Reisen Sie weit fort? Es geht mich natürlich nichts an, aber sind Sie sicher, daß es anderswo besser ist? Ich bin nicht so sicher, und daher bleibe ich. Ist es im Grunde nicht einerlei, wo wir Menschen sind? Ich sollte es meinen. Sehen Sie sich mal den Vollmond an; wir finden ihn hübsch, aber er ist so nützlich und träge, er steht nur da und langweilt sich. So geht es mit allem und mit uns allen, wir kommen um, wie wir uns auch drehen und wenden. Aber nicht wahr: Euch ist heute nacht ein Erlöser geboren. Das sage ich nicht, um großschnauzig zu sein; es kann gut sein, daß etwas daran ist, am Erlöser und an der Erlösung – die Erlösung von dem Dasein, das wir bekommen und uns nicht genommen haben, die Erlösung von einem Leben, das uns ohne den geringsten Wunsch aufgedrängt ist. Ach Gott, wie mystisch ist das alles! Aber ich sage deshalb nicht, daß es vollkommen unglaublich sei, manche können ja glauben, gerade, weil es absurd ist. Hier werden wir, den Strick um den Hals, dem Untergang zugeführt, und wir gehen willig mit, unserm eigenen Besten direkt zuwider. Wir hören von dem weisen Plan im Dasein, aber daß wir ihn sehen, ihn einsehen – nein. Ich weiß nicht, was am richtigsten ist, manche sind ja ernsthafte Menschen, die sich nie über das Leben lustig machen. Aber so gehen wir, so wandern wir. Wir werden ohne Unterlaß geführt, was Alter und Zeit nicht in uns vernichten, das schaffen sie jedenfalls um bis zur Unkenntlichkeit. Wenn wir dann eine Zeitlang gewandert sind, dann wandern wir noch eine Weile; wir wandern einen Tag, darauf eine Nacht, und endlich in der Dämmerung des nächsten Tages ist die Stunde gekommen, und wir werden getötet, in Ernst und Güte getötet. Das ist der Roman des Lebens mit dem Tod als letztem Kapitel. Das ist alles so mystisch. Also waren wir im Grunde nur eine Mine, die auf den Funken wartete, und nach dem Knall liegen wir still, stiller als die Stille, wir sind tot. Wir versuchen ja, dagegen anzugehen, wir reisen hierhin und dorthin, um zu entwischen, wir kommen hier ins Sanatorium, aber das scheint ein rechter Unglücksort zu sein, ein Totenhaus, wo einer nach dem andern zugrunde geht und in den Sarg gelegt wird. Wohlan, so fliehen wir – wie Sie es tun wollen, Fräulein d'Espard –, so ziehen wir anderswohin – als hätte es auch nur den geringsten Zweck! Es werden Steckbriefe hinter uns erlassen, und wir werden eingeholt, wir stehen auf der Liste, wir können die Garnison wechseln, aber nicht den Kriegsherrn. Aber du lieber Gott, wie wir dagegen ankämpfen! Wenn der Tod in die Tür tritt, stellen wir uns auf die Zehenspitzen und fauchen ihn an, und wenn er uns in den Arm nimmt, fangen wir an, großartig offenherzig gegeneinander zu sein, wir schlagen uns. Natürlich dauert es nicht lange, und wir liegen da, hier und dort ein bißchen blau. Dann werden wir in die Erde eingegraben. Warum das geschieht? Ja, damit das Sterben für die Zurückbleibenden gesünder wird! Aber wir selber liegen da mit Würmern in den Augen, zu tot, um sie wegwischen zu können. Ist das nicht alles so? Und das ist dabei nur die Hälfte. Wir haben nur von dem gesprochen, was der Tod verrichtet, wenn er nur so für sich hingeht und pflückt, aber das befriedigt ihn nicht immer, mit Krieg, Erdbeben, Seuchen tritt er auf als Majestät, mit immer abwärts gewandtem Daumen: der Tod watet im Leben –

Ein Ton schwingt sich vom Kirchspiel zu ihnen herauf, die Kirchenglocke läutet, ein eifriger junger Pfarrer hat sich wohl diese Überraschung für seine Pfarrkinder ausgedacht. Es ist ein ferner Ton, hin und wieder verschwindet er sogar ganz, wenn der Wind ihn aber heraufträgt, hört man mehrere starke

Schläge hintereinander. Das ist hübsch und ungewöhnlich, es ist Weihnacht und Messe in aller Treuherzigkeit, in aller Armut.

Der Selbstmörder rückt näher, es ist, als wäre er gerührt, aber er muß es ja verbergen, muß um alles in der Welt tun, als wäre nichts. Für das Fräulein ist es eine willkommene Unterbrechung, sie schüttelt sich und sagt: Denken Sie, es ist zwölf Uhr! Nein, jetzt gehe ich hinein!

Der Selbstmörder will durchaus keine Rührung zeigen, nicht die Spur, er muß weiter schwatzen; aber der Ton war doch etwas verschieden, als er fortfuhr: Schließlich ist der Tod ja nun auch nicht so schlimm, er ist nicht immer blutig, man wird auch nicht aufgefressen, man bleibt fast unberührt, wird nur etwas blau vom Anpacken – kann man mehr verlangen? Es sind besonders die Reichen und Mächtigen, die so viel aus dem Tode hermachen, die armen Leute haben weniger gegen ihn, sie können ihn sogar oft rufen: Kommt nur mit dem Tode, mit dem letzten Kapitel!

Ja, sagt das Fräulein, ja, so ist es. Gute Nacht, Herr Magnus!

Ach, wollen Sie gehen? Entschuldigen Sie, Fräulein d'Espard, murmelt er und bleibt vor der Tür stehen. Im Grunde hätte man doch eine kleine Karte mit der Post erwarten können, Sie verstehen, weil Weihnachtsabend ist, ein geringes Zeichen. Finden Sie nicht auch?

Ja gewiß, antwortet das Fräulein.

Sie hätten daran denken können, meine ich. Wenn ich eine Karte schicke, weil Weihnachten ist, so könnten sie antworten. Aber nein. Nun, es ist einerlei, ich klage niemand an. Natürlich vergißt man leicht eine solche Kleinigkeit, wenn man daheim ist und zum Beispiel das Haus zu besorgen hat.

Das Fräulein wird aufmerksam und fragt: Haben Sie nur eine Karte, die an Moß, geschickt?

Nein, noch eine, bekannte der Selbstmörder. Aber glauben Sie nicht, daß sie irgendwelche Bedeutung hatte, es waren nur ein paar Blumen darauf.

Aber auf die Karte können Sie ja nicht gut Antwort vor Neujahr haben?

Daran habe ich auch gedacht, antwortet er. Aber warum müßte es gerade eine Antwort auf meine Karte sein? Warum könnte ihre Karte nicht gerade so früh abgeschickt sein wie meine? Nein, es ist vergessen, das ist die Wahrheit. Oder

195

könnten Sie sich denken, daß man es absichtlich unterlassen hat?

Das ist wohl unwahrscheinlich.

Ja. Und ich halte es nicht für unmöglich, daß eine Neujahrskarte hier eintrifft. Überhaupt finde ich Neujahrskarten feiner und bedeutungsvoller als Weihnachtskarten. Ich weiß nicht, ob Sie derselben Ansicht sind.

Doch, darin haben Sie sicher recht.

Nicht wahr? Weihnachtskarten sind und bleiben Unsinn. Sie sind ja ganz nett für Kinder, aber für Erwachsene –

Als das Fräulein hinein ging, blieb der Selbstmörder noch lange an der Treppe stehen. Das Glockenläuten hatte aufgehört, man vernahm nichts, nur ein Rauschen von den Bergen. Der Vollmond schien auf ihn herab, der vergrämte Zug hatte sich wieder über sein Gesicht gelegt, und seine ganze Haltung war so wie in seiner ersten Zeit im Sanatorium: ein Ausdruck von Grübeln und Leiden . . .

Am zweiten Weihnachtstage kam Rechtsanwalt Rupprecht mit einigen andern Gästen, darunter einem Ingenieur, am dritten kamen Schuldirektor Oliver, Holzhändler Bertelsen, Frau Ruben und Fräulein Ellingsen, später noch einige Fremde mit Schiern und Schlittschuhen. Es machte keinen starken Eindruck, vielleicht ein Dutzend Menschen, nicht mehr, zu denen, die schon vorher da waren; im übrigen war Torahus ja ein neuer Ort, es war nicht zu erwarten, daß es das erste Weihnachten gleich voll werden würde.

Es wurde mit der neuen Flagge geflaggt und Bertelsen der ›Torahus-Marsch‹ vorgespielt, war er doch der Mäzen, der es dem jungen Künstler ermöglicht hatte, dieses Werk zu schaffen. Bertelsen hatte sich übrigens direkt im Sanatorium etwas zu schaffen gemacht: er wollte die Bedingungen für elektrisches Licht studieren. Was hatte er nun damit zu tun? Nichts. Es war wohl zumeist Wichtigtuerei von dem reichen jungen Mann, daß er sich in diese Sache hineinmischte. Der Rechtsanwalt hatte ja einen Ingenieur mitgebracht, der Wassermenge und Fall messen und berechnen sollte.

Wenn Bertelsen nach Torahus kam, hatte er etwas Übermütiges an sich. Er spielte sich etwas zu sehr als Besitzer des Ganzen auf, sprach wohl auch geradezu aus, daß er hauptsächlich gekommen sei, um etwas von seinem Guthaben im Etablissement abzuessen. Aus diesem Grunde wollte er auch nicht die Rechnung für seinen vorigen Aufenthalt begleichen.

Eines Tages mußte der Rechtsanwalt seinen Irrtum glimpflich berichtigen: Ich wüßte nicht, was für ein Guthaben Sie hier hätten. Sie irren sich. Sie haben nur eine Anzahl Aktien.

Ja, wollen Sie sie kaufen? fragte Bertelsen.

Nein, der Rechtsanwalt antwortete der Wahrheit gemäß, daß er das nicht vermöchte. Aber er hielt es nicht für unmöglich, daß er ihm die Aktien später abnehmen könnte.

Ja, aber jetzt?

Nein, jetzt nicht. Warum gerade jetzt? Sie brauchen das Geld doch nicht?

Bertelsen mit gerunzelter Stirn und im übrigen vor Reichtum geschwollen: Gott sei Dank nein!

Der Teufel mochte es wissen, aber Bertelsen war nun einmal kein sehr angenehmer Herr, es war nicht gerade ein Vergnügen, ihn in Kost und Logis zu haben, nein, das fand keiner im Sanatorium. Er konnte sogar geringschätzig von seinem eigenen ›Torahus-Marsch‹ reden und sich seine Auslagen für den Stipendiaten zurückwünschen. Dieser Ort ist mir ein zu teurer Aufenthalt geworden! sagte er. Wenn nun Gott und jedermann wußten, daß er ein großes, steinreiches Geschäft besaß, so nahm es sich schlecht aus, daß er ein Künstlerstipendium von einigen Tausenden bereute. Was mochte der Grund sein? Einer der Kleinhändler unter den Gästen – Ruud hieß er – war merkwürdigerweise nicht mehr so sicher in bezug auf den Reichtum des Hauses Bertelsen & Sohn. Ich kenne den alten Bertelsen, sagte er. Er ist ein sicherer und solider Mann; aber wie der Sohn ist, weiß ich nicht, er will mich nicht kennen und grüßt mich nicht, obwohl er gut weiß, daß ich einmal vor vielen Jahren hart gegen seinen Vater hätte sein können, es aber nicht war. Ich habe gehört, sagte Herr Ruud, daß der junge Bertelsen den letzten riesigen Holzkauf auf Kredit gemacht hat.

Aber dann hat die Firma doch den Gegenwert? sagte jemand.

Das ist nicht sicher, antwortete der Kleinhändler. Es kommt erstens darauf an, ob der junge Mann nicht zu teuer gekauft hat, und zweitens auf die Konjunktur. Ja, wenn England wieder einen neuen Krieg irgendwo in der Welt anfängt, so steigt das Holz, und Bertelsen & Sohn sind obenauf. Vielleicht sind sie es auch so, ich weiß es nicht. Es wäre jedenfalls traurig, wenn das große Geschäft Schwierigkeiten bekäme oder gar seine Tätigkeit einschränken müßte. Sie haben Hobelei, Möbelfabrik und Holzschleiferei an zwei Orten. Hoffentlich geschieht kein Unglück, schloß Ruud; viele Menschen leben davon.

Dem jungen Bertelsen war nichts anzusehen, er schien ganz unbekümmert, sein kleinliches Gerede von dem Stipendium und den Aktien mußte wohl der Ausfluß einer vorübergehenden Verstimmung sein. Aber Sympathie besaß er nicht, es gab sicher mehr als einen, der ihm eine Erschütterung gönnte. Er sah nicht gerade uneben aus und war auch nicht dumm, aber sein Aussehen wie sein Auftreten hatten etwas so merkwürdig wenig Anziehendes. Schon die Art und Weise, wie er Fräulein Ellingsen behandelte, mußte abstoßend wirken. War er verlobt mit ihr oder war er es nicht? Die alten Gäste vom ersten Schub erinnerten sich ja noch gut, wie er gleich von Anfang an die hübscheste Dame mit Beschlag belegt hatte, in den grünen Wald mit ihr gegangen war und alles das – jetzt schien sie kaum für ihn zu existieren, obwohl an ihrer Ergebenheit nichts auszusetzen war. Sie schlug mehr als einmal eine gute Unterhaltung und eine feine Annäherung seitens der anderen Herren Bertelsens wegen aus, aber das schien keinen Eindruck auf ihn zu machen. Er tat, als sei er stark mit den Angelegenheiten des Sanatoriums beschäftigt, und steckte auch sehr richtig seine Nase überall hinein, wo er nur eine Ritze finden konnte, hatte aber doch zugleich Muße genug, einer gewissen anderen Dame im Sanatorium Beachtung zu schenken. Was für einer anderen Dame, vielleicht Fräulein d'Espard, der er ja früher schon den Hof gemacht hatte? Nein, nicht Fräulein d'Espard, gar nicht, sie schien ihm nichts mehr zu bedeuten, entweder wegen ihres entstellten Gesichts oder aus anderen Gründen. Nein, es war in der Tat Frau Ruben, die ihn in Anspruch nahm. Fräulein Ellingsen konnte ihn unerwartet antreffen, wie er mit Frau Ruben zusammen in einem Zimmer saß mit Vormittagstee und Kuchen vor sich. Dann rief die gnädige Frau sie ein bißchen ärgerlich, ein bißchen verlegen und sagte: Nett, daß Sie kommen, Fräulein Ellingsen, wir haben uns hierher gesetzt! – Ich konnte Sie nicht finden, mußte Bertelsen sagen. Wo waren Sie? Wollen Sie nicht klingeln und sich eine Tasse Tee bestellen?

Das ist nicht so zu verstehen, daß Frau Ruben es auf den jungen Kaufherrn abgesehen hatte und ihn für sich gewinnen wollte, im Gegenteil, sie war nicht zum Flirten aufgelegt. Was suchte Frau Ruben übrigens noch einmal an diesem Ort, wo ihr Mann, der Konsul, einen merkwürdigen, mysteriösen Tod erlitten hatte? Zog das entsetzliche Ereignis sie zurück, war sie eine Motte, die ums Licht kreiste? Jedenfalls hatte sie ihr altes Zimmer wieder verlangt, gerade als wollte sie sich ihrer Trauer von neuem hingeben. Sie hatte stark an Umfang abgenommen, es war das reine Wunder, wie sie ihre Fülle losgeworden war, sie war stark geschnürt und hübsch. Das Gesicht hingegen war nicht jünger, es war schlaff und unfrisch geworden. Als der Selbstmörder sie das erstemal wiedersah, sagte er zu Fräulein d'Espard: Aber – so sieht sie aus! – Wie? fragte das Fräulein. – So schlotterig. Sie sieht aus wie ein geplatzter Reifen.

Nun, jedenfalls hatte Frau Ruben noch dieselben tiefen, herrlichen Mandelaugen.

Wenn nun Frau Ruben in ihrem alten Zimmer wohnte und die ganze Nacht hindurch die Tragödie ihres Mannes wieder durchmachte, war es da nicht nett, daß sie sich tagsüber der Gesellschaft anschloß, die sich ihr bot? Bertelsen und sie hatten gemeinsame Interessen, beide waren sie Geschäftsleute und konnten vieles miteinander zu erörtern haben. Er gefiel ihr wohl nicht persönlich – wie überhaupt wohl sehr wenigen –, aber er war ein bekannter Mann in der Stadt und besaß Jugend und Gesundheit. Er rauchte auch gute Zigarren und gehörte nicht zu den Leuten mit gelben Fingern vom Zigarettenrauchen. Bertelsen mochte seinerseits seine Gründe haben, Frau Rubens Gesellschaft der aller andern vorzuziehen, ihre Haut beutelte sich jetzt, und unter der Haut war sie geradezu mager, ja, es war ganz, als wäre sie etwas unterernährt – das mochte alles sein. Aber Bertelsen hatte es vielleicht jetzt nicht auf Rosenknospen abgesehen, er mochte sich an den Geschäftsverstand oder die Sachlichkeit der gnädigen Frau heften, vielleicht geradezu an ihren Reichtum, Gott weiß.

So sitzen sie da und unterhalten sich, und nun, da Fräulein Ellingsen hinzugekommen ist, sind sie zu dritt. Sie wurden unterbrochen, als Sie gerade von der Prinzessin erzählen wollten, sagte Bertelsen.

Frau Ruben war nicht unwillig, wieder von vorne zu be-

199

ginnen, sie sprach von ›Mylady‹: Ja, wie gesagt, ich lieh ihr
auf den Ring, es wurde schließlich eine große Summe, aber
daraus würde ich mir nichts gemacht haben, wenn ich nur den
Ring hätte behalten können –

Konnten Sie ihn denn nicht behalten?

Er ist nicht da! sagte die gnädige Frau und zeigte ihre dunklen Hände.

Wo ist er denn? Gestohlen?

Verschwunden. Aber das ist es nicht, was mache ich mir aus
dem Ring!

Schweigen.

Ja, es war eine schändliche Geschichte, fährt Frau Ruben
fort. Ich wollte der Dame helfen und wurde deswegen sogar
uneinig mit meinem Manne. Ich glaubte alles, was sie mir
über ihren Mann erzählte, über ein Paket Briefe, mit dem sie
mir vor der Nase herumfuhr, über einen Hühnerhof, den sie
sich wünschte, aber es war alles Fälschung und Schwindel. Der
Ring, sagen Sie? Ja, hat sie ihn sich nicht wiedergenommen,
gestohlen? Ich leugne nicht, daß es in erster Linie der Ring
war, der mich zu alledem brachte; es war ein herrlicher Ring,
ich habe nie eine solche Tiefe gesehen, eine Seltenheit von
einem Juwel, ich sah ihn auf einmal, Gott weiß, wo sie ihn her
hatte. Und auf den Ring wollte sie bei mir leihen. Ich hatte
Ringe genug, aber keinen solchen. Sie schenkte ihn mir nicht,
sie verpfändete ihn mir, ich sollte ihr Geld darauf verschaffen.
Schön! sagte ich und gab ihr alles, was ich hatte. Aber das war
nicht genug, sie brauchte eine große Summe. Ja, antwortete ich,
aber ich fürchte, daß mein Mann mir nicht einen Ring für eine
solche Summe kaufen wird. So geben Sie ihm diese Briefe,
sagte sie, das wird er besser verstehen, die dürften eine Million
in Ihrem kleinen norwegischen Gelde wert sein. Verschaffen Sie
mir zehntausend, zwanzigtausend! Ich werde mit meinem
Manne reden, antwortete ich. Gleich? drängte sie. Jawohl,
gleich, ich werde ihn telegraphisch herbitten. – Der Ring saß
auf meiner Hand, ich legte zwei andere Ringe ab, um ihm
einen würdigen, einsamen Platz an meiner Hand zu geben,
und lag des Nachts mit ihm. Aber, wie gesagt, ich war gar
nicht so auf den Ring versessen, das dürfen Sie nicht glauben.
Mein Mann kam auch, und er meinte wohl, ich hätte schon
Ringe genug, worin er auch recht hatte, was aber schlimmer
war, er mißtraute den Briefen und weigerte sich, als Konsul

einzugreifen. Hätte ich mich nur damals von ihm warnen lassen, aber ich wollte nicht hören. Nein. Er las die Briefe, studierte sie und schüttelte den Kopf, wir sprachen über die Sache bis tief in die Nacht. Zuletzt wurde er wohl müde und legte sich nieder. Als ich mich auch niederlegen wollte, hörte ich einen Schlag: es war sein Kopf, der gegen die Bettkante schlug, dann blieb er liegen, er war tot.

Herzschlag, sagte Bertelsen und nickte.

Ja, Herzschlag. Da stand ich nun. Natürlich mußte ich bald anfangen, vernünftig zu denken: Mein Mann hatte einen zu kurzen Hals, der Schlag mußte ihn früher oder später treffen, das Geschehene war nicht zu ändern. Und ich hatte den Ring, der natürlich durchaus nicht mein ein und alles geworden war, aber der Sicherheit wegen schlief ich jede Nacht mit ihm. Was erfolgte nun? Ich bezahlte für die Dame und ihr Mädchen hier im Sanatorium, ich bezahlte viele Einkäufe für sie, bezahlte, bezahlte, aber der Ring war auch herrlich, und ich wollte ihn besitzen. Nun, aber schließlich mußte ich der Dame zu verstehen geben, daß es nicht so in alle Ewigkeit weitergehen konnte. Nein, gewiß, sagte sie, aber wir haben ja Briefe! Ja, mit den Briefen weiß ich nichts anzufangen, sagte ich, und mein Mann ist tot. Aber die Briefe wären doch eine Million wert und von dem englischen Minister und Politiker Soundso geschrieben. Ja, daran zweifelte ich durchaus nicht, aber ich konnte sie nicht für sie ausnutzen. Ich benahm mich redlich gegen die Dame, die Schwindlerin, ich ging zu ein paar Juwelieren und ließ den Ring schätzen, sie meinten, ich könnte etwas weiter und noch etwas weiter gehen, es wäre ein kostbarer alter Ring. Endlich sagte ich halt, jetzt wollte ich nicht mehr darauf bezahlen. Nein, das fand die Dame nicht unbillig. Und jetzt geschieht es, jetzt werde ich angeführt: Eines Morgens, als ich mich gerade wasche, werde ich ans Telephon gerufen, es sei Frau Stern. Ich werfe rasch ein Kleid über und gehe hinunter, meine Ringe bleiben auf dem Nachtschrank liegen. Es ist niemand am Telephon. Ich rufe Frau Stern an, nein, sie hat nicht telephoniert, ich rufe das Amt, dort kann ich nichts erfahren. Aber all dies Telephonieren hat Zeit beansprucht, und als ich wieder ins Schlafzimmer heraufkomme, ist der Ring vom Nachtschrank verschwunden. Der Ring ist fort! Die andern Ringe liegen da, aber der nicht. Sollte ich ihn mit ans Telephon genommen haben? Ich wieder hinunter und suchen – nein. Da begann es mir vor den Augen zu schwimmen, ich rief die Dame, und sie kam, hörte mich teilnehmend an und lächelte, als ich sie fragte, ob sie den Ring genommen hätte. Sie scherzen! sagte sie. Aber vielleicht könnte Ihr Kammermädchen, der Dolmetsch, ihn gefunden haben? äußerte ich. Ja, die Dame rief augenblicklich Mary, aber es zeigte sich, daß das Mädchen nicht einmal im Hause war, sie war in die Stadt gegangen. Ganz, wie ich dachte! rief Fräulein Ellingsen. Sie ist gespannt gefolgt, die Erzählung spielte ja sozusagen auf ihrem eigenen Gebiet, auf dem der Detektivgeschichten und Erdichtungen, hier kennt sie sich aus, hat sich mehr als einmal getummelt, und sie sagt: Sie steckten natürlich unter einer Decke, es war das Mädchen, das von unterwegs anrief.

Frau Ruben nickte: So war es wohl. Aber der Ring war verloren.

Bertelsen fragte: Was taten Sie dann?

Was ich tat? Ich war klug geworden, ich jagte die Schwindlerinnen aus meinem Hause.

Wo blieben sie?

Was weiß ich! Sie reisten wohl anderswohin und schwindelten weiter.

Das ist die größte Frechheit, die ich je gehört habe!

Haben Sie es nicht angezeigt?

Nein. Ich kann nicht auf die Fuchsjagd gehen. Außerdem wollte ich einen Skandal vermeiden.

Schweigen.

Hm! machte Fräulein Ellingsen sich bemerkbar, ich könnte viel von diesen beiden Damen erzählen, aber ich bin durch meinen Eid gebunden.

Bertelsen hörte sie geringschätzig an und antwortete: Ja, da Sie aber den Ring wohl nicht wiederschaffen können, dürfte alles andere gleichgültig sein.

Fräulein Ellingsen äußerte voll von heimlichem Wissen von Großfürstinnen und Herzogen: Ich bin nicht sicher, ob meine Angaben nicht zu etwas führen könnten. Aber ich muß stumm bleiben.

Nein, sagte Frau Ruben plötzlich, das einzige wäre, daß das Sanatorium mir die Auslagen zurück erstattete, die ich für die Damen hier gehabt habe.

Bertelsen ein wenig verblüfft: Meinen Sie?

Das wäre das einzige.

Aber das würde doch wohl nicht reichen.

Immerhin. Es wäre doch ungefähr der dritte Teil. Und die übrigen zwei Drittel habe ich mir ja gesichert, ehe ich die Damen zur Tür hinausjagte.

Wieso? fragte Bertelsen.

Ich nahm die Waren wieder, die sie in Kristiania gekauft hatten.

Ausgezeichnet! Und das ließen sie sich gefallen?

Sie mußten einfach. Oh, sie waren sehr dickfellig. Denken Sie sich eine Dame, die ganz offensichtlich, ohne auch nur den Schein, sich decken zu wollen, einen Ring von meinem Nachtschrank stiehlt, eine solche Dame besitzt kein Feingefühl. Sie merkte gut, daß ich wußte, sie hatte den Ring genommen, aber darüber setzte sie sich hinweg. Sie stand Angesicht zu Angesicht mit mir da und sank nicht in den Boden.

Das Ganze ist ein Märchen!

Frau Ruben fragte: Glauben Sie, daß das Sanatorium mir entgegenkommen wird?

Ja, das werde ich in Ordnung bringen, antwortete Bertelsen fest.

Wollen Sie? Frau Ruben lächelte dankbar: Ja, ich dachte mir auch, daß ich mit Ihnen sprechen wollte, wo Sie so viel hier am Ort zu sagen haben. Und, nicht wahr, wenn das Torahus-Sanatorium derartige ›Prinzessinnen‹ aufnimmt, so dürfen die andern Gäste jedenfalls keinen Schaden dadurch erleiden.

Ich werde es in Ordnung bringen, wiederholte Bertelsen. Er sah auf die Uhr, erhob sich, bat, ihn zu entschuldigen, und ging. Er müsse auf die ›Fahrt‹, sagte er, müsse zu den beiden Seen hinauf und die Möglichkeiten für das elektrische Licht untersuchen. Wir müssen den Ort hier ja zu etwas machen, tat er kund, es wird zwar Geld kosten, aber das hilft nichts!

Aber Bertelsen hätte ruhig bei den Damen sitzen bleiben können, es zeigte sich, daß der Rechtsanwalt, der Doktor und der Ingenieur ohne ihn fort gegangen waren – was ihn überraschte und was ihn verletzte. Er wollte es aber dem Rechtsanwalt schon bei Gelegenheit geben . . .

Zur Mittagszeit wurde das Sanatorium durch die Nachricht erschreckt, daß der Selbstmörder fort sei. Er kam nicht zu Tisch, wurde aber auch nicht auf einem Boden hängend gefunden. Der Doktor, der sich die ganze Zeit darauf verlassen hatte, daß es nicht zur Katastrophe kommen würde, war jetzt nicht mehr so sicher, nach Tisch nahm er Leute mit und durchsuchte den Wald. Der verteufelte Selbstmörder hatte sich wohl etwas ganz Verzwicktes ausgedacht, er hatte sich möglicherweise erschossen und lag unter einem Schneehügel vergraben.

Sie suchten und riefen, wateten im Schnee, fluchten und drohten. Bis in die Dämmerung ging es so, sie durchforschten zum zehntenmal sein Zimmer, dort standen seine Sachen, die Kleider hingen an der Wand, einige Bücher, Werke historischen Inhalts, lagen auf dem Tisch – er war also nicht durchgebrannt. Wo war er denn also?

Da kam Fräulein d'Espard auf den Gedanken, an den Bahnhof zu telephonieren. Oh, das merkwürdige Fräulein d'Espard, sie hatte Grütze im Kopf: Selbstmörder Magnus war wirklich mit dem Morgenzuge abgereist.

Als Fräulein d'Espard auf diese Art wieder Ruhe geschafft hatte, dankten ihr alle aus Herzensgrund, und selbst die Damen, die sie früher isoliert hatten, begannen jetzt ein wenig Reue zu spüren. Jedenfalls hatte sie doch alle Patienten vor einer schlaflosen Nacht gerettet. Schuldirektor Oliver sagte ganz offen, daß seine Nerven nicht einen Erhängten in einem Walde so nahe beim Sanatorium ertragen hätten. Wir Intellektuellen sind ja nicht wie jeder x-beliebige, sagte er, wir haben unsere Nerven, die andern ihre. Unsere vielen und langen Studienjahre haben ihre Wirkung auf uns getan, unsere Nerven haben sich sehr veredelt und sind daher wenig robust.

Sie sehen aber gut aus, Herr Direktor, komplimentierte das Fräulein.

Ich bin nicht krank, antwortete er, nur ›geschwächt‹ – wie mein Bruder, der Schmied, sagt. Andere würden es vielleicht ›verfeinert‹ nennen, aber mein Bruder sagt ›geschwächt‹. Er hat nun mal seine eigene Sprache.

Und wie geht es zu Hause in Ihrer Stadt, Herr Direktor?

Nun, es geht. Das heißt, eben so, wie es in einer Kleinstadt gehen kann. Es sind keine angenehmen Verhältnisse für uns, die wir, so gut wir können, das Niveau hochhalten sollen. Höhere Interessen gibt es ja nicht; ich habe übrigens durchgesetzt, daß der Klub ein paar ausländische Zeitungen hält, das ist aber auch alles.

Fräulein d'Espard mußte sich verändert haben, Leben und Erlebnisse des Schuldirektors in seiner Heimat fesselten sie nicht mehr so stark wie das letztemal, nein, es schien sie ganz kalt zu lassen, daß sein Klub ausländische Zeitungen hielt. Hatte sie der verrückte Selbstmörder Magnus damals im Winter mit seinem respektlosen Gerede über Sprachstudium und Bildung angesteckt? Sie war nicht mehr dieselbe wie früher, sie war wohl gesunken, sie sollte Frau in einer Sennhütte werden. Aber der Schuldirektor hatte nun einmal ihr williges Ohr besessen, sie hatte ihn verwöhnt, und er fuhr daher fort, sie in alles, was in seiner Stadt vorging, einzuweihen. Lächelnd und nachsichtig erzählte er von der *Fia*, dem Dampfschiff der Stadt: Wenn die *Fia* an die Brücke kommt mit der Flagge auf halbmast, weil ein Matrose über Bord gespült ist, gibt es einen Aufstand in der ganzen Gemeinde; wenn aber der größte Gelehrte der Welt ins Grab geht, dann macht es keinen Eindruck. Nun hat allerdings der Matrose Angehörige in der Stadt, und Gott weiß, daß es keinen Gelehrten in unserer Stadt gibt; die Voraussetzungen fehlen. Gebt den Leuten einen Italiener mit Drehorgel und Affen oder gebt ihnen am liebsten ein Karussell draußen auf der Gemeindewiese! Es ist schwer, unter solchen Verhältnissen zu arbeiten, passiver Widerstand überall. Als ich im Herbst von meinen Ferien heimkam, lagen einige von unsern Kanonenbooten auf Wacht, und es sollte ein Essen mit Ball für die Offiziere geben. Eigentlich hätte ja der Wortführer das Essen geben müssen, aber der Wortführer, mein Bruder Abel, fühlte doch wohl, daß ihm einiges von dem fehlte, was wir andern haben, und so gab Scheldrup Johnsen, der Konsul, das Essen. Diese Schande und der Skandal hätten vermieden werden können. Ich rief meinen Bruder an und stellte meine eigene große Wohnung zur Verfügung, meine Frau wollte das Essen übernehmen, und ich erbot mich, die Rede zu halten. Die Antwort meines Bruders war, daß er sich am Telephon krank lachte. Du bist und bleibst derselbe! sagte er. Diese Sprache führte er. Da hängte ich an. Wie finden Sie das, gnädiges Fräulein, ich bot meine Dienste an, und dann begegnete man mir auf diese Weise! Na, sagte der Schuldirektor und nickte, die Sache hatte ein Nachspiel, bei den Wahlen schlug die Stimmung um, und mein guter Bruder, der Schmied, hatte Mühe, wieder zum Wortführer gewählt zu werden. Noch so ein kleiner Zufall – und Scheldrup Johnsen hat seinen Posten!

Denken Sie? meinte Fräulein d'Espard.

Ja, ich kann Ihnen versichern, sagte der Schuldirektor eindringlich, daß das die Folge sein wird. So weit kenne ich doch die Verhältnisse! Der Direktor nickte wieder mit sicherer Miene.

Das Fräulein machte Anstalten, zu gehen.

Der Schuldirektor hatte Blut geleckt, er konnte das große Ereignis nicht vergessen und fing wieder an: Nein, wäre es nach dem Kopfe meines Bruders gegangen, so hätte es kein Essen und namentlich keinen Ball gegeben. Aber das hätten sich die besseren Familien der Stadt nicht gefallen lassen. Es war daher ein Glück, daß wir einen Mann wie den Konsul in unserer Mitte hatten. Er ist nicht gerade akademisch gebildet, das nicht, aber er ist doch ein Mann mit Sprachkenntnissen und Bildung, und zudem ist er ein reicher Mann.

Ja, sagte das Fräulein.

Er hat die Gelegenheit damals beim Schopfe gepackt. Das fanden auch wohl die Wähler: ohne den Konsul würden wir vor den Offizieren zu Spott und Schande geworden sein, und alle sahen das ein. Ach, im Grunde ist die Sehnsucht im Volke, emporzusteigen, nicht gering, selbst die ganz in der Tiefe leben, seufzen nach der Höhe. Mein Bruder, der Schmied, kann die niederen Klassen wohl noch eine Weile aufhetzen, daß sie sich über uns lustig machen, die wir das ganze Leben lang all unsere Kräfte gebraucht haben, um zu studieren und etwas zu lernen; heißt es aber zu repräsentieren oder eine Auskunft aus einem Buche zu geben oder einen ausländischen Brief zu beantworten, dann müssen sie zu uns kommen. Ich habe mehrere solcher Fälle erlebt. Vor einiger Zeit geschah es, daß ein berühmter Professor in Schweden – ich will seinen Namen nicht nennen – tat, was er konnte, um den Respekt vor Bildung und Wissenschaft, den wir andern Generationen hindurch erarbeitet haben, auszulöschen. Welche Befriedigung er davon haben konnte, weiß ich nicht. Kinder sollten nicht vom sechsten bis zum zwanzigsten Jahr oder noch länger dasitzen und Aufgaben lernen, das brauchten sie nicht, um wirkliche Menschen zu werden, schrieb er. Ja, dann verstehe ich nicht, was sie brauchen, das fasse ich nicht. Tun Sie's?

Nein, sagte das Fräulein.

Da sehen Sie! Er fand auch die Schulbücher zu groß und zu voll von Lehrstoff, die Kinder büffelten so viel, daß sie zuletzt gar nichts könnten. Hat man je so was gehört? Ist es nicht im Gegenteil so, daß man desto mehr kann, je mehr man büffelt? Er sprach herabsetzend über populärwissenschaftliche Vorträge, also über die Volksakademien und damit über die allgemeine Aufklärung. Es wäre der ungeheure Fortschritt auf dem Gebiet der Wissenschaft und Technik, der unsern abergläubischen Respekt vor allem, was Wissenschaft heißt, geschaffen hätte, schrieb er. Er wich nicht davor zurück, zu schreiben: unsern abergläubischen Respekt! Nein, was Kinder tun sollen, schloß der Professor, wäre, zu erarbeiten, statt eine Masse toten Stoffs auswendig zu lernen. Als wenn das Auswendiglernen keine Arbeit wäre! O Gott, wie habe ich gearbeitet, um auswendig zu lernen! rief der Schuldirektor aus Herzensgrund. Der Professor ist in einem tiefen Irrtum befangen. Nimmt die Entwicklung nicht gerade die Richtung: Mehr Schule und immer mehr Fächer in der Schule sowohl für Knaben wie für Mädchen! Sollte da dieser Mann auf der andern Seite recht haben gegen uns alle andern, die wir auf dieser Seite stehen? Er hat denn auch seine Antwort bekommen. Wollen Sie hören, wie es zuging?

Wenn es Ihnen keine Mühe macht, Herr Direktor –

Macht mir durchaus keine Mühe. Ja, da sollen Sie hören! Ich weiß nicht, ob Sie sich erinnern, daß vor einiger Zeit in den Zeitungen eine scharfe Diskussion über die höhere Ausbildung der Frau stattfand. Sie wissen ja, wo ich in dieser Frage stehe: auf dem humanen, freisinnigen Standpunkt, daß die Frau ebenso viel Recht auf männliche Ausbildung hat wie der Mann selbst. Es kamen Einsendungen für und wider, und ich fand, daß ich nicht länger zögern durfte, einzuschreiten, man erwartete das vielleicht von mir, ich habe ja einen Namen. Schön, so ergriff ich die Feder. Ich faßte sie nicht mit Handschuhen an, mein Artikel war sehr entschieden. Schule und wieder Schule! sagte ich. Es haben sich Stimmen für mehr körperliche Arbeit und weniger Schule erhoben, aber das ist nur Verirrung und Demagogie. Ich will nichts Herabsetzendes über die Arbeit sagen; so sollten die Frauen Gartenbau lernen; aber die Zeitwörter kochen, nähen, tanzen und turnen sind jetzt für die Mehrzahl von ihnen Hauptwörter geworden, und das macht sie oberflächlich und flüchtig. Ehre der Hand und der Handarbeit, aber der Geist zuerst! Ich will mich zur Zeit nicht näher über die vier Verben aussprechen, schrieb ich, aber ich meine, daß die Ausbildung der jungen Damen jetzt bedroht

207

ist. Es ist hier nicht die Rede von denen, die sich durch die
Männerschule hindurcharbeiten, ihr Abitur machen und in die
verschiedenen Berufe gehen, ich denke an die andern. Was
sollen diese andern denn lernen, um sich zu den Aufgaben
einer Mutter und zum Lenken von Haus und Heim auszubilden? Der Geist zuerst! wiederholte ich wirkungsvoll. Sie müssen eine vollkommene Ausbildung in Sprachen, Literatur,
Kunst und Kunstgeschichte und in der rhythmischen Grundlage für Musik erhalten. Warum? Ja, sonst würden sie Ausländern gegenüber ratlos dastehen. Die jungen Mädchen in
unserer Zeit haben einen starken Drang, ins Ausland zu kommen, und können leicht hinauskommen, aber ihnen fehlen oft
die Voraussetzungen, einen Auslandsaufenthalt genießen zu
können ... Das war der Hauptinhalt meines Aufsatzes.
Natürlich ist dies Resümee sehr unvollkommen, er war voll
von gut gezielten Ausfällen gegen den schwedischen Professor,
die ihm, wie ich hoffe, etwas zum Nachdenken brachten.
Jedenfalls habe ich die Befriedigung gehabt, daß er, soviel ich
weiß, bis heute nicht versucht hat, mir zu antworten.

Stille.

Ja, was finden Sie, gnädiges Fräulein?

Gewiß, sagte das Fräulein. Es ist ja schwer für mich – ich
verstehe nicht viel davon –

Das ist sehr hübsch geantwortet, sagte der Schuldirektor.
Wenn alle so antworteten, so würde ja die Entscheidung uns
überlassen, die wir uns dreißig Jahre lang mit der Frage beschäftigt haben und sie am besten kennen sollten. Sie haben
sogar die praktische Erfahrung in der Sache und wagen es doch
nicht, uns zu widersprechen. Nicht wahr, in diesem Augenblick
haben Sie etwas vor unsern Damen im allgemeinen voraus, Sie
haben ein Prä, weil Sie die Schule besucht und Französisch gelernt haben. Würden Sie irgendeinen Nutzen von Ihrem Aufenthalt in Frankreich gehabt haben, ohne die Sprache zu kennen? Oh, man kann nie zuviel zur Schule gehen und büffeln,
es ist unmöglich, so lange zu büffeln, daß man schließlich nichts
kann; der schwedische Professor irrt sich.

Stille.

Sie haben Ihre Jungen diesmal nicht mitgebracht, Herr
Direktor? fragte das Fräulein.

Nein. Sie waren ja im Herbst hier, und sie sollen nicht verwöhnt werden. Sie sollen lernen und wieder lernen, tüchtige

Jungen werden und in der Welt vorwärtskommen. Sie sind leider nicht so lernbegierig, wie ich es in meiner Kindheit war, aber das ändert sich wohl.

Die Tage waren nicht sehr schön für Fräulein d'Espard, es war Weihnachten, aber es gab wenig Freude, sie gehörte nirgend mehr hin, sie war entwurzelt. Selbst das Sanatorium war nicht mehr anheimelnd, die im vorigen Jahre gekauften Blumen standen da, ohne zu sterben, waren aber verkümmert und unheimlich, die große Phönixpalme im Salon war grau vor Staub, und ihre Spitzen waren abgeschnitten. Ihr Sinn für häusliche Behaglichkeit war wohl nicht sehr entwickelt, aber ein wenig Instinkt hatte sie ja auch wie die andern, sie ordnete gern die Zeitungen im Rauchzimmer und hatte immer einen grünen Kiefernzweig über dem Spiegel in ihrem eigenen Zimmer befestigt. Sie hatte ja auch die gelben französischen Bücher, an den Wänden hing aber kein Schmuck außer ihren Kleidern.

In ihrem Zimmer konnte sie nicht die ganze Zeit sitzen, und wo sollte sie sonst hingehen? Zum Schuldirektor und wieder zum Schuldirektor? Ach ja, gewiß. Das war nicht schlimmer als andere langweilige Dinge. Es gab nicht viele neue Gäste, der Rechtsanwalt behielt nicht recht in seiner Annahme, daß immer mehr kommen würden. Er hatte zwar in den Zeitungen Reklame gemacht mit feinen Schihügeln, Eisbahnen und Freiluftleben, aber das hatte nur einige junge Burschen mit Kniehosen und kecken Redensarten hergelockt, übrigens auch einen jungen Journalisten, der Feuilletons über das Weihnachtsleben in den Bergen schreiben wollte. Keiner war etwas für Fräulein d'Espard, Bertelsen interessierte sich nicht für sie, an Frau Ruben hatte sie sich nie angeschlossen, Fräulein Ellingsen war fortgeglitten. So blieb nichts übrig als die Sennhütte und Daniel.

Fräulein d'Espard hatte am Weihnachtsabend einen Sprung zu ihrem Liebsten hinüber gemacht, Daniel einen großen roten und Marta, seiner Haushälterin, einen gelben Geldschein gegeben, und sie freuten sich beide sehr, freuten sich stürmisch und wollten sich prachtvolle Andenken für das Geld kaufen. Daniels tüchtiger Kopf war sofort in Tätigkeit: Er wollte sich ein Pferd zum Andenken kaufen. Gerade das wollte er. Schon am zweiten Weihnachtstage wollte er ins Kirchspiel hinuntergehen und sich ein hübsches kleines Tier bei Helmer, seinem guten Freunde, ansehen. Oh, Daniel wußte, was er tat, wenn er ein Pferd mitten im Winter kaufte, da bekam er es billig, es herrschte ja allgemein Futternot auf den Höfen, aber Daniel hatte Futter genug, da er den großen Ochsen im Herbst verkauft hatte.

Als das Fräulein mitten in der Weihnachtswoche wieder zur Sennhütte hinüber ging, war Daniel richtig beim Pferdehandel. Er hatte schon mehrere Tage gehandelt und war noch nicht fertig mit Feilschen. So ging es nun mal mit allem Pferdehandel. Das Fräulein konnte nicht auf ihn warten, sie ging wieder heim ins Sanatorium und zu Direktor Oliver.

Doktor, Ingenieur und Rechtsanwalt kehrten von ihrer Expedition zurück. Der Doktor fegte den Boden mit seiner Hutfeder und war ewig aufgeräumt: Es soll Licht werden, nicht wahr, Herr Ingenieur? Licht in jedem Zimmer von Torahus, hinter jeder Scheibe. Wenn wir oben auf dem ›Fels‹ stehen, werden wir in einen Himmel auf Erden hinuntersehen können, der voller Sterne ist! Der Doktor war unverwüstlich.

Ich kann leider nicht so lange hier bleiben, antwortete das Fräulein. Zu meiner Zeit wird es also nichts mehr mit dem elektrischen Licht.

Wie – wollen Sie uns verlassen? fragte der Rechtsanwalt. Das täte mir leid.

Das täte uns allen leid, sagte der Doktor.

Direktor Oliver nickte und stimmte mit ein.

Es wird hier auf die Dauer zu teuer für mich, erklärte das Fräulein, nach Neujahr ziehe ich.

Zurück nach Kristiania oder –?

Nein, zu Daniel. In die Sennhütte.

Stummheit über allen.

Können Sie dort wohnen? fragte der Doktor.

Warum nicht? antwortete sie. Ich bekomme seine ganze neue Stube und Essen im Überfluß.

Der Rechtsanwalt faßte sich zuerst: Jaja, gnädiges Fräulein, dann behalten wir Sie doch jedenfalls hier in den Bergen. Und wenn Sie Veränderung haben wollen, sind Sie uns willkommen!

Bertelsen war hinzugetreten. In einer Ecke saß Kleinhändler Ruud und blickte in eine Zeitung; vielleicht kümmerte er sich nicht um das, was in der Gesellschaft gesprochen wurde, vielleicht hörte er jedes Wort. Ruud war so nachdenklich und wortkarg. Bertelsen war schlechter Laune, weil die Herren ohne ihn nach den Gebirgsseen gegangen waren. Er hatte ja seine Interessen hier, die er wahren mußte. Wo sie das Geld für das elektrische Licht hernehmen wollten? fragte er unheilverkündend.

Es wird sich wohl schon Rat finden, meinte der Rechtsanwalt. Sie würden helfen, andere ebenfalls. Es kann ja nicht an dem bißchen Geld scheitern.

Ich helfe nicht mehr, sagte Bertelsen, ich habe genug davon. Hier ist mir ein Stipendiat aufgedrängt, der mich viel Geld kostet, und hier habe ich eine große Menge Aktien übernehmen müssen. Weiter gehe ich nicht.

Der Rechtsanwalt freundlich und zurückhaltend: Das ist schade. Aber wollen Sie Ihre Aktien denn nicht verkaufen?

Ja, das möchte ich weiß Gott! Schaffen Sie mir einen Käufer.

Der Rechtsanwalt fragte langsam: Haben Sie die Aktien hier?

Hier? Nein, antwortete Bertelsen etwas verwundert über den Ton des Rechtsanwalts. Aber hier ist wohl auch kein Käufer.

Das sollten Sie nicht so ohne weiteres annehmen.

So, sagte Bertelsen sehr betreten. Na ja, sagte er. Aber ich habe die Aktien natürlich nicht hier. Mein feuerfester Schrank ist voll von Papieren, die ich nicht bei mir tragen kann.

Aber Sie können sich doch die Aktien schicken lassen.

O ja, sagte Bertelsen, das kann ich. Aber das eilt ja nicht so, ich bin nämlich hier, um Weihnachten zu feiern.

Während dieses kleinen Gesprächs hat Ruud, hinter seiner Zeitung versteckt, in der Ecke gesessen. Jetzt hüstelt er ein wenig, legt die Zeitung hübsch zusammen und verläßt das Rauchzimmer.

Will der die Aktien übernehmen? fragte Bertelsen und wies mit dem Kopfe hin. Haben Sie ein Gebot von ihm?

Der Rechtsanwalt antwortete freundlich und ausweichend, daß er gegebenenfalls – gegebenenfalls, sagte er – die Aktien als Kommissionär kaufen sollte. Mehr sagte er nicht darüber, leugnete also auch nicht, daß er für diesen kleinen Einzelhändler Ruud kaufte, der so nichtssagend, so still und dick von erspartem Gelde in seiner Ecke gesessen hatte.

Aber Bertelsen war nicht weiter gekommen. Das schlimmste war, daß er auch nicht mehr das Sanatorium und den Rechtsanwalt in der Hand hatte und daher keinen Druck mehr in der Ersatzangelegenheit von Frau Ruben ausüben konnte. Er erwischte den Rechtsanwalt unter vier Augen, legte ihm die Frage in aller Freundlichkeit, in herabgestimmtem Ton vor und bat, Frau Ruben Entgegenkommen zu zeigen. Der Rechtsanwalt hörte ihn an, war die ganze Zeit Wirt, die ganze Zeit alter Bekannter, fast Freund: Sollte er Hochstapeleien für die Gäste bezahlen? Er fürchtete, daß es nicht anginge, ein Sanatorium auf diese Weise zu leiten. Nein, Herr Bertelsen, da müssen Sie entschuldigen!

Bertelsen merkte, daß alles verloren war, er mußte sich der Dame als ein Mann vorstellen, der hier nichts zu sagen hatte. Dies schien ihm gerade jetzt sehr in die Quere zu kommen, es war, als würden alle seine Pläne dadurch über den Haufen geworfen.

Der Rechtsanwalt saß da, dachte nach und ließ seine Absage wirken, dachte lange nach und blinzelte mit den Augen. Dann sprach er wieder: Nein, das Sanatorium auf diese Weise zu leiten, wo führte das hin! Etwas anderes wäre es, wenn die Dame in irgendeiner Form Kompensation leisten könnte, darüber lohnte sich schon nachzudenken. War es der gnädigen Frau sehr darum zu tun, ihre Auslagen zurückzuerhalten?

Bertelsen antwortete, Frau Konsul Ruben wäre ja eine steinreiche Dame, es wären nicht die paar Groschen, auf die es ihr ankäme. Er könnte jedoch gut verstehen, daß sie sich über den Verlust des Ringes ärgerte, und durch die Erstattung ihrer Auslagen wollte sie den *Status quo ante* bei sich, in ihrem Herzen, wiederherstellen, sich in den Augenblick zurückversetzen, ehe sie den Ring vor Augen gehabt hatte.

Das ist eine sehr feine Analyse, sagte der Rechtsanwalt; was Sie da sagen, verdient erwogen zu werden. Könnten Sie sich denken, daß die Dame bereit wäre, sich interviewen zu lassen?

Interviewen –?

Sie ist so hübsch und schlank, eine Lilie, eine Schönheit geworden. Könnten Sie sich denken, daß sie diese Veränderung ihrem vorigen Aufenthalt im Torahus-Sanatorium verdankt?

Bertelsen saß stumm da.

Ich meine, ob sie das der Nachwirkung ihres Aufenthaltes hier verdanken könnte. Daß der die Abmagerung bei ihr bewirkt, sie wieder zu einem jungen Mädchen gemacht hat.

Ich weiß nicht, sagte Bertelsen.

Nein. Aber ich halte es nicht für unmöglich.

Bertelsen sah undeutlich einen Weg zur Rettung und sagte: Ich werde sie fragen.

Tun Sie das. Sagen Sie ihr gleich, daß es das Wasser hier sein soll, das die Wirkung hat – das Wasser in Verbindung mit der Luft und dem Leben hier, unsere Kur überhaupt, die auf diese segensreiche Weise wirkt. Sagen Sie der Dame das, sie ist eine kluge Frau und wird es vernünftig finden.

Aber wenn es nun nicht der Fall ist? Wenn sie sich zum Beispiel geradezu mager gehungert hat?

Sie meinen, dann fehlte die Grundlage für ein Interview? Aber wenn die gnädige Frau sich mager gehungert hat, so können ja auch andere zu diesem Hilfsmittel greifen neben dem Wasser hier. Ich sehe nicht ein, daß das etwas mit der Sache zu tun hat. Und selbst wenn das Sanatorium nicht den geringsten Anteil an der Erneuerung der gnädigen Frau hätte, so würde ihr Interview immerhin für eine schöne Heilstätte hier oben in den Bergen Reklame machen. Das ist schon an und für sich verdienstvoll. Aber wir können ja tatsächlich Wunderkuren aufweisen: Schuldirektor Olivers Nerven, Selbstmörder Magnus' Gemütszustand, Graf Flemings Lungen und so weiter; kommt jetzt noch Frau Rubens Abmagerung dazu, so kann es andern leidenden Menschen zugute kommen.

Wer sollte sie denn interviewen?

Hier ist zur Zeit ein Herr, der für drei Blätter schreibt, eines in Kristiania, eines in Stockholm und eines in Kopenhagen, drei große Blätter.

Ich werde mit der Dame reden, sagte Bertelsen.

Sagen Sie, daß es in diesem Falle dem Sanatorium ein Vergnügen sein wird, der gnädigen Frau entgegenzukommen und sie die geradezu empörende Geschichte mit der Schwindlerin vergessen zu machen.

Die Menschen krochen und krochen, einige hier, andere dort. Zuweilen trafen sie sich, und keiner wollte ausweichen. Zuweilen aber kroch einer über die Leiche des andern. Konnte es anders sein? Waren sie nicht Menschen?

Rechtsanwalt Rupprecht wollte keines Menschen Untergang. Wenn man nun sagen mußte, daß er durch einen Zufall über Holzhändler Bertelsen gesiegt hatte, so wollte er doch nicht über ihn triumphieren, im Gegenteil, er wollte darüber hinweggehen, daß der andere verloren hatte. Her mit den Aktien – jawohl. Aber es freute ihn nicht, daß er es einem Gaste so geben mußte, er rieb sich nicht die Hände und lachte.

Kleinhändler Ruud kam und fragte, wie es mit den Aktien stünde.

Der Rechtsanwalt wußte nichts weiter, als was Ruud selbst im Rauchzimmer gehört hatte.

Der Kleinhändler fand es verdächtig, daß Bertelsen gezögert hatte, die Aktien herzuschaffen. Sie waren vielleicht nicht herauszubekommen.

Wieso?

Sie könnten deponiert sein. Der junge Bertelsen könnte sie festgelegt und Geld auf sie geliehen haben.

Der Rechtsanwalt wollte hoffen, daß es sich nicht so mit der Firma Bertelsen & Sohn verhielte.

So war der Rechtsanwalt: gutmütig und glatt, ein Geist, der alles ausglich. Er sah am liebsten, daß die Gäste im Logierhause einig waren und daß nicht einer über die Leiche des andern kroch.

Es war Ruud auch nicht darum zu tun, in den Besitz der Aktien zu kommen. Ruud war keiner von den Schlimmsten, kein Verbrecher, kein Teufel, oh, weit entfernt. Wenn er ging, hielt er die Augen auf den Boden geheftet, und fand er eine Stecknadel auf dem Teppich, so legte er sie dem, dem sie gehörte, in auffälliger Weise auf den Tisch. Er war ein Mann mit grauem und hübsch gestutztem Vollbart, trug einen Freimaurerring am Finger und war wohlhabend genug, um ehrlich zu sein. Was sollte er mit den Aktien? Eine Sache für sich war es, daß sein irdisches Glück ihn instand setzte, sich bei Gelegenheit ein wenig auf die Brieftasche zu klopfen, den Übermut des jungen Bertelsen zu dämpfen, der ihn nicht kennen wollte und nicht grüßte, obgleich er so respektabel war. Dagegen wünschte er dem Vater alles Gute, dem alten Bertelsen, der einmal zu Ruud gekommen war, um ein bißchen Gnade gebeten und sie erhalten hatte.

So war Kleinhändler Ruud.

Aber Rechtsanwalt Rupprecht war doch allen überlegen, sein Wohlwollen gewann jeden. Er arrangierte eine kleine Zusammenkunft mit Trink- und Eßbarem im Salon und lud alle, die vorbeikamen, zum Sitzen ein. Es wäre Weihnachten, sagte er, und kein Grund, schlechter Laune zu sein. Er veranlaßte die Musiklehrerin, den ›Torahus-Marsch‹ zu spielen, und hinterher hielt er eine Rede für den abwesenden Komponisten: Er wäre einmal an das Sanatorium geknüpft gewesen, spielte wie ein Gott, wäre aber von Sehnsucht nach der Fremde geplagt worden – was der Rechtsanwalt die ganze Zeit respektiert hätte, ohne jedoch leider die Macht gehabt zu haben, Abhilfe zu schaffen. Da kam der Mann, der sowohl die Fähigkeit wie den guten Willen hatte, und damit war der junge Künstler gerettet, über Land und Meer, weit fort in die Welt getragen. Dieser großen Guttat wegen wollte der Rechtsanwalt sein Glas für Herrn Bertelsen erheben!

Alle erhoben sich und tranken ihm zu.

Was für eine Absicht hatte Rechtsanwalt Rupprecht nun mit diesem Einfall? Nichts, nichts Böses, er wollte es einen Augenblick gemütlich, festlich für Bertelsen machen. Es war Weihnachten, und Bertelsen war Gast hier, außerdem war er geduckt worden.

Am selben Tage hatte der Rechtsanwalt auch Muße, sich um Fräulein d'Espard zu kümmern: Es ist schade, daß Sie uns verlassen wollen, gnädiges Fräulein. Sie sind einer der ältesten Gäste, und wir hängen alle sehr an Ihnen.

Das Fräulein lächelte.

Aber es muß wohl so sein; Sie reisen, es ist entschieden?

Ja.

Sonst würde ich Ihnen etwas vorgeschlagen haben: Sie erwähnten, daß es Ihnen hier auf die Dauer zu teuer würde, aber da könnte das Sanatorium schon Rat schaffen, wenn Sie wünschen.

Danke, aber ich muß wohl – es ist, wie Sie sagen, entschieden –

Jawohl, sagt der Rechtsanwalt lächelnd, die Jugend will

ausfliegen. Aber Sie sind jederzeit wieder willkommen hier im Nest!

Er ging herum und sprach mit allen Gästen, machte Runden, guckte in Pferde- und Kuhstall, redete mit den Leuten. Auch hier war der Rechtsanwalt freundlich und umgänglich. Da kam jedoch Inspektor Svendsen und hatte etwas geradezu Komisches auf dem Herzen: wie sollte man es sonst nennen, wenn er um den Titel eines – ›Direktors‹ bat?

Direktor? fragte der Rechtsanwalt. Und er sah Inspektor Svendsen einen Augenblick an, erinnerte sich aber gleich, daß Weihnachten und daß der Kopf des alten Seemanns vielleicht ein wenig in Unordnung geraten war.

Ja, sagte Svendsen, man kommt her und fragt, ob ich der Direktor sei. Nein, antworte ich. Ja, wo ist denn der Direktor? fragt man. Und dann stehe ich da.

Jaja, sagte der Rechtsanwalt und dachte nach. Aber was wollen die Leute denn eigentlich mit einem Direktor?

Ja, das weiß ich nicht. Aber der Schweizer ist nun mal richtig Direktor im Kuhstall, und der Briefträger hat eine Goldschnur um die Mütze.

Ja, da haben Sie recht. Aber ich weiß nicht – nein, ich glaube, es geht nicht, daß Sie Direktor sind, Svendsen. Ich glaube nicht. Aber Sie wissen ja, daß Sie doch nun mal Englisch können und in der Welt herumgekommen und hier im Sanatorium der nächste nach dem Doktor sind.

Es war nur eine Anfrage, sagt Svendsen kurz und schickt sich zum Gehen an. Er ist vielleicht doch ein wenig beleidigt.

Da der Rechtsanwalt ihn aber nicht verletzen wollte, sagt er schließlich: Sehen Sie, Svendsen, Sie sind ja Inspektor fürs Ganze hier, und einen solchen Mann brauchen die Gäste. Wo sollten wir einen tüchtigen Inspektor hernehmen, wenn Sie Direktor würden? Haben Sie daran gedacht?

So war der Rechtsanwalt.

Er einigte sich mit Frau Ruben. Ja, es wurde so gemacht, daß sie sich interviewen ließ und ihre Auslagen für Mylady zurück erhielt. Und das Interview war wirklich so fein und richtig geschrieben, ohne Übertreibung, nur ein paar Worte über das Wasser auf Torahus, das wunderbare Abmagerungsmittel; es wurde nichts behauptet, nur ein paar stille Worte, die im Gespräch mit einem Journalisten, mit der Presse gefallen waren. Alles in Ordnung: Frau Ruben war zufrieden, Herr Bertelsen war zufrieden, der Rechtsanwalt zeigte keine Unzufriedenheit. Oh, seine Liebenswürdigkeit als Chef und Wirt war eine Gabe Gottes. Selbst als der Selbstmörder zurück kam, schalt der Rechtsanwalt ihn nicht aus wegen des Unbehagens, das er durch sein Verschwinden im Sanatorium verbreitet hatte, nein, der Rechtsanwalt war freundlich, kniff lächelnd die Augen zu und bat ihn, hineinzugehen und sich gleich etwas zu essen geben zu lassen: Wie lange sind Sie unterwegs? Seit heute morgen? Und nun ganz vom Bahnhof zu Fuß zurück? Ich werde Ihnen augenblicklich warmes Essen machen lassen!

Jawohl, der Selbstmörder tauchte wieder auf. Er war vor einigen Tagen völlig verschwunden, aber jetzt am letzten Tage des Jahres kam er wieder, um ein neues Jahr morgen in den Bergen zu beginnen. Er war schweigsam und mutlos, er versteckte sich, kehrte den Leuten den Rücken, um nicht zu grüßen, es war, als schämte er sich über etwas. So ungemütlich war er lange nicht gewesen, er erinnerte an die erste Zeit im Sanatorium, als er am schlimmsten brütete und auf Selbstmord sann. Als wollte er sich etwas aufrichten und sich in einer einigermaßen würdigen Verfassung zeigen, ging er gleich in sein Zimmer und rasierte sich. Eine rötliche Aster, die aussah, als hätte sie sich in einer Tasche befunden, steckte er ins Knopfloch, wo sie nun weiter mit dem Tode rang. Dann ging er hinunter und bekam zu essen. Er entschuldigte sich bei dem Mädchen, weil er außerhalb der Zeit kam.

Die Mahlzeit dauerte nicht lange, und er hätte noch weniger Zeit dazu gebraucht, wäre nicht der Doktor gekommen und hätte sich ihm gegenüber gesetzt. Auch der Doktor schalt nicht, das lag ihm nicht, im Gegenteil: er war unterhaltend. Er erzählte, daß man jetzt elektrisches Licht im Sanatorium bekommen sollte.

So, sagte der Selbstmörder.

Ein Lichtmeer, nein, eine Feuersbrunst. Wenn man auf dem ›Fels‹ säße, sollte man die Post bei dem Schein lesen können.

Ja, sagte der Selbstmörder.

Ach, Herr Magnus, das interessiert Sie sicher mehr, als Sie sich jetzt den Anschein geben wollen!

Es interessiert mich gar nicht.

Heute abend können wir das neue Jahr auch mit einem ›Torahus-Marsch‹ begrüßen, fuhr der Doktor fort und zählte weiter auf.

217

Schweigen.

Wissen Sie, daß wir zum Sommer bauen müssen? Ist das nicht eine Leistung, daß diese neue Stätte schon ihre Grenzen sprengt, daß wir erweitern müssen? Wir müssen nicht nur unsere unfertigen Räume einrichten, wir müssen bauen. Es hat sich im Herbst gezeigt, daß wir nicht Platz genug haben.

Schweigen.

Haben Sie bemerkt, daß wir Flaggen bekommen haben?

Ja.

Überhaupt, wir machen uns; wir müssen das führende Sanatorium werden. Wir müssen den Weg zum Sanatorium zu einer Automobilstraße ausbauen. Große Matadore sollen zu uns heraufkommen, Herrschaften mit eigenen Pferden und Dienerschaft, reiche Leute, die eine ganze Flucht von Zimmern vorausbestellen.

Sie richten sich darauf ein, lange zu leben, finde ich, sagte der Selbstmörder düster.

Der Doktor mochte auf eine solche eindringliche Äußerung nicht vorbereitet sein, er wiederholte: Lange zu leben? Ja, sagte er, was sollte ich sonst tun? Aber im übrigen – ob wir nun lange oder kurz leben, so müssen wir doch im Leben tun, was wir können.

Wer hat das gesagt?

Das sage ich mir selber. Das ist nicht so hingeworfen. Wenn wir sterben, so kommen andere Menschen nach uns.

Die auch sterben müssen, ja.

Richtig, die auch sterben müssen. Es ist einmal nicht anders.

Aber welchen Zweck hat dann das Ganze?

Das Ganze ist die Ordnung, das Leben, das ist nun einmal so.

Nein, das Ganze ist der Tod, sagte der Selbstmörder.

Auch hierauf ging der Doktor ein, um den vom Schicksal Heimgesuchten nicht zu reizen, aber er lächelte und sagte ja und amen, als wüßte er es im Grunde viel besser.

Wie soll das enden? fuhr der Selbstmörder fort. Wann soll es enden? Warum hört diese ewige Vernichtung nicht einmal auf? Es wird ja nicht besser. Was für einen Sinn hat es da? Tollheit ohne Ende?

Er war fertig mit dem Essen und wollte gehen, aber der Doktor hielt ihn zurück. Der folgende Wortwechsel hätte kürzer werden können, wenn der Doktor nicht hin und wieder geantwortet hätte.

Ihr Ausflug ist Ihnen nicht gut bekommen, sagte er.

Was wissen Sie davon?

Ich ziehe meine Schlüsse als Arzt.

Arzt! äffte der Selbstmörder. Wie steht es mit der Verdauung hier im Hospital?

Es geht Ihnen lange nicht so gut wie vor Ihrer Abreise. Sie hätten viel lieber hier bei uns bleiben sollen.

Ist der Absatz des Gesundheitssalzes gut?

Nein, sagte der Doktor, Sie müssen jetzt wirklich wie wir andern sein, Herr Magnus, gesund wie wir, froh wie wir. Die schlechte Laune hat gar keinen Zweck. Trinken Sie ein Gläschen und schwingen Sie sich wieder auf! Sie waren wirklich in der letzten Zeit so forsch geworden, was hat Sie zu dem Ausflug veranlaßt?

Das Leben, sagte der Selbstmörder. Das, was Sie Leben nennen.

Das Leben! wiederholte der Doktor. Machen Sie das Leben nicht schlechter, als es ist. Das Leben ist reich, ist großartig, wir sollten uns am Leben freuen und jeden Tag an seiner Plage genug sein lassen.

Und so weiter. Das habe ich schon ein paarmal früher gehört. Haben Sie je Halt gemacht und einen Augenblick nachgedacht? Sie können den Schrecken und den Untergang bei andern im Gesicht, in den Augen gesehen haben, aber haben Sie ihn je selbst in der Brust gehabt? Haben Sie mitten in einem See gestanden und gerufen?

Dazu habe ich nicht einmal Zeit gehabt, ich arbeite, ich mühe mich nach meinen Kräften –

Ja, wir mühen uns, jeder nach seinen Kräften. Sie mit den Ihren, ich mit den meinen; Gott, wie wir uns mühen! Aber das führt uns alle spät oder früh zum sichern Tod. Der einzige, der nicht daran denkt, ist der muntere Tor. Er hält sich für überlegen, wenn er es vergißt.

Aber wohin führt es, wenn wir daran denken?

Zum Tode.

Und wenn wir es vergessen?

Zum Tode.

Nun also –?

Dann hat einer also eine törichte Freude mehr – die ein anderer ihm nicht neidet.

Der Doktor dachte nach und sagte: Er hat die Freude, das Leben auszuhalten. Das ist nicht so töricht.

Der Selbstmörder überhörte ihn: Die Ordnung, sagten Sie vorhin. Wann sagten Sie, daß die ›Ordnung‹ uns anregte und ermutigte? Wenn wir versuchten, das Gute zu tun? Nein, dann wäre dieselbe ›Ordnung‹ bestenfalls genau wie sonst: blind, unversöhnlich und unzugänglich.

Ja, aber Herrgott! – beginnt der Doktor, hält jedoch inne.

Arzt, sagten Sie vorhin. Sie bauen, Sie erweitern das Krankenhaus, warum? Hierher kommen wir aus Osten und Westen, manche kommen von weit her, wir sind nichts als Kniefall und Gebet, wir suchen alle Heilung, aber keinem wird geholfen, der Tod holt uns ein.

Jetzt konnte der Doktor sich nicht enthalten, zu lächeln und auf seine leichte Art zu sagen: Das war ja fast wie eine Bibelstelle – Osten und Westen –

Und augenblicklich kehrte der Selbstmörder die Kratzbürste heraus und wurde wieder sehr geradezu: Haben Sie viele neue Plakate ausgehängt, während ich fort war, Herr Doktor? Man bittet, nach zehn Uhr abends vorsichtig auf den Boden zu trampeln, um die bettlägerigen Opfer des Lebens nicht zu stören! Man bittet, vorsichtig mit dem Feuer umzugehen und Lampen und Lichter auszulöschen, um die Halbtoten nicht zu verbrennen!

Hahaha! lachte der Doktor ein wenig gezwungen. Aber jetzt sollen Sie hören, was derselbe Arzt zu tun gedenkt: Er will um Mitternacht aufs Eis und ein Paar neue Schlittschuhe probieren. Das will der Arzt tun. Er meint, daß er das neue Jahr auf keine frischere und frohere Art einweihen kann. Sie sollten mitkommen! Wir bekommen wohl etwas Mondschein.

Im Gang hängt ein Plakat, daß ich um zehn Uhr im Bett liegen soll.

In der Neujahrsnacht dispensiert der Arzt Sie . . .

Der Selbstmörder ging in sein Zimmer, legte sich nieder und schlief oder tat, als schliefe er, bis die Abendglocke zur Festtafel läutete. Dann kleidete er sich in aller Eile an und ging hinunter.

Das Haus war voll, alle Menschen im besten Staat. Der Selbstmörder hatte seine Aster im Knopfloch, die jetzt recht mitgenommen aussah.

Bei Tisch hielt der Doktor wieder eine Rede. Der Unermüdliche dankte allen Anwesenden für die im alten Jahre erwiesene Güte und wünschte jedem einzelnen ein noch besseres neues. Man hätte nichts anderes sagen können, es waren die rechten Worte, und kein Besserer hätte sie sagen können als Doktor Öyen. Er hatte Glück. Da er sich natürlich ein bißchen zeigen und amüsant sein mußte, meinte er schließlich unter der Heiterkeit der Gäste, daß der Direktor selbst, Rechtsanwalt Rupprecht, zweifellos eine bessere Rede hätte halten können, man brauchte ja nur seine Hände anzusehen, um zu wissen, was für glatte und gedeihliche Worte er über sie ausgeschüttet haben würde. Aber es scheiterte am Doktor. Er dachte mehr an die Gäste als an die Eitelkeit des Direktors. Jetzt käme Musik, dabei der ›Torahus-Marsch‹, und schließlich Verteilung der Neujahrspost, die sich aufgehäuft hätte, sagte er.

Man versammelte sich im Salon zu Kaffee und Kuchen, die Klavierlehrerin spielte, und den Neujahrspsalm sangen alle mit. Dann brachte man die Post herein.

Oh, es war keine sehr große Post, aber deshalb war sie nicht minder willkommen. Es waren herzliche kleine Botschaften von der Außenwelt, ein Päckchen Ansichtskarten und Briefe, die die Wirtschafterin aufgespart hatte und jetzt austeilte. Der Doktor erhielt ein paar Karten, Kleinhändler Ruud einen Brief, Frau Ruben fünf Karten, Fräulein d'Espard nichts. Herr Magnus! rief die Wirtschafterin. Das erregte Aufmerksamkeit. Der Selbstmörder trat vor. Eine Karte. Er sah sie sich sofort neugierig an, untersuchte hierauf den Rand, ob es nicht zwei wären, ging mit gerunzelter Stirn in eine Ecke und setzte sich. Die übrigen Karten waren an die Dienerschaft, für jedes der Mädchen mehrere, einige waren verspätete Weihnachtsgrüße, *Cards* aus Amerika. Und dann stand die Wirtschafterin mit leeren Händen da.

Man unterhielt sich eine Zeitlang, dann wurde wieder ein bißchen gespielt, worauf der fremde Ingenieur aus dem Gedächtnis Gedichte deklamierte. Er machte es gut, man bat ihn um mehr, immer mehr, und er deklamierte, bis er ausgeleert war und zu den Kartenkunststücken übergehen mußte. Man wunderte sich, daß er nicht Schauspieler geworden war, und er antwortete, das wäre auch seine Absicht gewesen, aber – Schweigen. Nun ja, ein tüchtiger Ingenieur ist ja auch etwas! ging Rechtsanwalt Rupprecht darüber hinweg.

Schließlich suchte jeder sein Zimmer auf.

Es mochte etwa zehn Uhr sein, bürgerliche Bettzeit. Fräulein d'Espard ging mit dem Selbstmörder aus. Das taten wir auch am Weihnachtsabend, sagte sie und redete ein bißchen, damit er nicht so niedergeschlagen wäre.

Es mußte ungefähr Halbmond sein, aber die Luft war unklar, und es war ziemlich dunkel. Sie kamen nur bis zur ersten Bank und blieben sitzen. Sie mochte ein bißchen neugierig sein und wollte über seinen Ausflug hören, wo er gewesen und wie es zugegangen war, aber er sprach von anderen Dingen, von der Erweiterung des Sanatoriums, von Schuldirektor Oliver, den er immer noch verachtete, und von Fräulein d'Espard selber. Er schien großes Interesse an ihr zu nehmen, wenn er sie auch nicht ausfragte; sie war eine Leidensgefährtin, etwas war wohl mit ihr los, auch mit ihr. Als sie von selbst erzählte, daß sie in Daniels Sennhütte ziehen wollte, nickte er und bezeigte seine Zufriedenheit damit. Das wäre nicht das Schlimmste! meinte er.

Nein, denn hier im Sanatorium wird es mir auf die Dauer zu teuer, sagte sie. Ich bekomme die ganze neue Stube bei Daniel für mich.

Gewiß ist es teuer. Ich hatte auch schon daran gedacht, hier Schluß zu machen und anderswohin zu gehen, aber –

Aber es ging nicht?

Nein. Ich habe die ganze Reise vergebens gemacht.

Schweigen.

Aber, fing sie wieder an, dann kann die nächste Reise vielleicht zu etwas führen. Ich weiß nicht, aber sehen Sie es nicht zu schwarz an – ja, sich und das Ganze?

Er überraschte sie, indem er plötzlich mitteilsam wurde. Niemand konnte ihn so gesprächig machen wie sie; ihr Mitgefühl, ihre Anziehungskraft, das gebeugte lauschende Köpfchen machten ihn offenherzig: Ich hatte eigentlich gedacht, heimzureisen und ein oder zwei Schüsse abzugeben. Darum war ich gereist. Als ich aber vor den Fenstern stand, wurde ich andern Sinnes.

Nun ja, sagte sie, hatte aber sonst kein Wort zur Antwort darauf.

Dann kaufte ich einige Astern, schickte sie aber natürlich auch nicht.

Ich weiß nicht, antwortete sie vorsichtig, aber vielleicht hätten Sie sie schicken sollen.

Nein. Man hat keinen Mut, etwas zu tun, weder Böses noch Gutes.

Ich bemerkte, daß Sie einen Neujahrsgruß bekamen.

Ja, sagte er.

Da sehen Sie! Da haben Sie wohl Antwort auf Ihre Weihnachtskarte erhalten?

Schweigen.

Vor einem Jahre fing es an. Oder – ich erinnere mich nicht mehr, aber ungefähr vor einem Jahre. Zuerst glaubte ich es nicht. Es ist ja an und für sich gemein, so etwas zu glauben, und ich wollte es sechs Monate nicht glauben, sagte der Selbstmörder. Und jetzt schien er sich ganz aussprechen, reinen Tisch machen zu wollen, aber es glückte ihm nur teilweise. Der Anfang war ein langes, unzusammenhängendes Geschwätz, er wollte bekennen, war aber zu sehr überwältigt und sprach nur abgebrochen. Das Fräulein mußte alles erraten. Was er sagte? Er pflegte ihnen aus dem Wege zu gehen, ihnen auszuweichen, sagte er. Eine falsche Taktik, wie er erkannt hätte. Er ging heim und legte sich nieder, statt eindringlich zu werden. Was er damit erreichte? Heimzugehen und sich hinzulegen, ist nicht das leichteste Ding auf Erden, er kehrt um und geht ihnen nach, aber er schämt sich, zu laufen und verliert sie daher aus den Augen. Zu Hause hängt er eine Weltkarte an die Wand, um sie sich anzusehen, wenn er liegt, er gibt sich verschiedentlich mathematische Rätsel auf, die er rät, liest Bücher, zählt die Figuren auf der Tapete. Eines Abends wird ihm gesagt, daß die Kleine krank sei ... Der Selbstmörder bedenkt sich und fragt: Wie lange, sagte ich, war es her, seit es anfing?

Ein Jahr, antwortete das Fräulein.

Ich meinte zwei Jahre. Es ist nicht zu verheimlichen, es war ja ein Kleines da. Na, also ich höre, daß die Kleine krank ist. Was ging das mich an! Ich gehe hinein und sehe sie an, hatte sie fast ein halbes Jahr nicht gesehen, das kleine Mädchen. Es waren Leibschmerzen, und sie schrie, aber sonst nichts. Warme Wollappen auf den Leib! sagte ich. Da lag sie, Gesichtchen, Händchen, ein süßes kleines Kunstwerk, ich schäme mich zu sagen: rührend; aber was ging sie mich an! Übrigens ist es auch mehr als zwei Jahre her, seit es anfing, das ist nicht länger zu verheimlichen. Tut Öl auf den Lappen und zwei Wollappen, sagte ich, das eine warm und das andere obendrauf! Wir fahren fort damit und haben Glück: sie wird ruhig, zuckt nur hin und wieder und schläft schließlich ein. Es war gleichsam, als sähe ich sie zum erstenmal, und ich blieb eine Weile stehen. Irgendwie bekam sie meine Hand zu fassen und hielt einen Finger fest, lächerlich, ich hatte im Grunde nichts mit ihr zu schaffen. Sie ist nicht getauft, und wie kann so etwas nun heißen? sage ich zu mir. Als es dann still wurde, hörte ich etwas im Nebenzimmer flüstern, ein Glas wird heruntergestoßen und geht entzwei. Ich sehe das Kindermädchen an, und sie sieht mich an – nein, es sind nicht Gäste des Kindermädchens. Jetzt wissen Sie also ein andermal Bescheid, sage ich zu ihr, warme Wollappen mit Öl darauf, dann gibt es sich! Ich ging wieder in mein Zimmer, aber ich war nicht mehr im Zweifel, daß ich zum Kind hineingerufen war, um etwas ganz anderes zu erfahren. Ich liege eine Weile, lese ein wenig und denke ein wenig; nach kurzer Zeit lösche ich die Lampe aus, denke wieder. Ich bin in den sechs Monaten nicht schlaff geworden und abgestumpft, im Gegenteil, wach und schnell und balle leicht die Faust. Jetzt höre ich ein Donnern hinter dem Hause. Das Kindermädchen kommt wieder. Es ist etwas passiert, sagt sie erschrocken, es ist etwas gefallen, auf der Hintertreppe! Ich habe eine Taschenlampe auf meinem Nachttisch liegen, um nachts nach der Uhr sehen zu können. Diese Taschenlampe nehme ich und gehe hin. Richtig, er ist nicht tot und auch nicht ohnmächtig, aber er ist vollgetrunken wie ein Schwamm. Ich richte das Licht auf ihn und sehe seinen Zustand, er kann nichts machen, er liegt auf dem Boden und lächelt mich an. Hinaus mit dir! sage ich, bringe ihm seinen Hut und helfe ihm zur Tür hinaus. Als ich wieder nach oben komme, sitzt jemand im Dunkeln in meinem Zimmer, ich höre irgend etwas murmeln, es ist kein Licht, und ich zünde an. Ganz wie ich dachte – auch sie nicht sicher auf den Beinen, nicht übertrieben, aber etwas unklar und wirr, sie riecht nach Wein. Was sie wollte? Ja – sich entschuldigen! Sie hätte deutlich gehört, daß die Kleine weinte, wagte aber nicht hereinzukommen, sie wäre so wirr im Kopfe, es wäre ihr zu Kopfe gestiegen. Es sollte nicht wieder vorkommen, nie. Aber ich dürfte nur nichts glauben, nicht das Schlimmste glauben; als er das wollte, hätte sie geantwortet: Nein, weg mit dir, ich sehe gut, wer du bist, ich kenne dich, und du bist nicht mein Mann! Das erzählt sie mir, sie ist völlig angekleidet, während ich nur meinen Schlafrock anhabe, und sie bittet mich geradezu, mich wieder hinzulegen und nicht dazusitzen und zu frieren. Immer wieder erklärt sie, daß das nicht wieder vorkommen sollte, du lieber Gott, nein! Was sollte ich zu alledem sagen? Nichts war unglaublich, ich hatte nur zu fauchen und weißglühend zu sein und sie sich nur zu entschuldigen und um Gnade zu bitten. Natürlich endete es wie so oft zuvor, sie blieb bei mir, und am Morgen war alles vergessen.

Ja, das war schlimm, das war schlimm! sagte Fräulein d'Espard, als wäre es ihr passiert.

Ja, verstehen Sie mich recht, erklärt der Selbstmörder, es war keine Bosheit mit im Spiel. Bosheit? Keineswegs. Man denkt immer verkehrt hierüber, und das ist so dumm. Das Schlimme geschah ja nicht, um mich zu quälen, sie gab nur nach, es lockte mehr, nachzugeben als zu widerstehen. Außerdem kam hinzu, daß er ein Jugendfreund war, keine Spur von Säufer, auch nicht besonders schlecht, er war nicht sehr aufgeweckt, aber hübsch und groß. Eigentlich hatten sie sich haben sollen, aber ich kam dazwischen, mir ging es besser, und ich konnte ihr ein Heim bieten. Ob ich nichts davon gewußt hatte? Natürlich hatte ich es gewußt, ich hatte mich aufgedrängt, man ist nicht besser, man ist Mensch. Und nun überdenken Sie, bitte, alles zusammen. Irgendwelchen Grund, mir weh zu tun, hatten sie nicht, und das fiel ihnen auch nicht ein. Hätte ich nicht mehr im Wege gestanden, so wäre es gewiß besser gewesen; aber ich war da, und ich war selbst ohne Bosheit. Alles das. Aber versetzen Sie sich andererseits in meine Lage: Konnte ich weitergehen, waren nicht sechs Monate vergangen, ohne daß ich daran geglaubt hatte? Was wäre an dem Abend geschehen, wenn das Kind nicht geweint und sie gestört hätte? Alles war geordnet, hätten sie da nicht stillschweigend einig sein können? Von diesem Gedanken – diesem Verdacht – ist es nicht weit bis zu dem an das Kind. Ich sagte ein Jahr, aber es wurde unerträglich, ich kann nicht verheimlichen, daß es zwei Jahre her war, seit es begann, mehr als zwei Jahre, also früh – was ging mich da das Kind an? Diese Frage war weit ernster als jede andere.

Der Selbstmörder hält inne.

Das Fräulein will ihn trösten: Nein, Sie dürfen es nicht glauben! So früh tut man das nicht, davon bin ich überzeugt.

Glauben Sie? fragt er interessiert.

Es vergehen ein und zwei und auch drei Jahre, ehe so etwas

geschehen kann, das kommt erst, wenn man einander vielleicht müde und überdrüssig geworden ist – ich meine von selber, müde und überdrüssig von selber. Haben Sie sie nicht gefragt?

Nein. Nur gegrübelt. Was für Wahrheit konnte ich von der Seite erwarten! Nun, gleichviel, aber lassen Sie uns dabei bleiben: Was geschieht dann?

Wie?

Nein, Sie wollen nicht darauf eingehen. Sie machen eine übliche, alltägliche Sache daraus und halten es nicht für wert, sie zu erörtern.

Meinen Sie, wie es geschieht? Ich verstehe Sie nicht. Man ist Mensch, wie Sie sagen, man wird seiner selbst überdrüssig und wirft sich weg. Das kommt vor, nicht wahr?

Ganz meine Meinung. Aber wie geht es vor? Die Stellungen? Kämpfen sie ein wenig? Ist das nicht alles ins Blaue hinein?

Das Fräulein versucht, sein Gesicht im Dunkeln zu sehen. Sie schweigt. Sie kann ihren eigenen Ohren nicht trauen.

Da gibt er es auf und fragt nicht mehr.

Das Fräulein wickelt sich in ihren Mantel, er sinkt tief zusammen, wie um seine Verlassenheit zu markieren, wenn sie geht. Er spricht, das Kinn auf der Brust: Ja, von ihr selber erhalte ich keine Aufklärung, obwohl ich sie von Zimmer zu Zimmer jage und sie frage.

Das würde ich an Ihrer Stelle wirklich nicht tun, sie jagen.

Nein. Sie sagt auch nur, daß ich verrückt sei. Aber meine Taktik war verrückt, es war zu leicht, mich zufriedenzustellen. Ich war dümmer als alle Tiere des Feldes. Als die sechs ungläubigen Monate um waren, kamen ja alle die gläubigen, eines Tages war ich genötigt zu glauben. Ja, das meinte ich jedenfalls. Ich hielt mich mehr wach, es gab Wochen, in denen ich nicht schlief außer in den Stunden, da wir beide im selben Zimmer zusammensaßen. Ich verfolgte sie, fand sie und konnte es feststellen! Meinte, ich könnte es. Einmal? Was wäre ein einziges Mal! Um so Geringes mache ich mich nicht zum Narren. Viele Male, sage ich Ihnen! ruft der Selbstmörder plötzlich erregt; jedesmal, wenn ich ihnen nur nachgehen wollte! Sie fühlten nicht die Schändlichkeit, die Niedertracht darin, sie sahen mich an, wenn sie wieder herauskamen aus Cafés und Theatern. Ich dachte: Das muß etwas Selbstverständliches, muß recht und richtig für sie sein, sonst verstehe ich es nicht!

Ganz wie ich dachte: Sie sagte mir gerade heraus, daß er und kein anderer es wäre, daß er es immer gewesen sei und daß ich sie getrennt hätte! Meine Taktik war wieder falsch, ich antwortete. Antwortete auf die Anklage, stand da und gab Antwort! Ich sagte, wenn sie mir diesen Bescheid beizeiten gegeben hätte, so würde sie Frieden vor mir gehabt haben! An und für sich also keine Lüge von mir, aber ich hätte nur schweigen sollen. Sie erhielt zu leichtes Spiel: Sie antwortete, sie hätte mir die ganze Zeit zu verstehen gegeben, wie es mit ihr stand, aber ich hätte nicht hören wollen oder können! Sicherlich auch keine Lüge von ihr, das war sehr glaubhaft. Da stand ich nun.

Dachten Sie nicht daran, sich scheiden zu lassen?

Das taten wir wohl, es schwebte uns sicher hin und wieder vor. Ich dachte meinerseits nicht viel daran, aber sie war vielleicht tapferer, ich weiß nicht, ich hörte nichts. Wenn ich daran dachte, kam ich nur zu dem Schlusse, daß Scheidung die Frage durchaus nicht löse, sie löst nur Bande. Was sollte sie mit der Scheidung? Sie konnte sie entbehren und erwähnte nichts davon. Ich selbst war zu wenig mutig und männlich, um sie zu verlangen. Man ist jämmerlich, man ist Mensch. Gesetzt, sie flieht und nimmt alles, was ihr gehört, mit: nicht einmal eine kleine Bluse hängt an der Wand. Ich öffne die Schubladen, sie sind leer; ich sehe zum Spiegel hin, da liegt weder ein Schleier noch ein Paar Handschuhe. Wenn ich einen neuen kleinen Brillantring kaufe und hinlege, so wird er nicht fortgenommen. Nein, keine Scheidung! Nicht einmal der Duft würde drinnen bleiben, ein Hauch von ihr, eine Spur oder ein vergessenes Wort, nein, das Zimmer öde. Wäre es besser als jetzt? Zudem war ich in meiner Erniedrigung nicht ausgesperrt von ihr, ihre Tür war nie verschlossen, der Ring rührte sie zu Tränen und Umarmungen – ich hätte in die Erde sinken müssen, genoß aber die Stunde und weinte selbst. Man ist jämmerlich. Hinterher waren wir beide drinnen bei der Kleinen. Am Tage darauf war alles vergessen.

Fräulein d'Espard schüttelte den Kopf.

Alles vergessen. Es hätte anders, alles hätte gut sein können.

Ach ja, Herrgott, sagt das Fräulein unglücklich, es gibt so vieles, was anders sein sollte!

Sie haben wieder recht. Nicht unmöglich, daß sie, wenn ich selbst anders gewesen wäre, ein anderes Aussehen gehabt und mich besser benommen hätte, zurückgekommen oder vielleicht

nicht einmal fort gegangen wäre. Alles gut und schön. Aber
versetzen Sie sich nun wieder in meine Lage, was geschieht mit
mir? Ich existierte, und da stand ich nun. War meine Schlechtig-
keit offenbar, so war die der andern auch nicht unsichtbar; ich
konnte auf sie zeigen und sie festnageln. Sie hat jetzt mehr als
zwei Jahre gedauert.

Was wollen Sie tun? fragt das Fräulein beinahe flüsternd.

Nichts, antwortet er, ich tauge weder zu Schlechtem noch zu
Gutem. Ich reiste nach Kristiania, um eine Entscheidung her-
beizuführen und einmal ein Ende zu machen, gab es aber auf.
Es ist jedenfalls ein warmes Häuschen für das Kind, dachte ich,
Sonne den ganzen Vormittag. Nun ja, ich traf keinen und
ging nicht hinein, aber es war Licht in der Wohnung am
Abend, nur mein eigenes Zimmer war dunkel, sie achten es,
daß ich es verschlossen habe. Es gab weder Lustbarkeit noch
Tanz oder Geschrei.

Nein, das fehlte auch nur!

Ich schätze das, ich bin genügsam geworden. Ich bin ihr
dankbar, daß sie mein Zimmer nicht öffnet und benutzt, damit macht sie mich ein bißchen weniger obdachlos; ich habe
dieses Zimmer in der Stadt.

Es ist sehr ungemütlich für Sie, sagt das Fräulein erschüttert.

Er merkt wohl, daß er lange gesprochen und sich sicher zu
gerührt gezeigt hat, er schlägt auf einmal um und erhebt sich:
Es ist spät, Sie frieren gewiß, entschuldigen Sie, daß ich mich
vergaß!

Sie brauchen sich nicht zu entschuldigen.

Danke. Oh, aber Sie können kein Interesse an meinem
Schicksal haben. Übrigens ist es noch nicht so schlimm wie das
Schicksal manches andern, das meine ist nicht das schlimmste,
ich habe viele Freuden.

Das hoffe ich!

Kommen Sie, Fräulein d'Espard, es ist spät!

Während sie hineingehen, wiederholt sie: Ja, das hoffe ich
wirklich. Daß Sie viele Freuden haben. Und, Herrgott, das
kann ja alles wieder gut werden, glauben Sie nicht?

Ach nein. Das heißt, man soll nichts verschwören.

Sie bekamen eine Karte –

Ja, ich bekam eine Karte. Von wem glauben Sie? Von Moß?

Nein, vielleicht nicht von Moß. Vielleicht war es etwas viel
Besseres!

Sie war von mir selber, sagte der Selbstmörder.

Im Lichte der Korridorlampe sah sie sein vergrämtes Gesicht, sie starrte ihn an. Er nahm die Karte aus der Tasche und zeigte sie ihr: Akershus-Schloß, dazu Prosit Neujahr! und seine eigenen Buchstaben darunter. Er stand mit bebendem Munde da.

Ich kaufte sie unterwegs, sagte er. Ich wußte wohl, daß keine andere Karte kommen würde, und das war auch einerlei. Ich schickte sie nicht meinetwegen, ich mache mir nichts aus so etwas, es war der andern Gäste wegen, sie sollten sehen, daß ich sie bekam. Na, jetzt müssen Sie sich hinlegen, Fräulein d'Espard, gute Nacht! Er drehte sich schnell um und ging wieder in die Winternacht hinaus ...

Am Morgen begann eine Neuigkeit zu summen, eine düstere Neuigkeit von schlimmer Vorbedeutung. Es begann früh, als das Mädchen mit dem Kaffee zum Doktor hineinging. Sie kam verwirrt wieder und meldete es den andern Mädchen, so erfuhren es einige der Gäste; Rechtsanwalt Rupprecht stand augenblicklich auf und begann einen Rundgang durchs Sanatorium. Was war geschehen? Etwas Unverständliches und Unheimliches, und das am Neujahrstage.

Als der Rechtsanwalt bei Inspektor Svendsen vorüberkam, der gerade die Flagge hissen wollte, hinderte er ihn daran und sagte: Warten Sie damit, hissen Sie die Flagge noch nicht gleich! Haben Sie den Doktor gesehen?

Nein, der Inspektor hatte den Doktor heute nicht gesehen. Die Lampe brennt noch im Büro, ist er nicht dort?

Nein. Aber lassen Sie uns noch einmal nachsehen.

Der Doktor war nicht da.

Vom Büro gingen die Herren in das eigene Zimmer des Doktors, aber da war er auch nicht. So mochte Gott wissen, wo er war. Und das am Neujahrstage!

Mehrere der Gäste waren in aller Eile aufgestanden und beteiligten sich an der Suche. Es sickerte durch, daß der Doktor die Absicht gehabt hatte, ein Paar neue Schlittschuhe heute nacht auf dem Bergsee zu probieren, einige Herren liefen nach der Eisbahn, um zu suchen, sie trafen eine Dame. Es war Fräulein Ellingsen, die ihnen zuvor gekommen war und sich schon auf dem Rückwege vom Eise befand. Sie trug eine Holzstange

229

in der Hand. Sie fragten sie, ob sie den Doktor gesehen hätte, aber das hatte sie nicht; sie schüttelte den Kopf mit düsterer Miene und sagte: Aber ich habe etwas entdeckt: es sind viele Löcher im Eise, Fischlöcher, das eine ist jetzt offen.

Ja – was meinen Sie –?

Offen, nickte sie. Das ist heute nacht geschehen.

Ist es möglich, daß er – Was sagen Sie!

Sie liefen weiter, um das Loch zu sehen, und Fräulein Ellingsen setzte ihren Heimweg fort. Sie war sehr nachdenklich, ja Fräulein Ellingsen war sehr mit ihren Gedanken beschäftigt, dieses offene Loch im Eise war eine aufgelegte englische Short story, eine nächtliche Tragödie, sie wußte, was sie wußte!

Sie versammelte viele der Gäste um sich, weil sie vom Tatort kam und das Neueste erzählen konnte, ihre Rede war gedämpft, aber sehr wirkungsvoll, sie ließ die Zuhörer das Schlimmste befürchten. Wenn nur kein Unglück geschehen ist! sagte der Rechtsanwalt. Das Loch ist offen, sagen Sie?

Offen. Das Eis, das sich darüber gelegt hatte, ist heute nacht gebrochen. Die Stücke sind noch nicht wieder zusammengefroren.

Das sind diese Fischlöcher von Daniel, sagte der Inspektor. War nicht Mondschein heute nacht? fragte einer.

Nein, sagte der Inspektor. Und was wollte er auch im Dunkeln auf dem Eise! Welches von den Löchern war es, gnädiges Fräulein?

Das zunächst dem Bache. An der Mündung.

Gerade wo das Eis am schwächsten war. Wir hatten eine Stange hingesetzt zur Warnung.

Hier ist die Stange, sagte Fräulein Ellingsen. Sie lag auf dem Eise, und da nahm ich sie mit.

Warum? fragte Bertelsen.

Sie antwortete ihm – ihm allein, und sie hatte vielleicht die ganze Zeit nur geredet, damit er sie hörte: Es könnte ja sein, daß sie untersucht werden müßte.

Die Stange? fragte Bertelsen äußerst verwundert.

Na, lassen Sie uns nicht länger hier stehen und schwatzen, unterbricht der Rechtsanwalt. Nehmen Sie Ihre Leute mit, Svendsen, und hauen Sie das Eis auf. Großer Gott, wenn ein Unglück geschehen sein sollte!

Ich möchte gern ein paar Worte in Ihrem Zimmer mit Ihnen

reden, sagte Fräulein Ellingsen zu ihm. Sie sind wohl so gut und kommen mit, Bertelsen.

Etwas hatte das Fräulein auf dem Herzen, darüber konnte kein Zweifel sein, sie sah ungewöhnlich nachdenklich aus. Der Rechtsanwalt ging voran in sein Zimmer: Bitte, setzen Sie sich, gnädiges Fräulein! Sie wollten mir etwas sagen?

Fräulein Ellingsen hat das Wort, sie erzählt ausführlicher, was sie entdeckt hat, spricht und bekommt rote Backen. Bertelsen, der ihre gesegneten Erzählungen kennt, versucht sich gleichgültig zu zeigen, gibt es aber ihrem tiefen Ernste gegenüber auf: Es ist festgestellt, daß der Himmel mit Wolken bedeckt und mondlos war, ich habe selbst das Loch untersucht, es ist groß genug, daß ein Mann, der auf Schlittschuhen angesaust kommt, hindurchfallen kann. Ich sage deshalb noch nicht, daß das Unglück geschehen ist.

Nein, nein. Aber was sagen Sie denn? fragt Bertelsen ungeduldig.

Sie wendet sich zu ihm: Sie fragen, warum ich diesen Stock mitgenommen hätte. Ich nahm ihn mit, weil er vielleicht chemisch untersucht werden muß. Es ist etwas daran, das wie Blut aussieht.

Blut? sagen die Herren.

Sie zeigt ihnen einige rötliche Flecke auf der Rinde, und sie wissen nicht, was sie glauben sollen. Ja, es ist unzweifelhaft Blut, aber Bertelsen fragt: Ja, aber wenn es nun Blut ist?

Dann kann der Stock als Waffe gebraucht worden sein.

Überfall also? rät der Rechtsanwalt. Nein, das ist unwahrscheinlich.

Das Fräulein schweigt. Es ist keine Spur von Unnatürlichkeit an ihr, sie müht sich mit ihrer Aufgabe, kämpft für sie, sie sehen, daß sie nachdenkt und sich Mühe gibt.

Wer in aller Welt sollte den Doktor überfallen? Den nettesten Mann hier, der nur Freunde hat.

Es könnte doch irgendeiner getan haben.

Der Rechtsanwalt fragt: Denken Sie an einen Bestimmten?

Ja, antwortet sie, ich denke an einen Bestimmten.

An wen?

Ich möchte mich bei der jetzigen Lage der Dinge nicht gerne aussprechen. Aber wenn es unter uns bleibt –

Selbstverständlich! rufen beide Herren aus und lauschen dann gespannt.

Das Fräulein, still und tief: Ich sage nicht, daß er es ist, aber ich denke an den Mann, den wir den Selbstmörder nennen. Ich habe meine Gründe, ihn zu bezichtigen.

Schweigen. Der Ernst des Fräuleins wirkte, die Herren sahen sie an und dachten über ihre Worte nach.

Warum sollte er es getan haben? fragte Bertelsen.

Einem geisteskranken Mann – wenn er geisteskrank ist – kann alles mögliche einfallen.

Ja, sagte der Rechtsanwalt, darin muß ich Fräulein Ellingsen recht geben. Sie sagten, daß Sie Ihre Gründe hätten, ihn zu bezichtigen?

Es sind Indizien, sagte das Fräulein. Ich hörte ihn heute nacht mit Fräulein d'Espard unten im Gange reden. Als sie sich gute Nacht gesagt hatten, kam Fräulein d'Espard allein die Treppe herauf. Der Selbstmörder ging wieder in die Nacht hinaus.

Ja, sagten die Herren, das klingt ohne Zweifel etwas merkwürdig. Und Sie sind dessen vollkommen sicher?

Das Fräulein nickte nur. Übrigens, sagte sie, kommt das stärkste Indizium erst: Ich bin von der Eisbahn zurückgekommen. Was heißt das? Das heißt, daß ich allen andern voran, daß ich die erste unterwegs, die erste an Ort und Stelle bin. Dort finde ich – finde ich –

Was finden Sie?

Dies! sagte das Fräulein beinahe flüsternd und hielt die Aster des Selbstmörders hoch.

Niemand sprach, die Herren hatten genug zu denken. Es dauerte eine Weile, dann sagte das Fräulein: Sie erkennen sie wohl? Erinnern Sie sich, welches Knopfloch sie gestern abend schmückte?

Ja, das taten sie.

Ich fand sie auf dem Eise, ein Stück von dem Loche. Sie wurde heute nacht verloren.

Die Herren waren sich beide einig, diese klägliche Aster an der Brust des Selbstmörders gesehen zu haben, Bertelsen entsann sich speziell des Augenblicks, da der Selbstmörder an die Lampe gerufen wurde und von der Wirtschafterin eine Postkarte erhielt. Da hatte diese welke Blume sich deutlich gezeigt.

Es kann nur eine Meinung herrschen, daß es dieselbe Aster ist, sagte der Rechtsanwalt. Insofern ist alles klar. Ich muß Sie wirklich bewundern, Fräulein Ellingsen, daß Sie das herausbekommen konnten – daß Sie soviel Umsicht haben –

Die! bricht Bertelsen aus und überbietet ihn. Ich versichere Ihnen, sie ist der reine Detektiv. Geben Sie ihr ein Fadenende oder einen ausgespuckten Zigarettenstummel – und sie bekommt ein ganzes Verbrechen heraus.

Das Fräulein schwillt, eine Anerkennung von dieser Seite ist beinahe mehr, als sie ertragen kann, sie beugt sich vornüber, um ihre Bewegung zu verbergen. Auf jeden Fall, sagt sie und ist immer noch mitten in der Geschichte, auf jeden Fall muß der Selbstmörder den Doktor zuletzt gesehen haben. Er muß Auskunft geben können.

Die Spannung, in der sich alle befanden, kam im Laufe der Erörterung in Gefahr, sich zu verziehen, ein Überfall erschien den Herren so unwahrscheinlich, so ausgeschlossen. Aber man konnte nie wissen, und daß das auf dem Stock reines Blut war, schien sicher zu sein. Das Fräulein wurde gebeten, auf eine feine Weise mit dem Selbstmörder zu reden – eine Aufgabe, sagte der Rechtsanwalt, die man nicht in bessere Hände legen könnte. Aber selbst als die Sitzung aufgehoben wurde und sie sich trennten, konnte der Rechtsanwalt noch nicht alle Hoffnung aufgeben, seinen Kompagnon zu finden. Er gab einem Mädchen, das er im Korridor traf, sogar Auftrag, noch einmal im Zimmer des Doktors nachzusehen, wo er allerdings selbst mehrmals gesucht hatte. Sehen Sie auch unter dem Bett nach, sagte er.

Der Rechtsanwalt selbst ging nach dem Eise.

Fräulein Ellingsens Gespräch mit dem Selbstmörder führte zu nichts, er hatte den Doktor nicht gesehen. Er wäre in der Nacht aus gewesen, erzählte er, bis weit nach Mitternacht. Es mochte ein oder zwei Uhr gewesen sein, als er hineinging, er sei auch auf dem Eise gewesen, weil der Doktor ihn aufgefordert hätte, wäre aber gewiß zu spät gekommen, der Doktor hätte sich nicht mehr auf der Eisbahn befunden.

Haben Sie eine Stange bei der Bachmündung gesehen? fragte das Fräulein.

Eine Stange? Nein. Weshalb fragen Sie?

Es sieht aus, als wäre Blut daran.

So, sagte der Selbstmörder uninteressiert. Ich kann es übrigens nicht glauben, daß der Doktor sich etwas angetan haben sollte. Er ist ein Windhund.

Ich fand die Blume, die Sie gestern im Knopfloch hatten –
ich fand sie heute morgen auf dem Eise.

So, sagte der Selbstmörder wieder. Ja, die war nichts mehr
wert, sie hatte ausgedient.

Nein, es war wirklich nichts aus dem Selbstmörder heraus-
zuholen, das heißt, er erzählte ja alles ohne Geheimnistuerei.
Zuletzt hörte er nicht mehr genau auf das, was das Fräulein
sagte, er wiederholte ein paarmal, daß der Doktor wohl wieder zum Vorschein kommen würde.

Es wurde Mittag, die Gäste versammelten sich, aber sie aßen
in Schweigen. Es war ein langer, gedrückter Neujahrstag, ohne
Flagge, ohne Musik, Gelächter und Freude, vielleicht ein
schwerer Geldschaden für das Sanatorium. Im Laufe des Nach-
mittags besserte sich die Stimmung etwas, Inspektor Svendsen
und seine Leute hatten das Eis vom Fischloch bis ganz zur
Bachmündung aufgehauen, aber keine Leiche gefunden. Im
Wasser war der Doktor also nicht. Diese Entdeckung freute
sicher alle Menschen im Sanatorium, sie freute sicher auch
Fräulein Ellingsen, aber sie hatte sich in ihr Zimmer begeben,
wo sie lag und weinte. Ach, das große, hübsche Fräulein Ellingsen mit dem unfruchtbaren Lesen von Detektivromanen und
der erhitzten Phantasie, sie ertrug jetzt keine Niederlage, es
wäre so gesegnet für sie gewesen, wenn sie diesmal gesiegt
hätte, sie war nicht dumm, sie merkte wohl, wie es stand: daß
ihr Schicksal bald entschieden werden sollte. Wo saß in diesem
Augenblick Bertelsen und unterhielt aus allen Kräften eine
andere Dame? Warum war das so? Falls ihre Indizien Stich gehalten hätten, so würde sie eine Hoffnung gehabt haben, aber
die Indizien schienen falsch zu sein. Der Selbstmörder machte
ja kein Hehl aus seiner nächtlichen Wanderung, die verlorene
Aster bedeutete nichts für ihn, und als Rechtsanwalt Rupprecht von der Eisbahn zurückkam, konnte er ihr sagen: Das
muß Fischblut an Ihrer Stange sein, es ist eine ganze Menge
Blut um das Loch, wo Daniel Fische geschnitten hat. Und darauf hatte Fräulein Ellingsen nur antworten können: Ja, es
wäre möglicherweise Fischblut, das würde allenfalls die Analyse entscheiden. Nein, sie war sicher geschlagen, daher lag sie
nun da und weinte und zeigte sich nicht am Mittagstisch.

Obwohl der Doktor ziemlich sicher nicht betrunken war,
hatte man ihn doch nicht gefunden; wo war er also? Man war
gerade dabei, sich zu einer gemeinsamen Suche zu ordnen, als

das Sanatorium eine große Sensation erlebte: Aus einem ganz abgelegenen Zimmer wurde geklingelt, aus einem Verschlage ohne Ofen und ohne Bewohner, in dem auch kein ordentliches Bett, nur ein einfaches Feldbett stand, ja, von dort wurde geklingelt. Als das Mädchen kam, um das Mysterium aufzuklären, fand sie ihn, fand sie den Doktor, Doktor Öyen. Was –? schrie sie. Schweigen Sie! sagte er vom Feldbett aus, gehen Sie und holen Sie den Rechtsanwalt! Das Mädchen ging, aber sie hatte den Eindruck, daß der Doktor verrückt geworden wäre, seine Augen waren blutunterlaufen.

Der Rechtsanwalt hob beide Arme zum Himmel, als er hereintrat, und wollte mit einigen notwendigen Fragen beginnen, hielt aber inne, der Doktor sah nicht danach aus, als ob er Rede stehen könnte. Liegen Sie hier? sagte der Rechtsanwalt nur, und der Doktor antwortete: Ich muß weggebracht werden! Er lag da, den Überzieher über sich gebreitet und fror, er war krank. Aus seinen triefenden Kleidern und Stiefeln war Wasser über den Boden geflossen, ein Paar Schlittschuhe waren auf den Boden geworfen, nichts im Ofen, kein Ofen, das Licht sickerte durch ein verstaubtes Fenster ohne Gardine herein, alles trübselig, alles elend, und da lag er. Der Schweizer ist stark, er kann mich tragen, sagte er. Wir werden Sie ins Bett tragen, sagte der Rechtsanwalt. Nein, antwortete der Doktor, da sehen es alle. Der Schweizer kann mich über die Küchentreppe tragen.

Jawohl, er wurde getragen, zuerst nach seiner Apotheke, wo er eine Dosis Tropfen einnahm, darauf in sein Zimmer. Es ging zweimal über den Hof, aber der Schweizer trug ihn. Es wurde im Ofen eingelegt, er bekam warmes Bettzeug, Wärmflaschen und etwas Warmes zu trinken; er fühlte sich besser, sagte er.

Der Rechtsanwalt fragte ihn vorsichtig aus, um eine Erklärung zu erhalten. Es war zwar nicht viel Zusammenhang darin, aber es zeigte sich ganz richtig, daß der Doktor ein Windhund gewesen war. Natürlich war er in das Fischloch gesaust, statt aber gleich nach Hause zu stürmen und sich ordentlich in seinem warmen Zimmer ins Bett zu legen, wollte er sich in diesem entlegenen Verschlage verstecken, er wollte nicht eingestehen, daß er ins Wasser gefallen war. Die verwirrte Seele! Er wollte wohl nicht die Gäste erschrecken, hatte vielleicht auch zeigen wollen, daß er selbst – der Arzt – in der Winternacht ein Tauchbad nehmen konnte, ohne daß es ihm das Allergeringste anzuhaben vermochte. Darin irrte er sich allerdings, er vertrug es nicht. Als der Rechtsanwalt durchblicken ließ, daß Unruhe im Sanatorium entstanden war, grämte sich der Doktor sehr. Was sagten die Gäste? fragte er. Lachten sie? Er sei eben in diesen Verschlag gegangen, um nicht gefunden zu werden, erklärte er, und es wäre ja seine Absicht gewesen, morgen früh, wenn das Wasser aus seinen Kleidern abgelaufen war, aufzustehen und sich in sein eigenes Zimmer zu begeben, aber er hätte es nicht können, ihm sei schlecht geworden, sehr schlecht –

Überhaupt erschien ihm das Ereignis der Nacht als etwas, dessen er sich zu schämen hatte.

Ich verstehe beinahe gar nichts! bekannte der Rechtsanwalt schließlich und schüttelte den Kopf.

Das Ganze kam davon, daß es so dunkel war und daß der Mond nicht schien, sagte der Doktor.

Das war sicher seine wahre Meinung. Das Ganze kam wohl eher davon, daß er sich in seinem Studium nie mit dieser besonderen Situation befaßt hatte und daher auch nichts darüber wußte. Er hatte seine Persönlichkeit in der Medizin wegstudiert, es war nichts weiter von ihm übrig geblieben, und er meinte sicher, daß sein Einfall gut wäre. Ein Junge! Ein Kind mit Examen! Er hätte etwas mehr Form haben können, der Mann, Gott helfe uns, er hätte wirklich ein wenig, hätte etwas, hätte einer sein können. Da hatte er nun diesen großen Jungenstreich ausgeheckt, sein dummes Tauchbad in einer Bodenkammer zu verstecken. Ein frischer, undressierter Affe würde anders gedacht haben.

Jetzt wollte er schlafen, sagte er. Aber hier wäre es so kalt.

Der Rechtsanwalt sah aufs Thermometer: Hier sind über zwanzig Grad. Sie müssen Fieber haben.

Der Doktor: Sind hier über zwanzig Grad, dann ist es hier nicht kalt; jetzt will ich eine Weile schlafen. Zum Abendbrot stehe ich wieder auf.

Der Rechtsanwalt war froh, daß sein Kompagnon jedenfalls wieder zur Vernunft gekommen war, er verbreitete die Neuigkeit mit den nötigen Erklärungen überall, wohin er kam, und gab Befehl, die Flagge zu hissen. Es war allerdings schon Nachmittag, aber es war Neujahr.

Merkwürdigerweise zeigte es sich, daß es schwer war, die

236

Stimmung wieder zu heben. Es gab keinen Grund mehr, die Köpfe hängen zu lassen, aber eine gewisse Stille und Unbehaglichkeit war in die Gäste gefahren und wollte nicht wieder heraus. Einer kam von draußen und erzählte, der Inspektor hätte sich mit der Flagge abgemüht, sie halb hinauf bekommen, und da säße sie fest, jetzt bekäme er sie weder hinauf noch herunter! Diese Episode machte es noch dumpfer im Salon, sie verbreitete gewissermaßen Respekt. Es bedeutete vielleicht etwas, eine Flagge auf halbmast. Holen Sie sie herunter! rief der Rechtsanwalt von der Veranda. – Ich bekomme sie nicht herunter! schrie der Inspektor zurück. – Dann legen Sie die Flaggenstange um! – Das geschah, und die Flaggenstange blieb jetzt flach und nackt auf dem Schnee liegen und wurde nicht wieder aufgestellt.

Kein Wunder, daß der Rechtsanwalt sich ärgerte. Er wandte sich an Schuldirektor Oliver und beklagte sich über die Dinge, aber Direktor Oliver wurde nicht Feuer und Flamme, sein Beruf war nicht, zu belustigen und zu trösten, sein Beruf war, zu unterrichten, er war im Grunde einsam ohne Schüler, ohne Zuhörer, sogar Fräulein d'Espard hatte sich zurückgezogen und schien mit ihren eigenen Angelegenheiten beschäftigt. Direktor Oliver blieb einsilbig. Ja, aber was in aller Welt steckte dahinter, fragte sich der Rechtsanwalt, daß ein ganzes Schloß voller Leute wie ausgestorben dalag? Wäre das nicht früher schon mal vorgekommen, daß eine Flaggenleine sich in den Block eingeschnitten und festgeklemmt hätte? Es wäre wenig wahrscheinlich, daß Zeichen vom Himmel geschähen, wenn Doktor Öyen sich erkältete. Nicht wahr?

Das ist vollkommen undenkbar, sagte Direktor Oliver.

Der Rechtsanwalt bat den Ingenieur, sich der Stimmung der Gäste anzunehmen. Der Ingenieur sagte nicht nein, er war schon einmal aufgetreten und kannte die Kunst: er erdachte Spiele, er parodierte Schauspieler, veranlaßte einige junge Leute, Blindekuh mit ihm zu spielen, und konnte sogar Niggerlieder. Wahrlich, der Ingenieur schonte sich nicht, und namentlich im Blindekuhspiel trieb er es weit, er tanzte und zeigte sich, schrie mit bewußter Blödheit und endete mit einem großartigen, albernen Kummer über ein eingebildetes Unglück – alles mit verbundenen Augen. Der Korrespondent der drei Blätter sagte rein heraus, daß ein großer Schauspieler an dem Ingenieur verloren gegangen sei, was er in seinem nächsten

Hochgebirgsbrief auch vermerken wolle. Aber nicht alle waren wie der Korrespondent, die andern Zuschauer waren träge, der Teufel mochte klug aus ihnen werden, sie wollten auch nicht auf Schiern und Schlittschuhen hinaus, sie saßen nur so da. Nichts geschah, nichts wurde dem Erdboden gleichgemacht, nein, aber es lag ein stummes Grauen über der Stätte wie vor einer Untat.

Es wurde bekannt, daß es Doktor Öyen schlechter ginge, und der Rechtsanwalt telephonierte nach dem Doktor unten im Kirchspiel, dem Kreisarzt. Es war schwer, zu telephonieren, ohne daß jemand es hörte, und der Rechtsanwalt war vielleicht etwas unvorsichtig. Wenn es nur kein Typhus wird! sagte er. Diese Worte gingen weiter und waren bald im ganzen Hause herum. Mehrere Gäste dachten daran, ihnen Aufenthalt abzubrechen und schon morgen, am Tage nach Neujahr, heimzureisen. Ein Verlust von viel Geld für das Sanatorium. Kleinhändler Ruud packte heimlich seinen Handkoffer.

Der Kreisarzt kam. Lungenentzündung. Er lieferte Tropfen und Mixturen und fuhr wieder ab. Als er am nächsten Tage wiederkam, ging es dem Patienten noch schlechter. Am dritten Tage starb er.

Welch ein Neujahr!

Der Selbstmörder durfte sich ja diese gute Gelegenheit nicht entgehen lassen, ohne sich auszusprechen; er nickte und meinte, das Ende wäre das noch nicht! Das Leben ist eine billige Ware für den Tod, sagte er, der nächste von uns ist schon vorgemerkt! Ein paar Tage lang gab er sich Mühe, sein unheimliches Schwarzsehen unter den Gästen zu verbreiten, er sprach von sich und andern nur als den ›Überlebenden hier am Orte‹.

Viele Gäste reisten ab: der Korrespondent, Kleinhändler Ruud, der Ingenieur und die Jugend beiderlei Geschlechts. Hier hielt sie nichts mehr, sie standen mitten im Leben und hatten kein Interesse daran, zu sehen, wie Doktor Öyens Sarg kam, wie die Leiche hineingelegt und der Sarg mit der Bahn wieder fortgeschickt wurde. Kleinhändler Ruud machte kein Hehl daraus, daß er anderes zu tun hätte, daß seine Zeit ihm nicht erlaubte, noch länger vom Geschäft fortzubleiben. Er sagte zum Rechtsanwalt: Und wegen der Aktien habe ich jetzt die Gewißheit bekommen, daß sie deponiert sind, Bertelsen kann sie nicht verkaufen! So, antwortete der Rechtsanwalt und wollte nicht darauf eingehen. Aber Sie können die Aktien in der Bank zu dem Kurs, von dem wir gesprochen haben, einlösen, fuhr Ruud fort – das heißt, wenn Sie jederzeit die Feuerversicherungsprämie für das Sanatorium bezahlt haben.

Ja, Kleinhändler Ruud hatte ein Auge an jedem Finger, der Rechtsanwalt sehnte sich gewiß nicht nach einer näheren Verbindung mit ihm. Welchen Vorteil hätte es, wenn dieser Mann sich statt Bertelsen in den Betrieb des Sanatoriums hineinmischte? Nein, er bedankte sich. Außerdem war Bertelsen jetzt gut geduckt, der Rechtsanwalt wünschte ihm keine Demütigung.

Schuldirektor Oliver reiste nicht ab, auch Bertelsen und die Damen Ruben und Ellingsen nicht; Rechtsanwalt Rupprecht, der Direktor selbst, konnte sein liebes Torahus ja nicht verlassen, ehe alles wieder vollkommen geordnet war, augenblicklich war er damit beschäftigt, nach einem neuen Arzt zu telephonieren und zu telegraphieren und seine Wahl zu treffen.

Die nächste, die krank wurde, war Frau Ruben. Merkwürdig, daß die Dame überhaupt noch am Leben war, sie aß nichts, trank nichts, hielt das Leben nur mit Pillen aufrecht, sie mußte viel Widerstandskraft besitzen. Was für Pillen waren es? Mystische Pillen, die gnädige Frau erhielt sie aus London und verbarg sie sorgfältig nach jedesmaligem Gebrauch. Ein altes Mädchen im Sanatorium hatte dieselbe Art Pillenschachteln bei ›Mylady‹ gesehen, es schien also mehr als eine Intimität zwischen den beiden Damen, Frau Ruben und der Engländerin, bestanden zu haben.

Arme Frau Ruben, sie wurde krank und knickte zusammen – was der Grund sein mochte, vielleicht weil sie sich gegen ihre Gewohnheit am Silvesterabend satt gegessen hatte. Sie lag da mit ziemlichen Schmerzen und einem fremden Ausdruck in ihren tiefen, herrlichen Augen; ihr war nicht gut, aber sie wollte nichts vom Kreisarzt wissen, im Gegenteil, sie wollte morgen wieder aufstehen, sagte sie. Ach, aber es ging nicht, sie blieb liegen, und ihr war nicht gut, aber sie gab nicht nach. Sie erhielt mit der Post zwei Paare nadelspitze Stiefel zur Probe, sie waren aus Stoff und Lack, und Frau Ruben durfte wohl nicht hoffen, ihre eigentümlichen Watschelfüße hineinzubekommen, aber sie konnten dastehen, als wäre es gerade ihre Nummer. Sie standen auf dem Toilettentisch, als der neue Doktor kam.

Denn seht, jetzt kam der neue Doktor, der neue Sanatoriumsarzt, und das wurde ein kleines Erlebnis für Torahus. Die Gäste bekamen ihn beim Mittagessen zu sehen, er war kurzsichtig, sehr lang und mager. Wenn er sich über seinen Teller beugte, war es, als ob er den Hals über einen Balkon streckte, um auf die Straße hinunterzusehen. Er lächelte hübsch und hatte eine kluge, bestimmte Miene. Er war jung in seinem Fach, konnte aber nicht übersehen werden, auch sein Vater war Doktor, er war der geborene Arzt.

Als er in Frau Rubens Zimmer trat, grüßte er höflich, stellte sich dann vor und sagte: Tragen Sie diese Art Stiefel hier in den Bergen, gnädige Frau? Er erblickte die Pillenschachtel der gnädigen Frau, die unter ihrem Kopfkissen hervorguckte, zog sie heraus, las die Aufschrift, öffnete sie und sagte: Warum nehmen Sie das?

Die gnädige Frau hätte ihm am liebsten die Schachtel aus der Hand gerissen und antwortete ärgerlich: Ich nehme es gar nicht – fast gar nicht –

Der Doktor erhob sich und verschloß ohne weiteres die Tür, schlug das Deckbett der gnädigen Frau zurück und sagte: Drehen Sie sich ein bißchen um! Als er mit der Untersuchung fertig war, fragte er: Haben Sie noch mehr von diesen Schachteln?

Ich weiß nicht. Nein, wohl nicht. Wieso?

Ich bin kein Chemiker, aber ich glaube nicht, daß solche Pillen gerade Ihren Appetit vermehren.

Ich esse, soviel ich kann, antwortete die gnädige Frau.

Das tun Sie. Aber Sie sollten mehr essen, Sie dürfen keinen Widerwillen gegen das Essen bekommen, sagte der Doktor und steckte die Pillenschachtel zu sich.

12

Der Doktor begrüßte alle Gäste nacheinander und erkundigte sich nach ihren Krankheiten. Bertelsen fehlte nichts, aber er blieb als Gast und fragte interessiert nach Frau Ruben. Die gnädige Frau und er wären zusammen hergekommen, erklärte er, und er könnte nicht gut ohne sie wieder heimreisen. Dies hörte Fräulein Ellingsen mit an, sie warf ihm einen Blick zu, aber er rührte Bertelsen nicht, nicht die Spur. Ich glaubte, Sie wären mit mir hergekommen, scherzte sie todernst.

Und warum sind Sie hier, gnädiges Fräulein? fragte der Doktor.

Mir fehlt nichts. Ich reise übrigens morgen ab.

Natürlich bleibe ich nicht nur hier, um auf Frau Ruben zu warten, sagte Bertelsen jetzt. Sie wissen ja, Fräulein Ellingsen, daß ich nicht ganz uninteressiert am Torahus-Sanatorium bin, ich habe allerhand hier zu besorgen.

Am Tage darauf reiste Fräulein Ellingsen ab, allein. Sie hatte wohl eingesehen, daß es hoffnungslos war, noch länger zu warten.

Ich komme umgehend nach, sagte Bertelsen, ich habe nur noch etwas wegen des Neubaus im Frühjahr zu ordnen.

Aus irgendeinem Grund hatte Bertelsen heute morgen Erlaubnis bekommen, einzutreten und Frau Ruben zu begrüßen; er hatte sie bedauert und getröstet und durchscheinen lassen, daß sie ihr Leiden nicht allein trüge. Die gnädige Frau hatte begonnen, etwas Nahrung zu sich zu nehmen, und schlief schon besser, sie konnte frisch mit Bertelsen sprechen und scherzen und liebenswürdig sein, sie verbrachten eine angenehme Stunde miteinander. Als er das Zimmer der gnädigen Frau verließ, war er in bester Laune. Er fand Fräulein Ellingsens Taschentuch vor seinen Füßen, es war schneeweiß und ungebraucht, er hob es auf und lieferte es ab: Sehen Sie, was ich gefunden habe, Ihr Taschentuch, Ihr Monogramm. Es ist so weiß und unschuldig, es sieht nicht aus, als wäre es mir absichtlich in den Weg geschlüpft.

Nein, absichtlich –?

Ich scherze, Fräulein Ellingsen! Nun, Sie sind schon reisefertig. Ich muß Sie sehen, wenn Sie im Schlitten sitzen. Grüßen Sie die Stadt!

Sie war so hilflos, vielleicht hatte sie das Taschentuch wirklich absichtlich vor Frau Rubens Tür verloren, etwas Besseres war ihr nicht eingefallen, als sie Bertelsen drinnen hörte. Natürlich kostete es sie Überwindung, Bertelsen heute so entscheidend, ein für allemal zu verlassen; andererseits: was konnte je aus der Geschichte mit ihm mehr werden? Merkte sie nicht seinen Überdruß, seine Gleichgültigkeit? So endete denn diese Episode ihres Lebens ebenso unvermittelt und unfruchtbar wie ihre Detektivgeschichten. Fräulein Ellingsen war groß und hübsch, und sie wäre fast etwas gewesen, sie besaß Gefühl und Phantasie, mißbrauchte sie aber: ihr Gefühl verschwendete sie wie ein Tor, und ihre Phantasie entfesselte sie in Erzählungen, in Erdichtungen und Irrungen. Sie konnte Holzhändler Bertelsen nicht halten und mußte ihn schließlich aufgeben. Was sollte sie sonst tun? Sie würde ihn zu Tode gelangweilt haben, etwas jeden Tag und etwas jede Nacht . . .

Der Doktor kam auf seinem Rundgang zum Selbstmörder. Er mochte einiges über diesen Sonderling gehört haben und richtete sich jetzt danach, vielleicht kannte er auch etwas von seiner Geschichte in Kristiania, Gott weiß.

Der Selbstmörder setzte seine unverschämteste Miene auf und sagte: Na, Sie kommen wohl, um sich eine Begräbnisstätte hier in den Bergen auszusuchen?

Der Doktor sagte: Harter Winter. Sie sind der einzige, der sich vernünftig kleidet, wie ich sehe.

Es wird kostspielig auf die Dauer, die Leichen von hier wegzutransportieren, beharrte der Selbstmörder. Ich kann Ihnen einen Platz zeigen, wo wir Überlebenden in die Erde kommen können.

Wenn Sie Zeit haben, so möchte ich ihn gerne gleich sehen, sagte der Doktor.

Sie gingen sogleich. Aber der Selbstmörder war offenbar nicht darauf vorbereitet gewesen, beim Worte genommen zu werden, er wurde unsicher wegen der Richtung, schwankte, blieb im Walde stehen und sagte: Es ist übrigens Unsinn von Ihnen, daß Sie mich begleiten. Lassen Sie uns umkehren! Der Selbstmörder war beleidigt und fuhr fort: Es war nur angenommene Entschlossenheit von Ihrer Seite!

Der Doktor sah ihn an und ließ ihn schwatzen.

Nun, Sie sehen mich an und untersuchen mich. Lassen Sie uns nach Hause gehen, hab ich gesagt!

Auf dem Heimwege fragte der Doktor: Seit wann sind Sie hier?

Seit dem Schöpfungstage. Seit Eröffnung des Sanatoriums.

Und worauf warten Sie hier in den Bergen so lange?

Ich warte nicht lange, ich warte durchaus nicht lange hier. Was wollen Sie selbst hier?

Schweigen.

Der Selbstmörder fuhr fort: Ich fragte nicht, um unangenehm zu sein, sondern um es zu erörtern. Der Tod arbeitet hier tadellos ohne Ihre Hilfe.

Warum blasen Sie auf Ihre Hand?

Haben Sie das bemerkt? Offensichtlicher Scharfsinn! Ja, ich blase darauf, um sie warm zu halten.

Wollen Sie in mein Zimmer kommen und einen Kognak mit Selters trinken? sagte der Doktor.

Der Selbstmörder verblüfft: Wie? Ja, gern!

Als sie, jeder mit seinem Kognak und Selters, im Büro saßen, begann der Selbstmörder sich wohl zu fühlen und vernünftig zu reden. Der Doktor fragte ihn ein wenig nach dem Sanatorium und den Gästen und erhielt viele ausweichende Antworten. Plötzlich streckte der Selbstmörder die Hand aus und sagte: Warum ich darauf geblasen habe? Sehen Sie her, was sagen Sie zu dieser Wunde?

Der Doktor: Das ist nicht einmal eine Wunde.

Was ist es denn?

Nichts.

Der Selbstmörder: Ich nehme an, daß es Lepra ist!

Der Doktor lächelte: Unsinn! Sie haben sich nur ein Loch in die Haut gekratzt.

Kann ich etwas dafür haben?

Ja, Sie sollen noch einen Kognak mit Selters haben.

Es schien den Selbstmörder zu erleichtern, daß seine Wunde nichts zu bedeuten hatte, und beim nächsten Glase wurde seine Stimmung besser, als sie seit langem gewesen war. Der Doktor erzählte Geschichtchen, er war ein noch so junger Arzt, daß er sich sogar noch besonderer Ereignisse aus seiner Praxis erinnerte. So erzählte er, wie er zu einer Frau geholt worden war, die Prügel bekommen hatte und deren Hintern braun und blau geschlagen war.

So? sagte der Selbstmörder.

Es war eine junge Frau, hübsch auch und ein bißchen leichtsinnig. Der Mann war dabei, als ich sie untersuchte, er erklärte, wie es zugegangen war, und zeigte mir den Rohrstock, den er gebraucht hatte.

Hatte der Mann sie –?

Geprügelt, ja. Sie fing an, ihm zu stark zu werden, sie wollte ihren Willen haben, behandelte ihn wie einen Gimpel und nahm sich einen Liebsten.

Der Selbstmörder mißtrauisch: Was gehen der Mann und die Frau mich an?

Wie?

Warum erzählen Sie mir das?

Es war ein komischer Fall. Ich mußte der Frau ihren Hintern kurieren, aber der Mann kurierte ihre Stärke. Nein, Sie haben recht, was geht das Paar uns an! Aber wie gesagt –

Schweigen.

Es ist übrigens nicht uninteressant, murmelte der Selbstmörder. Kurierte er sie? Sagen Sie!

Gründlich! Ich habe die Leute später beobachtet, sie sind glücklich, haben zwei Kinder bekommen seitdem. Sonntags gehen sie zusammen aus.

Großartig! ruft der Selbstmörder aus. Sie sollen leben!

Ich habe allerlei solche Erlebnisse, sagt der Doktor still, wie für sich. Sonst würden die Krankenbesuche langweilig werden.

Es zeigt sich, daß der Selbstmörder nicht mehr überlegen ist, er wird neugierig und naiv: Ich kann den Mann und die Frau nicht vergessen, was für Leute waren es?

Handwerker, der Mann ist Schmied.

Ach so! sagte der Selbstmörder enttäuscht. Ein Schmied und seine Frau.

Nun ja. Natürlich ist ein Rohrstock kein Mittel, das in jedes Milieu paßt, alle Mittel müssen individuell gebraucht werden, zuweilen gehören Blumen dazu.

Ein jeder kann von zuviel Stärke in seinem Hause geplagt werden, murmelt der Selbstmörder und betrachtet die Wände und das Dach.

Der Doktor antwortet zerstreut, wie in Erinnerungen versunken: Ja, so ist es. Ich bin selbst einmal nahe daran gewesen, den Rohrstock zu gebrauchen.

Der Selbstmörder gespannt: Sind Sie verheiratet?

Nein, lächelt der Doktor und schweigt.

Aber der Selbstmörder wird ungeduldig und rät mit fragenden Augen.

Der Doktor sagt: Nein, es war meine Haushälterin. Sie war übrigens keine gewöhnliche Schmiedsfrau, allerdings ein Mädchen aus dem Volke, auch ein bißchen toll, aber mit vielen guten Eigenschaften.

Nur eine Haushälterin! sagte der Selbstmörder wieder enttäuscht.

Sie war jung und hübsch, hatte einen prachtvollen Körper, spielte ausgezeichnet Klavier und Gitarre, war musikalisch.

Ja, und doch –!

Ich war verliebt in sie.

Na, sagte der Selbstmörder, das ist was anderes. Und die hätte Sie verlocken können, den Rohrstock an ihr zu versuchen?

Nachdem Blumen fehlgeschlagen hatten, ja. Und nachdem auch Geschenke fehlgeschlagen hatten. Zu irgendeinem Mittel muß man ja greifen, nicht wahr?

Davon verstehe ich nichts.

Na ja. Aber so in seiner Ratlosigkeit greift man zu irgend etwas. Nein, es würde etwas ganz anderes sein, wenn es die eigene Frau wäre, Ihre Frau, meine Frau, ein Mensch aus unserm eigenen Milieu, mit ihr könnte man wohl im guten zurechtkommen. Aber eine Haushälterin! Sie sind wohl auch nicht verheiratet? fragte der Doktor.

Ich? Verheiratet? Nein.

Nein, das dachte ich mir.

Da müßte ich schön dumm sein! sagt der Selbstmörder.

Der Doktor gibt ihm bis zu einem gewissen Grade recht, und sie reden weiter darüber, werden sich aber einig, daß es schwer sei, der Ehe zu entgehen.

Nun, wie wurde es schließlich mit dem Mädchen? fragt der Selbstmörder, erreichten Sie, was Sie wollten, ohne Rohrstock?

Nein, antwortet der Doktor, ich habe es nicht erreicht – noch nicht. Statt dessen tat ich etwas anderes: Ich reiste hierher. Ich übernahm die Stellung hier als Arzt.

Lange Verwunderung und Stille.

Das ist sehr interessant! nickt der Selbstmörder. Aber wenn das nun auch nicht hilft?

Der Doktor bestimmt: Dann mache ich es wie der Schmied!

Das Gespräch mit dem Doktor schien auf den Selbstmörder gewirkt zu haben, er dachte darüber nach und lachte zuweilen bei sich. Aber viele Tage dauerte es ja nicht, bis der Rückschlag kam und er wieder derselbe bissige Grübler wie zuvor wurde. Er suchte Fräulein d'Espard auf, hatte aber das Pech, sie mit Schuldirektor Oliver zusammen im Rauchzimmer zu treffen, und es war unvermeidlich, daß er mit ihm in ein Gespräch kam. Zuerst sagt er, um liebenswürdig zu sein: Ich grüße das Kollegium!

Die beiden sind seinen Scherz nicht gewohnt und schweigen.

Vor ein paar Tagen war ich mit dieser Wunde bei unserm neuen Doktor, sagt er zu dem Fräulein.

Haben Sie etwas dafür bekommen? fragt sie.

Ja, zwei Kognak mit Selters.

Zwei was?

Kognak mit Selters. Er verwendet seltsame Medikamente, zuweilen gebraucht er spanisches Rohr.

Spanische Fliege, meinen Sie wohl, berichtigt der Schuldirektor. Aber das ist kein ungewöhnliches Medikament.

Der Selbstmörder verachtet ihn und antwortet nicht.

Zuweilen gebraucht er aber auch Blumen. Er ist ein origineller Mensch.

Der Schuldirektor will freundlich bleiben und erwidert: Ja, Blumen können sicher manchmal gut sein, Blumen für die Kranken.

Der Selbstmörder verachtet ihn wieder, das Fräulein nickt und sagt: Ja, das ist sicher.

Das ist sicher? fragt der Selbstmörder. Daß Blumen gut sind? Könnte man nicht ebenso gut Knöpfe, Perlmutterknöpfe, Hornknöpfe, Zinnknöpfe, schicken?

Lachen.

Der Schuldirektor wird wieder ein wenig würdevoll und will nicht mehr Unsinn schwatzen: Ja, morgen schreite ich dazu, meinen Aufenthalt hier abzubrechen.

Das Fräulein: Ach – morgen schon!

Morgen fahre ich. Wann reisen Sie ab, gnädiges Fräulein?

In diesen Tagen, einen der nächsten Tage.

Und Sie, junger Mann?

Auf diese direkte Frage antwortete der Selbstmörder widerwillig: Ich reise nicht ab.

So? Sie haben gar keine Pflichten, die Sie rufen?

Das haben *Sie* aber, wenn ich Sie recht verstehe?

Das habe ich. Das wollen Sie wohl nicht bestreiten? fragte der Schuldirektor lächelnd. Wir Lehrer halten Schule, wir machen nach geringem Vermögen die Menschen dessen teilhaftig, was wir selbst gelernt haben.

Glauben Sie ihm nicht, Fräulein d'Espard, sagte der Selbstmörder. Es ist nicht so unschuldig.

Dem Fräulein ist es wohl ein wenig peinlich, in die Sache hineingemischt zu werden, und sie fragt vermittelnd: Doch, nicht wahr, Schule ist doch unschuldig?

Schule heißt, der Natur zuwiderhandeln, den Schüler auf ein Nebengleis zu bringen, das in einer ganz andern Richtung als das ursprüngliche läuft. Schule heißt, diesem Nebengleis gerade in die Wüste hinein zu folgen.

Der Schuldirektor ist belustigt: Etwas anderes kann man wohl auch nicht tun. Und ich meinte, aus der Wüste herausgekommen zu sein! sagte er.

Ja, lachte das Fräulein und hielt zu ihm. Nein, nun müssen Sie vernünftig sein, Herr Magnus, der Schuldirektor ist doch ein großer Wissenschaftler, Doktor!

Der Herr Direktor kommt sich gewiß sehr wohlgelungen vor, antwortet der Selbstmörder gleichgültig. Das müssen alle Schuldirektoren, sonst hielten sie es nicht auf dem Katheder aus.

Nun, das Katheder ist für uns keine Tortur, es ist unsere Lust.

Schweigen.

So, Sie reisen auch ab, Fräulein d'Espard? sagt der Selbstmörder. Ach ja, wir sind Wanderer auf Erden, wir wandern hierhin und dorthin, manche von uns bleiben in einem Sanatorium. Ich war jetzt mit dem Doktor fort, um die Begräbnisstätte für uns Überlebende anzusehen.

Auf diese unverständliche Rede keine Antwort.

Ich habe Sie vielleicht nicht verstanden, mein Herr, sagt der Schuldirektor in seiner gewählten Sprache, ist es unsere Arbeit auf dem Katheder, die Ihnen mißfällt?

Schweigen.

Der Herr Direktor fragt! mahnt das Fräulein.

Ein Schuldirektor ist in gutem Glauben, sagt der Selbstmörder, seine Schule lehre die Kinder alle Kenntnisse der Welt in allen Richtungen der Welt. Die Kinder kommen auch wieder einmal heraus, nach einer langen, langen Zeit kommen sie wieder heraus, jawohl, aber sie gingen als Füllen und Kälber hinein. Es ist unmöglich, daß sie alles behalten, was sie gelernt haben, und wenn sie es behalten, so ist es nicht von Bedeutung. Sie vergessen, woran der Binnensee Öyern im Westen grenzt, sie vergessen, daß die Mohrrübenpflanze keine Kelche zu haben braucht. ›Schule‹ war ursprünglich Freizeit, ein Zeitvertreib für Erwachsene, sie ist eine Hölle für Kinder geworden. Wenn sie dieser Hölle entkommen, sind sie alt, manche sind kahlköpfig, manche halb blind, aber manche bleiben auf dem Platze. Kinder sollten keine Schule haben.

247

Amüsant, sehr amüsant! sagte der Schuldirektor.

Das Fräulein fragt: Aber, Lieber, wie sollten die Menschen später im Leben ohne Schule fertig werden?

Schule macht ja keinen zum Menschen. In reiferen Jahren wenn der Mensch in einem erst ordentlich ertötet ist, könnte davon die Rede sein, daß man eben eine solche Schule brauchte.

Aber auch dann so wenig wie möglich? fragte der Schuldirektor und erhob sich, um das Gespräch abzuschließen, er hatte genug davon. Eigentlich hätte Direktor Oliver hier ein Wörtchen sagen und siegen können, er hatte alle Vorteile auf seiner Seite, konnte Sprachen und war in seinem Fach gelehrt, berühmt. Aber reinen Blödsinn diskutieren, das konnte Direktor Oliver nicht, das mochte er nicht. Als er jedoch gehen wollte, mußte wohl ein Teufel in den Selbstmörder gefahren sein, er wandte sich direkt an ihn und sagte: Ich weiß, daß meine Äußerungen Sie interessieren.

Nein, das kann ich nicht sagen, antwortete der Schuldirektor mit Kälte.

Doch, es läßt sich nicht leugnen.

So? Allerdings bin ich auf Ihren – wie soll ich es nennen – Galimathias – schon früher, sogar in meiner eigenen Familie, gestoßen, wenn er auch nicht so outriert, so hirnverbrannt war. Leider ist es so, daß es Menschen gibt, die ihren Stolz darein setzen, unwissend zu sein, nichts zu kennen, kein Land, keine Sprache. Nein, wahrlich, das interessiert mich nicht. Höchstens als Kuriosum, als etwas sehr Verrücktes, sehr Verkehrtes – wie soll ich es nennen –?

Zerbrechen Sie sich nicht den Kopf darüber, ich kann mir den Rest denken, unterbricht ihn der Selbstmörder mit ironischer Hilfsbereitschaft.

Das ist wie der schwedische Professor, von dem ich Ihnen erzählte, sagte der Schuldirektor zum Fräulein gewandt. Ich antwortete doch wirklich auf seine Irrtümer und widerlegte sie Punkt für Punkt. Aber das scheint nichts zu nützen. Mit gewissen Dingen kämpfen selbst die Götter vergebens hier auf Erden.

Der Selbstmörder schien die Kränkung des Schuldirektors sehr reizvoll, ja sehr hübsch zu finden. Sie erwähnten die Erde, den Erdball, sagte er. Ihre Kleinkinderschule legt sicherlich viel Gewicht auf den Neigungswinkel der Erde, leider aber trampeln die Menschen auf der Erde herum, ohne an diese Winkel zu denken. Ihre Kinder lernen von Sprachen und Kunst, lernen von Schiffen und Sternen, von Geld und Kriegen, von Elektrizität, Kalorien, Mathematik, Bäumen und Sprachen. Und Sprachen. Aber alles das hat ja an und für sich keinen reellen Inhalt, man kann nur einen Zustand, eine Lebeform darin etablieren, es ist mechanische Dressur ohne ethischen Wert. Aber nun das, was im Menschen wohnt, wie steht es damit, mit der Seele, der Natur selbst? Unsere Seele ist nicht reich im Verhältnis zu dem, was wir aus Büchern gelernt haben, aber gerade im Verhältnis zu ihr können wir Büchergelehrsamkeit entbehren. Unsere Seele ist ja der Mensch selbst und ist ein Selbst.

Es mochte die Ungeduld des Schuldirektors sein, die den Selbstmörder immer schlimmer machte, er schien die Zuckungen im Gesicht des Gelehrten zu genießen und sagte: Ich sah, daß die Universität Ihnen voriges Jahr Beachtung geschenkt hat.

Wie?

Daß Sie zum Schulrat ernannt wurden.

Haha! lachte Direktor Oliver diesmal. Ja, die Universität hat mir wirklich voriges Jahr Beachtung geschenkt, zum Schulrat, haha! Mein Lieber, Sie sind ein köstlicher junger Mann!

Der Selbstmörder sagte: Ich würde an Ihrer Stelle diese Henkersarbeit an Kindern nicht angenommen haben. Ein Schulrat ist ja nur ein gewisses Höhenmaß von Schulfleiß, er sitzt da und fragt, wie die Italiener dies und jenes vor zweitausend Jahren nannten. Da steht der kleine Automat: Der Schulrat wirft in seinen Schlitz eine passend schwere Frage, und dann beginnt er zu surren und zu laufen. Und dann hat er Examen. Ein Mann von Ihrem Namen, Ihrer Bedeutung, ein Offizier der Wissenschaft, sollte sich nicht zu so etwas hergeben.

Na, ruft das Fräulein wieder vermittelnd aus, das ist aber kein Scherz mehr!

Aber der Schuldirektor scheint mißtrauisch zu sein und sagt nur: Sei es nun Scherz oder Ernst, mich macht es weder kleiner noch größer.

Im selben Augenblick kommt ein Mädchen und bestellt Fräulein d'Espard, daß ein Mann draußen stehe und mit ihr sprechen wolle, Daniel von der Sennhütte.

Es fuhr ein Ruck über das Gesicht des Fräuleins, als sie sich erhob und hinausging. Auch der Schuldirektor erhob sich und verließ das Zimmer.

Daniel stand mit seinem kleinen Schlitten an der Treppe, er nahm die Mütze nicht ab, sondern sagte nur freundlich und vertraulich: Guten Tag! Wie ist es – ich dachte, ich könnte dich jetzt holen?

Mich holen?

Die Sachen holen. Kommst du nicht?

Ach Gott, er sprach so laut, der Junge, der Bursche! Sie warf einen verstohlenen Blick zum Haus hinauf; dort standen natürlich Gäste an den Fenstern, sogar Frau Ruben war auf die Beine gekommen, stand hinter einer Scheibe und starrte herunter.

Ja, gewiß komme ich. Jawohl! sagte das Fräulein. Ich habe noch nicht gepackt.

Ich kann warten, sagte Daniel.

Er war nun übrigens nett, und zu allem andern war er der, den sie haben sollte. Es geht erst morgen, mein lieber Daniel, sagte sie.

Na ja, sagte Daniel. Ich hatte ein Kalb hergebracht, und da dachte ich, daß ich dich gleich holen könnte. Das Kalb mußt du übrigens sehen, es ist ein feines Kalb, es steht im Kuhstall, komm, ich zeig es dir!

Nein, jetzt nicht. Ich habe gerade etwas zu tun.

Na ja. Aber es ist ein extra feines Kalb, das sagt der Schweizer auch.

Ich mache mich fertig und komme morgen, sagte das Fräulein.

Sie ging wieder hinein. Dieser Besuch war nicht amüsant, sie war froh, daß sie den Selbstmörder immer noch im Rauchzimmer sitzend fand, sie brauchte jemand.

Es war Daniel, er wollte meinen Koffer holen, sagte sie nur der Wahrheit gemäß. Aber ich kann doch nicht durchbrennen hier, nicht wahr?

Daniel möchte Sie wohl gern so bald wie möglich haben, er denkt an das Monatsgeld.

Ja, da haben Sie recht.

Daniel hat seine Sorgen, wir die unseren. Daniel geht es sicher gut, er ist von hier, wohnt in den Bergen, arbeitet hier, lebt und stirbt zu seiner Zeit. Man sollte vielleicht so geborgen sein wie er, Gott weiß, er braucht nicht zu fliehen. Er wird vielleicht nicht einmal von Liebe geplagt.

Das wird er sicher nicht.

Verdammt glücklicher Mensch!

Meinen Sie!

Nicht aus eigener Erfahrung, beeilte sich der Selbstmörder zu antworten. Das einzige, aus dem Menschen sich etwas machen sollten, ist Freude am Leben, Dankbarkeit für das Leben; aber die bekommt man nicht durch Liebe. Im Gegenteil, Liebe ist die Peitsche.

Oft ist es gewiß so.

Ein Mann wie Moß zum Beispiel – ich denke nur zufällig an ihn, aber er gehört nicht hierher, er hat andere Sorgen, jeder von uns hat die seinen.

Haben Sie Moß je eine Antwort auf seinen Brief geschickt? fragt das Fräulein.

Auf den unverschämten Brief? Nein, das habe ich nicht getan, noch nicht. Aber er kriegt schon noch eine Antwort, darauf kann er sich verlassen. Warum sollte er das letzte Wort behalten!

Nein. Aber er war doch ein sehr unglücklicher Mensch.

Ich weiß nicht, sagt der Selbstmörder nachdenklich. Vielleicht war er unglücklich. Plötzlich beginnt er zu kichern und den Kopf zu schütteln: Aber das Eichhörnchen, das ich ihm schickte, das wird ihm wohl schweres Kopfzerbrechen gemacht haben, das glaub ich gern! Aber ebenso schnell, wie er sich belebt hatte, wurde der Selbstmörder jetzt wieder niedergedrückt und düster. Sehen Sie diese Wunde! sagt er, und es war dieselbe Wunde, die er dem Doktor gezeigt hatte. Diese lächerliche Abschürfung, dieser Riß beschäftigte seine Gedanken; er kratzte daran herum, blies unablässig darauf und erlaubte ihr nicht, zu heilen. Was soll ich dabei machen? fragte er.

Ich finde, es ist nichts. Was sagt der Doktor?

Der Doktor, der Narr! Sehen Sie, es besteht dringende Gefahr, daß es Ansteckung ist.

Ach nein!

Dringende Gefahr. Ich erhielt meinen Ulster zurückgeschickt, und der war sicherlich nicht ordentlich gereinigt. Außerdem bekam ich ja den räudigen Brief von ihm. Ein solches Schwein, eine solche Schmeißfliege! Ging er nicht hier herum und atmete unsere Luft ein, redete mit uns und aß an unserm

Tisch? Er hätte erschossen werden sollen. Obendrein hat er die Frechheit gehabt, mir noch einen Brief zu schicken.

Einen neuen Brief?

Einen neuen Brief; er kam vor ein paar Tagen.

Das haben Sie gar nicht erzählt.

Ich hab den Brief natürlich nicht geöffnet, nicht angerührt.

Haben Sie ihn nicht gelesen? fragt das Fräulein erstaunt.

Der Doktor las ihn. Was glauben Sie, was er enthielt? Nicht ein wahres Wort, nur Lügen: Er sagt, daß er gar keine Lepra hat; es hat sich gezeigt, daß es ein Irrtum war, sagt er.

Das Fräulein: So was hab ich aber noch nie gehört!

Reiner Schwindel also. Er erzählt auch, daß er wieder etwas sehen und allein gehen kann.

Das Fräulein bricht aus: Es ist gut, daß etwas in dieser Welt wieder in Ordnung kommt!

Das war nicht die einzige Überraschung, die Fräulein d'Espard diesen Nachmittag erleben sollte. Eine der Damen kam zu ihr, eigentlich waren es zwei Damen, aber die eine blieb im Gang stehen. Diese Damen, die sie früher ausgeschlossen hatten, kamen jetzt mit einem Auftrag zu ihr: Ob sie nicht diese Decke kaufen wollte?

Fräulein d'Espard war sprachlos.

Ja, es verhielt sich so, daß sie sie Frau Ruben angeboten hätten, die hätte sich aber nichts daraus gemacht, hätte das Muster nicht gemocht, ach, die Frau Ruben verstände sich ja auf nichts als auf Geld! Da hätte Frau Ruben sie an Fräulein d'Espard verwiesen: sie wollte ja in die Sennhütte ziehen und könnte vielleicht die Decke brauchen.

Es war Doktor Öyens Tischdecke, das Weihnachtsgeschenk der Damen für ihn, für das er gedankt, vor Freude fast geweint hatte.

Ja, das Fräulein wäre möglicherweise etwas verwundert –?

Ja, antwortete das Fräulein, das heißt, es ist vielleicht doch nicht so merkwürdig –

Nein, im Grunde nicht. Die Damen hätten ja viele Mühe und Auslagen gehabt. Sie hätte auch ihren Zweck erfüllt und den Doktor bei gegebenem Anlaß erfreut. Aber jetzt wäre Doktor Öyen tot, und bald kämen wohl seine Verwandten, holten seine Sachen und teilten sich darein. Ja, das würde

hübsch aussehen. Es gab wirklich keine unter den Damen, der
daran gelegen war, den Verwandten Doktor Öyens ein Geschenk zu machen, daher hätten sie sich die Tischdecke wieder-
geholt.

Diese Begründung war so einleuchtend, daß Fräulein
d'Espard darauf einging, sie nahm die Decke in die Hände,
breitete sie aus und betrachtete sie. Ein wenig schmeichelte es
ihr wohl auch, daß die Damen in dieser Angelegenheit gerade
zu ihr kamen.

Nein, fährt die Verkäuferin fort, es wäre etwas anderes gewesen, wenn die Decke den Besitzer in den Sarg hätte begleiten
können und mit ihm beerdigt worden wäre.

Was wollen Sie für die Decke haben? fragt das Fräulein.

Die Dame ruft die andere Dame vom Korridor herein, sie
war die Sekretärin des Unternehmens, die die Preise von Filz,
Seide und Fransen notiert hatte. Die beiden Damen beraten
sich, die Sekretärin macht geltend, daß der Betrag in viele Teile
geteilt werden müßte, so daß nicht viel für jede bliebe.

Fräulein d'Espard kaufte die Decke.

So schnell wurde die Erinnerung an Doktor Öyen ausgelöscht. Doktor Öyen hinterließ keine Leere, er hatte zu wenig
bedeutet, die Menschen krochen schon über seine Leiche hinweg. Wenn es sich nun auch zeigte, daß er sich in seiner Dia-
gnose bei Anton Moß geirrt hatte, so – nun, es war wohl eine
Ungerechtigkeit, den wohlwollenden Mann so schnell zu vergessen, aber eine verdiente Ungerechtigkeit. Es lag etwas wie
Unwissenheit über Öyen, etwas Nichtsahnendes, er war ein
Fisch auf dem Lande. Aber auch er hatte die Reise zur Erde gemacht, die Reise hin und die Reise wieder zurück.

Am nächsten Morgen brach Schuldirektor Oliver auf und
reiste heim, mit demselben Zuge fuhren Frau Ruben, Bertelsen
und der Rechtsanwalt. Frau Ruben ging es jetzt viel besser, sie aß
und schlief, bekam frischere Farben und wieder ein wenig Fülle
unter der schlaffen Haut. Sie war wieder gesund und hübsch
geworden. Es war ein Wunder, wie diese merkwürdige Dame
sich in kurzer Zeit umbilden konnte. Gute Rasse, zähe Rasse.

Spät am Nachmittage bezahlte Fräulein d'Espard ihre Rechnung im Sanatorium und ging in aller Stille nach der Torahus-
Sennhütte hinüber. Sie wollte am Abend kommen, in der

Dämmerung. Sie zwitscherte nicht, jubelte nicht, genierte sich im Gegenteil ein bißchen über sich selbst und ihre Wanderung, hatte aber trockene Augen. Natürlich war sie schlimm wegge- kommen, aber in der letzten Zeit hatte sie ihr Geschick ohne Kniefälle und Notschreie ertragen. Tränen und Gebete hatten sich als zwecklos erwiesen, sie wollte nicht wieder versuchen, die göttliche Maschinerie in Gang zu setzen. Abwärts gewan- dert? Jawohl, aber sie ging mit innerer Gehobenheit. Sie trug die berühmte Tischdecke unter dem Arm, sie wollte sie auf den Tisch legen und damit zugleich eine Fackel in Daniels neuer Stube entzünden. War das nicht ein einigermaßen guter Ein- fall? Sie mußte lächeln – vielleicht um nicht zu weinen. Ach, mit nassen Augen gesehen, würde ihr Geschick wohl düsterer erschienen sein.

Die letzten Wochen im Sanatorium waren nicht angenehm für sie gewesen. Sie verfiel auf verschiedene Kunststücke, stopfte sich hier aus, schnürte sich dort, hüpfte wie eine Bach- stelze auf den Treppen, zeigte sich allen lachend und sorglos – mochten die andern Damen, die Drachen, nur zusehen, ob sie etwas Verdächtiges an ihr fanden! Aber es war eine Plage, ewig auf sich zu achten, sie setzte in anderer Beziehung dabei zu. Jetzt nutzte sie nicht mehr ihre Anziehungskraft auf die Herren aus, machte keinen Versuch mehr, die gähnende Zahn- lücke in ihrem Munde zu verstecken, ihr junger Leib war un- förmig geworden, sie durfte nicht mehr isoliert in einem Zim- mer stehen und Mittelpunkt sein.

Und gestern war Daniel gekommen. Er hätte leicht alles verderben können, und sie dachte mit Befriedigung daran, daß sie ihm ohne die geringste Wut begegnet war. Da kam er an- marschiert wie irgendein Liebhaber, machte sie verlegen, schickte zu ihr hinein und rief Gesichter an die Fenster – sie war wirklich hinreichend freundlich und fremd gegen ihn ge- wesen und hatte ihn ›mein lieber Daniel‹ genannt, als wäre er nur ein Nachbar.

Diese und ähnliche Dinge denkt sie und ist nicht mehr ernst und bedrückt. Bei dem kleinen Schober im Walde kommt Da- niel zum Vorschein und steht ihr gerade gegenüber. Ich dachte mir fast, daß du um diese Zeit kommen würdest, und da ging ich dir entgegen, sagte er. Er hat den Schlitten mitgebracht und gedenkt gleich ihren Koffer zu holen. Was hast du unter dem Arm? fragt er, um etwas zu sagen.

Das solltest du nur wissen! antwortete sie.

Ihre Scherzhaftigkeit ermutigt ihn, das Paket zu betasten und nachzusehen. Plötzlich nimmt er sie in die Arme und trägt sie in den Schober –

So ein Bursche, geh, du bist toll!

Aber es war nicht unangenehm, einen Augenblick von der Erde und allen Widerwärtigkeiten gehoben zu werden.

Sie trat ohne größere Vorbereitungen in ihr neues Leben in der Sennhütte und ließ sich auch nicht von der Verwunderung über das Ungewohnte in der Umgebung übermannen. Keine Umschweife, kein Getue, sie schlief wirklich gut in der Nacht bis tief in den Morgen des nächsten Tages hinein. Es war nicht zu leugnen, sie war in eine Art Hafen gekommen.

Sie warf einen Blick umher auf die paar Dinge, die die Stube enthielt: außer ihrem Koffer das Bett, einen Tisch und ein paar Schemel, am Ofen eine weiße Schüssel mit Perlkante, das Waschbecken. Lächerliche Einrichtung, aber vollkommen sauber und nicht ohne Behaglichkeit, es waren Sennenverhältnisse. Und hier war eine volle Stille ums Haus, Daniel war wohl ausgegangen, und wenn Marta sich am Herde in der Küche befand, so rührte sie sich jedenfalls nicht hörbar. Als das Fräulein sich in der Perlschüssel wusch, bemerkte sie, daß ein Wassertropfen auf dem Ofen zischte – jawohl, es war Feuer im Ofen, die Stube war warm. Ach, diese Marta! Das Fräulein wollte ihr ganz besonders für diese Güte am ersten Morgen danken.

Daniel kam vor dem Fenster zum Vorschein, und sie winkte ihn herein. Daniel, sagte sie, was mußt du von mir denken, daß ich jetzt erst aufstehe!

Was solltest du tun, wenn du auf wärest? Ich war zufrieden, daß du noch lagst, sagte Daniel. Hast du gut geschlafen?

Wie ein Stein.

Wir haben ja versucht, es so gemütlich wie möglich für dich zu machen, sagte Daniel, wir haben die verschiedenen Sachen hereingestellt, die du vielleicht brauchst! Er sah sich stolz um, als enthielte die Stube eine unglaubliche Masse von Möbeln und Sachen; und – murmelte er – wenn ihr noch etwas fehlte, so sollte sie es nur sagen!

Ein prächtiger Junge, ein Eingesessener, naiv und unwis-

send, aber nicht unsympathisch; sie wurde ein bißchen gerührt
über ihn und richtete es so ein, daß er sie küßte. Ich hab dich
lieb, und ich muß dich haben, sagte er auf eine hübsche und
echte Art zu ihr. Ja, das mußt du wohl, sagte sie auch. Und sie
dachte wieder, daß dieser Daniel, wenn er sich ordentlich
waschen würde, gar nicht so übel wäre.

Ja, hier ist nun deine Stätte, sagte er.

Wie?

Dein Heim, Torahus-Senne, Berg und Wald. Gefällt es dir
hier?

Sie lächelte und antwortete, daß sie erst so kurze Erfahrung
hätte. Frag mich in einem Jahr!

Sie bekam Essen in ihr Zimmer und aß mehr, als sie für
möglich gehalten hätte; es waren keine Konserven, sondern
Gebirgskost, Geräuchertes. Was habe ich monatlich zu bezahlen? fragte sie. Es fuhr ihr aus dem Munde und zeigte, wie
wenig sie sich mit ihrer neuen Rolle als Hausfrau hier vertraut
gemacht hatte.

Daniel nahm es von der scherzhaften Seite: Haha, ja, frag
nur! Und Marta, die völlig in das Verhältnis eingeweiht zu
sein schien, lächelte auf eine stille Weise.

Sie gingen nach dem winzigen und warmen Kuhstall, Kühe
und Schafe drehten die Köpfe nach ihnen um und sahen sie an.
Dieser Ochse soll ein tüchtiger Kerl im Herbst werden, sagte
Daniel und streichelte den Ochsen. Er ist anders geartet als der
Mörder im vorigen Sommer, du kannst ihm unter dem Bauch
hindurchkriechen.

Sie gingen zum Pferde. Daniel prahlte tüchtig mit diesem
Pferdchen, einer Stute mit reinem Menschenverstand und
mächtigen Kräften, es war nicht zu sagen, was für Lasten sie
ziehen konnte. Sieh, wie blank ihre Augen sind, du kannst dich
darin spiegeln. Armes Tier, du bekommst nachher Fladenbrot!
Als er das gesagt hatte, besann er sich plötzlich: Bleib hier stehen, Fräulein, wart ein bißchen, ich hole nur schnell etwas
Fladenbrot, ich will sie nicht zum besten haben, die Ärmste!
Er verschwand einen Augenblick und kam mit dem Fladenbrot
wieder, das er dem Pferde in Brocken gab.

Gib du ihr auch, Fräulein, sagte er.

Julie, verbesserte das Fräulein.

Gib es ihr und fühl, wie weich ihr Maul ist.

Erst als sie hinausgingen, kam er auf den Namen. Julie,

sagte er, heißt du Julie? Ein extra feiner Name, keine im ganzen Kirchspiel heißt so.

Sie gingen herum, er zeigte ihr alles, schlug sogar den Truhendeckel auf und sagte: Hier sind Laken. Hier sind Eßwaren. Aber hier ist übrigens Wolle. Gott sei Dank, wir haben doch auch verschiedenes in den Bergen, hier ist Wolle für dich!

Ja, das sehe ich.

Er zeigte ihr seine beiden Gewehre an der Wand und erklärte ihr, daß die eine eine Schrotflinte, die andere eine Kugelbüchse sei, er zeigte ihr Stoffballen, Fries und weißes Gewebe für Unterzeug. Julie, sagte er, ich kann es gar nicht vergessen, es ist fast wie Samt, wenn man es sagt.

Auf französisch heißt es Schüli, sagte sie.

Was du alles kannst! antwortete er und wiegte den Kopf. Du bist es auch, die mir das Pferd verschafft hat.

Du hättest gewiß das Pferd auch ohne mich bekommen.

Nun ja, freilich. Ich bin gut für ein Pferd und mehr dazu. Aber es half doch sehr, daß ich gleich mit dem Gelde kam.

So trat Julie d'Espard ihre Zukunft an.

13

Es ging einige Wochen gut, und es hätte weiter gut gehen können, aber da geschah etwas, das Unordnung hinein brachte. Nun, und dennoch ging es gut. Fräulein d'Espard lag auf der Bärenhaut; immerhin vermied sie es, ihren Kaffee im Bett zu trinken. Da es nichts gab, weshalb sie hätte aufbleiben sollen, legte sie sich früh am Abend ins Bett, und da sie sich zeitig niederlegte, stand sie früh am Morgen auf. Es lag vielleicht etwas Anormales darin, daß sie um sechs und nicht um elf Uhr aufstand; nach einiger Zeit aber war sie ein bißchen stolz darauf, als wäre es gewissermaßen ganz tollkühn. Und Marta machte viel von ihr her und weissagte ihr, daß sie mit der Zeit eine großartige Frau für einen Sennen werden würde.

Vorläufig beteiligte sie sich kaum bei anderer Hausarbeit als bei der Wäsche. Sie zog einen von Martas Röcken an, wusch ihr eigenes Unterzeug, ihre Taschentücher, Kragen und Blusen. Die Waschtage waren nicht die langweiligsten für sie, im

257

Gegenteil, hier über dem Waschzuber hatte sie mit Marta manche Unterhaltung, deren sie so sehr bedurfte.

Er ist so brav, wie man ihn sich nur wünschen kann, sagte Marta, ich kenne ihn, seit er geboren wurde. Es ist eine Schande von Helena, daß sie ihm aufgesagt hat.

Merkwürdig: Fräulein d'Espard war gegen Helena eingenommen, sie mochte sie nicht leiden, schien sogar eifersüchtig auf sie werden zu wollen. Soviel sie wußte, gab es sogar noch kein Anzeichen dafür, daß Helena ein Kind bekommen sollte, obwohl sie doch lange genug mit dem Gendarmen verheiratet war, sie war also immer noch junges Mädchen, war hübsch und unverändert . . . Wie anders ein anderes armes Menschenkind!

Ist sie hübsch – Helena? fragte sie.

Ach ja, antwortete Marta, blond und lieblich, Bauerntochter.

Ist sie groß?

Ja, groß auch.

Es drängte Fräulein d'Espard, Daniel aufzusuchen. Er trug in dieser Zeit eine Wolljacke mit blauen Kanten, Marta hatte sie gestrickt. Die Jacke war blendend weiß gebleicht und kleidete Daniel prächtig.

Hör, Daniel, sagte Fräulein d'Espard, es wird wohl Zeit, daß wir uns trauen lassen.

Stimmt! sagte Daniel. Ich habe schon längst daran gedacht, wollte aber nichts sagen. Wann hast du Lust dazu?

Das mußt du sagen.

Ja, nächste Woche ist Ostern, mit dem Aufgebot vergehen drei Sonntage. Aber zwischen Ostern und Pfingsten sind sieben Wochen, dann haben wir gut Zeit. Laß nur deine Papiere kommen, daß alles in Ordnung ist.

Du siehst gut aus mit der hübschen Wolljacke, sagt das Fräulein.

Findest du? Sie ist aus meiner eigenen Wolle. Wir haben feine Wolle auf Torahus!

Und so weich, sagt das Fräulein und betastet sie.

Du sollst auch eine solche Jacke haben!

Oh, du hättest sie wohl lieber Helena geschenkt?

Helena? fragt Daniel überrascht.

Hieß das Mädchen nicht so, das du haben wolltest? Ich weiß es nicht genau.

Helena – ich denke gar nicht mehr an sie. Auch nicht so viel.

Wie Fräulein d'Espard jedoch dastand, war sie nicht die Spur hübsch, sondern sie war zahnlos, mit entstelltem Gesicht und geschwollenem Leib. Sie mochte sich unsicher fühlen und begann zu fragen und zu forschen: Wie ist sie? Kann ich sie nicht einmal zu sehen bekommen? Hast du sie oft geküßt?

Nie! sagte er. Wie – weshalb fragst du? Ich machte mich ja nicht lecker vor ihr und bettelte, daß sie herauf ziehen sollte, ich sagte es nur so gelegentlich. Ich stamme von ebenso guten Leuten wie sie, ich bin Bauernsohn und hab meinen Beruf gründlich gelernt, hab selbst Hof und Haus, habe Fässer und Truhen, wie du gesehen hast. Und wenn die Zeit einmal kommt, so hab ich meine Pläne, die Helena nicht kennt, nein, ich danke für sie; und ich denke auch nie an sie . . .

Er beruhigte das Fräulein mit einem langen Gespräch und fand auch hübsche und ehrliche Worte, daß sie – Julie – es sei, die Gott ihm bestimmt und mit der er ihn glücklich gemacht habe. Natürlich war es eine Frage der Eitelkeit, daß er sich jetzt keine andere als sie wünschen konnte und daß sie in seinen und in den Augen des ganzen Kirchspiels die Bauerntochter vielfach aufwog. Sie war fein und vornehm und konnte alle Dinge der Welt mit ihrem Köpfchen und mit ihren Händen.

Wahrlich, Fräulein d'Espard hatte keinen Grund zur Eifersucht, gar keinen. Daniel fing an, sich auf das Verheiratetsein zu freuen, und gedieh dabei; hing er sich ein bißchen zu sehr an seine Dame, so mochte seine Verliebtheit ihn entschuldigen; sonst war er recht erträglich im täglichen Umgang.

Der Krämer zeigte mir weiße Gardinen für deine Fenster, aber ich hab sie nicht mitgebracht, sagte er.

Geh und kauf sie, du bekommst das Geld von mir, antwortete das Fräulein. Bring auch dichte mit, solche, durch die man nicht hindurchsehen kann.

Ach so, für die Zeit, wenn du liegen mußt?

Ja, das Fräulein machte kein Hehl daraus, sie sollten für die Zeit sein, wenn sie liegen mußte. Und bring auch einen Spiegel mit, einen größeren Spiegel für die Wand. Ich hab nur einen Handspiegel.

Ja, sag es nur, wenn du dir etwas wünschst, antwortete Daniel. Du brauchst es nur zu sagen, wiederholte er . . .

Ostern kamen wieder verschiedene Leute ins Sanatorium, und einige Gäste schlenderten hin und wieder nach der Sennhütte hinüber. Sie mochten von dieser jungen Dame, dieser

Städterin, gehört haben, die sich hier niedergelassen hatte, sie wollten sie wohl sehen, aber es war vergeblich, sie zeigte sich nicht. Sie konnte jetzt ihre eigenen neuen Gardinen zurückschlagen und die neugierigen Feiertagsleute, Müßiggänger und Schiläufer beobachten; es war keiner vom ersten Schub dabei, kein Bekannter.

Aber eines Tages kam Fräulein Ellingsen, sie trat direkt in die neue Stube und grüßte; das Fräulein Ellingsen von früher, gut gekleidet, groß, ladylike und hübsch. Es war eine Überraschung. Es war Fräulein d'Espard nicht unlieb, sie zu sehen, sie kam sozusagen von ihrem eigenen Land und Volk, aus dem alten Milieu, das ihr jetzt neu und fern geworden war.

Ist Bertelsen mitgekommen? platzte sie heraus. Oh, sie war so ungebildet und geradezu geworden und bereute gleich ihre Frage.

Fräulein Ellingsen machte keine Umschweife. Nein, antwortete sie still und ohne zu seufzen, er hat sich ja mit Frau Ruben verlobt.

Nicht möglich!

Haben Sie die Anzeige nicht in der Zeitung gelesen?

Nein, ich lese hier keine Zeitungen!

Schweigen.

Ja, das ist das Ende! sagte Fräulein Ellingsen.

So etwas hab ich aber noch nicht gehört! Ihr Mann ist ja eben erst tot?

Ja. Und Gott weiß, wie es eigentlich mit dem Todesfall zusammenhing.

Wie meinen Sie das?

Ich meine nichts, sagte Fräulein Ellingsen, aber sie sah aus, als dächte sie an Chloroform und Verbrechen. Ich werde der Dame vielleicht eines Tages zeigen –!

Fräulein d'Espard: Ja, aber Bertelsen ist doch noch schlimmer.

Nein. Bertelsen – nein, die Dame war mannstoll. Fräulein Ellingsen nickt mehrmals und sagt: Aber ich werde schon noch einmal –!

Bertelsen hat Sie doch angeführt?

Ja, antwortete Fräulein Ellingsen traurig. Aber ihre Bewegung war für einen Kummer nicht besonders groß.

Wissen Sie was, rief Fräulein d'Espard aus, Sie waren zu gut für ihn!

Dies erörterten sie nun eine Weile, und es war viel darüber zu sagen. Fräulein Ellingsen stimmte ihr übrigens nicht bei, nein, sie war nicht zu gut, keineswegs. Und endlich bekannte sie auf eine direkte Frage, daß der Holzhändler ihr nie einen Antrag gemacht hatte.

Das veränderte ja die Sache. Hatte er sie nur als Dame bei der Hand gehabt, um nicht damenlos zu sein?

Nein, sagte Fräulein Ellingsen wieder wahrheitsgemäß, er hätte wirklich jede Dame haben können, die er wollte der Sohn von Bertelsen & Sohn, Millionenhaus. Aber er wollte gern mit mir ausgehen, sagte sie.

Ja, ich hätte ihm was gepfiffen! sagte Fräulein d'Espard und nahm stark Partei.

Fräulein Ellingsen hatte so viel Gleichgewicht, daß sie sich nicht übereilte und nicht auf jemand pfiff, hingegen prophezeite sie Frau Ruben nichts Gutes. Sie soll nur warten! sagte sie drohend, ich bin noch nicht fertig mit ihr!

Was wollen Sie tun?

Nein, nichts, sagte sie und schwatzte weiter. Ich werde schon darüber hinwegkommen, ich habe ja doch noch genug, wofür ich leben kann: meinen Beruf und meine Aufzeichnungen. Wenn ich aus dem Dienst komme, gehe ich heim, und da ist es herrlich! Es ist, als ob mein Zimmer ganz voll von Menschen wäre.

Immer noch dieselben Torheiten in dem hübschen Köpfchen! Fräulein Ellingsen, der ruhige Mensch mit der verwirrten Phantasie, mochte wohl in einer Narkose, einem Rausch empfangen sein; so wurde sie die, die sie war, widersprechend in ihrer Natur, geschlechtlich indifferent, langweilig und unfruchtbar.

Wenn Sie keine Zeitungen lesen, so wissen Sie wohl auch nicht, daß ich eine Sammlung herausgebe? fragte sie.

Eine Sammlung? Nein.

Meine Aufzeichnungen. Es hat jetzt in den Blättern gestanden. Skizzen, oder wie Sie es nennen wollen, Geschichten. Sie sind auf wirklichen Geschehnissen aufgebaut.

Wirklich?

Alle, die sie gelesen haben, sagen, daß sie interessant sind. Ich müßte sie nur zu Ende bringen, sagen sie.

Ich verstehe nicht, daß Sie das fertig bringen konnten.

Nein, das sagen alle. Aber es kommt ja in erster Reihe darauf an, daß man berufen ist. Daß man die Begabung hat. Dann kommt die Übung.

Ja, weiß Gott, Übung gehört dazu! ruft Fräulein d'Espard aus. Das sehe ich allein schon, wenn ich Französisch lese. Es geht doch nicht, daß ich die Sprache vergesse, nicht wahr?

Ich schreibe seit zehn Jahren, sagt Fräulein Ellingsen. Ich gebe meine erste Sammlung heraus, wenn ich Jubiläum habe.

Und vielleicht war sie hauptsächlich gekommen, um diese Neuigkeit zu erzählen; sie sprach so lange darüber, wie Fräulein d'Espard sie anhören wollte. Daß es in der Zeitung gestanden, beschäftigte sie offenbar mehr als alles, was sie bis jetzt erlebt hatte, mehr als der Verlust Bertelsens. Erst kurz bevor sie ging, fiel ihr ein, daß sie Fräulein d'Espard ins Sanatorium einladen sollte.

Ins Sanatorium – ich?

Es wären einige vornehme Gäste gekommen, die vielleicht gern Französisch sprechen wollten, ein Generalkonsul mit Frau und zwei erwachsenen Töchtern.

Ich kann nicht kommen, antwortete Fräulein d'Espard hilflos.

Warum nicht? fragte Fräulein Ellingsen verständnislos. Der Direktor bittet Sie, zu kommen, Rechtsanwalt Rupprecht.

Fräulein d'Espard dachte nach und fragte, ob viele Gäste da wären.

Ja, eine Menge, soviel wie noch nie. Merkwürdig übrigens, es wären so viele ungeheuer dicke Menschen da, wo man gehe und stehe, könne man vor Bäuchen und wieder Bäuchen fast nicht durchkommen. Die Schiläufer seien natürlich dünn und blau, aber die andern – es wäre widerlich anzusehen. Fräulein d'Espards früherer Chef vom Geschäft aus der Stadt wäre auch da.

Andresen? fragte Fräulein d'Espard.

Ja, und viele andere fette Leute, Damen und Herren.

Das Interview mit Frau Ruben hätte wohl das Sanatorium gefüllt. Die unglücklichen Menschen wollten einen Aufenthalt auf Torahus versuchen, um ihr Fett los zu werden; das merkwürdige Wasser hier, hieß es, eine gewisse Kur und besondere ärztliche Behandlung veränderten die Leute in kurzer Zeit.

So, Andresen! sagte Fräulein d'Espard. Sie überlegte nicht länger, es fiel ihr auch nicht ein, noch zu überlegen, sie sagte: Wollen Sie dem Rechtsanwalt sagen, daß ich verhindert bin.

Als Fräulein Ellingsen sich verabschiedete, tat sie es ohne Lächeln, ohne Gefühl und sagte: Ich werde Ihnen einige von den Zeitungen schicken, in denen es gestanden hat.

Fräulein d'Espard: Sagen Sie nicht, daß ich verhindert bin, sondern daß ich zu tun habe. Also nicht, daß ich verhindert bin.

Die beiden Damen trennten sich, jede mit ihren Gedanken beschäftigt.

Nein, natürlich konnte Fräulein d'Espard sich jetzt nicht mehr im Sanatorium zeigen, wo obendrein ihr alter Chef wohnte, daran war nicht zu denken; ihr entging diese gute Gelegenheit, mit Leuten von Welt zusammen zu sein und Französisch zu sprechen. Es war nicht lustig, aber sie konnte eigentlich Daniel nicht dafür verantwortlich machen, es war Schicksal, und als sie Daniel aufsuchte, ließ sie auch nicht ihre schlechte Laune an ihm aus. Sie erzählte ihm nur, was geschehen war und daß sie die Einladung hatte ablehnen müssen.

Du solltest gehen! sagte er.

Das ist wohl nicht dein Ernst? So, wie du mich zugerichtet hast!

Was tut das! sagte Daniel leichtsinnig.

Es hatte keinen Zweck, mit ihm zu diskutieren. Er hatte seine Anschauung von der Sache, die verschieden von der ihren war. Übrigens war er beschäftigt und dachte an seine Arbeit. Er saß in der Küche und schnitt lederne Hosenträger zu, und das, obwohl Ostern war. Auch jetzt unterbrach er seine Arbeit nicht, sondern maß und merkte ab und war ganz bei der Sache. Er sagte stolz: Leder von meinem eigenen Vieh!

Was wird das?

Hosenträger.

Das? rief sie wie aus den Wolken gefallen.

Sie mußte wohl an ein gewisses anderes Paar Hosenträger denken, das aus Seide und Gummi war, delikat, Herrn Flemings Hosenträger. Aber Daniel dachte wohl anders: Jedermann weiß, daß Hosenträger ganz aus Leder sein müssen, wenn sie halten sollen. Wie er so dasaß, diese Hosenträger zuschnitt und genau maß, begann sie zu kichern, und Daniel sah sie fragend an. Es wäre gutes, dickes Leder, Rindsleder, gut gegerbt, es wäre kein schlechtes Leder, also nichts zum Lachen. Seine Hände waren nicht sauber, aber sie waren stark und fest, sie konnten zupacken. Mit denselben Händen konnte er aber auch verschiedene nette Sachen mit Messer und Hohleisen machen. Er zeigte ihr einen Holzschemel, den er verfertigt hatte, mit einer kleinen Schnitzerei am Ende der Lehne; er zeigte ihr den Mehlzuber, der an der Wand hing, den hatte er mit einem gut gelungenen, sich bäumenden Pferd auf dem Wandbrett ausgestattet. Er war ein Talent aus der Vergangenheit, als ein Tischler noch Künstler und angesehener als ein Beamter war.

Daniel ist sehr beschäftigt, er setzt sich wieder zu seinen Hosenträgern und glättet das Leder jedesmal erst, bevor er das Messer gebraucht. Inzwischen redet er und erklärt, daß der ganze Riemen von guter und fester Beschaffenheit sein muß, namentlich an den Knopflöchern. Daniel war derselbe, heute wie gestern, fleißig und genügsam, zufrieden mit sich, stolz auf sich. Er arbeitete auf seine Weise sogar im Müßiggang des Sonntags, er spintisierte, bedachte sich, hob umgefallene Dinge wieder auf, schlug einen Nagel ein, wo es nötig war, oder schnitt sich Weidenruten für einen Pferch. Er verschleuderte seine Sachen nicht und ließ sie nicht verkommen, im Gegenteil, er war sparsam und genau, das war ihm angeboren, und er hatte sich dazu erzogen. Er war kein großer Kenner von Kristall und Porzellan, und wenn einmal – selten genug – ein Teller in der Küche zerbrochen wurde, schüttelte er lange den Kopf über die angerichtete Zerstörung. Fräulein d'Espard vegetierte, sie nähte auch hin und wieder ein bißchen, wenn es sich so traf, versteckte aber ihre Arbeit sofort, wenn jemand kam. Das geschah wohl, weil sie so ungeschickt mit Nadel und Faden war. Sonst begab sie sich aus der neuen Stube in die Küche und wieder zurück, lag ein wenig rücklings im Bett, saß neben Daniel, wenn er an irgend etwas bastelte. Zuweilen las sie ihm aus ihren französischen Romanen vor, und das machte ihm viel Vergnügen: Er saß mit einem einzigen verwunderten Lächeln da und sah sie an. Es ging wie geschmiert, denn da er kein Wort verstand, kam es nicht so genau darauf an, ob sie richtig las, wenn es nur schnell ging. Er durfte nicht den Eindruck bekommen, daß sie buchstabierte. – Aber hier steht etwas, konnte sie sagen, das müßtest du verstehen, Daniel, hier sagt er, daß er sie liebt! – Na, so was brauchen sie da auch? fragte er. – Ach Gott, ja, niemand läßt sich träumen, wie fein diese Franzosen so etwas sagen! . . .

Aber jetzt kam der Frühling, die Tage wurden lang, die Mittagssonne war weiß und scharf und brannte in den Augen; Marta legte gewebten Wollstoff zum Bleichen hinaus. Es gehörte zum Orte, zur Jahreszeit und zu einem wohlgeordneten Leben, in der zeitigen Frühlingssonne Wolle zu bleichen und das Zeug ganz fertig zu machen. Die Zeit ging immer weiter, und die Sonne begann zu wärmen, das Eis auf den Seen wurde blau und brüchig am Rande, der Schnee taute auf den Wegen, und die Hühner wateten in den Pfützen und bekamen Rheumatismus.

Es hätte eine Zeit für erwachende Hoffnung und lichte Gedanken sein können, aber Fräulein d'Espard bekam der Frühling in den Bergen sicher nicht gut, sie wurde unruhig, schlief schlecht, aß weniger als zuvor und verlor ihre Zuversicht. Was hatte das Fräulein, war es nicht warm und friedlich und geradezu lieblich hier? Nein. Und sie klagte ihr Leid Daniel, der nichts verstand.

Sollte ich nicht hinuntergehen und das Aufgebot besorgen? fragte er.

Ja, antwortete sie, wenn es je geschehen soll, so —

Ich tue es jetzt, wir haben ja die Papiere. Ich will mich nur noch ein bißchen waschen!

Als er sich fein gemacht hatte, sagte sie: Nein, laß es, warte noch ein wenig!

Was ist los?

Warte noch ein wenig, übereil dich nicht.

So was hab ich noch nie gehört!

Kannst du nicht ein wenig warten damit? rief sie gereizt.

Daniel nahm es von der scherzhaften Seite und sagte: Dann hätte der Teufel sich waschen sollen! Mitten in der Woche das alles!

Aber durch das Warten wurde es nicht besser, ein Druck ruhte auf dem Fräulein und machte sie düster und ungeduldig. Sie fing an, allein sein zu wollen, verließ die neue Stube, schlich sich in den Wald, setzte sich auf einen Stein und überließ sich ihren Gedanken. Hatte das einen Sinn? Ihr graute abends um die Schlafenszeit, die letzten Nächte waren voll von Träumen und Schrecken gewesen: Doktor Øyen kam Nacht auf Nacht und wollte die Tischdecke wiederhaben. Sie erwachte in einer Angst, die ihr Herz hämmern ließ. Früher war Fräulein d'Espard mutig und entschlossen gewesen, wenn sie in eine Enge geraten war, jetzt war sie schwach und kläglich gewor-

den, sie wagte nicht, die Lampe anzuzünden, wagte nicht, die
Hände von der Pelzdecke zu heben; ein Toter, ein Leichnam
war ja auch nicht dasselbe wie ein Insekt.

Sie stöhnte und klagte wieder vor Daniel.

Was ist los? fragte er. Haben wir nicht Wasser im Bach?

Wasser? fragte sie.

Und Brennholz gerade neben der Haustür. Gute Luft, Wärme
in der Stube, Fleisch und Eier. Gerade jetzt kannst du's gak-
kern hören.

Ach, du bist nicht zum Aushalten – Unsinn, Unsinn –

Was fehlt dir denn?

Ich weiß nicht.

Ich auch nicht.

Ich träume so gräßlich jede Nacht.

Laß mich bei dir liegen, sagte Daniel. Dann wirst du wieder
wie ein Stein schlafen.

Das Fräulein fauchte: Du denkst nur an dich!

Daniel schlug wieder vor, das Aufgebot zu bestellen und
die Trauung anzukündigen, und das Fräulein dachte auch daran und nickte, daß es jetzt geschehen müßte. Aber hatte sie
die Kraft dazu? Sie war schwach und elend geworden, sah sich
kaum imstande, den weiten Weg zur Kirche und wieder zurück
zu gehen. Daniel erbot sich, einen Wagen von Helmer zu leihen, die Stute vorzuspannen, *die* sollte sie schon ziehen – oh,
Gott behüte, und wenn du zehn Zentner schwer wärst!

Aber das Fräulein war mutlos und bat ihn, noch ein wenig
zu warten, ihr würde vielleicht bald besser werden ...

Daniel steckte die Papiere ein und wanderte ins Kirchspiel
hinunter, er traf Kameraden und Bekannte, trank ein Gläschen und ging dann auf eigene Faust geradeswegs zum Pastor.
Es schadete jedenfalls nichts, daß er in der Kirche aufgeboten
wurde, er hatte lange genug auf diesen Augenblick gewartet,
da er das Kirchspiel in Erstaunen setzen wollte. Natürlich
hatte er schon längere Zeit bei den Leuten durchscheinen lassen,
daß er verlobt war, aber etwas Sicheres und Festes hatte er
nicht ausgesprochen. Jetzt sollte der Pastor selbst es tun! Das
konnte nicht heißen: gegen den Wunsch, des Fräulein Julies
Wunsch, zu handeln, den Zeitpunkt für die Trauung mochte sie
selbst später bestimmen, wenn sie wieder munter und froh
geworden war.

Er brachte die Sache mit dem Pastor in Ordnung. Er brachte

auch alles wegen des Wagens mit Helmer in Ordnung, und es endete damit, daß Helmer, der den ganzen Tag mit ihm zusammen gewesen war, ihn auch nach der Sennhütte begleitete. Sie waren beide ganz froh, außerdem hatten sie eine Flasche mit, und Daniel war eitel und wollte das Fräulein Julie zeigen. Wo war sie?

Marta meinte, sie wäre nicht weit fort.

Sie warteten eine Weile in der Küche, aber Daniel schlug vor, daß sie, wenn das Fräulein heimkäme, in die neue Stube gehen sollten. Sie säße wohl nur auf einem Stein im Walde, wie sie zu tun pflegte.

Helmer murmelte schließlich, daß er wieder gehen müßte. Könnte Daniel ihm die neue Stube nicht gleich zeigen? Er hatte sie nicht gesehen, seit sie gebaut wurde.

Sie stärkten sich mit einem neuen Schnaps und gingen in die neue Stube.

Es war ja wirklich gemütlich drinnen, mit Gardinen und Spiegel, französischen Büchern und einer Tischdecke in vielen Farben; Helmer sagte, es sei großartig.

Ja, ich hab ja versucht, es so nett wie möglich zu machen, sagte Daniel. Und in seinem Hochgefühl und seinem kleinen Rausch begann er sich zu zeigen und gebildet zu sprechen und gebrauchte das Wort ›vortrefflich‹ in bezug auf mehr als ein Ding. Und Helmer imponierte das.

Daniel sagte: Sieh die Tischdecke! So was macht sie selber, das ist eine Kleinigkeit für sie.

Helmer betrachtete sie genau und rührte sie nicht an.

Faß sie nur an, sagte Daniel, du brauchst keine Angst zu haben! Was mich betrifft, so faß ich alles an, was es hier drinnen gibt, das fehlte auch nur! Er brüstete sich, legte herrisch die Romane um und stieß verächtlich gegen einen Stuhl. Das darf ich gern, sagte er, sie beißt nicht.

Du hast schon Glück gehabt, Daniel! sagte Helmer.

Daniel nickte und war mit ihm einig. Sie heißt Julie, sagte er und sah seinen Freund stolz an. Ich weiß nicht mehr, wie es auf französisch heißt.

Ein extra feiner Koffer, rühmt Helmer, Messingbänder kreuz und quer!

Aber Daniel prahlte noch mehr: Ja, und ich will gar nicht davon reden, was drinnen ist, du kannst mir glauben, er ist bis oben voll mit feinen Dingen, Kleidern und aparten Sachen

267

aus der Stadt. Wäre sie nur gekommen, so würde ich sie schon dazu gebracht haben, daß sie dir alles gezeigt hätte.

Ist sie nett zu dir? fragte Helmer.

Nett? Wie ein Kind, ich mache mit ihr, was ich will. Ein guter Mensch, verschenkt alles, was du begehrst. Geh und kauf dir ein Pferd, geh und kauf dies und das, du kriegst das Geld von mir! sagt sie.

Hat sie Geld? fragte Helmer gespannt.

Geld? Es ist nicht so merkwürdig, daß du fragst, wo du sie nicht kennst, aber ich habe gesehen, wie sie ein Geldpaket aus der Bluse nahm, das hast du nicht. Hättest du das Paket gesehen, so würdest du nicht gefragt haben. Es war das dickste Geldpaket, das ich mein Lebtag gesehen habe.

Es ist schon, wie ich sage, du hast Glück gehabt! wiederholte Helmer voll Verwunderung über das Märchen, das er hörte. Ich hätte mich gefreut, sie aus der Nähe zu sehen.

Daniel: Ja, du meinst vielleicht, sie wäre ein häßliches altes Frauenzimmer, das keiner haben wollte? Hoho, nun will ich dir mal was sagen, Helmer: Ostern wurde vom Sanatorium nach ihr geschickt. Ja. Es war voll von Reisenden und feinen Herren, die nach ihr schickten, um mit ihr reden zu können. Ja. Aber sie kümmerte sich auch nicht so viel darum. Komm, jetzt wollen wir hinausgehen und sie rufen!

Sie gingen hinaus, und Daniel rief, und kurz darauf kam sie aus dem Walde.

Du bliebst so lange weg, ich fing schon an, mich um dich zu ängstigen, sagte Daniel.

Seltsam, seltsam die Jugend! Sie erinnerte sich, Helmer unter den vielen andern gesehen zu haben, die im Winter den Schnee von der Eisbahn fegten. Jetzt beantwortete sie seinen Gruß und begann sogar gleich ein freundliches Gesicht zu zeigen. Daniel konnte zufrieden sein.

Ich glaub, du hast Gäste mitgebracht, sagte sie.

Helmer. Er hat mich die ganze Zeit begleitet, wir waren beim Pastor und haben das Aufgebot bestellt. Helmer hat mir den Wagen versprochen; nun wollte er dich gerne sehen.

Mich – mich sehen? Gott, was für Einfälle ihr tollen Jungen habt!

Sei nur still, ich konnte nicht anders, er wollte nicht gehen, bevor er dich gesehen hatte.

Ob es ihr nun schmeichelte oder nicht, jedenfalls lächelte sie wirklich nett und ohne die Zahnlücke zu zeigen. Zum Glück war sie auch so gekleidet, daß sie draußen sitzen konnte: in einen weiten Mantel, der vom Munde bis zu den Knöcheln reichte und ihre Unförmigkeit verbarg.

Wir haben zu dir hineingeguckt, gestand Daniel, Helmer wollte die neue Stube sehen.

Nun ja, antwortete sie, immer gut gelaunt, dann hat er ja nun mich sowohl wie die Stube gesehen.

Helmer, bedachtsam und zurückhaltend, sagte nichts.

Hat Marta Helmer Kaffee gegeben? fragte sie und wollte die Hausfrau spielen.

Daniel antwortete: Nein. Aber er hat was Besseres gekriegt – wir hatten etwas in einer Flasche.

Oho, ihr seid auf dem Bummel! Ihr seid ja ein paar schöne Jungen!

Das ist nun kein großer Bummel, antwortete Helmer lachend, wurde aber rot übers ganze Gesicht.

Es dämmerte und ging auf den Abend zu, sie schwatzten eine Weile, das Fräulein bat Helmer nicht hinein – nein, denn dann hätte sie den Mantel abnehmen müssen, und das wollte sie nicht.

Als Helmer ging, sagte Daniel: Komm bald wieder, besuch uns, wir wohnen hier!

Ja, sagte das Fräulein auch und nickte ihm zu.

Daniel hatte jetzt vielleicht eine schwere Stunde vor sich, weil er ohne Einwilligung seiner Liebsten das Aufgebot bestellt hatte, und als sie ihn bat, mit hinein zu kommen, zog er eine Zigarre heraus, die er in Bereitschaft hatte. Aber es lief sehr glimpflich ab, seine Liebste zeigte ihm weiter kein Mißvergnügen, aber sie fragte doch spöttisch, ob er auch gedächte, sich auf eigene Faust trauen zu lassen. Hier begann Daniel seine Zigarre anzufeuchten, gut mit Spucke anzufeuchten. Es schadet nichts, daß wir aufgeboten werden, sagte er; die Trauung kommt nachher, wann du selbst es bestimmst.

Darin hatte er im Grunde auch recht, sie wurde besänftigt und fragte ihn mit Interesse über alles aus, was der Pastor gesagt und ob er ihren französischen Namen richtig eingetragen hätte.

Ja, der Pastor hätte sich sehr gewundert und gefragt, ob sie eine Dame von Adel sei.

Sie wollte wissen, warum er so an seiner Zigarre herumklebte.

269

Wüßte sie das nicht? Eine Zigarre müßte außen angefeuchtet und eigentlich auch zwischen den Finger gedreht werden, sonst hielt sie nicht lange. Er hätte sich diese Zigarre gekauft und mit nach Hause gebracht, um bei ihr zu sitzen und ihr etwas vorzurauchen.

Na, dann darfst du sie dir auch anstecken! sagte sie.

Daniel rauchte guten Zigarrenrauch in die Stube, und das Fräulein atmete ihn ein und machte es sich bequem. Sie gingen beide in die Küche und aßen Abendbrot, und da das Fräulein sich im Dunkeln fürchtete und von trüben Gedanken geplagt wurde, nahm sie Daniel wieder mit in die neue Stube. Und diese Nacht schlief sie wirklich ruhig, weil Daniel sie behütete.

Erst am Montag ging Daniel wieder ins Kirchspiel. Er lief mitunter und hatte Eile, er war sehr gespannt: Jetzt war es geschehen, sie waren von der Kanzel aufgeboten. Was sagte nun das Kirchspiel? Oh, das Kirchspiel war sicher sprachlos, und dazu hatte es auch Ursache.

Er ging zum Handelskontor, wo immer viele Leute, Bekannte und Freunde waren, von denen er etwas erfahren konnte. Er tat, als hätte er eine notwendige Besorgung, und trat an den Ladentisch. Als die Leute sahen, wer es war, zogen sie sich zurück und ließen ihn durch, noch nie war er so geachtet worden. Er benahm sich denn auch wie ein erwachsener Mann und mit großer Würde. Dann streckte einer die Hand aus und beglückwünschte ihn, hierauf noch einer, und schließlich kamen alle. Daniel genoß den Augenblick und schwoll. Eine Frau sagte: Ich hab immer gesagt, es würde noch mal was Großes aus dir, Daniel. Du bist von guten Leuten, deine Mutter und ich waren gleichaltrig und wurden zusammen konfirmiert, ach ja, sie ruht jetzt in ihrem Grabe!

Hier waren die Leute nun von verschiedenen Seiten zusammengekommen, sie wünschten ihm alle Glück, es war klar: das Kirchspiel fand, daß er einen Haupttreffer gemacht hatte. Es hatte einen mächtigen Eindruck in der Kirche zurückgelassen, daß der Pastor *Fräulein* Julie d'Espard gesagt hatte. Daniel merkte auch, daß Helmer am Werk gewesen war und in diesen Tagen nach seinem Besuch in der Sennhütte über die neue Stube wie über das Fräulein geprahlt hatte.

Ohne zwingende Notwendigkeit ging Daniel vom Handelskontor geradeswegs zum Lensmann: er wollte eine kleine Steuer oder sonst was bezahlen; im Innersten hatte er wohl die Absicht, sich vor Helena zu zeigen und über sie zu triumphieren. Ach, die Jugend und das lebendige Herz! Es genügte ja nicht, Besitzer einer Sennhütte zu sein und Tiere, eine Liebste und Essen für den Tag zu haben, auch anderes tauchte in ihm auf und verlangte Nahrung. Selbst der Junge von der Räucherkammer hatte sein inneres Leben, auf das er achten mußte, oh, ein starkes, verwickeltes Leben, dessen Forderungen er nachgeben mußte. Eitelkeit? Warum nicht. Helena hatte ihn einmal verschmäht –

Sie erschien nicht, kam nicht angelaufen, betrachtete ihn nicht mit nassen Augen und bereute, durchaus nicht, sie war nicht zu sehen. Da sollte der Teufel –, aber glückliche Reise!

Er bezahlte seine Abgabe im Büro und steckte die Quittung des Gendarmen ein, als wäre sie nichts, als zündete er seine Zigarre mit solchen Papieren an. Gemessen nickte er, und gemessen sagte er diesmal adieu statt auf Wiedersehen. Und als er zum Lensmannshofe hinausging, guckte er sich nicht einmal um.

Fertig.

Aber jetzt geschieht es: Er trifft sie im Walde, trifft Helena, sie wandert ihm entgegen, nähert sich ihm und nickt. Beide bleiben stehen, beide erröten. Und jetzt begannen sie wahrhaftig zu diskutieren, mit seltsamen Gründen und in einer seltsamen Sprache, jedes auf seine Weise. Auch sie, die Frau des Gendarmen, hatte wohl ihr inneres Leben, und war es auch still und ein wenig beschränkt, so doch für sie ebenso wichtig und gültig. Sie geht gleich auf die Sache los, gibt ihm die Hand und wünscht ihm Glück. Ja, das war eine große Neuigkeit, meinte sie, und hätte der Pastor es nicht gesagt, so würden wir es nicht geglaubt haben, sagte sie dann.

Ich hätte dich vielleicht erst fragen sollen? sagte er bissig. Sie bedeutete ihm ja nicht die Spur mehr; daß er errötete, war nur die Spannung.

Seine Antwort betäubte sie. Ich hab dich lange nicht gesehen, äußerte sie dann.

Daniel, der Reue und Traurigkeit bei ihr zu spüren meinte, antwortete fest: Ja, es ist lange her, daß du verschwandest.

Oh, sagte sie und lächelte demütig, ich bin nicht gerade verschwunden, ich wohne im Kirchspiel.

Kann sein. Aber ich pflege nicht ins Kirchspiel zu gehen, ohne dort etwas zu tun zu haben. Und mit dir hatte ich nichts mehr zu tun.

Nein, das ist wohl so.

Ja, das ist so und bleibt so! sagte Daniel. Oh, er war ein forscher Kerl, er war nicht süß und verbindlich, er wollte ihr schon antworten, ihr zeigen –

Aber nun wollte sie wohl nicht länger auf die Folter gespannt sein, sie fragte plötzlich: Was ist das für ein Fräulein, das du erwischt hast?

Daniel bleich und heftig: Mußt du das wissen? Ist es nicht genug, wenn ich es weiß?

Ja, aber du weißt es?

Wenn ich mehr über sie wissen will, werde ich zu dir kommen, sagte er und machte Miene, vorbei gehen zu wollen. Du hast solche Schnüffelnase gekriegt, seit du Lensmannsfrau geworden bist!

Das ist nun mal so, antwortete sie, daß der Lensmann jeden verhören muß. Es ist einmal nicht anders.

Na, fragt er spöttisch, dann hat er sie wohl auch verhört?

Ja, das hat er, antwortet sie.

Daniel betrachtet sie mit offenem Munde, auch sie ist blaß, und ihre Lippen beben ein wenig. Vielleicht fahren ihm ein paar Gedanken durch den Kopf: So – so – der Lensmann hatte das Fräulein, Julie, verhört, wann? Er wußte nichts davon, war nicht dabei gewesen – sonst wäre er schon mit dem Lensmann fertig geworden, hätte ihn zu einem unendlich kleinen Lensmann gemacht –

Ich dachte, ich sollte es dir erzählen, sagte Helena.

So, dachtest du? Und weswegen hat er sie denn verhört? Ist sie nicht die, für die sie sich ausgibt? Willst du ihre Papiere sehen? fragt er und knöpft auf: Impfschein, Taufschein, Konfirmationsschein? Ich hab sie bei mir.

Das ist es nicht! sagt Helena.

Was für ein Wunder, daß er zu fluchen begann, daß er auf sie und den Gendarmen pfiff, und sie sollte nur nach Hause gehen und ordentliche Leute in Frieden lassen, das riet er ihr. War sie zu guter Letzt Gesindel geworden, gedachte sie ihn zu allem andern jetzt noch zu verfolgen –? Dann hält er inne; nach einem schmerzlichen und leidenden Ausdruck in ihrem Gesicht glaubt er sie besser zu verstehen: sie war eifersüchtig

272

auf das Fräulein, ertrug es nicht, daß er seinen Kummer von sich warf, eine andere liebte und heiraten wollte, er hätte in seiner Sennhütte bleiben und sich über eine Helena, die er nicht bekam, zu Tode grämen sollen! Das wollte er gerade tun, im Gegenteil: er wollte sie ordentlich quälen . . .

Kümmere dich nur nicht um sie, sagte er mit großem Nachdruck. Sie ist die einzige, die ich je geliebt habe, das will ich dir nur sagen.

So, sagte Helena. Nun ja, meinte sie, ich kümmere mich auch nicht um sie, das darfst du nicht glauben, daß sie aber verhört und ausgefragt ist wegen Geld, das abhanden gekommen war – das heißt nicht, sich um sie kümmern.

Geld? Was für Geld? Hat sie es genommen?

Das sage ich nicht.

In diesem Augenblick ist Helena die Überlegene, Daniel hatte eine kleine Unruhe, einen Stich verspürt: Was nun? Geld abhanden gekommen, ein Umschlag mit Geld –? Er sagt: Das ist nur ein Unsinn, den dein Mann zusammengerührt hat!

Glaubst du? Er hat nichts zusammengerührt. Er bekam Befehl, sie zu verhören, und das tat er. Sie war die Liebste oder sonst was von einem Finnen gewesen, und dieser Finne hatte viel Geld in einer Bank gestohlen. Dann wurde er festgenommen, aber er hatte nur einige hundert Kronen bei sich. Wo aber war das Geld?

Und da sollte das Fräulein – Julie also –?

Nein, das sage ich nicht. Das sagt mein Mann auch nicht.

Daniel sehr streng, obwohl er böse Ahnungen bekommen hat: Das sagt dein Mann auch nicht, nein? Daran tut er auch am besten!

Aber er sagt, daß sie – daß dieses dein Fräulein sicher mehr von dem Geld weiß, als sie gestehen wollte. Das sagt er.

Daniel nachdenklich: Ich werde sie fragen.

Pause.

Ich fand nur, ich müßte es dir erzählen, sagt Helena wieder.

Sie ist ein guter und wahrhafter Mensch, ich werde sie fragen, wiederholte Daniel. Nein, sie war nicht die Liebste des Mannes; er war ein großer Graf, und es ist nichts als Lüge, daß er Geld in einer Bank genommen hätte. Er hatte ein ganzes Schloß daheim, du hättest den Ring an seinem Finger sehen sollen, ja, für den Ring hättest du das ganze Kirchspiel mit Höfen kaufen können! Aber der Graf war krank, er hatte

Auszehrung und Lungenbluten, und das Fräulein war bei ihm und gab ihm Medizin und Tropfen. Und es versteht sich, daß er ihr wohl gutes Geld, schweres Geld dafür gab, das konnte er auch tun. Sie hat mir alles erzählt. Sie pflegten zu mir in die Sennhütte zu kommen und saure Milch zu essen, und manchmal lag der Graf in meinem Bett, schlief eine Stunde und erholte sich, ehe er wieder ins Sanatorium ging. Ich kenne jedes Tüttelchen vom Grafen und ihr, sie erzählte mir alles am ersten Tage, und das war lange, bevor sie zu mir kam und bei mir wohnte, denn damals kannte ich sie gar nicht. So ist es von Anfang bis zu Ende, es hilft dir und deinem Mann nicht, wenn ihr euch Geschichten ausdenkt, schloß Daniel.

Er nickt und geht.

Jetzt weint Helena und ruft ihm nach: Daniel!

Was ist?

Die paar Schritte, die er sich entfernt hatte, kam sie ihm zögernd nach und blieb wieder stehen, gebrauchte das Taschentuch, schwieg.

War etwas?

Nein, sagte sie. Ich fand nur, es wäre schade um dich.

Mach dir nur keine Sorgen um mich!

Nein. Aber wenn sie so viel Geld hat, so weißt du, wo es herkommt.

Daniel bedachte sich: Hat sie viel Geld? Das ist mehr, als ich weiß.

Helmer sagte es, als er von dir kam.

Daniel verlegen und wütend: So, na ja. Aber es ist schon so, wie ich sagte, du hast eine Schnüffelnase bekommen, ich will nicht mehr mit dir reden . . .

Er geht nachdenklich heim. Natürlich mußte er ernsthaft mit seiner Liebsten reden, und das gleich, das war nicht zu vermeiden.

Es ging anders, als er dachte.

Als er nach Hause kam, war Marta fort. Er guckte vorsichtig in die neue Stube: da lag das Fräulein auf dem Bett, mit verstörtem Ausdruck, mit wahnsinnigen Augen. Was hatte sie, es war doch nicht schon los gegangen? Nein, sie war von einer Kreuzotter gebissen worden. Von einer Kreuzotter – wo?

Hier! Sie streckte die Hand und den Arm mit dem blauen, aufwärts laufenden Streifen aus; Marta hatte ihn abgebunden, die Finger waren weiß und welk von dem strammen

Band, und jetzt war Marta nach dem Sanatorium gelaufen, um den Doktor zu holen.

Ich will die Wunde aussaugen! sagte er.

Aber es war zu spät, er stach sogar die Wunde mit einer Nadel wieder auf und sog aus aller Kraft daran, aber es half nichts, bis der Doktor kam. Das war ein Zustand! Das Fräulein war außer sich, sie begann zu schreien. Aus Angst hatte sie einen Schock bekommen. Als der Doktor fertig war und schließlich einen Umschlag auf die Hand gelegt hatte, sagte er, daß sie entkleidet und ordentlich ins Bett gelegt werden sollte – aus verschiedenen Gründen, sagte er. Ach Gott, was ist? fragte das Fräulein. Gehen Sie nicht!

Er ging nicht, blieb die kurze Weile, bis alles vorüber war. Es war nicht einmal Zeit gewesen, Daniel ins Sanatorium zu schicken, um nach fachkundiger Hilfe zu telephonieren, es war ein Wunder, wie schnell es ging, eine Kreuzotter hatte alles in Ordnung gebracht.

Als der Doktor fertig war und auf die Treppe hinaustrat, stand Daniel da, er war blaß und gespannt und sagte: Ich denke, daß alles überstanden ist? Wie kann das zugehen?

Ja, antwortete der Doktor, das kam plötzlich. Aber jetzt werden wir sehen –

Ist Gefahr?

Gefahr kann immer sein, wenn es vor der Zeit ist.

Ja, und so lange vor der Zeit! Aber das Kind schreit doch, sagte Daniel. Ist es ein Junge?

Der Doktor nickte und sagte: Nun, ich komme heute abend wieder. Ihr altes Mädchen ist sicher tüchtig, aber ich will doch nach einer Hilfe telephonieren.

Gewiß schrie das Kind, der Junge; Daniel fand auch, daß er das nicht schlecht machte, und hätte es gern der Mutter gegenüber ausgesprochen. Durfte er hineingehen? Das Kind schwieg, es war bei der Mutter zur Ruhe gekommen, und Daniel schlüpfte hinein.

Hei, der Kerl kann aber schreien! sagte er ein bißchen verlegen.

Ja, aber er ist so klein, soviel zu früh geboren! hört er vom Bett.

Armes kleines Fräulein d'Espard; sie lag da und hatte ihr Geheimnis zu hüten. Das war nicht gut für sie, aber sie war umsichtig und tüchtig. Sie hatte auch im geheimen verschiedene kleine Sachen in den letzten Wochen gearbeitet und stand also nicht ganz unvorbereitet da, weil sie aber reichlich ungeschickt mit Nadel und Faden war, konnte sie keinen Staat mit den kleinen Hemdchen machen. Wozu auch? Es waren immerhin feine Sachen, einige waren wahrhaftig aus Seidenblusen gemacht und weich wie Luft. Sonst hätte Marta genug von gröberem Zeug für die äußeren Hüllen, ja sogar neuen, schneeweißen Wollstoff.

Daniel sah sich um und stellte sich dumm: Ist er wieder gegangen? fragte er.

Wer?

Das Kind, der Junge. Ich hab doch ganz genau das Weinen gehört.

Da mußte die junge Mutter lächeln, sie schlug einen Zipfel der Pelzdecke beiseite und zeigte das Wunder. Er ist so viel zu früh gekommen, sagte sie und legte großen Nachdruck darauf.

Ha, sagte Daniel, er ist nun gar nicht so klein, wie ich sehe, glaub das nicht. Ich selbst war viel kleiner, als ich geboren wurde, nicht wahr, Marta?

Marta vermied es, hierauf zu antworten, und sagte: Ja, Gott sei Dank, es ist ein kräftiges Kind!

Das Fräulein hatte sich beruhigt, sie dachte nicht mehr an den Kreuzotterbiß; wäre es auf sie angekommen, so hätte sie gleich den Umschlag von der Hand gerissen – sonst könnte sie nicht mit dem Kinde liegen, wie sie müßte, sagte sie. Sie war auch imstande, mit großer Ruhe zu erzählen, wie es zugegangen war, daß sie gebissen wurde: Ja, sie hatte wie gewöhnlich auf einem Stein auf der Wiese gesessen, die Sonne schien, und sie war schläfrig geworden. Da spürte sie etwas Kaltes an der Hand und schreckte zusammen. Im selben Augenblick glitt die Schlange fort, aber sie spürte fast augenblicklich, daß sie gebissen worden war, und lief nach Hause.

Es ist eine Schweinerei mit den Kreuzottern, sagte Daniel. Ich habe einmal eine in die Hosentasche bekommen, als ich auf der Wiese schlief.

Hast du sie getötet?

Nein, ich hab sie nicht getötet. Und darüber ärgere ich mich heute noch. – Drollige Fingerchen hat er, laß mich einmal sehen! Siehst du, er bewegt sie.

Jetzt mußt du gehen, sagte Marta.

Aber nun war die Geschichte mit dem Geld und dem Grafen gekommen, und im Laufe der Woche fing er an, mit ihr davon zu sprechen. Es begann damit, daß sie am liebsten getraut worden wäre, ehe das Kind geboren war – ach, es war schlimm, daß es so gekommen war, aber Daniel meinte, das wäre einerlei. Dagegen, sagte er, gäbe es etwas anderes, und er wollte es im übrigen nur erwähnen und der Sache keinen Gedanken weiter schenken: Es handelte sich um den Grafen, den mit der sauren Milch. Wäre er ein Spitzbube?

Der Graf – wie? Nein, nein, an ihm war nichts auszusetzen!

So. Aber er hatte doch Geld gestohlen und war verhaftet worden?

Das Fräulein überlegte: Es konnte ja gern sein, daß er ein Spitzbube war, das wußte sie nicht, sie kannte ihn nicht so gut –

Was hattest du mit ihm vor?

Ich? Nichts. *Rien du tout.*

Ja, aber weißt du von dem Geld, das er gestohlen hatte, hast du es?

Ich? schreit das Fräulein. Bist du verrückt?

Nein, ich wußte es ja, sagte Daniel.

Ich hab das Geld, das er mir gab – jaja, es war etwas Geld, und das habe ich. Erzählte ich es dir nicht?

Ja, das tatest du wohl. Aber wenn es eine größere Summe war, so hättest du sie doch dem Lensmann ausliefern sollen!

Was? Nie in aller Welt!

Er war ja da und verhörte dich?

Der Lensmann? Jawohl. Hab ich dir das nicht auch erzählt?

Ich glaube, du hast was davon gesagt.

Er verhörte alle im Sanatorium und mich auch. Warum fragst du das alles?

Sie behaupten beim Lensmann, daß du mehr vom Grafen und dem Geld wüßtest, als du sagen willst.

Ich glaube, alle Menschen sind verrückt, sagte das Fräulein. Was sollte ich wissen? Übrigens hat der Graf kein Geld gestohlen und ist auch nicht richtig verhaftet gewesen, das erzählte mir der Rechtsanwalt im Sanatorium. Die Polizei hatte sich geirrt, und sie brachten ihn statt dessen ins Krankenhaus, weil er schwindsüchtig war. Frag nur den Rechtsanwalt selber!

Daniel hätte nicht kräftiger überzeugt werden können, sein eigener Glaube und sein Vertrauen wurden bestätigt, und er entfernte sich, völlig befriedigt von der Erklärung des Fräu-

277

leins. Ha, es sollte Helena nicht glücken, ihn Hals über Kopf in eine neue Situation zu bringen. Arme Helena übrigens, sie bereute sicher und war verzweifelt, sie ging noch eines Tages zu den Seen und ertränkte sich. Aber das konnte er jedenfalls nicht kalten Blutes mit ansehen, er mußte sie retten –

Jetzt rutscht der Schnee von den Dächern, und auf den Wegen schmilzt er schmutzig und unschuldig von Tag zu Tag. Die dumpfen Schläge, die man rings um die Häuser hört, sind feuchter Schnee, der zusammensinkt, auf den Matten und oben auf dem ›Fels‹ wird es immer nackter. Da, gerade vor Pfingsten, kommen Sturm und Regen, und es ist gut, im Haus zu sein und genug für sich und die Tiere zu essen und zu trinken zu haben. Es dauert eine Nacht, Donner und Fanfaren rollen in der Höhe, und dies unermeßliche Falleralla währt bis vier Uhr morgens. Dann werden Himmel und Erde allmählich ruhig. Und am Tage darauf ist Frühling.

Und welch ein Frühling es in den Bergen wurde! Er kam nicht wie etwas Wohldurchdachtes, sondern wie eine wunderbare Idee, schnell und toll, hingeschleudert. Marta legte verschiedene Kleidungsstücke ab.

Als Fräulein d'Espard aufstand und hinauskam, war es ja recht seltsam für sie: da lag die weite Welt hinunter bis zum Kirchspiel ganz anders als vorher, alles grün, sonnig und reich, der Wald um die Sennhütte im Ausschlagen, schon grünes Gras auf den Ackerrainen, und es duftete stark nach Erde. Es dauerte nicht lange, bis sie wieder völlig gesund war, und sie trug das Kind mit sich hinaus, setzte sich mit ihm auf die Türschwelle und gab ihm die Brust, und Daniel setzte sich neben sie.

Wenn es nur nicht so klein wäre, sagte sie und unterstrich es wieder, wenn wir es nur am Leben erhalten können! Sagte der Doktor nicht, daß es zu früh gekommen sei?

Er hat wohl etwas davon gesagt.

Ja, siehst du! Es war viele Wochen zu früh, du weißt ja selbst, wann wir uns trafen! Oh, aber das Fräulein mußte der Kreuzotter wohl sehr dankbar sein, sie hätte nie einen besseren Vorwand dafür finden können, daß es zu früh passierte.

Er ist nicht klein, behauptete Daniel und war stolz auf das Kind. Das glaubst du nur, sagte er.

Alles in Ordnung, nicht ein Mißklang in der kleinen Familie. Gedieh der Junge nicht? Gab es seinetwegen Streit von morgens bis abends? Nie! Als Daniel das nächste Mal im Kirchspiel war, kaufte er ein Taschentuch mit Tieren darauf für den kleinen Burschen und schenkte es ihm gutherzig. Was war also im Wege? Nichts. Eine barmherzige Blindheit hatte sich über Daniel gelegt, er betrachtete sich und das Seine ohne Erkenntnis; seine Bedürfnisse waren gering, sein Familienleben zusammengelogen, aber seine Zufriedenheit war groß und gut.

Fräulein d'Espard anerkannte ihn auch, er war keineswegs zu verachten, wenn nur alles so blieb, wie es jetzt war, dann war nichts zu befürchten! Sie saß mit dem Kinde und wurde wieder frisch und gesund, Daniel sollte nicht ein böses Wort von ihr zu hören bekommen: Daniel, glaubst du, daß wir ihn behalten werden? Wir haben es vielleicht nicht verdient, aber dennoch! Sie fühlte sich sehr mutig und neugeboren, sie sagte: Wenn man heute vom Sanatorium nach mir schickte, so nähme ich das Kind auf den Arm und ginge!

Zusammengelogenes Familienleben? Jawohl – es können schöne Wahrheiten in der Lüge sein. Wenn das Leben die Lüge nicht notwendig machte, so existierte sie nicht.

Die Trauung wurde immer wieder hinausgeschoben; es geschah nicht aus Unlust von einer Seite, die Verhältnisse waren schuld daran, nicht das Fräulein. Konnte sie das Kind mit auf die Fahrt nehmen? Keine Rede davon, es bei der Gelegenheit vorzuzeigen und zu Spott und Schanden zu werden! Aber konnte sie es zu Hause lassen, wenn es noch so klein war? Unmöglich. Marta konnte ihm doch nicht die Brust geben. Was war da zu tun?

Als der Sommer kam, war es jedenfalls Marta, die mit dem Kinde fortzog und es taufen ließ, die junge Mutter und das Kind konnten sich vorläufig ja nicht zusammen vor aller Welt Augen zeigen.

14

Alles hätte gut gehen können.

Wieder waren Ferien; auf den Wegen zum Sanatorium sah man die Leute zu Fuß und zu Wagen, Feriengäste, die zu Kräften kommen sollten – und dicke Menschen, die abmagern wollten. Der Inspektor und die Wirtschafterin empfingen, der

Doktor kam, wenn er gerufen wurde, es herrschte die ausgezeichnetste Ordnung in dieser Heilstätte mit Wetteranzeigern und Plakaten und Dienerschaft überall, und der Direktor, Rechtsanwalt Rupprecht, fand auch, daß es gut ging.

Die Arbeit am Elektrizitätswerk war seit einigen Wochen im Gang, hatte sich aber natürlich wie alle derartige Arbeit verspätet und ging immer noch langsam vorwärts; die Schwierigkeiten meldeten sich, es mußten Felsen gesprengt, donnernde Schüsse abgegeben werden, man mußte Rücksicht auf die Ruhe der Patienten zwischen gewissen Glockenschlägen nehmen. Aber elektrisches Licht sollte werden, sagte der Rechtsanwalt. Und ein gewaltiges Wasserwerk, sagte er.

Es kamen Lasten mit Eßwaren, Lasten mit der Ausstattung für die noch nicht eingerichteten Zimmer im Schlosse, Lasten mit Materialien für den neuen Anbau, der das ursprüngliche Schloß ungefähr verdoppeln sollte, Fuhrleute mit Eisen und Zement, Planken, Matratzen, großen Spiegeln, Öfen, Papprollen.

Da kam eines Tages ein Herr vom Bahnhof herauf, ja, da kam er ...

Er fuhr, aber sein Gepäck war nicht groß, nur ein feiner Handkoffer. Er trug selbst feine Kleidung, obwohl sie nicht recht neu war. Er hatte einen Brillantring am Finger und einen kleinen Brillanten in der Krawattennadel. Helmer fuhr ihn.

Der Herr stieg an der großen Veranda aus, ging an vielen Gästen vorbei, begrüßte freundlich die Wirtschafterin und sagte: Ich möchte gern mein altes Zimmer wieder haben, wenn es möglich ist, ich bin früher schon einmal hier gewesen, mein Name ist Fleming. Die Wirtschafterin ein wenig verwirrt: Ich weiß nicht – sind Sie Herr Fleming –?

Der Mann lächelte und nickte.

Ja, Ihr Zimmer – ich will sehen –

Der Inspektor trat hinzu, grüßte und nahm den Koffer des Herrn. Sie wanderten ins Rauchzimmer, und die Wirtschafterin sagte unterwegs: Es ist Herr Fleming! Rechtsanwalt Rupprecht kam hinzu, es gab ein großes Wiedererkennen. Nein, was für eine Überraschung! rief er. Es geht Ihnen gut, Herr Graf? Haben Sie den Herrn Grafen nicht erkannt? fragte er die Wirtschafterin.

Herr Fleming antwortete: Das ist nicht weiter merkwürdig, ich habe unterdessen einen Vollbart bekommen.

Ich hätte Sie unter Tausenden erkannt! Was für ein Zimmer haben wir für Graf Fleming?

Es zeigte sich, daß sein altes Zimmer besetzt war, aber das sollte schon geordnet werden, der Rechtsanwalt wollte es ordnen. Er strahlte als Wirt, klingelte nach dem Mädchen, ließ Portwein kommen und bot dem Gast ein Glas an, immerfort sagte er Herr Graf, damit die andern Gäste es hörten. Großes Aufsehen.

Und alles wurde geordnet, Herr Fleming erhielt sein früheres Zimmer, und der Inspektor trug seine Koffer vom Boden herunter. Die Schlüssel hingen in einem versiegelten Briefumschlag daran, Herr Fleming erbrach das Siegel so gleichgültig, als wäre es sein eigenes und nicht das des Lensmanns; es sollte ja eigentlich eine gefährliche Tat sein, das Siegel der Polizei zu brechen, aber nein, es sah nicht so aus.

Der Inspektor sagte, um sich einzuschmeicheln: Der Gendarm kam nur her und versiegelte die Sachen.

Herr Fleming antwortete: Das wäre wirklich nicht notwendig gewesen; hier im Sanatorium würde sicher niemand in meiner Abwesenheit an meine Koffer gegangen sein.

Er wusch und putzte sich auf seine alte, sorgfältige Art, ging dann hinunter und mischte sich unter die Gäste. Einige wenige von ihnen kannte er, er setzte sich einen Augenblick auf die Veranda neben den Selbstmörder und bot ihm eine Zigarette an.

Der Selbstmörder lehnte ab. Er hatte wieder eine schwere Zeit, war zusammengesunken und sah fast gar nicht auf, er blies auf eine wunde Hand, die er hatte, und war schweigsam.

Hier scheinen ja viele Gäste zu sein, sagte Herr Fleming.

Der Selbstmörder plötzlich: Ja, viele dumme Geschöpfe. Die Dicken kommen her, um ihren Halt zu verlieren, und weiß Gott, es glückt ihnen, wir leben von Torahus-Wasser und Konserven.

Herr Fleming lächelte, er erkannte wohl den mißvergnügten Ton des Selbstmörders vom vorigen Male wieder. Und die Dünnen? fragte er.

Die Dünnen leben in der Hoffnung.

Pause.

Als Herr Fleming bemerkte: Sie sind ein treuer Gast auf Torahus gewesen, erwiderte der Selbstmörder: Ich bin hier, um nicht anderswo zu sein! Als Herr Fleming aber weitergehen und eine kleine Unterhaltung in Gang bringen wollte, antwortete der Selbstmörder nicht mehr; er hatte ausgeredet.

Es wimmelte von Leuten um sie her – nein, dem Aussehen nach waren es nicht besonders dumme Geschöpfe, wohl aber jeder auf seine Art unförmig, einige, weil sie mager, andere, weil sie fett waren, mißgestaltete Fässer auf Beinen, verlesene und verschriebene Lehrerinnen und Kontoristen mit dünnen Insektengliedern. Es waren sehr hübsche Köpfe mit hilflosen, guten Augen unter ihnen. Eine Dame sitzt da und verbreitet sich über ein großes Geschäft, in dem sie eine Stellung hat, was für Rechnungen sie zuweilen ausschriebe, über Tausende, große Summen allein in dänischen Eiern, dänischem Schinken. Und es war als hätten ihre mageren Zuhörer nichts dagegen, von so viel gutem Essen zu hören.

Herr Fleming erhebt sich und begrüßt Direktor Oliver – er mußte jedesmal wegen seines neuen Vollbartes seinen Namen sagen. Der ältliche Schulmann ist genau wie früher in denselben Kleidern, mit demselben abgearbeiteten, grauen Gesicht, alle, mit denen er spricht, geduldig unterrichtend. Es lag etwas Hoffnungsloses über der Unveränderlichkeit des Mannes, er schien nicht einmal seinen schwarzen Schlips gewechselt zu haben, seine Hände waren noch ebenso lang und knochig, die Stiefel ebenso dauerhaft. Eine zähe Gestalt auf Torahus.

Voilà un homme! sagte er grüßend zu Herrn Fleming. Sie kennen dieses Wort? Napoleon sagte es, als er Goethe traf! Der Direktor erklärte, daß er niemanden getroffen habe, mit dem er auch nur hätte reden können, er wollte damit nicht sagen, daß alle diese Gäste keine Interessen hätten, durchaus nicht, er habe nur keine geistigen Verwandten getroffen. Einen nahm er aus: den Ingenieur von der elektrischen Anlage, eine große schauspielerische Begabung. Den müssen Sie wirklich kennenlernen!

Der Schuldirektor war sehr zufrieden, Herrn Fleming wieder zu begegnen; das war doch ein Mann, mit dem man reden und dem man sich verständlich machen konnte, ein Mann mit Erziehung und Sinn für feinere Dinge. Er fragte nach der Familie des Direktors, seinen prächtigen Jungen. Ja, diesmal waren sie wieder mitgekommen, sie schwirrten überall herum, und Gott mochte wissen, wo sie in diesem Augenblick steckten! Der Direktor war nie ganz zufrieden mit seinen Jungen, sie zeigten bei weitem nicht denselben Lerneifer und dieselbe

Begabung, wie er sie selbst in ihrem Alter gehabt hatte, und
was sollte er mit ihnen anfangen? Natürlich konnten sie etwas,
es wäre ja auch eine unermeßliche Schande gewesen: die Söhne
des Schuldirektors, Kinder der Leuchte der Stadt, wenn er das
selber sagen durfte; aber sie waren zurück in Sprachen, in
Grammatik – merkwürdig: in dem Fach, das er selbst immer
am leichtesten von allen gefunden hatte! Aber wenn man sie
in ein Boot läßt oder ihnen eine Besorgung in der Stadt auf-
trägt, dann findet man sie in einer Schmiede oder hoch oben
auf einem Hause, das gerade im Bau ist!

Das ist so Jungenart! sagt Herr Fleming lächelnd.

Aber ich will es nicht haben, sie sollen arbeiten und lernen
und weiterkommen! Der Direktor entwickelte das näher und
brachte eine gute Unterhaltung zustande; es war so angenehm,
mit Herrn Fleming zu reden, er war so höflich, so verständnis-
voll, er beugte sich vor dem besseren Wissen.

Herr Fleming fragte: Stört es Sie nicht, Herr Direktor, daß
so viele Fremde hier sind, daß es so voll von Leuten ist?

Etwas schon. Offen gestanden: ja. Wir können ja nicht alle
auf demselben Niveau stehen, da muß der eine sich eben in
jeder Beziehung dem andern anpassen, und das kann ein wenig
mühselig sein. Aber im großen und ganzen bin ich zufrieden.
Der Ort ist ausgezeichnet.

Oh, Schuldirektor Oliver war kein anspruchsvoller Mensch,
er hatte all seine Tage in Genügsamkeit und gleichmäßiger
Armut gelebt, er aß, was man ihm vorsetzte, und erwartete
nicht, daß man ihm seine Schuhe putzte. Jetzt hatte er wohl
Geschmack daran gefunden, in den Ferien gratis in diesem großen Sanatorium zu wohnen, und fuhr darin fort, solange er
konnte. Er zählte auf, daß er zum drittenmal hier wäre, es gefiele ihm hier, und weshalb solle er dann anderswohin reisen?
Er wechselte nicht.

Als Herr Fleming die alten Bekannten begrüßt hatte, begann er im Walde umherzuschlendern. Der kleine Schober
stand noch da wie früher und war wieder mit neuem Heu gefüllt; Daniels Sennhütte lag hübsch und friedlich da, er ging
ganz bis zu den Häusern, entdeckte aber, daß Gardinen vor
die Fenster in der neuen Stube gekommen waren. Eines Tages
sah er Fräulein d'Espard mit dem Kind auf der Türschwelle
sitzen.

Ob sie ihn nun erwartet oder er unwillkürlich ein wenig mit

dem Kopfe genickt hatte, jedenfalls erhob sie sich sofort und ging mit dem Kinde hinein; kurz darauf trat sie wieder heraus und ging ihm entgegen.

Eine Begegnung, im Walde, heimlich, es war lange her seit dem letztenmal. Sie erröteten beide, Gott weiß, es war wohl die Spannung – und vielleicht etwas anderes. Sie reichten einander die Hand und wußten auf einmal nicht viel mehr zu sagen. Er sah die Zahnlücke in ihrem Mund, sah aber auch, daß sie sie zu verbergen suchte, er zeigte auf ihre Narbe am Kinn und sagte: Haben Sie sich so schlimm geschlagen?

Es ist lange her, es war im Winter. Sie sehen gut aus, Sie husten nicht?

Nein. Wußten Sie, daß ich es war, der hier stand?

Ich dachte es mir. Oh, das ist keine Hexerei, ich wußte von Helmer, daß Sie gekommen waren, von dem, der Sie gefahren hat.

Herr Fleming nickte und sagte: Er gab mir auch einige Auskünfte.

So, sagte sie seufzend, nun ja, dann wissen Sie, wie es steht! Pause.

Sie sehen gut aus, aber ein bißchen fremdartig. Warum tragen Sie einen Bart?

Das kommt daher – ja, sehen Sie, ich bin ja etwas eingefallen, Sie sollen sich nicht täuschen lassen, ich bin tüchtig abgezehrt. Aber ich dachte, hier könnte ich wieder zunehmen, ich erinnerte mich an Torahus und die Sennhütte und die saure Milch. Außerdem dachte ich, wenn ich mit einem Vollbart zu dem Manne hier, Daniel oder wie er heißt, käme, so könnte ich aus gewissen Gründen ein anderer sein, als ich war.

Er würde Sie gleich erkannt haben. Er sowohl wie Marta hätten Sie erkannt.

Ja, es war wohl ein kindischer Gedanke. Lassen Sie uns von Ihnen reden.

Nein, nicht von mir. Sie sehen, wie ich bin! Und wie um es herauszuhaben, sagte sie plötzlich: Sehen Sie her, ich habe auch einen Zahn verloren!

Ja, und wenn schon?

Es ist jedenfalls nicht gerade schön.

Er sagte lächelnd: Ein Hauer an der Stelle wäre auch nicht schöner gewesen. Nein, lassen Sie mich jetzt hören: Sie wollen sich ja verheiraten?

Pause.

Ich habe das Kind bekommen, sagte sie.

Das Kind – so –

Es heißt Julius. Ein großes Kind, glauben Sie mir, ein hübsches Kind. Er sagte, es sollte nach mir heißen.

Wer sagte das?

Daniel.

Pause. Jeder hing wohl seinen Gedanken nach.

Und nun wollen Sie sich verheiraten, sagte er träumerisch.

Erzählen Sie nun, sagte sie. Geht es Ihnen wieder gut, sind Sie wieder gesund?

Ich halte mich noch. Ich hatte übrigens gewisse Hoffnungen auf Torahus gesetzt, aber jetzt weiß ich nicht, alles ist verändert –.

Sie werden sich schon erholen, passen Sie auf. Sie hatten so viele Scherereien, als Sie das letztemal hier waren, zum Schluß, meine ich, das hat Ihnen nicht gut getan. Aber es war ja lauter Unsinn, wie ich gehört habe.

Lauter Unsinn. Ich kam ins Krankenhaus in Kristiania, und es ging mir gut. Oh, ich bin zähe, und meine Krankheit ist ein launisches Leiden, die Seereise nach Finnland heilte mich ganz, so daß ich nicht mehr Blut spuckte. Es war auch eine herrliche Reise: Kattegatt, Ostsee, Luftwechsel, ich hätte kein besseres Heilmittel finden können.

Ja, aber als Sie dann heim nach Finnland kamen –? fragte sie und mochte vielleicht an Gefängnis und Einsperren denken.

Keine Veränderung, erklärte er. Nun, natürlich gab es allerlei Veränderung: Seine Mutter verkaufte ihren Hof, er konnte nicht mehr heimreisen und bei ihr wohnen –

Verkaufte sie den Hof?

Ja, was sollte sie tun. Er konnte ihn nicht übernehmen, er war krank. So verkaufte sie ihn, machte ihn zu Geld.

Und wo seine Mutter jetzt wäre?

Pause.

Wie traurig! sagte das Fräulein.

Lassen Sie uns nicht davon sprechen, es geschah, ehe ich heim kam, es geschah, als ich im Krankenhaus in Kristiania lag, ich erhielt nur einen Brief darüber. Es war übrigens wohl keine Lungenentzündung, sie hatte einen Herzfehler, ich habe es nicht ertragen, darüber zu hören, vielleicht war es ein Schlaganfall.

Er nahm ihre Hand, ein matter Druck, und gewissermaßen nichts; Daniels Griff war von einer ganz andern Sorte. Aber die zerbrechliche, magere Kontoristenhand machte Eindruck auf sie, sie war dünnhäutig, warm von einem schwachen Fieber, angenehm anzufassen, es durchrieselte sie. Sie hatte so lange das Heimweh nach ihrem früheren Leben, ihrer alten Umgebung aufgespart, und auf einmal ließ sie sich davon bezwingen und fiel Herrn Fleming um den Hals. Das richtete auch ihn wieder auf, er wurde freier, küßte sie und war zärtlich.

Wir müssen ein bißchen vorsichtig sein, sagte sie, er kann diesen Weg kommen.

Wer –?

Daniel. Er ist oben an den Seen und angelt fürs Sanatorium, aber er kann diesen Weg zurückkommen.

Das machte ihn wieder niedergeschlagen und schweigsam.

Es ist ganz seltsam, wieder mit Ihnen zusammenzusitzen, sagte sie. Wie lange ist es eigentlich her seit dem letztenmal?

Ich weiß nicht, ich darf nicht daran denken. Es ist lange her.

Sie beobachtete ihn von der Seite. Er hatte recht; er war abgemagert, seine Schläfen waren eingefallen, seine Nägel blau; er hatte vielleicht Gott weiß was für Scherereien durchgemacht und einen Blechtopf mit Essen durch eine Luke bekommen. Er sah auch nicht so richtig reich aus, hatte zwar seinen Brillantring, trug die schönen Anzüge aus seinem Koffer, aber es war, als hätte er an Haltung verloren, als hätte er kein gutes Auskommen gehabt, auf das er sich jetzt stützen konnte.

Plötzlich wurde sie aufmerksam: Das ist nicht – ist das derselbe Ring?

Gewiß, antwortete er, hielt ihn hoch und ließ ihn in der Sonne glitzern.

Ich finde, er funkelt nicht mehr so stark.

Das macht nur der Staub, der Reisestaub. Ich will übrigens keinen Ring mehr tragen, sagte er und steckte ihn in die Westentasche.

Dank, sagte sie, für alles, für alles Geld –

Er schüttelte abweisend den Kopf und fragte lächelnd: Haben Sie es gerettet?

Gewiß.

Sie brauchten es nicht zu verbrennen?

Das hab ich schön bleiben lassen! Ich habe dagegen ein wenig gebraucht, etwas für Daniel und für mich selber, für ein Pferd und verschiedenes im Hause –

Ja, darüber wollen wir nicht sprechen.

Wollen Sie nicht etwas davon wiederhaben, von dem Geld?

Wie? Nein, sagte er.

Etwas jedenfalls, ein bißchen?

Er schüttelte den Kopf: Aber alles ist so anders geworden; ich weiß nicht, was mit mir jetzt werden soll. Ich kam wieder, weil Sie hier waren und weil es mir gut hier ging, Aufsicht, Pflege, Sorgsamkeit, ich bekam saure Milch hier in der Sennhütte, hatte guten Schlaf, ein Fell zum Zudecken. Sie sah ich jeden Tag; ich habe mich nach Ihnen gesehnt, ich dachte an nichts anderes als an Sie.

Sie können mich auch jetzt jeden Tag sehen, sagte sie.

Nein, wie sollte das zugehen?

Ich komme ins Sanatorium, wann Sie wollen. Dagegen hat er nichts.

Er schüttelte wieder den Kopf: Das ist nicht dasselbe. Ist es nicht so, daß Sie sich verheiraten wollen?

Sie zögert: Ja.

Sehen Sie! Wie können Sie dann zu mir kommen? Nein, das ist vorbei.

Er schweigt, beide schweigen, dann fährt er fort: Geld, sagen Sie? Nun, im Notfall hätten Sie und ich es ja zusammen gehabt. Ich dachte, es könnte uns irgendwie wieder hochbringen. Dazu war ich hergekommen, um mit Ihnen darüber zu reden. Aber jetzt ist es vorbei, die Grundlage ist fort, Sie machen sich nichts mehr aus mir.

Doch, das tue ich, reden Sie nicht so etwas, ich mache mir wohl etwas aus Ihnen.

Nicht auf die Weise.

Doch auf die Weise. Aber was sollte ich tun? Ich war allein, ich war auch ein wenig verzweifelt, das Kind sollte kommen, ich mußte fortziehen, mußte mich nach einem Heim umsehen.

Jawohl.

Langes Schweigen, sie hingen beide ihren Gedanken nach.

Die Verhältnisse, sagte er träumerisch – die Verhältnisse machten, daß ich Ihnen nicht sein konnte, was ich sollte –

Im Gegenteil! unterbrach und tröstete sie ihn. Sie waren

wie Sie sein sollten, und mehr als das, Sie waren großartig!
Wie wäre es mir ergangen, wenn Sie mir nicht dazu verholfen
hätten, ohne Stellung in der Stadt zu leben?

Nun, jaja, dann ist es ja gut!

Sie haben mir ja den Busen voll Geld gesteckt, Sie wissen
gar nicht, was das für mich bedeutete.

Schön! Aber die Verhältnisse waren doch schuld daran, daß
ich Sie nicht mitnehmen konnte. Damals hätten Sie mich vielleicht begleitet?

Ja.

Sehen Sie! Aber jetzt können Sie nicht.

Jetzt muß ich gehen, sagte sie und erhob sich, der Kleine
könnte aufwachen, und dann bin ich nicht da.

Darf ich wieder herkommen? fragte er.

Ja, sagte sie nachdenklich, ja —

Oder können Sie zu mir kommen?

Vielleicht.

Denn ich möchte ja gern mit Ihnen sprechen und alles
hören ...

Sie kam hin und wieder ins Sanatorium; es geschah meist
früh am Morgen, sie war gegen sechs auf und fand ihn im Bett
vor, das geschah ein paarmal, dann erregte es Ärgernis im
Sanatorium. Dienstmädchen nehmen leicht Ärgernis an so
etwas, wenn sie selbst nichts davon haben. Als sie eines Morgens hinein schlüpfen wollte, stieß sie im Korridor auf den
Direktor, Rechtsanwalt Rupprecht.

Er grüßte, lächelte über das ganze Gesicht und erkannte sie
mit Freude: Es ist ja eine Ewigkeit, seit ich Sie gesehen habe,
gnädiges Fräulein, das ist gar nicht hübsch von Ihnen, daß Sie
uns so ganz verlassen haben, was haben wir Ihnen getan?
Hier, bitte, gnädiges Fräulein, Sie sollen Kaffee haben, ich ge-
denke nicht, Sie loszulassen, bevor Sie mir erzählt haben, wie
es Ihnen geht. So, nun setzen wir uns hierher! Sie wünschen
wahrscheinlich Herrn Fleming zu sprechen? Er ist noch nicht
aufgestanden, er ist ja nicht solch ein Morgenvogel wie Sie und
ich, aber wir werden nach ihm schicken; inzwischen trinken wir
Kaffee, das können wir brauchen. Lovise, seien Sie so gut und
geben Sie Fräulein d'Espard und mir Kaffee. Und dann gehen
Sie hinauf, klopfen Sie hübsch an die Tür vom Herrn Grafen
und sagen Sie, daß ihn eine junge Dame hier unten erwartet ...

Also waren die Begegnungen von jetzt an vereitelt.

Das Fräulein bereitete nun Daniel und Marta darauf vor, daß der Graf wieder ins Sanatorium gekommen wäre, sie erinnerten sich wohl des feinen reichen Grafen? Ja, nun sei er wieder da und wollte saure Milch haben.

Daniel lächelte vergnügt hierzu, und Marta begann verwirrt ihr Kleid zurechtzuzupfen. Aber das sage ich, verlangte sie, daß er jetzt in der neuen Stube ißt, denn die Küche ist kein Aufenthalt für ihn!

Und daß der Graf in die neue Stube kommen sollte, schien dem Fräulein ja sehr zuwider zu sein, aber sie mußte nachgeben.

Dann kam der Graf und kam täglich, erhielt saure Milch und nahm zu, wahrhaftig, er wurde wieder stärker. Es hätte nicht besser gehen können, wenn es ehrliches Spiel statt Betrug gewesen wäre, sie zogen sogar oft die dichten Gardinen vors Fenster, so daß niemand von draußen hereinsehen konnte, und das taten sie der Sonne wegen. Hinterher, wenn Herr Fleming gegessen und sein großes Zweikronenstück hingelegt hatte und das Kind schlief, konnte das Fräulein ihn auf dem Heimwege begleiten, und hin und wieder brachte sie ihn ganz bis ins Sanatorium und war ein wenig mit den Gästen zusammen.

Sie traf den Selbstmörder und brachte ihn zum Reden, ja, Fräulein d'Espard machte ihn mitteilsam, unterhaltend. Ich höre, daß zwei von unsern Mädchen krank geworden sind, sagte er ganz belebt. Sie können froh sein, daß Sie nicht mehr hier sind, Fräulein d'Espard.

Erzählen Sie!

Es sind neue Mädchen, eben aus dem Kirchspiel gekommen, sie waren die Kost hier nicht gewohnt und mußten sich legen, die eine soll schon aus dem letzten Loch pfeifen. Nein, es ist nicht anders zu erwarten, diese Konserven sind das reine Gift. Kann Daniel uns nicht wieder einen Ochsen verkaufen?

Ich weiß nicht, antwortet das Fräulein lächelnd.

Er würde uns geradezu das Leben retten!

Sie sehen aber nicht schlecht aus, Herr Magnus.

Ich nehme mich zusammen, aber ich bin längst nicht mehr der, der ich war. Wenn ich esse, geschieht es nicht mit Appetit, wenn ich mich auf einen Stuhl setze, sinke ich nicht absichtlich nieder. Die Abende vergehen damit, daß ich Sechsundsechzig mit den Leuten spiele. Was sagen Sie dazu?

Lieber Herr Magnus, wir müssen alle sehen, die Dinge von der besten Seite zu nehmen.

Wo steht das geschrieben?

Ich weiß nicht. In unserm Schicksal.

Sehen Sie den da draußen? fragte der Selbstmörder und zeigte mit den Augen: den Schuldirektor, den Bücherwurm – *der* nimmt's von der besten Seite. Er kann ›Sprachen‹ und ist ein Nichts. Er versenkt sich mit der größten Sorgfalt in seine Schulbuchgelehrsamkeit und lernt mechanisch, um die Mechanik dann wieder auf Kinder abzuwälzen, er sieht nicht die Lächerlichkeit darin, fragt nicht: Ist das ein Leben? Im Gegenteil, wenn er sich von seinen ›Taten‹ erhebt, kommt er sich selbst ganz außerordentlich vor, er hat wieder etwas zugelernt und kann wieder etwas mehr lehren. *Er* nimmt's von der besten Seite. Er liest ausländische Zeitungen im Klub daheim, die Menschen grüßen ihn auf der Straße, und er ist zufrieden. Das ist sein Leben. Er hat nicht einmal Respekt vor den großen Sprachgeistern, er sieht sie nicht, ahnt nicht, daß sie existieren, die Seher, die Forscher zwischen Epochen und Völkern.

Haben Sie etwas von unserm Freunde Moß gehört? fragt das Fräulein.

Moß, der Schwindler! Sehen Sie, was er mit mir gemacht hat, sagt der Selbstmörder und streckt seine wunde Hand aus. Das will nicht zuheilen, ich hab versucht, es auszubrennen, aber es nützt nichts, er hat mich angesteckt. Und dabei wollte er gewissermaßen ein religiöser Mensch sein! Aber ich werde ihm bald einen Brief schicken, ich will es ihm zeigen –!

Schreibt er zuweilen? fragt das Fräulein, oder ist er tot?

Tot, der? Gewiß schreibt er. Nicht daß ich seine Briefe in die Hand nähme, der Doktor liest sie, aber er schreibt und schreibt, er hat kein Schamgefühl. Er sieht immer besser, sagt er, und den letzten Brief hat er selbst geschrieben.

Nein –! ruft das Fräulein in höchster Verwunderung aus.

Ach so, auch Sie glauben ihm? fragt der Selbstmörder gekränkt. Aber schön, mag er es auch selbst geschrieben haben – Sie dürfen nicht glauben, daß die Zeilen gerade und zierlich waren, ich hätte mit einem Taschentuch vor den Augen genauso schreiben können. Das ist aber noch nicht das Schlimmste: Jetzt will er uns weismachen, daß es einfach Bartflechte war, was er im Gesicht hatte. Was sagen Sie dazu?

Ich verstehe mich nicht darauf.

Schön, im Gesicht selbst mag es Bartflechte gewesen sein, aber am übrigen Körper, konnte er da auch Bartflechte haben?

Ja, hatte er denn am übrigen Körper auch Wunden?

Das weiß ich nicht, das hatte er sicher, er war überhaupt ein unreines Tier, mit Beulen und Geschwüren übersät. Ich halte es nicht für unmöglich, daß er anfangen könnte, besser zu sehen, wenn man ihm die Augen ordentlich säuberte, aber wie wollen Sie dann erklären, daß er mich mit dem Ulster angesteckt hat?

Zeigen Sie mir Ihre Wunde doch einmal, bittet das Fräulein.

Lassen Sie es, antwortet der Selbstmörder abweisend, über die Wunde ist nicht zu streiten.

Was sagt der Doktor dazu?

Der Doktor! faucht der Selbstmörder, er sollte Gesundheitssalz nehmen! War Doktor Öyen nicht auch Doktor? Und der sagte, daß Moß Lepra hätte.

Es hat keinen Zweck, mit ihm zu reden. Das Fräulein beugte sich vor und fragte: Haben Sie etwas von daheim gehört?

Warum fragen Sie das? Schweigen Sie!

Entschuldigen Sie, aber ich meinte von der Kleinen, dem Kind, haben Sie etwas gehört?

Warum sollte ich etwas hören? Ich weiß nicht einmal, wie sie heißt, ich bin hier und sie ist dort. Was habe ich weiter mit ihr zu schaffen?

Das ist sehr traurig.

Ich denke bei der ersten Gelegenheit nach Kristiania zu reisen und alle Fragen zu entscheiden. Es soll kein Zweifel bleiben, und wenn Mord und Selbstmord und Untergang für uns alle daraus wird! Mir ist es einerlei! Und nach diesen düsteren Worten fuhr der Selbstmörder fort: Seien Sie so gut, Fräulein d'Espard, und fragen Sie Daniel, ob er uns nicht einen Ochsen verkaufen will, es gilt das Leben!

Daniel beginnt von der Trauung zu reden.

Ja – gewiß, das Fräulein wäre jederzeit fertig. Aber wollte er sich in der Wolljacke trauen lassen?

Daran hatte er nicht gedacht, aber sie mochte recht haben. Er hatte zwar seinen Sonntagsanzug, aber er mußte wohl neue Kleider zu der Feier haben. Den Teufel auch, es war nicht daran zu denken, etwas zu Pfingsten genäht zu bekommen.

291

Die Trauung wurde aufgeschoben.

Nach Pfingsten kam er wieder darauf zu sprechen. Ja, sie sagte auch nicht nein, aber sie zögerte, ihm Geld für seine Ausstattung anzubieten. Merkwürdig, Daniel hatte es wohl gehofft, sie hatte ja früher stets gesagt: Geh und kauf dies und das, hier hast du Geld! Er war verwöhnt worden und verstand ihre jetzige Sparsamkeit nicht ganz. Er zog sich etwas gekränkt zurück und erwähnte längere Zeit die Trauung nicht.

Und inzwischen kam Herr Fleming in die neue Stube, und das Fräulein begleitete ihn nach dem Sanatorium. Das dauerte bis weit in den Sommer hinein. Als sie aber eines Tages wieder mit ihm fortgehen wollte, kam Daniel zur Küchentür heraus und rief sie zurück: Er ist wieder aufgewacht, ich höre ihn!

Aufgewacht?

Julius. Er weint, ich höre ihn.

Ja, da kehrte sie um und ließ Herrn Fleming allein gehen, aber sie kam etwas säumig, nur wie aus Pflichtgefühl zurück und sagte: Das ist ja merkwürdig, er schlief doch so fest.

Daniel folgte ihr in die neue Stube, wie um zu sehen, ob der Junge wirklich wach wäre – und das war er nicht, er schlief ganz ruhig.

Was soll das heißen? sagte sie.

Daniel stammelnd, Daniel selbst ganz verwundert: Er hätte den Jungen so deutlich weinen hören, wie wäre das zu verstehen? War er feige? Oh, er sollte doch wohl, um Himmels willen, nicht feige sein?

Sie sprachen ein wenig darüber, und sie war nicht sehr zufrieden, fand sich aber darein; als Daniel lieb und zärtlich wurde, verstand sie übrigens alles und wies ihn ab, leistete Widerstand, kam jedoch zu kurz dabei. So etwas, hatte er denn kein Schamgefühl? Hätte sie das vorher gewußt, so wäre sie gewiß nicht zurückgekommen! Sie wagte nun doch nicht, ihren Unwillen zu weit zu treiben, sondern schalt nur halb im Scherz und schlug mit der Hand nach ihm: Er wäre so außer sich gewesen, so unbeherrscht, sie sei beinahe bange vor ihm geworden, er hätte gemurrt. Daniel hatte seine Eigenheiten, er war grob und heftig, aber unwiderstehlich, jawohl, er hatte Fehler, die nicht ohne Vorzüge waren. Seine Besuche in der neuen Stube waren in der letzten Zeit auch eingeschränkt worden, sie fürchtete sich nicht mehr im Dunkeln, die helle

Jahreszeit war gekommen, und sie brauchte ihn nicht mehr als Wache des Nachts. So war er gleichsam vor die Tür gesetzt worden.

Ja, nun kannst du gehen, du Unart! sagte sie.

Sie begann, unparteiisch über ihn zu denken: Falls nichts dazwischen gekommen wäre, würde sie jetzt vielleicht mit ihm verheiratet und Frau in der Torahus-Sennhütte gewesen sein. Daniel war nicht zu verachten, er aß mit Gründlichkeit und verrichtete seine Arbeit wie ein ganzer Mann. Als er im Winter mit einer Hiebwunde aus dem Walde heimkam, setzte er sich erst ans Essen; als aber das Blut auf den Fußboden floß, sah auch sie es endlich, daß er sich verwundet hatte; aus seiner gähnenden Stiefelspitze troff Blut. Es ist nur ein Zeh! sagte er. Und er wickelte einen Lappen um den Zeh und behandelte ihn wie ein Möbelstück.

Obwohl er einen harten Schädel besaß, hatte er sich doch nicht als gefährlich erwiesen, er warf nicht mit dem Messer, er war freundlich zu Tieren und Menschen. Er konnte wohl, wie heute nachmittag, gewaltsam vorgehen, aber wenn schon? Es mochte etwas wie eine Frage der Eitelkeit für ihn sein, daß er gewann, vielleicht war er auch ein wenig zu lange von Eifersucht gequält worden, Gott weiß. Aber im allgemeinen war er fromm und schämte sich hinterher seiner Heftigkeit.

Wie benahm er sich, als er im Frühling vom Scheunendach fiel? Die Scheune der Senne war ja gewiß kein Wolkenkratzer, aber sie stand doch auf einer verflucht hohen Mauer, unter der der Fahrweg vorbeiführte; ja, und hier war Daniel gerade beschäftigt. Das Fräulein war vielleicht nicht ganz ohne Schuld: Er lag ja auf dem First und dichtete ein Loch im Dach; sie rief ihm etwas hinauf, und er mußte sich umdrehen, um zu hören, was es gäbe. Da geschah es, und sie stand unten und sah es mit an. Er hatte keine Zeit zu irgendwelcher endlosen Vorsicht, nein, sie sah gut, daß er nicht auf die gewöhnliche hübsche Weise langsam auf einer Wolke vom Himmel herabkam, sondern wie ein Knoten, sein Körper schlug im Fluge auf, und er sauste, die eine Schulter voran, herunter. Er schrie nicht; wer schrie, war das Fräulein. Er stand auf und schien zu denken: Was heißt das, zum Teufel? Er starrte ungläubig in die Luft, sein Gesicht war völlig versteinert in einer Unwissenheit ohnegleichen. Erst hinterher war etwas mit ihm los. Hast du dich sehr geschlagen, Daniel? fragte sie. Das glaub ich nicht, ant-

wortete er, aber ich muß doch anstandshalber ein bißchen
stöhnen!

Das Fräulein denkt weiter:

Und nun der andere, ein kranker Herr von Jugend auf,
aber so fein und rücksichtsvoll, erkundigte sich, betete, erhob
sie durch seine Rede und seine Gefühlsweise. Er brauchte Pflege
und Hilfe, aber er verdiente es auch; war er kein Graf, so
hätte er es doch sein können, mit seiner Haltung, seinem
schönen Lächeln, den Lackschuhen, dem seidenen Unterzeug
und dem Brillantring in der Westentasche –. Und er war ihre
erste Liebe.

Wie hatte es angefangen? Ach Gott, sie wußte es nicht, es
hatte mit nichts angefangen: Es war eines Abends im Sanatorium, er rückte nur seinen Stuhl näher an den ihren und saß
da, es war vielleicht sein Atem oder vielleicht der Duft seiner
Haare, aber in ihr entsprang eine Quelle, durchrieselte sie.
Was ist Verliebtheit? Sie errötete innerlich und lächelte, er legte
seine Hand auf ihre Stuhllehne, und das war wie eine Umarmung, es brauchte nichts weiter, daß sie sich lächerlich
machte und in Ohnmacht fiel. Da war er der feine Mann und
sagte: Es ist kalt hier, ich will meinen Mantel holen! Er blieb
unnötig lange fort, und sie ging ihm nach und sagte: Ja, es ist
kalt, ich glaube, wir gehen lieber hinein!

Es wurde jeden Tag ein wenig mehr, mehr Vertraulichkeit,
mehr Annäherung, es wurde Béziguespiel, Liebe, Krankenpflege
und Krisis.

Jetzt war es lange, viele Monate her, sie hatte ohne ihn fertig werden müssen, die Zeit hatte das ihre getan. Oh, aber der
Quell in ihr war nicht versiegt, nicht verschüttet, er floß wieder ein wenig, ein wenig ...

Es schnitt ihr ins Herz, daß er so viel hatte durchmachen
müssen und auch jetzt nicht ein wirklich großer Mann und
wieder obenauf war. Seidenes Unterzeug, jawohl, aber es war
nicht mehr neu und reich. Auffallend war auch, daß er immer
häufiger vergaß, ein großes Zweikronenstück für die saure
Milch hinzulegen, was mochte das bedeuten? Das Fräulein
mußte im geheimen einspringen und Marta zwei Kronen von
ihrem eigenen Gelde geben.

Daniel kommt wieder herein, er muß inzwischen zu Ende
gedacht haben und hat etwas auf dem Herzen. Ich gehe morgen abend ins Kirchspiel und bestelle den Anzug, sagte er.

Jaja, antwortete sie.

Und da sie nicht mehr antwortete, sagte er: Ich wollte nur wissen, ob ich gleichzeitig etwas für dich besorgen sollte.

Nein.

Ich kann ihn auf Kredit bekommen, sagte er.

Ja, das kannst du wohl, antwortete sie.

Daniel ging wieder.

War das nun Feinheit und Delikatesse, nur von seinen eigenen Kleidern zu reden? Brauchte sie nicht auch Kleider? Wenn es gerecht zuging, mußte sie doch ein seidenes Kleid, weiße Schuhe, viele Meter Schleier und eine Schleppe haben, die von den Brautjungfern getragen wurde. Er blieb mit seinen Gedanken sicher auch hier am Boden. In ihren Romanen gab es eine Hochzeitsreise, die bekommt sie nicht, da gab es Blumen, Wein und Reden, das bekommt sie alles nicht. Sie bekommt eine Zweigroschenhochzeit. Der einzige Anwesende wird Helmer sein. Konnte sie etwa Herrn Fleming einladen? Die ganze Sache begann ihr unmöglich zu erscheinen. Sie gab den Gedanken an die Trauung nicht auf; es war ihr aber mehr eine Formsache, die am liebsten schon in Ordnung gebracht sein sollte. Was dann später folgte, das lag in der Hand des Schicksals. Nach ihren französischen Romanen konnte sie gut gegen die Ehe sündigen, wenn sie nur nicht gegen die Verliebtheit sündigte. Schluß damit. Ihre eigene Aussteuer konnte sie auch kommen lassen, daran fehlte es nicht. Aber konnte sie zum Altar gehen gerade vor den Augen dessen, der ein größeres Anrecht sowohl auf sie wie auf das Kind hatte? Zwar ihre Tugend hat die Blätter verloren, sie ist abgeblüht, aber in Ermangelung einer tadellosen Vergangenheit konnte sie wohl ein gebildeter Mensch sein, wozu hatte sie sich sonst geplagt und Französisch gelernt? Sie konnte nicht einen Mann im Sanatorium am Fenster sitzen und es mit ansehen lassen, wie sie mit einem andern zur Kirche ging. Übrigens – wozu soviel Wesen von einer Trauung machen? An manchen Orten ging man zum Bürgermeister, an anderen zu einem Konsulat.

Nachts schloß sie die Tür ab, um keine Gefahr zu laufen.

Am Morgen kam Herr Fleming und fragte: Komme ich zu früh?

Nein. Und sie fügte hinzu: Daniel ist ins Kirchspiel gegangen.

Zweierlei ist mir passiert, sagte er und begann zu erzählen:

Der Lensmann kam gestern und erbot sich, die Siegel an meinen Koffern zu erbrechen. Ich sagte, das hätte ich ihm wirklich ersparen wollen, und darum hätte ich es selbst getan. Das gefiel ihm nicht so recht, und er meinte, daß *er* das hätte tun müssen. Ich zeigte ihm einige Papiere von den Behörden daheim mit dem Visum der Behörden in Kristiania, nach denen ich natürlich freie Verfügung über meine eigenen Koffer hatte. Ja, es stimmte mit den Papieren, er hätte selbst Bescheid darüber bekommen, sagte der Lensmann, aber das Erbrechen der Siegel wäre doch seine Sache gewesen. Darin hatte er wohl gewissermaßen recht, und ich bat ihn daher um Entschuldigung, ich hätte nicht warten können. Nun wurde er sehr umgänglich, gab zu, daß er schon vor einigen Tagen den Bescheid erhalten und früher zu mir hätte kommen sollen, aber keine Zeit gehabt hätte. Wir wurden gute Freunde. Und die Geschichte mit dem Geld, sagte er, wäre ja nur Unsinn, das Geld hätte mir gehört, die Bank hätte sich geirrt. Natürlich, sagte ich, für das Geld, das ich in der Bank geliehen, wäre ich gut, und ich hätte es bezahlt. Der Lensmann riet mir, eine Entschädigung für das erlittene Unrecht zu fordern.

Herr Fleming hielt inne. Warum erzählte er dem Fräulein diese Dinge? Es hatte wohl seine Gründe, er wollte sich sicher vor ihr rein waschen und den Eindruck seines unnötig offenen Bekenntnisses vor seiner Flucht im Herbst verwischen. Er hatte kein Geld unterschlagen, er hatte es geliehen. Und mehr noch: er hatte es zurückgezahlt.

Fräulein d'Espard schien seine Mitteilung ja sehr zu erfreuen und von einer schweren Last zu befreien, aber sie hatte sich gewiß nicht sehr über seinen Fehltritt gegrämt, sie hatte sich selbst oft genug auf verschiedene Weise und mit vielerlei Mitteln aus der Klemme retten müssen und kannte sich aus. Sie sagte: Da sehen Sie, ich wußte ja, daß Sie übertrieben hatten!

Ich übertrieb vielleicht ein wenig, ich wollte es nicht geringer machen, als es war. Natürlich ging ich nicht ordnungsgemäß vor: Ich war krank, spuckte Blut, und ich wollte nicht sterben, konnte ich da warten, bis die Bankdirektion mir ein Darlehen bewilligte? Ich *nahm* es. Das ist die ganze Geschichte. Aber jetzt bin ich also vollkommen frei und rein, und jetzt bin ich zu Ihnen gekommen.

Sie wollte nicht darauf eingehen, sondern fragte: Und das andere, was Ihnen passiert ist?

Das andere ist, daß ich vom Doktor komme. Er hat mich untersucht und findet, daß ich mich stark in der Besserung befinde, die eine Lunge ist geheilt, in der andern ist die Wunde im Begriff, sich zu verkalken. Aber ich muß vorsichtig sein.

Großartig!

Ja. Und jetzt brauche ich Sie mehr als je.

Ja – jawohl, aber was sollte sie sagen?

Pause.

Sie hatte wohl nicht gerade viel dagegen, daß sich nicht nur einer, daß sich zwei um sie bemühten, aber es kam doch ein Tag, an dem sie sich entscheiden mußte. So fragte sie resolut: Könnten Sie es zulassen, daß ich Daniel heirate?

Herr Fleming mit klangloser Stimme: Das – ja, was meinen Sie selber?

Nun, aber Sie –?

Er überlegt: Wir haben so vieles miteinander gehabt, ich dächte, daß Sie mich nicht gut verlassen könnten.

Nein, sagte sie auch. Aber kann ich den andern eher verlassen?

Ich weiß es nicht.

Wir sind schon in der Kirche aufgeboten, sagte sie.

Sie sprachen nicht mehr davon, er war sehr düster und wollte wieder gehen, sie begleitete ihn auf dem Heimwege, aber sie kamen nicht weiter als bis zu dem kleinen Heuschober. Dort blieben sie stehen und waren beide verzweifelt. Sie hatten so viel Zeit gebraucht, sie mußte wieder heim zum Kinde, um ihn aber schließlich noch ein bißchen zu trösten, schlang sie die Arme um ihn, küßte ihn und wehklagte: Sie wissen wohl, wen ich liebhabe und wen ich haben will, aber es ist so schwer, er wird mich sicher nicht lassen.

Dann gibt es nur einen Weg: mit mir zu gehen.

Nein, keine Dummheiten, uns fällt schon etwas ein, lassen Sie uns darüber nachdenken!

Sie trennten sich und gingen jedes seiner Wege.

Kurz darauf erhob Daniel sich aus dem Heu im Schober und kam heraus, er ließ sich keine Zeit, die Strohhalme abzubürsten, sondern ging, wie er war, lief, holte das Fräulein ein und hielt sie an.

Er war blaß und außer Atem, sagte jedoch nicht viel, war

nicht heftig, schalt nicht, aber sie war sehr bange und sah ihn wie gelähmt an, seine Augen, sein zusammengekniffener Mund redeten eine bedeutungsvolle Sprache.

Kommst du auf diesem Wege aus dem Kirchspiel? fragte sie.

Ich bin nicht im Kirchspiel gewesen, ich komme aus dem Schober, erwiderte er.

Das wußte sie gut, aber sie tat verwundert. Da er weder schlug noch biß, faßte sie sich und konnte wieder überlegen. Eigentlich hatte sie ja nichts anderes getan, als daß sie vor einem Heuschober gestanden hatte und freundlich zu einem kranken Manne gewesen war.

So, du kommst aus dem Schober. Da hörtest du wohl, was wir sprachen?

Ja.

Er ist ein kranker Mann, ich mußte mir irgend etwas ausdenken.

Du mußt Schluß damit machen! sagte Daniel und nickte.

Schluß – wie? Ja, meinetwegen gern. Er kann wieder abreisen. Ich weiß nicht.

Sie stellte sich klug dazu, und Daniel schien durch ihre Worte erleichtert und sagte: Ja, er kann wieder abreisen!

Nein, Daniel war nicht gefährlich. Im Grunde war es nicht angenehm, daß er jetzt verstimmt war, wenn er aber auch den Mund zusammenkniff und mit seinem Daumen ein bißchen abwärts zeigte, so hieß das noch nicht, daß ein dem Tode Geweihter sterben sollte. Als sie weiterging, begleitete er sie und hielt sie nicht länger fest. Sie ging zum Angriff über. Ich kann nicht vergessen, daß du im Schober lagst, sagte sie. Denk einmal, daß du gelauscht hast!

Das verstand er offenbar nicht, es mußte Stadtgerede und Bücherweisheit sein. Dieser Einfall von ihm zeigte doch gerade, daß er kein Dummkopf war, daß sie ihm nichts vormachen, daß niemand ihm etwas vormachen konnte! Er antwortete mit Selbstgefühl: Ich will dir nur sagen, daß einer sehr früh aufstehen muß, wenn er Daniel anführen will!

Ja, es beleidigte sie nun doch etwas, daß er kein Vertrauen zu ihr hatte, sondern es für notwendig hielt, ihre Schritte zu bewachen; sie machte sich Luft in folgender scharfer Zurechtweisung: Und ich will dir nur sagen, daß du nicht wieder lauschst. Das lasse ich mir nicht gefallen. Und du kommst damit auch nicht weiter!

Kann ich mir denken! Aber wie gedenkst du weiterzukommen? sagte er und kniff wieder den Mund zusammen.

Sie war gebunden, sie waren schon in der Kirche aufgeboten worden, und Daniel genügte das. Darum konnte er so reden, wie er tat, er war sicher. Aber gerade, daß sie in der Schlinge saß, brachte sie zum Zappeln: War es nicht mehr rückgängig zu machen? Sie wollte es mit Herrn Fleming bereden.

Es ging seinen gewohnten Gang, Herr Fleming kam zu seinen Milchsatten, und Daniel duldete es oder tat, als bemerkte er es nicht, aber Fräulein d'Espard verzichtete klugerweise auf ihre Besuche im Sanatorium und forderte keinen mehr heraus.

Eines Tages sagte Daniel: Jetzt finde ich, daß er abreisen sollte.

So, sagte sie.

Willst du es ihm sagen, oder soll ich es?

Das will ich gern tun, antwortete sie. Aber ich glaube nicht, daß es hilft.

Ich werde schon machen, daß es hilft, sagte er. Sie hielt das für sein gewöhnliches Prahlen und fragte: Was tun wir Schlimmes, weshalb murrst du? Er kommt her und ißt seine saure Milch, um wieder gesund zu werden.

Er soll nicht mehr herkommen.

Nun ja, dann habe ich also nichts hier zu sagen? Es ist gut, daß ich das weiß!

Daniel schrie: Doch, du hast zu sagen! Aber er soll fort!

Du kannst einen Gast nicht aus dem Sanatorium verjagen.

Das weißt du nicht. Ich habe mit jemand gesprochen, ich kann ihn beim Lensmann anzeigen.

Hahaha, lachte sie, weswegen? Gott, wie dumm du bist!

Jetzt war es Daniel wohl einerlei, ob er ihr ein bißchen tüchtig Bescheid sagte, und so meinte er: Er hat das Geld in einer Bank gestohlen, du magst sagen, was du willst. Und du hebst es auf.

Dieser alte Unsinn! wies sie ihn ab. Du solltest nur seine Papiere mit Stempel und Krone und allem möglichen sehen! Die Polizei hat ihn um Entschuldigung bitten, der Minister in Finnland ihm alles wiedergeben müssen, was ihm gehört, sein Schloß und alles Geld. Schweig, du weißt nicht, was du sagst!

Du wirst schon sehen! murmelte er drohend. Und der Lensmann suchte nach dem Geld, und du hattest es —

Sie stand auf, öffnete ihren Koffer, nahm das Kuvert mit dem Geld heraus und zeigte es ihm, oh, das dicke Kuvert mit dem vielen Geld! Hier ist es, sagte sie, bitte den Lensmann, zu kommen, dann soll er es auch sehen, ich werde es ihm aufzählen. Es war das Geld des Grafen, aber er hat es mir geschenkt, es gehört mir. Geh und schäm dich! Sie warf das Geldpaket wieder in den Koffer, schlug den Deckel hart zu und schloß ab.

Daniel viel zahmer: Nach dem, was die Obrigkeit glaubt, ist er nicht auf rechte Weise zu dem Geld gekommen, was du auch sagen magst. Und du hattest es, als der Lensmann danach suchte. Und es ist immer noch hier in der Torahus-Sennhütte –

Berg und Wald, fügte sie spöttisch hinzu, Torahus-Sennhütte, Berg und Wald. Das Geld! rief sie – jaja, möchtest du es nicht in die Finger bekommen?

Das beugte ihn gehörig, duckte ihn, er war nahe daran, zu weinen. Im Grunde hatte sie recht, sie hatte ihn durchschaut, und er ärgerte sich darüber, daß er sich selbst durch sein Reden in diese Klemme gebracht hatte. Er wüßte nicht, daß er an ihrem Koffer gewesen wäre und ihr etwas genommen hätte, sagte er, über sich selbst gerührt –

Das hätte sie auch nicht gesagt!

Gott hätte ihn bisher ohne ihr Geld fertig werden lassen und ihm das tägliche Brot seinen Bedürfnissen entsprechend zugemessen, und Gott würde wohl auch in Zukunft nicht die Hand von ihm ziehen –

Und so weiter.

Genau die Art Reden, die dazu gehörte, um auch sie weich zu machen und auf sie zu wirken. Hör, rief sie, laß uns nicht streiten! Und wenn dies Mädchen, dies verteufelte Frauenzimmer ihn mit den Armen umschlang und sich an ihn preßte, so mußte er ja wieder freundlich werden. Er gab eine Erklärung: Die Zunge wäre ihm ausgerutscht, er hätte das Geld nicht erwähnen, sondern nur sagen wollen, daß dieser Graf das schlimmste Verderben mit sich gebracht und sie in Verdacht, Verhör und Elend gestürzt hätte –

Jawohl. Aber nun sollte das vergessen sein. Nicht ein Wort mehr!

Es war das erstemal, daß sie so scharf aneinandergeraten waren, und sie hatte ihn ja gut geduckt, aber es war vielleicht noch nicht Schluß damit, die Szene konnte sich wiederholen. Sie dachte ernsthaft über ihre Lage nach, die war nicht sicher.

Sie hätte sagen können: Geh und besorge dir deine Bräutigamskleider, Daniel, sieh, hier hast du das Geld! Natürlich hätte ein solches Auftreten alles für sie wiederhergestellt, aber wie lange würde es gedauert haben, bis er wiederkam! Sie war kein Dummkopf, diese Julie d'Espard, sie hatte Verstand. War es nicht auch so gekommen, daß sie gänzlich die Bezahlung für die saure Milch übernehmen mußte? Ja, hatte sie zu Herrn Fleming gesagt, was ist das für ein Unsinn, daß Sie für einen Tropfen saure Milch bezahlen sollen; ein bißchen habe ich doch wohl noch hier in der Sennhütte zu sagen, Sie sind mein Gast!

Das mußte sie sagen, das war sie genötigt zu sagen. Er war offenbar nicht mehr reich; der zu Geld gemachte Hof war vielleicht mit draufgegangen, um die Unterschlagung zu decken, was wußte sie! Und vor ein paar Tagen war er mit der Rechnung vom Sanatorium gekommen und hatte sie gebeten, ›so lange auszulegen‹, was konnte das bedeuten? Nur eines. Schön, sie hatte ausgelegt, reichlich ausgelegt. Aber wie lange dauerte es, und er kam mit der nächsten Rechnung?

Sie war wirklich kein Dummkopf, sie konnte nicht fortfahren, für zwei Männer Geld ›auszulegen‹, sie mußte ihre Wahl treffen.

Herr Fleming mochte recht haben, daß das übriggebliebene Geld dazu gebraucht werden konnte, etwas in Gang zu setzen. Das brachte auch sie mit einem Male zurück zu dem Leben und der Welt, die sie ausgestoßen hatten. Es war nicht zu leugnen, daß sie Heimweh bekommen hatte, sie gehörte nicht in eine Sennhütte, sie lebte hier auf der Grenze zwischen zwei Gesellschaftsschichten, ein lächerliches und unhaltbares tägliches Leben, ein geliehenes Leben, wenn sie auch versucht hatte, Wurzeln darin zu schlagen. Ging das an, ging das wirklich an? Als sie sich eines Tages in der Küche die Hände wusch, warf Marta ihr in aller Harmlosigkeit einen Sack zu, um sich daran abzutrocknen.

Sie mußte ihre Wahl treffen. Herr Fleming war sicher kein Held, nein, nein, ein Held war er nicht, aber es durchrieselte sie nun doch einmal, wenn er lächelte und die Hand auf ihre Stuhllehne legte. Wie das alles hübsch war! Ein Held, er? Herrgott, ein heruntergekommener Jüngling, nicht tüchtig, keine Besonderheit, nichts weiter für sich, nur ganz gewöhnlich und klein – wie alle Menschen in der Welt klein und gewöhnlich sind. Aber Herr Fleming war eine feine Person, er zog sie ein paar Grade empor, das war sein Wesen. Als er mit der Rechnung vom Sanatorium kam, hatte er sogar Handschuhe an, etwas abgetragene, aber brauchbare Handschuhe, mit denen er die Rechnung hielt, die sie auslegen sollte.

Das Ergebnis ihres Grübelns war, daß sie wieder etwas anfing, was sie lange Zeit hatte liegen lassen: sie begann wieder ihr Gesicht zu massieren, um hübsch zu werden.

Hör, sagte sie zu Daniel, ich möchte dich etwas fragen: Könnte es zwischen uns nicht wieder rückgängig gemacht werden?

Daniel starrte sie an: He?

Zwischen dir und mir – daß es aus wäre –?

Anfangs glaubte er, daß sie Spaß trieb, und er war einer, der nichts gegen einen Spaß, einen unwiderstehlichen Spaß hatte. Als er aber erkannte, daß es Ernst war, wurde er ein wenig lang und grau im Gesicht und begann, an der Brust herumzutasten, die Wolljacke aufzuknöpfen und wieder zuzuknöpfen. Sie sah ein, daß es ein schwerer Kampf mit ihm werden würde, und sagte: Laß uns nicht streiten, Daniel, komm, wir gehen nach dem Waldrain und setzen uns.

Sie gingen, ja, Daniel folgte ihr, denn er war etwas verwirrt, etwas blöd, er widersetzte sich nicht.

Du könntest dir nicht denken, daß es ginge?

Nein, das hielt er für so unmöglich, wie nur etwas sein konnte. Und er schüttelte den Kopf und lachte, so unmöglich war es.

Hast du so was gesehen, sagte sie. Da hab ich meine Geldbörse mit in den Wald genommen, ich bin ganz wirr im Kopfe! Sie öffnete sie, ach, es war nicht das Kuvert, es war nur die Börse, aber es zeigte sich doch, daß sie ziemlich viel Geld, auch Scheine, enthielt. Ob er so freundlich sein wollte, es für sie aufzubewahren, sie könnte es im Heidekraut verlieren . . .

Das war ein listiges Angebot und zeigte die Klugheit des jungen Mädchens: aber wider Erwarten lehnte er ab. Es hatte ihn wohl mißtrauisch gemacht, er betrachtete sie untersuchend und rückte sogar ein wenig fort von ihr.

Sie brach in Lachen aus und sagte keck: Nein, es ist nicht so viel, daß du bange zu werden brauchtest! Ich meinte, ob du es verwahren wolltest, bis wir wieder nach Hause kommen, aber ich kann es auch selber einstecken.

So, du meintest, wir könnten es rückgängig machen? fragte er.

Ja, so wie jetzt geht es nicht weiter. Ich habe darüber nach-gedacht.

Wir können es nicht rückgängig machen! sagte er mit Nach-druck.

Sie dachte nach: Ja, warum eigentlich nicht?

Da kam er mit einem Grunde, der ihr, der Städterin, völlig unverständlich war: Er wies darauf hin, daß er Bauernsohn sei.

Nun, und? fragte sie unschuldig.

Ja, es ist einerlei, wenn du es nicht verstehst, sagte er. Aber ich will dir doch sagen, daß ich kein x-beliebiger aus der Stadt bin. Mit mir kommst du in der Beziehung nicht weiter!

Es zeigte sich, daß dieser Gang in den Wald für sie miß-glückt war; sie sprachen zwar noch eine Weile hin und her über die Sache, aber Daniel brach doch das Gespräch ab und erhob sich aus dem Heidekraut, um zu gehen. Du erwähnst das nicht mehr! sagte er.

Das machte das Verhältnis nur noch gespannter, die Aussicht auf einen gütlichen Vergleich wegen einer Trennung war ver-sperrt. Aber nun begann sie im Ernst zappelig zu werden, der Widerstand machte sie heftig, sie wurde fieberhaft, übertrieb vor sich selber ihre Liebe zu Herrn Fleming und weinte, weil sie ihn nicht bekam.

Der Briefträger des Sanatoriums kam mit einem Billett für sie: Es sei eine sehr feine amerikanische Gesellschaft eingetrof-fen, die über Inspektor Svendsens Englisch den Kopf schüttelte und am liebsten Französisch sprechen wollte – ob Fräulein d'Espard dem Sanatorium nicht die Freude und das Vergnü-gen machen könnte, zu kommen? Es war vielleicht nicht Rechtsanwalt Rupprechts, des Direktors, eigener Einfall, aber er hatte doch das Billett mit freundlichem Gruß und ergebenst unterschrieben.

Daniel konnte zu dieser Einladung nicht nein sagen, da er sich früher so liberal gezeigt hatte, aber er bat das Fräulein, des Kindes wegen nicht zu lange fort zu bleiben. In ihrer Freude wollte sie auch ihn erfreuen und sagte: Laß nun deine Verdächtigungen, Daniel, ich komme wieder, sobald ich kann. Und übrigens ist der Graf ja abgereist, wie ich gehört habe.

Daniel schnell: Ist der Graf abgereist?

Ich hörte, daß er abreisen wollte.

Das will ich dir nur sagen, rief Daniel begeistert aus, ich verdächtige dich mit keinem drüben. Wer sollte das auch sein?

Der Inspektor, der Schweizer, der Briefträger – nein. Und von den Gästen vielleicht der, den sie den Selbstmörder nennen, hahaha! Geh nur und bleib, solange du willst.

Der erste, den sie auf dem Gelände des Sanatoriums traf, war der Selbstmörder. Er war besser gekleidet, reisefertig und hielt einen Stock in der Hand. Er sagte: Das eine von den Mädchen, von denen ich Ihnen erzählte, ist tot.

Ist sie gestorben? fragte das Fräulein interesselos.

Gestern gestorben, wie ich höre. Ja, so geht es, Fräulein d'Espard, wir sind Wanderer, wir wandern zur Heilstätte in den Bergen herauf und bleiben hier liegen.

Das ist aber traurig.

Sehr traurig. Kam frisch aus dem Kirchspiel und mußte zugrunde gehen. Sie hat sicher irgendeine Schweinerei zu essen bekommen, die sie nicht verdauen konnte. Ich schreibe es ausschließlich der Kost zu.

Der Kost, wiederholt das Fräulein ebenso interesselos.

Natürlich, schlug sich auf den Magen, Cholera. Das andere Mädchen lebt noch, aber wie lange, weiß keiner.

Das Fräulein: Ist eine amerikanische Gesellschaft gekommen? Nein.

Oder vielleicht eine französische – die Französisch spricht?

Das glaube ich nicht, ich habe nichts davon gehört. Nein, wir strotzen hier nicht so von Neuigkeiten, nur dieser oder jener Todesfall, einen Tag wie den andern. Ein paar Touristen kommen, die über die Berge wollen, eine Familie kommt, die eine Woche lang *High life* genießen will, das ist alles. Aber fast hätte ich vergessen: der Ingenieur, der die Elektrizitätsanlage machte, ist tot.

Wie –?

Verunglückt. Ich hab es die ganze Zeit gesagt, daß diese Sprengungen gefährlich sind, aber hier nimmt man keine Rücksicht auf Gefahren. Ein Felsstück fiel auf ihn und zerschmetterte ihn.

Wann ist das geschehen?

Heute morgen, wie ich höre. Beim ersten Sprengschuß.

Hier waren nun schon so viele gestorben, daß man sich daran gewöhnt hatte; das Interesse für Todesfälle war ziemlich geschwächt, aber der Selbstmörder führte immer noch

304

Buch darüber. Er sprach über das Mädchen aus dem Kirchspiel demonstrativ ausführlich, weil nichts anderes als das Essen ihren Tod verschuldet hatte. Von den andern war sie vergessen, weil der Ingenieur gleich hinterher gestorben war und ihr den Wind aus den Segeln genommen hatte. Der Ingenieur, sagte der Selbstmörder, jawohl, er zählt, er ist einer mehr. Aber sein Tod ist durch einen Unglücksfall verschuldet, der überall hätte passieren können. Das andere ist schlimmer! Wie steht es, kann Daniel uns einen Ochsen überlassen?

Nein, er will nicht vor dem Herbst verkaufen.

Dann müssen wir sehen, uns anderswoher genießbares Essen zu verschaffen. Wir können hier doch nicht krepieren.

Wollen Sie abreisen? fragte das Fräulein.

Nein. Nur einen Ausflug nach Kristiania.

15

Die Flagge hing auf halbmast, es herrschte großer Lärm im Sanatorium, viele Leute waren seit Beginn der Ferien da, ja, und die fuhren hierhin und dorthin und huschten durcheinander. Der Rechtsanwalt traf das Fräulein schon im Gang, er war überall, war beschäftigt und sehr traurig.

Guten Tag, Fräulein d'Espard! Sie hätten zu glücklicherer Stunde kommen können, hier ist alles Trauer und Verzweiflung heute.

Ich höre. Zwei Todesfälle.

Es ist nicht zu sagen. Er war ein außerordentlich netter Mensch, wir hatten uns jetzt so an ihn gewöhnt, daß er uns unentbehrlich geworden war. Er dachte jeden Abend etwas Lustiges für die Gäste, war Hansdampf in allen Gassen, Ingenieur hier und Ingenieur da, nach Ansicht aller Kundigen ist ein großes schauspielerisches Talent an ihm verloren gegangen. Und sollte so enden!

Was soll ich sagen –

Sie wollten mit Herrn Fleming sprechen, er ist gewiß in seinem Zimmer, ich werde nach ihm schicken.

Und die amerikanische Familie?

Welche?

Die amerikanische Familie, die Französisch sprechen wollte?

Ja, ach so. Ja, die kommt, wir erwarten sie in einiger Zeit, vielleicht mehr als eine Familie, viele Familien, ganze Gesellschaften. Das Leben und die Kur wollen ja ihren gewohnten Gang gehen, obwohl ein Todesfall wie der des Ingenieurs – ich will gerade nach einem neuen Arbeitsleiter telephonieren.

Ja, da ist die Familie also noch nicht gekommen?

Lovise! rief der Rechtsanwalt, wollen Sie zum Herrn Grafen gehen und ihm sagen, daß das gnädige Fräulein schon hier ist und auf ihn wartet. Bitte, gnädiges Fräulein, wollen Sie so lange in den Lesesaal gehen! Entschuldigen Sie mich, ich bin so beschäftigt!

Herr Fleming kam, und sie gingen in den Wald, um allein zu sein. Selbst er war von dem Tod des Ingenieurs in Anspruch genommen und begann darüber zu reden; es war das Fräulein, das sagte: Jawohl, aber nun wir selbst!

Ja, wir selbst! Wir müssen einen Weg finden.

Sie dürfen nie wieder zur Sennhütte kommen, sagte sie, ich bin bange Ihretwegen.

Hat er das gesagt?

Ja.

Ich komme doch wirklich nicht seinetwegen, sagte Herr Fleming überlegen, ich gehe gerade an ihm vorbei zu Ihnen. Versteht er das nicht?

Das ist es ja gerade, was er versteht, und jetzt will er es nicht mehr haben.

Was sollen wir denn tun?

Er verlangt, daß Sie abreisen.

Herr Fleming mit Haltung: Ich reise nicht ab.

Ich sagte, daß Sie schon abgereist wären.

Schweigen. Beide sitzen mit dem Gefühl da, eingesperrt zu sein.

Wir müssen durchgehen, sagte er.

Das Fräulein war tüchtiger, sie sah die Unmöglichkeit dieses Planes ein und sagte: Daran habe ich wohl gedacht, aber er würde uns einholen, ehe wir halbwegs zur Station gekommen wären. Das Kind –

Das Kind, selbstverständlich nehmen Sie das Kind mit!

Es muß getragen werden, es ist zu klein, man kann es nicht einen Augenblick allein lassen. Nein, lassen Sie uns im Ernst reden: Kann es nicht rückgängig gemacht werden – ordentlich –?

Ja, meinte er, der Lensmann war sehr wohlwollend, er würde uns vielleicht helfen –

Sie unterbrach ihn: Nein, nicht der Lensmann. Sehen Sie, Sie müßten zum Pastor gehen. Der Lensmann, was sollte der? Aber der Pastor. Ich habe bestimmt schon gehört, daß es geht, Sie müssen Einspruch dagegen erheben, daß ich einen andern heirate, Sie sind auch der Vater des Kindes, ich die Mutter. Das will ich unterschreiben.

Ich werde gehen, sagte er.

Sie war wieder tüchtig und fühlte sich doch nicht ganz sicher, ob es gefahrlos war, auf diese Weise vorzugehen. Das Gesetz würde Ihnen vielleicht recht geben, aber der andere, Daniel, was würde er tun?

Herr Fleming war schwach an Kräften, aber er war kein Angsthase, es schreckte ihn nicht, was Daniel vielleicht tun konnte. Man kann wohl mit ihm reden und ihn zur Vernunft bringen, sagte er.

Daran zweifelte das Fräulein, sie hatte es schon versucht.

Nun, so soll er tun, was er will!

Sind Sie nicht bange? fragte sie. Aber er ist einer verzweifelten Tat fähig.

Er wies das mit leichtem Kopfschütteln ab, ohne sich zu brüsten, ohne zu prahlen, und seine gemessene, hübsche Haltung machte sie zuversichtlich. Und als er ihre Hand nahm und sagte: Die Hauptsache ist, daß Sie wollen – daß Sie mich haben wollen!, da war das Los gefallen, sie schwankte nicht mehr, sie konnte nie die Frau in der Sennhütte werden.

Sie gingen ins Sanatorium zurück und setzten sich ins Rauchzimmer, sie sollte zum Mittagessen bleiben, Daniel hatte sich ja liberal gezeigt und ihr so viel Zeit gelassen, wie sie wollte. Indessen: sie war vielleicht nicht ganz unberührt selbst unter den neuen Gästen, man steckte, als sie kam, die Köpfe zusammen, betrachtete sie und maß sie mit Blicken, Gott weiß, sie war vielleicht nicht einmal unbescholten. Kein Zweifel, daß Herr Fleming, der Graf, die größte Achtung genoß und sie oben hielt und daß man sie ohne ihn als ein Nichts angesehen oder vielleicht fort gewiesen hätte.

Fräulein d'Espard rächte sich, indem sie ein bißchen auf Bekannte und Unbekannte herabsah: das konnte sie gut, wenn sie wollte. Wozu waren diese dicken Menschen hier, die Bierfässer, diese Mißgestalten? Sie waren Kranke, lauter Patienten, das Fräulein brauchte nicht das Wasser von Torahus, um in Form zu bleiben. Da Herr Fleming sich geweigert hatte, Französisch zu sprechen, konnte sie nicht zeigen, wer sie eigentlich war, aber Direktor Oliver suchte sie ja vor allen andern auf, und so wurde ihr Tisch zu einem Mittelpunkt. Es saßen mehrere Gäste an den andern kleinen Tischchen, aber sie vergaßen das Zeitunglesen, saßen nur da und lauschten.

Gegen Mittag kam auch der Doktor hinzu, der neue Doktor, der sich von niemandem übersehen ließ, ja, und er kam mit ausgestreckter Hand zum Fräulein herüber, grüßte und unterhielt sich eine Weile mit ihr: Es ginge gut, das gnädige Fräulein hätte keine Beschwerden von dem Kreuzotterbiß? Nicht wahr? Aber das Fräulein sollte sich vor Kreuzottern in acht nehmen – das nächste Mal unter ähnlichen Umständen! Der Doktor ging, aber er hatte das Seine getan, das Fräulein konnte gleichsam triumphieren. Sie war auch so hübsch, sie bekam Wein und wurde lebhaft, wurde zärtlich, entfaltete ihre Anziehungskraft. An einem Nebentisch saß eine Schar Damen, die sie zu beneiden schienen.

Der Rechtsanwalt musterte die Tische und vermißte den Selbstmörder; wo war Herr Magnus? Keiner antwortete. Eines der Mädchen wurde in sein Zimmer hinaufgeschickt, um nachzusehen, aber er war nicht da. Fräulein d'Espard konnte mitteilen, daß sie Herrn Magnus heute morgen, zur Reise gekleidet, getroffen hätte; er hätte von einem Ausflug nach Kristiania gesprochen.

Wie ich immer gesagt habe, ruft der Rechtsanwalt aus: Sie sind unentbehrlich hier, Fräulein d'Espard! Ihr Wohl!

Noch mehr Triumph und Neid.

Aber es war nicht viel Stimmung bei Tisch, das ganze Sanatorium war von Trauer bedrückt. Der Rechtsanwalt konnte auf den leeren Platz des Ingenieurs hinweisen und den Kopf schütteln, niemand sprach laut; als Wirt und Mann für das Ganze mußte der Rechtsanwalt hingegen dankbar sein, daß Fräulein d'Espard ein wenig Leben mitbrachte, sie ließ sich nicht von den Damen am Nebentisch ducken.

Nach Tisch setzten sie sich in ein abseits gelegenes Zimmer, wo sie ihre Erklärung schrieb. Sie war sehr forsch und erklärte gerade heraus, daß Herr Fleming der Vater ihres Kindes sei. Es war ihr auch klar, daß sie eine Bescheinigung vom Doktor brauchte, daß das Kind ausgetragen gewesen wäre, und sie holte sie sich. Ja, es ging glänzend, sie war prachtvoll, tadellos, zuletzt ging sie ohne weiteres mit Herrn Fleming in sein Zimmer, es war, als erhielte sie – oder nähme sie sich – Dispens. Ein bißchen hatte wohl auch der Wein auf sie gewirkt.

Herr Fleming brachte sie nach Hause.

Sie waren noch nicht weit gekommen, als sie zwei Damen vom Sanatorium trafen, die schon einen Spaziergang nach dem Mittagessen gemacht hatten. Herr Fleming grüßte höflich, und sie gingen vorbei. Fräulein d'Espard sagte, ohne Böses zu ahnen: Gott, wie die mir Sie mißgönnen!

Beim Heuschober trennte sie sich von Herrn Fleming. Sie waren einig, daß er am nächsten Tage zum Pastor gehen sollte, aber sie war immer noch forsch und erwähnte verschiedenes, das er betonen sollte. Tun Sie nun Ihr Bestes! sagte sie. Auf Wiedersehen!

Sie hatten sich einige Schritt weit entfernt. Plötzlich stürzte Daniel aus dem Schober heraus. Da soll doch der Teufel –! schrie er, und im nächsten Augenblick lag seine schwere Hand auf Herrn Flemings Schulter. Daniels Gesicht war blutleer, auch Herr Fleming erblaßte, Daniel begann zu sprechen, zu fauchen: Jetzt reisen Sie ab, machen Sie, daß Sie wegkommen! Was wollen Sie hier? Sie werden sofort abreisen und nie Ihren Fuß mehr hierher setzen, verstehen Sie, was ich sage?

Immer ruhig –! beginnt Herr Fleming.

Daniel ist nicht ruhig, er schreit wie ein Pferd und schüttelt Herrn Fleming, das Fräulein eilt hinzu, sie hört einen Strom von Flüchen und ungeheuren Drohungen: Ich will dich zusammendrehen wie eine Angelschnur, ich will dir eine Kugel mitten ins Gehirn spucken! Hiernach hatte Herr Fleming keine Wahl, als zu gehen. Daniel blieb stehen und sah ihm nach, sprang auf, schlug die Fäuste in der Luft zusammen und rief ihm nach: Fort in dieser Stunde, an diesem Tage! Vergiß das nicht!

Er drehte sich um und sah das Fräulein, er schien stolz auf das, was er verrichtet hatte, und sagte: Der soll nur wiederkommen!

Er schlug und biß also nicht, er sprach wie ein Mensch zu ihr, und sie schöpfte Mut. Ein kranker Mann, sagte sie mißbilligend.

Du sagtest, er wäre abgereist? fragte er barsch.

Und du liegst hier auf der Lauer, antwortete sie, aber sie

309

konnte nicht anders, sie mußte ihm die Strohhalme abpflük-
ken, sie wußte aus Erfahrung, daß sie ihn anrühren mußte.

Er schüttelte sie ab, das tat er, aber er wurde besänftigt und
erklärte, daß er durchaus nicht die Absicht gehabt hätte, zu
lauschen; aber da habe er eine Botschaft, eine Art Bescheid
erhalten –

Ja, es kamen zwei Damen und schwatzten, ich weiß schon,
wir begegneten ihnen.

Es kommt noch so weit, daß ich ihm etwas antue! sagte er.

Das Fräulein rief plötzlich aus: Jaja – verzeih!

Das war etwas Merkwürdiges, etwas ganz Unerhörtes an
ihr, und es verwirrte ihn so sehr, daß er nur sagte: Nein, jetzt
mußt du machen, daß du zum Kinde heim kommst! Marta
hat ihm Milch gegeben, aber –

Ja, verzeih! wiederholte sie, während sie gingen.

Sie schwiegen, bis sie heimkamen und wieder zusammensaßen, aber sie gab die Sache keineswegs auf: Er bat mich, dich
zu fragen, ob du nicht noch mehr bauen wolltest, ein großes
Haus mit vielen Zimmern.

Bauen?

Daß du auch Gäste aufnehmen und Geld verdienen könntest.

Daniel in höchster Verwirrung: Hast du das mit ihm aus-
gemacht?

Ja, denn dann würde er dir mit Baugeld helfen.

Ich weiß nur eines, sagte Daniel nachdenklich, daß er fort
muß, abreisen.

Ja, dann würde er abreisen.

Alles war Daniel unverständlich, er riet weiter: So, das
würde er für dich tun?

Ja.

Und hinterher würde er abreisen?

Ja.

Und du willst, daß wir hier Gäste aufnehmen?

Ja, antwortete das Fräulein, das heißt, seine Meinung war
ja, daß ich dann mit ihm gehen sollte.

Was? schrie Daniel.

Daß du auf mich verzichten solltest, verstehst du. Es hat
keinen Zweck, daß du so laut schreist.

Daniel hebt die Arme hoch und läßt sie fallen: Ich glaube,
ihr seid alle beide verrückt geworden!

Das weiß ich nun nicht, ob du das sagen kannst, antwortete sie störrisch. Du kannst jederzeit eine andere haben, wenn du erst ein richtiges kleines Sanatorium hier hast. Dann bist du ein großer Mann.

Er sprang auf und stand gekrümmt und rasend vor ihr. Einen Augenblick war es, als wollte er sich auf sie stürzen, dann sagte er: Ich meinte, ich hätte dich davor gewarnt, dies noch einmal zu erwähnen!

Ja, sagte sie.

Er stand noch eine Weile da und ging dann aus der Stube.

Er machte einen Bogen, sie sah ihn am Fenster vorbei zum Bache hinübergehen; nach einer Weile kam er zurück und trat wieder geradenwegs in die Stube.

Wollen wir sagen, daß wir uns Dienstag nächster Woche trauen lassen? fragte er.

Sie sah wohl keinen Ausweg, und ihr war alles gleichgültig, ob er nun schlug, ob er biß, ob er sie tötete. Das können wir ja gern sagen, antwortete sie verstockt, aber es wird nichts daraus!

Er hatte Ernst und Wut, Drohungen und Flüche gebraucht und war nicht weitergekommen, jetzt wurde er ratlos und stumm. Er ließ sich auf einen Schemel fallen und schlug die Hände vors Gesicht.

Du mußt doch verstehen, sagte sie, daß es so unmöglich für uns alle wird.

Was soll ich verstehen? fragte er. Für mich ist es unmöglich.

Sie fand es nicht so schlimm; es war nicht das erstemal, daß Liebesleute einander aufgesagt hatten.

Aber hatte sie denn keinen Verstand, wußte sie gar nichts? Er war schon einmal angeführt worden, das durfte nicht nochmals geschehen, was würden die Leute dazu sagen! Er war von guter Herkunft, er verdiente es nicht, daß sie ihm auch nur einen Augenblick eine solche Schande zumutete.

Als er es auf diese Weise, mit Seufzen und Trauern aufnahm, meinte sie, ein Haarbreit Boden gewonnen zu haben, und wollte ihn nicht noch mehr reizen, aber sie hätte ja gut darauf antworten können. Gute Herkunft, Bauernsohn – sie zeigte kein Verständnis für diese Gründe. Konnte jemand von guter Herkunft, stolzer Herkunft reden, so war es wohl in erster Linie sie, Julie, geborene d'Espard. Auch der Pastor hatte sie für die adlige Dame, die sie war, genommen.

Siehst du, sagte er, ich hatte eines im Sinne mit alledem: Wir können den Hof wiederbekommen, was meinst du dazu?

Was für einen Hof?

Den Hof meines Vaters. Wir können ihn wiederbekommen, wenn wir die Mittel dazu haben. Dann ziehen wir ins Kirchspiel hinunter, das ist besser für dich.

Nein, antwortete sie, das ist es nicht! Etwas in dieser Neuigkeit ließ sie übrigens aufmerken, sie fragte mit allgemeinem Interesse: Wann hast du die Mittel dazu?

Das kommt darauf an, der Besitzanspruch geht erst in zwanzig Jahren verloren, wir haben also Zeit. Und das will ich dir sagen, es geht mit jedem Tage vorwärts.

Sie: Warum in aller Welt hast du die Sennhütte nicht ans Sanatorium verkauft? Dann hättest du auf einmal einen Batzen Geld gehabt.

Da lächelte Daniel schief: Nein, so dumm war ich nicht! Einen Batzen Geld, jawohl, aber wieviel Geld? Nicht viel. Weißt du, was Helmers Vater für seine Sennhütte vom Sanatorium bekam? Einige hundert Kronen. Ich hätte vielleicht etwas mehr bekommen, aber was ich brauchte, waren nicht einige hundert Kronen, es war das Vielfache. Und wenn ich die Sennhütte verkaufte, wie sollte ich dann das Vielfache bekommen? Nein, danke schön, ich ließ mich nicht anführen! Hier arbeite ich mich mit der Zeit empor, ich verkaufe Tiere und Felle und Wolle, und bald werde ich auch Butter verkaufen, warte nur ein bißchen! Und die Sennhütte, die liegt hier, die ist nicht fortgeworfen, die steigt Jahr für Jahr im Werte.

Ich verstehe mich nicht darauf und mache mir auch nichts daraus, sagte sie. Da das Fräulein aber nicht dumm war, machte sie sich ihre Gedanken: Ob er ihr Geld nicht mit in diese Berechnung zog?

Ja, wir kommen schon noch einmal ins Kirchspiel hinunter! tröstete er. Ein feiner Hof, Wald, Utby heißt er, Humus und Lehmboden, eine Mühle ist auch da.

Das Fräulein gereizt: Ich mache mir nichts daraus, das hörst du ja!

Doch, doch, du mußt daran denken, Julie, denk jetzt gleich mal daran! Es ist ein großer Hof, ich werde ihn hocharbeiten, du sollst es gut haben, und Julius soll den Hof bekommen, von dem er stammt.

Julius, sagte sie gedankenvoll, nein, er stammt nicht davon.

Denk daran! bat er und streichelte ihr die Hand, sei nun froh und sag ja!

Sie rückte, unruhig über seine Zärtlichkeit, hin und her, ängstlich, daß es mit Gewalt enden würde. Geh weg! sagte sie.

Er erhob sich und ging zur Tür: Also Dienstag nächster Woche, das paßt gut! Sag nicht nein!

Sie blieb sitzen und grübelte. Nein, ihr Bauprojekt hatte ihn nicht berührt, ihr tüchtiges Köpfchen hatte wieder verloren. Ach, diese Verlobung rückgängig zu machen, war sicher das letzte, was er sich denken konnte, was würde das Kirchspiel sagen! Sie kannte ihn: Er hatte ein bißchen getrunken und ein bißchen geprahlt, hatte ein Wort von Geld fallen lassen, das er in der Hinterhand hätte, hatte verlauten lassen, daß Helena noch bereuen sollte, endlich hatte er das Aufgebot durch den Pastor besorgen lassen – es war unmöglich für ihn, jetzt noch zurückzutreten. Was erzählte er da? Wollte er den väterlichen Hof wieder übernehmen? Er log sicher nicht, diese Idee war es, die allen seinen fleißigen Mühen auf der Senne zugrunde gelegen hatte; er wollte sich hocharbeiten. Da hatte sie seinen Weg gekreuzt, er wußte, daß sie viel Geld verborgen hielt, dies Geld konnte vielleicht den Hof seines Vaters mit einem Schlage einlösen –

Nein, er würde wohl nicht zurücktreten.

Daniel wurde von Kummer und Erbitterung zerrissen, sie hielt ihn sich ganz fern, er durfte sie nicht anrühren. Wozu sollte er sich herausputzen, auf den Zehenspitzen gehen, bei ihr anklopfen, ehe er bei ihr eintrat? Warum sollte er an Feiertagen die Kleider wechseln? Er verfiel und ward uneinig mit sich selber. Sie waren beide gleich unwissend und unentwickelt, aber in Barbarei und Ungewaschenheit war sie ihm ja unterlegen. Er hätte fortfahren können, sich fein für sie zu machen, liebenswürdig zu sein und eine Zigarre vor ihr zu rauchen, aber das hatte keinen Zweck, seine Annäherungen begegneten wütenden Augen: Geh weg!

Der Betrieb der Senne war in der letzten Zeit zurückgegangen, Daniel konnte die Arbeit mittendrin verlassen, Kartoffeln und Futterrüben mochten selbst für sich sorgen. Er ging ins Kirchspiel hinunter.

Jawohl, er hatte auf eigene Faust das Aufgebot besorgt, er konnte auch die Trauung bestellen!

Im Büro des Pastors bekam er etwas anderes zu wissen: Er wurde davon unterrichtet, daß eben Einspruch gegen die Trauung erhoben war, ein Herr namens Fleming hatte sein Anrecht auf die Braut geltend gemacht.

Daniel mit langem Gesicht: Ach so – so –

Und da konnte der Pastor nicht gut –

Ja, aber es ist nur Phantasie und Erfindung von den beiden!

So? Ja, aber das wäre nicht sehr schön, sagte der Pastor, die Verhältnisse wären jedenfalls unklar.

Nein, alles wäre klar, nur die Trauung fehlte noch. Lieber Gott, sagte Daniel, es war doch schon alles entschieden, bis dieser Fremde kam und anfing, sie ihm durch sein Gerede abspenstig zu machen; da wurden sie beide verrückt und wollten es rückgängig machen.

Ja, sagte der Pastor und schüttelte den Kopf.

Ja, sagte Daniel auch. Und dazu ist der Mann ein Schwächling, am Rande des Grabes, der Blut spuckt, in den Händen der Polizei gewesen ist und alles mögliche. Er sollte Geld genommen haben.

Nein, es war eine Art Versehen, er zeigte mir die Papiere, die Sache ist geordnet.

So, sagte Daniel, jaja, sagte er und schwieg ein Weilchen. Aber wir sind doch nun einmal aufgeboten!

Ja, sagte der Pastor wieder und schüttelte den Kopf.

Und dann haben wir doch das Kind bekommen.

Ja, das Kind, nein, damit schiene es auch nicht richtig zu sein.

Damit auch nicht richtig –?

Dieser Fleming sagt, er sei der Vater des Kindes.

Was? ruft Daniel und sitzt dann mit offenem Munde da.

Der Pastor wird von dem guten Glauben, dem unverstellten Erstaunen, dem er hier begegnet, betroffen. Es war etwas Unheimliches, durchaus nicht Schönes an der ganzen Geschichte, aber dieser Bursche, der Daniel, besaß sein Mitgefühl. Ich weiß ja nicht, wie es zusammenhängt, sagte er, aber Sie stehen jedenfalls als Vater hier im Buche! – Er schlug im Buche nach und setzte den Finger auf eine Rubrik nach der andern.

Daniel erholte sich: Ja, daß ich der Vater bin, muß doch

wohl feststehen. Er war ja fort, er war gar nicht im Lande. Ich hab noch nie so was Verrücktes gehört!

Aber er behauptet, daß das Kind gezeugt wurde, ehe er vom Sanatorium abreiste. Das könnte ja auch mit der Zeit stimmen.

Mit der Zeit, ja, das kann sein, aber das Kind kam zu früh.

Hm. Nein, ob Sie sich nicht irren? fragte der Pastor mild. Er legte mir eine Bescheinigung des Sanatoriumsarztes vor, daß das Kind voll ausgetragen war.

Das ist doch nicht möglich! Die Erklärung hat er selbst geschrieben! Sie wurde von einer Kreuzotter gebissen und kam zu früh nieder.

Ja, einen Tag, stand in der Erklärung, oder einige Tage, stand vielleicht da. Aber das Kind war ausgetragen.

Daniel sitzt eine Weile in großer Verwirrung da, dann bricht er aus: Ja, aber die Mutter muß es doch wohl wissen!

Ja, das müßte sie wohl.

Ja. Und sie sagt die ganze Zeit, ich sei der Vater. Ich habe nie etwas anderes gehört. Sie sagte es auch zu Hause in der neuen Stube, daß die Paten es hörten.

Der Pastor schüttelte den Kopf: Jetzt behauptet sie jedenfalls, daß dieser Fleming der Vater sei. Er hatte auch eine Erklärung von ihr mit.

Schweigen.

Ja, sie sind verrückt geworden! sagt Daniel verloren.

Der Pastor möchte ihm wohl helfen, kann aber nicht: Es ist dumm für Sie, daß die Mutter nicht dabei war, als das Kind eingetragen wurde, wenn sie in die Enge getrieben wird, kann sie ja bestreiten, was Sie angegeben haben.

Ja, aber das tut sie nicht, antwortet Daniel, das ist nicht möglich, lassen Sie mich nur mit ihr reden!

Nun ja, vielleicht kommt es wieder in Ordnung, wir wollen es hoffen. Es ist nicht schön für Sie, das verstehe ich wohl. Und auf jeden Fall stehen ja Sie und kein anderer als Vater in meinem Buch.

Daniel geht zur Tür: Dann kann der Herr Pastor uns jetzt nicht trauen?

Hm. Nein, nicht ohne weiteres, Daniel, wir müssen die Sache erst ins reine bringen. Aber versuchen Sie nun, mit ihr zu reden und am besten auch mit ihm, dann ordnet es sich vielleicht. Wir wollen es hoffen!

Aber Sie sagen den andern doch nichts?

Nein. Das habe ich ihm auch gesagt. Aber das verlangte er auch gar nicht.

Daniel ging zum Kaufmann und machte seine Einkäufe, er war sehr nachdenklich, kaufte ein paar Sachen, die ihm einfielen, für den Haushalt, vergaß vielleicht ein paar Dinge, die notwendiger waren, stand wie im Schlafe da, antwortete verkehrt. Auf dem Heimwege überdachte er die Sache gründlich, zuweilen blieb er stehen und starrte zu Boden, einmal, zweimal, dann drehte er sich um und ging zum Kaufmann zurück.

Nein, mit Wut und Drohungen kam er nicht weiter, dagegen konnte er etwas tun – etwas für sie – nach Vermögen, und wie es sich gerade traf. Er wandte sich an den Ladentisch und bat, ihm Seidenband zu zeigen: Was kostet das? Er besah ein breiteres: Was kostet das? Nun – einen Meter!

Aber sie nahm es wohl nicht an, warf es am Ende in eine Ecke. Er konnte vielleicht so schlau sein und sagen, daß es für den kleinen Julius wäre?

Das Fräulein war nicht zu Hause, aber Marta meinte, sie käme bald.

Daniel ging in die neue Stube. Es war nun dumm, daß das Kind schlief, sonst hätte er es ihm um den Hals binden, es ein bißchen ausstaffieren können. Nicht sein Kind? Unsinn, darüber wollen wir uns gerade streiten! Julius! rief er. Nein, er schlief. Daniel wickelte das Seidenband aus dem Papier und hielt es in seiner ganzen Länge hoch, es war blau und sehr hübsch, er begann es über dem Spiegel zu knüpfen, brachte aber keine Schleife mit langen Enden zuwege. Er hätte sich selber sagen können, daß er kein Seidenband knüpfen konnte, es war Dummheit von ihm. Und ganz recht; als er es gut verknüllt hatte, mußte er Marta hereinrufen, um ihm zu helfen. Aber nun hing sein blaues Gedenkzeichen da.

Hat sie gesagt, daß sie das haben will? fragte Marta.

Und Daniel antwortete: Ja, ich meinte es so zu verstehen.

Sie muß wohl bald kommen, sagte Marta und ging wieder hinaus.

Aber das Fräulein kam nicht. Daniel ging aus und ein, sang Martas wegen ein bißchen vor sich hin, ging zum Holzschuppen und zum Bach und ging schließlich in seiner Verzweiflung fort und häufelte seinen kleinen Kartoffelacker. Das war bald getan, und sein Körper blieb geschmeidig und gewandt, er hätte seine ganze Familie auf dem Arm tragen können. Dann schlenderte er in den Wald, auf dem kleinen Pfad nach dem Sanatorium.

Er war gut geduckt worden beim Pastor, er wollte nicht spionieren, ihr nur entgegen gehen, und er pfiff leise vor sich hin, um seine Friedlichkeit zu zeigen, vielleicht auch, um sein Kommen anzuzeigen. Er konnte sich denken, warum sie draußen war: sie hatte ja einen Abgesandten beim Pastor gehabt und war jetzt gegangen, um das Ergebnis zu hören. Ach, kleine Julie, es gibt kein Ergebnis, solange noch ein Funke von Leben in Daniel ist!

Er traf sie, lange ehe er zum Schober gekommen war. Sie waren allein. Bist du spazierengegangen? sagte er friedlich.

Ja, ins Sanatorium, antwortete sie trotzig.

So, ins Sanatorium, sagte er.

Sie glaubte wohl, es würde wieder Streit geben, und schrie: Du lieber Gott, darf ich mich nicht rühren?

Du hast schlechte Nachrichten bekommen, denke ich, meinte er noch friedlicher. Er hatte sich gut in der Gewalt.

Nein, ich habe gute Nachrichten bekommen!

Ist der Graf abgereist?

Geh und frag ihn!

Daniel schwieg eine Weile, dann sagte er: Bist du nicht bange, daß das eines Tages bös enden kann?

Was sollte bös enden?

Alles. Ich höre, daß du mir auch das Kind nehmen willst!

Das Kind – dir? – Mit diesem zweideutigen Ausruf blieb sie stehen und wagte wohl einen Augenblick nicht, ihm reinen Bescheid zu geben, nein, denn Daniel war so tief friedlich jetzt, so unheimlich friedlich. Ist Julius wach? fragte sie.

Ich möchte dich warnen, fuhr er fort, aber ich hab dich schon einmal gewarnt, es hat keinen Zweck, ich tue es nicht mehr. Aber du kannst dir wohl denken, daß ich nicht auf deine Verrücktheiten mit dem Finnen, dem Grafen, eingehe. Und wenn du meinst, daß du mir das Kind nehmen könntest, so will ich dir nur sagen, daß ich und kein anderer im Buch vom Pastor stehe, also damit kommst du auch nicht weiter. Und du und ich, wir sind in der Kirche aufgeboten.

Hätte Daniels Stimme jetzt nicht so merkwürdig gezittert, so würde das Fräulein wohl darauf gepfiffen und es wieder

Geschwätz genannt haben. Sie hatte ja ihr Wissen und ihre
Beweise und hätte ihm alles unumstößlich dartun können, aber
gerade jetzt wagte sie es nicht, das mußte aufgeschoben werden.
Ach so, du bist beim Pastor gewesen, sagte sie nur.

Er schloß mit der Erklärung: Ich warne dich nicht mehr.
Merk dir das!

Ach! höhnte sie, ich bin dieses Geschwätzes so müde!

Die Tage vergingen, der zur Trauung bestimmte Dienstag
war überschritten, es gab keine Veränderung, das Fräulein fuhr
fort, ihr Gesicht zu massieren, sie machte auch kleine Ausflüge
in den Wald, hin und wieder nahm sie Julius mit. Soviel Daniel wußte, hatte sie keine Begegnung mehr im Walde.

Was hatte sie vor? Wartete sie darauf, daß etwas Neues auf-
tauchen sollte, oder wollte sie Daniel müde machen? Auch für
das Fräulein war es keine gute Zeit, sie war von der Sache zer-
quält, schlaflos und wütend. Es war Daniels Widerstand, der
sie anstachelte: hätte er ihr erlaubt, zu gehen, so würde sie
vielleicht nicht gegangen, wer weiß, vielleicht auch eine Weile
gegangen und wiedergekommen sein, Gott weiß. Seine Uner-
schütterlichkeit machte sie wild, sie weinte hysterisch und
knirschte mit den Zähnen. Sie war nichts weniger als an ihn
gebunden.

Daniel begann öfter ins Kirchspiel zu gehen. Nein, er kaufte
kein Seidenband mehr, der Meter, mit dem er einmal nach
Hause kam, hatte weder genutzt noch geschadet, er hing über
dem Spiegel in der neuen Stube und war blau und hübsch,
hatte aber angefangen, Fliegenflecke zu bekommen; das Fräulein sagte nichts, dankte nicht dafür.

Hingegen ging Daniel ins Kirchspiel, um Bekannte zu treffen und mit Leuten zusammen zu sein. Das tat er dort. Er war
gebeugt und wortkarg: Was wurde aus dem Triumph über das
Kirchspiel? Sogar den kleinen Julius wollten sie ihm stehlen.
Oh, aber Daniel wußte sehr gut, daß er in diesem wichtigen
Punkte fest bleiben mußte: Er war als Vater eingetragen, mit
allem Einverständnis des Fräuleins in Gegenwart von Marta
und den Paten in der neuen Stube. Das konnte sie nicht bestreiten, nicht wahr?

Die Freunde redeten ein wenig verblümt, es mußte durchgesickert sein, daß in der Torahus-Sennhütte nicht alles war, wie
es sein sollte, Daniel war selbst verändert.

Wann heiratest du, Daniel? konnte einer fragen.

Und Daniel konnte antworten: Ja, weißt du, das kann ich nicht sagen.

So, kannst du es nicht sagen?

Es kommt immer etwas dazwischen: dann paßt die Zeit nicht, dann haben wir keine Kleider, die fein genug sind – irgend was gab es immer.

Das ist ja merkwürdig!

Oh, das weiß ich nicht, antwortete Daniel. Es ist ja nicht so, als wenn ein anderes Mädchen Braut ist, Julie muß doch ein Extrakleid dazu haben mit vielen Seidenbändern und Perlen.

Darüber lachten die Freunde und machten sich über ihn lustig.

Ich sagte es zum Spaß, rettete Daniel sich. Frauenzimmer müssen nun mal was Besonderes haben, meinte ich. Aber ich kann doch auch wohl nicht gut zum Altar gehen, wie ich hier gehe und stehe, und das ist fast mein bester Anzug.

Hast du so wenig anzuziehen?

Ja, so wenig hab ich anzuziehen.

Da gibt es doch Rat!

Daniel: Ich hätte mir einen Anzug anmessen lassen sollen, aber jetzt ist Pfingsten und Feiertag gewesen, und da war es um alle Welt nicht möglich, einen Anzug genäht zu bekommen.

Ja, es war nicht bös gemeint! sagen die Freunde da.

Und sie sitzen im Hinterzimmer beim Kaufmann, lassen sich Bier geben und trinken sich ein wenig glücklich und lärmend, vergeben einander die Sünden, wenn sie dummes Zeug geschwätzt haben, und beheben alle Mißverständnisse. Aber es war kein Zweifel, daß die Freunde etwas von Daniels Misere gehört hatten, er fing wieder einmal an, in den Volksmund zu kommen.

Ich hätte gern mit dir gesprochen, Helmer, sagte er.

Jawohl, sie gehen zum Zimmer hinaus und schlendern zu Helmers Heim hinüber. Und was Daniel ihm sagen wollte, war, daß er wahrscheinlich heute jemand erschießen würde.

He? Nein, das darfst du nicht! sagt Helmer und schüttelt lachend den Kopf.

Doch, wenn ich dazu gezwungen bin.

Wer sollte das sein?

Ja, das ist einerlei, aber du hast es vielleicht gehört.

Nein, was soll ich gehört haben! Nun ja, ich könnte wohl dies oder jenes gehört haben, aber –. Und was meinst du, was

319

sie hinterher mit dir machen? Dann kommen sie und holen dich.

Das ist mir gleichgültig.

Nun mußt du vernünftig und kein Dummkopf sein! sagt Helmer. Und darum will ich dich nur bitten! sagt er. Es ist nicht das erstemal, daß ich dich bitte, es gab ein Jahr, da wolltest du Helena verbrennen, und davon hab ich dich abgebracht.

Ja, was das betrifft –

Ich will nichts mehr hören, verstehst du! Und nun kannst du mit mir hineinkommen, ein bißchen heißen Kaffee bekommen und wieder vernünftig werden.

Daniel ging mit hinein, bekam Kaffee und wurde für eine Weile etwas weniger mutlos. Als er gehen sollte, sank er wieder zusammen; Helmer begleitete ihn hinaus, und Daniel fragte: Erinnerst du dich, was sie am Tage der Taufe sagte: daß das Kind mein wäre?

Ja, daß das Kind dein wäre –?

Trag dein Kind hübsch, Daniel, sagte sie. Und drück dein Kind nicht, Daniel, sagte sie. Das war in der neuen Stube bei uns. Ja, du hörtest es?

Das will ich gern beschwören!

Ja. Und jetzt gehe ich direkt nach Hause, rede mit ihr und mache es ihr klar. Es wird Abend, ich muß mich beeilen!

Helmer ermahnte ihn nochmals, vernünftig zu sein, und ließ ihn gehen. Er sah seinen Kameraden erst ein paar Wochen später wieder, und da war alles verändert, alles in Auflösung ...

Als Daniel heim kam, ging er direkt in die neue Stube. Ich bin schon zu Spott und Schande im Kirchspiel geworden, sagte er.

So, sagte das Fräulein.

Jetzt will ich wissen, an welchem Tage du dich mit mir trauen lassen kannst.

Was noch nie geschehen war, geschah jetzt, oh, sie war wohl so zerfoltert, so herunter; sie begann zu weinen. Ich will heim, rief sie aus, ich will fort von hier, heim! Was soll ich hier? Gott helfe mir, keine Menschen, nicht eine Seele, keine Geschäfte, nicht ein Fenster, in dem man etwas sehen kann, keine Straßen, keine Schiffe an der Brücke, des Abends ist es dunkel, niemand fährt hier vorbei, nein, nichts –

Sie weinte aus Hysterie und fragte, ob er fände, daß ein

Sinn darin sei. Du hast nicht einmal den Akerselv gesehen, sagte sie, da sind viele Boote, ich habe dort mit den Knaben gerudert, wir nahmen die Boote ohne Erlaubnis, haha! Sei nun lieb, Daniel, es geht nicht hier, ich weiß nicht, aber es ist unmöglich geworden. Getraut? Höre nur, wie verrückt du bist: Er wartet ja auf mich, und dann reisen wir, und da sagst du: trauen, trauen! Du siehst aus, als ob du es nicht verstehst, aber der Graf wartet ja, hörst du, ich hab ihn lieb, ich hab sein Geld bis jetzt aufgehoben. Aber wir wollen dir auch helfen –

Schweig nun und laß mich nur zwei Worte sagen, ruft Daniel: An welchem Tage willst du dich mit mir trauen lassen?

Trauen –?

Ja, das will ich nur wissen.

Ja, aber ich nehm das Kind und laufe fort damit! rief sie mit glänzenden Augen. Du kannst mir nicht nachlaufen, wenn ich das Kind habe, dann fallen wir und schlagen uns, dann schlägt Julius sich –

Daniel stampfte auf den Boden und schrie: Schweig still!

Verzeih! sagte sie.

Daniel: Du bist ganz außer dir, und ich will nicht mehr mit dir reden. Und nun will ich dir nur eine einzige Sache ans Herz legen: daß du nicht mehr ins Sanatorium gehst, ehe wir getraut werden, verstehst du? Und du gehst keinem einzigen Menschen mehr im Walde entgegen, ehe wir getraut sind. Nein. Und das will ich dir nur sagen.

Sie schien hierüber oder über etwas anderes nachzudenken. Plötzlich wendet sie sich zärtlich und betörend zu ihm: Verzeih, Daniel, verzeih mir alles! Ich bin nicht gewesen, wie ich hätte sein sollen, das ist so wahr, wie du es sagst. Und ich hab dich fortgejagt und nichts von dir wissen wollen. Aber jetzt weiß ich nicht – jetzt möchte ich es gern wieder, so wie du willst, gutmachen; das kommt auf dich an. Sei nun lieb, Daniel! Und ich will noch mehr für dich tun – willst du nun?

Und sie glaubte wohl, damit seine Erregung zu dämpfen, daß er hinterher schlaffer und umgänglicher wurde. In der Klemme war sie, in einer außerordentlichen Verwirrung.

Sie schöpfte Luft und wandte den Kopf zum Fenster, vielleicht erwachte ihre Scham. Im selben Ton und ebenso ausdauernd wie zuvor fragte er sie: Wollen wir nun zum letztenmal nächsten Dienstag sagen, oder —?

Sie gab die Hoffnung auf, ihn umzustimmen, saß nur da und blickte in ihren Schoß.

Denn jetzt ist es genug mit dem Gerede über mich im Kirchspiel, erklärte er. Ich bin kein Landstreicher, ich bin von Utby, und alle Menschen kennen mich. Also was meinst du wegen Dienstag?

Sie ratlos: Ich werde hingehen und es ihm sagen.

Nein! schrie Daniel. Hab ich nicht gerade gesagt, daß du nicht mehr hingehen sollst?

Ihm sagen, daß er abreisen soll – ich meinte nur –

Daniel: Das hab ich schon gesagt, das ist nicht mehr nötig, er weiß es. O Gott, ich hab ihm Bescheid gegeben!

Von jetzt an antwortet sie nicht mehr und sagt nichts. Er äußert, daß die Kleider, die sie hat, fein genug sind und daß er sich selbst einen Anzug von Helmer leihen kann; er dringt in sie, daß sie die Papiere, die sie dem Pastor geschickt hat, zurückverlangen soll, die Erklärungen, alle diese Erfindungen. Sie antwortet nicht mehr.

Am Morgen darauf.

Gewiß mußte sie mit Herrn Fleming reden, natürlich mußte sie es, ihn warnen, ihn zur Vorsicht mahnen, jetzt war nämlich die Gefahr größer als zuvor: Daniel war nichts weniger als wütend.

Sie schickte sich an zu gehen; wo Daniel war, wußte sie nicht, vielleicht unten im Kirchspiel, Marta war bei den Tieren beschäftigt, es war niemand in der Küche.

Gewiß mußte sie gehen. Sie hatte es ja schon früher gewagt, schon mehrmals, und konnte es jetzt, wo es nötiger als je war, nicht lassen. Das würde schön aussehen! Was war übrigens Schlimmes dabei? Sie wollte verhindern, daß etwas geschah, ein Überfall in der Raserei, ein Unglück, was wußte sie! Ein gebildeter Mensch würde dankbar sein, daß sie eine böse Tat abwehrte, ein Mann von Herrn Flemings Schlage würde ein Verdienst darin erblicken; aber was hatte sie von Daniel zu erwarten? Oh, er war so wild, so verzweifelt; wenn er kam, erwürgte er sie vielleicht. Was tat der Ehemann in dem wundervollen französischen Roman, als er heimkam und den Geliebten seiner Frau im Schlafzimmer fand? Zuerst grüßte er, dann leuchtete er dem Geliebten mit einer Lampe hinunter.

Passen Sie auf! warnte er, die eine Stufe ist schlecht, fallen Sie nicht, mein Herr! Also das Auftreten eines Weltmannes, Grazie, Schliff. Hätte Daniel nicht ein bißchen Derartiges lernen sollen?

Sie hatte ihre furchtbare gestrige Depression überwunden und konnte denken; es war auch schönes Wetter heute, der Weg trocken, Vogelsang und Laubduft im Walde. Sie schritt schnell und leicht dahin, aber sie durfte nicht lange von Julius fort bleiben.

Vor dem Schober traf sie Herrn Fleming; es war, als hätte er gewußt, daß sie kommen würde. Er versuchte sie zum Umkehren zu bewegen, aber sie wollte nicht, wagte nicht: Nein, er ist vielleicht hinter Ihnen her, er hat Böses im Sinne! Statt daß Herr Fleming Daniels Gebiet zu nahe käme, wollte sie aufopfernd das Risiko auf sich nehmen, sich zu weit davon zu entfernen. Sie gingen in der Richtung des Sanatoriums und hielten sich in dessen Nähe. Sie setzten sich ins Heidekraut.

Sie erzählte, was sie wußte: Daniel war beim Pastor gewesen. Er kam gestern aus dem Kirchspiel zurück und war wütend und entschlossen; die Leute hatten wieder über ihn zu reden begonnen, und das wollte er nicht dulden! Sie fragte plötzlich Herrn Fleming: Können Sie verstehen, warum er solchen Wert darauf legt, was das Kirchspiel meint?

O ja, das konnte Herr Fleming verstehen, das war so in einem Kirchspiel, da kannten sich alle.

Und daß er ein Bauernsohn ist?

Jawohl, ja, das stellen sie hoch, sie sind stolz darauf, ich weiß es von daheim. Ein Bauernsohn muß auf das Urteil der Leute mehr achten als andere.

Ganz als wäre es Adel! sagte sie lächelnd.

Herr Fleming nickt: Wenn ein Bauernsohn ausschweifend lebt, so kann das ehrenhafte Eltern ins Grab bringen – leider.

Warum sagen Sie leider? Nun, sagte sie abbrechend, was sollen wir tun? Er will sich Dienstag trauen lassen.

Das kann nicht geschehen nach meinem Einspruch.

Nein, aber diesmal ist es mehr als bloßes Gerede von Daniels Seite. Ich bin jetzt bange vor ihm.

Herr Fleming schlug vor, daß sie fliehen und vielleicht das Kind eine Zeitlang dalassen sollten.

Nein, sagte sie und schüttelte den Kopf.

Nur eine kurze Weile, nur bis sie alles geordnet und einen Beruf angefangen hätten.

Nein, das geht nicht. Sie können Julius nicht richtig gesehen haben, wie?

Ein prachtvolles Kind!

Was war das? fragte sie auf einmal. Mir war, als hörte ich etwas.

Sie sahen sich beide um – nein, nichts. Kurz darauf sagte sie: Ich habe gedacht, ob ich mich nicht eines Tages mit dem Kind auf dem Arm ganz bis ins Sanatorium schleichen könnte.

Bis ins Sanatorium, nun –

Und dableiben. Daß wir also alle drei dablieben.

Herr Fleming überlegte: Direktor Rupprecht war ja ein prachtvoller Mensch, er würde es möglicherweise erlauben. Gewiß würde er es.

Da müßten wir wohl sicher sein, sagte sie, niemand sollte uns von dort wegbekommen. Wir könnten eine Zeitlang dableiben.

Aber es wäre furchtbar für Sie, die Dienerschaft, die Gäste, furchtbar für Sie mit dem Kinde, meine ich –

Ach ja, ich habe daran gedacht. Aber das müßte ich ertragen.

Herr Fleming lebhaft: Ich will mit dem Direktor reden!

Sie erörtern es weiter: das war die Möglichkeit mitten in aller Unmöglichkeit, aber sie jammerte ihn wegen des Kreuzes, das sie auf sich nehmen mußte.

Jetzt muß ich gehen, sagte sie und erhob sich. Ich bin ohne Erlaubnis gekommen.

Er erhob sich ebenfalls: Ich begleite Sie!

Im selben Augenblick erbleicht das Fräulein und steht wie erstarrt: dort sitzt ja Daniel, oben am Wege, auf einer kleinen Anhöhe, halb versteckt vom Gebüsch. Auch Herr Fleming sieht ihn jetzt, und sein Gesicht erhält einen gespannten Ausdruck.

Plötzlich ruft das Fräulein: Daniel, ich bin nur hier gewesen, um es zu sagen, jetzt laufe ich nach Hause!

Keine Antwort. Daniel hockt da und starrt, er ist zusammengekauert wie ein Raubtier zum Sprunge. Jetzt kann das Fräulein sich nicht mehr halten, und sie bekommt wieder einen Anfall. Oh, bist du da, Daniel? ruft sie weinend und exaltiert. Ich hab ihm gesagt, daß er abreisen muß, aber er will nicht, ihr seid beide so toll nach mir, er will mich nicht verlassen, hörst du?

Und nun will ich – nun will ich eines Tages, wenn du es nicht siehst – dann will ich Julius mitnehmen – Julius mitnehmen –

Es war, als begänne sie zu buchstabieren.

324

Ich begleite Sie zurück! sagte Herr Fleming.

Nein, nein! rief sie, sorgen Sie lieber für sich selber!

Daniel wendet die Augen nicht von ihnen ab, unmerklich und gleitend verändert er seine Stellung, er läßt sich auf sein rechtes Knie nieder, dann tastet seine Hand nach etwas auf dem Boden, im nächsten Augenblick hat er die Büchse an der Backe.

Das Fräulein wirft sich mit einem Schrei ins Heidekraut.

Soso – Liebste, nicht so! tröstet Herr Fleming.

Werfen Sie sich nieder! hört er das Fräulein sagen. Aber er vergaß seine Haltung nicht und war nicht bange, übereilte sich nicht, sprang nicht beiseite. Oh, Daniel hätte wohl auch vielleicht nichts getan, hätte vielleicht nicht getan, was er tat, aber ihn reizte wohl die Ruhe des Burschen: da wurde er nun bei dieser Begegnung ertappt, stand als der ärgste Lügner da und war noch vornehm obendrein. Als der Schuß knallte, vergingen sogar noch einige Sekunden, ehe Herr Fleming zu Boden taumelte. Er bewegte die Finger ein wenig, zog das eine Knie ein bißchen hoch und lag dann still.

Das nächste, was das Fräulein merkte, war, daß Daniel von der Anhöhe herunter und auf sie zugeschritten kam, sie hörte ihn mehr, als daß sie ihn sah, das Heidekraut streifte seine Stiefel. Ein Schrecken durchfährt sie, sie wirft sich hoch auf den Ellbogen und fragt: Was willst du? Sie sieht, wie seine Augen abwechselnd sie und die Leiche suchen, sein Gesicht ist unkenntlich, sie sieht, daß er den Mund bewegt und vielleicht etwas sagt. Was willst du mit mir machen, hörst du? fragt sie jammernd. Als er nicht antwortet, springt sie auf und beginnt zu laufen. Das letzte, was sie von ihm sah, war, daß er dastand und den Toten beobachtete, ob er sich etwa bewegte.

Sie war in der Richtung des Sanatoriums gelaufen. Als sie zu sich kam, blieb sie stehen und überlegte einen Augenblick, dann machte sie einen großen Bogen durch den Wald und ging heim nach der Sennhütte.

Daniel blieb zurück und betrachtete sein Werk, vielleicht mit ein wenig Neugier, ein wenig Verwunderung. Auch er war ein Mensch, er hatte vergessen, auf allen vieren zu gehen und seinen Feind zu zerreißen, dafür aber gelernt, zu schießen. Nein, er war keine Größe, kein Held, er war, wie Menschen sind.

Untersuchung, Nachforschung und Verhöre, im Kirchspiel
brodelt es von Geschichten, ängstliche Leute verrammeln ihre
Türen am Abend, was konnte man sonst erwarten! Es wurden
ja auch einige Leute ausgeschickt, die Polizei spielen und Daniel finden sollten, o ja, sie suchten im Walde um die Sennhütte,
veranstalteten zuletzt eine Treibjagd und guckten unter jeden
Wacholder; aber Daniel war in den Bergen, und das wußten sie
vielleicht auch. Laßt ihn! dachten sie wohl und ließen ein tiefes
Mitgefühl für den Unglücklichen durchscheinen, er kommt schon
selbst einmal herunter, so schlimm ist er ja nicht, es ist Daniel
Utby, sollten wir den nicht kennen? dachten sie wohl. Außerdem
war es jetzt vielleicht gefährlich, ihm zu nahe zu kommen, Gott
weiß. Es war keineswegs mit ihm zu spaßen, mit diesem Un-
tier, hatte er nicht auch einmal Helena verbrennen wollen?

Fräulein d'Espard sagt, so gut sie kann, über den Vorgang
aus, aber sie hat nicht das Gedächtnis für alle Welt, ihr Kopf
hat sich ein bißchen verwirrt, und an die wichtigen Minuten
während der Katastrophe selbst kann sie sich nicht im geringsten erinnern. Der Gendarm tut sein Bestes, um sie auszufra-
gen und ins Protokoll zu schreiben, aber nein. Er begann nämlich mit der Frage, ob es Mord mit Überlegung gewesen wäre,
denn dann würde es wohl Todesstrafe werden – ja, und das
gab dem Fräulein viel zu denken und löschte stundenlang ihr
Gedächtnis aus. Übrigens war dies Fräulein eine verteufelte
Dame, der Gendarm hatte sie schon früher einmal verhört und
nichts aus ihr herausbekommen.

Wie geschah also die Untat selbst?

Das wußte sie nicht. Sie hatte gleich im Anfang die Besin-
nung verloren, und als sie wieder zu sich kam, achtete sie nicht
auf etwas Besonderes, sondern stand nur auf und lief fort.
Konnte das jemanden wundern?

Was hatte Daniel gesagt?

Nicht ein Wort.

Warnte er nicht?

Doch, er schrie.

So, dann sagte er ja etwas!

Aber er sagte kein Wort. Er schrie und warnte.

Hatte Daniel Herrn Fleming schon manchmal mit Erschießen bedroht?

Nein, nicht daß das Fräulein es gehört hätte.

Ihn nie bedroht? Niemals?

Nein. Ihn nur gebeten, abzureisen.

An jenem Morgen – nahm er da die Büchse mit, um Herrn Fleming zu erschießen?

Tat er das?

Ich bin es, der fragt! sagt der Gendarm.

Das Fräulein sieht ihm ins Gesicht und erwidert: Ich kann nicht mehr beantworten, als ich weiß.

Aber was glauben Sie? Welchen Eindruck hatten Sie?

Das Fräulein besinnt sich angestrengt: Er sagte mir, er wollte auf die Jagd gehen.

Der Gendarm blättert schnell im Protokoll zurück und zeigt: Aber Sie sagten ja vorhin, daß Sie nicht mit ihm gesprochen hätten!

Das Fräulein: Er sagte es am Abend zuvor.

Daß er am Morgen auf die Jagd gehen wollte?

Ja.

Aber mit der Büchse? Und zu dieser Jahreszeit? Was wollte er mit der Büchse schießen?

Das Fräulein schweigt, sie faßt sich an die Stirn, sie weiß nicht alles in dieser Welt, daher antwortet sie nicht. Ist sie nicht auch verwirrt von alledem, was sie in der letzten Zeit erlebt hat, und ist das so seltsam? Sie sieht ratlos auf Marta.

Als die Reihe an Marta kommt, kann sie die Auskunft geben, daß es Rentiere waren, die Daniel schießen wollte. Dazu brauchte er die Büchse. Wilde Rentiere in den Bergen.

Das Fräulein findet ihre Sprache wieder: Jawohl, Rentiere, das sagte er auch!

Dazu ist nicht die rechte Jahreszeit, sagte der Gendarm.

Aus Martas Antwort schien hervorzugehen, daß Daniel es nie so genau mit der Jahreszeit nahm.

Der Gendarm: Er wollte also in der Schonzeit jagen?

Marta zögert einen Augenblick und antwortet dann, indem sie es gehörig unterstrich: Ja, Daniel schoß alles mögliche, und zwar das ganze Jahr hindurch.

Das ist gegen das Gesetz! verkündet der Gendarm ...

Jawohl, es ist vieles gegen das Gesetz; Leute zu erschießen, ist auch gegen das Gesetz. Als Daniel hoch oben in den Bergen gesehen wurde und Leute allmählich zu ihm hinaufkrabbelten, ihm winkten und schön taten, da rief er ihnen herunter, daß

327

der, der näher käme, als Leiche daliegen würde – seht, das war auch gegen das Gesetz. So krabbelten die Leute also wieder hinunter und ließen ihn in Ruhe.

Aber damit war der Gendarm nicht zufrieden, er versah seine Leute auch mit Büchsen und ließ sie wieder einen Versuch machen, aber auch der führte zu nichts; sie versuchten den tollen Burschen zu umgehen und zu umzingeln, aber nein, sie kamen nicht nahe genug, seine Büchse reichte weiter als die ihren. Oh, sie taten alles mögliche.

Da war es, daß Daniel den Torahus-Berg beherrschte, wahrhaftig, niemand kam ihm nahe.

Aber eines Morgens sah er zwei Punkte sich ihm von der Seite nähern, zwei Knaben, sie kamen vom ›Fels‹, ja, und sie trugen ein weißes Taschentuch an einem Stock – oh, sie waren Parlamentäre, sie wollten mit dem Geächteten, dem Räuberhauptmann, reden. Nichts hatte Daniel gelesen und nichts verstand er hiervon, aber es war ja nicht wert zu schießen, zwei Knaben, Herrgott! Und sie kamen näher.

Daniel sah sich erst spähend um, dann legte er die Büchse nieder, um sie nicht zu ängstigen. Und sie kamen ganz bis zu ihm. Ja, sie waren ein bißchen blaß und gespannt und atmeten schnell, aber der den Stock mit der Flagge hielt, kam zuerst, und der andere trug ein Paket, das er auf Armeslänge vorstreckte, und sagte: Bitte!

Daniel verwundert: Was ist das?

Etwas Essen, antwortete er, Frühstück!

Wir haben es vom Tisch mitgenommen, erklärte der andere.

Wo kommt ihr her?

Wir wohnen im Sanatorium.

Im Sanatorium? Und da kamt ihr hierher?

Ja, wir überlegten es uns gestern abend. Es ist nur ein bißchen Essen, etwas Butterbrot.

Daniel öffnete das Paket und begann zu essen, dabei wandte er sich ab und sah sie nicht an. Er schnaufte ein paarmal, er war wohl gerührt über diese Wohltat, obwohl er einen harten Schädel hatte.

Weiß jemand, daß ihr hierher gegangen seid? fragte er.

Nein, niemand wußte es.

Ihr dürft es auch nicht erzählen, sagte er.

Sie unterhielten sich etwas mehr, er erfuhr, wie alt sie waren und daß ihr Vater Schuldirektor Oliver hieß; er war auch im

Sanatorium. Daniel stand während des ganzen Gesprächs abgewandt da und schnaufte noch etwas mehr. Als er gegessen hatte, drehte er sich um, gab beiden Knaben die Hand und sagte: Ich danke euch!

Das war nichts, sagten sie, es war zu wenig, morgen kommen wir wieder und bringen mehr.

Daniel plötzlich barsch: Nein, nicht mehr! Nein, ich bleibe nicht hier, fügte er milder hinzu. Ihr sollt nicht öfter kommen.

Nein, nein, antworteten sie.

Daniel zeigte: Seht her, wenn ihr jetzt weggeht, so müßt ihr diesem Buschwerk heimwärts folgen und nicht auf dem kahlen Berge gehen, daß man euch sieht. Seid nicht dumm, geht den ganzen Weg am Buschwerk entlang.

Jawohl!

Und bedankt sollt ihr sein! sagte Daniel und wandte sich wieder ab.

Die Knaben gingen. Sie hatten das Ihre getan und strichen die Parlamentärflagge. Sie waren sicher von ihrer Mission erfüllt und stolz, daß der Räuberhauptmann ihnen die Hand gegeben hatte . . .

Daniel beherrschte den Berg weiter, es war nun der dritte Tag. Er fürchtete sich nicht einmal davor, der Sennhütte und den Häusern näher zu kommen, und er hielt die Stellung auch hier mit seiner langen Büchse. Die Leute waren hilflos, sie gingen schließlich ins Kirchspiel zu Helmer und sagten: Helmer, du mußt es im guten mit ihm versuchen! Nein, Helmer weigerte sich, er brachte es nicht fertig, er konnte nicht mit ansehen, wie Daniel wieder vernichtet wurde. Und Daniel herrschte weiter, der tolle Bursche hob seine Büchse und rief, er würde jeden, der in Schußweite käme, erschießen. Er war fast wie ein Mann, der Haus und Herd verteidigen wollte.

Die beiden Frauen in der Sennhütte dachten und grübelten und hofften ja zu Gott, daß Daniel eine Gelegenheit finden würde, um herunterzukommen und etwas Essen in den Leib zu kriegen, selbst wagten sie sich nicht zu ihm hinauf, der Polizei und der Leute wegen. Sie hörten zuweilen Schießen in den Bergen, dann schoß er wohl auf einen. Der Gendarm hatte verlangt, daß sie Essen für ihn auf die Türschwelle hinaussetzen sollten. Ach ja, das taten sie. Und dann geht eine von

329

euch und zeigt ihm an, wo er das Essen findet! sagte er dann. Nein, das wagten sie nicht, sagte Marta und sagte das Fräulein – nicht, und wenn es das Leben gälte, sagten sie. Dennoch saß der Gendarm am Scheunenfenster und beobachtete die Türschwelle eine ganze Nacht, ob Daniel käme, und er saß noch eine ganze Nacht dazu, aber Daniel kam nicht. Und so wurde dieses unschuldige Experiment aufgegeben und das Essen wieder hereingeholt.

Aber an einem regnerischen Abend kam er.

Marta und das Fräulein standen in der Küche und unterhielten sich leise, da ging die Tür auf, und er glitt herein. Das Fräulein stieß einen kleinen Schrei aus und fiel um, als sie ihn sah. Er war naß und durchfroren, es war traurig, wie er aussah, streifig im Gesicht vom Regen, hohläugig und verwacht. Er blickte nicht auf, sondern legte eine blaue Hand vor den Mund und lachte verschämt, dann warf er sich über den Tisch, ergriff ein Brot und begann, abzubeißen. Die Büchse stellte er neben sich.

Marta ist bereit: Es ist gut, daß du gekommen bist, hier ist Kaffee!

Er beißt und beißt rings vom ganzen Brot ab, erst dann nimmt er vom Fleisch. Der Kaffee steht da und dampft.

Ich kann das wohl mitnehmen? sagt er und steckt im Aufstehen den Rest des Brotes unter den Arm.

Willst du deinen Kaffee nicht trinken?

Nein, das ist einerlei. Er ist so heiß.

Ja, wir haben nun ausgesagt, berichtet Marta. Wir sagten, daß du an dem Morgen Rentiere schießen wolltest. Daß du deshalb die Büchse nahmst, sagten wir.

So, antwortete er.

Daß es nicht geschah, um etwas anderes zu schießen, daß du es weißt.

Mir ist es gleichgültig!

Nein, sonst gibt es wohl Todestrafe, sagt Marta.

So, jaja.

Das Fräulein auf dem Fußboden: Du versuchst wohl, wegzukommen, Daniel?

Ich weiß nicht, antwortet er. Und er sieht schräg auf ihre Füße herab und fragt: Schläft Julius?

Ja, er schläft.

Ich möchte ihn nur eben sehen!

Gott weiß, was er damit meinte, ob es ihn wirklich zu dem Kinde zog oder ob er nur zeigen wollte, daß er keine Eile hatte und nicht bange war. Er nahm eine Jacke von der Wand herunter, ergriff die Büchse und schritt zur Tür. Das Fräulein ihm nach und mit ihm hinaus, hinein in die neue Stube. Das ging in aller Eile. Er sah das Kind nur an, nickte und ging zur Tür.

Das Fräulein: Sieh her – wart ein bißchen!

Daß er verfolgt und gejagt wurde, ergriff sie tief, daß er sich nicht über sie beklagte und nicht ein böses Wort sagte, hätte sie dazu bringen können, sich ihm zu Füßen zu werfen. Sie öffnete ihren Koffer, nahm ohne hinzusehen einige Geldscheine und steckte sie ihm zu, bat ihn, fortzugehen, vielleicht über den Berg, wir treffen uns später –

Er sah sie zum erstenmal an und sagte: Jaja, danke!

Marta kam, sie hatte Kaffee in eine Flasche gegossen und reichte sie ihm, als er aber danach griff, fiel sie zu Boden. Aus alter Gewohnheit murrte er darüber, daß etwas entzwei gegangen war: Na, da ist die Flasche hin, aber ich war so ungeschickt!

Dann riß er die Tür auf und stürzte hinaus … .

Noch beherrschte er den Berg ein paar Tage lang, der Gendarm war verzweifelt, er wünschte sehnlichst, diese Sache in Ordnung zu bringen, ohne fremde Hilfe herbeizurufen. Jetzt kam er mit seiner Frau zur Torahus-Sennhütte herauf, und sie hatten keine Büchse und sahen nicht nach Polizei aus, sondern kamen lediglich so angegangen. Oben, in Schußweite, wo Daniel zu warnen pflegte, blieb der Lensmann stehen und ließ seine Frau weitergehen. Ein merkwürdiger Abgesandter in einer solchen Angelegenheit, sie, die Daniel betrogen hatte! Aber Helena hatte wohl gesagt, so, nun wollte *sie* es einmal im guten versuchen!

Die beiden Frauen in der Sennhütte hatten das Paar gesehen und beobachteten nun Helena, wie weit sie sich vorwagte. Es schien, daß Helena ganz hinaufzugehen wagte, obwohl Daniel ihr zuschrie und sie warnte.

Er schießt auf Helena nicht, sagte Marta.

Aber ist das etwas, zu ihm zu gehen? fragte das Fräulein neidisch. Das hätte ich auch getan. Aber du und ich, wir durften ja nicht.

Helena stieg weiter.

Was will die Lensmannsfrau da? fauchte das Fräulein. Er macht sich nicht die Spur aus ihr!

Plötzlich tut Daniel etwas Unerwartetes: er beginnt abzusteigen, er geht ihr entgegen, sie treffen sich, stehen da und reden miteinander. Helena und er. Armes Fräulein d'Espard, sie ist zuweilen so verwirrt, ein Kind, ein Dummchen, sie fühlt in diesem Augenblick einen starken Zorn darüber, daß er noch hier auf dem Berge ist; warum ist er nicht geflohen, wie sie ihn bat? Sie hätten sich später treffen können, sie hätte ihn schon gefunden! Sieh nur, Marta, wie sie dasteht und schwatzt! Na, jetzt hat er sie weggejagt, ihr den Laufpaß gegeben, es war auch Zeit –

Helena steigt wieder den Berg hinunter, geht immer weiter, und Daniel bleibt zurück und sieht ihr nach. Sie schließt sich dem Manne weit unten an, und das Paar geht wieder heim ins Kirchspiel. Was in aller Welt hatte das alles zu bedeuten?

Das Fräulein geht entschlossen den Berg hinauf, sie auch, trotzt dem Verbot und geht. Daniel sieht sie und kommt ihr entgegen.

Bist du noch da? sagt sie. Warum hast du nicht versucht, zu entkommen?

Nein, Daniel hatte wohl die Unmöglichkeit dieses Planes eingesehen, daher schüttelt er jetzt den Kopf und antwortete nicht einmal. Wie weit würde er gekommen sein, bis er ergriffen worden wäre? Nicht weit, vielleicht bis in eine Kleinstadt, was sollte er da? Vielleicht nach Kristiania, was sollte er dort? Er hatte erkannt, daß er früher oder später das Knie beugen mußte, vielleicht war ihm endlich auch die Torheit seines ganzen Benehmens klar geworden: sich gegen das Gesetz mit einer Büchse verteidigen zu wollen. Es war zu verstehen, daß ihm in der ersten Verwirrung nach der Untat nichts Besseres einfiel, aber auf die Dauer, viele Tage und Nächte – nein. Es mochte genug sein, jetzt war er geschwächt und geschlagen. Und übrigens konnte er das Geld des Fräuleins sparen, das mochte jetzt zu den andern Mitteln für die Einlösung seines väterlichen Hofes gelegt werden. Eine schöne Hilfe, wenn die Zeit kam, wenn nicht für ihn selbst, so doch für den kleinen Julius.

Er geht mit dem Fräulein heimwärts.

Wagst du mich zu begleiten? fragt sie.

Ja, antwortete er entmutigt.

Was wollte die Frau – Helena?

Sie kam mit einem Bescheid.

Das ist ja merkwürdig. Ich wartete die ganze Zeit, ob du sie nicht umarmen würdest.

Helena? rief er. Ich hätte ihr zwei Kugeln geben sollen! Sie kam mit einem Brief vom Pastor. Sieh her, lies ihn!

Es waren einige wenige Worte, ein herzlicher kleiner Brief: Jetzt müßte Daniel vom Berg herunterkommen und wieder brav sein, dann würde die Sache vielleicht nicht so arg für ihn, alles stände in Gottes Hand. Er verschlimmerte seine Sache nur, wenn er mit Gewalt und Drohungen vorginge. Der Pastor wollte sich selbst melden und gut für ihn vor der Obrigkeit aussagen, dasselbe würden viele andere tun, er sollte sehen: Gott und Menschen würden ihm schon gnädig sein.

Was willst du tun? fragte das Fräulein.

Ich will nur heim, essen und schlafen, dann holen sie mich.

Holen sie dich dann? flüsterte sie.

Um drei Uhr, nickt er . . .

Er kam heim, nahm gleich die Kugel aus der Büchse, aß und schlief. Als er aufstand, wusch er sich und zog sich seine besten Kleider an. Er besprach auch dies und jenes wegen der Ackerbestellung, des Betriebs der Senne für die Zukunft mit Marta. Dann kam der Gendarm mit noch einem Manne.

Das Fräulein war jetzt ganz unzurechnungsfähig, sie irrte von der Küche in die neue Stube und von der neuen Stube in die Küche, rang die Hände und flüsterte nur, flüsterte mit grauem Gesicht. Ach, Herrgott im Himmel, und an allem war sie schuld! Daniel kam auf einen Sprung herein und sah nach dem Kinde, dann gab er den beiden Frauen die Hand und verabschiedete sich, von beiden zugleich, ganz freimütig.

Dann gingen die drei Männer.

Daniel ermunterte übrigens das Fräulein durch seine letzten Worte. Er drehte sich zu Marta um und sagte: Im Sanatorium wollen sie den großen Ochsen haben, aber verkaufe ihn nicht vor dem Herbst. Denk daran!

Alles hätte gut gehen können und ging doch nicht . . .

Seht, nun konnte Fräulein d'Espard ja das Sanatorium offen besuchen, soviel es sie gelüstete, aber sie hatte jetzt nicht das Verlangen danach. Was sollte sie dort? Dieselben Sommer- und Feriengäste und Patienten wie früher treffen, den Rechtsanwalt, den Schuldirektor, vielleicht Fräulein Ellingsen, vielleicht den jung verheirateten Bertelsen mit seiner Frau, der früheren Frau Ruben – worüber hatte sie mit denen zu reden? Mit den Jungen flirten, Jung-Norwegen mit den strammen Schenkeln und den Jekürzerjelieber-Hosen? Sie war keine Kokotte. Übrigens war sie noch keineswegs fertig mit der Sache, mit dem Gericht, den Geschworenen, das Fräulein hatte genug zu denken.

Man wandte sich an sie wegen der Leiche, Herrn Flemings Leiche. Sie war untersucht und obduziert worden, alles war in Ordnung, aber wie sollte man sich wegen der Beerdigung verhalten? Sollte die Leiche nach Finnland geschickt werden?

Sie hatte daran gedacht; oh, das Köpfchen des Fräuleins war nicht immer gleich verwirrt; sie war gar nicht so untüchtig. Natürlich würde sie das Begräbnis des unglücklichen Herrn Fleming bezahlt haben, so war sie nicht, aber durfte sie sich hineinmischen? Die Vorsicht gebot ihr, sich zurückzuhalten: Wenn sie bezahlte, konnte dann nicht die Frage kommen, woher das Geld war, mit dem sie bezahlte? Er war und blieb doch tot, was sie auch tat.

Was habe ich damit zu schaffen? fragte sie den Abgesandten und wies ihn ab.

So. Aber die Sache war nun, daß Herr Fleming nicht einen Heller hinterließ. Das war so merkwürdig.

Ja, was geht das mich an? rief sie nervös aus. Ich bin nicht seine Mutter. Ich kannte ihn nicht einmal näher.

Nein, nein. Aber dann müßte er auf öffentliche Kosten begraben werden.

Warum das? fragte sie. Er hat doch wohl Werte genug für das armselige Begräbnis hinterlassen. Ich glaube mich zu erinnern, daß er mehrere Koffer hatte, er zeigte mir kostbare Kleidungsstücke, er trug einen Brillantring in der Westentasche, der vielleicht ein Vermögen wert war.

Nein, klärte der Abgesandte sie auf, der Ring ist untersucht worden, er war nicht echt, war nichts wert.

Das Fräulein: Nicht möglich! Dann fügte sie geistesgegenwärtig hinzu: Nun ja, aber die Kleider – fragen Sie im Sanatorium –

So wurde ihr Verdacht also bestätigt: es war nicht der erste, teure Ring, den hatte er wohl veräußern müssen und war nun

334

mit einem andern, der wertlos war, wiedergekommen. Sie hatte es wirklich gleich im Sommer, bei ihrer ersten Begegnung gesehen, der Ring funkelte nicht. Oh, der arme Herr Fleming, auch er war heruntergekommen, ein Mann auf den Knien, aufrecht, aber auf den Knien. Das gab ihr noch mehr zu denken, bald barst wohl ihr Köpfchen . . .

Die Tage vergingen. Das Fräulein half mehr bei der Arbeit als zuvor und entlastete Marta, soviel sie konnte, sie gebrauchte das als Kur. Es war jetzt Heuernte; Helmer kam und mähte die Wiesen eines frühen Morgens mit der Maschine ab, und die beiden Frauen breiteten, trockneten und brachten das Heu ein, während der kleine Julius auf dem Felde lag. Das fand das Fräulein nicht so schlimm, und wie hätte es mit ihrem Köpfchen werden sollen, wenn diese Arbeit im Freien nicht gewesen wäre! Wahrlich, sie hatte sich oft mehr als jetzt in ihrem Leben gelangweilt, ihr Stübchen in Kristiania war oft schlimmer, die leere Umhertreiberei auf den Straßen auch. Nach den Verhören und dem Urteil begann sie geradezu Mut und gute Laune wiederzubekommen, Daniel erhielt ein herzlich mildes und gerechtes Urteil: sieben Jahre, es war eine Gnade von Gott und den Menschen, und Fräulein d'Espard, die früher aus Ärger über das Mißgeschick geweint hatte, weinte jetzt aus Freude über das Glück. Natürlich: sieben Jahre Strafarbeit war kein Geschenk, aber es war auch nicht der reine Untergang und Tod, Gott sei Lob und Dank!

Tage gingen ein und gingen aus, und es war ein Segen, wie sie gingen; Julius wuchs, seine Augen lernten sehen und folgten ihr, er lächelte, schrie, trank und schlief. Das ganze Jahr war voll von aufreibenden Ereignissen gewesen, nichts hatte einen festen Boden um sie her, alles hatte immerfort gewechselt, sie wurde von einer Seite zur andern geschoben, und ihr Schicksal war im Laufe des Jahres oftmals in andere Bahnen gelenkt worden. Wenn sie zurückdachte, waren mehrere dieser Stadien bei ihr nahezu verwischt, die Dinge schienen vor langer, langer Zeit geschehen zu sein. In den letzten Tagen hatte sie festeren Boden gewonnen, jetzt konnte sie sich dafür interessieren, daß das Heu hereinkam, ehe es regnete.

Man hatte sie nicht vergessen im Sanatorium, nein, in dieser großen Ferien- und Heilstätte hatte man Mitgefühl mit ihr und schickte ihr ein Billett. Man wollte sie wohl in ihrer Verlassenheit aufmuntern, und es war sicher Rechtsanwalt

335

Rupprechts Idee; aber das Billett war von Andresen, ihrem früheren Chef, unterschrieben.

Worüber sollte sie mit ihm reden? Hatte er sie schon mit der Zahnlücke und der entstellenden Narbe am Kinn gesehen? Hatte sie nicht zudem Arbeitshände bekommen und sah derb aus? Aber vor allem war sie flachbrüstig geworden.

Sie ging nicht.

Aber eines Tages bekam sie eine Rechnung geschickt, die Rechnung für Herrn Flemings letzte Wochen im Sanatorium. Ja, die kam zu ihr, und was sollte sie nun tun? Durfte sie sich auch jetzt ohne weiteres ablehnend verhalten? Es stand ja so, daß sie sogar etwas Anteil an dieser letzten Rechnung von Herrn Fleming hatte; sie war zum Essen bei ihm gewesen; sie hatte teuren Wein getrunken. Sie begann die Rechnung anzusehen und zu studieren. Schändliche Preise, fand sie, Prellerei, ihre Sparsamkeit erwachte, sie wurde wütend und ging mit blassem Gesicht zu Marta: Willst du nur hören, was die im Sanatorium für eine Flasche Wein und eine Mahlzeit nehmen: zwanzig Kronen! Es war französischer Wein, und sollte ich nicht wissen, was französischer Rotwein kostet, ich bin doch da her! sagt Fräulein d'Espard in ihrer Aufregung. Marta stimmt ihr bei, sie hat auch noch nie so etwas gehört, sollten die drüben tun können, was sie wollten? Nein, sagt das Fräulein, willst du ein wenig nach Julius sehen, so gehe ich hinüber und rede mit ihnen!

Sie machte sich ein bißchen fein und ging.

Sie hatte das Glück, den Direktor auf der großen Veranda zu treffen, er war entzückt, grüßte laut und sagte: Herr Andresen möchte Sie gern begrüßen, er war ja einmal Ihr Chef, nicht wahr? Hier bitte, gnädiges Fräulein!

Sie hielt ihn an: Nein, ich danke, ich möchte nur über etwas mit Ihnen reden. Ich habe diese Rechnung bekommen.

Rechtsanwalt Rupprecht setzt den Kneifer auf und liest. So, jaja, sagt er unschlüssig.

Das Fräulein: Ist es in Ihrem Sinne, daß man mir Herrn Flemings Rechnung schickt?

Irrtum! sagt der Rechtsanwalt.

Ich werde mein Essen bezahlen, wenn Sie wollen.

Da ruft der Rechtsanwalt: Ach, das ist doch nicht zum Aushalten, hier werden so viele Dummheiten gemacht! Irrtum, gnädiges Fräulein!

Das habe ich mir auch gedacht. Denn Sie können sich wohl mit seinen Sachen bezahlt machen.

Nein, seine Sachen – aber davon wollen wir nicht reden – seine Sachen, die hat die Obrigkeit geholt. Nun, es war doch wirklich gut, daß ich diese Rechnung in die Finger bekam und festhalten konnte; jetzt gehört sie mir! sagt er und steckt sie in die Tasche. Daß Sie auch nur einen einzigen Augenblick glauben konnten, daß das Torahus-Sanatorium fähig wäre, sie Ihnen zu schicken –! Aber um auf etwas anderes zu kommen: Wann kehren Sie zurück und wohnen bei uns, Fräulein d'Espard? Wir vermissen Sie, und wir werden Ihnen keine falschen Rechnungen mehr schicken, ich werde mir den Betreffenden vornehmen. Ihr Zimmer soll bereit sein.

Dieser Herzlichkeit gegenüber wurde Fräulein d'Espard milder gestimmt. Man konnte ihr nicht leicht etwas vormachen; der Rechtsanwalt hatte sicher von der Rechnung gewußt, aber darüber konnte sie sich eigentlich nicht wundern, die Hauptsache war ja, daß sie ihr Geld sparte. Ich danke Ihnen, sagte sie, ich muß bleiben, wo ich bin.

Der Rechtsanwalt: Einige Ihrer Freunde sind noch hier, Fräulein Ellingsen ist nicht gekommen, und Direktor Oliver ist abgereist, Herr Bertelsen ist mit seiner Frau hier – Sie haben das neuvermählte Paar wohl nicht getroffen? Fräulein Ellingsen schreibt, daß sie später kommt, sie kann ja nicht gut kommen, solange gewisse andere Leute hier sind – Sie verstehen! Ja, aber dann erwarten wir Komponist Eyde, den kennen Sie doch – Selmer Eyde – den Komponisten? Seine Studienzeit in Paris ist abgelaufen, und wir freuen uns für unsere Wintergäste, daß er wiederkommt. Ja, und dann haben wir einen neuen Ingenieur, einen richtigen Sportsmann, einen neuen Doktor, den kennen Sie ja, neue Leute, prächtige Jugend. Und dann haben Sie wohl gesehen, daß wir bauen und erweitern? Oh, wir wollen Torahus zum führenden Sanatorium des Landes machen! Können Sie raten, wie hoch unsere Brandtaxe schon ist? Sie raten es nicht: Hunderttausende! Jetzt setzen wir alle Kraft ein, um Wasserleitung und Lichtanlage zu schaffen –

Der Rechtsanwalt fuhr fort, zu schwatzen und aufzuzählen, er war von alledem erfüllt, vergaß aber nicht, ein Mädchen zu Andresen hinaufzuschicken: Sie müssen wirklich Herrn Andresen erlauben, Sie zu begrüßen, gnädiges Fräulein! Er hat zu

337

Ihnen in die Sennhütte gehen wollen, aber ich wußte nicht, ob
Sie ihn empfangen würden.

Andresen kam. Was wollte er so dringend? Sie zur Schreibmaschine zurückhaben?

Ein dicker Herr mit spärlichem Haar, sehr blaß und sehr
fett; er war gekommen, um Torahuswasser zu trinken und eine
Kur durchzumachen, und hatte schon leere Säcke im Gesicht
von seiner Abzapfung. Er war sehr freundlich, aber das Fräulein
merkte gut seine Enttäuschung, als er sie wiedersah. Ach ja, sie
war nicht mehr dieselbe! Und auf einmal durchfuhr es sie wie
ein Schauer; sie wollte wieder heim zum Kinde, zu Klein-
Julius, sofort heim!

Er: Ich wollte Sie doch begrüßen, wo ich mal hier in der
Gegend war.

Sie: Das ist sehr liebenswürdig!

Geht es gut, Fräulein d'Espard? Zu Hause im Geschäft haben wir verschiedene Neue bekommen, Sie müssen einmal vorsprechen, wenn Sie in die Stadt kommen.

Geschwätz, Geschwätz, es war nicht wie in alten Tagen,
wenn derselbe Herr sich über sie beugte unter dem Vorwand,
daß er sehen wollte, was sie geschrieben hatte, und sie dann
wie ein Verrückter küßte. Nein, heute wollte er weiter nichts
von ihr; als er sie sah, wich er zurück. Er tat sogar würdevoll,
ließ den früheren Chef durchscheinen und war herablassend
freundlich: Es kommt mir vor, als wäre es unendlich lange her,
seit Sie bei uns waren. Warten Sie: Waren Schreibmaschine und
Stahlfeder damals schon erfunden?

Das Fräulein lachte pflichtschuldigst darüber. Als er aber
fortfahren wollte, sie über dies längst vergangene Leben an
der Schreibmaschine zu unterhalten, das sie beinahe vergessen
hatte, wurde sie es müde und hatte nichts dagegen, daß Chef
Andresen sich erhob und freundlich zum Abschied grüßte: Vergessen Sie nur Ihr Französisch nicht, Fräulein d'Espard! Ihre
Nachfolgerin bei uns ist ja längst kein solcher Ausbund in
Sprachen wie Sie, aber sie hat andere gute Eigenschaften. Ja,
auf Wiedersehen! Es war nett, Sie zu begrüßen und zu hören,
daß es Ihnen gut geht.

Sie konnte nicht vermeiden, daß sie noch einmal mit dem
Rechtsanwalt zusammentraf: Nun, hat Herr Andresen seinen
Willen bekommen? Ich sah, daß er entzückt war! Hören Sie,
gnädiges Fräulein, Herr Magnus reiste doch nach Kristiania?

Ja, aber er ist nicht wiedergekommen. Ist es nicht einen ganzen Monat her? Sie sind die letzte, die mit ihm gesprochen hat, aber es soll jemand hier gewesen sein und nach ihm gefragt haben, eine Dame, wer könnte das sein? Ich habe sie nicht gesehen, aber sie ist zweimal hier gewesen, das deutet ja darauf, daß es etwas Wichtiges war; sie hat auch telephoniert. Ich weiß wirklich nicht, was wir tun sollen. Was meinen Sie?

Ich weiß nicht. Er kommt wohl wieder.

So, meinen Sie! Aber denken Sie, wenn Sie jetzt hier wären, Sie haben ihn uns schon einmal wiedergefunden, Sie sind so tüchtig! Sind Sie nicht zu bewegen, zu uns zurückzukehren? Wir vermissen Sie.

Was meinte der Mann mit seinem Nachsatz? Er meinte nichts. Er erwies dem Fräulein und allen andern Liebenswürdigkeit und meinte auch gar nichts damit, er interessierte sich nur dafür, so viele Gäste wie möglich zu bekommen, das Haus voll zu haben, und augenblicklich war es schlecht damit bestellt. Nein, Rechtsanwalt Rupprecht hatte keine private Absicht auf sie, er dachte nie daran, ein Heim zu gründen, verliebte sich nicht, ihn beschäftigte ebenso sehr, daß er den Jüngling Selmer Eyde wiederbekommen wie daß er eine junge Dame beherbergen sollte – vielleicht sogar noch etwas mehr.

Dann sollen Ihre übrigen Freunde Sie heute also nicht begrüßen dürfen? sagte er. Herr Bertelsen und Frau werden es mir sehr übelnehmen, ja, das werden sie wirklich. Sie wohnen auf Nummer 107, falls Sie hineingucken wollen. So, nicht?

Nummer 107! O dieser Direktor Rupprecht, nun hatte er allen Nummern im Sanatorium eine Hundert zugelegt, so daß es sich auf den Türen großartig ausnahm.

Wenn man davon absieht, daß Chef Andresen sich etwas weniger enttäuscht über sie hätte zeigen können, so war es ein glücklicher Weg für das Fräulein gewesen, aber es gab ihr ja einen kleinen Stich, daß sie schon so abgedankt sein sollte. Wie würde es da in sieben Jahren mit ihr stehen! Oh, aber sie wollte schon wieder gesund und hübsch werden, entzückend, es gab nichts, das sie nicht getan hätte, um wieder hübsch zu werden, und wenn die Zeit kam, wollte sie sich einen Stiftzahn einsetzen lassen.

Ja, und sonst war der Ausflug gut geglückt. Alle hatten sie geschont, niemand hatte eine Andeutung gemacht, daß sie im Hause eines Mörders wohnte, Herrn Flemings Name wurde

339

gar nicht erwähnt. Und auf jeden Fall hatte der Ausflug sich
gelohnt, sie hatte Geld gespart.

So kehrte sie nach der Sennhütte zurück, eilt zurück, sie
ängstigt sich mehr als je, daß Klein-Julius aufgewacht ist und
auf sie wartet. Das kleine Würmchen, und er hat so hübsche
Händchen . . .

Marta kommt ihr draußen entgegen und flüstert: Es ist Besuch da.

Besuch?

Ein Mann. Er sitzt im Holzschuppen und wartet auf dich.

Ich weiß von keinem. Ist Julius wach?

Er war wach und hat Milch bekommen, dann schlief er wieder ein. Da ist der Mann! flüstert Marta.

Es war der Selbstmörder.

Sind Sie es, Herr Magnus? Wir sprachen gerade von Ihnen
im Sanatorium, daß Sie fort seien, daß Sie nicht zurückgekommen wären —

Der Selbstmörder antwortete nicht.

17

Der Selbstmörder sah verstört aus, als hätte er eine Zeitlang kein Dach über dem Kopfe gehabt, trug neue Kleider,
aber unordentlich, verknüllt und voll von Kiefernadeln.
Aber seine Wunde an der Hand war jedenfalls endlich
zugeheilt.

Wo kommen Sie her? fragte das Fräulein.

Wo ich herkomme? Ja, was soll ich sagen! antwortet der
Selbstmörder und sieht sich um. Kann uns jemand hier hören?

Nein, niemand.

Ich komme von zu Hause. Ich reiste ja hin, um etwas zu
ordnen, ich hatte eine Auseinandersetzung. Entschuldigen Sie,
wenn ich Sie quäle! sagt er plötzlich.

Sie quälen mich nicht. Was fehlt Ihnen, fürchten Sie sich vor
etwas?

Ja.

Wollen Sie eintreten?

Ja, ich danke Ihnen.

Marta stellte ihnen ihre Kammer zur Verfügung, und sie

340

setzten sich dort; das schien ihn ruhiger zu machen, aber er hielt Ausguck durchs Fenster. Anfangs war keine Ordnung in seinem Gerede. Ich habe irgendwo im Walde gelegen heute nacht, sagte er und lachte verlegen. Kurz darauf erklärte er dem Fräulein eindringlich, daß die Doktoren, ›wir Ärzte‹, nie etwas anderes als Humbug seien, das habe er jetzt wieder erfahren. Ach, es ist ja wohl, Fräulein d'Espard, Sie haben ja so viel durchgemacht in der letzten Zeit, ich las darüber in der Zeitung. Wieviel ist nun unsere eigene Schuld und wieviel die anderer? Wir haben jeder das unsere zu schleppen, und wir fehlen alle und sind Menschen. Sie fürchtete vielleicht, daß er mit einer seiner gewöhnlichen langen Auseinandersetzungen begänne, und fragte: Sie sind sicher einen Monat fort gewesen, ist es nicht so?

Einen Monat, zwei Monate, ich weiß nicht. Ich sollte ja das neue Mittel versuchen, aber glauben Sie, ich wäre der Mann gewesen, es anzuwenden? Verschob es von einem Tag auf den andern, konnte mich nicht entschließen und brachte es nicht fertig. Also ist das Mittel ja nicht schuld daran, werden Sie sagen. Und Sie haben gewissermaßen recht. Aber was soll ich mit einem Mittel, wenn ich es nicht anwenden kann?

Was war das für ein Mittel?

Der Rohrstock. Sagte ich es nicht?

Der Rohrstock –?

Erzählte ich Ihnen nicht einmal vom Rohrstock? Ich erinnere mich an nichts mehr, mein Gedächtnis ist so schlecht geworden. Ja, der Doktor lobte dieses neue Medikament, es wäre auf jeden Fall wirkungsvoll, es kuriere. Wenn man aber nicht der Mann dazu ist, es anzuwenden? Es sind zwei Monate, sagen Sie? Zwei Monate also herumzulaufen und es nicht zustande zu bringen, und schließlich unverrichteter Sache wieder abzureisen! Es war etwas anderes mit dem Schmied. Erzählte ich Ihnen vom Schmied?

Nein.

Es war auch nichts, nur Doktorengeschwätz. Was bewegte sich dort unten? Haben Sie es gesehen?

Das Fräulein warf einen Blick durchs Fenster: Das war wohl nichts. Aber mir fällt ein, Herr Magnus, haben Sie etwas zu essen bekommen, haben Sie gegessen?

Gegessen? Nein.

Sie wußte, wie schwierig er mit dem Essen war, ging aber

341

trotzdem zu Marta hinaus und bat sie, ein wenig landesübliche Kost zu bereiten, von dem, was sie zur Hand hatte.
Als sie wieder eintrat, knurrte der Selbstmörder wie ein Hund
und starrte zum Fenster hinaus. Es bewegt sich ein Busch dort
am Waldrand, sagte er.

Das Fräulein: Das ist wohl der Wind. Wovor fürchten Sie
sich?

Er antwortete nicht.

Natürlich war dieser Mann ein wenig verstört im Kopfe,
aber es war Fräulein d'Espard nicht gleichgültig, daß es ihm
schlecht ging; sie konnte nicht vergessen, daß er einmal mit
einem andern Manne zusammen sie und ein gewisses Geldpaket auf die hübscheste Art gerettet hatte; auch später hatte
der unglückliche Selbstmörder sie manches Mal gestützt, wenn
sie schwere Stunden hatte.

Wenn Sie mir sagen wollten, wovor Sie sich fürchten – ich
weiß nicht, aber vielleicht wüßten Marta und ich Rat.

Es läßt sich nicht sagen, ich sollte mich verstecken und nicht
im Tageslicht sitzen. Nein. Sie würden auch finden, daß es
nichts ist, aber gesetzt, sie wäre hinter *Ihnen* her?

Wer?

Ich hörte es am Bahnhof. Ich kam gestern zum Bahnhof,
und der Stationsvorsteher fragte, wie ich hieße, und sagte, es
wäre jemand mit der Bahn gekommen und hätte sich nach mir
erkundigt, sie hätte auch ins Sanatorium telephoniert. Sie wäre
ein paar Tage vor mir gekommen, sei noch da und paßte mir
auf.

Wollen Sie sie nicht sehen? fragte das Fräulein leise.

Ob ich will? Doch! ruft der Selbstmörder. Aber wissen Sie,
was Sie da fragen: ob ich ebenso leben will wie früher, ob ich
wirklich so erniedrigt bin, ob ich keine Scham im Leibe habe.
Ja, darum geht es. Aber ob ich sie sehen will? Ja, Fräulein
d'Espard, auf diesen Augenblick habe ich hier seit fünfzehn
Monaten Tag und Nacht gewartet. Ja. Aber sehen Sie, jetzt
bin ich schwach geworden, ich habe mich zuschanden gewartet
und wage nichts mehr, sie hat zu lange gezögert.

Schweigen.

Das Fräulein: Vielleicht wäre es doch am besten, wenn Sie
sie sprächen.

Ist das nicht hübsch, fährt der Selbstmörder fort, kann man
sich etwas ausdenken, was unsauberer und frecher wäre: nach

fünfzehn Monaten Schweigen ohne ein Wort, ohne eine Weihnachtskarte! Und dann persönlich zu kommen, bei hellem Tageslicht, in der Sonne, mit der Bahn angefahren zu kommen! Es fiel ihr wohl leichter, zu kommen, als zu schreiben. Sie blockiert das Sanatorium, in meinem eigenen Zimmer bin ich nicht sicher.

Ich weiß nicht, Herr Magnus, aber ich glaube, Sie müßten mit ihr reden.

Nie! rief er. Ach so, das glauben Sie? Nie! Jetzt hab ich es gesagt!

Der unglückliche Selbstmörder! Endlich hatte er erreicht, was er wollte, und nun wich er zurück. Konnte man sich eine größere Tücke denken: gejagt von dem, was er gerade ersehnte, verfolgt davon, und floh nun davor! Warum machte er nicht dem allen ein Ende und fuhr nach Australien? Er war wohl wieder nicht der Mann dazu, er flog wie eine Motte ums Licht. Da hatte er nun dieses eine, das ihn beschäftigte, das einzige, aus dem er alles Leid herauszupressen wußte, er sah das Leben durch diese Spalte, mehr sah er nicht, aber das war vielleicht auch nicht so wenig. Durch eine Spalte gesehen, wird ein Ding stark, klar und eindringlich.

Marta kommt mit dem Essen herein. Der Selbstmörder nimmt einen entsetzten Ausdruck an und scheint die Zeit zum Essen nicht erübrigen zu können. Ich mache Ihnen allzu viel Schererei! sagt er unglücklich.

Das Fräulein: Was war das für ein Busch? Ich werde aufpassen, während Sie essen!

Er wies auf den Busch, der sich bewegt hatte. Aber im übrigen müsse man nicht nur den Busch im Auge behalten, sagte er, sondern den ganzen Wald, den ganzen Waldrand, dort geht ein Viehsteig entlang! Worauf er sich sogleich ans Essen machte. Er aß schnell und herzhaft mehrere warme Eier, aß Brot, Waffeln und Butter und trank viel Milch. Es war sicher seine erste Mahlzeit seit langem.

Das Fräulein hielt Ausguck am Fenster. Jawohl, jetzt sieht sie gut, daß es sich bewegt, das stimmt, sie sieht, wie die Dame langsam zu den Häusern heraufkommt, sie kommt furchtsam, sich ein wenig wiegend, mit Federn auf dem Hute und in einem weiten Staubmantel, der ganz zugeknöpft ist. Es ist geradezu spannend.

Danke! sagt der Selbstmörder und erhebt sich. Es war die

beste Mahlzeit, die ich in den Bergen bekommen habe. Denken Sie, Waffeln!

Das Fräulein: Setzen Sie sich nun wieder hin, wo Sie saßen, und stecken Sie sich Ihre Pfeife an!

Ich habe keine Pfeife, ich habe nichts zu rauchen. Wie geht es Ihnen eigentlich, Fräulein d'Espard? Guten Mutes?

Ja, antwortet sie, guten Mutes. Nein, ich kann nicht anders sagen.

Sie haben sicher das bessere Teil erwählt, als Sie das Sanatorium verließen.

Ich weiß nicht! Und um etwas zu sagen und die Zeit hinzuziehen, fuhr sie fort: Sie bauen mächtig im Sanatorium.

Ja, aber wir sterben dort!

Das Fräulein nickt: Es sind viele Todesfälle gewesen, das ist richtig.

Einer nach dem andern, ich hab die Zahl nicht im Kopfe. Ach ja, der Tod macht reinen Tisch mit uns, wir taugen nicht zum Leben, wir sind zu klein für die Stiefel, in denen wir gehen, und dann stolpern wir in ihnen.

Marta öffnet plötzlich die Tür und ruft das Fräulein hinaus, in ihrer Abwesenheit nimmt der Selbstmörder ihren Platz am Fenster ein. Er ist jetzt ruhiger, das Essen hat ihm gut getan, sein Gedächtnis ist jetzt besser, und er denkt daran, einen Geldschein für Marta auf das Brett zu legen. Dann sucht er wieder den ganzen Wald mit scharfen Augen ab.

Fräulein d'Espard tritt ein und sagt: Ja, jetzt ist sie hier!

Der Selbstmörder weiß mit einem Male, wer es ist, und schreit: Was –?

Hier draußen. Marta hat mit ihr gesprochen. Sie ist wohl von der Seite, den Weg vom Sanatorium, gekommen.

Der Selbstmörder schluckt und sagt: Gut, lassen Sie sie hereinkommen! Lassen Sie sie nur hereinkommen, ich werde, weiß Gott –!

Eine Dame in weitem Mantel und mit einer großen Straußenfeder auf dem Hute. Sie ist dunkelblond und jung, geradezu und nett, nach ihrem Gang zu urteilen, mit einem offenen Gesicht, nur ein Paar Schneidezähne stehen schief, der eine etwas vor dem andern. In der Tür bleibt sie stehen und sagt nichts, aber ihr Mund bewegt sich.

Es hing eine kleine Uhr mit Gewicht und Messingkette an der Wand. Der Selbstmörder ergriff plötzlich die Kette und

zog das Gewicht mit einem langen raspelnden Geräusch hoch –
jawohl, mitten am Tage und in einem fremden Haus. Dann
drehte er sich halb um und sah sie. Bist du's? sagte er, wandte
sich aber wieder zur Uhr, als wäre er noch nicht ganz fertig
mit ihr. Er sagte: Ich sehe, die Uhr geht falsch! Worauf er sie
verließ und zum Fenster ging, sich das Kinn streichelnd, als ob
er einen Bart hätte. Geht es gut daheim? fragte er; dann fuhr
er ungeheuer ratlos und nervös fort: Warum nimmst du nicht
den Mantel ab und setzt dich? Da steht ja ein Schemel!

Mich friert, antwortete sie und setzte sich, wie sie war.

Er: Lebt sie, die Kleine? Ob sie lebt, frage ich!

Ja, sie lebt, sie ist gesund und redet wie ein Großer. Doch
ja, sie lebt schon!

Redet – das ist wohl nicht möglich?

Doch, redet – plaudert.

Wie heißt sie?

Leonora. Sie heißt nach dir.

Unsinn! Du hättest dir wohl etwas anderes ausdenken können, sagt er mit rotem Kopf.

Sie schweigt.

Du hättest dir wohl etwas anderes ausdenken können, sage
ich.

Ja, antwortet sie nur. Oh, sie ist so demütig, aber sie wickelt
ihn doch um ihren Finger.

Er schwatzt noch mehr in seiner großen Verlegenheit: Leonora, he, ein Ziegenname! Und da willst du mir einreden, daß
sie spricht? Erst muß sie doch mal ordentlich geboren sein.

Sie ist so süß –

Jajajaja, ich hab anderes im Kopfe, es ist schon gut. Aber
Leonora –! Wo wohnst du hier? fragt er plötzlich.

Beim Kaufmann. Ich habe heute nacht dort geschlafen.

Du hast wohl auch zwei Nächte dort geschlafen?

Ja, vielleicht sind es zwei Nächte. Ich – doch, jetzt erinnere
ich mich, zwei Nächte.

Warum wohnst du nicht im Sanatorium?

Sie, fast unhörbar: Ja – danke!

Das war doch ein merkwürdiger Einfall, bei dem Krämer
zu bleiben, in einem solchen Loch. Da mußtest du wohl mit
dem Mädchen zusammen liegen?

Nein, auf einem Sofa. Es wurde auf einem Sofa für mich
aufgebettet.

345

So etwas Verrücktes habe ich noch nie gehört! Ja, du bist alle Tage um deine Gesundheit besorgt gewesen! sagte er und meinte wohl, anzüglich zu sein. Du hast vielleicht auch nichts gegessen?

Heute nicht. Aber das ist einerlei.

Ja, äfft er, das ist einerlei! Na ja! Hast du denn gestern abend gegessen, wenn ich fragen darf?

Ja.

So! Aber das ist jedenfalls schon an achtzehn Stunden her. Ja, die Uhr dort geht vor, aber fast einen ganzen Tag ohne Essen zu bleiben – ja, das ist Vernunft! Steh gleich auf, dann können wir machen, daß wir ins Sanatorium kommen und etwas für dich bekommen. Es ist jetzt Mittag.

Sie gehen beide zur Kammer hinaus, und der Selbstmörder macht sich barsch und männlich, ist aber in Wirklichkeit sehr verlegen. Zu Marta sagt er: Meine Frau fürchtet sich vor dem Ochsen, ist er draußen?

Ja, antwortet Marta, aber er ist jetzt auf dem Berge, weit fort.

Fräulein d'Espard ist nicht anwesend?

Sie ist in der neuen Stube.

Grüßen Sie sie!

Sie gehen zum Sanatorium hinüber, sie reden nicht viel unterwegs, aber dies und jenes wird doch gesagt, wird gefragt und beantwortet. Sie sagt furchtsam: Warst du vor einer Woche in Kristiania?

Woher weißt du das?

Jemand glaubte dich gesehen zu haben, das Mädchen.

Ich war da und kaufte mir diesen Anzug, wenn du es wissen willst.

Ja.

Ja, was denn? fragt er heftig.

Nein, nichts.

Du bist natürlich ausgegangen und hast nach mir gesucht, als du hörtest, daß ich in der Stadt wäre?

Ja, das habe ich.

Hahaha! lacht der Selbstmörder.

Ja, Leonhard, das war ich. Zwei Tage lang. Und fragte auch in den Hotels.

Ach, hör auf mit dem Unsinn! Was wollte ich noch sagen –? Er stellte sich, als dächte er nach, aber er hatte sicher nichts vergessen, hatte nur seine Heftigkeit fortschwätzen wollen.

346

Sie kommen ins Sanatorium, kein Mensch ist zu sehen, der Selbstmörder weiß Bescheid und denkt, daß die wenigen Gäste, die jetzt hier wohnen, beim Mittagessen sitzen.

Er klingelt im Korridor und bittet das Mädchen um ein Zimmer für seine Frau.

Im selben Augenblick kommt der Rechtsanwalt aus dem Speisesaal, er schlägt die Hände zusammen und grüßt: Ich hörte, daß es klingelte, da mußte ich heraus und sehen, wer es wäre. Willkommen, Herr Magnus! Sie sind lange fort gewesen. Die Frau Gemahlin, wenn ich nicht irre? Willkommen, gnädige Frau! Setzen Sie 106 für Frau Magnus instand, sagt er zum Mädchen. Und er wendet sich an den Selbstmörder und erklärt: Es ist eine Etage unter Ihnen, aber Sie ziehen auch hinunter nach 105, ein Zimmer für zwei. Ich weiß nicht, ob die Herrschaften schon Mittag gegessen haben.

Der Selbstmörder: Nein. Und meine Frau ist sehr hungrig.

Lieber Freund, kommen Sie gleich herein, wir haben uns eben hingesetzt. Oh, Sie sind hübsch, so wie Sie sind, gnädige Frau, wir haben augenblicklich nicht viele Gäste, aber es kommt bald eine ganze Menge. Wollen Sie nicht Mantel und Hut ablegen? Nicht?

Nein, meine Frau friert, sagt der Selbstmörder.

Ja, es beginnt frische Herbstluft hier in den Bergen zu wehen, die reine Medizin; aber wir müssen uns ja danach kleiden. Hier, bitte!

Der Rechtsanwalt wies das Paar hinein. Seine Miene war glücklich, er kam mit Gästen, es waren nur zwei, aber sie vermehrten doch die kleine Gesellschaft, die am Tische saß.

Nach dem Essen ließ der Selbstmörder den Handkoffer seiner Frau vom Kaufmann holen. Der Rechtsanwalt war wieder dabei und sagte: Ich habe das Mädchen gebeten, Ihnen den Kaffee in das Zimmer Ihrer Frau Gemahlin zu stellen. Das habe ich doch wohl recht gemacht?

Der Selbstmörder antwortete nicht. Nein, er hätte es wohl am liebsten vermieden, mit ihr zusammengebracht zu werden, vielleicht meinte er, es selbst schon mehr als genug getan zu haben. Als der Rechtsanwalt fragte, ob man gleich seine Sachen auf Nummer 105 bringen sollte, antwortete er kurz: Nein.

Der Rechtsanwalt sah ihn an.

347

Ich bleibe oben, sagte der Selbstmörder. Meine Frau muß ja nach Hause, sie reist gleich wieder ab.

Der Rechtsanwalt: Das ist mir unleugbar eine Enttäuschung. Oh, aber gnädige Frau, dann soll es uns doppelt am Herzen liegen, Ihnen die kurze Zeit Ihres Aufenthalts gemütlich zu machen. Ich muß selbst leider wieder nach meinem Büro in der Stadt, aber ich werde Bescheid sagen.

Im Zimmer der gnädigen Frau war alles herabgerollt. Der Selbstmörder ging mit Sturmesschritten zum Fenster und ließ die Gardine hoch sausen. Die glauben gewiß, du könntest hier keine Sonne vertragen, polterte er. Wie war das übrigens, du sagtest, dich friert? Bist du krank?

Nein, mich friert nur ein wenig, es ist nichts.

Ja, man sollte nicht in Seidenstrümpfen und ausgeschnittenen Schuhen in die Berge kommen.

Er goß seinen Kaffee hinunter und sagte: Du hast zwei Nächte auf dem Sofa gelegen, da brauchst du sicher einen Mittagsschlaf. Wenn ich nachdenke, so müssen es ja drei Nächte sein, nicht zwei!

Ich weiß nicht mehr, es sind vielleicht drei.

Er schüttelte vollkommen hoffnungslos den Kopf und sagte zum Abschied: Ja, zieh dich aus und leg dich nun hin!

Sie hustete hinter ihm her, so daß er sich umdrehen mußte. Nein, es wäre nichts, sagte sie, aber sei mir nicht böse, vergib mir zum letzenmal!

Immer derselbe Unsinn! antwortete er und schnaufte. Vergib und vergib!

Er ist jetzt fortgereist, sagte sie.

Fortgereist? Er wußte gut, wen sie meinte, und antwortete höhnisch: Das ist ja traurig! Denk mal, er ist fortgereist!

Nein, es ist nicht traurig, ich habe ihn fortgejagt.

Hahaha! lachte der Selbstmörder.

Ja, ich habe ihn fortgejagt, das ist schon viele Monate her. Ich hätte es dir längst erzählt, aber –

Aber du gönntest mir die Neuigkeit nicht?

Ich fürchtete mich.

Ja, war wirklich so viel Scham und Ehre in dir, daß du dich fürchtetest?

Ja, ja, ich fürchtete mich. Ich habe hundert Briefe an dich geschrieben und nicht abgeschickt –

O Gott, wie ist das unwahr! ruft er aus. Ich schickte dir eine

Karte zu Weihnachten, und du antwortetest nicht einmal darauf!

Nein, das ist wahr, das ist wahr! Aber damals war ich noch ganz verstört und noch nicht zum Nachdenken gekommen, es sind ja acht Monate seit Weihnachten. Aber jetzt ist es auch schon mehrere Monate her, seit ich ihn fortjagte.

Wo hast du ihn hingejagt?

Hin? Ich weiß nicht, er ist abgereist, ich habe ihn seitdem nicht gesehen, es war im Sommer, er ist vielleicht in Amerika. Ich möchte am liebsten, er wäre tot.

Hahaha! lachte der Selbstmörder wieder.

Mausetot, oh, tief unter der Erde!

Warum eigentlich? Der geliebte Junge, der Jugendliebste, und was sonst noch alles!

Wir hätten uns ja heiraten sollen, sagte sie. Ja, so war es abgemacht. Ich wollte dich bitten, dich von mir scheiden zu lassen, und dann wollten wir heiraten. Das hatten wir abgemacht –

Ja, ich will nichts mehr hören! unterbrach der Selbstmörder sie plötzlich.

Er hat mich angeführt —

Ich will nichts mehr hören, sage ich!

Nein! antwortete sie da und hielt gehorsam inne.

Und nun erlaubst du vielleicht, daß ich gehe? fragte er. Merkwürdig, er war nicht mehr aufgeregt, nicht verbissen, die Neuigkeit, daß eine gewisse Person abgereist und fort war, hatte keine unangenehme Wirkung auf ihn. Er wandte sich sogar in der Tür um und sagte: Ich rate dir, dich eine Weile hinzulegen. Du solltest nicht so eigensinnig sein.

Sie war nicht eigensinnig; als er hinausging, begann sie augenblicklich das Bett zurechtzumachen. Der Selbstmörder hatte jetzt etwas zu denken und suchte sein Zimmer auf. Hier war alles unverändert, nur etwas staubiger, in seiner Abwesenheit war nicht reingemacht worden, man hielt ihn für einen Sonderling, der keine Wäsche ausstehen konnte, und so respektierten die Mädchen seine Vorliebe für Schmutz. Er blickte hinaus; eine der Dependancen wurde auf das Doppelte erweitert und außerdem ein neues Stockwerk aufgesetzt, die Bautischler sägten, klopften und nagelten mit furchtbarem Lärm. Weit fort bei den Seen ertönten Schüsse, wenn mit Minen gesprengt wurde. Alles das ging ihn übrigens nichts an.

349

Dieses Zimmer war fünfzehn Monate lang sein Heim gewesen, er konnte es ihr zeigen, sie konnte heraufkommen und sehen, wie behaglich er es gehabt hatte. Er hatte noch nicht gehört, daß er ihr leid getan hätte, weil ihm so bös mitgespielt worden war, nicht ein Wort. Was wollte sie im Grunde hier? Um Verzeihung bitten, wieder ein letztes Mal! Der Selbstmörder schnaufte, als wäre er dieser Sentimentalität jetzt wirklich müde, er tat – auch vor sich selber –, als hätte er genug davon, aber er wäre sicher sehr unzufrieden gewesen, wenn sie nicht um Verzeihung gebeten hätte. War es seinen Ohren etwa eine Qual, ihr Bitten zu hören? Ja, so schien es, ja, durchaus! Und jetzt war er es überhaupt müde, die Geschichte zu erörtern, er war obendrein schläfrig, hatte auch nicht allzu gut geschlafen in der Nacht, die er draußen im Walde gelegen –

Er erwachte merkwürdigerweise weder von den Sprengschüssen noch von dem Lärm der Bauarbeiter, sondern von einem weit geringeren Geräusch, er hörte, wie ein Fuhrwerk auf den Hof kam und jemand das Pferd anhielt.

Er ging ans Fenster und öffnete es. Tief unten sieht er, wer kommt; es ist Fräulein Ellingsen, die vom Wagen steigt. Was will sie wieder hier? Es geht ihn nichts an, aber auch das Fräulein hat wohl eine Absicht mit der Reise. Alle kommen sie und gehen, alle eilen hierhin und dorthin, haben etwas zu erledigen und achten auf ihr Wohl und Wehe. Und was soll das alles!

Ihn friert, und er schüttelt sich, es ist schon spät; in tief niedergeschlagener Stimmung geht er die Treppe hinunter und bleibt vor dem Zimmer seiner Frau stehen. Ob sie noch schläft? Er hört Weinen drinnen und geht brüsk hinein.

Er tut verwundert: Was in aller Welt —?

Entschuldige, sagt sie, ich werde gleich –

Was wirst du gleich? Bleib ruhig liegen, wenn du willst, du kannst Essen hereinbekommen. Hast du nicht geschlafen?

Doch – ach nein, ich weiß nicht! Es war, als suchte sie nach der Antwort, die ihm am besten gefiele. Doch, entschied sie, ich habe gewiß geschlafen, anfangs, eine lange Weile. Es tat gut, zu schlafen. Und du?

Ich? faucht er.

Ja, Leonhard, du brauchst es, du bist so gequält worden, ich weiß es wohl –

Wir reden nicht von mir!

So. Nein, nein. Aber du bist grau geworden, als ich so lag, hab ich darüber nachgedacht —

Der Selbstmörder donnert: Wir reden nicht von mir, hörst du?

Ja.

War es ihm zuwider, beklagt zu werden, weshalb wurde er denn jetzt gerührt und verlor seine Festigkeit? Es durchfuhr ihn doch wohl eine törichte Süße. Wie erklären, daß sie ihm nicht früher ihr Mitleid gezeigt hatte? Seht, sie hatte es wohl nicht gewagt, Gott weiß. Er entschuldigte sie bei sich: war es Vergeßlichkeit von ihrer Seite, so war sie verzeihlich. Andererseits konnte er wohl kein Waschlappen sein und lächeln und ja und amen sagen. Keine Rede!

Durch ihre nächsten Worte sollte sie ihn sehr in Verwunderung setzen: Ich weiß, warum du nicht ins Nebenzimmer ziehen willst.

Weißt du das – wie –?

Ja, weil du eben nicht willst. Es wundert mich nicht, ich habe verloren.

Er merkt nichts: Du hast verloren? Du meinst wohl, du bist verloren?

Du hast meine Veränderung gesehen, sagt sie.

Da schnitt wohl eine Art Licht in sein Hirn, und er tat, was sie nicht tat: er wurde rot und schlug die Augen nieder.

Keiner von ihnen sprach mehr.

Er taumelte ans Fenster und sah hinaus. Nun, der Rechtsanwalt will wohl abreisen, murmelt er, und seine Stimme zittert. Hm. Ich sehe, er will mit Fräulein Ellingsens Fuhrwerk wieder zurückfahren – Fräulein Ellingsen ist eben gekommen. Ja, er ist lange hier gewesen diesmal. Der Doktor steht auch unten. Ich hätte im Grunde mit dem Doktor sprechen sollen, es ist wieder ein Brief von Moß gekommen, von Anton Moß, und der Doktor liest ihn. Was ich sagen wollte —

Lange Stille.

Dann wandte er sich um und kam wieder ins Zimmer. Was willst du hiernach also von mir? fragte er ganz ruhig. Weshalb bist du hergekommen?

Nein –! antwortete sie nur und schüttelte den Kopf. Ich habe nicht – das heißt, du mußt wohl etwas meinen?

Ach nein. Ja, du wirst dich ja jetzt scheiden lassen, das ist selbstverständlich.

Ja, das können wir ja. Da fährt der Rechtsanwalt, wie ich sehe. Ja, das können wir wohl. Du kannst darüber nachdenken. Was für einen Tag haben wir heute?

Sie runzelten beide die Stirn und dachten nach, schließlich sagte er: Nun ja, es ist einerlei.

Ja, es mochte wohl wirklich einerlei sein, er brauchte es nicht zu wissen, es fuhr ihm nur so aus dem Munde. Es war nicht gut, an seiner Stelle zu sein.

Es war vielleicht auch nicht gut, an ihrer Stelle zu sein . . .

Er schlenderte den bekannten Weg zum ›Fels‹ hinan. Hier war der Wacholder, hier die weiße Steinplatte und hier der Spalt, alles wie früher. Er war eigentlich nicht zerbrochen, nichts war ihm im Grunde unerwartet gekommen, nur daß es jetzt gekommen war. Und jetzt, nach der Katastrophe, fand sie es an der Zeit, sich scheiden zu lassen. Jawohl, aber was mit dem Kinde, mit der kleinen Leonora? Sie redet schon, sie ist so süß, natürlich hat sie längst gehen gelernt, sie kann sogar springen, hat Schuhchen an den Füßen, Kleidchen – ha, das ist etwas Wunderbares, Mama und Papa sagt sie wohl. Hm, genug davon! So, deshalb sind wir gekommen, deshalb brauchen wir einen Staubmantel und kommen, wir haben uns so verändert. Das ist alles nicht weiter fein, und, ach, was sollen wir anfangen, wo sollen wir unser Gesicht verbergen! Und die kleine Leonora sagt nicht Papa, Unsinn, wie sollte sie das gelernt haben? Wir wollen uns nicht zum Narren machen. Das alles ist nicht gerade sehr fein. Eingeräumt! Indessen – indessen –

Da kommt sie, sie ist es, kommt hübsch, ein wenig sich wiegend und hübsch, großer Hut, kleine Schuhe, Handschuhe – paß auf beim Spalt, der ist nicht für Damen – bravo, sie wird leicht mit dem Spalt fertig, setzt herüber, prächtiger Mensch! Wie sollte er sie empfangen! Hier oben auf dem ›Fels‹ sitzend und hoch oben vom Kamm auf sie heruntersehend? Dummheit, wir stehen auf und warten, bis sie hier ist, dann mag der Zufall entscheiden. Bei näherem Nachdenken zeigt sich, daß die Sache nicht ganz so schlimm ist: Sie hatte ihn nicht vorher an sich gelockt, hatte im Gegenteil mit der größten Sorglosigkeit zu viel Zeit verstreichen lassen, ehe sie kam – sieh, das machte es unleugbar gleich weniger schändlich, weniger unredlich. Und was die Sache selbst, die Liebelei, betraf, so war es nicht so merkwürdig, daß sie nachgegeben hatte, wenn ihr die Ehe versprochen war. Wir wollen nur ruhig alle Umstände ins Auge fassen . . .

Er rief ihr zu: Wozu kommst du in deinen dünnen Schuhen hier herauf?

Ich komme mit einer Botschaft, antwortete sie, um ihn gleich zu entwaffnen. Ich traf den Doktor, er bat mich, dir zu sagen, daß ein Brief für dich gekommen wäre.

Diesen Auftrag benutzte sie als Vorwand; er wußte ja von dem Brief. Er ist von Moß, sagte er, das eilt nicht.

Pflegst du deine Spaziergänge hierher zu machen? fragte sie.

Ja, hierhin gehe ich.

Es ist nett, zu sehen, wo du zu sein pflegst, sagte sie und sah sich mit Interesse um. Sitzt du dann auf dem Stein dort?

Ja, hier sitze ich.

Hier sitzt du und blickst ins Weite, ja. Ach ja.

Er: Du hast also nicht geschlafen?

Doch. Aber es wurde so einsam. Und dann gab es so viel Reden und Schwatzen im Nebenzimmer.

Auf 107? Das ist Bertelsen. Er pflegt das Zimmer zu haben. Einer der Bertelsen heißt.

Ich dachte, sagte sie, ob ich heim reisen und mit Leonora zu dir zurückkommen sollte –

Hierher?

Nein, vielleicht nicht, nein, nein. Aber du willst wohl nicht hinkommen und sie sehen, das willst du nicht. Aber du bist so lange allein gewesen, ich wußte nicht, ob sie dir nicht ein wenig Gesellschaft sein könnte.

Das können wir immer noch überlegen. Willst du dich nicht hinsetzen und ausruhen?

Ja – danke!

Lauter Demut. Was eine Wirkung auf ihn ausübte. Seine Festigkeit wurde weich, wurde biegsam, er fragte: Was meintest du, du wolltest also mit dem Kinde herkommen und hier bleiben?

Nein, ich nicht! Nein, Gott, das hätte ich nie verlangt!

Aber ich könnte sie doch nicht allein hier haben?

Ja, ich dachte nicht an mich, nichts Derartiges. Nein.

Hier kann man auch nicht sein, sagte er in seiner ganzen Unzufriedenheit mit dem Orte. Hier herrscht konstante Fleischnot, wir leben von Forellen und Konserven, das Kind würde an schlechter Ernährung sterben.

353

Ich weiß nicht, was wir tun sollen. Du mußt es selbst sagen.

Ich habe gesagt, daß wir es überlegen müssen, antwortete er und erhob sich. Es ist windig, es wird zu kühl für dich, laß uns zurückgehen.

Mich friert nicht, ich habe diesen dichten Mantel.

Steh auf! Wir haben Gebirgswind hier, das verstehst du nicht.

Sie erhob sich lange, bevor er ausgesprochen hatte, und war auch weiterhin lauter Gehorsam. Dann stiegen sie hinab. Bei dem Spalt reichte er ihr die Hand, um ihr hinüber zu helfen, und wenn es einen Zweck haben sollte, mußte er ihr eigentlich beide Hände reichen, um sie aufzufangen. Das war wohl mehr, als sie gedacht hatte, sie sank nieder. Als sie drüben war, wurde sie schwach in den Knien und sank zusammen. Ja, ruh dich ein bißchen aus! sagte er.

Nein, das ist es nicht. Ich bin verzweifelt. Du bist freundlich und gut – wäre ich noch gewesen, wie ich früher war, wäre ich hierher gekommen, wie ich früher war, aber ich bin so häßlich und verändert. Und dazu habe ich all dies Unrechte getan –

Er: Unsinn! Es wird dunkel, machen wir, daß wir hinunter kommen!

Sie bekamen das Abendessen aufs Zimmer. Es war immer noch Gesellschaft und Gelächter auf 107.

Sie fragte: Soll ich morgen früh abreisen?

Fragst du mich danach?

Ja, du mußt es sagen.

Nein, antwortete er kurz.

Wann geht der Morgenzug?

Ungeheuer früh, du müßtest um vier Uhr aufstehen. Ich finde, das hat keinen Sinn.

Nein, nein – danke!

Sie sprachen noch eine Weile zusammen, sie waren beide ruhig geworden, und er ließ verstehen, daß eine Dame nicht gut allein mit der Bahn fahren könnte, das wäre so eine Sache. Nicht daß er ihr anbot, sie wieder nach Hause zu begleiten, aber es schien auch keine Unmöglichkeit für ihn zu sein. Als er gute Nacht sagte, äußerte er ein wenig abgebrochen, indem er die Wand betrachtete: Jaja, wir sehen uns morgen.

Sie ergriff seine Hand, dankte ihm heftig. Sie zitterte, und als er fragte, ob sie fröre, antwortete sie: Ja.

Das ist dein Ausflug auf den ›Fels‹. Leg dich gleich nieder, du kannst Schlaf brauchen.

Sie begann sofort aufzuknöpfen, und ehe er noch zur Tür hinaus war, hatte sie schon den Mantel abgelegt. Er war ein wenig verwundert und blieb einen Augenblick stehen.

Ich will tun, wie du sagst, beeilte sie sich zu erklären, ihr war kalt, sie klapperte mit den Zähnen und knöpfte weiter auf, immer weiter –

Dort blieb er stehen. Es wunderte ihn, daß sie nicht dick war, sie war wie früher, warum trug sie da den Mantel?

Das ist recht, entkleide dich schnell und leg dich nieder, dann wirst du warm, sagte er, um etwas zu sagen.

Und sie war gehorsam und entgegenkommend, arbeitete mit den Kleidern, zerrte sie ab und warf sie in einem Haufen auf einen Stuhl.

Da fragte er in höchstem Erstaunen: Aber – warum hast du den ganzen Tag den Mantel getragen?

Den Mantel? Mich friert, antwortete sie. Es ist wohl die Gebirgsluft, wie du sagtest. Wäre es dir lieber gewesen, wenn ich ihn abgenommen hätte?

Nein, warum, aber –

Nein, sagte sie auch und schüttelte den Kopf, ich bin im ganzen so verändert, ich kann gut mit solchem Frauenmantel gehen. Das ist ganz gleichgültig.

Wieso verändert?

Ach Gott, du sollst es nicht sehen, häßliche Haut und flachbrüstig, sie hängen. Plötzlich sieht sie ihn mit großen Augen an und fragt: Was glaubtest du denn?

Ich? Nichts.

Du siehst mich so verwundert an. Sag, was du glaubtest.

Ich kann nicht sehen, daß du verändert bist, sagte er.

Oh, ich verstehe! brach sie aus, du meintest, ich müßte – ja, daß ich etwas mit dem Mantel zu verbergen hätte.

Nun, es war ja aber nicht so.

Nein, nein, nein, was glaubtest du! Aber es ist doch schlimm genug. Ich bin schuld, daß du weg gingst.

So, leg dich nun hin! kommandierte er, schlug das Bett zurück und drückte sie nieder.

Er war kaum damit fertig, als sie sich auch schon wieder mit einem Ruck aufsetzte: Nein, Leonhard, ich war wohl verliebt und leichtsinnig und dumm, das war ich, und ich trank Wein damals, aber ich hab es seitdem nicht wieder getan. Nein. Und ich bin nicht so schlecht gewesen, wie du glaubst.

Ich sage nur, daß du dich hinlegen sollst, meinte er verlegen und kläglich und drückte sie wieder in die Kissen. Eine starke Freude flimmerte in ihm, er hatte sie wieder, seine eigene Frau gehörte ihm wieder. Zum Dank will er etwas für sie tun und sagt: Ich werde hier sitzen, bis du schläfst.

Ja, willst du das? antwortet sie und dankt ihm; es schien ihr ein reines Geschenk zu sein. Aber dann mußt du mich wecken, wenn ich die Tür abschließen soll.

Er überlegte: Ja, das mußte er wohl. Aber wie dumm war es, sie wieder zu wecken, wenn sie eingeschlafen war, sie brauchte den Schlaf so nötig. Wie, wenn er die Tür von außen verschloß und den Schlüssel mitnahm?

Ja, willigte sie dankbar ein und ergriff seine Hand zur guten Nacht.

Ich öffne morgen beizeiten, versprach er ...

Als sie eingeschlafen war, schlich er sich unendlich vorsichtig hinaus, verschloß die Tür und nahm den Schlüssel mit. Er befand sich in einem einzigen Entzücken, ging die Treppe hinab, auf die große Veranda und weiter über den Hof. Er lächelte und sagte törichte Worte vor sich hin: es war im Grunde seltsam, daß es so viel Glück in dieser Welt geben durfte!

Er merkte jetzt, daß der Abend feucht ist, der Nebel treibt, es ist Herbstgeschmack in der Luft, die Sterne sind spärlich und gleichsam bitter, was bedeutet das? Es kann etwas Bitteres über den Sternen liegen, ihr Ausdruck ist nicht immer süß.

Es war Licht im Büro des Doktors, er konnte sofort hineingucken und lesen, was in dem Brief von Moß stand. Nicht, weil es ihn noch beschäftigte; ein Brief von Moß gehörte jetzt zu den untergeordneten Dingen, aber mitten in seiner eigenen gehobenen Stimmung konnte er es seinem alten Kameraden wohl gönnen, wieder einmal höhnisch und boshaft zu sein. Sei es!

Moß hatte selbst geschrieben, mit ordentlichen, geraden Zeilen, hübschen Buchstaben, Trennungszeichen, er schien sein volles Augenlicht wiedererhalten zu haben. Er teilte mit, daß er von der Bartflechte ganz geheilt wäre und jetzt einen Abstecher nach Hause machte. Es würde ihn freuen, Selbstmörder Magnus in Kristiania ebenso geheilt zu treffen, wie er selber war!

Die Freude soll er haben, sagte der Selbstmörder. Ich werde ihn wirklich besuchen, wenn ich jetzt heim reise.

Der Doktor: Wollen Sie heim reisen?

Ja. Morgen.

Der Doktor erwähnte nichts von ihrer früheren Unterhaltung, er schonte den Selbstmörder, erwähnte seine Frau nicht, ließ nicht merken, daß er sich an einiges erinnerte. Er sagte: Es ist viel geschehen, seit Sie uns verließen, große Dinge, Mord.

Der Selbstmörder antwortete nicht.

Kannten Sie die Personen im Drama?

Was Moß betrifft, sagte der Selbstmörder, ist es doch ein erfreuliches Erlebnis.

Der Doktor nachdenklich: Ich weiß nicht.

Wissen Sie nicht?

Ich finde, Sie sollten ihn nicht besuchen in Kristiania.

Warum nicht?

Er ist nämlich sicher nicht da, antwortete der Doktor.

Der Selbstmörder verwirrt: Uff – jetzt hätte alles gut sein können! Sie lassen mich wieder zweifeln. Warum soll immer etwas Schlechtes dabei sein!

Jetzt war es der Doktor, der schwieg.

Warum antworten Sie nicht? fragte der Selbstmörder.

Der Doktor lächelnd: Weil ich es natürlich nicht weiß. Glauben Sie nicht, Herr Magnus, daß Gut und Schlecht relative Begriffe sind?

Nein, rief der Selbstmörder, es sind absolute Begriffe zur Anschauung der Dinge!

Schön, mag es so sein. Die Augen Ihres Freundes Moß sind wieder gut geworden, und das ist schon viel.

So war es doch nicht Bartflechte?

Das war es wohl nicht.

Der Selbstmörder erhob sich: Mir wird ganz unheimlich zumute, Doktor, und jetzt will ich gehen. Das heißt, gerade heute abend will ich nicht mehr daran denken.

Es wurde nicht mehr gesprochen, wurde keine lebhafte Unterhaltung, wurde kein Selters mit Kognak geboten. Gute Nacht! sagte der Selbstmörder.

Er schlenderte nach der großen Veranda zurück. Es war auffallend, wie schwer und unheimlich die Luft geworden war; Kälte schlug vom ›Fels‹ herab, der Nebel dampfte, übrigens wurde er wohl bald vertrieben, denn es begann zu wehen. Er sieht im Leuteanbau ein Licht, einen Mann, der mit einer brennenden Laterne geht. Es ist ein kleiner runder Schein im Nebel, die Laterne vermag fast nichts zu beleuchten außer sich selber. Es sieht ganz unnatürlich aus.

Er geht hinüber und sieht, daß es der Briefträger ist.

Suchen Sie etwas?

Der Briefträger: Sagen Sie nichts weiter!

Was haben Sie verloren?

Ich habe einen Fünfkronenschein verloren. Ich war vorhin auf einen Sprung draußen und muß ihn verloren haben. Aber es fängt an windig zu werden, und da wird er fortgeweht. Es waren fünf Kronen!

Gehen Sie nicht ohne Mütze in dem schlechten Wetter und suchen Sie nach einer solchen Lappalie. Hier haben Sie einen Fünfkronenschein.

Das ist nicht möglich –?

Doch, es ist möglich, Sie haben mir viele Briefe und Karten gebracht, und morgen reise ich nun heim.

Er macht einen armen Teufel froh und entfernt sich in gehobener Stimmung. Merkwürdig, diese Kälte und Unheimlichkeit, hu, aber die sollten ihn heute abend nicht überwältigen. Um den ›Fels‹ beginnt es zu sausen, das ist der Wind, es wird kalt, aber klar, der Nebel zieht in Fetzen in den Wald hinunter. Es sollte nicht unheimlich sein, er wollte es nicht; er knöpfte trotzig die Jacke auf, steht, die Hände in den Hosentaschen, da und betrachtet den segelnden Nebel. Das ist amüsant und köstlich, die Bergebene wird gesäubert, die Gebäude des Sanatoriums werden wieder sichtbar. Was mag das alles nur bedeuten? Sturm? Vielleicht Sturm.

Im Schloß ist alles ausgelöscht, nur auf 107 ist noch Licht, und da muß etwas so Dummes geschehen, daß Bertelsen sein Fenster öffnet und ihm zuruft, daß er heraufkommen soll: Bitte, ein Gläschen mit uns zusammen!

Der Selbstmörder antwortet nicht. Das ist ja hübsch, wie dieser angetrunkene Mensch dasteht und die andern Gäste wach brüllt! Wenn sie nun aufgeweckt ist und nicht wieder einschläft?

Als er hineingeht, huscht er an die Türe seiner Frau, steht

lange da und lauscht. Nein, Gott sei Dank, alles ist still, oh, sie war wohl todmüde. Gute Nacht! flüsterte er und steigt die Treppe zu seinem Zimmer hinauf. Er ist selbst müde.

Das war das Ende eines bedeutungsvollen Tages. Und alles hätte gut gehen können, aber der Tod trat dazwischen.

18

Es war dumm, daß der Rechtsanwalt abreiste, er würde sonst für Ordnung gesorgt haben.

Bertelsen war in lustiger Stimmung, er begann schon gleich nach dem Mittagessen mit Wein, erwischte Fräulein Ellingsen und wollte sich großartig zu ihr zeigen, wollte derselbe sein wie früher, mehr als früher, wollte ›Prost, Fräulein Ellingsen!‹ sagen und ihr den Hof machen.

Und sie konnte ihrerseits ja nicht zurückstehen, auch sie mußte bei dieser peinlichen Begegnung frei und überlegen sein. Frau Bertelsen, die frühere Frau Ruben, fand sich sosolala damit ab, nahm es durchaus nicht tragisch, dazu war sie zu klug, hatte ein zu gutes Köpfchen, wenn sie es gebrauchen wollte. Es war gefährlich schnell mit ihr und Bertelsen gegangen, es war vielleicht nicht das Glücklichste, was sie erlebt hatte, aber sie war nicht verzagt, sie war einmal, die sie war, und hatte ihr Privateigentum in Ordnung.

Oh, dieses Privateigentum, Gott weiß, ob es nicht schon Gegenstand für Attacken gewesen sein mochte!

Außer Fräulein Ellingsen und Bertelsen und Frau war noch eine vierte Person mit beim Gelage, eine Hardesvogtswitwe, oder was sie nun war, Sekretärin eines gewissen Unternehmens mit einer Tischdecke. Sie war eingeladen worden, auf dem vierten Stuhl zu sitzen und die Zahl voll zu machen, und das verstand sie selbst auch sehr gut. Anfangs wollte sie sich geltend machen und lobte Frau Bertelsens gutes Aussehen, aber da war nun nichts zu rühmen, und die gnädige Frau antwortete nur: Na ja! Frau Bertelsen wußte selber, wie ihr Aussehen war, es war mittelmäßig: sie aß wieder – wenig und vorsichtig, damit sie nicht zu dick wurde, aber genug, um sich einigermaßen gesund zu halten. Daraus entspringen nicht Blüte und Schönheit. Aber Frau Bertelsen hatte doch jedenfalls ihre Augen, einen Blick, der tiefer und herrlicher als jeder andere sein konnte.

Ja, sagte die Witwe, es ist wunderbar, wie gut Sie aussehen, Frau Bertelsen. Ich weiß noch, wie Sie früher waren, voriges Jahr, in der ersten Zeit –

Aber wieder sagte Frau Bertelsen: Na ja.

Hierauf wurde die Witwe sehr bescheiden und ruhig in der reichen Gesellschaft und hing nur an Frau Bertelsens Lippen.

Fräulein Ellingsen hingegen erwies der gnädigen Frau keine besondere Aufmerksamkeit, sie hatte wohl ihre Gründe dazu. Das Fräulein hatte genug mit den eigenen Gedanken zu tun. Als sie Wein bekommen hatte, begann sie von selbst von ihrem Buche zu erzählen, dieser Sammlung von Feuilletons, die jetzt zu Weihnachten erscheinen sollten. Sie hatte schließlich diese Ferien bekommen, um es fertig zu machen.

Bertelsen hatte zwar oft genug von der Sammlung gehört, aber die Damen fragten aus Höflichkeit, wie sie heißen sollte. ›Der Schrei in der Nacht‹, antwortete Fräulein Ellingsen.

Ach!

Sie hatte noch keinen Verlag gewählt, aber sie wußte, wie groß das Buch werden sollte, und hatte den ganzen Inhalt im Kopfe.

Daß Sie das machen können, daß Sie das fertigbringen! sagten die Damen.

Das sagten alle, antwortete das Fräulein. Aber es ist ja schon so, daß man berufen sein muß. Es fliegt mir zu, ich habe nicht die geringste Mühe, mir den Stoff auszudenken. Wollen Sie zum Beispiel hören, was ich jetzt in der Bahn auf der Herfahrt erlebt habe?

Ja, sagten die Damen, und: Prosit, Fräulein Ellingsen! sagte Bertelsen.

Ja, auf dem Sitz mir gerade gegenüber saß ein Mann, ich würde ihn in der größten Volksmenge wiedererkennen, solchen Eindruck machte er auf mich. Er saß da und tat alles mit der linken Hand.

Nun? fragten die Damen gespannt.

Mit der linken Hand! stellte das Fräulein fest.

Ja, war das so seltsam?

Der Mann, sagte das Fräulein, hatte sicher etwas getan, was nur mit der rechten Hand gemacht werden konnte.

Die Damen verstanden keine Spur.

Das Fräulein mit Nachdruck: Er simulierte Linkshändigkeit.

Simulierte Linkshändigkeit? sagte Frau Bertelsen. Ach so. Ja, aber woher wissen Sie das? Was in aller Welt – ich verstehe nicht –

Fräulein Ellingsen begann sich wieder zu verlieren, sie ertrug keine Frage, man durfte ihr nicht auf den Leib rücken. Und als Frau Bertelsen fragte: Aber was weiter?, schüttelte das Fräulein den Kopf und antwortete: Es gibt nicht mehr – bis jetzt nicht.

Bertelsen griff ein. Gott weiß, ob der gute Bertelsen nicht ein bißchen für sich arbeitete und seine Frau in irgendeiner Beziehung mürbe machen wollte, er sagte: Ich verstehe nicht, was es für Spaß machen kann, so gründlich nach allem zu fragen. Fräulein Ellingsen hat den feinsten Spürsinn, den ich kenne, sie weiß schon, was sie sagt. Prosit, schöne Dame!

Ich finde, es war Unsinn, sagt Frau Bertelsen. Entschuldigen Sie, daß ich das sage!

Fräulein Ellingsen sah zu Boden, aber die sonst so ruhige Dame zitterte ein wenig und ließ ihre schiefen Augen mit einem schmalen Schimmer vom Boden zu Frau Bertelsens Knien hinaufgleiten. Ich habe einen Anhalt, sagte sie, vom Telegraphentisch, sagte sie. Es könnte ja sein, daß ich ein wenig über den Mann im Zug wüßte. Aber ich darf nicht mehr sagen, ich habe meinen Eid.

Ja, da hörst du! sagte Bertelsen zu seiner Frau. Er erhob sich, gähnte und sagte: Hier ist so viel Rauch, daß wir uns gegenseitig nicht sehen können. Haben die Damen etwas dagegen, daß ich das Fenster ein wenig öffne?

Es stimmte, der Rauch war dicht, er brannte der Hardesvogtswitwe in den Augen, und weder die große Hängelampe über dem Tisch noch die Stearinkerze in der Ecke bei der Tür vermochte ordentlich zu leuchten.

In diesem Augenblick, als Bertelsen das Fenster öffnete, war es, daß er den Selbstmörder unten auf dem Hofe erblickte und heraufrief.

Ein vielfältiger Ausruf im Zimmer – und Frau Bertelsen schrie: Mach das Fenster zu! Siehst du nicht, daß die Lampe ausgegangen ist!

Er zog mit Mühe das Fenster wieder zu und fluchte ein bißchen über den starken Wind. Jetzt leuchtete nur die Stearinkerze im Zimmer. Die Witwe wollte die Lampe wieder anzünden, verbrannte sich jedoch die Finger an dem heißen Glase und gab es auf. Sie wurden einig, daß sie Licht genug hatten, und unterhielten sich weiter im Halbdunkel. Bertelsen schalt eine Weile auf den Selbstmörder, der nicht einmal auf die Einladung geantwortet hatte, schimpfte auf den Wind, der ihm fast das Fenster aus den Händen gerissen hätte, und murrte über die elende Stearinkerze, die so schlecht leuchtete, daß er sein Glas nicht finden konnte – viel Ärger, viel Mißgeschick, und eine Weile darauf schlief Bertelsen.

Ja, der gesunde, starke Mann brauchte immer ein Schläfchen, wenn das Lustigsein sich ein wenig in die Länge zog. Die Damen nahmen keine Notiz davon, sie unterhielten sich weiter, und es war, als ob sie sich jetzt, da sie allein waren, immer mehr fanden. Frau Bertelsen wußte am meisten über Theater und Musik, sie saß da, spielte mit einem ihrer teuren Ringe und erzählte interessant von einer Sängerin, einem großen Stern, die jetzt bei ihrem letzten Konzert in Kristiania keinen Ton in der Kehle gehabt hatte, so daß es einen Skandal gab.

Die Witwe wunderte sich mit wenigen Worten, daß die Sängerin nicht beizeiten aufgehört hätte.

Frau Bertelsen: Es ist so traurig, sie sind zu dieser letzten Tournee gezwungen. In den guten Jahren singen sie sich Reichtum zusammen, aber sie brauchen ihn auf, und dann werden sie alt und stehen mit leeren Händen da.

Ja, so geht es, sagt Fräulein Ellingsen auch, um liebenswürdig zu sein.

Und die Damen sprachen und sprachen, Bertelsen schlief. Es vergingen ein paar Stunden oder mehr, die Witwe paßte auf, ob Frau Bertelsen das Zeichen zum Aufbruch geben würde, denn dann wollte sie gleich Lebensart zeigen und sich erheben, das wollte sie, das schuldete sie sich und der angesehenen Dame, bei der sie zu Gast war.

Endlich schnarcht Bertelsen ein wenig zu laut auf seinem Stuhl, und Frau Bertelsen sagt: Ich weiß nicht, es ist vielleicht spät geworden? Nicht um die Damen zu verjagen –

Alle erhoben sich.

Aber jetzt verlor Frau Bertelsen ihren Ring. Sie guckte auf dem Fußboden nach, und die andern Damen halfen ihr suchen. Fräulein Ellingsen holte das Licht und leuchtete herum, sie umkreiste Frau Bertelsen, es war doch merkwürdig, daß der Ring ganz verschwunden sein sollte. Sie kam hinter Frau Bertelsen und leuchtete. Hier ist er! sagte sie. Im selben Augenblick stand Frau Bertelsen in lichten Flammen –

Das nächste ist eine Mischung von Geschrei und Feuer, die gnädige Frau sucht wohl Wasser, Teppiche zu fassen, sie wirbelt in den Alkoven und steckt unterwegs die Portiere in Brand, überall, wohin sie kommt, zündet es, Geschrei und Feuer, Geschrei und Feuer.

Schließlich erwacht Bertelsen und schreit, halb betrunken, noch lauter als die andern: daß sie nicht so schreien, daß sie ruhig bleiben sollen! Als er in den Alkoven will, um seiner Frau zu helfen, fängt auch er an der Portiere Feuer, er weicht zurück und will aus dem Fenster springen, entzündet aber die Gardinen, er kehrt zum Tische zurück und leert Weinreste auf seine brennenden Kleider, aber das ist das reine Flickwerk und hilft nichts. Fräulein Ellingsen tut etwas Vernünftiges, sie reißt die Tischdecke herunter, so daß Gläser und Flaschen zu Boden rasseln, und wickelt das Tuch um den brennenden Mann. Aber das reicht ja nicht, das Tuch bedeckt ihn nicht, und außerdem steht er nicht still, sondern rast herum; das nächste, was Fräulein Ellingsen merkt, ist, daß sie auch brennt. Sie wirft sich auf den Boden und wälzt sich, schreit, heult, wirft den Tisch um. Die einzige, die jetzt etwas hätte ausrichten können, steht da wie eine Säule und schluckst, die Witwe unternimmt nichts, sondern steht gelähmt da und schluckst. Plötzlich befreit Bertelsen sich von der brennenden Tischdecke, reißt sie sich als eine lange Flamme herunter, schleudert sie so weit wie möglich fort, zur Witwe hinüber, zu deren Füßen sie hinfällt und die sie auch anzündet –

Jetzt brennen alle und alles.

Drüben im Leuteanbau merken sie, daß es so stark im Schlosse leuchtet; als sie hinaus laufen und den Rauch sehen, begreifen sie, daß ein Unglück geschehen ist. Es ist Sturm geworden, sie können nicht aufrecht gehen, sie müssen sich mit gesenkten Köpfen an Stöcken vorwärts schieben, sie rufen: Feuer!, um alle Menschen zu wecken, bleiben dann an der Verandatür stehen und warten, daß sie von drinnen geöffnet wird und jemand herauskommt. Nein. Als es so lange Zeit dauert, holt der Schweizer ein Beil aus dem Holzschuppen und schlägt die Tür ein. Aber niemand kommt heraus. Schweizer, Inspektor und Briefträger laufen durch den Korridor ins

Schloß und die Treppe hinauf und brüllen: Feuer! Als der Rauch sie zuletzt zur Umkehr zwingt, flüchten sie wieder auf die Veranda heraus.

Jetzt schlagen Flammen vom Dach hoch in die Luft, der Sturm verbreitet das Feuer nach oben und unten, dies große Gebäude, das auf Säulen und Nadeln steht, brennt wie Papier. Was sollen die Leute machen? Zwei Leitern gegen willkürlich gewählte Fenster stellen und im übrigen zusehen. Sie sind hilflos, können nur schreien, Eimer mit Wasser haben keinen Zweck. Nackte Gäste öffnen in allen Stockwerken die Fenster, rufen herunter, aber in dem Sturm ist nichts zu hören, ein paar von ihnen springen im Wahnsinn heraus, ihre flatternden Hemden fangen unterwegs Feuer, und sie kommen als Meteore herab. Die Leute klettern die Leitern empor und wollen ein Opfer herausholen, es gelingt ihnen aber nicht. Eine Dame, die Hände voller Kleidungsstücke, liefert erst die Kleider ab, wagt aber selbst nicht zu folgen, es ist Orkan und Untergang, jetzt brennen die Wände, die Leitern sind vom Feuer versperrt, die Leute müssen Stufe für Stufe wieder herab.

Hierher mit den Leitern! Der Ingenieur mit seinen Leuten von der Elektrizitätsanlage übernimmt das Kommando. Jawohl, die Leitern werden von Fenster zu Fenster, von Platz zu Platz gehoben, ein junger Mann, ein Wagehals, jede Leiter hinauf, Gott sei Dank, sie kommen ganz hinauf, sie blicken in ein Zimmer voll Feuer und Rauch, aber keine Menschen, die Menschen sind eins geworden mit dem Feuer und dem Rauch und sind selbst nichts mehr. Die Wagehälse hasten wieder hinunter, sie haben selbst Feuer an den Kleidern, sogar die Leitern brennen.

Der Doktor taucht auf, er ist in Unterzeug und barhaupt, er kann ebenso wenig wie die andern etwas machen, aber er schreit nicht, er schweigt. Da kommen endlich ein paar Gäste fluchtartig zur Verandatür heraus, zwei oder drei folgen, alle unbekleidet, einige aber mit Kleidungsstücken in den Händen. Sie schreien und brennen, aber sie kommen heraus. Es war der letzte Augenblick, jetzt schlagen die Flammen auch durch die Verandatür.

In der Ecke, ganz oben unter dem Dache ist ein angekleideter Mann in einem Fenster zum Vorschein gekommen. Er sieht hinunter und überlegt nicht eine Sekunde, sondern ergreift die Regenröhre und schwingt sich heraus. Er hätte sich auf einer

Leiter retten können, aber es ist keine Leiter mehr da. Er rutscht von Dach zu Dach an der Röhre herab und kommt der Erde immer näher. Als ihn das Feuer im zweiten Stock aufhält, scheint er verloren, er klammert sich mit den Händen an und scheint sich zu bedenken, ob er loslassen soll. Plötzlich verschwindet er, Rauch und Feuer verhüllen ihn, und unten auf dem Hofe wird er wiedergefunden. Zerschmettert? Nicht zerschmettert, aber brennend, er wälzt sich auf der Erde, reißt die Jacke ab und löscht sie aus, klopft mit dem Hut und den bloßen Händen am Körper herab und löscht, löscht –

Da steht er. Es ist der Selbstmörder.

Er hat sich gerettet, indem er sich beim Loslassen mit dem Fuße von der Regenröhre abstieß. Dadurch rutschte er schräg herunter auf einen Balkon im zweiten Stock, fiel allerdings von hier aus weiter, aber es war ein Fall in zwei Stufen und die letzte Stufe daher nur der Rest eines Falles. Ein Glück, ein Wunder, der um sein Leben besorgte Selbstmörder hatte gewagt, sich aus einer solchen Höhe durch ein Feuermeer zu retten!

Er will durch die Veranda hinein, muß aber umkehren. Ich hab sie eingesperrt! schreit er. Ich hab den Schlüssel, sie kann nicht heraus! Es ist 106.

Aber wo ist 106? Zimmer 106 ist ausgebrannt.

Er bekommt keine Hilfe, es gibt keine Leitern mehr, keine Wand, um Leitern dagegenzustellen, kein Fenster, nichts, nur ein Flammenmeer. Er heult seine Nummer, er hält einen Schlüssel mit seinen beiden verbrannten Händen empor und will wieder durch die Veranda hineindringen – aber da ist nichts mehr, nur Feuer –

Noch konnte ein Gesicht hoch oben zum Vorschein kommen, ein Paar erhobene Hände, Feuer im Haar einer Frau, dann verschwindet das Bild.

Dann verschwindet alles.

Der Sturm machte es zu einem Brand großen Stils, das Feuer ging vom Schloß auf die Dependancen über, auf den Pfahlbau, den Kuhstall, von diesen fünf Gebäuden mit allem, was drum und dran ist, steht alles in Flammen mit Ausnahme des Holzschuppens. Es gab keine Rettung, der Ingenieur und seine Leute fuhren eine Weile auf dem Dache der einen Dependance herum und versuchten, überall, wo es sich entzündete, zu löschen, als aber der Sturm begann, große brennende

Stücke vom Schloß herüber zu schleudern, mußten sie es aufgeben. Es kam auch Mannschaft vom Kirchspiel herauf, ohne etwas ausrichten zu können, der gute Wille der Menschen half nichts. Was zu tun war, wurde getan: der Schweizer ließ beizeiten die Kühe aus dem Stall und trieb sie nach dem Walde. Und der Doktor schickte die Leute aus dem Kirchspiel wieder heim, um Fuhrwerke zum Transport der wenigen Überlebenden zu holen.

Es war vier Uhr morgens.

Der Sturm hatte sich gelegt, er hatte sein Werk vollbracht. Die Brandstätte ist still, die Verwundeten sind fortgefahren, nur zwei von der Mannschaft des Ingenieurs sind als Wache zurückgeblieben. Vom Walde hört man hin und wieder ein klagendes Brüllen von den Kühen des Sanatoriums.

Die Stätte liegt in Finsternis und Rauch verlassen da.

Der Selbstmörder geht auf den Trümmern umher. Er hat den Transport nicht begleiten wollen, er geht vor der Fassadenmauer hin und her, bleibt zuweilen stehen und murmelt vor sich hin, sieht empor nach einer eingebildeten Wand und geht wieder, immer einen Schlüssel in der Hand – einer Hand, die um ein Stück Eisen erstarrt ist. Die Wache möchte am liebsten, daß er fort wäre, und versucht ihn mehrmals weg zu bekommen, aber er geht nicht.

Was suchen Sie? fragen die Männer. Worauf warten Sie?

Ich warte nicht, antwortet er. Das heißt, ich gehe hier, ich warte nicht. Meine Frau schlief auf 106.

So. Ihre Frau war drinnen?

Ja. Eingesperrt. Hier ist der Schlüssel.

Die Männer sind besänftigt und schütteln den Kopf. Sie lassen den wandernden Mann in Frieden, er stiehlt nicht, hier gibt es nichts zu stehlen, sie setzen sich und reden leise miteinander: sie wundern sich, wer es fertiggebracht hat, hier so einzuheizen, sie sprechen von der Versicherung, sie prophezeien, daß das Sanatorium wohl wieder aufgebaut wird. War das nicht auch traurig: In einem Monat hätte der Ingenieur das Werk fertig und Wasser in Überfluß gehabt, um zu löschen! Aber es war nicht so bestimmt!

Der Selbstmörder wandert.

Wäre es nicht besser für Sie, sagen sie zu ihm, und er jam-

366

mert sie, weil er so verstört ist – wäre es nicht besser für Sie,
wenn Sie zur Sennhütte hinübergingen und ein Dach über den
Kopf bekämen?

Ja, antwortet er.

Dann bekommen Sie doch Kaffee und ein wenig Wärme.

Ja.

Aber er ging nicht, er setzte seine Wanderung fort. Als es
ungefähr fünf Uhr war, ging er von selbst, es war jetzt hell
geworden, die Männer behielten ihn im Auge, er ging zum
Holzschuppen, dem einzigen noch stehenden Hause.

Er sah sich nicht um, sondern ging zu einem kleinen Schlitten, der drinnen an die Wand gelehnt stand, dem kleinen
Schlitten, der im Winter zum Rodeln gebraucht wurde, jawohl,
und jetzt begann er den Strick vom Schlitten zu lösen.

Die Männer kommen und sagen: Was machen Sie hier?

Er arbeitet weiter, ohne zu antworten.

Sie dürfen nichts anrühren. Was wollen Sie mit dem Strick?
fragen sie.

Was ich damit will?

Wollen Sie etwas einpacken?

Ja, murmelt er – ich will einpacken!

Wo haben Sie es?

Er antwortete nicht, hielt aber in seiner Arbeit inne, es war,
als hätte er sich diesen Strick ausersehen und gedächte nicht,
sich ihn nehmen zu lassen.

Die Männer dachten wohl auch nicht weiter darüber nach,
sie opferten vielleicht gern dieses Stückchen Strick, um ihn los
zu werden. Na ja, nehmen Sie den Strick! sagten sie. Und der
Selbstmörder ging mit seiner Beute.

Er ging über die Ebene, vorbei an den Pfählen mit den weißen Plakaten, mit den Wegweisern und den letzten Wetter-
meldungen, diesen wenigen nackten Resten des Torahus-Sana-
toriums, schlug den bekannten Weg nach der Sennhütte ein
und ging schnell und fest, als hätte er etwas Bestimmtes vor.
Als er an den Heuschober kam, bog er in den Wald ab.

Merkwürdig: erst jetzt beginnt er starken Schmerz in seinen
Brandwunden zu fühlen, und im Gehen bläst er auf seine
Hände, um sie abzukühlen. Als er tief genug in den Wald gekommen ist, fängt er an, sich einen Baum auszusuchen. Er
murmelt und murmelt; 106, sagt er, 106. Im Laufe der Nacht
ist es ihm so zur Gewohnheit geworden, diese Zahl zu mur-

meln, daß er gedankenlos damit fortfährt. Den Schlüssel hält er in der Hand.

Es ist nicht so leicht, einen passenden Baum zu finden, und er sucht lange. Aber gefunden muß er werden. Was er im Sinne hat, ist das einzige, was getan werden kann, und es muß jetzt geschehen. Welchen Zweck hätte ein Aufschieben? Lauerte nicht auf jeden Fall der Tod auf ihn, lag hinter jedem Busch, stand hinter jedem Baum, bereit, sich über ihn zu werfen?

Etwas drückt ihn im Stiefel, sticht bei jedem Schritt, und zuletzt setzt er sich hin und zieht den Stiefel aus. Es ist eine Kiefernadel, die im Strumpf steckt. Als er sie entfernt hat, zieht er den Stiefel wieder an und schnürt ihn wie gewöhnlich zu.

Weiter oben ist es sicher leichter, einen Baum mit einem brauchbaren Ast zu finden, er war schon an einigen vorbeigekommen, die gar nicht so schlecht, gar nicht unmöglich waren. Er macht kehrt und steigt wieder aufwärts, nein, er will es nicht mehr so genau nehmen: hier ist eine abgestorbene Kiefer, die hat einen Ast. Er wirft den Strick über den Ast und legt sich zur Probe mit seinem ganzen Gewicht hinein. Natürlich bricht der Ast. Er sucht weiter oben und findet eine andere Kiefer, macht wie voriges Mal einen Versuch und scheint am Ziele zu sein: der Ast hält. Er gibt sich sogar Mühe, ihn zu brechen, aber der Ast hält. Was hindert ihn denn? Sollte er sich umsonst die große Mühe gemacht haben? Er war unvorsichtig mit seinen wunden Händen, sie ertrugen es nicht, sie bluteten, schmerzten gleichsam von neuem Brennen, es pocht in ihnen. Aber was denn! Er legt den Strick zurecht, befestigt ihn am Ast, knüpft die Schlinge, 106, 106.

In ein paar Tagen wird es viel Krähengeschrei über dieser Kiefer geben, die Leute gehen dem Geschrei nach und finden ihn hängen. Die Füße reichen jetzt fast auf den Boden, er hat sich gestreckt, der Hals ist unnatürlich lang und dünn geworden –

Tut er es jetzt nicht, so holt der Tod ihn gleichwohl heute oder einen andern Tag, dem Tod konnte man nicht entgehen, warum ihn dann fliehen, warum nicht gleich den Hals hinlegen? Er scheucht einen Vogel auf, eine Drossel, so klein und unschuldig und gewandt, aber all dem heißt es Lebewohl sagen, und der kleinen Leonora in der Stadt auch . . .

Das nächste ist, daß er es nicht tut. Nein, es nicht tut. Er sitzt im Heidekraut, bläst auf seine Hände und weint. Gott steh uns bei, wir sind jämmerlich, wir sind Menschen! Da man nicht am Tode hängen kann, hängt er am Leben. Der Selbstmörder hat nichts, für das er leben kann, er sieht nicht die Sonne, nichts auf Erden macht ihn froh, 106, 106, Brennen in den Händen, todmüde, er ist ein Nichts, er friert sich in den Schlaf.

Das Brennen weckt ihn fast augenblicklich wieder, und er erhebt sich. Er sieht sich ängstlich um, als wäre etwas hinter ihm her, läßt den Strick hängen und macht sich auf den Weg nach der Sennhütte. Hund, sagt er zu sich selber, Hund, Hund ...

Sie sind oben in der Sennhütte, Fräulein d'Espard hat ihr Kind schon besorgt und steht im Hof und wäscht. Als der Selbstmörder kommt, richtet sie sich auf und bleibt verwundert stehen, er grüßt nicht, seine Kleider sind zerfetzt, seine Hände bluten. Was in aller Welt –!

In der kleinen verborgenen Sennhütte wissen sie nichts von den nächtlichen Geschehnissen im Sanatorium, sie legten sich gestern abend ins Bett und hörten nichts vom Orkan, sondern schliefen bis zum Anbruch des Tages, dann standen sie auf und gingen an ihre Arbeit. Fräulein d'Espard geht in die Lehre beim Leben, sie ist tüchtig auf ihre Weise, auch sie ist ein Mensch.

Der Selbstmörder sagt einige Worte, sie sind so merkwürdig und fremd: Feuer, es ist nichts übrig geblieben, 106 ist ausgebrannt, sie war eingesperrt und konnte nicht heraus, hier ist der Schlüssel –

Das Sanatorium abgebrannt? Marta, das Sanatorium ist heute nacht abgebrannt!

Marta kommt aus der Küche und erlebt die Neuigkeit mit verstörtem Gesicht. Und die Menschen? fragt sie.

Die Menschen – wiederholt der Selbstmörder, die sind verbrannt. Sie schlief auf 106.

Mir war doch, als spürte ich Rauch heut morgen, sagt Marta. Hab ich es nicht auch gesagt? fragt sie das Fräulein.

Du kamst herein und sagtest es.

Ja, nicht wahr?

Die beiden Frauen reden immer wieder darüber, als wäre es wichtig, und obwohl der Selbstmörder eigentlich nicht dar-

369

auf hört, sondern zu sehr mit sich beschäftigt ist, sickern die
Worte doch in sein Ohr und bringen seine Gedanken allmählich in eine andere Richtung. Es ist Menschengeschwätz, die
beiden Frauen halten sich an die Erde und den Tag, hin und
wieder taucht das Fräulein ein Wäschestück ins Wasser, um die
Arbeit nicht zu unterbrechen. Es ist erdenhaftes Geschäftigsein.

Dem Selbstmörder werden Talglappen auf seine Hände gelegt, und er wird verbunden, er bekommt zu essen, er wird
schläfrig und schlummert einige Minuten im Sitzen. Als er
gehen will, fragt er: Ist der Ochse draußen?

Er ist auf dem Berge, antwortet das Fräulein, er ist weit
fort. Jetzt gehen Sie wohl nach dem Bahnhof?

Ich weiß nicht, antwortet er. Nach dem Bahnhof?

Ja, und reisen heim?

So? Ja, vielleicht, sagt er und schüttelt den Kopf. Ich weiß
es nicht.

Das ist schon das beste, Sie werden sehen.

Warum? Was soll ich daheim? fragt er plötzlich. Der Brand
hat alles vernichtet, sie ist tot, vollkommen ausgelöscht. Denken
Sie nicht daran? Sie kam gestern zu mir auf den ›Fels‹, stieg zu
mir herauf, es ist gar keine Zeit vergangen seither, nur wenige
Stunden. Wir sprachen zusammen und gingen wieder heim.
Gestern abend sprachen wir noch mehr, ich hatte sie vorher
nicht verstanden, sie sagte etwas, ich weiß die Worte nicht
mehr, aber alles klärte sich auf, und ich freute mich so. Gott
segne Sie, hören Sie nicht? jammerte er.

Ja, Sie Ärmster! sagt das Fräulein.

Ich saß bei ihr, bis sie einschlief, so froh war ich. Und dann
ging ich hinaus. Jetzt ist sie nirgends, es ist nicht zu fassen,
nein, ich kann es nicht verstehen, hören Sie!

Das Fräulein sagt vorsichtig: Haben Sie nicht ein kleines
Mädchen?

Ja, Leonora. Ja.

Sie vergessen sie doch nicht? Natürlich vergessen Sie sie nicht,
man hat sie vielleicht auf die Fensterbank gehoben, und sie
steht da und sieht hinaus, wenn Sie kommen. Das wird hübsch
werden. Herrgott, ich verstehe ja gut, wie schlimm es für Sie
ist, aber wir dürfen nicht verzweifeln! ermutigt ihn das Fräulein. Wir haben jeder unser Päckchen zu tragen, wie Sie zu
sagen pflegten. Ich für meinen Teil muß nun viele Jahre auf
etwas warten.

So?

Ja, viele Jahre, sieben Jahre.

Es war jetzt ganz hell geworden und schien ein schöner Tag nach der stürmischen Nacht zu werden. Um die Sennhütte ist es still, kein Strauch regt sich, nur die Hühner laufen herum und suchen Futter, und der Bach summt mit seinen leisen Lauten einige Schritte entfernt.

Ich bin ein Hund! bricht der Selbstmörder aus und schweigt.

Sie wirft einen erschreckten Blick auf ihn. Er sieht so überzeugt aus, es ist, als hätte er etwas unvergleichlich Wahres gesagt, und er erblaßt bei seinen eigenen Worten, als hätten sie ihn genau getroffen.

Um ihn zu beruhigen, spricht das Fräulein leise und vernünftig: Ich denke, Sie gehen jetzt nach dem Bahnhof und reisen heim, Herr Magnus. Nein, Sie brauchen sich nicht so ängstlich umzusehen, der Ochse ist heut wie gestern auf dem Berge, er ist auf der Bergweide, wie wir es hier nennen.

Leben Sie wohl! sagt der Selbstmörder und geht.

Wenn Sie durch den Wald gehen, können Sie noch den Morgenzug erreichen, ruft sie ihm nach.

Er geht durch den Wald, er kommt an den Strick, der leer an seinem Ast hängt und baumelt, geht vorbei, geht und geht und verschwindet.

Fräulein d'Espard ist ihm, solange sie konnte, mit den Augen gefolgt, dann macht sie sich wieder an ihre Wäsche – so tüchtig packt sie zu in Gutem und Bösem, so erdenhaft beschäftigt. So nennen wir es hier . . .

Knut Hamsun

wurde am 4. August 1859 als Knut Pedersen geboren. Nach einer Schuhmacherlehre verschlug es ihn in alle möglichen Berufe: er war Kohlenträger, Wegearbeiter, Holzhauer, Heizer, Matrose und Schlafwagen-Schaffner. Bei zwei Amerikareisen arbeitete er als Handlungsgehilfe, Landarbeiter und Straßenbahner. 1890 hatte er mit »Hunger« seinen ersten großen Erfolg, der sich mit seinen weiteren Werken fortsetzte. 1920 wurde Knut Hamsun mit dem Literatur-Nobelpreis ausgezeichnet. Er starb 92jährig am 19. Februar 1952 in Grimstad.

Marie Hamsun
im List Verlag

„Nur selten kann man so etwas Entzückendes und Erfrischendes lesen wie diese Erzählung von den Erlebnissen der vier Langerudkinder. Und sie ist darum so schön, weil sie genau das Leben abschreibt, freilich ein ganz einfaches, naturhaftes, unvergiftetes Leben, in dem Kind und Spielzeug, Haustiere, Wiese, Wald und Moor als ein Einheitliches erscheinen.“
Eltern und Schule

Die Langerudkinder im Sommer

Die Langerudkinder im Winter

Ola Langerud in der Stadt

Die Langerudkinder wachsen heran

Die Enkel auf Langerud

Jeder Band ca. 170 Seiten. Ganzfolie

R. Hagelstange
im List Verlag

Und es geschah zur Nacht
Mein Weihnachtsbuch.
224 Seiten mit 11 Illustrationen von HAP Grieshaber, Frans Masereel und Eduard Prüssen, Leinen.

Tränen gelacht
Steckbrief eines Steinbocks.
256 Seiten mit 10 Abbildungen, Leinen.

Der große Filou
Die Abenteuer des Ithakers Odysseus mit Leben und Legende Homers.
215 Seiten mit 12 zweifarbigen Illustrationen nach Holzschnitten von Hansen-Bahia.
Leinen.

Spielball der Götter
Aufzeichnungen eines trojanischen Prinzen.
346 Seiten, Leinen.

Venus im Mars
Liebesgeschichten aus dem Zweiten Weltkrieg.
Sonderausgabe.
310 Seiten, Leinen.

Die letzten Nächte
160 Seiten mit sieben Radierungen von Eduard Prüssen. Leinen.

Reisewetter
Erzählungen und Berichte, Landschaften, Länder und Leute, Reiseskizzen.
301 Seiten, Leinen.

Ägäischer Sommer
Mit 13 Zeichnungen von Richard Seewald.
94 Seiten, Leinen.

Der sächsische Großvater
Erzählung.
117 Seiten mit 7 Illustrationen von Eduard Prüssen, Leinen.

Spiegel des Narziß
Spiel in 5 Bildern.
111 Seiten. Kartoniert.

Trias
Drei heilsame Erzählungen.
155 Seiten. Leinen.

Lyrik
Ausgewählte Gedichte
96 Seiten. Leinen.

Venezianisches Credo
80 Seiten, bibliophiler Pappband.

Gast der Elemente
Zyklen und Nachdichtungen.
1944–1972.
305 Seiten, Leinen.

Alberto Moravia
im List Verlag

Desideria
Roman.
Aus dem Italienischen
von Antonio Avella und
Gloria Widhalm.
400 Seiten. Leinen.

Die Gleichgültigen
Roman.
Aus dem Italienischen
von Dorothea Berens-
bach. 320 Seiten. Leinen.

Der Konformist
Roman.
Aus dem Italienischen
von Percy Eckstein und
Wendla Lipsius.
383 Seiten. Leinen.

Die Römerin
Roman.
Aus dem Italienischen
von Dorothea Berens-
bach.
382 Seiten. Leinen.

Die Streifen des Zebras
Afrikanische Impres-
sionen.
Aus dem Italienischen
von Ute Stempel.
280 Seiten. Leinen.

Romane
im List Verlag

Françoise Dorin
Geh zu Mama, Papa hat zu tun

Theresa de Kerpely
Arabeske

Noelle Loriot
Leben will ich

Martin Luksan
Hammer genügt nicht

Angelika Mechtel
Die andere Hälfte der Welt oder Frühstücksgespräche mit Paula

Alberto Moravia
Desideria

Alberto Moravia
Der Konformist

Alberto Moravia
Die Römerin

Sten Nadolny
Netzkarte

Michael Scharang
Lebemann

Henri Troyat
Kopf in den Wolken